ବାରବର୍ଷ ପୋସ୍କୋ ଆନ୍ଦୋଳନର ସତ୍ୟପାଠ

ମାଟି ମୁକ୍ତି

(ପ୍ରାମାଣିକ ଉପନ୍ୟାସ)

ବାରବର୍ଷ ପୋସ୍କୋ ଆନ୍ଦୋଳନର ସତ୍ୟପାଠ

ମାଟି ମୁକ୍ତି

ଡକ୍ଟର ରଘୁନାଥ ସାହୁ

ବ୍ଲାକ୍ ଇଗାଲ୍ ବୁକ୍ସ

ଭୁବନେଶ୍ୱର, ଓଡ଼ିଶା

BLACK EAGLE BOOKS
Dublin, USA

ମାଟି ମୁକ୍ତି / ଡକ୍ତର ରଘୁନାଥ ସାହୁ

ବ୍ଲାକ୍ ଇଗଲ୍ ବୁକ୍ସ : ଭୁବନେଶ୍ୱର, ଓଡ଼ିଶା ● ଡବ୍ଲିନ୍, ଯୁକ୍ତରାଷ୍ଟ୍ର ଆମେରିକା

BLACK EAGLE BOOKS

USA address:
7464 Wisdom Lane
Dublin, OH 43016

India address:
E/312, Trident Galaxy, Kalinga Nagar,
Bhubaneswar-751003, Odisha, India

E-mail: info@blackeaglebooks.org
Website: www.blackeaglebooks.org

First International Edition Published by
BLACK EAGLE BOOKS, 2025

MATI MUKTI
by **Dr Raghunath Sahoo**
Cell: 9439665367

Cover & Interior Design: Ezy's Publication

ISBN- 978-1-64560-659-8 (Paperback)

Printed in the United States of America

ଆନ୍ଦୋଳନରେ ଲୁହଲହୁ ଢାଳିଥିବା
ମାଟିର ମଣିଷମାନଙ୍କ ହାତରେ
"ମାଟିମୁକ୍ତି"

ଏବେ ଗାଁରେ ଛଅ ରତୁ ଅଛି। ଗାଁକୁ ମଲୟ ଆସୁଛି। ଆମ୍ୟ ଗଛରେ କୋଇଲି ଗୀତ ଗାଉଛି। ହଳଦୀବସନ୍ତ ଏ ଡାଳରୁ ସେ ଡାଳ ଖେଳୁଛି। ସକାଳେ କାଉ ରାବୁଛି। ହଳିଆ ହଳ ନେଇ ଯାଉଛି। ବିଲକୁ ଚାହିଁଲେ ସୁନାଫସଲ ଲହଡ଼ି ଭାଙ୍ଗୁଛି। ସଞ୍ଜ ହେଲେ ମନ୍ଦିରରୁ ଘଣ୍ଟ ଶୁଭୁଛି। ଗାଈଆଳ ପୁଅ ଗାଈଗୋଠରୁ ଫେରୁଛି। ନାଉରୀ ନଈରେ ନଉକା ବାହୁଛି। ମାଛ ମାରୁଛି। ପାନ ବରଜରେ ପାନ ନଛା ହଉଛି। ଆମ ଗାଁ ପାନ, କିଆଫୁଲ, କାଜୁ ଓ ମାଛ ବାହାର ରାଇଜକୁ ଯାଉଛି। ଆଗକୁ ଆଉ ଏସବୁ ଥିବ ନା ନାନୀ .. ଏ କାରଖାନା ହେଲେ ମଣିଷ ପେଷି ହେଇଯିବ। ବଂଚିବା କଷ୍ଟ ହେବ। ଟଙ୍କା ମିଳିବ , କୋଠା ମିଳିବ, ଗାଡ଼ି ମିଳିବ ହେଲେ ଶାନ୍ତି କ’ଣ ମିଳିବ ଲୋ ନାନୀ...

ପଦେ ଦିପଦ

ଜଗତସିଂହପୁର ଜିଲ୍ଲା ଅନ୍ତର୍ଗତ କୁଜଙ୍ଗ– ପାରାଦ୍ୱୀପ ସଂଲଗ୍ନ ବଙ୍ଗୋପସାଗର ଉପକୂଳ ଢିଙ୍କିଆ ଚାରିଦେଶ (ଢିଙ୍କିଆ ନୂଆଗାଁ ଓ ଗଡ଼କୁଜଙ୍ଗ ପଂଚାୟତକୁ କୁହାଯାଏ)ରେ ଲୁହା କାରଖାନା ନିର୍ମାଣ କରିବାକୁ ଦୁଇ ହଜାର ପାଂଚ ମସିହା ଜୁନ୍ ମାସ ବାଇଶି ତାରିଖରେ ଦକ୍ଷିଣ କୋରିଆର ପୋହାଙ୍ଗ ଷ୍ଟିଲ କମ୍ପାନୀ(ପୋସ୍କୋ) ଓଡ଼ିଶା ସରକାରଙ୍କ ସହିତ ଚୁକ୍ତି ସ୍ୱାକ୍ଷରିତ କରିବା ପରେ ସେଠାକାର ଗ୍ରାମବାସୀ ଭିଟାମାଟି ଛାଡ଼ିବାକୁ ରାଜି ହେଲେ ନାହିଁ। ପୋସ୍କୋ ପାଇଁ ଜିଲ୍ଲା ପ୍ରଶାସନ ଜମି ଅଧିଗ୍ରହଣ କରିବାକୁ ପୋଲିସ୍ ବଳ ପ୍ରୟୋଗ କରିବାରୁ ଗ୍ରାମବାସୀମାନେ ପାଲଟା ଜବାବ ଦେଇ ସଶସ୍ତ୍ର ଲଢ଼େଇ ଲଢ଼ିଥିଲେ। ଗ୍ରାମବାସୀ-ପୋଲିସ ରକ୍ତାକ୍ତ ସଂଘର୍ଷରେ ପାଂଚ ଜଣଙ୍କ ମୁଣ୍ଡ ଗଡ଼ିଛି। ଶତାଧିକ ମହିଳା ଓ ପୁରୁଷ ଗ୍ରାମବାସୀ ପୋଲିସ ମାଡ଼ରେ ଗୁରୁତର ହୋଇଛନ୍ତି। ଅନେକ ଗ୍ରାମବାସୀ ପଙ୍ଗୁ ଜୀବନ ବିତେଇଛନ୍ତି। କାହାର ହାତ ପାପୁଲି ନାହିଁ ତ କାହା ଶରୀରରୁ ଗୁଳି ବାହାରି ନଥିଲା। ଅନେକ ଲୋକ ଭୟରେ ଗାଁ ଛାଡ଼ିଲେ। ଅଂଚଳର ପାଠଶାଳା ବନ୍ଦ ହୋଇଗଲା। ଶିଶୁ ଓ ଛାତ୍ରୀଛାତ୍ର ଆନ୍ଦୋଳନର ଅଗ୍ରଭାଗରେ ପୋଲିସ ବନ୍ଦୁକ ଆଗରେ ଠିଆ ହେଲେ। ମହିଳାମାନେ ହାଣ୍ଡିଶାଳ ଛାଡ଼ି ଠେଙ୍ଗା ଧରି ରାଜରାସ୍ତାକୁ ଆସିଲେ। ପୁରୁଷମାନେ ମାରଣାସ୍ତ୍ର, ହାତହତିଆର ଧରି ପୋଲିସ ସହ ମୁହାଁମୁହିଁ ହେଲେ। ଗ୍ରାମବାସୀମାନେ ବନ୍ଦୀହେଲେ ଓ ଜେଲ ଗଲେ। ଗାଁ ବାହାରକୁ ଯାଇନପାରି ଗ୍ରାମବାସୀମାନେ ନଜରବନ୍ଦୀରେ ରହିଲେ ଓ ଢିଙ୍କିଆ ଚାରିଦେଶ ପୋଲିସ୍ ଘେରାବନ୍ଦୀରେ ରହିଲା।

ଗ୍ରାମବାସୀଙ୍କ ମୁଖ୍ୟ ଜୀବିକା ଧାନ, ପାନ ଓ ମୀନ ଉଜୁଡ଼ିଗଲା। ଅଂଚଳରୁ ଲକ୍ଷଲକ୍ଷ ଗଛ କଟାହେବାରୁ ସବୁଜ ପରିବେଶ ହଜିଗଲା।

ଲଢ଼େଇର ବୟସ ଥିଲା ବାରବର୍ଷ।

ସେତେବେଳେ ମୁଁ ଦୈନିକ ଖବର କାଗଜ 'ଧରିତ୍ରୀ'ରେ ଖବରଦାତା ଭାବେ କାର୍ଯ୍ୟ କରୁଥିଲି। ଗ୍ରାମବାସୀ-ପୋଲିସ୍ ରକ୍ଷକଙ୍କ ସଂଘର୍ଷ ଅତିପାଖରୁ ମୁଁ ଦେଖିଛି। ସଂଘର୍ଷ ମଇଦାନରେ ସଂଗ୍ରାମୀଙ୍କ ରକ୍ତ ଜୁଡୁବୁଡୁ ଶରୀର ଛଟପଟ ହେଉଥିବାର ବୀଭତ୍ସ ଦୃଶ୍ୟ ମଧ୍ୟ ଦେଖିଛି।

ହେଲେ ଗୋଟିଏ ଘଟଣାର ଖବର ଲେଖିବାବେଳେ ମୁଁ ବିବ୍ରତ ହୋଇଥିଲି। ସେତେବେଳେ ଲଢ଼େଇରେ ଗ୍ରାମବାସୀମାନେ ରକ୍ତମୁଖା ହୋଇଥିଲେ ଓ ପୋଲିସ ଫୋର୍ସ ଗାଁକୁ ପଶିଆସିବା ନିଶ୍ଚିତ ହୋଇଥିଲା। ଗ୍ରାମବାସୀଙ୍କ ଅନେକ ରଣକୌଶଳ ଅସଫଳ ହେବା ପରେ ପୋଲିସର ମାତ୍ରାଧିକ କାର୍ଯ୍ୟାନୁଷ୍ଠାନ ବିରୋଧରେ ଅଚାନକ ପୋଷ୍କୋ ବିରୋଧୀଙ୍କ ମଞ୍ଚୁଆଳ ଘୋଷଣା କଲେ ଯେ, ଆସନ୍ତାକାଲି ସକାଳେ ମହିଳାମାନେ ଉଲଗ୍ନ ପ୍ରତିବାଦ କରିବେ।

ଉଲଗ୍ନ ପ୍ରତିବାଦ !

ପରଦିନ ସତସତିକା ଉଲଗ୍ନ ପ୍ରତିବାଦ ହୋଇଥିଲା। ଗ୍ରାମର କେତେକ ମହିଳା ପୋଲିସ ଫୋର୍ସଙ୍କ ଆଗରେ ସଂପୂର୍ଣ୍ଣ ଉଲଗ୍ନ ହୋଇ ପୋଷ୍କୋ ଫେରିଯାଉ ନାରା ଦେଇଥିଲେ।

ଘଟଣା ଥିଲା ଅବର୍ଣ୍ଣନୀୟ, ଅକଳ୍ପନୀୟ।

ଦିନେ ମା'ଦୁର୍ଗାଙ୍କ ନିବସ୍ତ ରୂପ ଦେଖି ବିମୋହିତ ମହିଷାସୁର ବଧ ହୋଇଥିବାବେଳେ, ଡିଙ୍କିଆ ପୋଷ୍କୋ ବିରୋଧୀ ଆନ୍ଦୋଲନରେ କିନ୍ତୁ ନିବସ୍ତ ଦୁର୍ଗାମାନେ ମହିଷାସୁରମାନଙ୍କ ଠାରୁ ଲାଠିମାଡ଼ ଖାଇ ହୋସ୍ ବୁଡ଼େଇଥିଲେ। ମଣିପୁରରେ ସଶସ୍ତ୍ର ବଳ ବିଶେଷ ଅଧିକାର ଆଇନ ବିରୋଧରେ ସେଠାକାର ମହିଳାମାନେ ଯେପରି ଉଲଗ୍ନ ପ୍ରତିବାଦ କରିଥିଲେ, ଓଡ଼ିଶା ମାଟିରେ ସେପରି ଆଉ ଏକ ଲଜ୍ୟା...ମାଟି ମୁକ୍ତି ପାଇଁ ସେହି ଘଟଣାର ପୁନରାବୃତି ହୋଇଥିଲା।

ଶେଷରେ ଦୁଇ ହଜାର ସତର ମସିହା ମାର୍ଚ୍ଚ ମାସ ଅଠର ତାରିଖରେ ବାର ବର୍ଷ ଆନ୍ଦୋଲନ ପରେ ପୋଷ୍କୋ ଫେରିଯାଇଥିଲା ଓ ହିଂସାରେ ପୂର୍ଣ୍ଣଚ୍ଛେଦ ପଡ଼ିଥିଲା।

ଏହି ବାରବର୍ଷ ଆନ୍ଦୋଲନର ଛାତିଥରା ଘଟଣାକ୍ରମକୁ ଏକ ସତମିଛର ସତ୍ୟପାଠ ଭାବରେ ଏହି ବହିରେ ସ୍ଥାନିତ କରିଛି। କାହାଣୀର ନାୟକ ନାୟିକା କାଳ୍ପନିକ, ହେଲେ ଆନ୍ଦୋଲନର ଘଟଣାକ୍ରମ ନିଛକ ସତ। ତେବେ ଏସବୁ

ଘଟଣାକ୍ରମର ବ୍ୟବଚ୍ଛେଦ କରିବାରେ ପୂର୍ବ ପ୍ରକାଶିତ ଖବରକାଗଜ ହିଁ ମୋର ସହାୟକ ହୋଇଛି । ଏହି ବହିରେ ପୋଷ୍କୋ ସପକ୍ଷବାଦୀ ଅବା ପୋଷ୍କୋ ବିରୋଧୀ ଗ୍ରାମବାସୀ କାହାରିକୁ ମୁଁ ଖୁସି କରିପାରିନି । ତୃତୀୟ ପୁରୁଷ ଭାବରେ ଆଦୋଳନରେ ପ୍ରତ୍ୟକ୍ଷ ଅବା ପରୋକ୍ଷରେ ସଂପୃକ୍ତ ଥିବା ଅନେକ ବ୍ୟକ୍ତି ଓ ସଂଗଠନଙ୍କ ନାମ ଉଲ୍ଲେଖ କରିଛି, ହେଲେ କାହାରିକୁ ଆକ୍ଷେପ କରିବା ମୋର ଉଦ୍ଦେଶ୍ୟ ନାହିଁ । ଅଜାଣତର ଅନିଚ୍ଛାକୃତ ତ୍ରୁଟିକୁ ଅଣଦେଖା କରି ପାଠକୀୟ ହୃଦୟରେ ବାରବର୍ଷ ପୋଷ୍କୋ ଆଦୋଳନର ସତ୍ୟପାଠ 'ମାଟିମୁକ୍ତି'କୁ ଗ୍ରହଣ କରିବାର ଆଶା ରଖୁଛି ।

ବିନୀତ

ଡକ୍ଟର ରଘୁନାଥ ସାହୁ

ଏକ

ଦୀନା ଦାସ।

ଢିଙ୍କିଆ ଗାଁ ହରିଜନ ବସ୍ତିର ଛଅ ଫୁଟିଆ ଟୋକା। ସେ ଗାଁ ଦାଣ୍ଡରେ ଘଂଟ ବାଡ଼େଇ ବାଡ଼େଇ ଯାଉଥିଲା ଓ ଗାଁ ଲୋକମାନେ ଯିଏ ଯୁଆଡେ ଯାଉଥିଲେ କ୍ଷଣେ ରହି ଆଖ୍ ଫେରେଇ ଚାହୁଁଥିଲେ। ଘଂଟ ଶବ୍ଦ ଛାତିରେ ଛନକା ପୁରେଇ ଦେଉଥିଲା। କ'ଣ ଗୋଟେ ନୂଆ ଘଟଣା ଘଟିବକି। ସବୁକୁ ତ ସମ୍ମୁଖୀନ ହେବାକୁ ପଡ଼ିବ। ମାଟି ମା'ର କଥା। ମାଟି ମା'ର ମୁକ୍ତି ପାଇଁ ଆବଶ୍ୟକ ପଡ଼ିଲେ ବେକ ଦେଖେଇବାକୁ ପଡିବ।

ଦୀନା ହଲେଇ ଝୁଲେଇ ଘଂଟ ପିଟିପିଟି ମା' ଫୁଲଖାଇ ଠାକୁରାଣୀ ଦାଣ୍ଡ ପାଖରେ ଅଟକିଗଲା। ପିଲାଠୁଁ ବୁଢ଼ା ଯାକେ ସଭିଏଁ ଝପଟି ଆସୁଥିଲେ। ଦୀନା ନୂଆ ଖବର ଦେବ। ମଥା ଉପରେ ଖଣ୍ଡା ଝୁଲୁଛି। ସୁତା ଖଣ୍ଡ ଛିଣ୍ଡିଗଲେ ସର୍ବନାଶ ହେଇପାରେ। ଗାଁ ମୁଣ୍ଡରେ ପୋଲିସବାଲା ମାଲମାଲ। ଗାଁ ବାଲା ଆଉ ପୋଲିସ୍ ଫୋର୍ସଙ୍କ ମଧରେ ଛକାପଞ୍ଝା ଚାଲିଛି। ଏଇ ବେଲରେ ଖରା ନଇଁ ଗଲାପରେ ଦୀନାର ଘଂଟ ଶବ୍ଦ ଶୁଭାଯାଏ। ଠାକୁରାଣୀ ଦାଣ୍ଡରେ ଲୋକେ ଜମିଗଲେ। ସମସ୍ତଙ୍କ ମନରେ ଆଶଙ୍କା। ସମସ୍ତଙ୍କ ଦୃଷ୍ଟି ଦୀନା ଦାସ ଉପରେ। ଟୋକାଟା ମନରେ ସରସ ନାହିଁ। ଖରା ନଇଁ ଗଲାପରେ ମଧ ତା ମଥାରୁ ଝାଲ ଗମ୍‌ଗମ୍ ବୋହି ପଡ଼ୁଛି। ନାକ ତଲ ମୋଟା ନିଶ ଦେଇ ଫାଁ ଫାଁ ପବନ ବାହାରି ଆସୁଛି। ନଡ଼ିଆଗଛ ଚିତ୍ର ହୋଇଥିବା ପଲିସ୍ତର ଲୁଙ୍ଗିକୁ ଦୋଭାଙ୍ଗି କରି ଅଂଟାରେ ଖୋସିଛି। ଗୋଡ଼ରେ ଚପଲ ନାହିଁ। ଦେହରେ ଅପରଛନିଆ ଶାର୍ଟଟିଏ। କେଶ ଦାଢ଼ି କାଟିବାକୁ ସମୟ ଅଭାବ କାରଣରୁ ରୁକ୍ଷ ଦୃଶ୍ୟ ହେଉଛି। ଦୀନାକୁ ଭଲ କରି ଲକ୍ଷ୍ୟ କଲେ ଜଣାଯାଏ ଯେ, ଟୋକାଟା ମନରେ ଅଦମ୍ୟ ସାହସ। ସେ ଲଢ଼ିବାକୁ ଚାହୁଁଥିଲା ଓ ଲଢ଼େଇ ପାଇଁ ସମସ୍ତଙ୍କୁ ଏକାଠି କରିବାକୁ ଘଂଟ ପିଟୁଥିଲା।

ଅଧିକରୁ ଅଧିକ ଲୋକେ ଜମିବାରୁ ଦୀନା ଏଥର ଗଳା ଝାଡ଼ି ଉଚ୍ଚାଙ୍ଗ କଣ୍ଠରେ କହିଲା, ଶୁଣ–ଶୁଣ–ଶୁଣ....

ଢିଙ୍କିଆ ପଂଚାୟତ ସୀମାରେ ପୋଲିସ୍‌ବାଲା ଧାଡ଼ି ବାନ୍ଧିଲେଣି। ସେମାନେ କାଲି ସକାଳୁ ସକାଳୁ ଗାଁ ଭିତରକୁ ପଶିବେ ବୋଲି ଯୋଜନା କରିଛନ୍ତି। ସେମାନଙ୍କୁ ମୁକାବିଲା କରିବାକୁ ହେବ। ସେଥିପାଇଁ ଆଜି ରାତିରେ ଢିଙ୍କିଆ ଗାଁର ମା' ଫୁଲଖାଇ ମନ୍ଦିର ପ୍ରାଙ୍ଗଣରେ ଗାଁ ସଭା ବସିବ। ଘର ପିଛା ଜଣିକିଆ ସମସ୍ତେ ରହିବାକୁ ବାଧ୍ୟ। ଯଦି କିଏ ନଆସିବ ପଛରେ ଦୋଷ ଦେବନି। ଗାଁ ନିଷ୍ପତି, ଶେଷ ନିଷ୍ପତି।

ଶୁଣ–ଶୁଣ–ଶୁଣ....

ଦୀନା ଘଣ୍ଟ ପିଟି ପିଟି ଆଗକୁ ଚାଲିଲା। ଗାଁ ଠାକୁରାଣୀ ଦାଣ୍ଡରେ ନିରବତା ରାଜୁତି କରୁଥିଲେ ମଧ୍ୟ କିଛକ୍ଷଣ ପରେ ଟୁପୁରୁଟାପର ଆରମ୍ଭ ହୋଇଗଲା।

ଢିଙ୍କିଆ ଗାଁର ଅଳ୍ପଦୂର ତ୍ରିଲୋଚନପୁର ଗାଁ ମୁଣ୍ଡରେ ପୋଲିସ ଫୋର୍ସ ପହଁଚିଛି। ଏତେ ସଂଖ୍ୟାରେ ପୋଲିସ ଫୋର୍ସ ଯେ ଗଣି ହେବନି। ଜଗତ୍‌ସିଂହପୁର ଏସ୍.ପି. ନିଜେ ଆସି ତଦାରଖ କରୁଛନ୍ତି। ସକାଳେ କଲେକ୍ଟର ଆସିଥିଲେ। ଜିଲ୍ଲାର ୧୦ଟି ଥାନାର ଅଫିସରମାନେ ମଧ୍ୟ ପହଁଚିଛନ୍ତି। ପୋଲିସ ଫୋର୍ସଙ୍କ ବନ୍ଦୁକ ଧରିବା ଠାଣି ଓ ସାଜସଜ୍ଜା ଦେଖିଲେ ମନରେ ଭୟ ସୃଷ୍ଟି ହେଉଛି। କେବଳ ତ୍ରିଲୋଚନପୁରରେ ନୁହେଁ, ସେପଟେ ବାଲିଡ଼ୁଠ ଓ ନୂଆଗାଁ ସ୍କୁଲ ପଡ଼ିଆରେ ପୋଲିସ ଫୋର୍ସ ପଟୁଆର କଲେଣି। ବଡ଼ଗବପୁର, ବାଲିଡ଼ୁଠ, ନୂଆଗାଁ, ତ୍ରିଲୋଚନପୁର ଓ ଚଟୁଆ ଛକରେ ପୋଲିସ ମୁତୟନ ହୋଇଛନ୍ତି। କୁଜଙ୍ଗରେ କଂଟ୍ରୋଲ୍ ରୁମ୍। କୁଜଙ୍ଗ ଥାନା ପରିସରରେ ଥିବା ପୋଲିସ ବଙ୍ଗଲାରେ ରାଜ୍ୟର ବହୁ ବରିଷ୍ଠ ପୋଲିସ ଅଧିକାରୀ ଓ ସଚିବମାନେ ପହଁଚି ସ୍ଥିତି ନିରୀକ୍ଷଣ କରୁଛନ୍ତି।

ଗଡ଼କୁଜଙ୍ଗ, ନୂଆଗାଁ ଓ ଢିଙ୍କିଆ ତିନି ପଂଚାୟତକୁ କୋଉ ଯୁଗରୁ ଚାରିଦେଶ ବୋଲି କୁହାଯାଏ। ପାରାଦ୍ୱୀପ ବନ୍ଦର ସଂଲଗ୍ନ ଜଟାଧାର ମୁହାଁଶର ଏକ ତ୍ରିକୋଣ ଭୂମିରେ ଢିଙ୍କିଆ ଚାରିଦେଶ ଅବସ୍ଥିତ। ତିନି ପଂଚାୟତର ଗଡ଼କୁଜଙ୍ଗ, ନୋଳିଆସାହି, ପୋଲାଙ୍ଗ, ନୂଆଗାଁ, ଗୋବିନ୍ଦପୁର, ଢିଙ୍କିଆ, ତ୍ରିଲୋଚନପୁର, ମାହାଲ ଆଦି ଗାଁକୁ ନେଇ ଗଠିତ ଭୂଖଣ୍ଡ ଚତୁଃପାର୍ଶ୍ୱରେ ସବୁଜ ବନାନୀ। ଏହି ଭୂଖଣ୍ଡ ଗୋଟିଏ ପାର୍ଶ୍ୱରେ ବଙ୍ଗୋପସାଗର ଓ ବଙ୍ଗୋପସାଗରକୁ ଲାଗି ରହିଛି ହେନ୍ତାଲ, ଝାଉଁ ପରି ମାଟି କ୍ଷୟରୋଧକାରୀ ଦୁର୍ମ୍ମୂଲ୍ୟ ଜଙ୍ଗଲ। ଜଙ୍ଗଲ ଟପିଲେ ଜଟାଧାର ନଦୀ। ସହସ୍ରାଧିକ ମତ୍ସ୍ୟଜୀବୀଙ୍କୁ ଜୀବିକା ପ୍ରଦାନ କରୁଥିବା ଏହି ନଦୀ ଓ ବଙ୍ଗୋପସାଗର ସଙ୍ଗମ ସ୍ଥଲ ଜଟାଧାର ମୁହଁ ଠାରୁ ଅଳ୍ପ

ଦୂର ତଣ୍ଟାକୂଳରେ ଢିଙ୍କିଆ ଚାରିଦେଶ। ତଣ୍ଟାକୂଳ ପୂର୍ବ କୋଣକୁ ଜନବସତିର ସୁରକ୍ଷା ସାଜିଛି ବାଲି ପାହାଡ। ବାଲି ପାହାଡ କେବେଠୁ ରହିଛି ଓ ଏହାର ସୃଷ୍ଟି କିପରି ଆଜି ବି ବୁଝ୍ ହେଉନି। ଗୋବିନ୍ଦପୁର, ମାହାଲ, ତ୍ରିଲୋଚନପୁର ଓ ଢିଙ୍କିଆ ଗାଁର ସୀମାରେ ପ୍ରାୟ ଚାରି କି.ମି. ଲମ୍ବର ବାଲି ପାହାଡ ଉପରେ ସବୁଜବଳୟ ସୃଷ୍ଟି ହୋଇଛି। ବାଲି ପାହାଡ ଉପରେ ସୃଷ୍ଟି ହୋଇଥିବା ଚାରଣ ଭୂଇଁରେ ଗ୍ରାମବାସୀମାନେ ଛେଲି, ମେଣ୍ଢା, ଗାଈ, ମଇଁଷି ଓ ଅନ୍ୟାନ୍ୟ ଗୃହପାଳିତ ପଶୁମାନଙ୍କୁ ଦୈନିକ ଚରେଇବାକୁ ନେଇଥାନ୍ତି।

ବାଲି ପାହାଡ କଡ଼ ଜମି ପ୍ରାୟ ୪ କି.ମି. ପର୍ଯ୍ୟନ୍ତ ବର୍ଷସାରା ଧାନଚାଷ ସହିତ ବିବିଧ ଚାଷ ହୋଇଥାଏ। କାରଣ ବାଲି ପାହାଡ କଡ଼େକଡ଼େ ଜମିକୁ ଆପେ ଆପେ ଝରିଆସୁଥାଏ ମଧୁର ଜଳ ଓ ସେଇ ମଧୁର ଜଳ କାରଣରୁ ବର୍ଷସାରା ଚାଷ ସମ୍ଭବ ହୁଏ। ଏହି ବାଲିପାହାଡର ଜଳ ଅଂଚଳବାସୀଙ୍କ ପାଇଁ ଅମୃତ ତୁଲ୍ୟ ବୋଲି ବିବେଚନା କରାଯାଏ।

ବାଲିପାହାଡର କିଛି ଦୂରରେ ଗୋବିନ୍ଦପୁର ଜଙ୍ଗଲ। ଜଙ୍ଗଲ ମଝିରେ ରହିଛି ଏକ ବାଲି ଟିକିରା। ପୂର୍ବ ପଟକୁ ଘଂଚ ଜଙ୍ଗଲ। ଯୁଆଡ଼େ ଚାହିଁବ ଝାଉଁ ଓ କାଜୁ ଗଛର ଜଙ୍ଗଲ। ବାଲି ଟିକିରାର ଦକ୍ଷିଣକୁ ରହିଛି ଏକ ମଠ। ମଠରେ ଜଣେ ସାଧୁ ରୁହନ୍ତି। ସାଧୁଙ୍କର ପରିଚୟ ସମସ୍ତଙ୍କୁ ଅଜଣା। କାଁ ଭାଁ କେମିତି ଜାଣିବା ଶୁଣିବା ଲୋକେ ସାଧୁଙ୍କ ପାଖକୁ ଯାଆନ୍ତି। ଗୋରା ତକ୍ତକ୍ ଚେହେରା ସାଧୁ ବାବାଙ୍କର। କାହାକୁ କ'ଣ ଦେଇଦେବେ ସେଭଳି ଭେଳିକି ତାଙ୍କ ପାଖରେ ନଥିବାରୁ ଭିଡ ଜମେନି। ହେଲେ ସାଧୁଙ୍କର ବେଶଭୂଷା ଓ ସେଠାକାର ଚଳଣି ଦେଖିଲେ ମନକୁ ନିଶ୍ଚୟ ଆସିବ ଯେ ସେ ଜଣେ ସାଧୁ ବୋଲି। ସାଧୁବାବାଙ୍କ ମଠ ବାଲି ଟିକିରା ଉପରେ ଏବଂ ତଳକୁ ଚାହିଁଲେ ଅସଂଖ୍ୟ ପାନ ବରଜ। ବାଲି ଟିକିରାର ପାଖକୁ ଲାଗିଛି ସ୍ଫର୍ଶକାତର ଢିଙ୍କିଆ ଗାଁ। ଗାଁର ଉପକଣ୍ଠରେ ଯୁଆଡେ ଚାହିଁବ କେବଳ ପାନ ବରଜ। ଯେଉଁଠି ପାନ ବରଜ ଥାଏ, ସେଠାରେ ନିଶ୍ଚୟ ଗୋଟେ ଛୋଟ ଟୁବିଗଡ଼ିଆ ରହିଥିବ। କାରଣ ଜଳାଶୟର ମଧୁର ଜଳ ହିଁ ପାନ ବରଜ ପାଇଁ ଉପାଦେୟ। ଟୁବିଗଡ଼ିଆର ଚତୁଃପାର୍ଶ୍ୱରେ ନଡ଼ିଆ, କଦଳୀ, ଆମ୍ବ, ତାଳ, ଖଜୁରୀ, ପଣସ, ପିଜୁଳି ଓ ଜାମୁକୋଳି ଗଛମାନ ଦେଖିବାକୁ ମିଳେ।

ମୋଟାମୋଟି କୁହାଯାଇପାରେ ଯେ, ବାଲି ଟିକିରା ଏମିତି ଏକ ସ୍ଥାନ, ଚତୁପାର୍ଶ୍ୱରୁ ଯୁଆଡ଼େ ଚାହିଁବ କେବଳ ପାନ ବରଜ ହିଁ ପାନ ବରଜ। ପାନ ବରଜ ଏଠାକାର ଢିଙ୍କିଆ ଚାରିଦେଶ ଲୋକଙ୍କ ମୁଖ୍ୟ ଜୀବିକା। ଧାନ, ପାନ ଓ ମୀନକୁ

ନେଇ ଗ୍ରାମବାସୀ ଜୀବିକା ନିର୍ବାହ କରୁଥିଲେ ମଧ ମୁଖ୍ୟ ଆଧାର ଯେ ପାନଚାଷ ଏହା ସେହି ଅଂଚଳର ପାନ ଦେଖିଲେ ଜଣାପଡ଼ିବ।

ଢିଙ୍କିଆ ଚାରିଦେଶର ଲୋକେ ପାନ ବରଜକୁ ଚାଷ ନୁହେଁ ଶିଳ୍ପ ବୋଲି କହିଥାନ୍ତି। କାରଣ ଗୋଟିଏ ପାନ ବରଜରେ ୧୧ ବର୍ଷର ନାବାଳକ ଓ ନାବାଳିକା ହାତକୁ କାମ ପାଉଥିବା ବେଳେ ଅଶୀ ବର୍ଷର ବୁଢ଼ାବୁଢ଼ୀ ମଧ ହାତକୁ କାମ ପାଇଥାନ୍ତି। ଭାଟିପାନ ଓ ସାଧାରଣ ତୋଲା ପାନ ଦୁଇ କିସମର ପାନ ବହୁ ସ୍ଥାନକୁ ରପ୍ତାନୀ କରାଯାଏ। ରାଜ୍ୟର ଜଳେଶ୍ୱର, ବାଲେଶ୍ୱର, ନୀଳଗିରି, କଟକ, ପୁରୀ, ଭୁବନେଶ୍ୱର ଓ ରାଉରକେଲା ସମେତ ରାଜ୍ୟ ବାହାର କଲିକତା, ବମ୍ବେ, ଦିଲ୍ଲୀ, ମାଦ୍ରାସ ଓ ଗୁଜୁରାଟକୁ ପାନ ପଠାଯାଏ। ଦେଶରେ ଯେଉଁ ବନାରସୀ ପାନ ପ୍ରସିଦ୍ଧ, ତାହା ଏହି କୁଜଙ୍ଗୀ ପାନ ବୋଲି ଜଣାପଡେ। ଦେଶ ବାହାରକୁ ଯେଉଁ ପାନ ପଠାଯାଏ ତାହା ମଧ ଏହି ଅଂଚଳର ପାନ। ଅଂଚଳରେ ଯାହାର ପାନ ଚାଷ ରହିଛି, ସେହି ପରିବାରରେ ବୋଧ ହୁଏ ଅଭାବ ନଥାଏ। ପାନ ବରଜ ଏକ ନିକିମା ଚାଷ। ମାଟି ବାଲିକୁ ଉର୍ବର କରାଯାଇ ସିଆର କଟାଯାଇ ଗଛ ଲଗାଯିବ। ପର୍ଯ୍ୟାପ୍ତ ପରିମାଣରେ ପାଣି ଦେବାକୁ ପଡ଼ିବ। ପୁଣି ପାନଗଛ ମାଡ଼ିବା ପାଇଁ ଓ ଟେକି ରଖିବାକୁ ବାଉଁଶ ପାଖୁଡ଼ିର ଧାଡ଼ିଧାଡ଼ି ପୋତିବା କାମ। ଶହେ ଗଛଥିବା ପାନ ବରଜରେ ବିଭିନ୍ନ ଚାଷ କରିହୁଏ। ଅର୍ଥାତ ଯାହାର ପାନ ବରଜଟିଏ ଥାଏ ତା ପରିବାରରେ ଚୁଲି ଲିଭେ ନାହିଁ। ଶାଗ, ମାଛ, ପରିବା ସବୁ କିଛି ସହଜରେ ମିଳେ।

ପାନ ଅମଲ ବେଳର ଆନନ୍ଦ ବର୍ଷ ସାରା ଲାଗିରହେ। ଆବାଳ ବୃଦ୍ଧବନିତା ପାନ ନାଛିପାରନ୍ତି। ପାନସବୁ ବରଜରୁ ଛିଣ୍ଡା ନୋଡ଼ା ହେବାପରେ ସେସବୁ ସୁନ୍ଦର ଭାବରେ ରଖାଯାଏ ଓ ଡେଙ୍ଗ ଥାଇ ଛୋଟ ଛୋଟ ଝୁଡ଼ିରେ ପୁରାଯାଏ। ବାହାର ଅଂଚଳକୁ ଯାଉଥିବା ପାନ ଛାଡ଼ିଦେଲେ ବଳକା ପାନ ପତଳା ଅଖାରେ ବନ୍ଧାଯାଇ ସେସବୁ ନିକଟ ହାଟଗୁଡ଼ିକରେ ବିକ୍ରି କରାଯାଏ। ସ୍ଥାନୀୟ ବାଲିତୁଠ, ପାଟପୁର ଓ କୁଜଙ୍ଗ ହାଟରେ ଏହି ପାନ ଶସ୍ତାରେ ମିଳିଥାଏ ଓ ପାଖଆଖ ଗାଁ ଲୋକେ କଡ଼ାଏ ଦି'କଡ଼ା ପାନ କିଣିବାକୁ ହାଟକୁ ଆସନ୍ତି। ଢିଙ୍କିଆ ଚାରିଦେଶର ପାନ ସମସ୍ତଙ୍କର ପ୍ରିୟ ବୋଲି କୁହାଯାଏ।

ଗାଁରେ ଚଡ଼କ ପଡ଼ିଛି ଯେ, ପାନବରଜ ଭଙ୍ଗାଯିବ। ସରକାର ଏଠି ଲୋକଙ୍କୁ ତଡ଼ି ଲୁହା କାରଖାନା ବସାଇବେ। ବାପଅଜା ଚଉଦ ପୁରୁଷ ଅମଲରୁ ଆମ ଘରେ ଯେଉଁ ପାନ ବରଜ ଶିଳ୍ପ ଚାଲିଛି, ସେ ଆଉ ରହିବ ନାହିଁ। ଆମର ଧାନ, ମୀନ ଓ ପାନ ସବୁ ଉଜୁଡ଼ିଯିବ। ଦକ୍ଷିଣ କୋରିଆ କମ୍ପାନୀ ପୋସ୍କୋ

ସହିତ ରାଜ୍ୟ ସରକାର ଚୁକ୍ତି ସ୍ୱାକ୍ଷରିତ କରିଛନ୍ତି । କୁଜଙ୍ଗ-ପାରାଦ୍ୱୀପ ଅଂଚଳର ଏ ସମୁଦ୍ରକୂଳ ଢିଙ୍କିଆ ଚାରିଦେଶକୁ ଲାଗି ୪୦୦୪ ଏକର ଜମି ପୋଷ୍କୋ କମ୍ପାନୀ ନେଇ ଲୁହା କାରଖାନା କରିବ । ଅଂଚଳ ଲୋକଙ୍କର ଘରଦିହ, ଜମିବାଡ଼ି ସବୁ ଉଜୁଡ଼ିଯିବ । ସରକାରୀ ବାବୁମାନେ ୪ ଥର ଆସି ଜମି ମପାମପି କରିଗଲେଣି । ବେଲେବେଲେ ଗାଁ ଉପର ଦେଇ ହେଲିକ୍ୟାପ୍ଟର ଉଡୁଛି । ବହୁ ବଡ଼ବଡ଼ ଲୋକମାନେ କୁଆଡ଼େ ଉପରେ ଥାଇ ଜମିଜମା ଜଙ୍ଗଲ ସମୁଦ୍ର ଦେଖି ଆକଳନ କରୁଛନ୍ତି । ପୋଷ୍କୋ କାରଖାନା ପାରାଦ୍ୱୀପ ଯାଏ ଲମ୍ଵିଯିବ । ପାରାଦ୍ୱୀପ ବନ୍ଦର ପରିକା ପୋଷ୍କୋ ନିଜସ୍ୱ ବନ୍ଦର ତିଆରି କରିବ । ଓଡ଼ିଶାର ଖଣିଖାଦାନରୁ ଏଠାକୁ ଲୁହାପଥର ବୁହା ହୋଇ ଆସିବ । ଲୁହା ଉତ୍ପାଦନ ହେବ । ପୋଷ୍କୋ କାରଖାନା ନିର୍ମାଣ କଲେ ଅଂଚଳରେ ସବୁଜ ଫସଲ ବଦଲରେ ସୁନା ଫସଲ ଫଳିବ । ଅଂଚଳରେ କେହି ବେରୋଜଗାରିଆ ରହିବେ ନାହିଁ । ସମସ୍ତେ ହେବେ ପଇସାବାଲା । ପୋଷ୍କୋ ପାଇଁ ଜୋରଦାର ପ୍ରଚାର ଚାଲିଛି ଯେ, ପୋଷ୍କୋ କାରଖାନା ନିର୍ମାଣ କରି ଉତ୍ପାଦନକ୍ଷମ ହେଲା ମାତ୍ରକେ ଲୋକମାନେ ନାହିଁ ନଥିବା ରୋଜଗାର କରି ସୁଖରେ କାଳାତିପାତ କରିବେ ।

ଏପରି କଥା କୁଜଙ୍ଗ ଓ ପାରାଦ୍ୱୀପରେ ପ୍ରଚାର ଚାଲିଥିବା ବେଳେ ଢିଙ୍କିଆ ଚାରିଦେଶର ସାଧାରଣ ମଣିଷମାନେ କିଛି ବୁଝିବାକୁ ନାରାଜ । ପୋଷ୍କୋ କମ୍ପାନୀ କୁଜଙ୍ଗ ବଜାରଠାରେ ଏକ ଜନସମ୍ପର୍କ କାର୍ଯ୍ୟାଳୟ ଖୋଲିଛି । ଜନସମ୍ପର୍କ କାର୍ଯ୍ୟାଳୟରେ ଦେଶର ମହାମାନ୍ୟ ରାଷ୍ଟ୍ରପତି ଡକ୍ଟର ଅବ୍ଦୁଲ କାଲାମ ଓ ପ୍ରଧାନମନ୍ତ୍ରୀ ଡକ୍ଟର ମନମୋହନ ସିଂଙ୍କ ଫଟୋ ପ୍ରଚାର ପାଇଁ ପ୍ରାଚୀରରେ ଲଗାଯାଇଛି । କୁହାଯାଉଛି ଯେ, ପ୍ରଥମେ କେନ୍ଦ୍ର ସରକାର ମଞ୍ଜୁର ପ୍ରଦାନ କରିବା ପରେ ରାଜ୍ୟରେ ମୁଖ୍ୟମନ୍ତ୍ରୀ ନବୀନ ପଟ୍ଟନାୟକଙ୍କ ସରକାର ପାରାଦ୍ୱୀପ ସଂଲଗ୍ନ ଢିଙ୍କିଆ ଚାରିଦେଶର ଜମିକୁ କାରଖାନା ପାଇଁ ଚିହ୍ନଟ କରିଛନ୍ତି ।

ଗ୍ରାମବାସୀମାନଙ୍କ ମଧ୍ୟରେ ପ୍ରତିକ୍ରିୟା ଏହା ଯେ, ସରକାରୀ ମଞ୍ଜୁଆଳମାନେ କିପରି ଜାଣି ପାରିଲେନି ଶିକ୍ଷ ପାଇଁ ଏହି ଜଙ୍ଗଲ ଜମି ସ୍ଥିର କରିବା ଆଦୌ ଠିକ୍ ନୁହେଁ । ପାରାଦ୍ୱୀପ ଉପକୂଲରେ ଲୁହାପଥର ଖଣି ନାହିଁ । ଯେଉଁଠି ଖଣି ଅଛି, ସେଠାରେ କାରଖାନା କରାଯାଉ କିମ୍ଵ ରାଜ୍ୟରେ ଅନେକ ସ୍ଥାନରେ ଅନାବାଦୀ ଜମି ପଡ଼ିଛି । ସେହି ଜମିଗୁଡ଼ିକୁ ଉପଯୋଗୀ କରାଯାଇ, କାରଖାନା କରାଯାଇ ପାରିଥାନ୍ତା । ନଚେତ୍ ଏମିତି ବି ହୋଇଥାନ୍ତା, ଢିଙ୍କିଆ ଚାରିଦେଶକୁ ଛାଡ଼ିଦେଇ କିଛି ଦୂରରେ ବହୁ ହଜାର ଏକର ଲୁଣା ଜମିପଡ଼ିଛି । ସେଠାରେ କାରଖାନା ହୋଇପାରିବ । ତେବେ ଏ ବହୁ

ଫସଲୀ, ସବୁଜ ଶସ୍ୟଶ୍ୟାମଲା କଳିନ୍ଦ ଚାଷ ମାଟିକୁ ଲୁଟି ନେବାକୁ କାହିଁକି ମସୁଧା ହେଉଛି ।

କାରଖାନା ହେଲେ ଜଙ୍ଗଲ ଉଜୁଡ଼ିବ । ଚାଷ ଯିବ ଓ ପାନ, ମୀନ ସବୁ ଯିବ । ପୋଇ, କଖାରୁ, ଦେଶୀଆଳୁ, ସଜନା, କଦଳୀ, ନଡ଼ିଆ, ପିଜୁଳି, ଲଙ୍କାଆମ୍ବ, ଜାମୁକୋଲି, ଜାମୁଡୋଲ, ଭଁୟଚିକୋଲି, ଖିରିକୋଲି, ଜଙ୍ଗଲିଆ କାଙ୍କଡ଼, ବଟବଟି ଓ କନ୍ଦମୂଳ ଆଉ କୋଉଠି ମିଳିବନି । କେବଳ ଚାଷବାଡ଼ି ଜମି ଭଲା ଯାଇଥାନ୍ତା, କେତେକ ଗାଁ ବି ଉଠିଯିବ । ଲୋକଙ୍କୁ ଖରା ବର୍ଷାରେ ରହିବାକୁ ପଡ଼ିବ । ନଦୀକୂଳ, ଆମ୍ବତୋଟା, ଚାରଣଭୂଇଁ, ଗାଁ ଦାଣ୍ଡ, ଗାଁ ପରିବେଶ ଆଉ କିଛି ରହିବନି । ଗାଁ ହଜିଗଲେ ଗାଈଗୋରୁ, ଛେଲିମେଣ୍ଢା ବି ହଜିଯିବେ । ଗାଁ ମୁଣ୍ଡରେ କବାଡ଼ି, ବାଗୁଡ଼ି, ଡାବୁଲପୁଆ, ବାସ୍କେଟ୍ ବଲ ଖେଳ କିମ୍ବ ବୋହୁଚୋରୀ ଆଦି ପଡ଼ା ବହିର ପାଠ ହୋଇରହିଯିବ । ଭୋରୁ ଭୋରୁ ଜାଙ୍ଗୁଲୁ ଜାଙ୍ଗୁଲୁ ଅନ୍ଧାରରୁ କାଉ ରାବିବନି କି ଆମ୍ବତୋଟାରୁ କୋଇଲିର କୁହୁତାନ ଆଉ ଶୁଭିବନି । ଗାଁ ମୁଣ୍ଡ ୫ଙ୍କା ବରଗଛ ଯଦି ଉପୁଡ଼ିଯାଏ, ତାହେଲେ ବସା ବାନ୍ଧିଥିବା ଚଢ଼େଇମାନେ କୁଆଡ଼େ ଯିବେ !ଗାଁ ରେ ଆଉ କାହାର ଶବଦ ଶୁଭିବ । ଏଠିକାର ଜଙ୍ଗଲରେ ଥିବା ସହସ୍ରାଧିକ ହରିଣ, ଠେକୁଆ, ବାରହା, ଶାଳୁଆପଟନି ଓ ଅନ୍ୟାନ୍ୟ ଜଙ୍ଗଲୀ ପଶୁମାନେ କୁଆଡ଼େ ଆଶ୍ରାନେବେ ?ସେମାନଙ୍କ କିଚିରି ମିଚିରି କଳରବ ଓ ବୋବାଳି କୋଉଠି ଆଉ ଶୁଣାଯିବ । ଏମିତି ଅନେକ ଅନେକ କଥା ଭାବିବାକୁ ପଡ଼ୁଛି ।

ଗାଁରେ କୁହାକୁହି ହେଉଛନ୍ତି ଯେ, ପୋସ୍କୋ ଏଠି ଲୁହା କାରଖାନା କଲେ କେବଳ ଯେ ଜଙ୍ଗଲ ଉଜୁଡ଼ି ଯିବନି, ଅଂଚଳର ଇଷ୍ଟ ଦେବତା ପ୍ରଭୁ କୁଞ୍ଜବିହାରୀ ଓ ନୂଆଗାଁ ପ୍ରସିଦ୍ଧ ମହାବୀର ପୀଠର ମଧ ଦୁର୍ଗତି ହେବ । ମହାପ୍ରଭୁ କୁଞ୍ଜବିହାରୀ କୁଜଙ୍ଗଗଡର ଇଷ୍ଟ ଦେବତା । ଆମ ଅଂଚଳର ମଉଡମଣି ପୁରୀ ଶ୍ରୀକ୍ଷେତ୍ର ବଡ଼ଠାକୁର ଶ୍ରୀଜଗନ୍ନାଥ ଯେ, ସାକ୍ଷାତ କୁଜଙ୍ଗଗଡର କୁଞ୍ଜବିହାରୀ ଓଡ଼ିଶାର ଗୋଡ଼ିମାଟି ଏହା ଜାଣନ୍ତି । ଶ୍ରୀମନ୍ଦିର ମାଦଳା ପାଞ୍ଜି ଏବଂ ଓଡ଼ିଆ ଇତିହାସର ପୃଷ୍ଠାରେ ଏହି ଡିଙ୍ଗିଆ ଚାରିଦେଶର ଠାକୁରଙ୍କ ଦୁର୍ଗତି ଓ ଅଲୌକିକ ଦାହାଣୀ ବର୍ଣ୍ଣନା ହୋଇଛି । ଗଜପତି ମୁକୁନ୍ଦଦେବଙ୍କ ରାଜତ୍ୱ ସମୟରେ ଦୁର୍ବଲ ଶାସନ କାରଣରୁ ଯବନମାନେ ଉତ୍କଳ ଆକ୍ରମଣ କରିଦେଇ ଥିଲେ । ଗୋହିରୀ ଟିକିରାଠାରେ କଳାପାହାଡ଼ ଗଜପତି ମୁକୁନ୍ଦଦେବଙ୍କୁ ହତ୍ୟା କରିଥିଲେ । ଯବନ ସେନାପତି କଳାପାହାଡ଼ ବିଜୟ ଉଲ୍ଲାସରେ ସମଗ୍ର ଉତ୍କଳ ରାଜ୍ୟରେ ଆକ୍ରମଣ ଓ ଲୁଟ୍‌ପାଟ କରିଥିଲେ ।

ପୁରୀ ଶ୍ରୀମନ୍ଦିରରୁ ଲୁଟପାଟ୍ କରି ସେଠାରୁ ରନ୍‌ଭାର ବୋହିନେବା ପରେ ଶ୍ରୀ

ଜଗନ୍ନାଥ, ବଳଭଦ୍ର ଓ ସୁଭଦ୍ରାଙ୍କ ତିନି ବିଗ୍ରହକୁ ହାତୀ ପିଠିରେ ଲଦି ନେଇଯାଇଥିଲେ। ଗଙ୍ଗାନଦୀ କୂଳରେ ବିଗ୍ରହମାନଙ୍କୁ କାଠିକୁଟା ଗଦାକରି ପୋଡ଼ି ପକେଇବାରୁ କଳାପାହାଡ଼ର ନିଜ ଶରୀର ଜଳିବାକୁ ଲାଗିଲା। ଭୟ ପାଇ କଳାପାହାଡ ଦରପୋଡ଼ା ବିଗ୍ରହଙ୍କୁ ଗଙ୍ଗାନଦୀରେ ଭସେଇ ଦେଇଥିଲା। କୁଜଙ୍ଗଗଡ଼ର ବିଶର ମହାନ୍ତି ନାମକ ଜଣେ ଗୌଡ଼ୀୟ ବୈଷ୍ଣବ ଭକ୍ତ ପାଗଳ ପ୍ରାୟ କଳାପାହାଡ଼ର ସୈନ୍ୟମାନଙ୍କ ପଛେ ପଛେ ଯାଇଥିଲା। ସୁଯୋଗ ଉଣ୍ଟି ବିଶର ମହାନ୍ତି ଗଙ୍ଗା ନଦୀରୁ ଦରପୋଡ଼ା ଦାରୁ ବିଗ୍ରହକୁ ଛାଣି ଆଣିଲା। ତହିଁ ମଧ୍ୟରୁ ଅପୋଡ଼ା ବ୍ରହ୍ମକୁ ଉଦ୍ଧାର କରି ଏକ ମୃଦଙ୍ଗରେ ଗୋପନରେ ରଖି ବଙ୍ଗୋପସାଗର କୂଳେ କୂଳେ ଆସି କୁଜଙ୍ଗଗଡ଼ ରାଜ୍ୟରେ ପହଞ୍ଚିଥିଲା।

ନୂଆଗାଁର ମହାବୀର ପୀଠ ସନ୍ନିକଟରେ ପୂଜାର୍ଚ୍ଚନା କରିବା ବେଳେ ଭଗବାନଙ୍କର ଶୂନ୍ୟବାଣୀକୁ ଆଧାର କରି ନିକଟସ୍ଥ ଏକ କୁଞ୍ଜବନରେ ବ୍ରହ୍ମଙ୍କୁ ରଖିବାରୁ କୁଜଙ୍ଗଗଡ଼ର ରାଜା ଓ ରାଣୀ ସେଠାରେ ମନ୍ଦିରଟି ତୋଳାଇ ଠାକୁରଙ୍କୁ କୁଞ୍ଜବିହାରୀ ନାମରେ ନାମିତ କରି ଦୀର୍ଘ ବର୍ଷ ଧରି ପୂଜାପାଠ କରିଥିଲେ। ପରେ ଉକ୍କଳରେ ନିଷ୍ଠୁର ଯବନମାନଙ୍କ ଉତ୍ପାତ କମିଯିବାରୁ ତତ୍କାଳୀନ ଗଜପତି ରାଜା ରାମଚନ୍ଦ୍ର ଦେବ ଖାଲି ପଡ଼ିଥିବା ଶ୍ରୀମନ୍ଦିରରେ ଠାକୁରମାନଙ୍କୁ ନଦେଖି ବ୍ୟଥିତ ହୋଇଥିଲେ। ଶ୍ରୀହୀନ ଶ୍ରୀକ୍ଷେତ୍ରକୁ ପରିପୂର୍ଣ୍ଣ କରିବାକୁ ମହାପ୍ରଭୁଙ୍କ ସ୍ୱପ୍ନାଦେଶରେ ରାଜା ରାମଚନ୍ଦ୍ରଦେବ, ପାତାଲି ହୋଇ ଗୋପନରେ ବ୍ରହ୍ମ ଅଛନ୍ତି ବୋଲି ଜାଣିବାକୁ ପାଇ କୁଜଙ୍ଗଗଡରେ ପହଞ୍ଚିଥିଲେ।

ବ୍ରହ୍ମ ଶ୍ରୀମନ୍ଦିର ଫେରିଲେ। ମହାପ୍ରଭୁ ଦାରୁବ୍ରହ୍ମ ରୂପେ ଶ୍ରୀକ୍ଷେତ୍ରରେ ପୁଣି ସ୍ଥାପିତ ହେଲେ। ଶ୍ରୀଜଗନ୍ନାଥଙ୍କ ଇଚ୍ଛାରେ କୁଞ୍ଜବିହାରୀଙ୍କ ବିଜେସ୍ଥଳି ଶୁଭଦ୍ରାକ୍ଷେତ୍ର ନାମରେ ନାମିତ ହେଲା। ଶ୍ରୀଗୁଣ୍ଡିଚା ରଥଯାତ୍ରା ପର ଦିନ ହିଁ ଶ୍ରୀଜଗନ୍ନାଥ ବିଜେ କରନ୍ତି ତାଙ୍କ ଅତି ଆଦରର ଗୋପନସ୍ଥଳ କୁଞ୍ଜବନ ଶୁଭଦ୍ରାକ୍ଷେତ୍ରକୁ। ସେଇଥିପାଇଁ କୁଞ୍ଜବିହାରୀଙ୍କର ବାସି ରଥଯାତ୍ରା ପାଳିତ ହୁଏ। ପୁରୀ ଶ୍ରୀକ୍ଷେତ୍ର ସହିତ ଏହା ହିଁ କୁଜଙ୍ଗଗଡ଼ର ସମ୍ପର୍କ।

ଯଦି ପୋସ୍କୋ କମ୍ପାନୀ ଏଠାରେ କାରଖାନା ନିର୍ମାଣ କରେ, ତାହେଲେ ମହାପ୍ରଭୁ କୁଞ୍ଜବିହାରୀଙ୍କର ଦୁର୍ଗତି ପଡ଼ିବ। ପୁରାଣ ଓ ଇତିହାସରେ ପ୍ରସିଦ୍ଧ କୁଞ୍ଜବିହାରୀଙ୍କ ପୀଠର ଚିହ୍ନ କିଛି ରହିବନି। ଏହା ହିଁ ଗାଁ ଗହଲିରେ ଆଲୋଚନା ଚାଲିଥିଲା। କେବଳ ମହାପ୍ରଭୁ କୁଞ୍ଜବିହାରୀ ନୁହଁନ୍ତି, ଢିଙ୍କିଆ ଚାରିଦେଶରେ ଥିବା ବହୁ ଠାକୁର ଠାକୁରାଣୀ ସମୟଚକ୍ରରେ ହଜିଯିବେ। ନୂଆଗାଁରେ ଅନ୍ୟତମ ମାଲିକାକାର ଓ ସ୍ୱାଧୀନତା ସଂଗ୍ରାମୀ

ସନ୍ତ ରାଜୀବ ଲୋଚନଙ୍କର ପ୍ରସିଦ୍ଧ ସିଦ୍ଧ ଗୁମ୍ଫା, ବାଲିସାହି ମଙ୍ଗଳାପଦ୍ୱାର ମା' ମଙ୍ଗଳା ଠାକୁରାଣୀ, ନୋଳିଆସାହି-ନୂଆଗାଁକୁ ଲାଗି ମହାବୀର ମନ୍ଦିର, ତ୍ରିଲୋଚନପୁର ଠାକୁରାଣୀ ମା' ବଇଦେହୀ ଓ ମା' କେନ୍ଦୁଲାଇ। ମାହାଲ ଗାଁର ମା' ମଙ୍ଗଳା ଠାକୁରାଣୀ ଓ ଗୋବିନ୍ଦପୁର ମଙ୍ଗଳାପଦ୍ୱାର ତ୍ରିନାଥେଶ୍ୱର। ଢିଙ୍କିଆ ଗାଁର ଆରାଧ୍ୟ ମା' ଫୁଲଖାଇ ଠାକୁରାଣୀ। ପାଟଣା ଗାଁରେ ମା ପଦ୍ମାଳୟା ଓ କପ୍ତେଶ୍ୱର ମହାପ୍ରଭୁ ବିଜେ କରିଅଛନ୍ତି। ଢିଙ୍କିଆ ଚାରିଦେଶରେ ସାଧାରଣ ଲୋକଙ୍କ ଧାରଣା ଯେ, ମହାପ୍ରଭୁ କୁଞ୍ଜବିହାରୀ ଓ ମହାବୀରଙ୍କୁ ସ୍ମରଣ ମାତ୍ରକେ ଫଳ ମିଳିଥାଏ।

ଯଦି ପୋସ୍କୋ କମ୍ପାନୀ ଲୁହା କାରଖାନା କରିବ, ତାହେଲେ ଅଂଚଳରେ ପ୍ରଚଳିତ ସଂସ୍କୃତିର ଅସ୍ତିତ୍ୱ ଲୋପ ପାଇଯିବ। ସବୁକିଛି ହଜିଯିବ। ମନ୍ଦିର-ମାଲିନୀ, ଶସ୍ୟ-ଶ୍ୟାମଳା ସବୁଜବନାନୀ ନଷ୍ଟ ହୋଇଯିବ। ପୌରାଣିକ ବିଚାରବୋଧର ସ୍ଥାନ ଓ ଐତିହାସିକ ପୃଷ୍ଠଭୂମି ଅଂଚଳର ଗୌରବ ମାଟିରେ ଧୂଳିସାତ୍ ହୋଇଯିବ। ଯାହାକୁ ଖୋଜିଲେ ମିଳିବନି।

କେନ୍ଦ୍ର ସରକାର ନିଷ୍ପତି ନେଲେ, ଓଡ଼ିଶାରେ ପୋସ୍କୋ କାରଖାନା କରିବେ। ଓଡ଼ିଶା ସରକାରଙ୍କ କେତେଜଣ ଆଇ.ଏ.ଏସ୍ ଓ ରାଜନେତା ନିଷ୍ପତି ନେଇଗଲେ ଯେ, ଏହି ସ୍ଥାନରେ ପୋସ୍କୋ କାରଖାନା କରାଯିବ। ଯେବେଠୁ ପ୍ରସ୍ତାବ ହୋଇ କାର୍ଯ୍ୟକାରୀ ହେବାକୁ ଉଦ୍ୟମ ଚାଲିଛି, ସେବେଠୁ ଅଂଚଳବାସୀଙ୍କର ମନ ମରିଯାଇଛି। ଏହାକୁ କୁହାଯାଇ ପାରେ ଯେ, ଢିଙ୍କିଆ ଚାରିଦେଶର ଅଧିକରୁ ଅଧିକ ଜନସାଧାରଣ ପ୍ରକଳ୍ପକୁ ବିରୋଧ ଜାରି ରଖିଥିବା ବେଳେ ହାତଗଣତି କୋଉଠି କୋଉଠି ସମର୍ଥନ ମଧ୍ୟ ମିଳୁଛି। କେତେକ କୁହନ୍ତି ଯେ, ପୋସ୍କୋ କାରଖାନା କଲେ ଆମକୁ ହାତୀ ଘୋଡ଼ା ମିଳିଯିବ। ଆମେ ଗାଡ଼ି ଚଢ଼ିବୁ। ଚାକିରି କରିବୁ। ପକ୍କାଘରେ ରହିବୁ। ଆମର ବୁନିଆଦି ଆକାଶ ଛୁଆଁ ହେବ। ଆମେ ପାଂଚ ଜଣରେ ଜଣେ ହେବୁ। ଏପରି ଲୋକମାନଙ୍କ ଦୁର୍ବଳତାକୁ ପୋସ୍କୋ ଅଧିକାରୀ ଜାଣିପାରି ଅର୍ଥ ବଦଲରେ ମଥା କିଣିବାକୁ ଚାହିଁଛନ୍ତି। ପ୍ରଶାସନ ଓ ପୋସ୍କୋର ଚକ୍ରବ୍ୟୁହରେ ଅନେକ ଗ୍ରାମର ଅଧିବାସୀ ଓ ଯୁବପିଢ଼ି ପଥଭ୍ରଷ୍ଟ ହୋଇଛନ୍ତି ମିଛ ସ୍ୱପ୍ନରେ ମସିଯାଇଛନ୍ତି। ବିଭିନ୍ନ ଗାଁରେ ସୃଷ୍ଟି ହୋଇଥିବା ପୋସ୍କୋର ସମର୍ଥକମାନେ ବେଳେବେଳେ ଝୁଙ୍କି ପଡ଼ନ୍ତି ସରଳ ନିରୀହ ଗ୍ରାମବାସୀମାନଙ୍କ ଉପରକୁ। ଆକ୍ରମଣର ଭୟ ଦେଖାନ୍ତି।

ବହୁବାର ପୋସ୍କୋ ସମର୍ଥକ ଓ ଗ୍ରାମବାସୀମାନଙ୍କ ମଧ୍ୟରେ ହାତାହାତି ହୋଇ ସାରି ଗୁଲି ଫୁଟିବା, ବୋମାମାଡ଼ ହେବା, ବାଡ଼ାବାଡ଼ି, ହଣାହଣି ଓ ଅପହରଣ ମଧ୍ୟ ହେଲାଣି। ଗାଁରେ ବାରମ୍ବାର ୧୪୪ ଧାରା ଜାରି ହୋଇଛି। ପୋସ୍କୋ, ପ୍ରଶାସନ ଓ

ଇଡ୍‌କୋର ଜିଦି ଆମେ କୌଣସି ପ୍ରକାରେ ଅଂଚଳରୁ ୪୦୦୪ ଏକର ଜମି ଅଧ୍ବଗ୍ରହଣ କରିବୁ। ଗାଉଁଲି ଲୋକଙ୍କୁ ହଟେଇବୁ। ସେମାନଙ୍କର ଭିଟାମାଟି ଓ ଜୀବନ ଜୀବିକା ଛଡେଇନେବୁ। ହେଲେ ଗ୍ରାମବାସୀଙ୍କର ଗୋଟିଏ କଥା ଯେ, ଆମେ କୌଣସି ପରିସ୍ଥିତିରେ ହଟିବୁନି। ମାଟିହରା ହେବୁନି। ମାଟି ମା'କୁ କୌଣସି ପରିସ୍ଥିତିରେ ବିଦେଶୀ କମ୍ପାନୀ ହାତରେ ଟେକି ଦେବୁନି। ଆମେ ଏତେ ଦୁର୍ବଳ ହୋଇପାରିବୁନୁ।

ପୋସ୍କୋ ବିରୋଧରେ ଆନ୍ଦୋଳନ କରିବାକୁ ଅଂଚଳରେ ଗଢ଼ି ଉଠିଛି ପୋସ୍କୋ ପ୍ରତିରୋଧ ସଂଗ୍ରାମ ସମିତି। ରାତିରେ ଢିଙ୍କିଆର ମା'ଫୁଲଖାଇ ମନ୍ଦିର ପ୍ରାଙ୍ଗଣରେ ସମିତିର ସଭା ବସିବ। ପ୍ରତି ପରିବାରର ପୁରୁଷ ଓ ମହିଳା ସଭାରେ ଯୋଗଦେବେ। ଆଜି ସଭାଟି ଗୁରୁତ୍ବପୂର୍ଣ୍ଣ। ଗାଁ ମୁଣ୍ଡରେ ନିବୁଜ ବାଉଁଶର ଫାଟକ ପଡ଼ିଛି। ଫାଟକ ସେପଟେ ରହିଛି ପୋଲିସ୍ ଡେରା। ଏବେ ଗାଁ ପୋଲିସ୍ ଫୋର୍ସ ଘେରରେ ରହିଛି। ସ୍ଥିତି ସଙ୍ଗୀନ। ରାତିର ସଭା ନିର୍ଣ୍ଣୟ କରିବ ଆସନ୍ତା କାଲିର ଭବିଷ୍ୟତକୁ। ଆସନ୍ତା କାଲିର ମୁହାଁମୁହିଁ ପରିସ୍ଥିତିକୁ। ଏକାଧିକବାର ଗ୍ରାମବାସୀ ପୋଲିସ୍ ସହିତ ଲଢ଼ିସାରିଲେଣି। କେତେକ ଗ୍ରାମବାସୀ ପ୍ରାଣବଳି ଦେଇସାରିଲେଣି। ଶତାଧିକ ଗ୍ରାମବାସୀ ମହିଳା, ପୁରୁଷ ପଙ୍ଗୁ ଜୀବନ ଯାପନ କରୁଛନ୍ତି। ଢିଙ୍କିଆ ଚାରିଦେଶ ଏବେ ପୋଲିସ୍ ଘେରା ବନ୍ଦୀରେ। ସକାଲ ହେଲେ ପୋଲିସ୍ ଫୋର୍ସ ଗାଁରେ ପଶିବ। କଲେକ୍ଟର, ଏସ୍.ପି., ଇଡକୋ ଅଫିସର ସମେତ ବହୁ ସରକାରୀ ଅଫିସର ଓ ପୋସ୍କୋ କମ୍ପାନୀ କର୍ମଚାରୀ ଗାଁ ମୁଣ୍ଡରେ ଡେରା ପକାଇଛନ୍ତି

ପୋସ୍କୋ ପ୍ରତିରୋଧ ସଂଗ୍ରାମ ସମିତିର ରାତିରେ ଅନୁଷ୍ଠିତ ହେବାକୁ ଥିବା ବୈଠକକୁ ସମସ୍ତଙ୍କ ଅପେକ୍ଷା। ବୈଠକର ନିଷ୍ପତି, ଲୋକଙ୍କ ବଂଚିବାର ଅଧିକାର ସାବ୍ୟସ୍ତ କରିବେ। ଲୋକଙ୍କ ମନରେ ଭୟ, ପ୍ରତିହିଂସାର ରୂପ ନେଉଛି।

ସଭା ପୂର୍ବରୁ ଗାଁରେ ନିରବତା ରାଜୁତି କରୁଥିଲା। ଯେମିତି ଗୁମ୍‌ସୁମ୍ ଜଣାଉଥିଲା।

ଦୁଇ

ମା' ଫୁଲଖାଇ ମନ୍ଦିର ପ୍ରାଙ୍ଗଣରେ ସନ୍ଧ୍ୟାବେଳକୁ ସଭା ଆରମ୍ଭ ହୋଇଗଲା। ଗଡ଼କୁଜଙ୍ଗ, ନୂଆଗାଁ ଓ ଢିଙ୍କିଆ ପଂଚାୟତର ସବୁ ଗାଁର ପୁରୁଷମାନେ ଏକାଠି ହୋଇଥିଲେ। ଗୋବିନ୍ଦପୁର, ପାଟଣା ଓ ଢିଙ୍କିଆ ଗାଁରୁ ପ୍ରତି ଘରୁ ଘରୁ ପୁରୁଷ ଆସିଥିଲେ। ଢିଙ୍କିଆ, ଗୋବିନ୍ଦପୁର ଓ ପାଟଣାଗାଁରୁ ମହିଲାମାନେ ମଧ ସଭାରେ ଯୋଗ ଦେଇଥିଲେ। ନିକଟସ୍ଥ ଦଳିତ ବସ୍ତିର ମହିଲାମାନେ ବହୁ ସଂଖ୍ୟାରେ ଆସିଥିଲେ। ଗଠନ ହୋଇଥିବା ପୋସ୍କୋ ପ୍ରତିରୋଧ ସଂଗ୍ରାମ ସମିତିର ସମର୍ଥକ, ଅଧ ସମର୍ଥକ ଓ ଦଳିତ ବସ୍ତିର ମହିଲା ପୁରୁଷମାନେ ପ୍ରାୟ ରାତି ୭ଟା ସୁଦ୍ଧା ଦୁଇ ହଜାରରୁ ଅଧିକ ସଂଖ୍ୟାରେ ଏକାଠି ହୋଇ ଯାଇଥିଲେ। ଅନ୍ୟମାନେ ଯିଏ ଯୋଉଠି ଦୂର ସ୍ଥାନକୁ ଯାଇଥିଲେ ଗୋଟିଗୋଟି ହେଇ ସଭାକୁ ଆସୁଛନ୍ତି। ରାତି ଯେତିକି ବଢୁଛି, ଗ୍ରାମବାସୀଙ୍କ ସଂଖ୍ୟା ସେତିକି ଅଧିକ ଅଧିକ ହେଉଛି। ସମସ୍ତଙ୍କ ମନ ଭିତରେ ଆଶଙ୍କା। ଯେ, ଆସନ୍ତା କାଲିପାଇଁ କ'ଣ ନିଷ୍ପତି ନିଆଯିବ। ଅନେକ ଲୋକେ ଦେଖି ଆସିଛନ୍ତି ଯେ, ନୂଆଗାଁ ପାଖ ସ୍କୁଲ ପଡ଼ିଆରେ ଅପରାହ୍ନରେ ପୋଲିସ୍ ଫୋର୍ସ ଫ୍ଲାଗ୍ ମାର୍ଚ କରୁଥିଲା।

ଗାଁରେ କେତେ କଥା କୁହାକୁହି ହେଉଛନ୍ତି। କିଏ କହୁଛି, ରାତି ଅଧରେ ପୋଲିସ୍ ଗାଁରେ ପଶିବ। କିଏ କହୁଛି ଭୋରୁ ଭୋରୁ ପୋଲିସ୍ ଗାଁରେ ପଶିବ। ପୋସ୍କୋ ବିରୋଧରେ ଯେଉଁମାନେ ନେତୃତ୍ୱ ନେଉଛନ୍ତି, ପୋଲିସ୍ ସେଇମାନଙ୍କୁ ଖୋଜିଖୋଜି ଥାନାକୁ ନେବେ। କେଶ୍ ଠୁଙ୍କି ଦେଇ ଜେଲ୍ ପଠେଇବେ। ଏଥିକୁ ଡର ନାହିଁ। ଆଇନକୁ ଖାତିର ନାହିଁ। ଜେଲ୍‌ରେ ପଶିଲେ ପଶିବୁ। ମଲେ ମରିବୁ। ଭିଟାମାଟି ପାଇଁ ଜୀବନ ଦେବୁ। ଆମ ଦେହରେ ବିଦ୍ରୋହ କରିବାର ରକ୍ତ ଅଛି। ମନରେ ସାହସ ଅଛି। ହାତରେ ଠେଙ୍ଗା ବାଡ଼ି ରହିଛି। ଢିଙ୍କିଆ, ପାଟଣା ଓ ଗୋବିନ୍ଦପୁର ଗାଁ ମୁଣ୍ଡରେ ଫାଟକ ହୋଇଛି। ଫାଟକକୁ ପ୍ରାୟ ଚାରିଶହରୁ ଅଧିକ ମହିଲା ପୁରୁଷ

ଅହୋରାତ୍ର ଜଗି ରହିଛନ୍ତି । ଫାଟକ ପାଖରେ ପହଁଚିଲେ ଘଣ୍ଟ ବାଜିବ । ଯିଏ ଯୋଉଠି ଥିବେ ଏକାଠି ହେବେ । ପୋଲିସ୍ ସାଥିରେ ତାଡ଼ଭିଡ଼ ହେବ । ସେମାନେ ବାଡ଼େଇଲେ ଆମେ ପ୍ରତିରୋଧ କରିବୁ । ଗୁଳି ଚଲେଇଲେ ଛାତି ଦେଖେଇବୁ । କେତେ ମାରିବେ ମାରନ୍ତୁ । ଗାଁ ସାରା ଶବ ପଡ଼ୁ । ତଥାପି ପୋସ୍କୋ କମ୍ପାନୀକୁ ମାଟି ଦେବୁନି । ଲଢ଼େଇ କରିବୁ ।

ସାରା ଗାଁରେ ଗୋଟିଏ ବିଚାରଧାରା । ଗୋଟିଏ ନିଷ୍ପତି ଯୋଗୁ ସମସ୍ତେ ଏକାଠି ହୋଇଛନ୍ତି । ରାତି ପାହିଲେ ଲଢ଼େଇ ହେବ ।

ରାତି ଆଠଟା ସୁଦ୍ଧା ମା' ଫୁଲଖାଇ ମନ୍ଦିର ପ୍ରାଙ୍ଗଣରେ ଊଣା ଅଧିକେ ସମସ୍ତେ ଉପସ୍ଥିତ ହୋଇଗଲେ । ପୋସ୍କୋ ପ୍ରତିରୋଧ ସଂଗ୍ରାମ ସମିତିର ସଭାପତି ଅଭୟ ସାହୁ ମଝିରେ ବସିଥିଲେ । ଗୋରା ତକ୍‌ତକ୍ ସାଢ଼େ ପାଂଚ ଫୁଟର ମଧ୍ୟ ବୟସ୍କ ମଣିଷଟିଏ । ଧଳା ପଞ୍ଜାବୀ ଓ ଟ୍ରାଉଜର ଦେହକୁ ମାନୁଥିଲା । ପାଖରେ ବସିଥିଲେ ସମ୍ପାଦକ ଶିଶିର କୁମାର ମହାପାତ୍ର । ସଭାପତି ଓ ସମ୍ପାଦକ ଦୀର୍ଘ ସମୟ ଧରି ନିଜ ନିଜ ମଧ୍ୟରେ କଥା ହେଉଥିଲେ ।

ଶିଶିର ମହାପାତ୍ର ଛିଡ଼ା ହୋଇ କହିଲେ– "ଆସନ୍ତା କାଲି ସକାଳୁ ସକାଳୁ କୌଣସି ନା କୌଣସି ଅଘଟଣ ଘଟିପାରେ । ସେଥିପାଇଁ ଗ୍ରାମବାସୀମାନେ ସତର୍କ ରହିବେ । ରାତିରେ ଗାଁ ମୁଣ୍ଡର ବିଭିନ୍ନ ଫାଟକରେ ଯେଉଁ ମାଆ ମାନଙ୍କର ପାଲି ଅଛି, ସେମାନେ ଖିଲାପ ନକରି ରାତି ଅନିଦ୍ରା ହୋଇ ଜଗି ରହିବେ । ଭୋର ହେଲେ ସମସ୍ତେ ଗୋବିନ୍ଦପୁର ବାଲିଟିକିରା ଉପରକୁ ଆସିବେ । ଗତକାଲି ଭଳି ସମସ୍ତେ ଏକଜୁଟ୍ ହେବା । ଦେଖିବା ପରିସ୍ଥିତି କ'ଣ ହେଉଛି ।"

ପାଟଣାଗାଁର ସୁର ଦାସକୁ କହିବାର ସୁଯୋଗ ମିଳିବାରୁ ସେ ଛିଡ଼ାହୋଇ କହିଲେ– "ଢ଼ିଙ୍କିଆ ଚାରିଦେଶ ସବୁ ଗ୍ରାମବାସୀଙ୍କର ଅଭୟ ସାହୁଙ୍କ ନେତୃତ୍ୱ ଉପରେ ଭରସା ଅଛି । ଅଭୟ ବାବୁ ଏଇ ଗ୍ରାମବାସୀମାନଙ୍କ ପାଇଁ ଲଢ଼େଇ କରି ଦୁଇଥର ଜେଲ ଯାଇସାରିଲେଣି । ତେଣୁ ତାଙ୍କର ସମସ୍ତ ନିର୍ଦେଶ ଆମକୁ ମାନିନେବାକୁ ହେବ । ଦୀର୍ଘ ବର୍ଷ ହେଲା ଆମ୍ଭେମାନେ ପୋସ୍କୋ ବିରୋଧରେ ଲଢ଼ୁଛୁ । ପୋସ୍କୋର ବିଭିନ୍ନ ଘଟଣାକ୍ରମକୁ ନେଇ ଏଯାବତ୍ ଅନେକ ଶହୀଦ୍ ହୋଇଗଲେଣି । ବହୁ ଲୋକ ପଙ୍ଗୁ ହୋଇ ଜୀବନଯାପନ କରୁଛନ୍ତି । କାହାର ହାତ ପାପୁଲି ନାହିଁ । କାହାର କାନ କଟିଯାଇଛି, କିଏ ଗୋଡ଼ ହରେଇଛି । କାହା ପେଟରୁ ଏ ପର୍ଯ୍ୟନ୍ତ ଗୁଳି ବାହାରିନି । ପୋଲିସ୍ ଫୋର୍ସ ସହିତ ଦଶବର୍ଷ ମଧ୍ୟରେ ବହୁବାର ମୁକାବିଲା ହୋଇଛି । ଆମେ ତ ମାଓବାଦୀ ନୁହେଁ କିମ୍ୱା ହିଂସା କରିବା ଆମର ଉଦ୍ଦେଶ୍ୟ ନୁହେଁ । ଆମେ ଶାନ୍ତିପୂର୍ଣ

ଆନ୍ଦୋଳନ କରିବାକୁ ଚାହୁଁଛୁ । ସେମାନେ ଆମ ଉପରେ ଆକ୍ରମଣ କରୁଛନ୍ତି । ପୋଲିସ୍‌ ଫୋର୍ସ ଆମକୁ ଗାଈଗୋରୁ ଭଳି ପିଟୁଛି । ପୋସ୍କୋ ସମର୍ଥକ ଗୁଣ୍ଡା ଓ ଅସାମାଜିକ ବ୍ୟକ୍ତିମାନେ ମଧ ଆମ ସହିତ ବହୁବାର ଲଢ଼ିଛନ୍ତି । ମହିଳାମାନେ ସାମ୍ନା କରିଛନ୍ତି, ଛୋଟ ଶିଶୁ, ସ୍କୁଲ ଛାତ୍ରଛାତ୍ରୀ ଏମାନେ ମଧ ମାଟି ମା'ର ରକ୍ଷା ପାଇଁ ଖରାରେ ବସି ବାଲି ଟିକିରା ଉପରେ ପ୍ରତିବାଦ କରିଛନ୍ତି । ଏମିତିରେ ଦଶବର୍ଷ ବିତିଗଲାଣି । ଗଲା ସପ୍ତାହେ ହେଲା ଅଂଚଳର ବିଭିନ୍ନ ସ୍ଥାନରେ ପାନ ବରଜ ଭଙ୍ଗା ଯାଇଛି । ଜମି ଅଧ୍ୱଗ୍ରହଣ କରାଯାଉଛି । ଏବେ ଲଢ଼େଇ ନିର୍ଣ୍ଣାୟକ ସ୍ଥିତିରେ”।

ଫୁଲଖାଇ ମନ୍ଦିର ବେଡ଼ା କରତାଳିରେ ପ୍ରକମ୍ପିତ ହେଲା । ସମସ୍ତେ କହିଲେ ହଁ ହଁ ଆମେ ଲଢ଼େଇ କରିବୁ ।

ନାରୀ ନେତ୍ରୀ ମନୋରମା ଖଟୁଆ କହିବା ବାଲା ଝିଅ । ପାଠ ପଢ଼ି ଶିକ୍ଷିତା ହୋଇଥିଲେ ମଧ ଅଦ୍ୟାବଧି ସରକାରୀ ଚାକିରି କରିନାହିଁ । ବିବାହ ଯୋଗ୍ୟା ହୋଇ ମଧ ପରିବାରକୁ ଆଉଆଲ କରି ମାଟି ପାଇଁ ଲଢ଼େଇରେ ଲଂଫ ଦେଇଛି । ସୁନ୍ଦର ଭାଷଣ ଦେଇପାରେ ସେ । ଲୋକଙ୍କର ମନୋବଳ ବଢ଼େଇବା ପାଇଁ ଯାହା ଆବଶ୍ୟକ ତାହା କରେ । ସଭାରେ ଠିଆ ହୋଇ ସେ କହିବା ମାତ୍ରକେ ସଭା ନିରବି ଗଲା ।

ମନୋରମାଙ୍କ କହିବା କଥା ଯେ, ପୋସ୍କୋ ବିରୋଧ୍ ଆନ୍ଦୋଳନରେ ମହିଳାମାନଙ୍କ ଭୂମିକା ଅବର୍ଣ୍ଣନୀୟ । ସେମାନେ ହାଣ୍ଡିଶାଳ ଛାଡ଼ି ଗାଁ ଦାଣ୍ଡରେ ଦୁର୍ଗା ସାଜିଛନ୍ତି । ହାତରେ ଠେଙ୍ଗାଧରି ଗାଁ ଜଗୁଛନ୍ତି । ଶାଶୁ ଶ୍ୱଶୁର ସ୍ୱାମୀ ପିଲାଛୁଆ ସମସ୍ତେ ସେମାନଙ୍କ ପାଖରୁ ଅଣଦେଖା ହୋଇଛନ୍ତି । ମହିଳାମାନଙ୍କର ପରିବାରରେ ଯେତିକି ସ୍ନେହ, ଏବେ ତାଠାରୁ ଅଧିକ ସ୍ନେହ ଭଲ ପାଇବା ଅଜାଡ଼ି ହୋଇପଡ଼ିଛି ଗାଁ ମାଟି ଉପରେ । ଗାଁ ମାଟି, ଜଙ୍ଗଲ ଓ ଜୀବିକା ରକ୍ଷା ପାଇଁ ଦୀର୍ଘ ବର୍ଷ ହେଲା ସେମାନେ ମଥାରେ ଓଢ଼ଣି ଦେଇନାହାନ୍ତି ।

ପୋସ୍କୋ ବିରୋଧ ଆନ୍ଦୋଳନ ଏବେ କେବଳ ରାଜ୍ୟରେ ନୁହେଁ ସମଗ୍ର ଦେଶରେ ଚର୍ଚ୍ଚା ହେଉଛି । ପୋସ୍କୋ ଉପରେ ଭାରତ ବାହାରେ ଚୀନ ଓ ଆମେରିକା ପରି ଉନ୍ନତ ଦେଶମାନେ ତିକ୍ଷଣ ନଜର ରଖ୍ଛନ୍ତି । ପୋସ୍କୋ ବିରୋଧରେ ଆନ୍ଦୋଳନକୁ ସମଗ୍ର ଦେଶର ବିସ୍ଥାପନ ଜମିହରା ମଂଚ ଓ ସ୍ୱେଚ୍ଛାସେବୀ ସଂଗଠନମାନେ ସମର୍ଥନ ଦେଉଛନ୍ତି । ଢ଼ିଙ୍କିଆ ଚାରିଦେଶର ଚର୍ଚ୍ଚା ସବୁଦିନ ଗଣମାଧ୍ୟମରେ । ଏହି ଆନ୍ଦୋଳନରେ କୌଣସି ପ୍ରକାରେ ଆମର ଜୀବିକା ବଂଚେଇବାକୁ ପଡ଼ିବ ବୋଲି ମନୋରମା ନିଜ ଭାଷଣରେ କହିଥିଲେ ଓ କରତାଳିରେ ମନ୍ଦିର ପ୍ରାଙ୍ଗଣ ଫାଟି ପଡ଼ିଥିଲା ।

ଅଭୟ ସାହୁ ନିଜ ବକ୍ତବ୍ୟରେ କହିଥିଲେ ଯେ, ଏବେ ଚୁଡାନ୍ତ ଲଢ଼େଇ

ଆମେ କରୁଛେ । ଗଡ଼କୁଜଙ୍ଗ, ନୋଲିଆସାହି, ନୂଆଗାଁରେ ହଜାର ହଜାର ପାନ ବରଜକୁ ପ୍ରଶାସନ ପୋଲିସ୍ ଫୋର୍ସ ଲଗେଇ ଭାଙ୍ଗ ପକେଇଛି । ଗୋବିନ୍ଦପୁର, ପାଟଣା ଓ ଢିଙ୍କିଆରେ ପାନ ବରଜ ଭାଙ୍ଗି ଜମି ଅଧିଗ୍ରହଣ କରିବା ପରେ କଥା ସରିଯିବ । ଆମମାନଙ୍କ ଆନ୍ଦୋଳନକୁ ସମଗ୍ର ପୃଥିବୀ ଦେଖୁଛି । ବିଦେଶୀ ଦକ୍ଷିଣ କୋରିଆ ଆମେରିକା ଓ ତାର ମିତ୍ର ରାଷ୍ଟ୍ରଙ୍କ ପୁଞ୍ଜିରେ କାରଖାନା କରିବାକୁ ଯାଉଛି । ଏଠି ପୋସ୍କୋ କାରଖାନା ହେଲେ ଅବାଧରେ ବିଦେଶୀ ଶକ୍ତି କ୍ରମଶଃ କାୟା ବିସ୍ତାର କରିବାକୁ ଲାଗିବ । ପୋସ୍କୋ ଏଠି କାରଖାନା କରିବ । ଓଡ଼ିଶାରେ ଥିବା ସବୁ ଖଣି ଖାଦାନରୁ ଲୁହାପଥର ଲୁଟି ନେବ । ଆମ ରାଜ୍ୟରେ ଥିବା ଲୁହା ପଥରକୁ ନିମ୍ନମାନର ଦର୍ଶାଇ ବ୍ରାଜିଲରେ ନେଇ ବିକ୍ରି କରିବ ଓ ବ୍ରାଜିଲ୍‌ରୁ ଲୁହାପଥର ଆଣି ପାରାଦ୍ୱୀପ କାରଖାନାରୁ ଲୁହା ଉତ୍ପାଦନ କରିବ । ଲୁହା ପଥରର ଆନ୍ତର୍ଜାତୀୟ ଦର ଯାହା ରହିଛି, ତାହା ପୋସ୍କୋ ଦେବ ନାହିଁ । ଆମ ରାଜ୍ୟକୁ ଠକେଇ କରି ଶାଗ ମାଛ ଦରରେ ଲୁହା ପଥର ନେବ । ପୋସ୍କୋର ଉଦ୍ଦେଶ୍ୟ ଆମ ଖଣି ଖାଦାନରୁ ସବୁତକ ଲୁହା ପଥର ଲୁଟିନେଇ ବିଦେଶରେ ଗଚ୍ଛିତ କରିବ । ଆଉ ପୋସ୍କୋର ଏହି କାମ ଉପରେ କାହାରି ଅଙ୍କୁଶ ରହିବ ନାହିଁ । କାରଣ ପୋସ୍କୋ ଏସ୍.ଇ.ଜେଡ୍. ଜୋନ୍‌ର ଅନୁମତି ନେଇଛି ଓ ଲୁହାପଥର ଲୁଟିବାକୁ ନିଜସ୍ୱ ବନ୍ଦର ନିର୍ମାଣ କରିବ । ପୋସ୍କୋର ନିଜସ୍ୱ ବନ୍ଦର ରହିଲେ, ଏସ୍.ଇ.ଜେଡ୍ ଅନୁମତି ମିଲିଲେ, ସେ କେତେ ନେବ, କେତେ ଆଣିବ, ତାହାର ହିସାବ କେଉଁ ଭାରତୀୟ ରଖିପାରିବ ନାହିଁ । ଓଡ଼ିଶା ଲୁଟ୍ ହୋଇଯିବା ନିଶ୍ଚିତ ହେବାକୁ ପଡ଼ିବ । କେବଳ ଓଡ଼ିଶା ଖଣିଜ ସଂପଦ ଲୁଟ୍ ହେବନି, ତା ସହିତ ଆମ ମାଟି, ଆମ ଜୀବିକା ଓ ଆମର ବନ୍ୟ ସମ୍ପଦ ଉଜୁଡ଼ିଯିବ । ତେଣୁ କୌଣସି ପରିସ୍ଥିତିରେ ହେଉ ପୋସ୍କୋକୁ ଅଟକାଇବାକୁ ପଡ଼ିବ ।”

ଆମେ ତ ସବୁ କୌଶଳ ଆପଣେଇ ସାରିଛେ । ପୋଲିସ୍ ଫୋର୍ସ ସହିତ ମୁହାଁ ମୁହିଁ ହୋଇ ଲଢ଼ିଛେ । ଜୀବନ ବଳିଦାନ ଦେଇଛେ । ପୁରୁଷ, ମହିଳା, ଛୋଟ ଛୁଆ ସମସ୍ତେ ଆନ୍ଦୋଳନରେ ଝାସ ଦେଇଛେ । ଆସନ୍ତା କାଲି ସକାଳେ ଯେଉଁ ମୁକାବିଲା ହେବ, ତାହାହିଁ ଚୂଡ଼ାନ୍ତ ମୁକାବିଲା । ପୋଲିସ୍ ଫୋର୍ସ ନିଶ୍ଚୟ ଗୋବିନ୍ଦପୁର ବାଲି ଟିକିରାରୁ ସମସ୍ତଙ୍କୁ ଗିରଫ କରିନେବ । ଗୋବିନ୍ଦପୁର ଜଙ୍ଗଲ ଦଖଲ କରି ପାନ ବରଜ ଗୁଡ଼ିକ ଧୂଳିସାତ୍ କଲାପରେ ଜଙ୍ଗଲ କାଟ ହେବ । ଯାହା ଆମ ପାଖରେ ଖବର ଅଛି, ଆଜି ସୁଦ୍ଧା ଢିଙ୍କିଆ ଚାରିଦେଶରୁ ୮ ଲକ୍ଷ ଗଛ କଟାଯାଇ ସାରିଲାଣି । ଅଂଚଳ ସବୁଜିମା ଶୂନ୍ୟ ହେବାକୁ ବସିଲାଣି । ଏବେ ଲଢ଼େଇ ଜୋରଦାର କରିବାକୁ ହେବ । ସମସ୍ତେ ଆମେ ଗୋଟିଏ ଡଙ୍ଗାରେ ବସିଛେ । କାଲି ସକାଳେ ମରିବା ତ

ପୋଲିସ୍ ବନ୍ଧୁକ ଆଗରେ ଛାତି ଦେଖେଇ ସମସ୍ତେ ମରିବା। ହଟେଇ ବା ତ ହଟେଇବା। ପୋଲିସ୍ ବନ୍ଧୁକ ଓ ଗୁଳି କଥାକୁ ମନରୁ କାଢ଼ି ଦେବାକୁ ହେବ। ଯାହା ବି ହେଉ ଆମେ କାଲି ଲଢ଼ିବା। ଜୋରଦାର୍ ଲଢ଼େଇ ହେବ। ଏହି ଲଢ଼େଇକୁ ଶେଷ ଲଢ଼େଇ ବୋଲି ଧରି ନେବାକୁ ହେବ। କାରଣ ଆଜି ସକାଳେ ପୋଲିସ୍ ଫୋର୍ସ ଯେଭଳି ଭାବେ ଲୋକଙ୍କୁ ଗୋଡ଼େଇଗୋଡ଼େଇ ପିଟିଛି, ସେହି ଦୃଶ୍ୟ ଗଣମାଧ୍ୟମରେ ଦିନତମାମ୍ ପ୍ରଚାରିତ ହେଇଛି। ସାରା ଦେଶରୁ ନିନ୍ଦା ପ୍ରତିକ୍ରିୟା ଆସୁଛି। ତେଣୁ ରାତି ପାହିଲେ ସମସ୍ତଙ୍କ ମନରେ ଯେପରି ଶତ ସିଂହର ବଳ ଆସିବ, ସେପରି ଭାବିବା ଆବଶ୍ୟକ।

ଭୋରୁ ସମର ସଜ୍ଜା ଏହିପରି ହେବ। ସବା ଆଗରେ ଶିଶୁମାନେ ରହିବେ। ତାପରେ ଛାତ୍ରଛାତ୍ରୀ ଓ ପରେ ପରେ ମହିଳାମାନେ ବସି ରହିବେ। ପଛକୁ ପୁରୁଷ ମାନେ ରହି ମୁକାବିଲା କରିବେ।

ଏହି ନିଷ୍ପତିକୁ ସମସ୍ତେ କରତାଳି ଦେଇ ସମର୍ଥନ ଜଣାଇଲେ। ସଭା ମଝିରୁ ଜଣେ ପ୍ରଶ୍ନ କଲେ ଯେ, ଏହାପରେ ଯଦି, ପୋଲିସ୍ ଫୋର୍ସ ଆଗକୁ ଆଗକୁ ଆସିଲା ଓ ସମସ୍ତଙ୍କୁ ଗିରଫ କରିନେଲା। ତାହେଲେ ଆମେ କ'ଣ ହିଂସାକାଣ୍ଡ ଘଟାଇବା ଉଚିତ ହେବନି। ଅନ୍ୟ ଜଣେ ବଡ଼ ପାଟିରେ ଜବାବ ଦେଲେ ଯେ, ଆବଶ୍ୟକ ହେଲେ ଆମ ଗାଁର ଦଲିତ ବସ୍ତିର କେତେକ ମହିଳା ପୋଲିସ୍ ଫୋର୍ସର ଏହି ଅନ୍ୟାୟକୁ ଉଲଗ୍ନ ପ୍ରତିବାଦ କରିବେ।

ଉଲଗ୍ନ ପ୍ରତିବାଦ !!!

ସ୍ତବ୍ଧ ହୋଇଗଲା ଗାଁ ସଭା। ସମସ୍ତେ ମୁହଁ ରୁହାଁରୁହଁ ହେଲେ। ଉଲଗ୍ନ ପ୍ରତିବାଦ କ'ଣ ହେଇପାରେ। ଉଲଗ୍ନ ପ୍ରତିବାଦର ରୂପରେଖ କେମିତିକା? କିଏ ଉଲଗ୍ନ ହେବେ?

ଢିଙ୍କିଆ ଚାରିଦେଶରେ ଗ୍ରାମବାସୀଙ୍କ ମଧ୍ୟରେ ନିଶ୍ଚୟ ପାଂଚ ହଜାରରୁ ଊର୍ଦ୍ଧ୍ୱ ମହିଳା ଅଛନ୍ତି। ସଭାରେ ଜଣେ ପୁରୁଷ ହିଁ ଦଳପତିଙ୍କ ଇଙ୍ଗିତରେ ପ୍ରସଙ୍ଗ ଓ ପ୍ରସ୍ତାବକୁ ଉତ୍ଥାପନ କରିଚି। ମହିଳାମାନେ ଉଲଗ୍ନ ପ୍ରତିବାଦ କରିବେ। ପୁଣି ଦଲିତ ହରିଜନ ପରିବାରର ମହିଳା ମାନେ। ଅଂଚଳରେ ପ୍ରାୟ ଦେଢ଼ ହଜାରରୁ ଦୁଇ ହଜାର ଅବିବାହିତା ଝିଅ ଓ ବିବାହିତା ମହିଳାମାନେ ଆନ୍ଦୋଳନରେ ସିଧାସଳଖ ଜଡିତ ଅଛନ୍ତି। ଦଶବର୍ଷ ହେଲା ଅବିବାହିତା ଝିଅମାନେ ସ୍ୱପ୍ନ ଦେଖିବା ଭୁଲି ଯାଇଛନ୍ତି। ଗାଁ ମଧ୍ୟରେ ଥିବା ଚାଟଶାଳୀ, ପ୍ରାଇମେରୀ ସ୍କୁଲ ଓ ହାଇସ୍କୁଲ ପାଠପଢ଼ା ଛାଡ଼ି ଦେଲେ ଉଚ ଶିକ୍ଷା ନିମନ୍ତେ ଅଂଚଳ ବାହାର ଶିକ୍ଷାନୁଷ୍ଠାନକୁ ଯାଇପାରୁ ନାହାଁନ୍ତି। କେତେ ବେଳେ କୋଉ

କଥା । ସେମାନଙ୍କ ଆନ୍ଦୋଳନକାରୀ ବାପାମା ଏବେ ସୁରକ୍ଷିତ ନୁହଁନ୍ତି । ବାପାମାଙ୍କ ଉପରେ ସର୍ବଦା ଆକ୍ରମଣ ଓ ଗିରଫ ଭୟ ବସା ବାନ୍ଧିଛି । ଏପରିସ୍ଥଲେ ବଢ଼ିଲା ଝିଅ କେମିତି ଯେ, କଲେଜରେ ପାଠ ପଢ଼ିବାକୁ ଯାଇ ପାରିବ । ଅନେକ ଉଚ୍ଚ ଶିକ୍ଷା ଆକାଂକ୍ଷିତା ଗ୍ରାମ୍ୟ ଲଳନା ବଳି ପଡ଼ୁଛନ୍ତି ଆନ୍ଦୋଳନ ଜୁଇରେ । ମନ ମାରିଦେବାକୁ ବାଧ୍ୟ । ଉଚ୍ଚ ଶିକ୍ଷିତା ହୋଇ ସ୍ୱାବଲମ୍ବୀ ହେବା, ଦେଶ ଓ ଜାତି ପାଇଁ କିଛି କରିବାର ଇଚ୍ଛା ଥାଇ ମଧ୍ୟ ସେ ସବୁ ଇଚ୍ଛାକୁ ଦମନ କରିବାକୁ ବାଧ୍ୟ ।

ଘରର ମୁରବୀଙ୍କ ଉପରେ ପରିବାରର ବୋଝ ବଢୁଛି । ଗୃହିଣୀ ସର୍ବଦା ଶଙ୍କାରେ ରହୁଛି ଯେ, କେତେବେଳ ତା ଗେରସ୍ତ ପୋଲିସ୍ ହାତରୁ ମାଡ ଖାଇବନି ତ ? କେତେବେଳେ ଧରା ହୋଇ ଜେଲ୍ ଚାଲିଯିବେନି ତ ? ସ୍ୱାମୀର ଚିନ୍ତା ତା ସ୍ତ୍ରୀ, ବଢ଼ିଲା ଝିଅ ଆଉ ଅଧା ପାଠୁଆ ପୁଅ କଥା । ଝିଅ ପୁଅ ବାହାର ଅଂଚଳକୁ କଲେଜରେ ପାଠ ପଢ଼ିବାକୁ ଗଲେ ସୁରକ୍ଷିତ ହୋଇ ଫେରିବେ ତ ? ଦର୍ଶ ବର୍ଷ ହେଲା ଜମି ପଡ଼ିଆ ପଡ଼ିଛି । ପାନ ବରଜରେ ପାନ ନାହିଁ । ବିଲରେ ଧାନ ଚାଷ ସ୍ୱପ୍ନ ହେଲାଣି । ଆର୍ଥିକ ଅବସ୍ଥାରୁ ଅଂଟା ଭାଙ୍ଗି ଗଲାଣି । ପୁଅର ଚାକିରି କୋଉଠି ହେବ । ଝିଅର ବାହାଘର କେମିତି ହେବ । ସ୍ତ୍ରୀର ଆବଶ୍ୟକତା କେମିତି ମେଂଟି ପାରିବ । ଆନ୍ଦୋଳନର ଦିନ ଗଡ଼ିଚାଲିଲେ ଭବିଷ୍ୟତକୁ କ'ଣ ହେବ !!!

ଦୀର୍ଘ ଦଶ ବର୍ଷ ହେଲା ହାଣ୍ଡିଶାଳ ଛାଡ଼ି ଗାଁ ରାସ୍ତାରେ ମହିଲାମାନେ ହାତରେ ଠେଙ୍ଗା ଧରି ଶୋଭାଯାତ୍ରାରେ ଯିବାର ଦୃଶ୍ୟ ପରିଲକ୍ଷିତ ହୋଇଛି । ମହିଲାଙ୍କ ପ୍ରତିରୋଧର ଉଗ୍ରରୂପ ପୋଷ୍କୋକୁ ଦୁର୍ବଳ କରେଛି । ମହିଲା ହିଁ ଆନ୍ଦୋଳନର ସମ୍ବଳ । ମହିଲାଙ୍କ ପାଇଁ ଅନେକ ଥର ଲଢ଼ାଲଢ଼ି ଓ ମୁହାଁମୁହିଁ ପରିସ୍ଥିତିରେ ସ୍ଥିତି ବଦଲି ଯାଇଛି ।

ହେଲେ ଆଜି ମା' ଫୁଲଖାଇ ମନ୍ଦିର ପ୍ରାଙ୍ଗଣରେ ବସିଥିବା ଗାଁ ସଭା ମହିଲାଙ୍କୁ ମର୍ଯ୍ୟାଦାର ସୀମା ଲଂଘନ ପାଇଁ ପ୍ରୋତ୍ସାହନ ଦେଉଛି । କିଏ ଉଲଗ୍ନ ହେବ, କେତେ ମହିଲା ଉଲଗ୍ନ ହେବେ । ସେମାନେ ଅବିବାହିତା ନା ବିବାହିତା । ଗାଁର ସମସ୍ତ ମହିଲା ନା କେତେକ ମନୋନୀତ ମହିଲା, ସବୁ ଶ୍ରେଣୀ ଓ ବର୍ଗର ମହିଲା ନା କେବଳ ଦଲିତ ମହିଲା, ବଛାବଛା ସୁନ୍ଦରୀ ମହିଲା ନା କୁସ୍ରିତା କଦାକାର ମହିଲାମାନେ ଉଲଗ୍ନ ପ୍ରତିବାଦ କରିବେ, ଏପରି ପ୍ରଶ୍ନରେ ଛନ୍ଦି ହୋଇପଡୁଥିଲେ ଗ୍ରାମବାସୀମାନେ । କାହାରି ପାଟିରେ ଭାଷା ନାହିଁ । ପ୍ରତିବାଦ କରିବାକୁ ୟୁ ନାହିଁ । ସଭା ମଣ୍ଟପର ପୁରୁଷ ମେଲିଙ୍କ ପଛରେ ଠିଆ ହୋଇଥିବା ମହିଲାମାନେ ନିଜ ପାଦ ତଳର ମାଟି ଖସୁଥିବା ଅନୁଭବ କରୁଥିଲେ ।

କେହି କେହି ମହିଳା ଲାଜରେ ଝାଉଁଳି ପଡ଼ି ପଛକୁ ଦିପାଦ ପକେଇ ଭିଡ଼ ଭିତରୁ ଖସିଯିବାକୁ ଚାହୁଁଥିଲେ। କିଏ ଏଭଳି ନାରକୀୟ କାଣ୍ଡ କରିପାରିବ। ମାଟି ମା'କୁ ରକ୍ଷା କରିବାକୁ ଯାଇ ନିଜକୁ ନିଜେ ଭୁଲିଯାଇଛନ୍ତି। ପୁଅ, ଝିଅ, ନାତି, ନାତୁଣୀ ଓ ସ୍ୱାମୀ ସେବା କରିବାକୁ ତର ମିଳିନି। ଗାଁ ଦାଣ୍ଡରେ ଥରେ ଘଂଟ ଶଢ଼ ଶୁଭିଲେ ଘାଂଟି ହୋଇଯାଏ ସମସ୍ତଙ୍କ ଜୀବନ। ବେଳେ ବେଳେ ଇଚ୍ଛା ହୁଏ, କେମିତି ଅନ୍ୟମାନଙ୍କ ଆଢ଼ୁଆଲରେ ଟିକେ ଘରେ ରହିଯାଆନ୍ତିନି। ଘରେ ପିଲାମାନଙ୍କୁ ମନଭରି ଖୁଆଇ ଦିଅନ୍ତି। କୋଳରେ ଶୁଆଇ ଦେଇ ଜହ୍ନମାମୁ ଗୀତ ଦିପଦ ଗାଆନ୍ତି। ଶାଶୂ ଶ୍ୱଶୁରଙ୍କ ଦେହପା କଥା ବୁଝି ମନଇଚ୍ଛା ଟିକେ ଗୋଡ଼ହାତ ଘଷି ଦିଅନ୍ତି। ଦିନ ତମାମ୍ ବିଲରେ ଖଟି ଖଟି ଝାଲ ବୁହାଇ ଫେରିଥିବା ସ୍ୱାମୀ କ'ଣ ଦିଟା ଖାଇଦେଇ ଗଡ଼ପଡ଼ ହେଉଥିବେ। ପରିବାରରେ ସମସ୍ତେ ଶୋଇଗଲା ପରେ ତାଙ୍କ ପାଖରେ ଶୋଇ ଯାଆନ୍ତି। ଶେଯ ଉପର ମୁଣ୍ଡ ଖଟୁଲି ଉପରେ ଦିକି ଦିକି ହୋଇ ଜଳୁଥିବା ଡିବିରି ବତିଟାକୁ ଲିଭେଇ ଦେଇ ଘରକୁ ଅନ୍ଧାର କରିଦିଅନ୍ତି। ମନଭରି ସ୍ୱାମୀ ସୁଖ ପାଆନ୍ତି। ଅନ୍ତତଃ ଭୋର ଯାକେ କେହି ଡାକନ୍ତେନି। ପଡ଼ିଶା ଘର କୁକୁଡ଼ା ବୋବାଇ କିମ୍ବ ଚାଲ ଉପରେ କାଉ ରା ବୋଲି ଡାକିଲା ପରେ ନିଦ ଭାଙ୍ଗିଯାଆନ୍ତା। ରାତି ଅଧରେ ଝରି ପଡ଼ିଥିବା ସବୁ ଖୁସି ଓ ସୁଖକୁ ସାଉଁଟି ଆଣି ଛାତି ଭିତରେ ସାଇତି ରଖନ୍ତି। ପାଦ ତଳେ ଲାଗନ୍ତାନି।

ପରିବାରରେ କେହି ଉଠିବା ପୂର୍ବରୁ ଆଗେ ଉଠିପଡ଼ି ସାରା ଘରର ପାଇଟି ସାରି ଗାଧୋଇ ପାଧୋଇ ଚଉରା ମୂଲେ ତୁଳସୀକୁ ପାଣି ଦିଅନ୍ତି। ଭୋରୁ ଭୋରୁ ପିଲାଛୁଆଙ୍କ ଅଳି ଅଟ୍ଟ। ଶାଶୂ ଶ୍ୱଶୁରଙ୍କ ଦରଦୀ ଡାକ ଓ ମନର ମଣିଷଙ୍କ ଆତ୍ମତୃପ୍ତି ଚାହାଁଣିରେ ନାରୀ ଜୀବନର ସାର୍ଥକତା ଭରି ରହିଥାଏ। ନିଜକୁ ଅଣଦେଖା କରି ପରିବାରକୁ ଯିଏ ପ୍ରତିକ୍ଷଣରେ ଅନ୍ତଚକ୍ଷୁରେ ଦେଖୁଥାଏ ସେ ହିଁ ନାରୀ। ସବୁ ଦୁଃଖକୁ ଛାତି ଭିତରେ ଜାବୁଡ଼ି ରଖି ଯିଏ ନିଜ ଓଠରେ ଶୁଖିଲା ହସଟିଏ ହସି ଅନ୍ୟର ଓଠରେ ହସର କୁଆର ସୃଷ୍ଟି କରିପାରେ, ସେ ହିଁ ନାରୀ। ନାରୀ ନଦୀ ହୋଇ ବହିପାରେ। ଦୁଇ କୂଳକୁ ହିତା, ଦୁଇ କୂଳକୁ ପିତା। ସ୍ୱାଭାବିକ ଗତି ଦୁଇ କୂଳକୁ ସବୁଜ ସୁନ୍ଦର କରିଥାଏ। ପୁରୁଷର ଧର୍ମ ନାରୀକୁ ସ୍ୱାଭାବିକ ଭାବେ ଯିବାକୁ ଦେବା। ତାକୁ ସ୍ନେହ ଭଲ ପାଇବା ମମତାରେ ବାନ୍ଧି ରଖିଲେ ନିଜ ପାଇଁ ଆତ୍ମ ବିଶ୍ୱାସର ସେତୁ ସୃଷ୍ଟି ହୋଇପାରିବ। ତା ହୃଦୟରେ ଦୁଃଖ, ହତାଶ ଓ ଅଣଦେଖାର ସ୍ରୋତ ସୃଷ୍ଟି କଲେ ସମ୍ପର୍କର ସେତୁ ଭୁସୁଡ଼ି ଯାଇପାରେ।

ସେତେବେଳକୁ ଗାଁ ସଭା ଭାଙ୍ଗିଗଲାଣି। କେହି କେହି ମୁଖ୍ୟଆମାନେ ବିଚାର

ବିମର୍ଶରେ ବ୍ୟସ୍ତ । ଆନ୍ଦୋଲନର ମଙ୍ଗୁଆଲ ଅଭୟଙ୍କ ମଥାରେ ବିରାଟ ବୋଝ । ସମସ୍ତେ ନୀରବ ନିଷ୍କଳ ।

ନିରବତା ଭାଙ୍ଗି ବ୍ୟଥିତା ହୋଇ ବାଷ୍ପରୁଦ୍ଧ କଣ୍ଠରେ କହିଲେ ମନୋରମା– "ବାବା, ଏସବୁ କ'ଣ ଠିକ୍ ହେବ ? ? ? ? ଉଲଗ୍ନ ପ୍ରତିବାଦ ଗଣତନ୍ତ୍ର ଅସହାୟତାକୁ ପଦାରେ ପକାଇ ଦେବ ।

ଗାଁରେ ଝଡ଼ ସୃଷ୍ଟି ହୋଇଛି । ଦଶବର୍ଷ ହେଲା ଆନ୍ଦୋଲନରେ ସାମିଲ ହୋଇ ଥିବା ଦଲିତ ବସ୍ତିର ଆଗଧାଡ଼ି ମହିଲାମାନେ ମୁହଁ ଲୁଚାଇ ଘରକୁ ଫେରିଛନ୍ତି ।

ଏହା ଏକ ଲଜ୍ୟା । ଆନ୍ଦୋଲନ ବିଚାର ବିରୋଧ । ଏ ପରିସ୍ଥିତିରେ ସମଗ୍ର ଦେଶ ସ୍ତବ୍ଧ ହୋଇଯିବ । ଆମେ କାହାକୁ କ'ଣ ବୁଝେଇ ପାରିବା ?

ଅଭୟଙ୍କ ଆଖ୍ରୁ ଦିଧାର ଲୁହ ଗଡ଼ିଗଲା । ତାଙ୍କ ମୁରବୀ ପଣିଆକୁ ପାଥେୟ କରି ଆନ୍ଦୋଲନ ଚାଲିଛି । ବେଳେ ବେଳେ ସ୍ଥିତି ବିସ୍ଫୋରକ ହୁଏ । ଲଢ଼ୁଥିବା ଶୃଙ୍ଖଳିତ ସୈନିକ ବନ୍ଦୁକ ଆଗରେ ଠିଆ ହୋଇ ଯେପରି ନିର୍ଦ୍ଦେଶ ଆଊଥାଲରେ ଅନେକ ଘଟଣା ଘଟେଇ ଦେଇପାରେ, ସେମିତି ବେଲେବେଲେ ଆନ୍ଦୋଲନର ସ୍ଥିତି ହୋଇଛି । ମୁଖ୍ୟଆଙ୍କ ଅଣଦେଖାରେ ମଧ୍ୟ ଅନେକ ଘଟଣା ଘଟୁଛି । ମନୋରମା ଗ୍ରାମ୍ୟ ଲଳନା ମାନଙ୍କର ଆଦର୍ଶ । ନିଜ ଝିଅଠୁ ବଲି ସ୍ନେହ କରନ୍ତି ସେ । ଗୋଟିଏ ଝିଅର ବୁକୁଫଟା ପ୍ରଶ୍ନ ବାପା ସମ୍ମୁଖରେ । ବଢ଼ିଲା ଝିଅ କ'ଣ ଦୁନିଆ ଆଗରେ ଉଲଗ୍ନ ହେବ । ଇସ୍ କି ଜଘନ୍ୟ ନିଷ୍ଟି ।

ମନୋରମା ଆନ୍ଦୋଲନର ମୁଖ୍ୟଆଙ୍କୁ ବାବା ବୋଲି ସମ୍ବୋଧନ କରେ । ବାବାଙ୍କ ଆଖ୍ରୁ ଲୁହ ପ୍ରମାଣିତ କରୁଥିଲା ଯେ, ଯାହା ଘଟିବାକୁ ଯାଉଛି, ତାହା ଘଟିବା ଉଚିତ ନୁହେଁ । ବାବା ଚାହିଁଲେ ଅନର୍ଥକୁ ରୋକି ଦେଇପାରିବେ । ବାବାଙ୍କ ଆଖ୍ର ଲୁହ ଆଶ୍ୱସ୍ତ କରିଥିଲା ମନୋରମାକୁ । ସେ ବୁଝି ନେଇଥିଲା ଯେ, ଘଟଣା ଘଟିବା ପୂର୍ବରୁ ନିଶ୍ଚୟ କିଛି ଚମ୍ତ୍କାର ଘଟିବ ଓ ନିଷ୍ଟି ନିଶ୍ଚୟ ବଦଲିଯିବ । ବାବାଙ୍କ ଚତୁଃପାର୍ଶ୍ୱରେ ବେଣ୍ଢି ରହିଥିବା ଅନେକଙ୍କ ଆଖ୍କୁ ସାମ୍ନା କରିନପାରି ବଢ଼ୁଥିବା ରାତିର ଅନ୍ଧାର ଭିତରେ ଘରକୁ ଫେରି ଯାଇଥିଲା ମନୋରମା ।

ମା'ଫୁଲଖାଇ ମନ୍ଦିର ପ୍ରାଙ୍ଗଣରେ ଗୋଟିଏ ପୁରୁଣା କାଠ ଚେୟାର ଉପରେ ବସି ରହି ଆକାଶକୁ ଚାହିଁଥିଲେ ଅଭୟ । ମୋହନ ଦାସ କରମ ଚାନ୍ଦ ଗାନ୍ଧୀ ଭାରତ ସ୍ୱାଧୀନତା ଆନ୍ଦୋଲନର ମଙ୍ଗୁଆଲ ହୋଇ ମଧ୍ୟ ଅନେକ ନିଷ୍ଟି ନିଜେ ନେଇ ପାରୁନଥିଲେ । ବହୁସ୍ଥାନରେ ଘଟି ଯାଇଥିବା ହିଂସାକାଣ୍ଡକୁ ପ୍ରୋତ୍ସାହନ ଦେବା ତ ଦୂରର କଥା ତାହାକୁ ସେ ତୀବ୍ର ବିରୋଧ କରିଥିଲେ । ତଥାପି ସେ ସ୍ୱାଧୀନତା

ଆନ୍ଦୋଳନର ନେତା। ସେହିପରି ଦଶ ବର୍ଷ ବିତିଥିବା ପୋସ୍କୋ ବିରୋଧ ଆନ୍ଦୋଳନ ବେଳେ ଅନେକ ହିଂସାକାଣ୍ଡ ଘଟିଛି। ଅନେକ ଅମାନୁଷିକ କାର୍ଯ୍ୟ ଆଗଧାଡ଼ିର ନେତୃବୃନ୍ଦ ମାନଙ୍କ ଅଜ୍ଞାତରେ ଘଟିଥିଲେ ସୁଦ୍ଧା ଆନ୍ଦୋଳନକୁ ବଂଚାଇବାକୁ ଯାଇ ନିଜ ମଥାରେ ନିନ୍ଦାର ମୋହର ମାରିବାକୁ ପଡୁଛି।

ଅଭୟ ଏକ ଅସ୍ୱାଭାବିକ ସ୍ଥିତି ଅନୁଭବ କରି କିଛି କ୍ଷଣ ଏକା ରହିବାକୁ ଚାହିଁବାରୁ ଭିଡ ଭାଙ୍ଗି ଯାଇଥିଲା। ମନ୍ଦିର ପ୍ରାଙ୍ଗଣରେ ପଦ ଚାଲନା କଲେ ଓ ମନୋରମା ପ୍ରଶ୍ନର ଜବାବ ଖୋଜିବାକୁ ଲାଗିଲେ। ପୁଣି ଚେୟାରରେ ବସି ଦୀର୍ଘ ନିଶ୍ୱାସଟିଏ ମାରିଲେ।

ତିନି

ଢିଙ୍କିଆ ଗାଁର ଦଲିତ ବସ୍ତିରେ ରାତିସାରା ଚୁପୁରୁ ଟାପୁରୁ ଚାଲିଛି। ବସ୍ତିର କେତେକ ପୁରୁଷ ଗାଁ ମୁଣ୍ଡରେ ଡେରା ପକାଇଛନ୍ତି। ଗାଁ ମୁଣ୍ଡ ଶେଷରେ ଲମ୍ବିଯାଇଥିବା ରାସ୍ତାରେ କାଠ ଫାଟକ ପଡ଼ିଛି। ଫାଟକରେ ଚେନ୍ ଗୁଡା ହୋଇ ତାଲା ଝୁଲୁଛି। ଫାଟକ ସେପଟେ କିଛି ଦୂରରେ ପୋଲିସ ଫୋର୍ସ ତମ୍ବୁ ଟାଣି ଶିବିର କରିଛନ୍ତି। ଫାଟକ ଏପଟେ ଦରିପାଲ ପଡ଼ିଛି। ଶହ ଶହ ଲୋକ ଉଜାଗର ହୋଇ ବସିଛନ୍ତି। କାଲେ ରାତିରେ ପୋଲିସ ଫୋର୍ସ ଗାଁକୁ ମାଡ଼ି ଆସିବ। ଫାଟକ ଭାଙ୍ଗି ପକେଇବ।

ସେପରି ହେବାକୁ ସୁଯୋଗ ଦିଆଯିବନି। ରାସ୍ତାରେ ଆହୁରି ମୁଣ୍ଡ ଗଡ଼ୁ ପଛେ ପୋଲିସ ଫୋର୍ସଙ୍କୁ ଗାଁରେ ପୁରେଇ ଦିଆଯିବନି। ରାତିଟା ପାହିଗଲେ ସମସ୍ତେ ଗୋବିନ୍ଦପୁର ଜଙ୍ଗଲ ବାଲି ଟିକିରା ପାଖକୁ ଯିବେ। ସେଇଠି ହେବ ଶେଷ ଲଢ଼େଇ। ନିଷ୍ପତି ନିଆଯାଇଛି।

ମହିଳାମାନେ ଲଢ଼ିବେ ଉଲଗ୍ନ ଲଢ଼େଇ। ସେମାନଙ୍କର ପ୍ରତିବାଦକୁ ଉଲଗ୍ନ ପ୍ରତିବାଦ କୁହାଯିବ। ଢିଙ୍କିଆର ଦଲିତ ବସ୍ତି ମହିଳାମାନେ ପୋଲିସ ଫୋର୍ସଙ୍କ ପଥ ଅବରୋଧ କରିବେ। ଆଗରେ ଶିଶୁ ଓ ଛାତ୍ରଛାତ୍ରୀ ରହିବେ। ଏହା ପରେ ଯଦି ପୋଲିସର ଦମନ ଲୀଳା ବଢ଼ିଲା ଓ ସେମାନେ ଆଗକୁ ଅଗ୍ରସର ହେବେ, ତାହେଲେ ମହିଳାମାନେ ଆଗକୁ ଧାଇଁ ଆସିବେ ଓ ଉଲଗ୍ନ ପ୍ରତିବାଦ କରିବେ। ମହିଳାମାନେ ଇସାରା ପାଇବା ମାତ୍ରକେ ସର୍ବ ସମ୍ମୁଖରେ ନିଜର ପିନ୍ଧା ଲୁଗା ଓ ସମସ୍ତ ଅନ୍ତଃବସ୍ତ୍ର ଖୋଲିବେ। ଉଲଗ୍ନ ହୋଇ ପୋଲିସ ଫୋର୍ସ ଫେରିଯାଅ ବୋଲି ନାରା ଦେବେ। ପୋସ୍କୋ ହଟାଅ, ମାଟି ବଂଚାଅ ବୋଲି ନାରା ଦେଇ ଆଗକୁ ଆଗକୁ ମାଡ଼ି ଚାଲିବେ।

ଏମିତି ଗୋଟେ ଅସ୍ୱାଭାବିକ ଦୃଶ୍ୟ ପାଇଁ କେହି କେବେ ହେଲେ ଭାବି ନଥିବେ। କେହି କେବେ ହେଲେ ବିଶ୍ୱାସ କରିନଥିବେ ଯେ, ଏପରି ଘଟଣା ଘଟିବ।

ପୋଲିସ୍ ହାତରୁ ଲାଠି ଖସିବ । ପୋଲିସ୍ ଓ ପ୍ରଶାସନ ଅଧିକାରୀମାନେ ନିଶ୍ଚୟ ପଛଘୁଂଚା ଦେବେ । ସମ୍ମୁଖୀନ ହୋଇପାରିବନି ଅତ୍ୟାଚାରୀ ଗୋଷ୍ଠୀ । ପୁରୁଷାକାର ପରିସ୍ଥିତିର ଦାସ ପାଲଟିଯିବ । ଦୁର୍ଦ୍ଦର୍ଶ, ଅହଂକାରୀ ଓ ବାହୁବଳୀ ପୁରୁଷର ସ୍ଖଳନ ଘଟିବ । କ୍ଷଣକରେ ଖର୍ବ ହେବ ପୁରୁଷ ପଣିଆ । ପୁରୁଷର ବିଜୟ ଉପରେ ପ୍ରଶ୍ନ ଚିହ୍ନ ରହିବ...

କାଲି ଜହ୍ନିଆ ରାତିରେ ଗାଁର କେତେକ ମହିଲା ମଟିସାହି ଚଉରା ମୂଳରେ ଏକାଠି ହୋଇଥାଆନ୍ତି । ରାତି ବଢୁଛି ହେଲେ ଗାଁର ଠାଏ ଠାଏ ଏପରି ଅଘୋଷିତ ସଭାମାନ ଚାଲିଛି । ତିନି ଥାକିଆ ଚଉରାର ସବା ଉପର ଥାକରେ ବସିଥିଲା ଶାନ୍ତି ଦାସ । ମଧ୍ୟ ବୟସ୍କା ମହିଲା । ଆନ୍ଦୋଳନର ଆଗଧାଡ଼ିର ମହିଲା ନେତ୍ରୀ ବୋଲି ସମସ୍ତେ ଜାଣନ୍ତି ।

ଶାନ୍ତି ଦାସ ଗଳା ଝାଡ଼ି ଦେଇ କହିଲା, "ଗରିବ, ମାଇପ ସବୁରୀ ଶାଳୀ । ସବୁ କାମ ତ ଆମକୁ କରିବାକୁ ପଡିବ । ଆନ୍ଦୋଳନରେ ଆମେ ଗାଁର ଦଳିତ ମାନେ ଆଗରେ ଅଛେ । କାନ ଉଠିଲା ଦିନୁ ଯାହା ନଶୁଣିଛି, ଏଠି ଶୁଣୁଛି । ପୋସ୍କୋ ବିରୋଧୀ ଆନ୍ଦୋଳନରେ ମିଣିପଙ୍କ ଯେତିକି କାମ ନାହିଁ, ମାଇପଙ୍କର ସେତିକି କାମ । ଆମେ ଦଳବଦ୍ଧ ହୋଇ ମାଇପେ ଯଦି ଆଗୁଆ ମାଡ଼ି ନଯାଇଥାନ୍ତେ, ତାହେଲେ ଆନ୍ଦୋଳନ ଚଳିଥାନ୍ତା କେମିତି । ଆମରି ମାନଙ୍କ ପାଇଁ ସିନା ଆନ୍ଦୋଳନ ଚାଲିଛି । ଏଥରେ ପଛଘୁଂଚା ଦେଲେ କ'ଣ ହେବ । ବାଡ଼ିପଡ଼ା ପୋଲିସ୍ ବାଲା ଆମ ଗିରସ୍ତ ଆଉ ପୁଅକୁ ଗୋଡ଼େଇଗୋଡ଼େଇ ଠେଙ୍ଗୁଲିରେ ପିଟିବେ, ଆମେ ଛାଡ଼ିଦେବା !!! ତେଣିକି ଯାହା ହେଉଛି ହେଉ ଆମେ ଆମର ଦେଖିଲା କାମ ନିଶ୍ଚୟ କରିବା ।

ନୟନା ଦାସ ପାନ ଖିଲେ ଚଢ଼େଇ ମୁହଁ ଝାଡ଼ି କହିଲା- " ତା ବୋଲି ଆମେ ନଙ୍ଗଳା ହୋଇ ଠିଆ ହେବା । ଏତେବଡ଼ ସଭାଟାରେ କଥା ଉଠିଲା । କେହି ଜଣେ ହେଲେ ପ୍ରତିବାଦ କଲେନି । ହଉ ତମର ଯଦି ସମସ୍ତଙ୍କର ଇଚ୍ଛା ସେଇଆ ମୁଁ କାହିଁକି ମନା କରିବି ।

ଦୌପଦୀ ଦାସ, ଲତିକା ସେଠୀ ଓ ତନୁ ଦାସ ଚଉରା ତଳ ପାହାଚରେ ବସିଥିଲେ । ସେମାନଙ୍କର ମତ ନେବାରୁ ତନୁ ଓ ଲତିକା ଗାଁରେ ସର୍ବାଧିକ ଲୋକେ ଯାହା ଚାହିଁବେ ସେଇଆ ହେବ ବୋଲି ମତ ଦେଇଥିବା ବେଳେ, ଦୌପଦୀ ନିରିହା ଆଖିରେ ଅନେଇ କେବଳ ତଳକୁ ମୁହଁ ପୋତିଦେଲା । ବାଧ୍ୟବାଧକତାରେ ରାତିର ସମୟତକ ଗାଁ ଚଉରାମୂଳେ ବିତେଇ ଦେଉଥିଲେ ମଧ୍ୟ ମନଟା ରହିଯାଇଥିଲା ନିଜର ପରିବାର ମଧ୍ୟରେ ।

ସ୍ୱାମୀ ଦୀନା ଦାସଙ୍କର ଶରୀର ଅବସ୍ଥା । ସେ ରୁଟି ଖାଇସାରି ବଟିକା ଖାଇ

ଦେଇଥିବେ । ପାଞ୍ଚ ବର୍ଷର ଟିକି ପୁଅ ମୁନା ବାପାଙ୍କ ପାଖରେ ଶୋଇଥିବ । ବାପପୁଅ ଖଟିଆରେ ଶୋଇଥିବେ । ଅନ୍ୟମନସ୍କ ବଶତଃ ଭିତରପଟୁ ଯଦି କବାଟ କିଳିଣି ଦେଇ ନଥିବେ, ସେ ଛଉକି ବିଲେଇଟା ଘରେ ପଶି କ୍ଷୀରଟକ ପିଇ ଦେଇଥିବ ।

ଶାନ୍ତି ନାନୀ ଦୌପଦୀର କାନ୍ଧ ହଲେଇ ଦେଇ କହିଲା– "କ'ଣ କିଲୋ, ଏତେ କାହା କଥା ଭାବୁଛୁ ବା ? ବିଚରା ଗିରସ୍ତ ଦୀନା ତିନି ଦିନ ହେଲା ପାଳି କରିନି । ତା ଜ୍ବର କ'ଣ କମିନି । ଓଷଦପତ୍ର ଖାଉଛି ନା ନାଇଁ ବା" ।

ଏଇ ଆନ୍ଦୋଳନ ପାଇଁ ବିଲବାଡ଼ି ପଡ଼ିଆ ପଡ଼ିଛି । ଚାରି ଦିନ ତଳେ ନଛକୃଲ ଜମିରେ ଫସଲ କରିବେ ବୋଲି ମନ ବଲେଇ କୋଦାଲ ଧରି ଯାଇଥିଲେ । ହଳ କରିବାକୁ ଟ୍ରାକ୍ଟର ଲଙ୍ଗଳ ପୁରେଇ ଦେଇଥିଲେ କାମ ସରିଥାନ୍ତା କିମ୍ବ ବଲଦ ଯୋଟି ହଳ କରିଥିଲେ ହେଇଥାନ୍ତା । ଆର୍ଥିକ ପରିସ୍ଥିତି ପାଇଁ ଅରାଏ ଖଣ୍ଡେ ତାଡ଼ିଦେଇ ଭେଣ୍ଡି, ବାଇଗଣ, ମକା, ଶାଗ ମଞ୍ଜି ପୁଲେ ପକେଇବା ଆଶାରେ କୋଦାଲରେ ମାଟି ହାଣି ଚାଲିଲେ । ଖରାବେଲେ ଖାଇଆ ବେଲ ଗଡ଼ିବାରୁ ମୁଁ ବିଲ ଆଡେ ଯିବାରୁ ଏସବୁ ଜାଣିପାରିଲି । ଖଟିବାର ଗୋଟେ ସୀମା ଅଛି ବୋଲି ଯେତେ ବୁଝେଇଲେ ବି ସେ ବୁଝି ନଥିଲେ । ବିଲ ମୁଣ୍ଡକୁ ଭାତ ତୋରାଣି ନେଇ ଆସେ, ଏଇଠି ଖାଇବି ଓ ଆଉ ଅଳ୍ପ ଅଛି ହାଣି ଦେବି କହିବାରୁ ବାଧ ହୋଇ ତାଙ୍କ ପାଇଁ ଖାଇବା ଆଣିଥିଲି । ଛୋଟ ପୋହଲା ମାଛ ଭଜା, ଆଳୁ ଚକଟା, ପଖାଳ କଂସାଏ ଓ କଂଚା ଲଙ୍କା ଦିଟା ବିଲ ମୁଣ୍ଡ ଚାକୁଣ୍ଡା ଗଛ ଛାଇରେ ଥୋଇବାର ଘଂଟାଟିଏ ବିତିଗଲା ପରେ ସେ ସବୁ ଖାଇ ଦେଇ ବିଶ୍ରାମ ନନେଇ ପୁଣି ମାଟି ହାଣିଲେ । ବାରଣ କରିବାରୁ କହିଲେ ଯେ, ଗାଁ ମେଲିରେ ମୋତେ ଆଗ ଖୋଜା ପଡ଼ୁଛି । ରାତି ଦିନ ଚବିଶ ଘଂଟା ଠେଙ୍ଗା ଧରି ଗାଁ ଜଗିବାକୁ ପଡ଼ୁଛି । ଗାଁରେ ମିଟିଙ୍ଗ ହେଲେ ଘଂଟ ବାଡେଇ ଡାକିବା ଦାଇତ୍ଵ ମୋର । ଗାଁରେ ମୁଁ ଟିକେ ଆଗୁଆ ବୋଲି ସମସ୍ତେ ମତେ ଖୋଜୁଛନ୍ତି । ତାଛଡ଼ା ଯେଉଁମାନେ ଗାଁରେ ପୋଷ୍କୋ କମ୍ପାନୀକୁ ବିରୋଧ କରି ଆନ୍ଦୋଳନର ନେତା ହେଇଛନ୍ତି ସେମାନେ ମୋତେ ପାଖରୁ ଛାଡୁ ନାହାଁନ୍ତି । ସବୁଥିରେ ତ ମତେ ଖୋଜା ପଡ଼ୁଛି । ଯଦି କିଏ ମିଟିଙ୍ଗକୁ ନଆସିଲା, ତାହେଲେ ଦୀନା ଯା, ତାକୁ ଡାକି ଆଣେ । ମିଟିଙ୍ଗ୍ କୋଉଠି ହବ, କେମିତି ହେବ, ଗାଁ ଲୋକଙ୍କ ଖାଇବା ପିଇବା ଜଳଖିଆ ସବୁ କଥା ଦୀନା ବୁଝିବ । ପାଠ ସିନା କମ୍ ପଢ଼ିଛି, ମତେ ସିନା ସମସ୍ତେ ମଲି ମୁଣ୍ଡିଆ କହୁଛନ୍ତି, ହେଲେ ପ୍ରତି କଥାରେ ଦୀନା, ପ୍ରତି କାମରେ ଦୀନା । ଏ ଦୀନା ନଥିଲେ ପୋଷ୍କୋ କମ୍ପାନୀ ଗାଁରେ ପଶି କାରଖାନା କରି ଧୂଆଁ ଉଡେଇ ସାରନ୍ତାଣି ।

ମୁଁ ଯଦି ଟିକେ ମୁହଁ ଫୁଲେଇ କୁହେଯେ, ତମେ ଗାଁର ଦାଇତ୍ଵ ନିଅ, ଘଂଟ

ବାଡ଼ାଅ, ମୁଁ କ'ଣ ମନା କରୁଛି। ହେଲେ ଏକା ଏକା ଏତେ କଷ୍ଟ କରୁଛ ବୋଲି ମୋ ଦେହରେ ଯାଉନି। ବିଲରେ ହଳ କାମ କଣ ଟ୍ରାକ୍ଟର କରିପାରିବନି। ପଇସା କେଇଟା ବଳେଇବ ବୋଲି ମାଣିକ କିଆରି ଏକା ଏକା ହାଣି ପକେଇବ। ତମ ଦେହକୁ ଟିକେ ଅନେଇଲ, କେମିତି ଦେଖାଗଲାଣି। ଆଗପରି ଆଉ ଦିଶୁନ। ସେ ପୋଷ୍କୋ କମ୍ପାନୀ ଆଇଲା ପରଠାରୁ ଗାଁରେ କାଳ ପଶିଛି। ପ୍ରତି ପରିବାରରେ ଅଶାନ୍ତି ଲାଗିରହିଛି।

ସେ ମୋ କଥା ଶୁଣି ମୁରୁକି ହସି ଦେବେ ଆଉ କାଳ ପାତ୍ର ନମାନି ସ୍ଥିତି ପରିସ୍ଥିତି ନଦେଖ୍ ପାଖକୁ ଭିଡ଼ି ନେବେ। ହେଲେ ଏବେ କ'ଣ ହେଲା ଦେଖ୍ଲ ତ.. ଦି ଦିନ ହେଲା ଜ୍ଵରରେ କମ୍ପୁଛନ୍ତି। ଗାଁ ପାନ ଦୋକାନରେ ଜ୍ଵର ଔଷଧ ବିକ୍ରି ହଉଛି। ଦିତା ବଟିକା ଆଣିଥିଲି। ସେଇଆକୁ ଖାଇ ଘରେ ଶୋଇଛନ୍ତି। କହିଲି ଯେ, ଯାଆ ବାଲିଡ଼ିଠ ଡାକ୍ତରଖାନାରେ ଡାକ୍ତରଙ୍କୁ ଦେଖେଇ ଔଷଧ ଆଣିବ, ସେ କିନ୍ତୁ ମନା କଲେ। କଣ ନା ଏବେ ଗାଁରେ ପୋଷ୍କୋକୁ ନେଇ ଗାଁ ବାଲା ଦିଭାଗ ହୋଇଯାଇଛନ୍ତି। ଦଲେ ପୋଷ୍କୋ ସପକ୍ଷବାଦୀ ଆଉ ଦଲେ ପୋଷ୍କୋ ବିରୋଧ। ଯେହେତୁ ଆମେ ପୋଷ୍କୋକୁ ବିରୋଧ କରୁଛୁ, ଗାଁ ବାହାରକୁ ଗଲେ ସପକ୍ଷବାଦୀ ବାଲା ଦେଖ୍ଲେ ମାଡ଼ମାରିବେ। ତାଛଡ଼ା ଯେଉଁମାନେ ପୋଷ୍କୋ ବିରୋଧୀ ସେମାନଙ୍କୁ କୁଜଙ୍ଗ ପୋଲିସ୍ ଖୋଜୁଛି। ଦେଖ୍ଲା ମାତ୍ରକେ ବାନ୍ଧି ନେବେ। ଯେପର୍ଯ୍ୟନ୍ତ କିଛି ଗୋଟା ଫଁଇସଲା ନହୋଇଛି, ପୋଷ୍କୋ ଫେରି ନଯାଇଛି, ସେପର୍ଯ୍ୟନ୍ତ ଗାଁ ବାହାରକୁ ଯିବା ନିରାପଦ ନୁହେଁ। ମଲେ ଏଇ ଗାଁରେ ମରିବୁ, ଭଲ ମନ୍ଦ ସବୁ ଗାଁରେ। କିଛି ନହେଲେ ତୋ କୋଲରେ ମୁଣ୍ଡ ଦେଇ ମରିବା ସୁଯୋଗ ମତେ ତ ମିଳିବ"।

ଏକଥା କହିସାରି ଦ୍ରୋପଦୀ ଆଖ୍ରୁ ଦି ଧାର ଲୁହ ଢାଲିଦେଲା।

ଢିଙ୍କିଆ ଗାଁକୁ ମାତ୍ର ଛଅ ବର୍ଷ ହେଲା ବୋହୂ ହେଇ ଆସିଥିବା ଦ୍ରୋପଦୀ ଦାସର ଆଖ୍ରୁ ଠପ୍ଠପ୍ ହେଇ ଲୁହଧାର ଗଡ଼ିଯାଉଥିବା ଦେଖ୍ ସେଠାରେ ଉପସ୍ଥିତ ଥିବା ମଧ୍ୟ ବୟସ୍କା ମହିଳା ଶାନ୍ତି ଦାସ, ନୟନା ଦାସ ଓ ଲତିକା ଦାସ ମଧ୍ୟ ସମବେଦନା ଜଣେଇ ଆଖ୍ ଛଳ ଛଳ କରିଦେଲେ। ନାକ ସୁଁ ସୁଁ କରି କାନ୍ଧୁଥିବା ଦ୍ରୋପଦୀକୁ କୋଲକୁ ଆଉଜେଇ ଦେଇ ନୟନା କହିଲା– "ଆଲୋ, କାନ୍ଧୁଛୁ କାହିଁକି ? କାନ୍ଦିଲେ କ'ଣ ସମାଧାନ ହେଇଯିବ। ଆମେ ଏଠୁଁ ଯେତେ ମାଇପେ ବଇଠୁ, ତୁ ଆମଠୁ ସବ‌ାସାନ। ଏଇ କେଇ ବର୍ଷ ହେଲା ଦୀନାକୁ ବାହାହେଇ ଆମ ଗାଁକୁ ବୋହୂ ହେଇ ଆଇଲୁ। ଏଇନେ ଯବାନୀ ବୟସ ତୋର। ଏଇ ବୟସରେ କେତେ କ'ଣ କରିବା କଥା। ହେଲେ ଦୀନାକୁ ବାହା ହେଇ ହାତଗୋଡ଼ ବାନ୍ଧି ବସିଯାଇଛୁ। ମୁଁ ଶୁଣିଥିଲି ତୁ

କୁଆଡେ ପୁଲାଏ ପାଠ ପଢ଼ିଛୁ। ଢ଼ିଙ୍କିଆ ଗାଁରେ ଯେତେ ମାଇପେ ଯେତେ ଭୂଆଷୁଣୀ ଅଛନ୍ତି, ସମସ୍ତଙ୍କ ଠାରୁ ତୁ ଅଧିକା ପଢ଼ିଛୁ। ତୁ ତ ପାଠପଢ଼ା ଝିଅଟା, ଓଲଟି ଆମକୁ ତୁ ରାସ୍ତା ଦେଖେଇବା କଥା। ଗାଁରେ ଏବେ ଯୋଉ ଅବସ୍ଥା, ତୁ ତ ସବୁ ଜାଣୁଛୁ। ସବୁ ବୁଝୁଛୁ, ସକେଇଲେ କ'ଣ ହେବ"। କହନୁ ଲୋ ଲତିକା, ତୁ ତ ବି ପାଠ ପଢ଼ିଛୁ। ବୁଝ। ଦ୍ରୌପଦୀକୁ।

ଲତିକା ସେଠୀ କହିଲା- "ମୁଁ ଯେତିକି ପଢ଼ିଛି, ମୋ ଠାଁ ଅଧିକ ଦ୍ରୌପଦୀ ପଢ଼ିଛି। ଆଲୋ ଶାନ୍ତି ନାନୀ, ତୁ ଜାଣିଛୁ ନା, ଦ୍ରୌପଦୀ ଯେତିକି ପାଠ ପଢ଼ିଛି, ସେ ଖାଲି ଆମ ଗାଁ ଚାହାଲିରେ ଯଦି ପିଲା ପୁଲାଏ ଘେରାଇ ବସନ୍ତା, କୁଆଡେ କେତେ ରୋଜଗାର କରନ୍ତା। ଗାଁକୁ କାହୁଁ କୁଆଡୁ ଟିଉସନ ମାଷ୍ଟରଗୁଡ଼ାକ ଆସୁଛନ୍ତି। ଟଙ୍କା ଛାଣି ନେଉଛନ୍ତି। ଦ୍ରୌପଦୀ ସେଇ କାମ କଲେ କେତେ ରୋଜଗାର କରନ୍ତାନି। ସେ ତ ପାଠପଢ଼ା ଝିଅଟା, ନଇଲେ କୋଉଠି ଗୋଟେ ଚାକିରି ଯଦି କରିଯାଆନ୍ତା ଦୀନାର ଦୁଃଖ ଯାଆନ୍ତା। ଚାହାଲୀରେ ପିଲାଙ୍କୁ ନପଢ଼େଇଲେ ନାଁ, ଏଇଠୁ ଖଣ୍ଡେ ଦୂର ଆମ ଢ଼ିଙ୍କିଆ ଗାଁକୁ ଲାଗିଛି ପାରାଦ୍ୱୀପର ଶହ ଶହ କାରଖାନା। କୋଉ କାରଖାନାରେ ଯଦି ଚାକିରିଟିଏ କରିଯାଆନ୍ତା, ସେଇଠୁ ଟଙ୍କା ରୋଜଗାର କଲେ ଦୀନାର ଦୁଃଖ ଯାଆନ୍ତା। ତାଛଡା ସୁନା ମୁଣ୍ଡା ଭଳିଆ ଟିକି ପୁଅଟାକୁ ଜନମ ଦେଇଛି। ସେ ବି ପାଠଶାଠ ପଢ଼ନ୍ତା।"

ଶାନ୍ତି ଦାସ ମୁହଁ ଫୁଲେଇ କହିଲା- "ଯା', ଯା', ଇଏ ଗାଁରେ ଆଉ ଛୁଆ ପାଠ ପଢ଼ିବେ? ଢ଼ିଙ୍କିଆ ଚାରିଦେଶରେ ଯେତିକି ଇସ୍କୁଲ ଅଛି ସେଗୁଡ଼ା ତ ଏବେ ସରକାର ବନ୍ଦ କରିଦେଲାଣି। ଦେଖୁନ ସବୁ ଇସ୍କୁଲରେ ଖାଲି ପୋଲିସ୍ ବାଲା ଆସି ରହିଲେଣି। ଦି ମାସେ ହେଲା ଇସ୍କୁଲ ବନ୍ଦ। ପୋଲିସ୍ ଆସି ରହିଛନ୍ତି। ସେଇଠି ରୋଷେଇବାସ କରୁଛନ୍ତି। ଖୁଆପିଆ କରୁଛନ୍ତି। ଲୁଗା ଧୁଆଧୋଇ, ଗାଧୁଆପାଧୁଆ ସବୁ ଚାଲିଛି। ଛୁଆ ସବୁ ସକାଳୁ ଆସି ଇସ୍କୁଲ ହତାରେ ପୋଲିସ୍ ବାଲାଙ୍କ ଲୁଙ୍ଗି, ଚଡ଼ି ଶୁଖୁଥବାର ଦେଖୁଛନ୍ତି। ଏଣିକି ଏଣିକି ପୁଲିସ୍ ସଂଖ୍ୟା ବଢ଼ିଲାଣି। ଛୁଆମାନେ ଆଉ ପାଠ ପଢ଼ିବାକୁ ଯାଉନାହାନ୍ତି। ପୋଲିସ୍ ବାଲା ଆଇଛନ୍ତି ଯେ, ପୁଲାପୁଲା ବନ୍ଧୁକ, ପୁଲାପୁଲା ଠେଙ୍ଗା ଆଣି ଆଇଛନ୍ତି। ଆମକୁ ପିଟି ସାବାଢ଼ କରିବେ। ଗୁଲି ମାରି, ଠେଙ୍ଗାରେ ପିଟି, ବମ୍ ପକେଇ କେଇଟାଙ୍କୁ ମାରି ସାରିଲେଣି। ଆଉ ଆମେ କେଇଜଣ ଅଛୁ। ମରିଗଲେ ନିଧଡ଼କ ହେଇ କାରଖାନା କରିବେ।"

ଆପଣା ସୁନା ଭେଣ୍ଡି, କହିବୁ କାହାକୁ। ପୋଲିସ୍ ବାଲା, ସେ କୁମ୍ପାନୀ ବାଲା କେବେ ଠାଁ ଗାଁ ଛାଡି ପଲାଉନେଣୀ। ଆମେ ତିନି ପଞ୍ଚାୟତରେ ସବୁ ଗାଁରୁ କିଛି କିଛି

ଲୋକଙ୍କୁ ପୋଷ୍କୋ ହାତେଇ ନେଇ ସାରିଲାଣି। କଣ ନା ପୋଷ୍କୋ ସପକ୍ଷବାଦୀ ଆମେ। ଯାଅ, ମାଟି ମା-ମାଇପ ସମସ୍ତଙ୍କୁ ବନ୍ଧା ପକେଇ ଦିଅ ପୋଷ୍କୋ କୁମ୍ପାନୀ ପାଖରେ। ଛି, ଛି, ଲାଜ ଲାଗୁନି। ଆମ ଗାଁରୁ ୫ ୬ ପରିବାର ଗାଁ ଛାଡ଼ି ପଲେଇଗଲେଣି। ସେ କୁମ୍ପାନୀ ତାଙ୍କ ପିଲାଛୁଆଙ୍କୁ ପୋଷୁଛି। ଗାଁ ଛାଡ଼ି ଯିବେନି। ଆମେ ପୋଷ୍କୋ ବିପକ୍ଷବାଦୀ କୋଉ ଭଲ ଯେ, ସିଏ କୁମ୍ପାନୀର ଗୋଲାମ ହେଲେ ବୋଲି ଆମେ ତାଙ୍କୁ କ'ଣ ବୁଝେଇ ଥିଲେ ହେଇନଥାଆନ୍ତା। ଆମ ମରଦମାନେ ତାଙ୍କୁ ମାଡ଼ ମାଇଲେ। ନିଆଁ ପାଣି ବନ୍ଦ କଲେ। ଗାଁ ସଭାରେ ଆଣ୍ଡେଇଲେ। ଜୋରିମାନା ଜୁଲମ କଲେ। ସେମାନେ ନିଆଁବାଣ ହୋଇ ମାଡ଼ ଭୟରେ ଭିଟାମାଟି ଛାଡ଼ିଲେ। ସେ ଚନ୍ଦନ ମହାନ୍ତିଙ୍କ ନେତୃତ୍ୱରେ ଆହୁରି କେତେକେତେ ସେମାନେ କ'ଣ ଗାଁ ଛାଡ଼ି ଯାଇଥାଆନ୍ତେ ନା ମେଲି ବାନ୍ଧି ଥାଆନ୍ତେ। କି ହୀନସ୍ତା ଆମେ ତାଙ୍କୁ କରିନେ କହିଲ। ସେମାନେ ଆମକୁ, ଆମ ଗାଁ ନେତାଙ୍କୁ ବିରୋଧ କରି ପୋଷ୍କୋ କୁମ୍ପାନୀ ସାଙ୍ଗରେ ହାତ ମିଲେଇଲେ ବୋଲି ଆମେ ତାଙ୍କୁ ମାଡ଼ ମାଇଲେ, ତାଙ୍କ ଘର ଭାଙ୍ଗିଦେଲେ। ଶେଷରେ ସେମାନେ ଅନ୍ୟ ଉପାୟ ନପାଇ ଗାଁ ଛାଡ଼ିବାକୁ ବାଧ୍ୟ ହେଲେ। ଦେଖନ୍ତୁ ଢିଙ୍କିଆ ପାଟଣା ଗାଁରେ ସେ ୫ ୬ ପରିବାର ଗାଁ ଛାଡ଼ି ଚାଲିଗଲା ପରେ ତାଙ୍କ ଘର ସବୁ ଛପର ହୋଇପାରୁନି। ବର୍ଷା ଖରାରେ ଅଛପର ଘର ସବୁ ଦବି ଗଲାଣି। ଡ଼ିଅରେ ଏବେ ବିଲୁଆ ଡେଉଁଛି। କି ହୀନସ୍ତା ହେଲେ ସେ ୫ ୬ ପରିବାର। ଗାଁ ଛାଡ଼ି ଦେଇ ସେମାନେ ଆଗେ ଯାଇ କୁଜଙ୍ଗର ଭୂତମୁଣ୍ଡାଇ ଭଙ୍ଗା କଲେଜ ଘରେ ମୁଣ୍ଡ ଗୁଞ୍ଜିଲେ। ସେଇଠି କୁମ୍ପାନୀ ତାଙ୍କୁ ଖାଇବା ପିଇବା ଦେଲା।

ସେଠୁ ଆସି ଏବେ ବଡ଼ଗବନ୍ଧପୁରରେ ରହୁଛନ୍ତି। କୁମ୍ପାନୀ ତାଙ୍କ ପାଇଁ ଆଜବେସ୍ଟ ଘର କରିଦେଇଛି। ସେଠି ସେମାନେ କଲୋନୀରେ ଖାଇପିଇ ରହୁଛନ୍ତି। ଆହା, କି ହନ୍ତସନ୍ତ ସେମାନେ ହଉଛନ୍ତି। ଘରେ ଖାଇଆକୁ ଥାଉ ନଥାଉ ବାରିରୁ ବାଇଗଣ କଷି, ଜହ୍ନି କଷିଟିଏ ତୋଲି ଆଣି, କି ବାରି ଗଡ଼ିଆରୁ କରାଣ୍ଡି ଟେଙ୍ଗା ଧରି ଆଣି ପୋଡି ଗଣ୍ଠାଏ ପଖାଲରେ ନଗେଇ ଖାଇଦେଲେ ସେଇଥରେ ଶାନ୍ତି ଅଛି। ହେଲେ ପର ଆଶରାରେ ଦିଟଙ୍କା ପାଇଲେ ସେଙ୍କୁରା କଣ ପେଟରେ ହଜମ ହେବ। କାହିଁକି ସେମାନେ ଗୋଟେ ଜିଦିରେ ସେଠି ଅଛନ୍ତି ନା। ପଲେଇ ଆସି ଯଦି ପୁଣି ଗାଁରେ ରୁହନ୍ତି ତାହେଲେ କେତେ ଭଲ ହୁଅନ୍ତା।

ମୁଁ ସିନା ଏକଥା କହୁଛି। ହେଲେ ରାତିରେ ଯୋଉମାନେ ମିଟିଙ୍ଗ୍ କରୁଛନ୍ତି, ସେମାନେ ରାଗରେ ଚାଉଲ ଚୋବାଉଛନ୍ତି। ଆମେ ସିନା ମାଇପେଗୁଡ଼ା ସତମିଛ ଜାଣୁଛେ, ବୁଝୁଛେ। ହେଲେ ଆମ ମରଦମାନେ କଣ ବୁଝୁଛନ୍ତି। ତାଙ୍କର ଗୋଟିଏ

କଥା ଆମ ମୁରବୀ ଅଭୟ ସାହୁ ଯାହା କହିବେ ଆମେ ସେଇଆ କରିବୁ । ଶହେ ଗାଁ ଲୋକ ଶହେ କଥା କହିଲେ କିଛି ଲାଭ ନାହିଁ । ଯାହା ସେଇ ଅଭୟ ସାହୁ କହିବେ ସେଇଆ ହିଁ ହେବ । ଢିଙ୍କିଆ ଚାରିଦେଶରେ ଗୋଟିଏ ନେତା ଗୋଟିଏ କଥା ଗୋଟିଏ ବିଚାର । କେବଳ ଅଭୟ ସାହୁ । ଏ ଶିଶିର ମହାପାତ୍ର, ଦେବ ସାହୁ, ଅକ୍ଷୟ ଦାସ, ସୁର ନାନା ଆଉ ମନୋରମା କେବଳ ସେନାପତି ହେଇଛନ୍ତି । ମା ଫୁଲଖାଇ ମନ୍ଦିରରେ ପଡ଼ିଥିବା ଚେୟାରରେ ବସିଥିବା ମୁରବୀ ଯାହା ନିର୍ଦେଶ ଦେବେ ତାହା ହିଁ କାର୍ଯ୍ୟକାରୀ ହେବ । ଇଠି ଥଲକୁଲ କୋଉଠି ମିଳୁଛି ଯେ । ଗାଁ କଣ ଆଉ ଗାଁ ହେଇ ରହିଛି । ମନ୍ଦିରରେ ଦିଅଁ ଦେବତା ଖାଲି ଆଁଟା କରି ଅନେଇଛନ୍ତି । ମନ୍ଦିର ବାରଣ୍ଡରେ ଯୋଉ ନ୍ୟାୟ ନିଷାପ ହଉଛି ସେଇଠି ହିଁ ସବୁ ମିଛ, ସବୁ ଖଚ, ସବୁ ଛଲନା । ମନେ ମନେ ମନ୍ଦ ପାଂଚି ପାଂଚି ଆସି ମନ୍ଦିରରେ ହିଁ ଓଗାଳି ପକେଇବେ । ଆଜି ୫୬ ପରିବାର ଗାଁ ଛାଡ଼ିଲେ କାହିଁକି, ସବୁ କ'ଣ ଠାକୁରି ଭୁଲ୍ ଆଉ ଆମ ମରଦଗୁରାକ ଭାରି ଭଲ । କେବଳ ଖାଂଟି ମିଛ । ଯା ବିରୁଦ୍ଧରେ ଠାକୁ, ତା ବିରୁଦ୍ଧରେ ଆକୁ କହି କେଇଟା ଶଇତାନ ଶକୁନି ଆଜି ପୁରଟାକୁ ଭାଙ୍ଗି ଦେଲେ ।

ସେ ଅନାମ ସାହୁ ଝୁଅ କଥା ଆଖିରେ ଦେଖିଥିଲି । କୁଜଙ୍ଗ ଗାଁରେ ସନିଆ ସାହୁ ପୁଅ ସାଙ୍ଗରେ ବାହାଘର ଲାଗିଥିଲା । ଅନାମ ସାହୁ ଝୁଅ ନାଁ ଝୁନା ସାହୁ । ଝୁନା ରାଧାମା କଲେଜରେ ପାଠ ପଢୁଥିଲା । କେତେ ସୁଧାର ଝିଅଟିଏ । ମାଛିକୁ ମ କହେନି । କଲେଜ ପାଠ ପଢ଼ିସାରି କୋଉ କମ୍ପାନୀରେ ଗୋଟା ଚାକିରି କରିଥିଲା । ଆଉରି ବଡ଼ ଚାକିରି କରିବାକୁ ଯାଇ ଭୁବନେଶ୍ୱରରେ ତା ମାମୁ ଘରେ ରହିଲା । ସେଠୁ ମଧ୍ୟସ୍ତ ଯାଇ କୁଜଙ୍ଗରେ ବାହାଘର ନଗୋଇଥିଲେ । ପୁଅଟା ବି ରାଜାଘର ପୁଅ ପରି ଦିଶୁଥିଲା । ଆଲୋ ନିର୍ବନ୍ଧ ସରିଲା ପରେ ବାହାଘର ଭାଙ୍ଗିଗଲା । ଶୁଣୁ ଶୁଣୁ କଶନା ସେ ପୁଅ ଘର ଆମ ଗାଁ ଦନେଇ ମଲିକର ଚିହ୍ନା ପରିଚିତ । ଦନେଇ ପୋଷ୍କୋ ସପକ୍ଷବାଦୀ ହେଇଛି । କ'ଣ ଯାଇ କୁଜଙ୍ଗ ଗାଁରେ ଚୁଗୁଲି କଲା ଯେ, ବାହାଘର ଭାଙ୍ଗି ଠୋ । ପୋଷ୍କୋ ସପକ୍ଷବାଦୀ ବିପକ୍ଷବାଦୀ ଏମିତି ହେଲେଣି ଯେ, ମାଡ଼ ମରାମରି ହେଇ ଖଣ୍ଡିଆ ଖାବରା ହେଉଛନ୍ତି । ଜୀବନ ନଉଚନ୍ତି ହେଲେ ଏମିତିଆ ହୀନ କାମଗୁରା କରୁଛନ୍ତି, ତାଙ୍କୁ କ'ଣ ଧରମ ସହିବ । ଇଏ ପରା ଗାଁ ମୁଣ୍ଠରେ ପହରା ଦେଇ ପୋଷ୍କୋ ସପକ୍ଷବାଦୀ ବାଲାଙ୍କୁ ଛନ୍ଦିକିରି ପିଟୁଛନ୍ତି । ତାଙ୍କ ପୁଅଝିଅ ଏବେ କଲେଜ ଯିବା ବନ୍ଦ କରିଦେଲେଣି । କେହି, କେହି ସୁନା ମୁଣ୍ଡା ନୁହଁନ୍ତି । ସମସ୍ତେ ନିଜ ନିଜ ଜିଦିରେ କୁହୁଲୁଛନ୍ତି । ଆମ ମରଦକୁ ପଦାରୁ କିଛି ଲୋକ ହାତେଇ ନାଚ କରଉଛନ୍ତି । ଆଉ ସେ ଦଲେ ଟଙ୍କା ଖାଇ ନାଚ କରୁଛନ୍ତି । ଶେଷକୁ ଗାଁଟା ସାରା ଖାଁ ଖାଁ ହବ । କେହି ନଥିବେ । ସବୁ

ଉଜୁଡ଼ିଯିବ। ୫ ୬ ପରିବାର କ'ଣ ଏଣିକି ସମସ୍ତଙ୍କ ଢିଅରେ ବିଲୁଆ ଡେଇଁବ।
ଏସବୁ କହିଲା ବେଳକୁ ଶାନ୍ତିଦାସ ଫଃଁ ଫଃଁ ହେଉଥିଲା ଓ ଅନ୍ୟମାନେ ମନ୍ତ୍ରମୁଗ୍ଧ
ପରି ଶୁଣୁଥିଲେ।

ଦ୍ରୌପଦୀ କହିଲା– "ଶାନ୍ତି ନାନୀ, କଥା ତମେ କୁଆଡେ କୁଆଡେ ନେଲଘ।
ତମକୁ ଏଇଥିପାଇଁ ସମସ୍ତେ ଭଲ ପାଆନ୍ତି। କାରଣ ତମେ ମୁହଁରେ କୁହ, ସତ କୁହ।"

ଇଲୋ କହିବିନି ଆଉ କ'ଣ ସବୁବେଳେ ମୁହଁରେ ତୁଣ୍ଟି ବାନ୍ଧିବି। ପୋଷ୍ଟୋ
ହେଲେ କେତେ ନହେଲେ କେତେ ଆମ ଗାଁ ମାଇପିଙ୍କର ଯାଏ ଆସେ କଣ। ଇଏ
ମରଦଗୁଡ଼ାକ ବାଡ଼େଇ ପିଟି ହେଇ ପାରିଲେନି। ଶେଷରେ ଆମକୁ ଆଣି ଯୋଟିଲେ।
ଆମେ ହାଣ୍ଡିଶାଳର ଚଟୁ ଖରିକା ଛାଡ଼ି ଗାଁ ଦାଣ୍ଡରେ ଠେଙ୍ଗା ଧରି ବୁଲୁଛୁ। ଦିନରେ
ଖଟି ଖଟି ରାତିକି ଟିକେ ବିଶ୍ରାମ ନେବା। ସେତକ ନାଇଁ, ଦେଖୁ ନ ପହରା ଦଉଚୁ।
ଆମେ ତ ନଷ୍ଟ ହେଲୁ ହେଲୁ, ଶେଷରେ ଆମ ପିଲାଛୁଆ ବି ବାଦ୍ ପଡ଼ିଲେନି।
ସେମାନେ ପାଠପଢ଼ା ଛାଡ଼ି ଆସି ବାଲି ଟିକିରାରେ ପୋଷ୍ଟୋ ହଟାଅ ମାଟି ବଞ୍ଚାଅ
କହିଲେଣି। ସବୁ ସଇଲା ଲୋ ସବୁ ସଇଲା, ସାରା ରାଇଜଟା ଯାକର ନେତା
ମନ୍ତ୍ରୀ... ଧୋବଧବଳିଆ ସମାଜସେବୀ କିଏ କେତେ ଏଠିକି ଆସୁଚ୍ଛନ୍ତି। ଭାଷଣ ଚାଲୁଛି..
ହେଲେ ଆମେ ଲାଭ କ'ଣ ପାଉରୁ...

ଦେଖୁନ ଏଇ ଦ୍ରୌପଦୀକୁ। ଏଇ ଗାଁରେ ଦଶ ବାର ବର୍ଷ ହେଲା ପିଟାପିଟି
ମାଡ଼ପିଟି ଚାଲିଛି। ତୋ ବାପଘର କଟକରେ ତୁ କାହିଁକି ଏଠିକି ବୋହୂ ହେଇ
ଆଉଥିଲୁ। ତୁ ପାଠପଢ଼ା ଝିଅଟା। ସୁନ୍ଦରୀ ଝିଅଟା, କାହିଁକି ଢିଙ୍କିଆରେ ବାହା ହଉଥିଲୁ।
ତା ଛଡ଼ା ଦୀନା ଦାସ ଏତେ ପାଠ ଫାଠ ପଢ଼ିନି, ତାକୁ ବାହା ହବାକୁ କାହିଁକି ରାଜି
ହଉଥିଲୁ। ଆଇଲୁ ତ ଢିଙ୍କିଆ, ଦେଖେ କ'ଣ ଆଗକୁ ହଉଚି। ଛୁଆଟିଏ ଜନ୍ମ କରିଛୁ।
ତା ଭବିଷ୍ୟତ କ'ଣ ହେବ ନିଜେ ଦେଖିବୁ"।

ଦ୍ରୌପଦୀ ଏଥର ଶାନ୍ତି ନାନୀକୁ କଣେଇ ଚାହିଁ ପୁଣି ଥରେ ନିରବରେ ଆଖିରୁ
ଦି ଧାର ଲୁହ ଝେରେଇ ଦେଲା। ନିଜର ଅତୀତ, ଭବିଷ୍ୟତର ଆତ୍ମ କାହାଣୀର ବିବଶତାକୁ
ସେ କେମିତି କହିବ, କାହାକୁ କହିବ, ସ୍ଥିର କରିପାରିଲାନି। ତା ଭିତରର ଜ୍ୱଳନକୁ
କିଏ ବା ଅନୁଭବ କରିବ ?

ଏଥର ଶାନ୍ତି ଦାସ ବଡ଼ ପାଟିରେ କହିଲା– ଆଲୋ ହେ, ତୁ ଏଇ ଗାଁକୁ ଛଅ
ବରଷ ହେଲା ଆଇଲୁ। ତୁ ଆସିଆର ଆହୁରି ଛଅ ବର୍ଷ ପୂର୍ବରୁ ଆମେ ସବୁ ମରିସାରିଲୁଣି।
ଶୁଣୁ ଶୁଣୁ, ରାତି ପାଇଆକୁ ଆଉ ପହରେ ବାକି ଅଛି। ବାଲି ଟିକିରା ପଟରୁ ବିଲୁଆ
ଭୁକିଲେଣି। ସକାଳ ହେଲେ ଖାଇପିଇ ପୁଣି ଆସି ବାଲି ଟିକିରାରେ ପହଁଚିବା।

କାଲି ମିଶିପେ ସବୁ ବେସର ବାଟିଆକୁ ଯିବେ। ଆମେ ସବୁ ନୁଗା ଖୋଲି ନଙ୍ଗଳା ହେବା... ନଙ୍ଗଳା ହେଲେ ମରିଆ... ନହେଲେ ମରିଆ...

ଶାନ୍ତି ଦାସ ଭୋ ଭୋ ହୋଇ କାନ୍ଦିବାକୁ ଲାଗିଲା। ଆନ୍ଦୋଲନରେ ବାଡ଼ ପରି ଠିଆ ହୋଇ ଅନ୍ୟକୁ ସାହସ ଦେଉଥିବା ଶାନ୍ତି ଦାସ ଆଖିରେ ଲୁହ ଦେଖି ସମସ୍ତେ ଅବାକ୍ ହେଇଗଲେ। ସମସ୍ତେ କିଛି କହିବା ଆଗରୁ ଶାନ୍ତି ଦାସ ଗପି ଚାଲିଲା... ଗପି ଚାଲିଲା... ଦୀର୍ଘ ଏଗାର ବାର ବର୍ଷର ଇତିହାସ.... ପୋଷ୍କୋ ଆସିଲା.... ଗାଁରେ ନିଆଁ ଜଳିଲା... କେତେ ମୁଣ୍ଡ ଗଡ଼ିଲା... ଏମିତି କେତେ କ'ଣ... ଘଟଣାର ଗୋଟିଏ ଗୋଟିଏ କଥା ମନେପଡ଼ିଯାଉଛି।

କହୁନୁ ଆଲୋ ଲତିକା ମନେପକେଇ କହୁନୁ... ଘଟିଯାଇଥିବା ଅଘଟଣଗୁଡ଼ାକ ଓଗାଳି ପକାଉନୁ।

ଚାରି

ପୋସ୍କୋ ଚୁକ୍ତି:

ଏଇ ଦିନଟିକୁ ଆମ ଗାଁବାଲା କଳା ଦିବସ ବୋଲି ପାଳନ କରୁଛୁ। ସେ ପୋସ୍କୋ କମ୍ପାନୀ ଆମ ରାଜ୍ୟ ସରକାରଙ୍କ ସହିତ ଚୁକ୍ତିପତ୍ର କଲା। ଆଲୋ ଲତିକା ତୁ ପାଠ ପଢ଼ିଛୁ। କହନୁ ସେ ଦିନ କଥା।

ଲତିକା ସେଠୀ ପାଠପଢ଼ା ମହିଳା। ହରିଜନ ବସ୍ତିରେ ଯେତେ ମହିଳା ଆନ୍ଦୋଳନକୁ ଆସୁଛନ୍ତି, ସେମାନଙ୍କ ଭିତରେ ଅଧିକା ପାଠ ପଢ଼ା ବୋହୂ ଦ୍ରୌପଦୀ ଦାସଙ୍କୁ ସମସ୍ତେ ଜାଣନ୍ତି। ହେଲେ ଲତିକା ମଧ୍ୟ ପାଠ ପଢ଼ିଛି। ଦେଶ ଦୁନିଆ ସମ୍ପର୍କରେ ଜାଣିଛି। ଗାଁରେ କହନ୍ତି ଯେ, ଯଦି କାହାର ଗୋଟେ ଚିଠି ଆସିଲା, କି ଲାଇନ୍ ବିଲ୍ ଆସିଲା, ସେମାନେ ଲତିକାକୁ ଆଣି ଦିଅନ୍ତି। ଲତିକା ପଢ଼ି ବୁଝେଇ ଦିଏ। ହେଲେ ଏଇ ଛଅ ବର୍ଷ ହେଲା ଲତିକାର ସ୍ଥାନ ଦ୍ରୌପଦୀ ନେଇଛି। ଦ୍ରୌପଦୀ ପାଠ ପଢ଼ିଛି। ଶୁଣାଯାଏ ସେ କଟକର ବଡ କଲେଜରେ ପାଠ ପଢ଼ୁଥିଲା। ଗୋଟିଏ ଘଟଣାଚକ୍ରରେ ଦୀନା ଦାସକୁ ବାହା ହେଇଛି। କ'ଣ ସେ ଘଟଣା ଏକା ସେଇ ଜାଣିଛି। ଦ୍ରୌପଦୀ କହିଲା– "ଲତା ନାନୀ କହନୁ ସେ କଥା... ମୁଁ ତ କାଲି ସକାଳେ ଆଇଚି। କ'ଣ କ'ଣ ଗାଁରେ ଘଟିଛି। ସେ ସବୁ କହିଲେ ତ ମୁଁ ଜାଣିବି। ରାତି ପାହିବାକୁ ଅଳ୍ପ ସମୟ ବାକି ଅଛି। ଆଖିରେ ତ ନିଦ ନାହିଁ। ନାନୀ ଗପ କହିଲେ ଆମେ ଶୁଣି ଶୁଣି ରାତି ପୁହାଇଦବୁ।

ଲତିକା ସେଠୀ ଗଲାଝାଡି କହିଲା– "୨୦୦୫ ଜୁନ୍ ୨୨ ତାରିଖକୁ ଆମେ କେବେ ଭୁଲିବୁନି। ସେଇଦିନ ଓଡ଼ିଶା ସରକାର ଦକ୍ଷିଣ କୋରିଆର ପୋହାଙ୍ଗ ଷ୍ଟିଲ୍ କମ୍ପାନୀ ପୋସ୍କୋ ସହିତ ଚୁକ୍ତି ସ୍ୱାକ୍ଷରିତ କଲା। ଆମ ଢିଙ୍କିଆ ଚାରିଦେଶ ଗଡ଼କୁଜଙ୍ଗ,

ନୂଆଗାଁ, ଗୋବିନ୍ଦପୁର ଓ ଢିଙ୍କିଆରେ ଲୁହା କାରଖାନା କରିବ। ଆମ ଗାଁ ଜମି ନବ, ଆମ ଚାଷବାସ ଯିବ। ଆମ ପାନ ଧାନ, ମୀନ ସବୁ ଚାଲିଯିବ। ଆମ ଚଉଦପୁରୁଷର ଜଙ୍ଗଲ, ନଈ, ନାଳ, ବାଲିଟିକିରା, ଜଟାଧାର ମୁହାଁଣ ସବୁ ନେଇଯିବ। ପ୍ରଥମେ ପୋଷ୍କୋ ଏଠି ୫୨ ହଜାର କୋଟି ଟଙ୍କା ଖର୍ଚ୍ଚ କରିବ ଆଉ ତାପରେ ପୁଣି ବଢ଼ି ବଢ଼ି ଯିବ। ଆମ ଗାଁ ମାଟିରେ ପୋଷ୍କୋ କାରଖାନା କଲେ ଗାଁ ଆମର ସୁନା ପାଲଟି ଯିବ। ଚାରିଆଡେ କୋଠାଘର, ଚାରିଆଡେ ସହରୀକରଣ ହେବ। ଆମ ପିଲାଛୁଆ ଲୁହା ଉତ୍ପାଦନ କମ୍ପାନୀରେ ଚାକିରି କରିବେ। ସମସ୍ତେ କୋଟି କୋଟି ଟଙ୍କା ରୋଜଗାର କରିବେ। ସମସ୍ତେ ବଡ଼ ମଣିଷ ହେଇଯିବେ। ଢିଙ୍କିଆ ଚାରିଦେଶ ଖାଲି ହସିବ, ଢିଙ୍କିଆ ଚାରିଦେଶ ସହର ପାଲଟି ଯିବ।

ଏଇ ପୋଷ୍କୋ କମ୍ପାନୀ ପ୍ରତିଷ୍ଠା ହେବା ପାଇଁ ସରକାର ପ୍ରଥମେ ତିନୋଟି ସ୍ଥାନ ନିରୂପଣ କରିଥିଲେ। ସେଥିମଧରୁ ପାରାଦ୍ୱୀପ, ଧାମରା ଓ ଡୁବୁରି ଆଦି ସ୍ଥାନ ଥିଲା। କିନ୍ତୁ ପାରାଦ୍ୱୀପକୁ ଶେଷରେ ସ୍ଥିର କଲେ। ପାରାଦ୍ୱୀପ ବୋଲିଲେ ଜଗତ୍‌ସିଂହପୁର ଜିଲ୍ଲା କୁଜଙ୍ଗ ଅଞ୍ଚଳର ଢିଙ୍କିଆ ଚାରିଦେଶ। ଢିଙ୍କିଆ, ନୂଆଗାଁ ଓ ଗଡ଼କୁଜଙ୍ଗ ପଞ୍ଚାୟତର ଏହି ଚାରିଦେଶର କୁଜଙ୍ଗ ତହସିଲ ଅନ୍ତର୍ଗତ ପୋଲାଙ୍ଗ, ନୋଲିଆସାହି, ଗୋବିନ୍ଦପୁର, ଢିଙ୍କିଆ, ନୂଆଗାଁ, ବାୟୋନଲା, ଭୂୟାଁପାଳ ଓ ଜଟାଧାର ସନ୍ନିକଟ ଜଙ୍ଗଲ ଜମିକୁ ପୋଷ୍କୋ ନେବ। ଅତି କମ୍‌ରେ ଏହି ଗାଁର ୪୦୦୦ ଏକରରୁ ଊର୍ଦ୍ଧ୍ୱ ବେସରକାରୀ ଓ ସରକାରୀ ଜମିକୁ ସରକାର ଅଧିଗ୍ରହଣ କରି ପୋଷ୍କୋକୁ ହସ୍ତାନ୍ତର କରିବ। ପୋଷ୍କୋ କୁଆଡ଼େ ଏଠି ଲୁହା କାରଖାନା ନିର୍ମାଣ କରିବ ଓ ସେ ବାବଦକୁ ବାଉନ ହଜାର କୋଟି ଟଙ୍କା ଖର୍ଚ୍ଚ କରିବ। ଆମ ଦେଶକୁ ଯେତେ ବିଦେଶୀ କମ୍ପାନୀ ଆସିଛନ୍ତି, ସମସ୍ତଙ୍କ ଠାରୁ ଏଇ କମ୍ପାନୀ ଅଧିକ ଅର୍ଥ ବିନିଯୋଗ କରିବ। ବର୍ଷକୁ କୁଆଡ଼େ ବାର ନିୟୁତ ଟନ ଲୁହା ଉତ୍ପାଦନ ହେବ। ଜମି ଅଧିଗ୍ରହଣ ହେଲେ ଆମ ଢିଙ୍କିଆ ଚାରିଦେଶର ଛଅଟି ଗାଁରୁ ୪୭୧ ପରିବାର ଏଠୁ ଘରଦ୍ୱାର ଛାଡ଼ିବେ। ଏଇ ୪୭୧ ଘର ଉଠିବ ବୋଲି ସରକାର କହୁଥିବା ବେଳେ ବାସ୍ତବରେ କୁଆଡ଼େ ଦି ହଜାର ପରିବାର ଆଗକୁ ଘରଦ୍ୱାର ଛାଡ଼ିବେ ବୋଲି ଲୋକେ କହୁଛନ୍ତି।

କମ୍ପାନୀ ଲୋକଙ୍କୁ କ୍ଷତିପୂରଣ ଦେବ। ଯେଉଁମାନଙ୍କ ଘରଦ୍ୱାର ଯିବ, ସେମାନଙ୍କୁ ଅନ୍ୟ ଜାଗାରେ ଥଇଥାନ ବ୍ୟବସ୍ଥା କରେଇବ। ଘରଦ୍ୱାର କୋଠା କରିଦେବ। ପରିବାର ପ୍ରତିପୋଷଣ ପାଇଁ ଚାକିରି ଦେବ। ଥଇଥାନ ହୋଇଥିବା ପରିବାରକୁ ମାସିକିଆ ଚଳିଆକୁ ଟଙ୍କା ଦେବ। ଛଅ ଗାଁର ଯେଉଁ ଲୋକଙ୍କର ପାନ ବରଜ ଭାଙ୍ଗାଯିବ, ନଡ଼ିଆ ଗଛ, ଗୁଆ ଗଛ ଓ ଅନ୍ୟ ଫଳନ୍ତି ଅଫଳନ୍ତି ଗଛ କମ୍ପାନୀ

କାଟିବ ସେ ବାବଦକୁ କ୍ଷତିପୂରଣ ଦବ । ନୂଆ ସ୍କୁଲ କଲେଜ ତିଆରି ହବ । ପିଲାମାନେ ମାଗଣାରେ ଉଚ୍ଚ ଶିକ୍ଷା ପାଇବେ ଓ ସେମାନଙ୍କ ଭବିଷ୍ୟତ ଉଜ୍ଜ୍ୱଲ ହେବ ବୋଲି ପ୍ରଚାର କରାଗଲା । ପାରାଦ୍ୱୀପ ବନ୍ଦର ନଗରୀରୁ ତ୍ରିଲୋଚନପୁର ଦେଇ ଢିଙ୍କିଆ, ଢିଙ୍କିଆରୁ ନୂଆଗାଁ ଦେଇ ଗଡ଼କୁଜଙ୍ଗ, ଗଡ଼କୁଜଙ୍ଗରୁ ବାଲିତୁଠ ଦେଇ କୁଜଙ୍ଗ ଓ କୁଜଙ୍ଗରୁ ରାଜଧାନୀ ଭୁବନେଶ୍ୱର ପର୍ଯ୍ୟନ୍ତ ଆମ ଗାଁ ରାସ୍ତା ଆଖ୍ଯ ପାଇବନି ।

ଗାଁରେ କୋଠାବାଡ଼ି ଓ ରାସ୍ତାଘାଟ ତିଆରି ହୋଇ ଗାଁ ପୂରା ସହର ପାଲଟିଯିବ । ଆମ ଛଅ ଗାଁ ଢିଙ୍କିଆ ଚାରିଦେଶରେ ଆଉ କେହି ଗରିବ ରହିବେନି । ସମସ୍ତଙ୍କ ପାଇଁ ଆର୍ଥିକ ଅବସ୍ଥା ଠିକ୍ ହୋଇଯିବ । ଗାଁ ଗାଁରେ କ୍ଲବ୍ ଘର । ମହିଳା ସମିତି, ଭାଗବତ ଟୁଙ୍ଗୀ, କୋଠାଘର ଓ ସବୁ ସାଂସ୍କୃତିକ ଅନୁଷ୍ଠାନଗୁଡ଼ିକ ଆର୍ଥିକ ସହାୟତା ପାଇ ରୂପ ରଙ୍ଗ ବଦଳିଯିବ । କେହି ଜଣେ ବି ମଳିମୁଣ୍ଡିଆ ରହିବେନି । ସମସ୍ତେ ବାବୁ ହେଇଯିବେ । ଘରେ ଘରେ ସମସ୍ତେ ଚାରିଚକିଆ ଚଢ଼ିବେ ।

ପୋଷ୍କୋ ଆସିବା ଖବର ଶୁଣି ଏଣିକି ଗାଁର ଅଧିକାଂଶ ଲୋକେ ଓ ତା ମଧ୍ୟରେ ଯୁବପିଢ଼ି ମାନେ ସ୍ୱପ୍ନ ବିଭୋର ହୋଇଗଲେ । ମାଟି ଫଟେଇ, ହଳଲଙ୍ଗଳ ଯୋଚି ଓ ବର୍ଷ ତମାମ୍ ଜମିରେ ଚାଷ କରି ଯେତିକି ଅମଳ ହେଉଥିଲା, ପାନ ବରଜ କରି ସେଠୁ ପାନ ନାଛି ଦେଶ ବିଦେଶକୁ ପାନ ପଠେଇ ଯେତିକି ଲାଭ ମିଳୁଥିଲା, ପୁଣି ନଦୀ ନାଳରୁ ମାଛ ମାରି ଘେରି କରି ମାଛ ଚାଷ କରି ଚାଷରେ ଯେତିକି ଲାଭ ମିଳୁଥିଲା, ଏ ପୋଷ୍କୋ ଆସିବାରୁ ନିଶ୍ଚୟ ତାଠାରୁ ଅଧିକ ଲାଭ ମିଳିବ । ଘରେ ବସି ବସି ଅମୁହାଁ ରୋଜଗାର । ଦିନ କେଇଟାରେ କାରଖାନାରୁ ଖାଲି ଧୁଆଁ ଉଡ଼ୁଉଡ଼ୁ ଆମେ ଟଙ୍କାରେ ପୋତି ହୋଇପଡ଼ିବୁ । କାରଖାନାରେ ଚାକିରି କରି ରଙ୍ଗରଙ୍ଗିଆ ପୋଷକ ପିନ୍ଧି, ଦାମୀ ବୁଟ୍ ପିନ୍ଧି ଓ ମୁଣ୍ଡରେ ହେଲମେଟ୍ ପିନ୍ଧି ଆମେ ଦଳଦଳ ହୋଇ ଡିଉଟି କରିବାକୁ ଯିବୁ । କଂଟା ପଇସା ଛାଣି ଆଣିବୁ । ଓଃ, ସେ ଯୋଉ ମଜା, ଏ ଗାଁର ପାରମ୍ପରିକ ରୋଜଗାରରୁ କ'ଣ ମିଳିବ ।

ଅବଶ୍ୟ ଆମ ଅଂଚଳରେ ସ୍ୱତନ୍ତ୍ର ଅମଳ ହେଉଥିବା କାକୁର ଲାଭ କେହି ଦେଇପାରିବେନି । ହେଲେ ସେଥିପାଇଁ ତ ଆମକୁ କୋଦାଳ ଧରିବାକୁ ପଡ଼ିବନା । ଆମ ଅଂଚଳରେ ଆଉ ଗୋଟେ ଭଲ ବ୍ୟବସାୟ ହେଉଛି କିଆଫୁଲ ବ୍ୟବସାୟ । ଗାଁ ଗାଁ, ବିଲମୁଣ୍ଡ ଯୁଆଡେ ଚାହିଁବ କିଆ ଗଛ, କିଆ ଗୋହିରୀ, କିଆ ଗଛରେ ଫୁଲ ଆସିଲେ ଆମ ପାଦ ମାଟିରେ ଲାଗେନି । ଏଠୁ କିଆଫୁଲ ଅମଳ ହେଇ ସହର ଯାଏ । କେତେଜଣ ଯୁବ ଶିଳ୍ପପତି ନିଜେ ନିଜେ କିଆଫୁଲରୁ ଅତର ବାହାର କରିବା ଶିଖି ନିଜ ଗାଁରେ ଉତ୍ପାଦନ ଆରମ୍ଭ କରି ରୋଜଗାରକ୍ଷମ ହେବା ସହିତ ଅନ୍ୟ ପରିବାରକୁ

ମଧ୍ୟ ରୋଜଗାର ଦେଉଛନ୍ତି । କିଆ ଫୁଲରୁ ମନଲୋଭା ଦାମୀ ଅତର ଉତ୍ପାଦନ ପୁଣି ଏଇ ମାଟିରୁ । ହେଲେ ସେସବୁ ଏବର ସ୍ୱପ୍ନ ନିକଟରେ ମୂଲ୍ୟହୀନ । ଧାନ, ପାନ, ମୀନ, କିଆଫୁଲ, କାଜୁ, ମାଛ ଯାଁଆଲ ବର୍ଷ ସାରା ବାଲି ଟିକିରା ତଲି ଅଂଚଳରେ ଡାଲୁଥ ଚାଷ, ପରିବା ଚାଷ ସବୁ ବ୍ୟର୍ଥ । ସବୁ ଅକାରଣ । ଏବେ ପୋସ୍କୋ କାରଖାନା ନିଶା, ପୋସ୍କୋ ଆସିବାର ସ୍ୱପ୍ନ.. ସମସ୍ତଙ୍କୁ ବିଚଳିତ କରିଛି । ସମସ୍ତେ ଅର୍ଥ ଉପାର୍ଜନ ଅତି ସହଜରେ କରିପାରିବେ, ତାର ମୂଲ ମନ୍ତ୍ର ହେଉଛି ପୋସ୍କୋକୁ ସମର୍ଥନ କରିବା । ପୋସ୍କୋର ଗୁଣ୍ଟା ସାଜିବା । ପୋସ୍କୋ ପାଇଁ ଦଲାଲି କରିବା ଓ ପୋସ୍କୋ ସପକ୍ଷବାଦୀ ସାଜି ଗାଁରେ ଭାଇଚାରା ନଷ୍ଟ କରିବା ।

ଯୋଉ ଦିନ ପୋସ୍କୋ କାରଖାନା କରିବ ବୋଲି ଚୁକ୍ତିପତ୍ର ହେଇଗଲା, ସେଇ ଦିନୁ ଗାଁରେ ଭାଇଚାରା ନଷ୍ଟ ହେବାକୁ ବସିଲା । ଜୁନ୍ ୨୨ ତାରିଖରେ ଚୁକ୍ତି ନେଇ ଆମ ଗାଁରେ ଭାଲେଣି ପଡିଲା । ହୋହାଲ୍ଲା ଚାଲିଲା । କିଏ କେତେ ପ୍ରକାର କଥା କହିଲେ । କିଏ ଭଲ କହିଲା ତ କିଏ ମନ୍ଦ କହିଲା । କିଏ କହିଲା ଢିଙ୍କିଆ ଚାରିଦେଶ ସୁନା ପାଲଟି ଯିବ, ଆଉ କିଏ କହିଲା କାରଖାନା ହେଲେ ଗାଁ ଲୋକେ ଛଟପଟ ହୋଇ ମରିଯିବେ । ଆଠଦିନ ନପୁରୁଣୁ ୩୦ ତାରିଖରେ ସ୍ୱେଚ୍ଛାସେବୀମାନଙ୍କ ଧାଡ଼ି ଲାଗିଲା ଆମ ଗାଁକୁ । ପ୍ରଥମେ ଯିଏ ଆସି ଆମ ଢିଙ୍କିଆ ଚାରିଦେଶରେ ପାଦ ଥାପିଲେ, ସେ ହେଉଛନ୍ତି ରାଜେନ୍ଦ୍ର ଷଡ଼ଙ୍ଗୀ, ପ୍ରଶାନ୍ତ ପାଇକରାୟ ଓ ସୁଧୀର ପଟନାୟକ । ପରେ ପରେ ଗାନ୍ଧୀବାଦୀ ନେତା ଡକ୍ଟର ବିଶ୍ୱଜିତ ଓ ଅକ୍ଷୟ କୁମାର । ବାବୁମାନେ ଆସି ପହଂଚି ପୋସ୍କୋ କମ୍ପାନୀର ଆଗମନ ଭୟାବହତା ନେଇ ଗାଁ ଲୋକଙ୍କୁ ମତେଇଲେ ।

ଠିକ୍ ମାସକ ପରେ ଜୁଲାଇ ୨୨ ତାରିଖରେ ଢିଙ୍କିଆ ଚାରିଦେଶର ଗ୍ରାମବାସୀମାନଙ୍କ ପକ୍ଷରୁ ଗଠନ ହେଲା ପୋସ୍କୋ ପ୍ରତିରୋଧ ସଂଗ୍ରାମ ସମିତି । ଏରସମା ବ୍ଲକ୍ ଜିରାଇଲୋ ଗ୍ରାମର ଅଭୟ କୁମାର ସାହୁ ଏହି ସଂଗଠନର ନେତୃତ୍ୱ ନେଇ ସଭାପତି ହେଲେ । ସେତେବେଲେ ଗାଁ ଲୋକଙ୍କୁ ସମର୍ଥନ ଦେବାକୁ ଛତ୍ରପୁର ବିଧାୟକ ନାରାୟଣ ରେଡ଼ି ଆସି ପହଂଚିବାରୁ ଲୋକଙ୍କ ଭିତରେ ଏକଜୁଟ୍ ହେବା ପାଇଁ ବଲ ମିଲିଲା । ସେତେବେଲକୁ ଦୁଇଟି ସଂଗଠନ ରାଷ୍ଟ୍ରୀୟ ଯୁବ ସଂଗଠନ ଓ ନବନିର୍ମାଣର ସମିତି ଗାଁରେ ପହଂଚି ପୋସ୍କୋ ବିରୋଧରେ ନୂଆଗାଁ ଓ ତହିଁ ପାଖ ଆଖରେ ଜନ ସମର୍ଥନ ଦୃଢ଼ କରୁଥାଆନ୍ତି । କେତେକ କହିଲେ ଯେ, ଏବେ ସରକାରରେ ବିଜେଡ଼ି ଅଛି । ଓଡ଼ିଆ ମାଟିର ପୁଅ ନବୀନ ପଟନାୟକ ମୁଖ୍ୟମନ୍ତ୍ରୀ ଅଛନ୍ତି । ନବୀନ ପଟନାୟକ ସରଲ, ନିଷ୍କପଟ ଓ ସଚୋଟ ମୁଖ୍ୟମନ୍ତ୍ରୀ ବୋଲି ସମସ୍ତେ କୁହନ୍ତି । ପୋସ୍କୋ

ଯଦି ଆସୁଛି, ତାହେଲେ ନବୀନ ବାବୁ କଣ କିଛି ଜାଣି ପାରୁନାହାନ୍ତି। ସେ ତ ମୁଖ୍ୟମନ୍ତ୍ରୀ ଅଛନ୍ତି। ତାଙ୍କରି ନିର୍ଦ୍ଦେଶରେ ପୋସ୍କୋ କମ୍ପାନୀ ଆମ ଗାଁ ମାଟିରେ ପାଦ ଥାପିବାକୁ ଆସିଛି। କେନ୍ଦ୍ରରେ ତ କଂଗ୍ରେସ ସରକାର ଅଛି। ରାଜ୍ୟରେ ବିଜେଡ଼ି ସରକାର। ସରକାରୁ କ'ଣ ଲୋକଙ୍କୁ ମାରିଦେବାକୁ ଚାହୁଁଛି।

ଏତେବଡ଼ ରାଜ୍ୟରେ କ'ଣ ପୋସ୍କୋ କାରଖାନା କରିବାକୁ କୋଉଠି ଜାଗା ପାଉନି, ଶେଷରେ ଏଠି, ବଣ ଜଙ୍ଗଲ କାଟି, ଜନବସତି ହଟେଇ କାରଖାନା କରିବ। ଢିଙ୍କିଆ ଚାରିଦେଶରେ ଟାଙ୍ଗରା ଜମି ନାହିଁ। ଅଛି ଶସ୍ୟ ଶ୍ୟାମଳା ସୁନା ଫସଲ ଫଳୁଥିବା ଜମି। ଏଠି ଖଣିଖାଦାନ ନାହିଁ। ଅଛି ବଣ ଜଙ୍ଗଲ। ଯୋଉଠି ଚାରିଦେଶକୁ ଲାଗି ଗୋବିନ୍ଦପୁର, ଢିଙ୍କିଆ, ଜଟାଧାର ନଦୀମୁହାଣ, ତଣ୍ଠା ଜଙ୍ଗଲରେ ହଜାର ହଜାର ହରିଣ, ବାରୁହା, ଠେକୁଆ ଏମିତି ଅନେକ ଅନେକ ଜଙ୍ଗଲୀ ଜନ୍ତୁ ଆଉ ସରୀସୃପ, ମାଲମାଲ ଦେଶୀ ବିଦେଶୀ ପକ୍ଷୀ। ଏଠି ପାହାଡ ପର୍ବତ ଅଯୋଗ୍ୟ ଜମି ନାହିଁ। ଅଛି ଧାନ, ମୀନ, ପାନ, କାଜୁ, ପନିପରିବା, ଜଙ୍ଗଲଜାତ ଦ୍ରବ୍ୟ ଓ ସବୁ ହାତକୁ କାମ ଯୋଗାଉଥିବା କିଆଫୁଲର ଅତର। ଏଠି ଅଛି ମାଲ ମାଲ ଗାଁ, ହଜାର ହଜାର ସଂଖ୍ୟାରେ ମାଟି ମଣିଷ। ଜଙ୍ଗଲ କାଟି, ପାନ ବରଜ ଭାଙ୍ଗି, ଚାଷଜମି ଉଜୁଡେଇ, ଗାଁକୁ ଉଠେଇ କାରଖାନା କାହା ସ୍ୱାର୍ଥରେ ହେବ। ବିଦେଶୀ ପୋସ୍କୋ କମ୍ପାନୀ କେତେ ଟଙ୍କା ନେତା ମନ୍ତ୍ରୀ ଦଲାଲ ଠିକାଦାରଙ୍କୁ ଦେଇଛି। ସମସ୍ତେ କାନ୍ଧରେ କାନ୍ଧ ମିଳେଇ ଏବେ କାରଖାନା କରିବେ ବୋଲି ଅଣ୍ଟା ଭିଡ଼ିଛନ୍ତି। ଆମେ ଗାଁ ଲୋକେ ଯେତେ ପାଟି କେଲେ ବି, ସରକାର କିଛି ଶୁଣୁନି। ମୁଖ୍ୟମନ୍ତ୍ରୀ ନବୀନ ପଟ୍ଟନାୟକ କହୁଛନ୍ତି ଯେ, ପୋସ୍କୋ ଲୋକଙ୍କ ସ୍ୱାର୍ଥ ପାଇଁ ହେଉଛି। ସାରା ରାଜ୍ୟରେ ଏତେ ଟାଙ୍ଗରା ଭୁଇଁ ପଡ଼ିଛି, ହଜାର ହଜାର ଏକର ଅଫସଲୀ ଜମି ପଡ଼ିଛି, ସେଠି କାରଖାନା ନକରି କେମିତି ଗୋଟିଏ ଐତିହାସିକ, ସଂସ୍କୃତି ସମ୍ପନ୍ନ ଜନବସତି ଅଞ୍ଚଳକୁ ହଟେଇ ଜଙ୍ଗଲ କାଟି କାରଖାନା ବସିବ।

କେନ୍ଦ୍ରରେ କଂଗ୍ରେସ ସରକାର ଅଛି। ହେଲେ ଏଠି ରାଜ୍ୟ କଂଗ୍ରେସ ନେତାମାନେ, କମ୍ୟୁନିଷ୍ଟ ନେତାମାନେ ଓ ଅନ୍ୟ ସମଭାବାପନ୍ନ ରାଜନୈତିକ ଦଳର ନେତାମାନେ ଏକାଠି ହୋଇ ପୋସ୍କୋ ବିରୋଧରେ ମେଲି ବାନ୍ଧିଲେ। ସେଇ ବର୍ଷ ସେପ୍ଟେମ୍ବର ମାସ ୧୩ ତାରିଖରେ କମ୍ୟୁନିଷ୍ଟ ପାର୍ଟ ନେତା ଡି. ରାଜା ଆସି ଆମ ଗାଁରେ ପହଁଚି ଆମକୁ ଭେଟିଲେ। ପୋସ୍କୋ ବିରୋଧରେ ମତେଇଲେ। ଅକ୍ଟୋବର ମାସ ୫ ତାରିଖରେ ଆମ ଗାଁରୁ ପୋସ୍କୋ ହଟାଅ ନାରା ଦେଇ ଦଳେ ସଚେତନ ଦଳ ନାଗରିକମାନେ ଓଡ଼ିଶା ବିଧାନସଭା ଆଗରେ ରାଜଧାନୀ ଭୁବନେଶ୍ୱରଠାରେ ଧାରଣା

ଦେଲେ। ଦିଲ୍ଲୀରେ ମଧ୍ୟ ବିଭିନ୍ନ ରାଜନେତା ଓ ସମାଜସେବୀମାନେ ପୋସ୍କୋ ବିରୋଧରେ ଆମ ଗାଁରୁ ପୋସ୍କୋ ହଟୁ ବୋଲି ଧାରଣା ଦେଇଥିଲେ। ଡିସେମ୍ବର ମାସରେ ପ୍ରଥମ କରି ଗାଁ ଲୋକମାନେ ଏକାଠି ହୋଇଥିଲେ। ଢିଙ୍କିଆ ଚାରିଦେଶରୁ ପ୍ରାୟ ୭ ହଜାରରୁ ଅଧିକ ମହିଳା ପୁରୁଷ ଶୋଭାଯାତ୍ରା କରି ପୋସ୍କୋ ବିରୋଧରେ ଗ୍ରାମ ସଭା କରିଥିଲେ। ଏତେ ସଂଖ୍ୟାରେ ଗାଁ ଲୋକେ ପୋସ୍କୋ ବିରୋଧରେ ଏକାଠି ହୋଇଥିବାରୁ ଆମମାନଙ୍କ ମନୋବଳ ଦୃଢ଼ ହୋଇଥିଲା। ସେଇଦିନୁ ପୋସ୍କୋ ବିରୋଧରେ ଆନ୍ଦୋଳନ ପାଇଁ ମହିଳାମାନେ ହାଣ୍ଡିଶାଳ ଛାଡ଼ି ରାସ୍ତାକୁ ଓହ୍ଲାଇଲେ। ପୁରୁଷମାନେ ନିଜ ନିଜର କାମଧନ୍ଦା ଛାଡ଼ି ମାଟି ମା'କୁ ସୁରକ୍ଷା ଦେବାକୁ ଗାଁକୁ ଜଗି ରହିଲେ। ମହିଳା, ପୁରୁଷ, ଯୁବକ, ଛାତ୍ରଛାତ୍ରୀ ସମସ୍ତେ ପୋସ୍କୋ ବିରୋଧରେ ତାତିକୁ ଅନୁଭବ କରିଲେ।

ଶାନ୍ତି ଦାସ ମଝିରେ ମଝିରେ ଘଟଣାକ୍ରମକୁ ମନେପକେଇ ଦେଇ ଢୁଆଟିଏ ଦେଲାବେଳେ ଲତିକା ସେଠୀ ପାଟିରେ ବାଟୁଲି ବାଜୁନଥିଲା। ସେ ପଞ୍ଚକଥାକୁ ମନେପକେଇ କହୁଥିବା କଥା ଓ ଭାଷାରୁ ବୁଝି ହେଉଥିଲା ଯେ, ସେ ଜଣେ ଶିକ୍ଷିତା ମହିଳା। ଦ୍ରୌପଦୀ ଦାସ ଆଁ କରି ଲତା ନାନୀ ମୁହଁକୁ ଚାହିଁଥିଲା। ନୟନା ଅଁଟାରୁ ପାନ ଜରି କାଢ଼ି ସମସ୍ତଙ୍କୁ ଖଣ୍ଡିଏ ଖଣ୍ଡିଏ ଧରେଇଦେଲା। ଦୁଇ ବାଲିଟିକିରା ନିକଟ କିଆ ଗୋହରୀରୁ ବିଲୁଆମାନେ ହୁକେ ହୋ ଡାକ ଛାଡୁଥିଲେ।

ଲତିକା ପୁଣି ଆରମ୍ଭ କଲା...

ପାଂଚ

୨୬ ଜୁନ୍ ୨୦୦୭
୫୨ ପରିବାର ଗାଁ ଛାଡ଼ିଲେ :

ଯ଼ା ଭିତରେ କୁଜଙ୍ଗ ତହସିଲଦାର୍ ତାଙ୍କ କାର୍ଯ୍ୟାଳୟର କର୍ମଚାରୀ ଓ କେତେକ ମଜୁରିଆ ଲୋକଙ୍କୁ ଆଣି ପ୍ରାୟ ୨୦ ଜଣରୁ ଉର୍ଦ୍ଧ୍ୱ ଲୋକ ଜମିଜମା ସର୍ଭେ କରିବାକୁ ଗାଁକୁ ଆସିବେ ବୋଲି ଆମେମାନେ ଖବର ପାଇଲୁ। ସେମାନଙ୍କ ସହିତ ପୋଲିସ୍ ଫୋର୍ସ ଆସିବ। ତହସିଲଦାର୍ ନିଜେ କୁଆଡ଼େ ଆସିବେ। ସେଦିନ ସକାଳୁ ସକାଳୁ ଖବର ପାଇଲୁ ଯେ, ସର୍ଭେ ଟିମ୍ ଗୋବିନ୍ଦପୁର ସୀମା ଜଙ୍ଗଲ ଭିତରକୁ ପଶିଛନ୍ତି। ସାଙ୍ଗେ ସାଙ୍ଗେ ଗାଁରେ ଘଣ୍ଟ ବାଜିଲା। ଶହ ଶହ ଗାଁ ଲୋକେ ଢିଙ୍କିଆ ମା' ଫୁଲଖାଇ ମନ୍ଦିର ପାଖରେ ଏକାଠି ହେଲେ ଓ ଜଙ୍ଗଲର ଚାରିପଟୁ ଘେରଉ କଲେ। ପ୍ରାୟ ୨୦ ଜଣ ସଦସ୍ୟ ସର୍ଭେ ଟିମ୍କୁ ଗ୍ରାମବାସୀମାନେ ଚାରିପଟୁ ଘେରଉ କରି ଫୁଲଖାଇ ମନ୍ଦିର ନିକଟକୁ ବଳପୂର୍ବକ ଆଣିଲେ। ଶହ ଶହ ଲୋକ ସର୍ଭେଟିମ୍କୁ ଘେରଉ କରି ରଖ୍ଥିବାରୁ ପୋଲିସ୍ ଫୋର୍ସ ନିରବଦ୍ରଷ୍ଟା ହୋଇ ରହିଲା। ସେଇ ଟିମରେ କେତେକ ବେସରକାରୀ ମଜୁରିଆ ଲୋକ ମାପଚୁପରେ ଟେନ୍ ଟାଣିବାକୁ ଆସିଥିଲେ। ତହସିଲର ରାଜସ୍ୱ ନିରୀକ୍ଷକ, ଅମିନ ଓ ପିଅନ ଆସିଥିଲେ। ପୋସ୍କୋ କମ୍ପାନୀର କେତେ ଜଣ ଓଡ଼ିଆ କର୍ମଚାରୀ ମଧ୍ୟ ସେମାନଙ୍କ ଗ୍ରୁପରେ ଥିଲେ। ସକାଳ ୧୦ରୁ ଅପରାହ୍ନ ୫ ଘଟିକା ପର୍ଯ୍ୟନ୍ତ ସେମାନେ ଗାଁରେ ଅଟକ ରହିଲେ। ଗାଁକୁ ସାମ୍ୟାଦିକମାନଙ୍କର ସୁଅ ଛୁଟିଲା। ପୋଲିସ୍ ଓ ପ୍ରଶାସନର ଉଚ୍ଚ ଅଧିକାରୀମାନେ ମଧ୍ୟ ଗାଁରେ ପହଁଚିଲେ। ସନ୍ଧ୍ୟା ପୂର୍ବରୁ ସର୍ଭେ ଦଳ ଏକ ଚୁକ୍ତିପତ୍ର ଗ୍ରାମବାସୀଙ୍କୁ ଦେଲେ ଯେ, ସେମାନେ ଆଉ ଗାଁକୁ ସର୍ଭେ କରିବାକୁ ଆସିବେନି ଓ ଆଜି ଠାରୁ ଅଂଚଳରେ ଜମି ସର୍ଭେ ବନ୍ଦ କରିବେ। ଏପରି ଚୁକ୍ତି ହେବାରୁ ପୋସ୍କୋ ବିରୋଧୀ ଗ୍ରାମବାସୀମାନେ

posco-India
TRANSIT CAMP
BADAGABAPUR, ERASAMA, JAGATSINGH PUR.
ପୋସ୍କୋ-ଇଣ୍ଡିଆ
ଅସ୍ଥାୟୀ ଶିବିର
ବଡଗବପୁର, ଏରସମା, ଜଗତସିଂହପୁର.

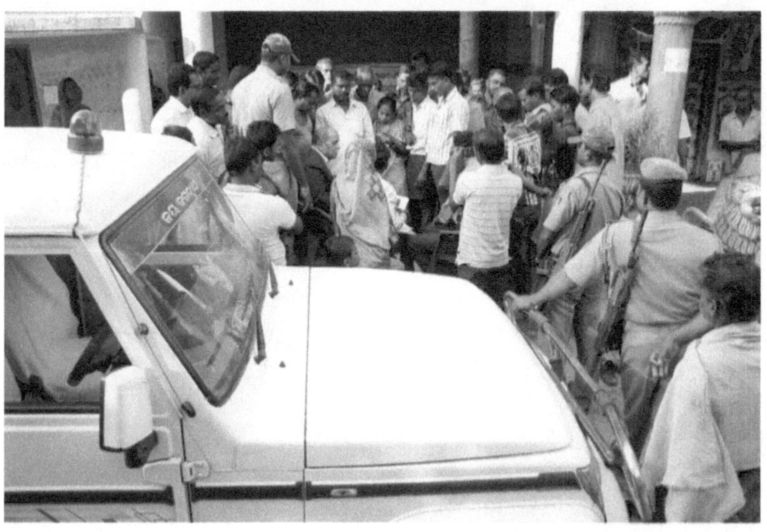

ସେମାନଙ୍କୁ ମୁକ୍ତ କରିଦେଇଥିଲେ ଓ ସେମାନେ ସଞ୍ଜ ବେଳକୁ କୁଜଙ୍ଗ ଫେରି ଗଲେ। କୁଜଙ୍ଗ ତହସିଲଠାରେ ପ୍ରଶାସନିକ ବୈଠକ ବସିଲା ଓ ଗାଁଆର ପ୍ରାୟ ଶହେରୁ ଉର୍ଦ୍ଧ୍ୱ ଗାଁଆ ଲୋକଙ୍କ ନାମରେ ସର୍ଭେ ଦଳକୁ ଅଟକ ଓ ଗାଳିଗୁଲଜ ଘଟଣାରେ ସଙ୍ଗୀନ ଦଫା ଲଗାଯାଇ କୁଜଙ୍ଗ ଥାନାରେ କେସ୍ ରୁଜୁ କରାଗଲା। ଏହାର କୌଣସି ପ୍ରଭାବ ଗ୍ରାମବାସୀଙ୍କ ଉପରେ ପଡ଼ିଲା ନାହିଁ। ଏହି ଘଟଣାର କେଇଦିନ ପୂର୍ବରୁ ୪ ଜଣ ବିଦେଶୀ ଦକ୍ଷିଣକୋରିଆର ନାଗରିକ ତଥା ପୋସ୍କୋ କମ୍ପାନୀ କର୍ମଚାରୀ ପ୍ରସ୍ତାବିତ ପୋସ୍କୋ ଅଂଚଳକୁ ଜମି ଦେଖିବାକୁ ଆସିଥିବା ବେଳେ ସେମାନଙ୍କୁ ମଧ୍ୟ ଗାଁଆରେ ଅଟକ ରଖାଯାଇଥିଲା। ତେବେ ସେମାନେ ବିଦେଶୀ ନାଗରିକ ହୋଇଥିବାରୁ ପ୍ରଶାସନିକ ଅଧିକାରୀ ଓ ପୋଲିସ୍‌ର ପ୍ରବଳ ଚାପରେ ଅଳ୍ପ ସମୟ ମଧ୍ୟରେ ଗାଁଆ ଲୋକମାନେ ସେମାନଙ୍କୁ ଅଂଚଳ ବାହାରକୁ ଛାଡ଼ି ଦେଇଥିଲେ।

ତେବେ ଗ୍ରାମବାସୀମାନେ ମା' ଫୁଲଖାଇ ମନ୍ଦିର ପ୍ରାଙ୍ଗଣରେ ସଭା କରି ନିଷ୍ପତ୍ତି ନେଲେ ଯେ, ଏଣିକି ଗାଁଆ ମୁଣ୍ଡରେ ପୋସ୍କୋ ପ୍ରତିରୋଧ ସଂଗ୍ରାମ ସମିତି ପକ୍ଷରୁ ଫାଟକ ନିର୍ମାଣ ହେବ। କୁଜଙ୍ଗ ପଟରୁ ତ୍ରିଲୋଚନପୁର ରାସ୍ତାରେ ଢିଙ୍କିଆକୁ ଲାଗିଥିବା ରାସ୍ତାର ଢିଙ୍କିଆ ଗ୍ରାମ ମୁଣ୍ଡରେ ଫାଟକ ନିର୍ମାଣ ହେଲା। ସେପଟେ ନୂଆଗାଁ ପଟରୁ ଗୋବିନ୍ଦପୁର ଓ ଢିଙ୍କିଆ ଗାଁ ମୁଣ୍ଡରେ ଫାଟକ ଲାଗିଲା। କାଠ ଓ ବାଉଁଶରେ ଫାଟକ ନିର୍ମାଣ ହେଲା। ଯିଏ ଗାଁଆ ଭିତରକୁ ଆସିବ ତାଙ୍କୁ ପରିଚୟ ଦେବାକୁ ପଡ଼ିବ। ଫାଟକ ପାଖରେ ଗାଁଆର ଘରୁ ଘରୁ ଦୈନିକ ମହିଳା ଓ ପୁରୁଷମାନେ ଜଗି ରହିବେ। ବିଶେଷ କରି ଅଧିକ ସଂଖ୍ୟାରେ ମହିଳାମାନେ ଜଗି ରହିବାକୁ ନିଷ୍ପତ୍ତି ହେଲା। ଢିଙ୍କିଆ ପଂଚାୟତରେ ପୋସ୍କୋ ପ୍ରତିରୋଧ ସଂଗ୍ରାମ ସମିତି ପକ୍ଷରୁ ଗ୍ରାମବାସୀମାନେ ବାଉଁଶ ଫାଟକ ନିର୍ମାଣ କରି ଅଂଚଳରେ କାହାକୁ ପୂରେଇ ନଦେବାକୁ ନିଷ୍ପତ୍ତି ଓ ଚବିଶ ଘଂଟିଆ ମିହଳାମାନେ ଫାଟକ ଜଗି ରହିବା ନିଷ୍ପତ୍ତି ଅଂଚଳରେ ଅସ୍ୱାଭାବିକ ପରିସ୍ଥିତି ସୃଷ୍ଟି କରିଥିଲା। ମୁଖ୍ୟତଃ ପ୍ରଶାସନ, ପୋସ୍କୋ ଓ ପୋଲିସ୍ ଆଖିରୁ ନିଦ ହଜିଗଲା। ଫାଟକ ନିର୍ମାଣ ଖବର ଅଂଚଳରୁ ଦେଶକୁ ବ୍ୟାପିଲା। ଏହି ଘଟଣାରେ ପୋସ୍କୋ ସପକ୍ଷବାଦୀ ଓ ବିରୋଧୀଙ୍କ ମଧ୍ୟରେ ଛକା ପଞ୍ଜା ଆହୁରି ବଢ଼ିଲା। ଅଂଚଳ ସମ୍ପୂର୍ଣ୍ଣ ଅଶାନ୍ତ ହୋଇପଡ଼ିଲା।

ଜୁନ ମାସ ୨୧ ତାରିଖରେ ଓଡ଼ିଶା ପୂର୍ବତନ ମୁଖ୍ୟମନ୍ତ୍ରୀ ତଥା ବିରୋଧ ଦଳ ନେତା ଜାନକୀ ବଲ୍ଲଭ ପଟ୍ଟନାୟକ ପ୍ରସ୍ତାବିତ ପୋସ୍କୋ ଅଂଚଳକୁ ଗସ୍ତ କରିଥିଲେ। ସେ ସ୍ୱର୍ଶକାତର ଗ୍ରାମ ଢିଙ୍କିଆର ପାଟଣା ହାଟଠାରେ ଲୋକଙ୍କୁ ଭେଟି ସଭା କରିଥିଲେ। ତାଙ୍କ ସହିତ ବିଧାୟକ ଅରୁଣ ଦେ, ସି.ପି.ଆଇ. ନେତା ଦିବାକର ନାୟକ, ସି.ପି.ଏମ୍. ନେତା ସନ୍ତୋଷ ଦାସ, ପୂର୍ବତନ ବିଧାୟକ ଉମେଶ ସ୍ୱାଇଁ ଓ ଏସୟୁସିଆଇ ନେତା

ଶମ୍ଭୁନାଥ ନାୟକ ମଧ୍ୟ ଆସିଥିଲେ ଓ ସଭାରେ ଭାଷଣ ମଧ୍ୟ ଦେଇଥିଲେ। ତେବେ ସାଧାରଣ ଲୋକମାନେ କଂଗ୍ରେସ ଆଉ କମ୍ୟୁନିଷ୍ଟ ଦଳର ନେତାମାନଙ୍କୁ ତୀବ୍ର ସମାଲୋଚନା କରୁଥିଲେ। ସାଧାରଣ ଲୋକଙ୍କ କହିବା କଥା ଯେ, କଂଗ୍ରେସ ଓ କମ୍ୟୁନିଷ୍ଟର ରାଜନୈତିକ ମେଣ୍ଟ ରହିଛି। କେନ୍ଦ୍ରରେ କଂଗ୍ରେସର ମିଳିତ ସରକାର ଚାଲିଛି। କେନ୍ଦ୍ର ସରକାର ଚାହିଁଲେ ପୋସ୍କୋ ଫେରିଯିବ। ହେଲେ କେନ୍ଦ୍ର କଂଗ୍ରେସ ମେଣ୍ଟ ସରକାର ପୋସ୍କୋ କମ୍ପାନୀକୁ ଗୋଟିଏ ପରେ ଗୋଟିଏ ଅନୁମତି ଦେଇ ଚାଲିଛନ୍ତି। କେନ୍ଦ୍ର କଂଗ୍ରେସ ସରକାର ପୋସ୍କୋକୁ ନୀରବ ସମର୍ଥନ କରି ପୋସ୍କୋକୁ ସୁବିଧା ସୁଯୋଗ ଓ ପ୍ରୋତ୍ସାହନ ଯୋଗେଇ ଦେଉଥିବା ବେଳେ ରାଜ୍ୟରେ କଂଗ୍ରେସ ଦଳ ପୋସ୍କୋକୁ ବିରୋଧ କରୁଛି। ଏହା କୋଉ ନ୍ୟାୟ !

ଏପଟେ କମ୍ୟୁନିଷ୍ଟ ପାର୍ଟି ନେତା ଅଭୟ ସାହୁ ପୋସ୍କୋ ବିରୋଧୀଙ୍କ ମଞ୍ଚ ଧରିଥିବା ବେଳେ ଓ କମ୍ୟୁନିଷ୍ଟ ପାର୍ଟିର ରାଜ୍ୟ ନେତୃତ୍ୱ ପୋସ୍କୋକୁ ବିରୋଧ କରୁଥିବା ବେଳେ ରାଜ୍ୟ କଂଗ୍ରେସ କମ୍ୟୁନିଷ୍ଟ ସହିତ ହାତ ମିଳେଇ ପୋସ୍କୋକୁ ବିରୋଧ କରୁଛି। ଏହା କୋଉ ନ୍ୟାୟ ବୁଝା ପଡୁନି। ଏଭଳି ବିଭିନ୍ନ ପ୍ରଶ୍ନ ସେଦିନ ସଭା ନିକଟରେ କଂଗ୍ରେସ ନେତା ଜାନକୀ ପଟ୍ଟନାୟକଙ୍କୁ ପଚାରିଥିଲେ। ତେବେ ଜାନକୀ ବାବୁ ଅତ୍ୟନ୍ତ ଚତୁରତାର ସହିତ ସମସ୍ତ କଥାର ଜବାବ ରଖିଥିଲେ। ବାସ୍ତବରେ କହିବାକୁ ଗଲେ ସାମ୍ବାଦିକମାନେ ବାରମ୍ବାର ପ୍ରସ୍ତାବିତ ପୋସ୍କୋ ଅଂଚଳକୁ ଆସୁଥିବାରୁ ଓ ପୋସ୍କୋ ବିରୋଧୀ ପୋସ୍କୋ ସପକ୍ଷବାଦୀ ଗ୍ରାମବାସୀଙ୍କ ଠାରୁ ମତାମତ ନେଇ ଖବର ପ୍ରସାର କରୁଥିବାରୁ ଆନ୍ଦୋଳନର ଗୁରୁତ୍ୱ ବଢ଼ିଯାଉଥିଲା।

ପ୍ରସ୍ତାବିତ ପୋସ୍କୋ ଅଂଚଳର ବରିଷ୍ଠ ସାମ୍ବାଦିକ ବାସୁଦେବ ସେଠୀ, ବିଶ୍ୱନାଥ ରାଉତ, ଚିତ୍ତରଞ୍ଜନ ସ୍ୱାଇଁ, ଅରୁଣ ପରିଡ଼ା ଓ ଅରକ୍ଷିତ ସ୍ୱାଇଁ ପ୍ରମୁଖ ଅଂଚଳରୁ ସବୁ ସମୟରେ ଖବର ଦୈନିକ ପଠାଉଥିଲେ। ଏଥ ସହିତ କୁଜଙ୍ଗ ବ୍ଲକ୍ ସାମ୍ବାଦିକମାନେ ସର୍ବଦା ଢିଙ୍କିଆ ଓ ନୂଆଗାଁ ଜଙ୍ଗଲରେ ଡେରା ପକେଇଥିଲେ। ପ୍ରଶାସନ ଓ ପୋଲିସ ପହଁଚିବା ପୂର୍ବରୁ ସାମ୍ବାଦିକମାନେ କାଲେ କ'ଣ ଘଟଣା ଦୁର୍ଘଟଣା ଘଟିବ ସେଇ ଖବର ସଂଗ୍ରହ କରିବାକୁ ଉପସ୍ଥିତ ହେଉଥିଲେ। କୁଜଙ୍ଗର ସାମ୍ବାଦିକ ଜୀବନାନନ୍ଦ ଅଧିକାରୀ, ଦୁଷ୍ମନ୍ତ ମାଝୀ, ପ୍ରଶାନ୍ତ ମହାପାତ୍ର, ମନୋଜ ପ୍ରଧାନ ପାରାଦ୍ୱୀପ ଓ ଜଗତ୍‌ସିଂହପୁରରୁ କାହ୍ନୁ ନନ୍ଦ, ପୀତାମ୍ବର ତରାଇ, ନିଧିରାମ ମହାରଣା, ନୃସିଂହ ନାରାୟଣ ଦାସ, ଏନ୍.ଏମ୍. ବୈଶାଖ, ଗଗନ ସାହୁ, ଶୁକଦେବ ଜେନା, ନିଧିରାମ ମହାରଣା, ପିନାକୀ ମହାନ୍ତି, ଅମର ପରିଡ଼ା, ରାଧାକାନ୍ତ ଦାସ, ପ୍ରଶାନ୍ତ କିଶୋର ଚୌଧୁରୀ, ଅରୁଣ ଓଝା, ରଶ୍ମିରଞ୍ଜନ ରାଉତରାୟ, ପ୍ରଶାନ୍ତ କୁମାର ସ୍ୱାଇଁ ଓ ଅନେକ ବରିଷ୍ଠ ସାମ୍ବାଦିକ ପ୍ରସ୍ତାବିତ ପୋସ୍କୋ

ଅଂଚଳରେ ଡେରା ପକେଇଥାଆନ୍ତି । ଭୁବନେଶ୍ୱର, ଦିଲ୍ଲୀ ଓ ଦେଶ ବାହାରର ଅନେକ ଦେଶୀବିଦେଶୀ ସାମୟିକ ମଧ ଅଂଚଳକୁ ବାରମ୍ବାର ଗସ୍ତ କରୁଥିବାରୁ ପୋସ୍କୋ ବିରୋଧ ଆନ୍ଦୋଳନର ଗୁରୁତ୍ୱ ବଢ଼ିଯାଇଥିଲା ।

ଏହି ସମୟ ମଧରେ ପୋସ୍କୋକୁ ବିରୋଧ କରି ତିନି ପଂଚାୟତର ସମସ୍ତ ଗ୍ରାମବାସୀ ଭିନ୍ନ ଭିନ୍ନ ଗୋଷ୍ଠୀରେ ବାଂଟି ହେଇଯାଉଥିଲେ ମଧ ପୋସ୍କୋ ବିରୋଧୀଙ୍କ ପ୍ରତି ଗାଁଆରେ ଅଧିକ ସମର୍ଥନ ଥିବା ପରି ଜଣାଉଥିଲା । ହେଲେ ସେମାନଙ୍କ କଥା ନମାନିଲେ ଅଭିଯୁକ୍ତଙ୍କୁ ସେମାନେ ମନଇଚ୍ଛା ଜୋରିମାନା ଲାଗୁ କରୁଥିଲେ । ବେଲେବେଲେ ନିରୀହ ଗ୍ରାମବାସୀମାନେ ସ୍ୱାଧୀନ ମତ ଦେଇ ବିରୋଧୀଙ୍କ ରୋଷର ଶିକାର ହେଉଥିଲେ । ଏମିତିକି ସେମାନଙ୍କୁ ଅର୍ଥ ଦଣ୍ଡରେ ଦଣ୍ଡିତ କରାଯାଉଥିଲା ଓ ପୋସ୍କୋ ବିରୋଧୀଙ୍କ କଥା ନମାନିଲେ ସେମାନଙ୍କୁ ଆକ୍ରମଣ କରାଯାଉଥିବା ବାରମ୍ବାର ଅଭିଯୋଗ ହେଉଥିଲା । ଢିଂକିଆ ଚାରିଦେଶରେ ବିଶେଷକରି ବଡ ସଂଗଠନ ପୋସ୍କୋ ପ୍ରତିରୋଧେ ସଂଗ୍ରାମ ସମିତି, ମିଳିତ କ୍ରିୟାନୁଷ୍ଠାନ କମିଟି, ଭିଟାମାଟି ସୁରକ୍ଷା ସମିତି, ସାନ ଗାଇପାଲି ଗୋଷ୍ଠୀ, ବଡ ଗାଇପାଲି ଗୋଷ୍ଠୀ, ଢିଂକିଆ ଚାରିଦେଶ ଠେଂଗା ବାହିନୀ ଓ ବିଭିନ୍ନ ଯୁବ ମହିଳା ସଂଗଠନମାନେ ଭିନ୍ନ ଭିନ୍ନ ମତଲବ ରଖି ସଂଗଠିତ ହୋଇଥିବାର ପରିଲକ୍ଷିତ ହୋଇଥିଲା । ସମସ୍ତେ ବିଭିନ୍ନ ସମୟରେ ବିଭିନ୍ନ ଆଳରେ ଘେରଉ, ଧାରଣା ଓ ବିକ୍ଷୋଭ କରୁଥିବା ବେଲେ ପୋସ୍କୋ ପ୍ରତିରୋଧ ସଂଗ୍ରାମ ସମିତି ସଦସ୍ୟମାନେ ସର୍ବଦା ବିବାଦରେ ରହୁଥିଲେ ।

ପୋସ୍କୋ ବିରୋଧୀ ଗ୍ରାମବାସୀମାନେ ଅଧିକ ପ୍ରତିକ୍ରିୟାଶୀଳ ହୋଇଥିଲେ ଢିଂକିଆ ପଂଚାୟତର ପାଟଣା ଗାଁଆରେ । ପାଟଣା ଗାଁ ଏକ ସୁନ୍ଦର ସବୁଜ ପରିବେଶର ଗାଁ ଥିବା ବେଲେ ପୋସ୍କୋ ଆନ୍ଦୋଳନ ପାଇଁ ଶ୍ରୀହୀନ ହୋଇଯାଇଥିଲା । ପାଟଣାରେ ପୋସ୍କୋ ସପକ୍ଷବାଦୀ ଓ ପୋସ୍କୋ ବିପକ୍ଷବାଦୀଙ୍କ ମଧରେ ସିଧାସଲଖ ମୁହାଁମୁହିଁ ପରିସ୍ଥିତି ଘଟିଥିଲା ।

ପାଟଣା ଗାଁର ମୁଖ୍ୟଆ ଚନ୍ଦନ ମହାନ୍ତି, ରବିନ୍ଦ୍ର ସାହୁ, କେଲୁ ମହାନ୍ତି, ମାଗୁ ସାହାଣୀ, ଚକ୍ରଧର ମହାନ୍ତି, ପ୍ରହଲ୍ଲାଦ ମୁଦୁଲି ଓ କେତେକ ମହିଳା ପୋସ୍କୋ ସପକ୍ଷବାଦୀଙ୍କ ନେତୃତ୍ୱ ନେଇଥିଲେ । ପାଟଣା ଗାଁ ସମ୍ପୂର୍ଣ୍ଣ ଦୁଇଭାଗ ହୋଇଯାଇଥିଲା । ଯେଉଁ ମାନେ ପୋସ୍କୋକୁ ସମର୍ଥନ କରୁଥିଲେ ସେମାନଙ୍କୁ ପ୍ରଶାସନ ଭିତିରିଆ ସହଯୋଗ କରୁଥିଲା । ତେବେ ଚନ୍ଦନ ମହାନ୍ତି ଆଦି ନେତାମାନେ ପୋସ୍କୋ ପ୍ରତିରୋଧ ସଂଗ୍ରାମ ସମିତିର ସଭାପତି ଅଭୟ ସାହୁଙ୍କୁ ଘୋର ବିରୋଧ କରୁଥିଲେ । ଫଳରେ ସେମାନଙ୍କ ପ୍ରତି ଅସୁୟା ମନୋଭାବ ବଢ଼ିଥିଲା । ସେମାନଙ୍କ ମଧରେ ଫାଟ ହିଂସାର

ରୂପ ନେଇଥିଲା । ଦୈନିକ ପିଟାପିଟି, ମୁହାଁମୁହିଁ ପରିସ୍ଥିତି ଘଟିଲା । ଏମିତି ପରିସ୍ଥିତି ହେଲା ଯେ, ପାଟଣା ଗାଁର ୫୨ ପରିବାର ସମଗ୍ର ଗାଁ ଓ ପଂଚାୟତରେ ଏକ ଘରକିଆ ହୋଇଗଲେ । ବାରମ୍ବାର ଆକ୍ରମଣର ଶିକାର ହେଲେ । ପୋସ୍କୋ ବିରୋଧୀଙ୍କ ଠାରୁ ପଂଚାୟତର ଅଧିକାଂଶ ସପକ୍ଷବାଦୀ ଗ୍ରାମବାସୀ ଅନେକବାର ମାଡ଼ଗାଲି ଖାଉଥିବାର ଥାନାରେ ଅଭିଯୋଗ ହେଇଥିଲା । ଥରେ ନୁହେଁ ଅନେକ ଥର ୫୨ ପରିବାର ଓ ପୋସ୍କୋ ବିରୋଧୀ ଗ୍ରାମବାସୀଙ୍କର ରକ୍ତାକ୍ତ ସଂଘର୍ଷ ଘଟିଲା । ପାଟଣାର ଶ୍ରୀବସ୍ସ ଦଲେଇ ଓ ଜଣେ ମହିଳା ଜ୍ୟୋର୍ତିମୟୀ ମହାନ୍ତି ମରଣାନ୍ତକ ଆକ୍ରମଣର ଶିକାର ହୋଇ ଅଚେତ ହୋଇଥିଲେ । ତାଙ୍କୁ ଚିକିସ୍ଥା ପାଇଁ କଟକ ବଡ ମେଡିକାଲକୁ ସ୍ଥାନାନ୍ତର କରାଯିବା ପରେ ସେ ଜୀବନ ଫେରି ପାଇଥିଲେ ।

ବିବାଦ ବଢ଼ିବାରୁ ପୋସ୍କୋ ବିରୋଧୀଙ୍କୁ ସମ୍ମୁଖୀନ କରିନପାରି ପାଟଣା ଗାଁରୁ ୫୨ଟି ପରିବାର ଶେଷରେ ଭିଟାମାଟି ଛାଡ଼ି ଜୁନ୍‌ ମାସ ୨୬ ତାରିଖରେ କୁଜଙ୍ଗ ପଳେଇ ଆସିଲେ । ପୋଲିସ୍ ପ୍ରଶାସନ ତାଙ୍କୁ ଗାଁକୁ ଫେରେଇ ନେବାକୁ କୌଣସି ସହଯୋଗ କରିପାରିଲା ନାହିଁ । ରାଜ୍ୟ ସରକାର ଚିନ୍ତିତ ହୋଇପଡ଼ିଲେ । ୫୨ ପରିବାରର ପ୍ରାୟ ୨୫୦ ସଦସ୍ୟଙ୍କୁ ପ୍ରଶାସନ ନେଇ କୁଜଙ୍ଗ ବ୍ଲକ୍‌ର ଭୂତମୁଣ୍ଡାଇ ଠାରେ ଏକ ପରିତ୍ୟକ୍ତ ମହିଳା କଲେଜ ଗୃହରେ ରଖିଲା । ସେଠାରେ ୫୨ ପରିବାରଙ୍କ ପୋଷଣ ଦାୟିତ୍ୱ ପୋସ୍କୋ ନେଇଥିଲା । ସେଠାରେ ସେମାନେ ଆଠ ମାସ ରହିବା ପରେ ପୋସ୍କୋ ପକ୍ଷରୁ ବାଲିତୁଠ ପାଖ ବଡ଼ଗବପୁର ଠାରେ ଏକ ବିସ୍ଥାପିତ କଲୋନୀ (ଟ୍ରାନ୍‌ଜିଟ୍‌ କ୍ୟାମ୍ପ) ନିର୍ମାଣ କରାଯାଇଥିଲା ଓ ୫୨ ପରିବାରଙ୍କୁ ସେଠାକୁ ସ୍ଥାନାନ୍ତର କରାଯାଇଥିଲା । ସମସ୍ତ ଭରଣ ପୋଷଣ ଓ ସେମାନଙ୍କ ପିଲାଙ୍କର ପାଠପଢ଼ା ଦାୟିତ୍ୱ ପୋସ୍କୋ ତୁଲାଇଥିଲା ।

ସେହି ସମୟରେ ଢିଙ୍କିଆ ପଂଚାୟତ ଗୋବିନ୍ଦପୁର ଗାଁରେ ମଧ ଗୋଷ୍ଠୀ ସଂଘର୍ଷ ଘଟିଥିଲା । ଅନେକ ପୋସ୍କୋ ସପକ୍ଷବାଦୀ ମରଣାନ୍ତକ ଆକ୍ରମଣର ଶିକାର ହୋଇଥିଲେ । ଗୋବିନ୍ଦପୁରର ନଟବର ଖଟୁଆ ନାମକ ଜଣେ ପୋସ୍କୋ ସପକ୍ଷବାଦୀଙ୍କୁ ଆକ୍ରମଣ ହୋଇଥିଲା ଓ ତାଙ୍କ ହାତ ପାପୁଲି ଆକ୍ରମଣକାରୀ କାଟି ନେଇଯାଇଥିଲେ । ତାଙ୍କୁ ଗୁରୁତର ଅବସ୍ଥାରେ ପ୍ରଶାସନ ଉଦ୍ଧାର କରି ତାଙ୍କ ଜୀବନ ରକ୍ଷା କରି ସେଇ ବଡ଼ଗବପୁର ବିସ୍ଥାପନ କଲୋନୀରେ ରଖିଥିଲା । ଏପରି ଘଟଣାକ୍ରମରେ ଅଂଚଳରେ ଅଧିକ ଭୟର ବାତାବରଣ ବଢ଼ୁଥିଲା ଓ ସମଗ୍ର ପୋସ୍କୋ ପ୍ରସ୍ତାବିତ ଅଂଚଳ ଅଶାନ୍ତ ହୋଇପଡ଼ିଥିଲା । ଲତିକା ଗପି ଚାଲିଥିଲା । ସବୁଘଟଣା ଯେପରି ତା'ନଖଦର୍ପଣରେ ଥିଲା ପରି ମନେହେଉଥିଲା ।ପାଖରେ ବସି ଶୁଣୁଥିବା ମହିଳାମାନେ ଆଁ କରି ଶୁଣୁଥିଲେ ।

ଛଅ

୫ ଡିସେମ୍ବର ୨୦୦୭
ଗାନ୍ଧୀଙ୍କୁ ଗୋଇଠା :

ସେତେବେଳେ ବି.ଜେ.ଡ଼ି. ବି.ଜେ.ପି. ମିଳିତ ସରକାର ଚାଲିଥାଏ। ଆମ ଗାଁରୁ ବହୁ ପୁରୁଷ ମହିଳା ଗାଡ଼ିକରି ଭୁବନେଶ୍ୱର ଠାରେ କେତେ ନେତାମନ୍ତ୍ରୀଙ୍କୁ ଭେଟିଲେ। ନେହୁରା ହେଲେ। ଗାଁ ଲୋକମାନେ ମୁଖ୍ୟମନ୍ତ୍ରୀ, ରାଜସ୍ୱ ମନ୍ତ୍ରୀ ଓ ସ୍ଥାନୀୟ ନେତା ଓ ପଞ୍ଚାୟତରାଜ ମନ୍ତ୍ରୀ ଡାକ୍ତର ଦାମୋଦର ରାଉତଙ୍କୁ ଲିଖିତ ଅଭିଯୋଗ ଦେଲେ ଯେ, ପୋସ୍କୋକୁ ଗ୍ରାମବାସୀ ଚାହୁଁନାହାଁନ୍ତି। ପୋସ୍କୋ ଫେରିଯାଉ। ଆମ ଭିଟାମାଟି ରକ୍ଷା ହେଉ। ଦାମ ବାବୁ ଓଲଟା କଥା କହିଲେ- "ତମ ଭିଟାମାଟି କେହି ଛଡ଼େଇ ନେଉନାହାନ୍ତି। ଢିଙ୍କିଆ ଚାରିଦେଶକୁ ତମ ଅପେକ୍ଷା ମୁଁ ଅଧିକ ଜାଣିଛି। ତମ ଗାଆଁ ଓ ଜଙ୍ଗଲ ଜମି ଛାଡ଼ି ଦେବା ପରେ ସମୁଦ୍ର କୂଳ ତଣ୍ଡା ପର୍ଯ୍ୟନ୍ତ ହଜାର ହଜାର ଏକର ଜମି ପଡ଼ିଛି। କି ଜଙ୍ଗଲ କ'ଣ। ସେ ଜମି କୋଉ କାମରେ ଲାଗୁନି। ସେଠି ପୋସ୍କୋ କମ୍ପାନୀ କାରଖାନା କଲେ ଅଂଚଲର ବିକାଶ ହେବ। ଢିଙ୍କିଆ ଚାରିଦେଶରୁ ବାଲିତୁଠ, ବାଲିତୁଠରୁ କୁଜଙ୍ଗ, କୁଜଙ୍ଗରୁ ଏରସମା ଓ ଢିଙ୍କିଆରୁ ପାରାଦ୍ୱୀପ ପର୍ଯ୍ୟନ୍ତ ସହରୀକରଣ ହେଇଯିବ। ପୋସ୍କୋ ୫ ୨ ହଜାର କୋଟି ଟଙ୍କା ଖର୍ଚ୍ଚ କରିବ। ଦେଶରେ ପଡ଼ିଲେ ହେଁସରେ ପଡ଼ିବ। ସେଠି କାରଖାନା ହେଲେ ଅଂଚଲରେ ଅଭାବ ରହିବନି। ଯୁବପିଢ଼ି ଚାକିରି ପାଇବେ। ଚାଷୀ ଓ ବେରୋଜଗାରୀ ପାନ ବରଜୀ କ୍ଷତି ପୂରଣ ପାଇବେ। ଢିଙ୍କିଆ ଚାରିଦେଶରେ ଏ ପର୍ଯ୍ୟନ୍ତ କ'ଣ ବିକାଶ ହୋଇଛି ? ପୋସ୍କୋ କାରଖାନା କଲେ ଆଖ୍ ପିଛୁଲାକେ ଅଂଚଲର ବିକାଶ ଘଟିବ। ଏବେ ପୋସ୍କୋ କାରଖାନା ହେବ ବୋଲି ଘୋଷଣା ହେବାରୁ ଅଂଚଲ ବାହାରୁ ବହୁ ମାମଲତକାରମାନେ ଆସି ପହଂଚି ଗଲେଣି। ଗାଁ ଗାଁରେ ପୋସ୍କୋ ବିରୋଧରେ

ପ୍ରଚାର କରୁଛନ୍ତି । ପୋସ୍କୋକୁ ହଟାଅ ବୋଲି କହୁଛନ୍ତି । ଏଇ ଭଦ୍ରଲୋକମାନେ ଆଗରୁ ଥିଲେ କୋଉଠି ? ଗରିବ ଖଟିଖିଆ ଲୋକଙ୍କର ଦୁଃଖ କେବେ ସେମାନେ ବୁଝିଛନ୍ତି ?

୧୯୯୯ ମସିହା ଅକ୍ଟୋବର ୨୯ ତାରିଖ ମହାବାତ୍ୟାରେ ଏଠାରେ ଯାହା ଧନଜୀବନ କ୍ଷତି ହୋଇଛି, ତାହା ଏଯାଏ ଭରଣା ହେଇନି । ମହାବାତ୍ୟାରେ ଏହି ଅଂଚଳରେ କୁଢ଼କୁଢ଼ ବନ୍ୟପ୍ରାଣୀ, ଗୃହପାଳିତ ପ୍ରାଣୀ ଛଟପଟ ହେଇ ମରିଗଲେ । ପାଖଆଖରୁ ହଜାର ହଜାର ପୁରୁଷ, ମହିଳା, ପିଲାଛୁଆ ମରିଗଲେ, ଭାସିଗଲେ । ଶବ ଉପରେ ଶବ ପଡ଼ିଥାଏ । ପୋକ ମାଛି ପରି ଜଣା ଅଜଣା ମୃତ ମଣିଷମାନେ ରାସ୍ତାକଡ଼, ରେଲଲାଇନ୍, ବିଲବାଡ଼ିରେ ଭାସି ଆସି ଲାଗିଥାଆନ୍ତି । ତିନିପୁରୁଷ ପାଣି ମାଡ଼ି ଆସିଲା । ଘରଦ୍ୱାର ଭସାଇ ନେଲା । ବଡ଼ବଡ଼ ଗଛ ସବୁ ଉଜୁଡ଼ି ଗଲା । ପାଣି ଛାଡ଼ିଗଲା, ଗାଁ ମଶାଣି ପାଲଟିଗଲା । ଏଇ ଯେଉ ବାହାର ଲୋକମାନେ ପାର୍ଟି ପଲିଟିକ୍ ନେଇ ସେବା କରିବାକୁ ଦେଖୋଇ ହେଇ ଗାଁକୁ ଏବେ ଛୁଟୁଛନ୍ତି, ସେମାନେ ମହାବାତ୍ୟା ବେଲେ ଦେଖା ନଥିଲେ । ମୁଁ ମହାବାତ୍ୟା ବେଲେ ଲୋକଙ୍କ ଦୁଃଖରେ ଠିଆ ହେଇଛି । ସେତେବେଲେ ମୁଁ କ୍ଷମତାରେ ନଥିଲେ ବି ଲୋକଙ୍କ ପାଖରେ ପହଁଚିଛି । ଭଲରେ ମନ୍ଦରେ ଅଛି । ଢିଙ୍କିଆ ଚାରିଦେଶରେ ମାଟି, ପାଣି, ପବନ ଓ ସେଠାକାର ମଣିଷଙ୍କୁ ମୋ ଠାରୁ ଅଧିକ କିଏ ଜାଣିଛି । ମୋ କଥା ମାନ । ବାହାର ଲୋକଙ୍କୁ ଗାଁରେ ପୂରେଇ ଦିଅନା । ଠିକ୍ ସମୟରେ ଠିକ୍ ନିଷ୍ପତି ହେବ, ସେ କଥା ମୁଁ ବୁଝିବି । ପୋସ୍କୋ ହେବ ହିଁ ହେବ ।"

ଗ୍ରାମବାସୀମାନଙ୍କୁ ଭୁବନେଶ୍ୱରରେ ମନ୍ତ୍ରୀ ଡାକ୍ତର ଦାମୋଦର ରାଉତ ଏହିପରି ବୁଝେଇ ଶୁଝେଇ ବିଦା କଲେ । ମୋଟାମୋଟି ଭାବେ ଦାମବାବୁ ପୋସ୍କୋକୁ ସମର୍ଥନ କରୁଥିଲେ ଓ ତାଙ୍କ ସରକାର ପୋସ୍କୋକୁ କୌଣସି ପରିସ୍ଥିତିରେ ହାତଛଡ଼ା କରିବାକୁ ଚାହୁଁନଥିଲେ । ଗାଁ ଲୋକମାନେ ଏହାପରେ ହତାଶ ହେଇପଡ଼ିଲେ । କୋଉଠୁ ସାହାରାହା ପାଇଲେନି । ଅଧିକାଂଶ ଦାମବାବୁଙ୍କ କର୍ମୀ ଓ ସମର୍ଥକମାନେ ପୋସ୍କୋ କମ୍ପାନୀକୁ ସମର୍ଥନ କରିଗଲେ । ଦଲ ଦଲ ହେଇ ଭୁବନେଶ୍ୱର ଯାଇ ମନ୍ତ୍ରଣା କଲେ । ଭୁବନେଶ୍ୱର ପୋସ୍କୋ ଅଫିସରେ ଡେରା ପକେଇଲେ । ହାତଗୁଞ୍ଜା ଆଣିଲେ । ଏହାପରଠୁ ଗାଁ ଦି ଭାଗ ହେଇଗଲା । ଦଲେ ହେଲେ ପୋସ୍କୋ ସପକ୍ଷବାଦୀ ଓ ଦଲେ ହେଲେ ପୋସ୍କୋ ବିପକ୍ଷବାଦୀ । ସମସ୍ତେ ସମସ୍ତଙ୍କ ଜିଦରେ ଅଟଲ ରହିଲେ । ଦଲେ କହିଲେ ଢିଙ୍କିଆ ଚାରିଦେଶରେ ପୋସ୍କୋ ହେବ ହିଁ ହେବ । ଆଉ ଦଲେ କହିଲେ କୋଉ ପରିସ୍ଥିତିରେ ପୋସ୍କୋକୁ ଆମେ କାରଖାନା କରେଇ ଦେବୁନି । ଲୋକଙ୍କ

ମୁଣ୍ଡ ଗଡ଼ୁ ପଛେ, ଲୋକେ ଜେଲ୍ ଯାଆନ୍ତୁ ପଛେ ପୋସ୍କୋକୁ ବିରୋଧ ଚାଲିବ। ପୋସ୍କୋ ବିରୋଧରେ ଜନମତ ଜୋରଦାର ହେଲା। ଗାଁ ଲୋକେ ଏକାଠି ହେଲେ। ଘଣ୍ଟ ବାଜିଲା। ସଭାସମିତି ଚାଲିଲା। ପ୍ରତି ଗାଁ, ପ୍ରତି ପଡ଼ାରେ ପୋସ୍କୋ ବିରୋଧୀମାନେ ପୋସ୍କୋ ବିରୋଧରେ ଓ ପୋସ୍କୋ ସପକ୍ଷବାଦୀ ପୋସ୍କୋ ସପକ୍ଷବାଦୀମାନେ ଦଳ ଦଳ ହେଇ ସଭାକଲେ। ଯା ପରଠୁ ଗାଁରେ ଭାଇଚାରା ନଷ୍ଟ ହେବାକୁ ବସିଲା।

ଭିଟାମାଟି ପାଇଁ ଲଢ଼େଇ କରୁଥିବା ସାଧାରଣ ଲୋକଙ୍କୁ ପୋସ୍କୋ ବିରୋଧ ନେତାମାନେ ବୁଝେଇ ଦେଲେ ଯେ,ମା, ମାଟି ଭିତରେ କିଛି ଫରକ ନାହିଁ। ଦକ୍ଷିଣକୋରିଆର ପୋସ୍କୋ କମ୍ପାନୀ ଏଠି କାରଖାନା କଲେ ଆମ ଅଂଚଳରେ ବିଦେଶୀ ଲୋକମାନେ ବସବାସ କରିବେ। ଏଠୁ ୪୦୦୪ଏକର ଜମି ନେଇ କାରଖାନା କରିବେ, ହେଲେ କାରଖାନା ନିର୍ମାଣର କିଛି ଦିନରେ ଆମର ଭିଟାମାଟି ଜୋରଜବରଦସ୍ତ ନେଇଯିବେ। ଯେମିତି ଇଂରେଜବାଲା ବେପାର ନାଆଁରେ ଦେଶ ଦଖଲ କଲେ। ସେହିପରି ଦକ୍ଷିଣ କୋରିଆ ନାଗରିକମାନେ କାରଖାନା ଆଳରେ ଏଠି ବସତି ସ୍ଥାପନ କରିବେ। ଆମକୁ ଭିଟାମାଟି ହରେଇ ଏଠୁ ବିଦା ହେବାକୁ ପଡ଼ିବ। ଏଇ ଦେଖୁନ ପୋସ୍କୋ କେମିତି ଅଡ଼ି ବସିଛି ଯେ, ମୁଁ କାରଖାନା କଲେ ନିଜସ୍ୱ ବନ୍ଦର କରିବି। କାହିଁକି, ଆମର ତ ଏଠି ପାରାଦ୍ୱୀପ ବନ୍ଦର ଅଛି। ଢିଙ୍କିଆ ଚାରିଦେଶକୁ ପାରାଦ୍ୱୀପ ବନ୍ଦର ଲାଗିଛି। ଯଦି ଏଠି କାରଖାନା ହୁଏ, ତାହେଲେ ପାରାଦ୍ୱୀପ ବନ୍ଦର ଦେଇ ଲୁହାପଥର ଆମଦାନୀ ରପ୍ତାନୀ ହେଲେ ଅସୁବିଧା କ'ଣ ଅଛି। ଆମ ରାଜ୍ୟ ଓଡ଼ିଶା ଖଣିଜ ସମ୍ପଦରେ ଭରପୂର। ବିଦେଶୀ କମ୍ପାନୀର ଆଖି ଓଡ଼ିଶା ଖଣି ଉପରେ।

ଓଡ଼ିଶାରୁ ପୋସ୍କୋ କମ୍ପାନୀ ଲୁହା ପଥର ଖଣି ଖାଦାନରୁ ନେଇ ବିଦେଶ ପଠେଇବ। ବଦଲରେ ବ୍ରାଜିଲ୍ ଓ ଅନ୍ୟ ଦେଶରୁ ଉଚ୍ଚମାନର ଲୁହାପଥର ଆଣି ଆମ ମାଟିରେ ହୋଇଥିବା କାରଖାନାରେ ଲୁହା ତିଆରି କରିବ। ସେମାନେ କହୁଛନ୍ତି କାରଣ ଏହା ଯେ, ଓଡ଼ିଶାର ଲୁହା ପଥର ନିମ୍ନମାନର। ଯଦି ଓଡ଼ିଶା ଲୁହାପଥର ନିମ୍ନମାନର ତେବେ ଏଠି କାରଖାନା ନିର୍ମାଣ କାହିଁକି ? ପୋସ୍କୋ କମ୍ପାନୀର ଏହା ଏକ ଚାଲ୍। ବାସ୍ତବରେ ପୋସ୍କୋ କମ୍ପାନୀ ଏଠି କାରଖାନା ନିର୍ମାଣ କରି ଆମ ଗାଁ ଓ ଆମ ରାଜ୍ୟର ବିକାଶ କରିବାକୁ ଚାହୁଁନି। ପୋସ୍କୋ ଏଠୁ ସବୁ ଖଣି ଖାଦାନ ଲୁଟି ନେବାକୁ ଚାହୁଁଛି। ଆମ ଓଡ଼ିଶାର ଖଣି ଖାଦାନରେ ଉପଲବ୍ଧ ଲୁହାପଥର ଅତ୍ୟନ୍ତ ଉଚ୍ଚମାନର। କିନ୍ତୁ ପୋସ୍କୋ ମଙ୍ଗୁଆଲମାନେ ଏହାକୁ ସ୍ୱୀକାର କରୁନାହାଁନ୍ତି। ତାଛଡ଼ା ପାରାଦ୍ୱୀପ ବନ୍ଦର ଏଠି ଥାଉ ଥାଉ ପୋସ୍କୋ ନିଜସ୍ୱ ବନ୍ଦର ନିର୍ମାଣ କାହିଁକି

କରିବାକୁ ଚାହୁଁଛି ? ତାର କାରଣ ହେଲା, ନିଜସ୍ୱ ବନ୍ଦର ରହିଲେ ବିଦେଶକୁ କେତେ ଲୁହାପଥର ଯିବ ଓ କେତେ ଆସିବ କାହାରି ପାଖରେ ହିସାବ ରହିବନି । ଦେଶ ନେଶ କାରବାରରେ କାହାରି ହସ୍ତକ୍ଷେପ ରହିବନି । ଓଡ଼ିଶାକୁ ଲୁଟିବାକୁ ସୁଯୋଗ ସୃଷ୍ଟି ହେବ ।

ଆହୁରି ଏକ ସ୍ପର୍ଶକାତର କଥା ଅଂଚଳରେ ଆଲୋଚନା ଚାଲିଛି । ଦକ୍ଷିଣକୋରିଆର ପୋଷ୍କୋ କମ୍ପାନୀ ଆମେରିକା ଦେଶ ସହିତ ଅନୁବନ୍ଧିତ । ଆମେରିକା ଓ ଏହାର ମିତ୍ରରାଷ୍ଟ୍ର କମ୍ପାନୀମାନେ ପୋଷ୍କୋରେ ପୁଞ୍ଜି ବିନିଯୋଗ କରିଛନ୍ତି । ତେଣୁ ବିଦେଶୀମାନେ କାରଖାନା ଆଳରେ ଏଠାକୁ ଆସିବେ । ଆମ ରାଜ୍ୟ ଓଡ଼ିଶାର ଚିଲିକା ଠାରେ ସାମରିକ କ୍ୟାମ୍ପ, ଚାରିବାଟିଆ ଠାରେ ସାମରିକ କ୍ୟାମ୍ପ ଓ ଚାନ୍ଦିପୁର ଠାରେ ମଧ ସାମରିକ କ୍ୟାମ୍ପ । ଏହି ଥ୍ରୀ ସି ଅର୍ଥାତ୍ ଚାରିବାଟିଆ, ଚାନ୍ଦିପୁର ଓ ଚିଲିକାର ମଧ୍ୟଭାଗରେ ପାରାଦ୍ୱୀପ ବନ୍ଦରକୁ ଲାଗି ଢିଙ୍କିଆ ଚାରିଦେଶ । ଏଠାରେ ଯଦି ବିଦେଶୀମାନଙ୍କ ଉପସ୍ଥିତି ରହିବ ଓ ପୋଷ୍କୋ ନିଜସ୍ୱ ବନ୍ଦର କରିବ ତାହେଲେ ଆମ ଦେଶର ସୁରକ୍ଷାରେ ପ୍ରଶ୍ନବାଚୀ ଉଠୁଛି । ଏପରି ଅଜବ କଥା ଅଂଚଳରେ ପ୍ରଚାର ଚାଲିଥାଏ । କଥାକୁ ଅନେକ ହସରେ ଉଡ଼େଇ ଦେଉଥିଲେ ତ ଅନେକ ଶିକ୍ଷିତ ବୁଦ୍ଧିଜୀବୀମାନେ ବିଷୟକୁ ଗମ୍ଭୀରତାର ସହକାରେ ଗ୍ରହଣ କରୁଥିଲେ । ଏହିପରି ବିଭିନ୍ନ କାରଣରୁ ଓ ମୁଖ୍ୟତଃ ଆମ ଭିଟାମାଟିକୁ ଆମେ ହରେଇବୁନି ବୋଲି ପଣ କରି ଆନ୍ଦୋଲନରେ ଝାସ ଦେଲୁ । ଗ୍ରାମର ନିର୍ଦିଷ୍ଟ ପୋଷ୍କୋ ସମର୍ଥକକୁ ଛାଡ଼ିଦେବା ପରେ ସବୁ ଗ୍ରାମବାସୀ ପୋଷ୍କୋ ବିରୋଧ ଆନ୍ଦୋଲନରେ ସାମିଲ ହେଲେ । ଲୋକମାନଙ୍କ ମନରେ ଆନ୍ଦୋଲନର ନିଆଁ ଲାଗିଗଲା । ଯେକୌଣସି ପରିସ୍ଥିତିକୁ ମୁକାବିଲା କରି ପୋଷ୍କୋ ହଟେଇବାକୁ ଲୋକମାନେ ଆଗଭର ହେଲେ । ସମସ୍ତଙ୍କ ହୃଦୟରୁ ଯେପରି ଉଠିଆସୁଥିଲା ଗରମ ବାଷ୍ପ ।

ସେତେବେଲେ ନଗଦା ନଗଦି କଳିଙ୍ଗନଗର ଘଟଣା ଘଟିଥାଏ । କଳିଙ୍ଗନଗରରେ ଟାଟା ଷ୍ଟିଲ୍ କାରଖାନାକୁ ବିରୋଧ କରି ପ୍ରାୟ ଛଅ ହଜାରରୁ ଊର୍ଦ୍ଧ୍ୱ ଆଦିବାସୀମାନେ ଆନ୍ଦୋଲନ ଚଲାଇଥିଲେ । ପୋଲିସ୍ ଓ ଭିଟାମାଟି ହରେଇବାକୁ ଯାଉଥିବା ଆଦିବାସୀମାନଙ୍କ ମଧ୍ୟରେ ମୁହାଁମୁହଁ ଲଢ଼େଇ ହେଇଥିଲା । ପୋଲିସ୍ ଗୁଲିରେ ୧୩ ଗ୍ରାମବାସୀ ମୃତ୍ୟୁବରଣ କରିଲେ । ଏହି ଘଟଣାର ତାତି ଆମ ଗାଁରେ ପ୍ରତିଫଲିତ ହୋଇଥିଲା । ମାଟି ମା'କୁ ରକ୍ଷା କରିବାକୁ ଗଲେ ଯେ, ପୋଲିସ୍ ଗୁଲିର ଶିକାର ହେବାକୁ ପଡ଼ିବ ଓ ଜୀବନ ଦେବାକୁ ପଡ଼ିବ ଏକଥା ଗ୍ରାମବାସୀମାନେ ହାଡ଼େ ହାଡ଼େ ବୁଝି ମଧ ଆନ୍ଦୋଲନକୁ ଆପଣେଇ ନେଇଥିବାରୁ ଧୀରେ ଧୀରେ ଆନ୍ଦୋଲନର ଉଷ୍ଣତା

ବଢ଼ିଥିଲା। ସବୁ ଅଘଟଣକୁ ସାମ୍ନା କରିବାକୁ ଗ୍ରାମବାସୀମାନେ ପ୍ରସ୍ତୁତ ହେଉଥିବାରୁ ପ୍ରଶାସନ ଓ ପୋସ୍କୋ କମ୍ପାନୀ ଅଫିସରଙ୍କ ହୋସ୍ ଉଡ଼ିବାରେ ଲାଗିଲା।

୨୦୦୬ ମସିହା ଜାନୁଆରୀ ୨୧ ତାରିଖରେ ମନ୍ତ୍ରୀ ଡାକ୍ତର ଦାମୋଦର ରାଉତ ଓ ରାଜସ୍ୱମନ୍ତ୍ରୀ ମନମୋହନ ସାମଲ ପ୍ରସ୍ତାବିତ ପୋସ୍କୋ ଅଂଚଲ ଢିଙ୍କିଆ ଚାରିଦେଶକୁ ଆସିଥିଲେ। ପୋସ୍କୋ ସପକ୍ଷବାଦୀ ଗ୍ରାମବାସୀମାନେ ତାଙ୍କ ସାଙ୍ଗରେ ଥିଲେ। ହେଲେ ଢିଙ୍କିଆ ଚାରିଦେଶର ହଜାର ହଜାର ଗ୍ରାମବାସୀ ଅଂଚଲ ପ୍ରବେଶ ପଥ ବାଲିତୁଠ ଠାରେ ଧାରଣାରେ ବସି ରହି ଦୁଇ ଘଂଟାକାଳ ମନ୍ତ୍ରୀଙ୍କୁ ଅଟକ ରଖି ଗାଁକୁ ଛାଡ଼ିନଥିଲେ। ତେବେ ପୋଲିସ୍ ସହାୟତାରେ ଦୁଇ ମନ୍ତ୍ରୀ ଅଂଚଲ ଗସ୍ତ କରିଥିଲେ ମଧ ଗ୍ରାମବାସୀଙ୍କ ଏକତା ଓ କାରଖାନା ବିରୋଧୀ ମନୋଭାବ ଦେଖି ପୋସ୍କୋର ଭବିଷ୍ୟତ ଏଇ ମାଟିରେ ଅନିଷ୍ଟିତ ବୋଲି ଧରି ନେଇଥିଲେ।

ସେଇ ବର୍ଷ ଏପ୍ରିଲ୍ ମାସ ୧୧ ତାରିଖରେ ମନ୍ତ୍ରୀ ଡାକ୍ତର ରାଉତଙ୍କ ସହିତ ଜଗତ୍‌ସିଂହପୁର ଜିଲ୍ଲା ପରିଷଦ ସଭାପତି ସବିତା ମହାପାତ୍ର ଗ୍ରାମକୁ ପ୍ରବେଶ କରିଥିବା ବେଳେ ଆଦୋଲନର ନିଆଁ ଜଳି ଉଠିଥିଲା। ଗ୍ରାମବାସୀମାନେ ବିରୋଧ କରିବାରୁ ମନ୍ତ୍ରୀଙ୍କ ସମର୍ଥକଙ୍କ ସହିତ ପ୍ରଥମ କରି ଗାଁରେ ଭାଇଚାରା ନଷ୍ଟ ହେଲା।   ସେଥିରୁ ପୁଣି ହିଂସାର ରୂପ ନେଇଥିଲା।

ସେଦିନ ପ୍ରଥମ କରି ୫୨ ଜଣ ଗ୍ରାମବାସୀଙ୍କ ନାମରେ କୁଜଙ୍ଗ ଥାନାରେ ମାଡ଼ପିଟ୍ ଓ ହତ୍ୟା ଉଦ୍ୟମ ଭଳି ସଙ୍ଗୀନ ଦଫା ଲଗାଯାଇ ମୋକଦ୍ଦମା ରୁଜୁ କରାଗଲା। ତେବେ ପୋସ୍କୋ ସପକ୍ଷବାଦୀ ଓ ପ୍ରଶାସନର ଲକ୍ଷ୍ୟ ଥିଲା ଯେ, ଗ୍ରାମବାସୀଙ୍କ ବିରୋଧରେ କେଶ୍ ରୁଜୁ ହେଲେ ଗିରଫ ଭୟରେ ଆଦୋଲନ ଥମିଯିବ। ହେଲେ ମାଡ଼ପିଟ୍ ଓ ମୋକଦ୍ଦମା ରୁଜୁ ବୁମେରାଂ ହେଲା। ଗ୍ରାମବାସୀମାନେ ଏକଜୁଟ୍ ହେଲେ। ପୋସ୍କୋ ବିରୋଧରେ ସ୍ୱର ତୀବ୍ର ହେବାରେ ଲାଗିଲା। ପୋସ୍କୋ ପ୍ରତିରୋଧ ସଂଗ୍ରାମ ସମିତିର ସଭାପତି ଅଭୟ କୁମାର ସାହୁ ଏହି କେଶ୍‌ର ମୁଖ୍ୟ ଆସାମୀ ହୋଇ ଥିବା ଦର୍ଶାଯାଇଥିବା ବେଳେ ସେହି ଦିନୁ ତାଙ୍କୁ ଗାଁରୁ ଗିରଫ କରିନେବାକୁ ପ୍ରଶାସନ ମସୁଧା କରିଥିଲା। ଅଭୟ ସାହୁ ଓ ତାଙ୍କ ସମର୍ଥନ କରି ଗୋଟିଏ ଗୋଷ୍ଠୀ ହୋଇଥିବା ନିର୍ଦ୍ଧିଷ୍ଟ ଲୋକଙ୍କୁ ଗିରଫ କରିବାକୁ ପୋଲିସ୍ ସଜବାଜ ହୋଇ ଅଚାନକ ଢିଙ୍କିଆ ଚଢ଼ଉ କରିଥିଲା। କୁଜଙ୍ଗ ପୋଲିସଙ୍କ ସହିତ ପ୍ରାୟ ଦୁଇ ପ୍ଲାଟୁନ୍ ପୋଲିସ ଫୋର୍ସ ଢିଙ୍କିଆ ଗାଁକୁ ଘେରି ଯାଇଥିଲେ। ହେଲେ କାହାରିକୁ ଜଣେ ହେଲେ ଗିରଫ କରିପାରିଲେ ନାହିଁ।

ଗାଁରେ ଆମେମାନେ ମହିଳା ସବୁ ରାଜରାସ୍ତାକୁ ଚାଲି ଆସିଲୁ। ପୋଲିସ

ଗାଡ଼ି ଘେରଉ କଲୁ। ପିଟିବ ତ ପିଟ ଆମକୁ, ଗୁଳି ମାରିବ ତ ମାର ଆମକୁ। ହେଲେ ଗାଁରୁ କାହାରିକୁ ଗିରଫ କରିପାରିବନି। ସେଦିନ ରାତିରେ ପୋଲିସ ଫୋର୍ସକୁ ଗାଁର ପ୍ରାୟ ଛଅ ଶହରୁ ଉର୍ଦ୍ଧ୍ୱ ମହିଳା ଘେରି ରହିଲେ। ଫଳରେ କୁଜଙ୍ଗ ପୋଲିସ ଫୋର୍ସ ଫେରେଇ ନେଇଥିଲା। କେହି ଜଣେ ହେଲେ ଗିରଫ ହୋଇନଥିଲେ। ଏହି ସମୟରେ ପୋଷ୍କୋକୁ ସମର୍ଥନ କରୁଥିବାରୁ ନୂଆଗାଁ ପଂଚାୟତ ସରପଂଚଙ୍କୁ ବିରୋଧ କରି ତାଙ୍କୁ ପୋଷ୍କୋ ବିରୋଧୀମାନେ ବାର ଘଂଟା ଘେରଉ କରିରଖିଥିଲେ। ଏହି ଘଟଣାରେ ଗାଁରେ ଅସନ୍ତୋଷ ଓ ଅଶାନ୍ତି ବଢ଼ିବାରେ ଲାଗିଲା। ସରପଂଚଙ୍କୁ ଘେରଉ କାରଣରୁ ତାଙ୍କୁ ସମର୍ଥନ କରୁଥିବା ବ୍ୟକ୍ତିମାନେ ପୋଷ୍କୋ ବିରୋଧୀ ଗ୍ରାମବାସୀଙ୍କୁ ବିରୋଧ କରିବା ଘଟଣା ନଜରକୁ ଆସିଥିଲା।

ଇତି ମଧ୍ୟରେ କେନ୍ଦ୍ର ସରକାର ଓଡ଼ିଶାରୁ ଖଣିଜ ସମ୍ପଦ ପୋଷ୍କୋ ନେଇପାରିବ ବୋଲି ନିର୍ଦ୍ଦେଶନାମା ଜାରି କରିଥିଲେ। ପାରାଦ୍ୱୀପ ହରିଦାସପୁର ରେଳପଥ ମଧ୍ୟ ନିର୍ମାଣର ନିଷ୍ପତି ହୋଇଥିଲା। ଜଙ୍ଗଲ ଜମିରେ କାରଖାନା ଅନୁମତି ପାଇଁ ସୁବ୍ୟବସ୍ଥ ହୋଇଥିଲା। ପୋଷ୍କୋ ନିଜସ୍ୱ ବନ୍ଦର ପାଇଁ ସୁପାରିଶ ହୋଇଥିଲା। ମୋଟା ମୋଟି କହିବାକୁ ଗଲେ ପୋଷ୍କୋ କାରଖାନା କରିବାକୁ ଯାହା ଆବଶ୍ୟକ, ସେ ସବୁ ସରକାର ଯଥାଶୀଘ୍ର କରିବାକୁ ତୁରନ୍ତ ପଦକ୍ଷେପ ନେଉଥିବାରୁ ଗ୍ରାମବାସୀଙ୍କ ଚିନ୍ତା ବଢ଼ି ଯାଇଥିଲା। ଏହି ସମୟରେ ପୋଷ୍କୋ କମ୍ପାନୀ ପୁନର୍ବାସ ଓ ଠଇଥାନ ନିମନ୍ତେ କୁଜଙ୍ଗ ବଜାର ଠାରେ ପୋଷ୍କୋ ଜନସମ୍ପର୍କ କାର୍ଯ୍ୟାଳୟ ସ୍ଥାପନ କରିଥିଲା। କହିବାକୁ ଗଲେ ସେହି କାର୍ଯ୍ୟାଳୟକୁ ତ ଢିଙ୍କିଆ ଚାରିଦେଶର କୌଣସି ପୋଷ୍କୋ ବିରୋଧୀ ଗ୍ରାମବାସୀମାନେ ଯାଉନଥିଲେ, ହେଲେ ସର୍ବଦା ପୋଷ୍କୋ ସପକ୍ଷବାଦୀମାନେ ସେଠାରେ ଆଡ୍ଡା ଜମେଇ ଥିବା ପରିଲକ୍ଷିତ ହେଉଥିଲା।

୨୦୦୭ ମସିହା ଡିସେମ୍ବର ୫ ତାରିଖ କଥା ମନେପଡ଼ିଲେ ଭାରି କଷ୍ଟ ଲାଗେ। ଦୁଇ ମାସ ପୂର୍ବରୁ ଗାନ୍ଧୀବାଦୀ ସଙ୍ଗଠନ ରାଷ୍ଟ୍ରୀୟ ଯୁବ ସଙ୍ଗଠନ ଓ ନବ ନିର୍ମାଣ ସମିତି ପକ୍ଷରୁ ତିନି ପଂଚାୟତରେ ସଚେତନ କରାଯାଇଥିଲା। ନବ ନିର୍ମାଣ ସମିତିର ନେତା ଅକ୍ଷୟ କୁମାର ଓ ରାଷ୍ଟ୍ରୀୟ ଯୁବ ସଙ୍ଗଠନ ନେତା ଡକ୍ଟର ବିଶ୍ୱଜିତ ଗାଁ ଲୋକମାନଙ୍କୁ ପୋଷ୍କୋ କାରଖାନା କଲେ ଭବିଷ୍ୟତର ଭୟାବହତା ନେଇ ସତର୍କ କରେଇ ଥିଲେ। ଏହି ସଙ୍ଗଠନକୁ ନୂଆଗାଁ ଓ ଗଡ଼କୁଜଙ୍ଗରେ ଜୋରଦାର ସମର୍ଥନ ମିଳିଥିଲା। ହେଲେ ପୋଷ୍କୋ ସପକ୍ଷବାଦୀମାନେ ଏମାନଙ୍କ ସଂଗଠନ ସଦସ୍ୟଙ୍କୁ ବାରମ୍ବାର ଆକ୍ରମଣ କରିଥିଲେ। ଘଟଣାକ୍ରମରେ କମ୍ୟୁନିଷ୍ଟ ପାର୍ଟିର ନେତା ଏ.ବି. ବର୍ଦ୍ଧନ ଓ ରାଜ୍ୟସ୍ତରୀୟ ନେତାମାନେ ଗାଁକୁ ଆସିଥିଲେ। ଲୋକସଭାର ପୂର୍ବତନ

ବାଚସ୍ପତି ରବି ରାୟ ଓ ତାଙ୍କ ସହିତ ସାମାଜିକ କର୍ମୀ ବି.ଡି. ଶର୍ମା, କେ.ଏନ୍.ପଣ୍ଡିତ ମଧ୍ୟ ଅଞ୍ଚଳ ଗସ୍ତ କରିଥିଲେ। ଛତ୍ରପୁର ବିଧାୟକ ନାରାୟଣ ରେଡ୍ଡୀ ଓ ପରିବେଶବିତ୍ ପ୍ରଫୁଲ୍ଲ ସାମନ୍ତରା ମଧ୍ୟ ଗାଁରେ ପହଂଚି ପୋଷ୍କୋ ବିରୋଧୀଙ୍କ ମନୋବଳ ଦୃଢ଼ କରିଥିଲେ।

ଢିଙ୍କିଆ ଚାରିଦେଶରେ ଜୋର ଅଶାନ୍ତି କାରଣରୁ ଓ ବାହାର ଅଞ୍ଚଳର ଲୋକଙ୍କୁ ପ୍ରଶାସନ ଗାଁ ଭିତରକୁ ପ୍ରବେଶ କରେଇ ଦେଉନଥିବାରୁ ସେଦିନ ରାଷ୍ଟ୍ରୀୟ ଯୁବା ସଂଗଠନର ନେତୃତ୍ୱ ଓ ଗାନ୍ଧୀବାଦୀ ନେତୃତ୍ୱମାନେ ପ୍ରସ୍ତାବିତ ପୋଷ୍କୋ ଅଞ୍ଚଳର ଦ୍ୱାରଦେଶ ସ୍ଥାନୀୟ ବାଲିତୁଠ ସନ୍ନିକଟରେ ଏକ ନିର୍ଦ୍ଧାରିତ ସ୍ଥାନରେ କେତେକ ଗ୍ରାମବାସୀଙ୍କ ସମର୍ଥନରେ ପୋଷ୍କୋ ହଟେଇବା ଦାବୀରେ ଧାରଣାରେ ବସିଥିଲେ। ସେମାନଙ୍କ ମଧ୍ୟରେ ଗାନ୍ଧୀବାଦୀ ନେତା ତଥା ରାଷ୍ଟ୍ରୀୟ ଯୁବା ସଂଗଠନର ଓଡ଼ିଶା ମୁଖ୍ୟ ଡକ୍ଟର ବିଶ୍ୱଜିତ, ବିଶିଷ୍ଟ ଲେଖକ, କବି ଓ ସମାଲୋଚକ ଶୈଲଜ ରବି, କସ୍ତୁରବା ସଂଗଠନର କୃଷ୍ଣାରାଣୀ ବୋସ, ସୀତାରାଣୀ ଦେଓ ଓ ଦିଲ୍ଲୀପ କୁମାର ଶର୍ମାଙ୍କ ସହିତ କେତେକ ଗ୍ରାମବାସୀ ଜାତିର ପିତା ମହାତ୍ମାଗାନ୍ଧୀଙ୍କ ଫଟୋ ପାଖରେ ରଖି ନିରବରେ ବିରୋଧ ପ୍ରଦର୍ଶନ କରିଥିଲେ। ସେମାନେ ଗୀତ ଗାଉଥିଲେ "ହମାରା ଚାହେ ଜୋ ହୋଗା, ପର ହାଥ ହମାରା ନେହିଁ ଉଠେଗା"। ଗାନ୍ଧୀଙ୍କ ଫଟୋରଖି ଗୀତ ଗାଇ ଗାଇ ଧାରଣା ଚାଲିବାରୁ ଅଞ୍ଚଳରେ ଜୋର ଜନସମର୍ଥନ ମିଳିଥିଲା। ଧୀରେଧୀରେ ଶତାଧିକ ଗ୍ରାମବାସୀ ଆକର୍ଷିଣ ହୋଇ ଧାରଣା ନିକଟରେ ଭିଡ଼ ଜମେଇଥିଲେ। ଯାହା ପ୍ରଶାସନକୁ ଅକଳରେ ପକାଇଥିଲା। ବୋଧ ହୁଏ ପ୍ରଶାସନର ମସୁଧାରେ ପ୍ରସ୍ତାବିତ ପୋଷ୍କୋ ଅଞ୍ଚଳରେ କେତେକ ଗ୍ରାମବାସୀ ଓ ବାଲିତୁଠ ଅଞ୍ଚଳର କେତେକ ଉତ୍ଶୃଙ୍ଖଳ ଯୁବକ ଏକାଠି ହୋଇ ଏହି ସତ୍ୟାଗ୍ରହକୁ ବନ୍ଦ କରିବାକୁ କହିଥିଲେ। ଗାନ୍ଧିବାଦୀ ନେତୃତ୍ୱ ଓ ସତ୍ୟାଗ୍ରହୀମାନେ ଧାରଣାରୁ ଉଠିବେ ନାହିଁ ଓ ପୋଷ୍କୋ ବିରୋଧରେ ଧାରଣା ଚାଲୁ ରହିବ ବୋଲି ରୋକ୍ଟୋକ୍ ଜଣେଇ ଦେବା ପରେ ଉତେଜନା ବଢ଼ିଥିଲା। କେତେକ ଅସାମାଜିକ ଯୁବକ ଧାରଣାରେ ବସିଥିବା ନେତୃତ୍ୱଙ୍କୁ ସର୍ବସାଧାରଣରେ ଗାଳିଗୁଲଜ କରିଥିଲେ।

ଗାନ୍ଧିବାଦୀ ନେତୃତ୍ୱ ନେଇଥିବା ନେତାମାନେ କୌଣସି ପ୍ରତିକ୍ରିୟା ପ୍ରକାଶ କରିନଥିଲେ। ସେମାନଙ୍କର ବାସ୍ତବ ଚିନ୍ତାଧାରା ଜାତିର ଜନକ ବାପୁଜୀଙ୍କ ଆଦର୍ଶର ଅନୁକରଣୀୟ ଥିଲା। ସେମାନେ ଅହିଂସାର ପୂଜାରୀ ହୋଇଥିବାରୁ ପୋଷ୍କୋ ବିରୋଧୀଙ୍କ ସହିତ ଆଦୌ ଯୁକ୍ତିତର୍କ ନକରି କେବଳ ଧାରଣା ଦେଇ ପୋଷ୍କୋ ଫେରିଯାଉ ବୋଲି ନାରା ଦେଇଥିଲେ। ଗାନ୍ଧିବାଦୀ ନେତାମାନଙ୍କ ପ୍ରତି ସମର୍ଥନ ବଢ଼ୁ ଥିବାର ଅନୁଭବ

କରି ସେମାନଙ୍କୁ ବାଲିତୁଠରୁ ହଟେଇବା ନିମନ୍ତେ ଯୋଜନା ପ୍ରସ୍ତୁତ ହୋଇ ଅଯଥାରେ ଗଣ୍ଡଗୋଳ ଆରମ୍ଭ କରିଦେଲେ। ବିନା କାରଣରେ କେତେକ ଅସାମାଜିକ ଯୁବକ ଏହି ଗାନ୍ଧିବାଦୀ ନେତା ଓ ସମର୍ଥକମାନଙ୍କୁ ମାଡ଼ ମାରିଥିଲେ। ବିଧା ଗୋଇଠା ମାରିବା ସହିତ ଗୋଟେ ବିରାଟ ଅଘଟଣ କରିବସିଲେ। ଗାନ୍ଧିବାଦୀ ନେତାଙ୍କୁ ବିଧା ଗୋଇଠା ମାରିବା ବେଳେ ଧାରଣରେ ଥିବା ପୂଜ୍ୟ ମହାତ୍ମାଗାନ୍ଧୀଙ୍କ ଫଟୋ ବାଦ୍ ପଡ଼ିନଥିଲା। ଗୋଟିଏ ଗୋଇଠା ପଡ଼ିଥିଲା ଗାନ୍ଧିଜୀଙ୍କ ଫଟୋରେ ଓ ଫଟୋ ଭାଙ୍ଗିରୁଜି ଚୁର୍ମାର୍ ହୋଇଯାଇଥିଲା। ମାଡ଼ ଖାଇ ମଧ୍ୟ ଏହି ଗାନ୍ଧିବାଦୀ ନେତାମାନେ ଗୀତ ଗାଉଥିଲେ "ହମାରା ଚାହେ ଯୋ ହୋଗା, ପର ହାଥ ହାମାରା ନେହିଁ ଉଠେଗା"।

ଗାନ୍ଧୀଙ୍କ ଫଟୋକୁ ଗୋଇଠା ଘଟଣ ସମସ୍ତଙ୍କୁ ସ୍ତବ୍ଧ କରିଦେଇଥିଲା। ସେଠାରେ ଉପସ୍ଥିତ ଥିବା ପୋଲିସ କର୍ମଚାରୀ ଓ ପ୍ରଶାସନିକ ଅଧିକାରୀମାନେ ଦୁର୍ଘଟଣାର ସ୍ୱର୍ଶକାତରତାକୁ ନେଇ ହଠାତ୍ ଦୂରେଇ ଯାଇଥିଲେ। ଘଟଣାକୁ ସମସ୍ତେ ନିନ୍ଦା କଲେ। ସାଧାରଣ ଜନତା ଓ ଦେଖଣାହାରିମାନେ ଘଟଣାକୁ ବିରୋଧ କଲେ। ଏକଦା ପରାଧୀନ ଭାରତକୁ ସ୍ୱାଧୀନ କରିବାକୁ ଗାନ୍ଧିଜୀ ଯେଉଁ ଲୁଣମରା ଆନ୍ଦୋଳନ ଓ ଅସହଯୋଗ ଆନ୍ଦୋଳନ ଡାକରା ଦେଇଥିଲେ, ତାହାକୁ କୁଜଙ୍ଗ-ଏରସମା ଅଞ୍ଚଳର ଲୋକମାନେ ପାଳନ କରିଥିଲେ। ଗାନ୍ଧିଜୀଙ୍କ ଡାକରାରେ ସ୍ୱାଧୀନତା ସଂଗ୍ରାମୀ ମା'ରମାଦେବୀଙ୍କ ପ୍ରତ୍ୟକ୍ଷ ସହଯୋଗରେ କୁଜଙ୍ଗର ସ୍ୱାଧୀନତା ସଂଗ୍ରାମୀ କୁଜଙ୍ଗଗାନ୍ଧୀ ନାରାୟଣ ବୀରବର ସାମନ୍ତ ଓ କୁଜଙ୍ଗ ରାଣୀ ଭାବବତୀ ପାଟମହାଦେଇ ଲୁଣମରା ଆନ୍ଦୋଳନର ନେତୃତ୍ୱ ନେଇଥିଲେ। ନାରାୟଣ ବୀରବରଙ୍କ ସହିତ ଚଟୁଆ, ବାଲ୍ୟିତୁଠ ଓ ଏରସମା ଅଞ୍ଚଳର ଶହଶହ ସ୍ୱାଧୀନତା ସଂଗ୍ରାମୀ ସ୍ୱାଧୀନତା ଆନ୍ଦୋଳନରେ ଝାସ ଦେଇଥିଲେ। ଗାନ୍ଧିଜୀ କଟକରେ ପାଦ ଥାପି ଥିଲା ବେଳେ କୁଜଙ୍ଗ-ଏରସମା ଅଞ୍ଚଳରୁ ବହୁ ସ୍ୱାଧୀନତା ସଂଗ୍ରାମୀ ତାଙ୍କୁ ଦେଖିବାକୁ ଓ ତାଙ୍କ ସାନିଧ୍ୟ ପାଇବାକୁ କଟକ ଯାଇଥିଲେ। ଆନ୍ଦୋଳନରେ ଝାସ ଦେଇ ଜେଲ୍ ମଧ୍ୟ ଯାଇଥିଲେ।

ଦେଶ ସ୍ୱାଧୀନତା ଆନ୍ଦୋଳନରେ କୁଜଙ୍ଗର ଭୂମିକା ସ୍ୱତନ୍ତ୍ର ଥିଲା। କୁଜଙ୍ଗର ପ୍ରତିଟି ମଣିଷଙ୍କ ଭିତରେ ଗାନ୍ଧିଜୀଙ୍କ ପ୍ରତି ଭଲ ପାଇବା, ଶ୍ରଦ୍ଧା ଓ ସମ୍ମାନ ଥିଲା। ସ୍ୱାଧୀନତା ଆନ୍ଦୋଳନର ତାତି ବିଶେଷକରି ଲୁଣମରା ଆନ୍ଦୋଳନରେ ପ୍ରତିଫଳିତ ହୋଇଥିଲା। ଓଡ଼ିଶା ଉପକୂଳ ବାଲେଶ୍ୱର, ପୁରୀ ଓ କଟକ ଜିଲ୍ଲାର ଯେଉଁ ସ୍ଥାନରେ ଲବଣ ସତ୍ୟାଗ୍ରହ ଅନୁଷ୍ଠିତ ହୋଇଥିଲା, ତହିଁ ମଧ୍ୟରେ କୁଜଙ୍ଗର ଲବଣ ସତ୍ୟାଗ୍ରହ ସ୍ୱର୍ଣ୍ଣାକ୍ଷରରେ ଲେଖ୍ୟ ହୋଇରହିଛି। ସ୍ୱାଧୀନତା ଆନ୍ଦୋଳନକୁ କୁଜଙ୍ଗର ଅବଦାନ ପ୍ରମାଣ କରୁଛି ଯେ, କୁଜଙ୍ଗ ବାସିନ୍ଦା ବାପୁଜୀଙ୍କୁ କେତେ ଯେ ଆଦର କରନ୍ତି ତାହା

ଭାଷାରେ କହି ହେବନି । ହେଲେ ଯୋଉ ଗାନ୍ଧିଜୀଙ୍କ ଡାକରାରେ କୁଜଙ୍ଗ ଅଂଚଳରେ ବ୍ରିଟିଶ୍ ବିରୋଧରେ ଦାଉ ପରିଲକ୍ଷିତ ହୋଇଥିଲା, ସେ କୁଜଙ୍ଗ ମାଟିର ବାଲିତୁଠ ଠାରେ ଗାନ୍ଧିଜୀଙ୍କ ଫଟୋକୁ ଗୋଇଥା – ଏହି ଘଟଣା ସହଜରେ ହଜମ କରି ହେଲା ନାହିଁ ।

ଗଣମାଧ୍ୟମରେ ଯେତେବେଳେ ପ୍ରଚାରିତ ହେଲା ଯେ, ଗାନ୍ଧିବାଦୀ ସତ୍ୟାଗ୍ରହୀମାନେ ପୋସ୍କୋ ସପକ୍ଷବାଦୀ ଗୁଣ୍ଠାଙ୍କ ଆକ୍ରମଣର ଶିକାର ହୋଇଛନ୍ତି, ଏହା ପ୍ରସ୍ତାବିତ ପୋସ୍କୋ ଅଂଚଳ ଗ୍ରାମବାସୀଙ୍କ ମଧ୍ୟରେ ଅସନ୍ତୋଷ ବଢ଼େଇବା ସହିତ ଗ୍ରାମବାସୀଙ୍କୁ ସଂଗଠିତ କରାଇଥିଲା । ଅପରପକ୍ଷରେ "ଧରିତ୍ରୀ" ଖବର କାଗଜରେ ପ୍ରସ୍ତାବିତ ପୋସ୍କୋ ଅଂଚଳରେ ଗାନ୍ଧିଙ୍କୁ ଗୋଇଥା ଶିରୋନାମା ପ୍ରଥମ ପୃଷ୍ଠାର ଖବର ସମସ୍ତଙ୍କୁ ସ୍ତବ୍ଧ କରିଦେଲା । ଗାନ୍ଧିଙ୍କ ଫଟୋକୁ ଗୋଇଥା ଖବର ପ୍ରସାରିତ ହେବା ପରେ କେବଳ ଓଡ଼ିଶା ନୁହେଁ ସମଗ୍ର ଭାରତ ବର୍ଷ ଓ ଦେଶ ବାହାରେ ମଧ୍ୟ ନିନ୍ଦା ବାଜେଣା ବାଜି ଥିଲା । ଅହିଂସାର ପୂଜାରୀ ମହାମ୍ମା ଗାନ୍ଧିଙ୍କୁ ସମଗ୍ର ବିଶ୍ୱରେ ସମ୍ମାନ ମିଳେ ।

ଏହି ସ୍ୱର୍ଶକାତର ଘଟଣା ବିଦେଶରେ ଦକ୍ଷିଣ କୋରିଆର ମିତ୍ରରାଷ୍ଟ୍ରମାନେ ଯେଉଁମାନେ ପୋସ୍କୋରେ ପୁଞ୍ଜି ନିବେଶ କରିଛନ୍ତି, ସେମାନଙ୍କର ପ୍ରତିକ୍ରିୟା ନକରାମ୍ବକ ହୋଇଥିଲା । ଦୁଇଟି ପୁଞ୍ଜି ନିବେଶକାରୀ ସଂସ୍ଥା ପୁଞ୍ଜି ପ୍ରତ୍ୟାହାର କରିନେଇଥିଲେ । ଦେଶ ତଥା ଦେଶ ବାହାରେ ଏହି ଘଟଣାର ଗୁରୁତ୍ୱ ବଢ଼ିଯାଇ ଓଡ଼ିଶା ସରକାରଙ୍କୁ ନିନ୍ଦା ନେବାକୁ ପଡ଼ିଥିଲା । ହେଲେ ପୋସ୍କୋ କାରଖାନା ନିର୍ମାଣ ନିଶା ଓ କାରଖାନା ନିର୍ମାଣ ପାଇଁ ବିରୋଧ୍ୱକୁ ଦମନ କରିବାକୁ ଖର୍ଚ୍ଚ ହେଉଥିବା ଅର୍ଥର ଲାଳସା ଗାଁର ପୋସ୍କୋ ସମର୍ଥକ ଯୁବପିଢ଼ିଙ୍କୁ ଅନ୍ଧ କରିଦେଇଥିଲା । ପ୍ରଶାସନ, ପୋସ୍କୋ କର୍ତ୍ତୃପକ୍ଷ ଓ ପୋସ୍କୋ ସପକ୍ଷବାଦୀ ବ୍ୟକ୍ତିମାନେ ହାତ ମିଳେଇ ଅଂଚଳରେ ସୁସ୍ଥ ବାତାବରଣକୁ ନଷ୍ଟ କରି ଦେଇଥିଲେ । ଆମେ କହିବା ନି ଯେ, ସମସ୍ତେ ମତଲବି ବୋଲି । ପୋସ୍କୋ ଆନ୍ଦୋଳନ ଜୋରଦାର ହେବା ବେଳେ ଓ ଗ୍ରାମବାସୀଙ୍କ ଉପରେ ଜୁଲୁମ ହେବା ବେଳେ ଅନେକ ସଚୋଟ ସରକାରୀ ଅଫିସର ଘଟଣାକୁ ବିରୋଧ କରି ମଧ୍ୟ ନିରବଦ୍ରଷ୍ଟା ସାଜିଥିଲେ । ପୋଲିସ୍ ହୁଅନ୍ତୁ ଅବା ପ୍ରଶାସନିକ ଅଧିକାରୀ, ସମସ୍ତଙ୍କର ହୃଦୟ ଓ ମନ ଗୋଟିଏ କଥା ବିଚାର କରୁଥିବା ବେଳେ ଓ ଶସ୍ୟ ଶ୍ୟାମଳା ଅଂଚଳରୁ ପୋସ୍କୋ ହଟିଯାଉ ବୋଲି ସମର୍ଥନ ଦେଉଥିବା ବେଳେ ପ୍ରଶାସନିକ ଉଚ୍ଚ ଅଧିକାରୀଙ୍କ ଚାପରେ ଘଟଣା କିଛି ଭିନ୍ନ ହୋଇଥିଲା । କେତେବେଳେ ରାତିଅଧ୍ୱା ଗାଁକୁ ଫୋର୍ସ ପଶି ଆସୁଥିଲେ ତ କେତେବେଳେ ଦିନ ଦିପହରେ ଗ୍ରାମରେ ପଶି ବନ୍ଧୁକ ଦେଖେଇ ତାଣ୍ଡବ କରୁଥିଲେ ।

ଲତିକା ସେଠି ଘଟଣା ବର୍ଣ୍ଣନା କରିବା ବେଳେ ଦି ଟୋପା ଲୁହ ଗଡ଼େଇ ଦେଲା। ଦୌପଦୀ ଦାସ ଲୁଗା କାନିରେ ଲୁହ ପୋଛି ଦେଇ ତାପରେ କ'ଣ ହେଲା ନାନୀ ପଚାରିଲାରୁ ଲତିକା କର ମୋଡ଼ି ବସିଯାଇ ପୁଣି ଆଗକୁ ଆଗ ଘଟଣାକୁ ବ୍ୟାଖ୍ୟାଣ ଚାଲିଲା।

ସାତ

୧ ଏପ୍ରିଲ୍ ୨୦୦୮

୧୪୪ ଧାରା ଭାଙ୍ଗିଲେ ଗ୍ରାମବାସୀ :

ସେତେବେଳେ ପୋସ୍କୋକୁ ବିରୋଧ କରି ଓଡ଼ିଶା ପ୍ରଦେଶ କଂଗ୍ରେସ କମିଟିର ସଦସ୍ୟମାନେ ଗାଁକୁ ଛୁଟିଲେ। କମ୍ୟୁନିଷ୍ଟ ପାର୍ଟିର ସମସ୍ତ କେନ୍ଦ୍ରୀୟ ନେତା ଓ ରାଜ୍ୟ ନେତୃତ୍ୱ ମାନେ ମଧ ଗାଁକୁ ଆସିଲେ। ଦେଶ ଓ ରାଜ୍ୟର ବିଭିନ୍ନ ଜନ ଆନ୍ଦୋଳନର ନେତାମାନେ ମଧ ଗାଁକୁ ଆସୁଥିଲେ। କିଏ କେତେ ପ୍ରକାର କଥା କହୁଥିଲେ। ପୋସ୍କୋ ବିରୋଧୀ ଆନ୍ଦୋଳନ ପାଇଁ ଗାଁରୁ ଆମେମାନେ ଘର ପିଛା ଯେତିକି ଅର୍ଥ ଆଦାୟ କରୁଥିଲୁ ସେତକ କୋଉଠିକୁ ପାଏନି। ହେଲେ ବିରୋଧୀ ଆନ୍ଦୋଳନ ବେଲେ ଆଖ ଦୃଷ୍ଟିଆ ଖର୍ଚ୍ଚ ହେଉଥିଲା। ଆମେ ଗାଁର ମଲିମୁଣ୍ଡିଆ ମାନେ କେମିତି ବା ଜାଣିପାରିବେ ଯେ କୋଉଠୁ କେତେ ଅର୍ଥ ଆସୁଛି। ଏକଥା ଅସ୍ୱୀକାର କରିବୁନି ଯେ, ବାହାରୁ ଆର୍ଥିକ ସାହାଯ୍ୟ ମିଳୁନି ବୋଲି। କାରଣ ବାହାରୁ ସହଯୋଗ ନମିଳିଲେ ଏତେବଡ଼ ଆନ୍ଦୋଳନ ଚଲାଇବା ସମ୍ଭବ ନୁହେଁ। ତିନି ପଂଚାୟତର ଅନେକ ଗାଁର ଲୋକମାନଙ୍କୁ 'କର ବା ମର' ସ୍ଥିତିରେ ଆନ୍ଦୋଳନରେ ସାମିଲ କରିବାକୁ ହେଲେ ମାଟିର ମୋହ ବ୍ୟତିରେକ ପ୍ରଚୁର ଅର୍ଥର ଆବଶ୍ୟକତା ରହିଛି। ହେଲେ ସେ ସବୁ ଅର୍ଥ ଅଭୟ ସାହୁ ଯୋଗାଡ଼ କରିବାରେ ସକ୍ଷମ ହୋଇଥିଲେ।

ପ୍ରଥମେ ପ୍ରଥମେ ନେତୃତ୍ୱ କନ୍ଦଲ ଆରମ୍ଭ ହୋଇଥିଲା। ଭୁବନେଶ୍ୱର, କଟକରୁ ଆସିଥିବା ଗାନ୍ଧିବାଦୀ ନେତାମାନେ ଢିଙ୍କିଆ ଚାରିଦେଶର ନେତୃତ୍ୱ ନେବାକୁ ଚାହୁଁଥିବା ବେଳେ କମ୍ୟୁନିଷ୍ଟ ପାର୍ଟିର ଅନ୍ୟ କେତେ ନେତା ମଧ ନେତୃତ୍ୱ ନେବାକୁ ଚାହୁଁଥିଲେ। ଏଥ ସହିତ ଢିଙ୍କିଆ ଚାରିଦେଶର କେତେକ ହାତ ଗଣତି ମୁଖ୍ୟଆ ମଧ ଅଭୟ ସାହୁଙ୍କୁ ଗାଁରୁ ବିତାଡିତ କରି ନେତୃତ୍ୱ ନେବାକୁ ଚାହୁଁଥିଲେ। ସେହିପରି ରାଜ୍ୟ ପ୍ରଦେଶ

କଂଗ୍ରେସର ମଧ୍ୟ କେତେକ ନେତା ଗାଁରେ ଡେରା ପକେଇବାକୁ ଚାହୁଁଥିଲେ। ସର୍ବୋପରି ଏଠାକାର ଜନ ପ୍ରତିନିଧି ତଥା ମନ୍ତ୍ରୀ ଡାକ୍ତର ଦାମୋଦର ରାଉତ ଚାହୁଁଥିଲେ ଯେ, ଅଭୟ ସାହୁ ଗାଁରୁ ହଟିଗଲେ ଗାଁରେ ଆଉ ବିଶୃଙ୍ଖଳା ହେବନି। ଦାମ ବାବୁ ଯାହା ଚାହିଁବେ, ଏଠି ସେଇଆ ହବ। ତେବେ ସମସ୍ତଙ୍କ ଆଶା ପାଣିରେ ପଡ଼ିଲା। ଯୋଉଦିନ ପୋଲିସ୍ ପ୍ରଶାସନ ଅଭୟ ସାହୁଙ୍କ ନାମରେ ବିଭିନ୍ନ ସଂଗୀନ ଦଫାରେ ମିଥ୍ୟା କେଶ୍ ରୁଜୁ କଲା, ସେଇଦିନଠାରୁ ତାଙ୍କର ନେତୃତ୍ୱ ଦକ୍ଷତା ବୃଦ୍ଧି ପାଇଲା ଓ ସେ ଲୋକଙ୍କ ସହିତ ବାନ୍ଧି ହୋଇ ରହିଲେ। ଶତାଧିକ ଗ୍ରାମବାସୀଙ୍କ ନାମରେ କେଶ୍ ରୁଜୁ ହେବାପରେ ସେମାନେ ଅଭୟ ସାହୁଙ୍କୁ ଛାଡ଼ି ପାରିଲେ ନାହିଁ। ସୁତରାଂ ଅଭୟ ସାହୁ କେବଳ ପୋସ୍କୋ ପ୍ରତିରୋଧ ସଂଗ୍ରାମ ସମିତିର ନେତା ନୁହେଁ ବରଂ ଢିଙ୍କିଆ ଚାରିଦେଶର ଜଣେ ବିବାଦୀୟ ନେତା ହୋଇଗଲେ। ତାଛଡ଼ା ଅଭୟ ସାହୁ ଜଣେ ଉଚ୍ଚ ଶିକ୍ଷିତ ବ୍ୟକ୍ତି ହୋଇଥିବାରୁ ସେ ସମସ୍ତଙ୍କ ଦ୍ୱାରା ଗ୍ରହଣୀୟ ହେଇଥିଲେ। ସେ ବିଦେଶୀ କମ୍ପାନୀ ଅଧିକାରୀ, ପ୍ରଶାସନ ଓ ଦେଶର ବିଭିନ୍ନ ଟିଭି ଚ୍ୟାନେଲରେ ଇଂରାଜୀରେ କହିପାରି ସେମାନଙ୍କୁ ଗ୍ରାମବାସୀଙ୍କ ଦୁଃଖ ଓ ପୋସ୍କୋ ହଟିବା ପାଇଁ ଲଢ଼େଇର ମୁଖ୍ୟ କାରଣ ଦର୍ଶାଇ ପାରୁଥିଲେ। ତେଣୁ ଅଭୟ ସାହୁଙ୍କ ନେତୃତ୍ୱ ଗାଁରେ ଗ୍ରହଣୀୟ ହୋଇଥିଲା ଓ ପୋସ୍କୋ ସପକ୍ଷବାଦୀମାନେ ପ୍ରତିହିଂସା ପରାୟଣ ହୋଇପଡ଼ିଥିଲେ।

ପୋସ୍କୋ କମ୍ପାନୀ ପ୍ରସ୍ତାବିତ କାରଖାନା ଅଂଚଳର ସ୍କୁଲ ଛାତ୍ରଛାତ୍ରୀମାନଙ୍କୁ ସ୍କୁଲ ବ୍ୟାଗ, ପାଠ୍ୟ ଉପକରଣ ଓ ସ୍କଲାରସିପ ପ୍ରଦାନ କରୁଥିଲେ। ଶିକ୍ଷାନୁସ୍ଥାନ, କ୍ଲବଘର, ମହିଳା ସମିତି ଓ ପ୍ରତିଘରେ ପୋସ୍କୋ କାରଖାନା କଲେ କଣ ବିକାଶ ଘଟିବ ସେସବୁ କାଗଜରେ ଛାପି ବାଣ୍ଟୁ ଥିଲେ। ସେହି ପ୍ରଚାର ପତ୍ରରେ ଉଲ୍ଲେଖ ଥିଲା ଯେ, ସ୍ୱଚ୍ଛଳ ଓ ପର୍ଯ୍ୟାପ୍ତ କ୍ଷତି ପୂରଣ ଦେବାକୁ ଆମେ ପ୍ରତିଶ୍ରୁତି ବଦ୍ଧ। ପୋସ୍କୋ କମ୍ପାନୀ ସମଗ୍ର ବିଶ୍ୱର ଚତୁର୍ଥ ବଡ଼ ଇସ୍ପାତ ଉତ୍ପାଦନକାରୀ ସଂସ୍ଥା ଭାବେ ପରିଚିତ। ଦକ୍ଷିଣ କୋରିଆରେ ପୋସ୍କୋ ପ୍ରତିଷ୍ଠା ହେବା ପରେ ସେ ଦେଶକୁ ବିକାଶର ରାସ୍ତା ପୋସ୍କୋ ହିଁ ଦେଖେଇ ପାରିଛି। ଦକ୍ଷିଣ କୋରିଆ ଯେପରି ପୋସ୍କୋ ପାଇଁ ସଫଳତା ପାଇଛି ଓ ବିକଶିତ ଦେଶ ହୋଇପାରିଛି, ସେହିପରି ପୋସ୍କୋ ଯଦି ଓଡ଼ିଶାର ଜଗତ୍‌ସିଂହପୁର ଜିଲ୍ଲାର ଏହି ଅଂଚଳରେ କାରଖାନା କରେ, ତାହେଲେ ଆଉ ଏକ ନୂଆ ବିକାଶର ରୂପ ଦେଖବ ଓଡ଼ିଶା। ୫୨ ହଜାର କୋଟି ଟଙ୍କାରେ ନିର୍ମିତ ଇସ୍ପାତ କାରଖାନାରୁ ୧୨ ନିୟୁତ ଟନ ଇସ୍ପାତ ଉତ୍ପାଦନ ହେବାର ଯୋଜନାରେ ଅଂଚଳର ସ୍ଥିତି ମଜବୁତ ହୋଇପାରିବ। ଓଡ଼ିଶାକୁ ବିଶ୍ୱ ଇସ୍ପାତ ଶିଳ୍ପର ନୂଆ ପରିଚୟ ଦେବ।

ସ୍ଥାନୀୟ ଅଞ୍ଚଳରେ ଯେଉଁମାନେ ବାସଚ୍ୟୁତ ହେବେ, ସେମାନଙ୍କୁ ପୋଷ୍କୋ ପ୍ରଣୀତ ନୀତି ଦ୍ୱାରା ବାସଗୃହ, ସ୍ଥାୟୀ କୋଠାଘର, ଜମି ଏବଂ ଗଛବୃଛ ଇତ୍ୟାଦିର ସଠିକ୍ ମୂଲ୍ୟାୟନ କରାଯାଇ କ୍ଷତି ପୂରଣ ପ୍ରଦାନ କରାଯିବ। ବାସଚ୍ୟୁତଙ୍କୁ ସ୍ଥାୟୀ ବାସଘର ପ୍ରଦାନ ଓ ଜୀବିକା ଯୋଗାଣ ମଧ୍ୟ କରାଯିବ।

ଥଇଥାନ ଯୋଜନା, ବିସ୍ଥାପିତଙ୍କ ପରିବାରକୁ ସହାୟତା, କାରଖାନାରେ ସିଧାସଳଖ ନିଯୁକ୍ତି ଓ ବ୍ୟବସାୟିକ ଆର୍ଥିକ ସହାୟତା, ବିସ୍ଥାପିତ ପରିବାର ପାଇଁ ଘରବାରି ଜମିଦିହ, ବିସ୍ଥାପିତଙ୍କ କଲୋନୀରେ ପକ୍କାଘର, ପିଇବା ପାଣି, ରାସ୍ତା, ବିଦ୍ୟୁତ୍, ପରିମଳ ସୁବିଧା, ଗୋଷ୍ଠୀ କେନ୍ଦ୍ର, ବିଦ୍ୟାଳୟ ଓ କ୍ଲବ ଘର ସ୍ଥାପନ କରିବୁ। କମ୍ପାନୀର ଏପରି ପ୍ରଚାର ପତ୍ର ସହିତ ଜଗତ୍ସିଂହପୁର ଜିଲ୍ଲା ପ୍ରଶାସନ ପକ୍ଷରୁ ଲିଖିତ ପ୍ରଚାର ହେଲା ଯେ, ଓଡ଼ିଶାକୁ ଏକ ଅଗ୍ରଣୀ ରାଜ୍ୟ ଭାବରେ ଗଢ଼ି ତୋଳିବାକୁ ଆମେ ସମସ୍ତେ ସଙ୍କଳ୍ପବଦ୍ଧ ହେବା ଆବଶ୍ୟକ। ଏଥିପାଇଁ ଦ୍ରୁତ ଶିଳ୍ପାୟନର ଆବଶ୍ୟକତା ରହିଛି। ଜଗତ୍ସିଂହପୁର ଜିଲ୍ଲାକୁ ଶିଳ୍ପ ସମୃଦ୍ଧ କରିବା ନିମନ୍ତେ ସୃଷ୍ଟି ହୋଇଛି ଅନେକ ସମ୍ଭାବନା ଏବଂ ଏହାକୁ ସାକାର କରିବା ପାଇଁ ପୋଷ୍କୋ ଇଣ୍ଡିଆ ସମେତ ଅନେକ ଶିଳ୍ପ ସଂସ୍ଥା ଆଗେଇ ଆସିଛନ୍ତି ଜିଲ୍ଲାର ଶିଳ୍ପାଞ୍ଚଳ ପାରାଦ୍ୱୀପକୁ। ଆମେ ସମସ୍ତେ ସେମାନଙ୍କୁ ସହଯୋଗର ହାତ ବଢ଼ାଇଦେବା। ଏଭଳି ପ୍ରଚାରପତ୍ର ଦାମି ରଙ୍ଗୀନ୍ କାଗଜରେ ଛପାଯାଇ ବଂଟାଯାଇଥିଲେ ମଧ୍ୟ କେତେକ ଖୋସାମତିଆ ଓ ଗୋଡ଼ାଣିଆ ଲୋକେ ପଢ଼ି ସାଇତି ରଖୁଥିଲେ ଓ ଅଧିକାଂଶ ଲୋକେ ଏହାକୁ ଚୁଲିରେ ଜାଳ କରିଥିଲେ।

ପ୍ରସ୍ତାବିତ ପୋଷ୍କୋ ଅଞ୍ଚଳ ଗ୍ରାମଗୁଡ଼ିକରେ ତାତି ବଢ଼ୁଥିଲା। ଉଭୟେ ପୋଷ୍କୋ ସପକ୍ଷବାଦୀ ଓ ବିପକ୍ଷବାଦୀମାନେ ପରସ୍ପର ସମ୍ପର୍କ କାଟି ଦେଇଥିଲେ। କେହି କାହା ଘରକୁ ଯାଉନଥିଲେ। ଭୋଜି ଭାତ ହେଲେ କିମ୍ବା ଗ୍ରାମର ଯଦି କୌଣସି ଲୋକର ଘରେ ଭଲମନ୍ଦ ଉସ୍ବ ହେଲେ ସେ ଯେଉଁ ଗୋଷ୍ଠୀ ଅର୍ଥାତ୍ ବିରୋଧୀ ଗୋଷ୍ଠୀ ହେଇଥିଲେ ବିରୋଧୀ ଗ୍ରାମବାସୀ ତା ଘରକୁ ଖାଇବାକୁ ଆସିବେ ଓ ସପକ୍ଷବାଦୀ ହୋଇଥିଲେ ସପକ୍ଷବାଦୀ ଗ୍ରାମବାସୀ ତା ଘରକୁ ପଥର ପକେଇବାକୁ ଯିବେ। ଏମିତି ସ୍ଥିତି ହେଲା ଯେ, ଢିଙ୍କିଆ ଚାରିଦେଶରେ ପଡ଼ିଶା ସମ୍ପର୍କ, ଭାଇଚାରାର ସମ୍ପର୍କ ଓ ବନ୍ଧୁବାନ୍ଧବ ସମ୍ପର୍କ ମଧ୍ୟ କଟିଗଲା।

ଏହି ସମୟରେ ଏକ ବଡ଼ ଘଟଣା ଘଟିଥିଲା। ଦେଶର ବେଶ୍ ପରିଚିତା ନେତ୍ରୀ ସମାଜସେବିକା ତଥା ନର୍ମଦା ବଂଚାଅ ଆନ୍ଦୋଳନର ନେତ୍ରୀ ମେଧା ପାଟକର ପ୍ରସ୍ତାବିତ ପୋଷ୍କୋ ଅଞ୍ଚଳ ନୂଆଗାଁ ଓ ଢିଙ୍କିଆ ଗସ୍ତ କରିଥିଲେ। ଜଗତ୍ସିଂହପୁର

ଏସ୍.ପି.ଙ୍କ ନିର୍ଦ୍ଦେଶରେ ତାଙ୍କର ସୁରକ୍ଷା ବ୍ୟବସ୍ଥା ଅତି କଡ଼ାକଡ଼ି କରାଯାଇଥିଲା। ମେଧା ପାଟକର ଗାଁକୁ ଆସିବେ ବୋଲି ପ୍ରଶାସନ, ପୋଷ୍କୋ ଓ ପୋଷ୍କୋ ସପକ୍ଷବାଦୀ ଆଶଙ୍କାରେ ଥିଲେ। କାରଣ ମେଧା ପାଟକର ଶିଳ୍ପ ବିରୋଧୀ ନହେଲେ ମଧ୍ୟ ଗ୍ରାମବାସୀଙ୍କର ଯାହା ଆବଶ୍ୟକ ତାହା ସରକାର କରନ୍ତୁ ବୋଲି ନିଶ୍ଚୟ କହିବେ। ମେଧା ପାଟକର ଦେଶର ଜଣେ ଜଣାଶୁଣା ସମାଜସେବିକା। ଢିଙ୍କିଆ ଚାରିଦେଶରେ ଯେପରି ଭାବରେ ପ୍ରଶାସନ ଓ ପୋଷ୍କୋ ସପକ୍ଷବାଦୀଙ୍କ ଦ୍ୱାରା ଲୋକଙ୍କ ଉପରେ ଅତ୍ୟାଚାର କରାଯାଉଛି, ତାକୁ ଯଦି ମେଧା ପାଟକର ସତ ଅନୁଭବ କରି ଗଣମାଧ୍ୟମରେ ମତାମତ ଦିଅନ୍ତି, ତାହେଲେ ପୋଷ୍କୋ ପାଇଁ ମହଙ୍ଗା ପଡ଼ିପାରେ ବୋଲି ସମସ୍ତେ ଆଲୋଚନା କରୁଥିଲେ। ମେଧା ପାଟକର ଯଦ୍ୟପି ପୋଷ୍କୋ ବିରୋଧରେ ମତ ଦିଅନ୍ତି ଓ ପୋଷ୍କୋ ଫେରିଯାଉ ବୋଲି ଅଡ଼ି ବସନ୍ତି, ତାହେଲେ ନିଶ୍ଚୟ ସମସ୍ୟା ସୃଷ୍ଟି ହେବ ଓ କେନ୍ଦ୍ର ସରକାରଙ୍କ ଉପରେ ସେ ନିଶ୍ଚୟ ଚାପ ସୃଷ୍ଟି କରିପାରିବେ ବୋଲି ପୋଷ୍କୋ ସପକ୍ଷବାଦୀମାନେ କୁହାକୁହି ହେଉଥିଲେ।

ଏପରି ଅବସ୍ଥାରେ ପୋଷ୍କୋ ସପକ୍ଷବାଦୀ ଗ୍ରାମବାସୀମାନେ ମେଧା ପାଟକର ଆସିବା ପୂର୍ବରୁ ଗାଁରେ ଫତୁଆ ଜାରି କଲେ। ମେଧା ପାଟକର ଯଦ୍ୟପି ଗାଁକୁ ଆସନ୍ତି, ତାହେଲେ ତାଙ୍କ ସହିତ କୌଣସି ଗ୍ରାମବାସୀ ପୋଷ୍କୋ କିୟା ଗ୍ରାମରେ ଦୈନିକ ଘଟୁଥିବା ଘଟଣା ସମ୍ପର୍କରେ କେହି ମୁହଁ ଖୋଲିବେ ନାହିଁ। ମୋଟାମୋଟି ମେଧା ପାଟକରଙ୍କୁ ଦେଖାକରିବେ ନାହିଁ କିୟା ତାଙ୍କ ସହିତ କେହି କଥା ହେବେ ନାହିଁ ବୋଲି ନିର୍ଦ୍ଦିଷ୍ଟ ଗ୍ରାମବାସୀମାନେ ନିଷ୍ପତି ନେଲେ। ଯଦି କେହି ଜଣେ ଗ୍ରାମବାସୀ ମୁହଁ ଖୋଲନ୍ତି, ତାହେଲେ ତାଙ୍କଠାରୁ ଦଶ ହଜାର ଟଙ୍କା ଜୋରିମାନା ଆଦାୟ କରାଯିବ ବୋଲି ଅଲିଖିତ ଫଇସଲା ଜଣେଇ ଦିଆଗଲା। ତେବେ ଏହି ଫଇସଲା ନୂଆଗାଁରେ କେତେକାଂଶରେ ଫଳପ୍ରଦ ହୋଇପାରେ ବୋଲି ଆଶା କରାଯାଉଥିଲା।

୨୦୦୭ ସାତ ମସିହା ଡିସେମ୍ବର ମାସ ୧୧ ତାରିଖରେ ମେଧା ପାଟକର ପ୍ରଥମେ ନୂଆଗାଁରେ ପହଁଚିଲେ। ଅବଶ୍ୟ ଏହା ପୂର୍ବରୁ ବାଲିତୁଠ ପୋଲ ନିକଟରେ ବହୁ ଗ୍ରାମବାସୀ ତାଙ୍କ ଗାଡ଼ି ଅଟକେଇ ତାଙ୍କୁ ପୁଷ୍ପଗୁଚ୍ଛ ଦେଇଥିଲେ। ସେଠାରୁ ସେ ମିଶ୍ର ପ୍ରତିକ୍ରିୟା ଦେଇ ନୂଆଗାଁ ଯାଇଥିଲେ। ନୂଆଗାଁ ଖାଁ ଖାଁ ଲାଗୁଥିଲା ଓ କେତେଜଣ ପୋଷ୍କୋ ସପକ୍ଷବାଦୀମାନେ ଏକ ଲିଖିତ ପତ୍ର ମେଧା ପାଟକରଙ୍କୁ ଦେଇ ସାଂପ୍ରତିକ ସ୍ଥିତିର ସୂଚନା ପ୍ରଦାନ କରିଥିଲେ। ଏହାପରେ ମେଧା ପାଟକର ଗୋବିନ୍ଦପୁର ଦେଇ ଢିଙ୍କିଆ ଗ୍ରାମକୁ ଯାଇଥିଲେ। ଢିଙ୍କିଆରେ ତାଙ୍କୁ ଉଚ୍ଛ୍ୱସିତ ସମ୍ବର୍ଦ୍ଧନା ପ୍ରଦାନ କରାଯାଇଥିଲା। ଗାଁର ହଜାର ହଜାର ମହିଳା, ପୁରୁଷ, ଛାତ୍ରଛାତ୍ରୀମାନେ ସେମାନଙ୍କର

ଦୁଃଖ ଜଣେଇଥିଲେ। ପୋଷ୍କୋ ଓ ପ୍ରଶାସନ ବେଆଇନ ଭାବେ କିପରି ନାଲି ଆଖି
ଦେଖେଇ ସେମାନଙ୍କ ଭିଟାମାଟି ଛଡ଼େଇ ନେବାକୁ ବସିଛି ତାହା ହିଁ ବଖାଣି ଥିଲେ।
ମେଧା ପାଟକର ଲୋକଙ୍କ ଦୁଃଖ ଶୁଣି ଓ ସେମାନଙ୍କ କାନ୍ଦ ବୋବାଳି ଦେଖି ନିଜେ
ମଧ୍ୟ ଲୁହ ଗଡ଼େଇ ଦେଇଥିଲେ। ଘଟଣା ସମ୍ପର୍କରେ ସେ ରାଜ୍ୟ ଓ କେନ୍ଦ୍ର ସରକାରଙ୍କୁ
ରିପୋର୍ଟ ପ୍ରଦାନ କରିବେ ପ୍ରତିଶ୍ରୁତି ଦେଇଥିଲେ। ସେତେବେଳେ ମେଧା ପାଟକରଙ୍କ
ସହିତ ନବ ନିର୍ମାଣ ସମିତିର ଅଧ୍ୟକ୍ଷ ଅକ୍ଷୟ କୁମାର ସାହୁ ଓ ଅନେକ ସମାଜସେବୀ
ଉପସ୍ଥିତ ଥିଲେ। ତାଙ୍କ ଗସ୍ତ ପରେ ଗାଁରେ ଲୋକଙ୍କ ମନରେ ଆନ୍ଦୋଳନ କରିବାକୁ
ଉତ୍ସାହ ସୃଷ୍ଟି ହୋଇଥିଲା। ମେଧା ପାଟକର ତାଙ୍କ ଭାଷଣରେ ସେ ଅନେକ ଅଦୋଳନ
କରିଛନ୍ତି ଓ ଶିଳ୍ପ ସଂସ୍ଥାମାନେ ଆଖି ଦେଖେଇ ପ୍ରଶାସନକୁ ହାତ କରି ଜମି ଦଖଲ
କରିବାର ପ୍ରକ୍ରିୟା ଅତ୍ୟନ୍ତ ସ୍ୱାଭାବିକ ବୋଲି କହିଥିଲେ। ତେବେ ଯୋଉଠି ଯୋଉଠି
କାରଖାନା ମାଲିକମାନେ ଗ୍ରାମବାସୀଙ୍କ ହୃଦୟ ଜୟ ନକରି ବଳ ପ୍ରୟୋଗ କରିଛନ୍ତି,
ସେଠି ଲୋକଙ୍କର ବିଜୟ ହୋଇଛି ବୋଲି କହିଥିଲେ। ସେ ନିଜ ଅଭିଜ୍ଞତାରୁ ଦେଶର
ଅନେକ ପ୍ରମୁଖ ଆଦୋଳନର ସଫଳତା ସମ୍ପର୍କରେ ଅନର୍ଗଳ ବକ୍ତବ୍ୟ ପ୍ରଦାନ କରି
ଲୋକଙ୍କୁ ପ୍ରଭାବିତ କରିଥିଲେ। ଗ୍ରାମବାସୀଙ୍କ ମନରେ ଆନ୍ଦୋଳନ ପାଇଁ ସାହସ
ଜୁଟିଥିଲା। ତେବେ ଢିଙ୍କିଆ ପଂଚାୟତର ପାଟଣା ଗ୍ରାମରେ ଅନେକ ଗ୍ରାମବାସୀ
ପୋଷ୍କୋ ବିରୋଧୀ ନେତାମାନଙ୍କ ସମ୍ପର୍କରେ ବିଶେଷ କରି ସଂଗ୍ରାମ ସମିତି ସଭାପତି
ଅଭୟ ସାହୁଙ୍କ ବିରୋଧରେ ବିଷୋଦ୍ଗାର କରିଥିଲେ। ପୋଷ୍କୋ ବିରୋଧୀ ନେତା
ଓ ନେତାଙ୍କ କେତେକ ସମର୍ଥକ ମନଇଚ୍ଛା ଜୁଲୁମ୍ କରି ପାଟଣା ଗାଁର ୫୨ଟି
ପରିବାରଙ୍କ ଉପରେ ଅକଥନୀୟ ଅତ୍ୟାଚାର କରୁଛନ୍ତି ବୋଲି ପାଲଟା ଦର୍ଶାଇଥିଲେ।

ଢିଙ୍କିଆ ପୋଷ୍ଟ ଅଫିସରେ କାମ କରୁଥିବା ସେଇ ଗାଁର ପୋଷ୍ଟ ମାଷ୍ଟର ବାବାଜୀ
ସାମନ୍ତରାୟ ସରକାରୀ ଚାକିରି କରୁଥିବାରୁ ତାଙ୍କୁ ସର୍ବଦା ପୋଷ୍କୋ ସପକ୍ଷବାଦୀ ଓ
ପ୍ରଶାସନ ନାଲି ଆଖି ଦେଖାଉଥିଲେ। ମେଧା ପାଟକର ଆସିବାର ସପ୍ତାହକ ପରେ
ବାବାଜୀ ସାମନ୍ତରାୟଙ୍କୁ ପୋଷ୍କୋ ବିରୋଧୀଙ୍କ ସହ ସମ୍ପର୍କ ରଖିଥିବାର ଦୋଷୀ ସାବ୍ୟସ୍ତ
କରାଗଲା। ବିଭିନ୍ନ ମିଛ କାରଣ ଦର୍ଶାଇ ପ୍ରଶାସନ ତାଙ୍କୁ ଚାକିରିରୁ ନିଲମ୍ବନ କଲା।
ତାଙ୍କ ନାମରେ ଅନେକ ମୋକଦ୍ଦମା ରୁଜୁ କରାଯାଇ ଗାଁରେ ଭୟ ସୃଷ୍ଟି କରାଗଲା।
ପୋଷ୍କୋ ବିରୋଧରେ ପାଟି ଖୋଲିଲେ ଓ ପୋଷ୍କୋ ବିରୋଧୀଙ୍କ ସହିତ ସମ୍ପର୍କ
ରଖିଲେ ବାବାଜୀ ସାମନ୍ତରାୟଙ୍କ ଦଶା ଭୋଗିବାକୁ ପଡ଼ିବ ବୋଲି ପ୍ରଚାର କରାଗଲା।
ତାଙ୍କର ସରକାରୀ ଚାକିରିଟିଏ ସମ୍ବଳ। ତାଙ୍କର ପିଲାଛୁଆ ପରିବାର ଅଛି। ଚାକିରି
ଖଣ୍ଡେ କରି ପରିବାର ପ୍ରତିପୋଷଣ ହେଉଥିଲା। ପିଲାମାନେ ପାଠ ପଢୁଥିଲେ। ହେଲେ

ପ୍ରଶାସନ ଜଣେ ଲୋକର ପାରିପାର୍ଶ୍ୱିକ ଅବସ୍ଥା ନବୁଝି ତାକୁ ଅଯଥାରେ ଫସେଇ ଦେଇଥିଲା। ଲୋକଟିର ଚାକିରି ଗଲା ଓ ପିଲାଛୁଆ ସଂସାରରେ କାନ୍ଦ ବୋବାଳି ପଡ଼ିଲା। ଏହି ଘଟଣା ସମ୍ପର୍କରେ ଲିଖିତ ଅଭିଯୋଗ ଦେଇ ପୁଣି ଚାକିରି ଫେରିପାଇବା ଆଶାରେ ସେ ବାର ଦୁଆର ସରକାରୀ ଅଫିସରଙ୍କ ପାଖକୁ ଯାଇ ଯେତେ ଗୁହାରୀ କଲେ ସୁଦ୍ଧା ଚାକିରି ଫେରି ପାଇଲେ ନାହିଁ। ଏହି ଘଟଣାରେ ଗାଁରେ ବସବାସ କରୁଥିବା ସରକାରୀ ଚାକିରିଆମାନେ ଭୟଭୀତ ହୋଇପଡ଼ିଥିଲେ।

ସେହିପରି ଅନ୍ୟ ଗୋଟିଏ ଘଟଣା ଘଟିଲା। ସରକାରୀ ନିୟମ ଅନୁଯାୟୀ ଜଙ୍ଗଲ ଜମିରେ କାରଖାନା ନିର୍ମାଣ ପୂର୍ବରୁ ଗ୍ରାମସଭା କରିବ ଓ ଗ୍ରାମ ସଭାର ଅନୁମୋଦନ ହେବା ପ୍ରଥମ ଆବଶ୍ୟକ। ସେହି ଦୃଷ୍ଟିରୁ ପ୍ରଶାସନ ଜଣାତରେ ଢ଼ିଙ୍କିଆଠାରେ ୨୦୦୮ ମସିହା ମାର୍ଚ୍ଚ ମାସ ୨୩ ତାରିଖରେ ଗ୍ରାମସଭା ବସିଲା। ଗ୍ରାମ ସଭାରେ କ୍ଷମତାପ୍ରାପ୍ତ ସରକାରୀ ଅଧିକାରୀ ଉପସ୍ଥିତ ରହିଥିଲେ। ତେବେ ସମସ୍ତେ ଏକ ସ୍ୱରରେ ପୋସ୍କୋ ଜଙ୍ଗଲ ଜମି ଅଧିଗ୍ରହଣ କରିପାରିବ ନାହିଁ ଓ ପୋସ୍କୋ କାରଖାନା ନିର୍ମାଣକୁ ଉପସ୍ଥିତ ସମସ୍ତ ଗ୍ରାମବାସୀ ପ୍ରତ୍ୟାଖ୍ୟାନ କରି ଗ୍ରାମସଭା ଅଧିବେଶନରେ ଉଲ୍ଲେଖ କରିଲେ। ହେଲେ ଉପସ୍ଥିତ ଥିବା ସରକାରୀ ଅଧିକାରୀ ସେହି ସ୍ଥାନ ଛାଡ଼ି ଚାଲିଯାଇଥିଲେ ଓ ଗ୍ରାମସଭାକୁ ଅସିଦ୍ଧ କରିବାକୁ ଉଚ୍ଚ ପଦସ୍ଥ ଅଧିକାରୀଙ୍କୁ ପତ୍ର ଲେଖିଲେ। ତେବେ ଗ୍ରାମବାସୀମାନେ ଜଙ୍ଗଲ ଆଇନ ଅନୁଯାୟୀ ଓ ଗ୍ରାମସଭାର ନିୟମ ଅନୁଯାୟୀ ପୋସ୍କୋ ବିରୋଧରେ ଜମି ଅଧିଗ୍ରହଣ ନିଷ୍ପତ୍ତିର ଅଧିବେଶନ କପି ହଜାର ହଜାର ଗ୍ରାମବାସୀଙ୍କ ସ୍ୱାକ୍ଷର ଥାଇ ସରକାରୀ ଦସ୍ତରକୁ ପ୍ରେରଣ କରିଥିଲେ। ସରକାରଙ୍କ ଉପଯୁକ୍ତ ବିଭାଗରେ ଲିଖିତ ନିଷ୍ପତ୍ତି ପ୍ରଦାନ କରାଯାଇଥିବାରୁ ଅସୁବିଧା ପରିସ୍ଥିତି ସୃଷ୍ଟି ହୋଇଥିଲା।

୨୦୦୮ ଏପ୍ରିଲ ୧ ତାରିଖ ଉତ୍କଳ ଦିବସ ଅବସରରେ ପୋସ୍କୋ କାରଖାନାର ଶିଳାନ୍ୟାସ ହେବାକୁ ସରକାରୀ ଘୋଷଣା ହୋଇଥିଲା। ଶିଳାନ୍ୟାସ ଉତ୍ସବରେ ଦକ୍ଷିଣ କୋରିଆର ପୋସ୍କୋ କମ୍ପାନୀ ମୁଖ୍ୟ, ରାଜ୍ୟ ସରକାରଙ୍କ ଅଧିକାରୀ, ଜଗତସିଂହପୁର ଜିଲ୍ଲା ପୋଲିସ୍ ଓ ପ୍ରଶାସନ ମୁଖ୍ୟ ମାନେ ଉପସ୍ଥିତ ରହି ଏହି ଶିଳାନ୍ୟାସ କାର୍ଯ୍ୟ ସମାପ୍ତ ହେବ ବୋଲି ପ୍ରସ୍ତୁତି ପର୍ବ ଆରମ୍ଭ ହୋଇଯାଇଥିଲା। ପୋସ୍କୋର ଚେୟାରମ୍ୟାନ ସୁଙ୍ଗ-ସିକ୍-ଚୋ ଏବଂ ଓଡ଼ିଶା ମୁଖ୍ୟମନ୍ତ୍ରୀ ନବୀନ ପଟ୍ଟନାୟକ ଏହି ଶିଳାନ୍ୟାସ କରିବେ ବୋଲି ଢ଼ିଙ୍କିଆ ଚାରିଦେଶରେ ପ୍ରଚାର ହୋଇଗଲା। ତେବେ ଶିଳାନ୍ୟାସର କ'ଣ ରୂପରେଖ ହେବ ଓ ପ୍ରକୃତରେ କିଏ କିଏ ଗାଁକୁ ଆସିବେ ତାହା ସ୍ୱଷ୍ଟ ହୋଇ ନଥିଲେ ମଧ୍ୟ ଗ୍ରାମବାସୀମାନେ ପ୍ରତିକ୍ରିୟାଶୀଳ ହୋଇପଡ଼ିଥିଲେ। ପୋସ୍କୋ

କାରଖାନା ଶିଲାନ୍ୟାସ ହେବାକୁ ଥିବାରୁ ପ୍ରଶାସନ ତତ୍ପରତା ପ୍ରକାଶ ପାଇଥିଲା । ପୋସ୍କୋ ସପକ୍ଷବାଦୀ ଗ୍ରାମବାସୀମାନଙ୍କ ଖୁସି କହିଲେ ନସରେ । କେତେକ ଉଚ୍ଛୃଙ୍ଖଳ ଯୁବକ ଏଥର କାରଖାନାକୁ କେହି ରୋକି ପାରିବେନି ବୋଲି ହାଲ୍ଲା କରୁଥିଲେ । ସାଧାରଣ ଗ୍ରାମବାସୀ ଆକ୍ରମଣର ଭୟରେ ଥରୁଥିଲେ । ରାତି ଦିନ ଚର୍ଚ୍ଚା ଚାଲିଥିଲା । ଦିନ ସାରା ଦଳଦଳ ହୋଇ ଗାଁ ଛକ ପାନ ଦୋକାନ ପାଖରେ ହେଉ କିମ୍ବା ଚା'ଖଟିରେ କେବଳ ପୋସ୍କୋ ଶିଲାନ୍ୟାସ ଆଲୋଚନା ଚାଲିଥିଲା । କାରଣ ସରକାର ପୋଲିସ୍ ଫୋର୍ସ ଘେରରେ ଶିଲାନ୍ୟାସ କରିବେ । ସେଥିକୁ କାହା ହାତ ପାଇବ ଯେ ଶିଲାନ୍ୟାସକୁ ବିରୋଧ କରିବାକୁ ପୋସ୍କୋ ବିରୋଧୀ ଗ୍ରାମବାସୀମାନେ ବଳ ଜୁଟେଇ ପାରୁନଥିଲେ । ମିଳିତ କ୍ରିୟାନୁଷ୍ଠାନ କମିଟି ଓ ପୋସ୍କୋ ସପକ୍ଷବାଦୀ ଗ୍ରାମବାସୀଙ୍କ ନେତା ତମିଲ ପ୍ରଧାନ, ନିର୍ଭୟ ସାମନ୍ତରାୟ, ବସନ୍ତ ନାୟକ, ଅନାଦି ରାଉତ ପ୍ରମୁଖ ଗ୍ରାମରେ ସଭାକରି ଶିଲାନ୍ୟାସକୁ ସଫଳ କରିବାକୁ ଯୋରଦାର ଉଦ୍ୟମ କରିଥିଲେ ।

ଏଠାରେ ଗୋଟିଏ କଥା ସେମାନେ କହୁଥିଲେ ଯେ, "ପୋସ୍କୋକୁ ଆମେ ସମର୍ଥନ କରୁଛୁ ସର୍ତ ଭିତିକ । ଅଂଚଳର ବିକାଶ ଆମର ମୂଳ ଲକ୍ଷ୍ୟ । ଆମର ଲୋକମାନେ ଯେଉଁ ଦାବୀ କରିଛନ୍ତି ପୋସ୍କୋ କମ୍ପାନୀ ଯଦି ପୂରଣ କରିପାରିବ, ତାହେଲେ କାରଖାନା କରୁ" ।

ବିଭିନ୍ନ କାରଣରୁ ନିଜକୁ ପୋସ୍କୋ ସପକ୍ଷବାଦୀ ବୋଲାଇ ଗ୍ରାମର ଉଚ୍ଛୃଙ୍ଖଳ ଯୁବକମାନେ ନାନା କାଣ୍ଡ ଭିଆଉଥିଲେ । ସପକ୍ଷବାଦୀ ନେତୃତ୍ୱମାନେ ଚାହୁଁଥିଲେ ଅଭୟ ସାହୁ ଗାଁରୁ ବିଦା ହେଲେ ସମସ୍ତ ସମସ୍ୟାର ସମାଧାନ ହୋଇପାରିବ । ଅଭୟ ସାହୁ ଢିଙ୍କିଆ ଚାରିଦେଶର ମାଟିରେ ଜନ୍ମ ହେଇନାହାନ୍ତି କିମ୍ବା ସେ ଏହି ଅଂଚଳର ଲୋକ ନୁହଁନ୍ତି । ଜଣେ ବାହାର ଗାଁର ଲୋକ ଏଠି କାହିଁକି ହାକିମାତି କରିବ । ଅଭୟ ସାହୁ ଅନେକ ଭୁଲ୍ କାମ କରୁଛନ୍ତି । ସେ ଆନ୍ଦୋଳନ ଚଲେଇବାକୁ ଏତେ ଟଙ୍କା କୋଉଠୁ ଆଣୁଛନ୍ତି । କମ୍ୟୁନିଷ୍ଟ ପାର୍ଟି ପକ୍ଷରୁ ତାଙ୍କୁ ଏଠାକୁ ପଠାୟାଇଛି ଏକ ସ୍ୱତନ୍ତ୍ର ଚକ୍ରାନ୍ତରେ । କାରଣ ଦକ୍ଷିଣ କୋରିଆର ପୋସ୍କୋ କମ୍ପାନୀକୁ ଦେଶର କମ୍ୟୁନିଷ୍ଟ ଦଳ ବିରୋଧ କରୁଛି । ସେହି କାରଣରୁ କେନ୍ଦ୍ରୀୟ କମ୍ୟୁନିଷ୍ଟ ପାର୍ଟିର ନେତାମାନଙ୍କର ସୁଅ ଗାଁକୁ ଛୁଟୁଛି । ରାଜ୍ୟ କମ୍ୟୁନିଷ୍ଟ ପାର୍ଟିର ନେତା ଦିବାକର ନାୟକ, ରାମକୃଷ୍ଣ ପଣ୍ଡା, ନାରାୟଣ ରେଡ୍ଡିଙ୍କ ସମେତ ବହୁ ନେତା ଏଠାକୁ ଆସୁଛନ୍ତି । କୁଜଙ୍ଗ କମ୍ୟୁନିଷ୍ଟ ପାର୍ଟିର ସ୍ଥାନୀୟ ନେତା ବାବୁରାମ ଚୌଧୁରୀ, ହୃଷୀକେଶ ନାଥ, ଶ୍ରୀନିବାସ ଜୁଆରସିଂ, ସୁବାଷ ମହାପାତ୍ର, ବସନ୍ତ ସାମଲ, ଜିନ୍ଦୟୀ ସାହାଣୀ ଓ ଶରତ ରାଉତଙ୍କ ସମେତ ବହୁ କମ୍ୟୁନିଷ୍ଟ ନେତାମାନେ କୁଜଙ୍ଗ କାର୍ଯ୍ୟାଳୟରେ ବାରମ୍ବାର ପୋସ୍କୋ ବିରୋଧୀ

ସଭା କରୁଛନ୍ତି ଓ ଢ଼ିଙ୍କିଆ ଯାଇ ଅଭୟ ସାହୁଙ୍କ ସହିତ ମନ୍ତ୍ରଣା କରୁଛନ୍ତି । ମୋଟାମୋଟି ପୋଷ୍କୁ ବିରୋଧ ଏକ ରାଜନୈତିକ ଚକ୍ରାନ୍ତ ବୋଲି ପୋସ୍କୋ ସପକ୍ଷବାଦୀମାନେ କହୁଥିଲେ ।

ରାଜ୍ୟର ବିରୋଧୀ କଂଗ୍ରେସ ଦଳର ପୂର୍ବତନ ବିଧାୟକ ଉମେଶ ସ୍ୱାଇଁ, ଡକ୍ଟର ଲଲାଟେନ୍ଦୁ ମହାପାତ୍ର, ବିଜୟ ନାୟକଙ୍କ ସହିତ କଂଗ୍ରେସ ନେତା ସାରଦା ପ୍ରସନ୍ନ ଜେନା, ଜୟନ୍ତ ବିଶ୍ୱାଳ, ରଂଜନ କୁମାର ଦାସ, ସନ୍ତୋଷ କୁମାର ଦାସ, ନଟବର ବାରିକ ଓ ପ୍ରିୟମ୍ବଦା ପାଣିଙ୍କ ସମେତ ବହୁ ନେତୃତ୍ୱ ଘନ ଘନ ଅଂଚଳ ଗସ୍ତକରି ପୋସ୍କୋ ବିରୋଧୀଙ୍କୁ ସମର୍ଥନ ଦେଉଥିଲେ । ସେହିପରି ସମାଜବାଦୀ ପାର୍ଟିର ନେତା ରବିନ୍ଦ୍ର ନାଥ ବେହେରା ଓ ଅନ୍ୟାନ୍ୟ ସମଭାବନା ରଖିଥିବା ନେତାମାନେ ଗାଁକୁ ଆସୁଥିଲେ । ବରିଷ୍ଠ ସାମ୍ୱାଦିକ ରବି ଦାସ ଓ ପରିବେଶବିତ୍ ପ୍ରଫୁଲ୍ଲ ସାମନ୍ତରା ମଧ୍ୟ ବାରମ୍ବାର ଆସି ଲୋକମାନଙ୍କ ସମସ୍ୟା ବୁଝୁଥିଲେ । ମୋଟାମୋଟି କହିବାକୁ ଗଲେ ଅଂଚଳକୁ ଯିଏ ଯେତେବେଲେ ଆସୁନା କାହିଁକି, ସଭା ସମିତି ଯେମିତି ଚାଲୁନା କାହିଁକି ସମସ୍ତେ ଅଭୟ ସାହୁଙ୍କ ସହିତ ବାନ୍ଧି ହୋଇଥିଲେ । ଆଦୋଳନ ନେତୃତ୍ୱ କମ୍ୟୁନିଷ୍ଟ ପାର୍ଟି ନେଉଥିଲା । ବେଲେବେଲେ ଆଲୋଚନା ହେଉଥିଲା ଯେ, ଓଡ଼ିଶା ଓ ଓଡ଼ିଶା ବାହାରରୁ ଜନ ଆଦୋଳନ ନେତୃତ୍ୱ ବାରମ୍ବାର ଯେପରି ଅଂଚଳକୁ ଆସୁଛନ୍ତି ଓ ଦିନରାତି ଗୋପନରେ ରହି ଗ୍ରାମବାସୀଙ୍କୁ ଯେପରି ମତାଉଛନ୍ତି, ସେମାନଙ୍କ ମଧ୍ୟରେ ମାଓବାଦୀ ଥିବା ଜୋରଦାର ଚର୍ଚ୍ଚା ହୋଇଥିଲା । ତେବେ ସେପରି ପ୍ରମାଣ ଅଦ୍ୟାବଧି ମିଳିପାରି ନାହିଁ । ଏପରି ଅଭିଯୋଗ ପୋସ୍କୋ ସପକ୍ଷବାଦୀ ନେତୃତ୍ୱମାନେ କରୁଥିଲେ ଓ ଚାରିଆଡେ ମଧ୍ୟ ପ୍ରଚାର କରେଇ ଦେଉଥିଲେ ।

ଶିଲାନ୍ୟାସ କାର୍ଯ୍ୟକ୍ରମକୁ ସଫଳ କରିବା ପାଇଁ ପୋସ୍କୋ ସପକ୍ଷବାଦୀମାନେ ପ୍ରତି ଗାଁରେ ରାତିରେ ସଭା କରୁଥିବା ବେଲେ ଶିଲାନ୍ୟାସର ପୂର୍ବଦିନ ରାତିରେ ପୋସ୍କୋ ପ୍ରତିରୋଧ ସଂଗ୍ରାମ ସମିତିର ସଭାପତି ଅଭୟ ସାହୁଙ୍କ ନେତୃତ୍ୱରେ ଢ଼ିଙ୍କିଆ ଗାଁରେ ସଭା ଅନୁଷ୍ଠିତ ହୋଇଥିଲା ଶିଲାନ୍ୟାସକୁ ଜୋରଦାର ବିରୋଧ କରିବା ପାଇଁ । ସେଦିନ ରାତିରେ ସଂଗ୍ରାମ ସମିତିର ସମ୍ପାଦକ ଶିଶିର ମହାପାତ୍ର, ରଞ୍ଜନ ସ୍ୱାଇଁ, ପ୍ରକାଶ ଜେନା, ଅକ୍ଷୟ ଦାସ, ମନୋରମା ଖଟୁଆ, ସୁର ଦାସ ଓ ବାବାଜୀ ମହାପାତ୍ରଙ୍କ ସମେତ ବହୁ ପୋସ୍କୋ ବିରୋଧୀ ନେତୃତ୍ୱ ସଭାରେ ଭାଷଣ ଦେଇ ଶିଲାନ୍ୟାସକୁ ବିରୋଧ କରିବାକୁ ନିଷ୍ପତ୍ତି ହେଲା । ହଜାର ହଜାର ସଂଖ୍ୟାରେ ଗ୍ରାମବାସୀ ପାଟଣା ହାଟ ଠାରେ ସଂଗଠିତ ହୋଇ ବାଲିତୁଠରେ ପହଂଚି ରାସ୍ତା ଅବରୋଧ କରିବେ । ସେତେବେଲକୁ ଏହି ଖବର ପ୍ରଶାସନ ପାଇବା ପରେ ବାଲିତୁଠରେ ୧୪୪ ଧାରା

ଜାରି କରାଯାଇଥିଲା। ବାଲିତୁଠରେ ୧୪୪ ଧାରା ଜାରି କରାଯାଇ ନାଲି ପତାକା ଉଡ଼େଇ ଦିଆଗଲା। କେହି ସଂଘବଦ୍ଧ ହୋଇ ବାଲିତୁଠ ପୋଲ ନିକଟକୁ ଆସିପାରିବେ ନାହିଁ। ଏକାଠି କେହି ଠିଆ ହୋଇପାରିବେ ନାହିଁ। ସମସ୍ତ ସଭା ସମିତି ବାତିଲ୍ କରିଦିଆଗଲା। ଏଠାକୁ ଶୋଭାଯାତ୍ରା ଆସିପାରିବ ନାହିଁ। ୧୪୪ ଧାରା ଜାରି କରାଯାଇଥିବା ସମ୍ପର୍କରେ ଡାକବାଜି ଯନ୍ତ୍ରରେ କୁଜଙ୍ଗ ତହସିଲଦାର ଓ ପୋଲିସ୍ ପକ୍ଷରୁ ପ୍ରଚାର କରିଦିଆଗଲା। ବାଲିତୁଠକୁ ପ୍ରାୟ ୧୦ ପ୍ଲାଟୁନ୍ ପୋଲିସ୍ ଫୋର୍ସ ଜଗି ରହିଲେ। ଏ ପରିସ୍ଥିତିରେ ଶିଳାନ୍ୟାସ ହେବ କି ସ୍ଥଗିତ ରହିବ ଜଣାପଡ଼ି ନଥିଲେ ମଧ୍ୟ ଅଂଚଳରେ ଅଶାନ୍ତି ଲାଗିରହିଲା।

ଏପ୍ରିଲ୍ ୧ ତାରିଖ ଉକ୍ରଳ ଦିବସ ମଧ୍ୟାହ୍ନ ପରେ ଶୋଭାଯାତ୍ରା ଯେତେବେଳେ ଗୋବିନ୍ଦପୁର ଅତିକ୍ରମ କଲା ସେତେବେଳେ ଲୋକ ବଳ ଦେଖି ସମସ୍ତେ ତଟସ୍ଥ ହୋଇଯାଇଥିଲେ। ପ୍ରାୟ ତିନି ହଜାରରୁ ଊର୍ଦ୍ଧ୍ୱ ମହିଳା ଓ ପୁରୁଷ "ପୋସ୍କୋ ହଟାଅ, ଭିଟାମାଟି ବଂଚାଅ" ବୋଲି ସ୍ଲୋଗାନ୍ ଦେଇ ବାଲିତୁଠ ଅଭିମୁଖେ ବାହାରିଲେ। ଢିଙ୍କିଆରୁ ଆସୁଥିବା ଏହି ବିଶାଳ ଶୋଭାଯାତ୍ରାକୁ ଦେଖି ପ୍ରଶାସନ ବିଚଳିତ ହୋଇଯାଇଥିଲା। ତିନି ହଜାର ଲୋକଙ୍କୁ ରୋକିବେ କିପରି। ତଥାପି ପୋସ୍କୋ ସପକ୍ଷବାଦୀ ଗ୍ରାମବାସୀମାନେ ବିରୋଧ କରିବାକୁ ସଜବାଜ ହେଉଥିବା ବେଳେ ନୂଆଗାଁ ପଟରୁ ନୂଆଗାଁ ଓ ଗଡ଼କୁଜଙ୍ଗ ପଂଚାୟତରୁ ଆଉ ଏକ ପୋସ୍କୋ ବିରୋଧୀ ଶୋଭାଯାତ୍ରା ପ୍ରାୟ ଏକ ହଜାର ମହିଳା ପୁରୁଷଙ୍କୁ ନେଇ ବାଲିତୁଠ ଆସିବାରୁ ପୋଲିସ୍ ଓ ପ୍ରଶାସନର ହୋସ୍ ଉଡ଼ି ଯାଇଥିଲା। ଗୋବିନ୍ଦପୁର ପଟରୁ ନଦୀକୂଳ ରାସ୍ତାରେ ଓ ନୂଆଗାଁ ପଟରୁ ଗଡ଼କୁଜଙ୍ଗ ରାସ୍ତାରେ ଦୁଇଟି ଶୋଭାଯାତ୍ରାକୁ ଅଟକେଇବାକୁ ପୋସ୍କୋ ସପକ୍ଷବାଦୀମାନେ ସାହସ କରିପାରିଲେନି। ଏପଟେ ବାଲିତୁଠ ପୋଲ ସନିକଟରେ ପୋଲିସ୍ ବ୍ୟାରିକେଟ୍ କରିଛି ଓ ଶହ ଶହ ପୋଲିସ୍ ଫୋର୍ସ ବନ୍ଦୁକ, ଲାଠି ଧରି ଜଗି ରହିଛନ୍ତି। ୧୪୪ ଧାରା ଜାରି ହୋଇଥିବାରୁ ପୋଲିସ୍ ବାରମ୍ବାର ମାଇକ୍‌ରେ ପ୍ରଚାର କରୁଛି। ବୋଧହୁଏ ଶୋଭାଯାତ୍ରାରେ ଆସୁଥିବା ହଜାର ହଜାର ଲୋକଙ୍କୁ ପୋଲିସ୍ ଫୋର୍ସ ଗୁଳି ଚଳେଇ ପାରନ୍ତି ବୋଲି ଆଶଙ୍କା କରି ବାଲିତୁଠ ବଜାର ବନ୍ଦ ହେଇଯାଇଥିଲା। ବଜାର ଠାରୁ ଦୂରରେ ନଈ ବନ୍ଧ ଓ ପୋଲ ସେପଟେ, ଛାତ ଉପରେ, ଛକ ଛକରେ ହଜାର ହଜାର ଦେଖଣାହାରୀ ଠିଆ ହେଇଛନ୍ତି। ପୋଲିସ୍ ବରିଷ୍ଠ ଅଧିକାରୀମାନେ, ଏସ୍.ପି., ଜିଲ୍ଲାପାଳ ଓ ଅନେକ ପ୍ରଶାସନିକ ଅଧିକାରୀ ଉପସ୍ଥିତ ଥାଇ କେବଳ ପରିସ୍ଥିତିକୁ ଅପେକ୍ଷା କରିଥିଲେ।

ସରକାରଙ୍କ ପକ୍ଷରୁ କ'ଣ ନିର୍ଦ୍ଦେଶ ଆସିଲା ସାଧାରଣ ଲୋକେ ଜାଣି

ପାରିଲେନି। ତେବେ ଦୁଇଟି ଶୋଭାଯାତ୍ରାର ଲୋକମାନେ ବାଲିତୁଠରେ ପହଁଚିବା ପରେ ତାଣ୍ଡବ ଆରମ୍ଭ ହୋଇଗଲା। ପୋଲିସ୍ ପ୍ରଶାସନ ପକ୍ଷରୁ କୁହାଗଲା ଯେ, ବାଲିତୁଠ ପୋଲ ନିକଟରେ ଲାଗିଥିବା ବ୍ୟାରିକେଡ୍ ପାଖକୁ କେହି ଆସନ୍ତୁ ନାହିଁ। ୧୪୪ ଧାରା ଜାରି ହୋଇଛି ବୋଲି ଘୋଷଣା ହୋଇଥିଲେ ସୁଦ୍ଧା ଗ୍ରାମବାସୀ କିଛି ନଶୁଣି ପୋଲିସ୍ ବ୍ୟାରିକେଟ୍ ଭାଙ୍ଗିବା ଆରମ୍ଭ କରିଦେଲେ। ପୋଲିସ୍ ସହିତ ଧସ୍ତା ଧସ୍ତି ହେଲା। ହଜାର ହଜାର ସଂଖ୍ୟାରେ ଗ୍ରାମବାସୀମାନେ ୧୪୪ ଧାରା ଭଙ୍ଗ କରି ଓ ପୋଲିସ୍ ଲଗେଇଥିବା ବ୍ୟାରିକେଟ୍‌କୁ ଭାଙ୍ଗି ବାଲିତୁଠ ପୋଲ ଓ ତତ୍‌ସଂଲଗ୍ନ ଅଂଚଳକୁ ଦଖଲକୁ ନେଇଥିଲେ। ପୋସ୍କୋ ବିରୋଧୀ ନେତା ଓ ଗ୍ରାମବାସୀମାନଙ୍କ ରଣହୁଙ୍କାରରେ ପ୍ରଶାସନ, ପୋଲିସ୍, ପୋସ୍କୋ କର୍ତ୍ତୃପକ୍ଷ ଓ ପୋସ୍କୋ ସପକ୍ଷବାଦୀମାନେ ସ୍ନାୟୁ ପାଲଟି ଯାଇଥିଲେ। ପ୍ରାୟ ଏକ ଘଂଟା ଧସ୍ତାଧସ୍ତି ପରେ ସମ୍ପୂର୍ଣ୍ଣ ବ୍ୟାରିକେଟ୍ ଭାଙ୍ଗି ବାଲିତୁଠ ରାସ୍ତାରେ ଗ୍ରାମବାସୀ ବସିରହିଲେ। ସ୍ଲୋଗାନ ଚାଲିଲା, ଗୀତ ଗାଇଲେ, ଭାଷଣବାଜି ଚାଲିଲା ଓ ସମସ୍ତେ ଜୀବନ ଦେବେ ମୁଣ୍ଡ ଗଡ଼ିବ ହେଲେ ପୋସ୍କୋକୁ ଅଂଚଳରେ ପୁରେଇ ଦବୁନି ବୋଲି ହୁଙ୍କାର ସମସ୍ତଙ୍କୁ ଚକିତ କରିଥିଲା। ପୋଲିସ୍ ପ୍ରଶାସନ ସେଦିନ ଲାଠିଚାର୍ଜ କରିନି କିମ୍ବ ଗ୍ରାମବାସୀଙ୍କ ଉପରକୁ ହାତ ଉଠେଇନି। ସଞ୍ଜ ନଇଁବା ପରେ ଗ୍ରାମବାସୀମାନେ ଗାଁକୁ ଫେରିଲେ। ଶତାଧିକ ଗ୍ରାମବାସୀଙ୍କ ନାମରେ ମୋକଦ୍ଦମା ରୁଜୁ ହେଲା। ସେଦିନ ପୋସ୍କୋ ଶିଲାନ୍ୟାସ ବାତିଲ୍ ହେଲା।

ସେମାନଙ୍କ ନାଁରେ କେଶ୍ ହେଉ ପଛକେ ଗ୍ରାମବାସୀମାନେ ବଡ଼ ସଫଳତା ପାଇଲେ ଓ ଆଗକୁ ଏକାଠି ହେବାକୁ ଏଇ ଘଟଣା ବଳ ଯୋଗେଇଲା ବୋଲି ଲତିକା ସେଠୋ ମନେପକେଇ କହୁଥିବା ବେଳେ ବେଶ୍ ଖୁସିଥିବା ପରି ଲାଗୁଥିଲେ।

ସେଠାରେ ଉପସ୍ଥିତ ଥିବା ସମସ୍ତ ମହିଳା ଶ୍ରୋତା ହୋଇଥିବାରୁ ଓ ସମସ୍ତେ ମନଦେଇ ଶୁଣୁଥିବାରୁ ଲତିକା ପୁଣି ଗପିବାକୁ ଲାଗିଲା।

ଆଠ

୨୧ ଏପ୍ରିଲ୍ ୨୦୦୮

ଜଟାଧାର ମୁହାଁଣ ଖୋଲା :

ଡୁଲା ମଣ୍ଡଲ ହତ୍ୟା :

ମହାନଦୀର ଶାଖା ନଦୀ ଜଟାଧାର କୋଉ ଯୁଗରୁ ପ୍ରସ୍ତାବିତ ପୋସ୍କୋ ଅଂଚଳ ଢିଙ୍କିଆ ଚାରିଦେଶ ତଥା ପାରାଦ୍ୱୀପ ସଂଲଗ୍ନ ଶହ ଶହ ଗ୍ରାମର ଜୀବନରେଖା ପାଲଟିଛି । ଜଟାଧାର ନଦୀ ଉପରେ ହଜାର ହଜାର ମସ୍ୟଜୀବୀ ଜାଲ ବାହି ମାଛଧରି ପରିବାର ପ୍ରତିପୋଷଣ କରନ୍ତି । ଜଟାଧାର ନଦୀକୁ ଲାଗି ବିଶାଳ ତଣ୍ଠା ଜଙ୍ଗଲ । ଜଟାଧାର ନଦୀର ଜଳରାଶି ଏହି ଅଂଚଳ ନିମନ୍ତେ ବରଦାନ ସଦୃଶ ବୋଲି କୁହାଯାଏ । ଜଟାଧାର ନଦୀର ଏକ ଶାଖା ଆଖୁଫୁଟା ନଦୀ । ଯିଏ ହଂସୁଆ ନଦୀକୁ ମଧ ସଂଯୋଗ ହେଇଛି ।

ଏହି ନଦୀକୁ ନେଇ ଲୋକ- କଥାଟିଏ ରହିଛି । ଏକଦା ଏହି ଅଂଚଳ ଘୋର ଜଙ୍ଗଲରେ ପରିପୂର୍ଣ୍ଣ ଥିଲା ଓ ଏଠାରେ ଜନବସତି ନଥିଲା । ଘୋର ଜଙ୍ଗଲରେ ହିଂସ୍ରଜନ୍ତୁ ମାନେ ରହୁଥିଲେ । ଯବନମାନଙ୍କ ଆକ୍ରମଣର ଶିକାର ହୋଇ ଜଣେ ରାଜା ନିଜର ରାଜ୍ୟ ହରେଇ ସମୁଦ୍ର ପଥ ଦେଇ କେତେକ ସୈନ୍ୟ ସାମନ୍ତଙ୍କ ସହିତ ଏହି ଘଂଟ ଜଙ୍ଗଲରେ ଆତ୍ମଗୋପନ କରିଥିଲେ । ବିଦେଶୀ ଶାସକ ସୈନ୍ୟମାନେ ଜଳପଥରେ ଆସି ଏହିଠାରେ କେବେ ପହଂଚିବେ ତାହା କେବଳ ସ୍ୱପ୍ନ ଥିଲା । ତେଣୁ ଏହି ଘୋର ଜଙ୍ଗଲରେ ହିଁ ଆତ୍ମଗୋପନ କରିବା ସେହି ରାଜପୁତ୍ରଙ୍କ ପାଇଁ ନିରାପଦ ଥିଲା । ଜଟାଧାର ନଦୀକୂଳ ଜଙ୍ଗଲ ମଧରେ ଛୋଟିଆ ସୈନ୍ୟଦଳଙ୍କ ଶିବିରରେ ଆତ୍ମଗୋପନ କରିଥିବା ରାଜକୁମାର ଓ ତାଙ୍କ ସୈନ୍ୟଙ୍କ ପାଇଁ ଆସ୍ତେ ଆସ୍ତେ ଖାଦ୍ୟ ସଂକଟ ପଡ଼ୁଥିବାରୁ ସେମାନେ ବିଚଳିତ ହୋଇପଡ଼ୁଥିଲେ । ବଣ ଜଙ୍ଗଲର ଫଳମୂଳ କେତେଦିନ ବା ସେମାନଙ୍କୁ ବଂଚାଇ ରଖିବ ଏହି ଚିନ୍ତାରେ ସେମାନେ ଦିନ କାଟୁଥିଲେ । ସେହି

ସୈନ୍ୟ ଦଳର ଜଣେ ସୈନ୍ୟ ଜଙ୍ଗଲ ମଧ୍ୟରେ ସ୍ଥଲପଥରେ ଅନ୍ୟ ରାଜ୍ୟକୁ ଯିବା ପାଇଁ ପଥ ଖୋଜୁଥିବା ବେଳେ ସେଠାରେ ଥିବା ନଦୀକୂଳ ଏକ ବଟବୃକ୍ଷ ମୂଳେ ଜଣେ ଜଟାଧାରୀ ତେଜସ୍ୱୀ ତପସ୍ୱୀ ତପସ୍ୟା କରୁଥିବାର ଦେଖିଲେ। ତାଙ୍କ ମୁହଁରୁ ତେଜ ବାହାରୁଥିଲା। ତପସ୍ୱୀ ଜଣଙ୍କ ମୁହଁର ତେଜକୁ ସହ୍ୟ କରିପାରିଲେନି ସାଧାରଣ ସୈନ୍ୟ ଜଣକ। ତାଙ୍କ ପାଦ ତଳେ ପଡ଼ିଯାଇ ମୋତେ ରକ୍ଷା କରନ୍ତୁ ମହାମ୍ନା, ମୋତେ ରକ୍ଷା କରନ୍ତୁ ମହାମ୍ନା କହି କାନ୍ଦିବାକୁ ଲାଗିଲେ।

ଜଟାଧାରୀ ତପସ୍ୱୀ ମହାମ୍ନା ଆଖି ଖୋଲିଲେ ଓ ସ୍ଥିତି ଶାନ୍ତ ହୋଇଗଲା। ମୁଁ ଅଧମ ଆପଣଙ୍କ ତପସ୍ୟା ଭଙ୍ଗ କରିଛି ଓ ମୋତେ ଦଣ୍ଡ ଦିଅନ୍ତୁ ବୋଲି କାନ୍ଦି କାନ୍ଦି ସୈନ୍ୟ ଜଣକ କହିବାରୁ ତପସ୍ୱୀ ତାଙ୍କ ଉପରେ ସନ୍ତୁଷ୍ଟ ହୋଇ କହିଲେ, "ତମେ ମୋତେ ଗୋଟିଏ ବର ମାଗ ପଥିକ। ମୁଁ ତୁମକୁ ତତ୍‌କ୍ଷଣାତ୍‌ ପ୍ରଦାନ କରିବି"। ସୈନ୍ୟ ଜଣକ ଏକଶତ ସ୍ୱର୍ଣ୍ଣମୁଦ୍ରା ମାଗିବା ସହିତ ଜୀବନ ବଂଚାଇବାକୁ ବରମାଗିଲା। ତତ୍‌କ୍ଷଣାତ୍‌ ସେହି ସୈନ୍ୟକୁ ଏକଶତ ମୁଦ୍ରା ମିଳିଗଲା। ତେବେ ଏହି ଘଟଣା ସମ୍ପର୍କରେ ତୁମେ କାହାକୁ କହିବନି ଓ ଯଦ୍ୟପି କହିବ, ତେବେ ତୁମ ଆଖି ଫୁଟିଯିବ ବୋଲି ତପସ୍ୱୀ କହି ସେହି ସୈନ୍ୟଙ୍କୁ ସାବଧାନ କରେଇଥିଲେ।

ସୈନ୍ୟ ଜଣକ ରାଜ ଶିବିରକୁ ଫେରିଆସି ରାଜପୁତ୍ରଙ୍କୁ ସେହି ସ୍ୱର୍ଣ୍ଣ ମୁଦ୍ରା ପ୍ରଦାନ କରିଥିଲେ। ରାଜପୁତ୍ର ଏତେ ସ୍ୱର୍ଣ୍ଣମୁଦ୍ରା ପାଖରେ ପାଇ ଆଶ୍ଚର୍ଯ୍ୟ ହେଇଗଲେ ଓ କେଉଁଠୁ ପାଇଲା ବୋଲି ଜାଣିବାକୁ ଚାହିଁଲେ। ତେବେ ସୈନ୍ୟ ଜଣକ ନିଜ ରାଜପୁତ୍ରଙ୍କ ସ୍ୱାର୍ଥ ଓ ନିଜର ରାଜଭକ୍ତି ପାଇଁ ସତ ଜଣେଇଦେଲେ। ରାଜପୁତ୍ର କାଳ ବିଳମ୍ବ ନକରି ସୈନ୍ୟମାନଙ୍କ ସହିତ ସେହି ସ୍ଥାନକୁ ଯାଇ ତପସ୍ୱୀଙ୍କ ପାଦ ତଳେ ପଡ଼ିଯାଇ ଏଭଳି ବିପଦ ବେଳେ ନିଜେ ଓ ନିଜର ସୈନ୍ୟମାନଙ୍କ ଜୀବନ ବଂଚେଇବାକୁ ଅନୁରୋଧ କଲେ।

ତପସ୍ୱୀ ଏଥର ଆଖି ଖୋଲିଲେ ଓ ସେମାନଙ୍କୁ ଅଭୟ ପ୍ରଦାନ କଲେ। ତପସ୍ୱୀ କହିଲେ "ହେ ରାଜପୁତ୍ର, ତମେ ଆଉ ନିଜ ରାଜ୍ୟକୁ ଫେରିବା ସମ୍ଭବ ନୁହେଁ। ତୁମେ ଏହି ସ୍ଥାନରେ ନିଜର ରାଜବାଟି ସ୍ଥାପନ କରିବ।" ସେତେବେଳେ ରାଜପୁତ୍ର ଓ ତାଙ୍କର ସୈନ୍ୟମାନେ ଦେଖିଲେ ଯେ, ସେଇ ନଦୀକୂଳରେ ଏକ ବିଶାଳ ବହିରାପକ୍ଷୀକୁ ଏକ କ୍ଷୁଦ୍ର ବଗ ମାଡ଼ି ବସିଛି। ଶହ ଶହ ବଗଙ୍କୁ ଯେଉଁ ବହୀରା ପକ୍ଷୀ ନିମିଷକରେ ମାରି ଦେଇପାରିବ ସେଇ ବହିରା ପକ୍ଷୀକୁ ଏକ ବଗ ଶିକାର କରୁଥିବାର ଦୃଶ୍ୟ ଦେଖି ସମସ୍ତେ ତଟସ୍ଥ ହୋଇଗଲେ। ତପସ୍ୱୀ ଜଣକ ଏଥର ହସିହସି କହିଲେ, "କୁଜଙ୍ଗ ବୋଲିଣ ଯେବଣ ସ୍ଥାନ, ମୁନୀ ରକ୍ଷାଙ୍କର ହଜଇ ଜ୍ଞାନ।"ଏହି ମାଟିର ପରିଚୟ

ଅଲଗା ଓ ଏହି ମାଟି ଦେବମାଟି । ରାଜପୁତ୍ର ତୁମେ ଏହି ପବିତ୍ର ମାଟିରେ ରାଜ ଉଆସ ନିର୍ମାଣ କରି ରାଜା ହୁଅ । ତୁମ ରାଜ୍ୟର ନାମ ହେବ କୁଜଙ୍ଗଗଡ଼ । କୁଜଙ୍ଗଗଡ଼ ରାଜ୍ୟ ଏକ ସମୃଦ୍ଧ ଓ ପ୍ରଭାବଶାଳୀ ରାଜ୍ୟ ହେବ । ଏଠିକୁ ସ୍ୱୟଂ ପରଂବ୍ରହ୍ମ ଦିନେ ନା ଦିନେ ଆସିବେ । ଏପରି ଅଲୌକିକ ଆର୍ଶୀବାଦ ପାଇ ରାଜପୁତ୍ର ଗଦ୍ ଗଦ୍ ହେଇ ତପସ୍ୱୀଙ୍କର ପାଦତଳେ ପଡ଼ିଗଲେ ।

ସେହି ସମୟରେ ପୂର୍ବରୁ ବରପ୍ରାପ୍ତି ହୋଇଥିବା ସୈନ୍ୟ ଜଣକ ତପସ୍ୱୀଙ୍କ କଥା ଗୋପନ ରଖିନଥିବାରୁ ତାଙ୍କର ଦୁଇ ଆଖିରେ ହଠାତ୍ ଜ୍ୱଳନ ସୃଷ୍ଟି ହେଲା ଓ ଆଖିକୁ କିଛି ଦେଖାଗଲା ନାହିଁ । ତପସ୍ୱୀଙ୍କର କଥା ଅନୁଯାୟୀ ତାଙ୍କର ଦୁଇ ଆଖି ଫୁଟି ଯାଇଥିଲା । ସୈନ୍ୟ ଜଣକ ଅସହ୍ୟ ଜ୍ୱଳନ ସହ୍ୟ କରିନପାରି ଜୀବନ ହାରିବାକୁ ନଦୀକୁ ଡେଇଁ ପଡିଲେ । କିନ୍ତୁ ଆଶ୍ଚର୍ଯ୍ୟର କଥା ସେହି ସୈନ୍ୟ ଜଣକ ପୁନଶ୍ଚ ନଦୀକୁଳକୁ ଭାସିଭାସି ଫେରି ଆସିଲେ ଓ ତାଙ୍କ ଆଖି ଠିକ୍ ହେଇଗଲା । ଜଟାଧାରୀ ତପସ୍ୱୀ ମହାମ୍ନା ସ୍ମିତ ହସି କହିଲେ "ରାଜପୁତ୍ର, ତୁମର ଏହି ସୈନ୍ୟ ଜଣେ ବିଶ୍ୱସ୍ତ ଓ ରାଜଭକ୍ତ ହୋଇଥିବାରୁ, ସେ ଏହି ପୁଣ୍ୟ ନଦୀ ଜଳର ସ୍ପର୍ଶରେ ପୁନଶ୍ଚ ଆଖି ଫେରିପାଇଲେ । ଏଥର ରାଜପୁତ୍ର ଓ ସୈନ୍ୟ ସାମନ୍ତ ସମସ୍ତେ ତପସ୍ୱୀଙ୍କର ଚରଣ ବନ୍ଦନା କଲେ ଓ ସେହିଠାରୁ ଅଚାନକ ତପସ୍ୱୀ ଅନ୍ତର୍ଦ୍ଧାନ ହେଇଗଲେ । ସେହି ତେଜସ୍ୱୀ ତପସ୍ୱୀଙ୍କ ଆର୍ଶୀବାଦରୁ ସେଠାରେ କୁଜଙ୍ଗ ରାଜବଂଶ ସ୍ଥାପନ ହେଲା । କନିକା ଠାରୁ ଖୋର୍ଦ୍ଧା ପର୍ଯ୍ୟନ୍ତ ମଧ୍ୟସ୍ଥଳ ଅଂଚଳରେ ଯେଉଁ ବିଶାଳ ଓ ପ୍ରଭାବଶାଳୀ ରାଜ୍ୟ ପ୍ରତିଷ୍ଠା ହୋଇଥିଲା ତାହା କୁଜଙ୍ଗ ରାଜ୍ୟ ଭାବରେ ଖ୍ୟାତ ହୋଇଥିଲା । କୁଜଙ୍ଗ ରାଜ୍ୟକୁ ଲାଗି ନଦୀର ନାମ ହୋଇଥିଲା ଜଟାଧାରୀ ତପସ୍ୱୀ ମହାମ୍ନାଙ୍କ ନାମରେ ଜଟାଧାର ନଦୀ । ଢିଙ୍କିଆ ଗ୍ରାମ ପଛପଟ ତଣ୍ଠା ଜଙ୍ଗଲ ପରେ ବଙ୍ଗୋପସାଗର ସହିତ ଜଟାଧାର ନଦୀର ମିଳନ ହୋଇଥିଲା । ଜଟାଧାର ନଦୀ ଶାଖା ନଦୀର ନାମ ସେଦିନୁ ଆଖିଫୁଟା ନଦୀ ବୋଲି ଖ୍ୟାତ ହେଲା । ବଙ୍ଗୋପସାଗର ଓ ଜଟାଧାର ନଦୀର ମିଳନ ସ୍ଥାନକୁ ଜଟାଧାର ମୁହାଁଣ କୁହାଯାଏ ।

ଯୁଗ ଯୁଗ ଧରି ଜଟାଧାର ମୁହାଁଣ ଜଟାଧାର ନଦୀ ଓ ତତ୍ସଂଲଗ୍ନ ଶାଖା ନଦୀମାନଙ୍କୁ ପୂର୍ଣ୍ଣଗର୍ଭା କରି ରଖିଥାଏ ଓ ଜଟାଧାର ନଦୀ ପାଇଁ ଅଂଚଳରେ ଜନଜୀବନ ସମ୍ଭବ ହୋଇଛି । ତେବେ ବିଗତ କେତେ ବର୍ଷ ହେଲାଣି ବିଲକ୍ଷଣ ସୃଷ୍ଟି ହେଉଛି । ଜଟାଧାର ମୁହାଁଣ ଧୀରେ ଧୀରେ ପୋତି ହୋଇଗଲା । ଯାହା ଗ୍ରାମବାସୀଙ୍କୁ ସବୁ ଦିଗରୁ କ୍ଷତି ପହଁଚେଇ ଥିଲା । ଜଟାଧାର ମୁହାଁଣ ପୋତି ହୋଇଯାଇଥିବାରୁ ସେହିଠାରେ ବିଦେଶୀ ପୋସ୍କୋ କମ୍ପାନୀ ନିଜସ୍ୱ ବନ୍ଦର କରିବ ବୋଲି ଉଚିତ ମନେକରିଛି ।

ଜଟାଧାର ମୁହାଁଣ ଖୋଲା ଯାଇ ପୂର୍ବପରି ସ୍ୱାଭାବିକ କରିବାକୁ ଅଂଚଳବାସୀ ବାରମ୍ବାର ସରିକାରଙ୍କୁ ଦାବୀ ଜଣେଇ ଆସିଥିଲେ, ହେଲେ କେହି ଶୁଣି ନାହାଁନ୍ତି।

ଏଇ ସମୟରେ ପୋସ୍କୋକୁ ବିରୋଧ କରି ସମଗ୍ର ଅଂଚଳର ଗ୍ରାମବାସୀମାନେ ଏକାଠି ହୋଇଥିବାରୁ ଜଟାଧାର ମୁହାଁଣକୁ ଲୋକେ ମିଲିମିଶି ଖୋଲନ୍ତୁ ବୋଲି ଅଜବ ଚିନ୍ତା ପୋସ୍କୋ ପ୍ରତିରୋଧ ସଂଗ୍ରାମ ସମିତିର ମଙ୍ଗୁଆଳମାନଙ୍କ ମୁଣ୍ଡରେ ପଶିଲା। ଏହି ପ୍ରସ୍ତାବକୁ କାର୍ଯ୍ୟକାରୀ କରିବା ଅତିବ କଷ୍ଟକର ଓ ସେଥିପାଇଁ ହଜାର ହଜାର ଲୋକମାନଙ୍କୁ କଠୋର ପରିଶ୍ରମ କରିବାକୁ ପଡ଼ିବ ବୋଲି କୁହାଗଲା। ମେସିନ୍ ଆଣି ମୁହାଁଣ ଖୋଲିଲେ ସପ୍ତାହକୁ ଅଧିକ ସମୟ ଲାଗିବ। ଅଜସ୍ର ଅର୍ଥ ଖର୍ଚ୍ଚ ହେବ। ଲୋକେ ନିଜ ହାତରେ କୋଡି କୋଦାଳ ଧରି ଖୋଲିଲେ କେତେ ଦିନ ଲାଗିବ କହିହେବନି। ତେବେ ଅଚାନକ ପୋସ୍କୋ ପ୍ରତିରୋଧ ସଂଗ୍ରାମ ସମିତି ପକ୍ଷରୁ ଘୋଷଣା କରାଗଲା ଯେ, ଆସନ୍ତା କାଲି ସକାଳୁ ସକାଳୁ ଢିଙ୍କିଆ ଚାରିଦେଶର ପ୍ରତି ଘରୁ ଜଣେ ଲେଖା ଲୋକ ସେ ମହିଳା ହୁଅନ୍ତୁ ଅବା ପୁରୁଷ, ସାଙ୍ଗରେ କୋଡ଼ି କୋଦାଳ ଓ ପାଟିଆ ଧରି ପୋତି ହୋଇଯାଇଥିବା ମୁହାଁଣ ମୁହଁରେ ପହଁଚିବେ। ଆମେ ପୋସ୍କୋ ବିରୋଧରେ ଆନ୍ଦୋଳନ ଚଳାଇଛେ, ହେଲେ ଅନ୍ତତଃ ଏହି ସମୟ ମଧ୍ୟରେ ଆମେ ଏମିତି ଏକ ଭଲ କାମ କରିବା, ଯାହାକୁ ନେଇ କେବଳ ଆମ ଅଂଚଳ ନୁହେଁ ସମଗ୍ର ଦେଶରେ ଚର୍ଚ୍ଚା ହେବ।

ଏପ୍ରିଲ୍ ମାସ ୨୦ ତାରିଖ ସକାଳେ ଅସଂଖ୍ୟ ମହିଳା ଓ ପୁରୁଷ ହାତରେ କୋଡି, କୋଦାଳ ଓ ପାଟିଆ ଧରି ତଣ୍ଟା ଜଙ୍ଗଲ ଟପି ସମୁଦ୍ରକୁଳରେ ପହଁଚିଲେ। ଯେଉଁଠି ସମୁଦ୍ର ଓ ନଦୀ ସଂଯୋଗ ହୋଇଥିଲା ତାହା ଏକ ବାଲି ସ୍ତୁପରେ ପରିଣତ ହୋଇ ନଦୀ ସମୁଦ୍ରକୁ ବିଚ୍ଛିନ୍ନ କରିଛି। ତେବେ ସେଠାରେ ମୁହାଁଣ ଖୋଲିବାକୁ ନିଷ୍ପତି ନେଇ ଜୟ ମା' ଫୁଲଖାଇ ଜୟ ଧ୍ୱନୀ ଦେଇ ମୁହାଁଣ ଖୋଲା ଆରମ୍ଭ ହୋଇଗଲା। ପୁରୁଷ ଲୋକମାନେ କୋଡି ଆଉ କୋଦାଳ ଧରି ନଦୀପଟରୁ ଖୋଲି ଖୋଲି ଚାଲିଲେ। ମହିଳାମାନେ ଟୋକେଇ, ପାଟିଆ ଓ ଝୁଡିରେ ବାଲି ମୁଣ୍ଡେଇ ଟିକିଏ ଦୂରରେ ନେଇ ପକାଉଥାନ୍ତି। ପାଖାପାଖି ହଜାରେ ସଂଖ୍ୟାରୁ ଅଧିକ ପୁରୁଷ ଓ ମହିଳା ଏହି ମୁହାଁଣ ଖୋଲାରେ ଲାଗିପଡିଥାନ୍ତି। ମୁହାଁଣ ଖୋଲା କାର୍ଯ୍ୟକ୍ରମକୁ ଅନେକ ଜାତୀୟ ଓ ଆନ୍ତର୍ଜାତୀୟ ଗଣମାଧ୍ୟମର ପ୍ରତିନିଧିମାନେ ସିଧାପ୍ରସାରଣ ମଧ୍ୟ କରୁଥିଲେ।

ଆରମ୍ଭରୁ ସେଠାରେ ଉପସ୍ଥିତ ଥିବା ସାମ୍ବାଦିକମାନେ ଭାବିଥିଲେ ଯେ, ଏହି ମୁହାଁଣ ଖୋଲା ହୋଇ ନଦୀ ଓ ସମୁଦ୍ର ସଂଯୋଗ ହେବାକୁ କେତେ ଦିନ ଲାଗିବ କହିହେବନି। କାହିଁକିନା ନଦୀ ଓ ସମୁଦ୍ରଠାରୁ ବ୍ୟବଧାନ ପ୍ରାୟ ୨୦୦ ମିଟରରୁ ଅଧିକ

ଥିଲା । ମୁହାଁଣରେ ବାଲି ଜମି ଜମି ତାହା ପୋତି ହୋଇଯାଇଥିଲା । ତେବେ ଜଟାଧାର ନଦୀ ମୁହାଁଣ ଖୋଲିବା ନେଇ ଯେତିକି ଅଂଚଳର ସାମୂହିକ ସ୍ୱାର୍ଥ ଥିଲା ବୋଲି ଯାହା ସମସ୍ତେ ଭାବୁଥିଲେ, ତା ମଧରେ ଅନ୍ୟ ଏକ ଗୋପନ କଥା ରହିଥିଲା । ପୋସ୍କୋ ଏହି ସ୍ଥାନରେ ନିଜସ୍ୱ ବନ୍ଦର କରିବ ବୋଲି ସ୍ଥାନ ନିରୂପଣ କରିଥିଲା । ଯାହାକୁ ଗ୍ରାମବାସୀମାନେ ବିରୋଧ କରୁଥିଲେ । ସେତେବେଳକୁ କେନ୍ଦ୍ର ସରକାର ପୋସ୍କୋର ନିଜସ୍ୱ ବନ୍ଦରକୁ ସ୍ୱୀକୃତି ଦେଇ ସାରିଥିବାରୁ ଏହି ଅଂଚଳରେ ପ୍ରତିକ୍ରିୟା ସୃଷ୍ଟି ହୋଇଥିଲା । ତେଣୁ ଜଟାଧାର ନଦୀ ମୁହାଁଣ ପୋତି ହୋଇ ଯାଇଥିବାରୁ ଏହାର ଖନନ ପାଇଁ କେହି ଚାହୁଁନଥିଲେ । ମୁହାଁଣ ଖୋଲିବା ପରେ ତାହା ଏତେ ଦୂର ସଂପ୍ରସାରିତ ହେବ ଯେ, ପୋସ୍କୋର ନିଜସ୍ୱ ବନ୍ଦର ନିର୍ମାଣରେ ବାଧା ସୃଷ୍ଟି ହେବାର ସମ୍ଭାବନା ଥିବାରୁ ଗ୍ରାମବାସୀମାନେ ସମସ୍ତ ବଳ ଖଟେଇ ମୁହାଁଣ ଖୋଲିବାରେ ଲାଗିପଡିଲେ । ସେତେବେଳେ ସେଠାରେ ଦେଖଣାହାରୀ ସାମୟିକମାନେ ତଟସ୍ଥ ହୋଇଯାଇଥିଲେ । ଯେଉ ମୁହାଁଣ ଖୋଲିବାକୁ ପ୍ରଥମେ ସରକାରୀ ଅନୁମତି ଆବଶ୍ୟକ । ପରେ ମୁହାଁଣ ଖୋଲା ପାଇଁ ପର୍ଯ୍ୟାପ୍ତ ଅର୍ଥ ଖର୍ଚ୍ଚ ହେବ । ସେଠାକୁ ବାଲିଖୋଲା ମେସିନ୍ ଆସିଲେ ବହୁ ଅର୍ଥ ବ୍ୟୟ କରିବାକୁ ପଡ଼ିବ ।

ଏତେ ସହଜରେ ଢ଼ିଙ୍କିଆ ଚାରିଦେଶର ଗାଆଁ ଲୋକମାନେ ମୁହାଁଣକୁ ହାତେ ହାତେ ଖୋଲି ପକେଇବେ ଏହା କେବେ ସମ୍ଭବ ନୁହେଁ । ସମସ୍ତେ ଅନୁଭବ କରୁଥିଲେ ଯେ, କେବଳ ଗଣମାଧମରେ ପୋସ୍କୋ ପ୍ରତିରୋଧ ସଂଗ୍ରାମ ସମିତି ଚର୍ଚ୍ଚାରେ ରହିବାକୁ ଏପରି କାର୍ଯ୍ୟର କଳ୍ପନା କରୁଛି । ହେଲେ ସବୁ କଳ୍ପନା ଜଳ୍ପନାର ଅନ୍ତ ଘଟିଥିଲା । ଶେଷରେ ଗ୍ରାମବାସୀମାନେ ସଫଳ ହେଲେ । ମୁହାଁଣ ଫିଟିଗଲା । କିଛି ଲୋକେ ନଦୀକୂଳ ପଟରୁ ଖୋଲି ଖୋଲି ଚାଲିଥିଲେ ଓ ଅନ୍ୟ କେତେକ ଲୋକେ ସମୁଦ୍ରକୂଳ ପଟରୁ ଖୋଲି ଖୋଲି ଆସୁଥିଲେ । ନଦୀସ୍ରୋତ ଓ ସମୁଦ୍ର ଲହଡିର ମାଡରେ ଧୀରେ ଧୀରେ ବାଲି ଅପସରି ଗଲା ଓ ମୁହାଁଣ ଫିଟିଗଲା । ମୁହାଁଣ ଫିଟିବାର କ୍ଷଣକରେ ସମୁଦ୍ର ଜଳରାଶି ବାଲି ଟାଣିବାରେ ଲାଗିଲା ଓ ସୃଷ୍ଟି ହେଲା ବିଶାଲ ମୁହାଁଣ । ଯାହାକୁ କୁହାଯାଏ ଜଟାଧାର ମୁହାଁଣ । ଯେଉ ମୁହାଁଣ ଅନନ୍ତ କାଳରୁ ଜଟାଧାର ନଦୀ ଓ ବଙ୍ଗୋପସାଗରକୁ ସଂଯୋଗ କରୁଥିଲା । କାଳକ୍ରମେ ତାହା ପୋତି ହୋଇ ଯାଇଥିଲା ଓ ତାହାକୁ ଗ୍ରାମବାସୀମାନେ ଖୋଲି ଖୋଲି ପୁଣି ପୂର୍ବବତ୍ ଏକ ପ୍ରାକୃତିକ ମୁହାଁଣର ପୁନରୁଦ୍ଧାର କରିପାରିଲେ ।

ମୁହାଁଣ ମୁହଁ ଖୋଲିଯିବା ପରେ ଗ୍ରାମବାସୀମାନଙ୍କ ମନରେ ଏକ ଆନନ୍ଦର ଲହରୀ ଖେଲି ଯାଇଥିଲା । ସେମାନେ ପରସ୍ପର ଖୁସିରେ ଅଧୀର ହେଉଥିବା ବେଳେ

ଅଚାନକ ଖବର ମିଳିଲା ଯେ, ସେମାନଙ୍କ ଅନୁପସ୍ଥିତରେ ଗାଆଁରେ ଗଣ୍ଡଗୋଳ ଆରମ୍ଭ ହୋଇଯାଇଛି। ସମସ୍ତେ ତ ମୁହାଁଣ ଖୋଲିବାକୁ ଆସିନାହାନ୍ତି। ବିରୋଧ କରୁଥିବା ଅନେକ ପୁରୁଷ ଓ ମହିଳା ଜଟାଧାର ମୁହାଁଣ ଖୋଲାକୁ ନଆସି କେତେକ ପାନ ବରଜରେ ଅଛନ୍ତି ଓ କେତେକ ଗାଆଁରେ ଅନ୍ୟ କାମରେ ଅଛନ୍ତି। ଏପରି ସୁଯୋଗରେ ପୋସ୍କୋ ସପକ୍ଷବାଦୀମାନେ ଗ୍ରାମରେ ଥିବା ଅଛ ସଂଖ୍ୟକ ପୋସ୍କୋ ବିରୋଧୀମାନଙ୍କ ଉପରେ ଆକ୍ରମଣ ଆରମ୍ଭ କରିଦେଇଥିଲେ। ସଂଖ୍ୟାଧିକ ପୋସ୍କୋ ବିରୋଧୀମାନେ ମୁହାଁଣ ଖୋଲାକୁ ଯାଇଥିବାରୁ ଗାଆଁରେ ରହିଯାଇଥିବା ସଂଖ୍ୟାଲଘୁ ପୋସ୍କୋ ବିରୋଧୀ ଗ୍ରାମବାସୀଙ୍କୁ ପୋସ୍କୋ ସପକ୍ଷବାଦୀମାନେ ଏହି ସୁଯୋଗରେ ମରଣାନ୍ତକ ଆକ୍ରମଣ କରିଥିଲେ। ଗୋଡ଼େଇ ଗୋଡ଼େଇ ପିଟିଥିଲେ। ଘନ ଘନ ବୋମାମାଡ଼ ମଧ କରିଥିଲେ।

ଢ଼ିଙ୍କିଆ ପଂଚାୟତର ବିଶେଷ କରି ଗୋବିନ୍ଦପୁର ଗାଆଁରେ ଏଭଳି ଗୋଷ୍ଠୀ ସଂଘର୍ଷ ଲାଗି ରହିଥିଲା। ପୋସ୍କୋ ବିରୋଧୀମାନେ ଅଛ ସଂଖ୍ୟକ ଗାଆଁରେ ଥିବାରୁ ସେମାନେ ଭୟଭୀତ ହୋଇ ଯିଏ ଯୁଆଡେ ଲୁଚିଲେ। ଯିଏ ପାନ ବରଜକୁ ପାଣି ମଡ଼େଇବାକୁ ଯାଇଛି କିମ୍ବ ଷେତକୁ ଯାଇଛି, ସେମାନେ ନଫେରି କିଆ ଗୋହିରୀରେ ଲୁଚିଲେ। ମହିଳାମାନେ ତାଟିକବାଟ ପକେଇ ଘର କୋଣରେ ଲୁଚିଲେ। ତଥାପି କେତେଜଣ ପୋସ୍କୋ ବିରୋଧୀ ସାହସୀ ଭେଣ୍ଡିଆମାନେ ଠେଙ୍ଗାଧରି ରଣାଙ୍ଗନକୁ ଓହ୍ଲେଇଥିଲେ ମଧ ସଂଖ୍ୟା ସ୍ୱଞ୍ଚ ହେତୁ ମାଡ଼ ଖାଇ ମୁଣ୍ଡ ଫଟେଇଲେ। କାହା ହାତ ଭାଙ୍ଗିଲା ଓ କାହା ଗୋଡ଼ ଭାଙ୍ଗିଲା। ତେବେ ପୋସ୍କୋ ସମର୍ଥକମାନେ ଏଭଳି ପ୍ରତିକ୍ରିୟାଶୀଳ ହେବାର କାରଣ କ'ଣ ଅଚାନକ ବୁଝ଼ ପଡ଼ିଲାନି। ଗାଆଁରେ ମାଡ଼ପିଟ ଓ ଗୋଷ୍ଠୀ ସଂଘର୍ଷ ଲାଗିବା ଖବର ପାଇ ମୁହାଁଣ ମୁହଁରୁ ଉଠାଧରି ଶହ ଶହ ସଂଖ୍ୟାରେ ପୋସ୍କୋ ବିରୋଧୀ ଗ୍ରାମବାସୀମାନେ ଗାଁକୁ ଛୁଟିଲେ। କିଏ ବାଲି ଟିକିରା ଦେଇ, ତ କିଏ ବଡ଼ତଣ୍ଡ ଜଙ୍ଗଲ ଦେଇ ଓ କିଏ ଜଟାଧାର ନଇପାରି ହୋଇ ଢ଼ିଙ୍କିଆ ଛୁଟିଲେ। ସେଠାରେ ମୁହାଁଣ ମୁହଁରେ ଯେତିକ ସାମ୍ବାଦିକମାନେ ଥିଲେ, ସେମାନେ ଘରକୁ ନଫେରି ଅପରାହ୍ନରେ ଜଙ୍ଗଲ ଦେଇ ଢ଼ିଙ୍କିଆ ଗୋବିନ୍ଦପୁରରେ ପହଁଚିଲେ।

ଗଣ୍ଡଗୋଳର କାରଣ ସମ୍ପର୍କରେ ପୋସ୍କୋ ପ୍ରତିରୋଧ ସଂଗ୍ରାମ ସମିତିର ସଭାପତି ଅଭୟ ସାହୁ ଘଟଣା ସ୍ଥଳରେ ସାମ୍ବାଦିକମାନଙ୍କୁ ସୂଚନା ଦେଲେ ଯେ, ଜଟାଧାର ମୁହାଁଣ ଖୋଲିବା କାରଣରୁ ପୋସ୍କୋ ସପକ୍ଷବାଦୀମାନେ ରକ୍ତମୁଖା ହୋଇଛନ୍ତି। ଜଟାଧାର ମୁହାଁଣ ପୋତି ହୋଇ ଯାଇଥିବାରୁ ପୋସ୍କୋ ସେଠାରେ ତାର ନିଜସ୍ୱ ବନ୍ଦର ନିର୍ମାଣ କରିଥାଆନ୍ତା। କିନ୍ତୁ ଯେତେବେଳେ ଗ୍ରାମବାସୀମାନେ ମୁହାଁଣ

ଖୋଲି ନଦୀ ଓ ସାଗର ସଂଯୋଗ କରିଦେଲେ ପୋସ୍କୋ ଏବେ ଚିହିଁକି ଉଠିଛି। ମୁହାଁଣରେ ବନ୍ଦର ହେବ କିପରି। ବନ୍ଦର ପଶ୍ଚିମ କିମ୍ବା ପୂର୍ବକୁ ଘୁଂଚିବ। ତାହା ନିର୍ମାଣ ସମ୍ଭବ ହେବ କି ନହେବ ଏଥିନେଇ ପ୍ରଶ୍ନ ଉଠିଲାଣି। କ୍ଷୁବ୍ଧ ପୋସ୍କୋ କମ୍ପାନୀ ଅଧିକାରୀଙ୍କ ସନ୍ଦେହ ଓ ପୋସ୍କୋ ଦୁଃଖୀ ହେଲେ ସାଙ୍ଗୋ ସାଙ୍ଗୋ ଆଖିରୁ ଲୁହ ଗଡ଼ାଉଥିବା ଗୋଡ଼ାଣିଆ ପ୍ରଶାସନର ଇଙ୍ଗିତରେ ଅବୁଝ। ପୋସ୍କୋ ସପକ୍ଷବାଦୀ ଗ୍ରାମବାସୀମାନେ ଏପରି କାନ୍ଥ ଭିଆଇଛନ୍ତି।

ପୋସ୍କୋ ବିରୋଧୀମାନେ ଗ୍ରାମରେ ପହଁଚିବା କ୍ଷଣି ଖବର ମିଲିଲା ଯେ, ସେଇ ଗାଁର ତପନ ମଣ୍ଡଳ ଡାକ ନାମ ଡୁଲା ମଣ୍ଡଳ, ପିତା–ନାରାୟଣ ମଣ୍ଡଳଙ୍କ ଉପରେ ବୋମାମାଡ ହୋଇଛି। ଗାଁ ଛକରେ ଡୁଲା ମଣ୍ଡଳ ଶରୀର କ୍ଷତବିକ୍ଷତ ହୋଇ, ପଡ଼ି ଛଟପଟ ହେଉଛି। ଯୁବକ ଡୁଲା ମଣ୍ଡଳ ପୋସ୍କୋକୁ ବିରୋଧ କରେ। ପୋସ୍କୋ ବିରୋଧୀ ଗାଁ ମେଲିରେ ଭାଗ ନିଏ। ତାର ପାନ ଚାଷ ରହିଛି। ପରିବାରର ରୋଜଗାରିଆ ପୁଅ, ସମସ୍ତଙ୍କ ଭଲମନ୍ଦରେ ଥାଏ। ଗାଁରେ ଅଧିକ ବିବାଦରେ ନଥିଲା ଡୁଲା। ହେଲେ ପୋସ୍କୋ ବିରୋଧୀକୁ ସମର୍ଥନ କରିବାରୁ ତା ଭାଗ୍ୟରେ ଅନ୍ୟ କିଛି ଲେଖା ଥିଲା। ଲହୁ ଲୁହାଣ ହେଇ ଗାଁ ଛକରେ ପଡ଼ିଥିଲା ଡୁଲା ମଣ୍ଡଳ। ପୋସ୍କୋ ବିରୋଧୀମାନେ ଗାଁରେ ସମସ୍ତେ ପହଁଚିବାରୁ ସ୍ଥିତି ଅଣାୟତ ହୋଇଗଲା। ପୋସ୍କୋ ବିରୋଧୀମାନେ ଶହ ଶହ ସଂଖ୍ୟାରେ ଠେଙ୍ଗାବାଡ଼ି, ଫାର୍ସା, ତରୁଆଲ ଓ ଅନ୍ୟାନ୍ୟ ମାରଣାସ୍ତ୍ର ଧରି ପୋସ୍କୋ ସପକ୍ଷବାଦୀଙ୍କୁ ଗୋଡ଼େଇଲେ। ମହିଲାମାନେ ମଧ ସେହିପରି ଘଟଣା ଘଟାଇଲେ। ସମସ୍ତଙ୍କ ହାତରେ ମାରଣାସ୍ତ୍ର। ପୋସ୍କୋ ସପକ୍ଷବାଦୀମାନେ ଯିଏ ଯୁଆଡେ ଫେରାର ହେଇଗଲେ। କିନ୍ତୁ ୫ ୯ ଜଣ ପୋସ୍କୋ ସପକ୍ଷବାଦୀ ଗ୍ରାମବାସୀମାନେ ଗୋବିନ୍ଦପୁର ପ୍ରାଥମିକ ବିଦ୍ୟାଳୟରେ ଆତ୍ମଗୋପନ କରିଥିଲେ। ସେମାନେ ଘରକୁ ଫେରିବା ସମ୍ଭବ ନହେବାରୁ ସ୍କୁଲ ଘରେ ଭିତରପଟୁ କବାଟ ଦେଇ ଆତ୍ମଗୋପନ କରିଲେ।

ଏଇ ସୁଯୋଗରେ ଶହ ଶହ ମହିଲା ଓ ପୁରୁଷମାନେ ହାତ ହତିଆର ଧରି ସ୍କୁଲକୁ ଘେରଉ କରି ରହିଲେ। ଲାଗିଲା ଯେ, ପରିସ୍ଥିତି କ'ଣ ନାଇଁ କ'ଣ ହେବ ଓ କେତେ ମୁଣ୍ଡ ଗଡ଼ିବ କହି ହେବନି। ଏହି ସମୟରେ ବୋମା ମାଡରେ ଗୁରୁତର ଆହତ ହୋଇଥିବା ଡୁଲା ମଣ୍ଡଳକୁ ପ୍ରଥମେ ବାଲିତୁଠ ଓ କୁଜଙ୍ଗ ଡାକ୍ତରଖାନାକୁ ନିଆଯାଇ ପରେ ସେଠାରୁ କଟକ ବଡ଼ ମେଡିକାଲକୁ ପଠାଇ ଦିଆଯାଇଥିଲା। ଏପଟେ ୫ ୯ ଜଣ ପୋସ୍କୋ ସପକ୍ଷବାଦୀ ଗ୍ରାମବାସୀ ସ୍କୁଲ ଘରେ ଘେରାବନ୍ଦୀରେ ରହିଲେ। ପୂରା ଗୋବିନ୍ଦପୁର ଗାଁ ରକ୍ତମୁଖା ପୋସ୍କୋ ବିରୋଧୀଙ୍କ ଘେରା ବନ୍ଦୀରେ ରହିଲା।

ଶହ ଶହ ସଂଖ୍ୟାର ପୋଲିସ୍ ଫୋର୍ସ ବାଲିତୁଠ, ନୂଆଗାଁ ଓ ଅପରପାର୍ଶ୍ୱରେ ତ୍ରିଲୋଚନପୁର ଠାରେ ରହିଥିଲେ। କିନ୍ତୁ ଢିଙ୍କିଆ ଗୋବିନ୍ଦପୁରକୁ କେହି ପୋଲିସ୍ ଫୋର୍ସ ପଶି ପାରିଲେ ନାହିଁ। କାରଣ ପୋଲିସ୍ ଗାଁକୁ ଆସିଲେ ୫୯ ଜଣ ପୋଷ୍କୋ ସପକ୍ଷବାଦୀ ଗ୍ରାମବାସୀ ଜୀବିତ ରହିବେ ତାହା ପ୍ରଶ୍ନବାଚୀ ହୋଇଥିଲା।

ଶୁକ୍ରବାରରୁ ଶନିବାର ପୂରା ଚବିଶ ଘଂଟା ବିତିଲା। ପରଦିନ ସକାଳୁ ଖବର ଆସିଲା ମେଡିକାଲରେ ଡୁଲା ମଣ୍ଡଳ ମରିଯାଇଛି। ଡୁଲା ମୃତ୍ୟୁ ଖବର ପରିସ୍ଥିତିକୁ ଆହୁରି ସଙ୍ଗୀନ କରିଲା। ଡୁଲା ପରିବାରରେ କାନ୍ଦ ବୋବାଳି ଓ ସମଗ୍ର ଢିଙ୍କିଆ ଚାରିଦେଶରେ ଶୋକର ଛାୟା ଖେଳିଗଲା। ଡୁଲାର ବାପା ବାରମ୍ବାର ଛୋବ ଗଲା। ଭାଇ ପ୍ରତିଶୋଧ ପରାୟଣ ହେଉଥିଲା। ନବ ବିବାହିତା ସ୍ତ୍ରୀ ସବିତା ମଣ୍ଡଳ କଇଁ କଇଁ ହୋଇ କାନ୍ଦୁଥିଲା। ସାରା ଗାଁରେ ଶୋକର ଛାୟା। ଘେରା ବନ୍ଦୀରେ ଥିଲେ ୫୯ ଅଭିଯୁକ୍ତ ଗ୍ରାମବାସୀ।

ଏକଥା ସତ ଯେ, ଯେତେ ଜଣ ପ୍ରକୃତରେ ବୋମାମାଡ଼ କରିଥିଲେ ଓ ପ୍ରକୃତ ଅପରାଧୀ ସେମାନଙ୍କ ମଧରୁ ସମସ୍ତେ ସ୍କୁଲ ଘରେ ଆତ୍ମଗୋପନ କରିନଥିଲେ। କେତେ ଜଣ ନିରୀହ ଲୋକମାନେ ମଧ ଭୟଭୀତ ଅବସ୍ଥାରେ କୁଆଡ଼େ ଯିବେ ଉପାୟ ନପାଇ ସ୍କୁଲ ଘରେ ପଶି ଯାଇଥିଲେ। ହେଲେ ସେମାନେ ଆଉ ବାହାରି ପାରିଲେନି। କିଏ ଅପରାଧୀ, କିଏ ବୋମାମାଡ଼ କରିଛି, ସେକଥା କେହି ବୁଝିବାକୁ ପ୍ରସ୍ତୁତ ନାହାନ୍ତି। ଯିଏ ସ୍କୁଲ ଘରେ ଭିତରପଟୁ କବାଟ ଦେଇ ଅଛନ୍ତି, ସେମାନେ ସମସ୍ତେ ଦୋଷୀ, କେହି ଜଣେ ବି ବାହାରକୁ ଯାଇ ପାରିବେନି ବୋଲି ବିରୋଧୀ ଗ୍ରାମବାସୀଙ୍କ ରଣହୁଙ୍କାର ସ୍ଥିତିକୁ ଜଟିଳ କରିଥିଲା।

ଘଟଣା ରାଜଧାନୀ ଭୁବନେଶ୍ୱରରେ ଭୂକମ୍ପ ସୃଷ୍ଟି କରିଛି। ଚବିଶ ଘଂଟା ଗଣମାଧ୍ୟମରେ ଢିଙ୍କିଆ ଗୋବିନ୍ଦପୁର ସ୍ଥିତି ପ୍ରସାରିତ ହେଉଛି। କୁଜଙ୍ଗରେ ପ୍ରଶାସନିକ ଡେରା ପଡ଼ିଛି। ଭୁବନେଶ୍ୱରରୁ ସଚିବ ସ୍ତରୀୟ ପ୍ରଶାସନିକ ଅଧିକାରୀ ଓ ପୋଲିସ୍ ବରିଷ୍ଠ ଅଧିକାରୀମାନେ କୁଜଙ୍ଗ ତହସିଲଠାରେ ରୁଦ୍ଧଦ୍ୱାର ବୈଠକ କରିଲେ। କେମିତି ସ୍ଥିତି ଆୟତକୁ ଆସିବ ବିଚାର କଲେ। ଡୁଲା ମଣ୍ଡଳ ଶବ ଗାଁକୁ ଫେରିବା ପରେ ଆହୁରି ଗାଁ ଅଶାନ୍ତ ହେଇପଡ଼ିବ। ଗୋବିନ୍ଦପୁର ସ୍କୁଲ ଘରେ ଯେଉଁ ୫୯ ଜଣ ଘେରାବନ୍ଦୀରେ ଭୋକ ଉପାସରେ ଅଛନ୍ତି, ସେମାନେ କେମିତି ଉଦ୍ଧାର ହେବେ ଏଇ ଗୋଟିଏ ଚିନ୍ତା ଥିଲା ସମସ୍ତଙ୍କର। ୨୧ ତାରିଖ ଶନିବାର ଅପରାହ୍ନରେ ଉଚ୍ଚସ୍ତରୀୟ ପ୍ରଶାସନିକ ଅଧିକାରୀମାନେ କୁଜଙ୍ଗର ଜଣେ ସାମ୍ୟଦିକଙ୍କୁ ପୋଷ୍କୋ ବିରୋଧୀଙ୍କ ସହିତ ଆଲୋଚନା କରି ମଧ୍ୟସ୍ଥତା କରିବାକୁ ପ୍ରସ୍ତାବ ଦେଲେ। କୁଜଙ୍ଗ ତହସିଲଦାର,

କୁଜଙ୍ଗ ଥାନା ଆଇ.ଆଇ.ସି. ଓ ପାରାଦୀପ ଆଡିସ୍‌ନାଲ୍ ଏସ୍.ପି. ଏଥିନେଇ ଉକ୍ତ ସାମ୍ୟାଦିକଙ୍କ ସହ କଥା ହେଲେ। ସାମ୍ୟାଦିକ ଜଣକ "ଧରିତ୍ରୀ" ଖବର କାଗଜର ପ୍ରତିନିଧି ଅଟନ୍ତି। ସେ ମଧ୍ୟସ୍ତା କରିବାକୁ ରାଜି ହେଲେ ଓ ପୋସ୍କୋ ପ୍ରତିରୋଧ ସଂଗ୍ରାମ ସମିତିର ସଭାପତି ଅଭୟ କୁମାର ସାହୁଙ୍କ ସହିତ ଫୋନ୍ ଯୋଗେ କଥା ହେଲେ। କୁଜଙ୍ଗର ଗ୍ରାମ୍ୟ ଉନ୍ନୟନ ବିଭାଗ ବଙ୍ଗଳା ଠାରେ ରାଜ୍ୟ ସରକାରଙ୍କ ସଚିବ ସ୍ତରୀୟ ଜଣେ ପ୍ରଶାସକ ଓ ପୋଲିସ ଆଇ.ଜି.ଙ୍କ ସହ ଅନ୍ୟାନ୍ୟ ଅଧିକାରୀ ଉପସ୍ଥିତ ଥାଇ ସାମ୍ୟାଦିକଙ୍କୁ ମଧ୍ୟସ୍ତା କରିବାକୁ କୁହାଯାଇଥିଲା। ପୋସ୍କୋ ବିରୋଧୀ ନେତା ଅଭୟ ସାହୁ କେତୋଟି ସର୍ତ ରଖିଥିଲେ। ସର୍ତ ଏଇଆ ଯେ, ପୋଲିସ୍‌ର ଅଳ୍ପ କେତେକ ଫୋର୍ସ ତ୍ରିଲୋଚନପୁର ଦେଇ ଢିଙ୍କିଆ ଗେଟ୍ ପାସ୍ କରି ଗୋବିନ୍ଦପୁର ଆସିବେ। ଶହ ଶହ ସଂଖ୍ୟାରେ ପୋଲିସ୍ ଫୋର୍ସ ଗାଁକୁ ପଶିବେ ନାହିଁ। ମୃତ ତୁଲା ମଣ୍ଡଳ ପରିବାରକୁ ଆଖିଦୃଷ୍ଟିଆ କ୍ଷତିପୂରଣ ସରକାର ପ୍ରଦାନ କରିବେ। ଘଟଣାସ୍ଥଳରୁ ଯେଉଁ ୫ ୯ ଜଣଙ୍କୁ ପୋଲିସ୍ ଉଦ୍ଧାର କରିବ, ସମସ୍ତଙ୍କ ନାମରେ ହତ୍ୟା ମୋକଦ୍ଦମା ରୁଜୁ କରାଯିବ ଓ ସମସ୍ତେ ଆଜି ଦିନରେ ହିଁ ଗିରଫ ହୋଇ ଜେଲ୍ ଯିବେ। ଏହି ସର୍ତ ସମ୍ପର୍କରେ ଉକ୍ତ ସାମ୍ୟାଦିକ ଜଣକ ପ୍ରଶାସନକୁ ଜଣେଇବା ପରେ ପ୍ରଶାସନ ମଧ୍ୟ ସହମତି ହୋଇଥିଲା।

ସନ୍ଧ୍ୟା ସମୟରେ ପୋଲିସ୍‌ର ଏକ ଅଧିକାରୀ ଦଳ, ପ୍ରଶାସନିକ ଅଧିକାରୀ, ପ୍ରଶାସନର ଅନୁରୋଧରେ କୁଜଙ୍ଗ ବାର ଆସୋସିଏସନ୍‌ର ବରିଷ୍ଠ ଓକିଲ ସୁଶାନ୍ତ କୁମାର ପଟ୍ଟନାୟକ, ସତ୍ୟାନନ୍ଦ ବିଶ୍ୱାଳ, ଦାମୋଦର ସ୍ୱାଇଁ ଓ ଅନ୍ତର୍ଯ୍ୟାମୀ ନାରାୟଣ ଦାସ ଯାଦବଙ୍କ ସମେତ ୫ ଜଣ ଓକିଲ ଶାନ୍ତି ପ୍ରତିଷ୍ଠା ପାଇଁ ତ୍ରିଲୋଚନପୁର ଦେଇ ଗୋବିନ୍ଦପୁରରେ ପହଁଚିଥିଲେ। ସବା ଆଗରେ ପୋଲିସ୍ ଫୋର୍ସ ଗାଡ଼ିର ଆଗ ବାମପଟ ସିଟ୍‌ରେ ଉକ୍ତ ସାମ୍ୟାଦିକ ଜଣକ ବସିଥିଲେ। ପୋଲିସ୍ ଓ ପ୍ରଶାସନର ପ୍ରାୟ ୫ଟି ଗାଡ଼ି ପ୍ରଥମ ଥର ପାଇଁ ଢିଙ୍କିଆ ପଞ୍ଚାୟତକୁ ପଶିଥିଲା। ରାସ୍ତା କଡ଼ରେ ଶହ ଶହ ଗ୍ରାମବାସୀ ଠେଙ୍ଗାବାଡ଼ି ଓ ବିଭିନ୍ନ ମାରଣାସ୍ତ୍ର ଧରି ଠିଆ ହୋଇଥିଲେ। ଢିଙ୍କିଆ ଗାଁ ପ୍ରବେଶ ଧଥରେ ବାଉଁଶରେ ତିଆରି ହୋଇଥିଲା ଫାଟକ। ଏହି ଫାଟକ ପାଖରେ ପ୍ରାୟ ୫୦୦ରୁ ଊର୍ଦ୍ଧ୍ୱ ମହିଳା ଓ ପୁରୁଷ ହାତ ହତିଆର ଧରି ଠିଆ ହୋଇଥିଲେ। ସେମାନେ ଗାଡ଼ି ଦେଖି ଆଗକୁ ମାଡ଼ି ଆସିଲେ ଓ ଉକ୍ତ ସାମ୍ୟାଦିକ ଉପସ୍ଥିତ ଥିବାରୁ ଏହି ପରୁଆର ଗାଁ ଭିତରକୁ ଆସିବା ପାଇଁ ତାଙ୍କ ସଭାପତି ଜଣାଇଥିବା ସେମାନେ କହିଥିଲେ। ତେବେ ସେଠାରେ ଓ ଗାଁ ସୀମାରେ ଗ୍ରାମବାସୀଙ୍କ ମାରଣାସ୍ତ୍ର ଧରି ଠିଆ ହେବାର ଦୃଶ୍ୟ ସମସ୍ତଙ୍କୁ

ଆଶଙ୍କାରେ ପକେଇ ଦେଇଥିଲା। କୌଣସି ଅଘଟଣ ଘଟିବନି ତ ଏଇ ଚିନ୍ତାରେ ସମସ୍ତେ ଥିଲେ।

କୁଜଙ୍ଗର ବୁଦ୍ଧିଜୀବୀ ଦଳ, ପ୍ରଶାସନିକ ଅଧିକାରୀ, ପୋଲିସ୍ ଅଧିକାରୀ, ସାମୟିକ ଓ ପୋସ୍କୋ ବିରୋଧୀ ସଂଗ୍ରାମ ସମିତିର ସଭାପତି ଅଭୟ ସାହୁ, ସମ୍ପାଦକ ଶିଶିର ମହାପାତ୍ରଙ୍କୁ ନେଇ ସେଠାରେ ଖୁଲମଖୁଲା ଆଲୋଚନା ହୋଇଥିଲା। ଆଲୋଚନା ସଫଳ ହେବା ପରେ ସମସ୍ତେ ଆଶ୍ୱସ୍ତ ହୋଇଥିଲେ। ପରେ ପରେ ସ୍କୁଲ ଘରୁ ଘେରାବନ୍ଦୀରେ ଥିବା ଲୋକମାନଙ୍କୁ ଉଦ୍ଧାର ପ୍ରକ୍ରିୟା ଆରମ୍ଭ ହୋଇଥିଲା। ସେହି ସ୍କୁଲ ଘରୁ ମୋଟ ୫୯ ଜଣ ପୋସ୍କୋ ସପକ୍ଷବାଦୀମାନେ ଜଣ ଜଣ କରି ଦ୍ୱାର ଖୋଲି ବାହାରିଲେ ଓ ପୋଲିସ୍ ଫୋର୍ସ ଗାଡିରେ ବସିଲେ। ଜଣ ଜଣ କରି ପୋସ୍କୋ ସମର୍ଥକମାନେ ସ୍କୁଲ ଘରୁ ବାହାରି ପୋଲିସ୍ ଗାଡିରେ ବସୁଥିବା ବେଳେ ସେମାନଙ୍କ ନାଁ ଧରି ଡାକୁଥିଲେ ପୋସ୍କୋ ବିରୋଧ ଗ୍ରାମବାସୀ। ତାଙ୍କୁ ଗାଳିଗୁଲଜ ମଧ କରୁଥିଲେ। ତେବେ ପୋଲିସ୍ ପ୍ରଶାସନ ନୀରବ ରହିଥିଲା ଓ କୁଜଙ୍ଗରୁ ଆସିଥିବା ବୁଦ୍ଧିଜୀବୀମାନେ ଗ୍ରାମବାସୀଙ୍କୁ ଶାନ୍ତ କରାଇଥିଲେ। ଜଣ ଜଣଙ୍କ ନାଁ ସେଠାରେ ଲେଖାଯାଉଥିଲା। ସ୍କୁଲ ଘରୁ ଉଦ୍ଧାର ପ୍ରକ୍ରିୟା ଶେଷ ହେବାକୁ ପ୍ରାୟ ରାତି ୮ଟା ଟପିଲା। ପୋଲିସ୍ ଫୋର୍ସ ସହିତ ୫୯ ଜଣ କୁଜଙ୍ଗ ଥାନାକୁ ଆସିଲେ। ଗାଁରୁ ପୋଲିସ୍, ପ୍ରଶାସନ ଓ ବୁଦ୍ଧିଜୀବୀ ଦଳ କୁଜଙ୍ଗ ଫେରିଆସିଲେ।

ଡୁଲା ମଣ୍ଡଳ ଶବ ସକାର ହେଲା। ଗାଁରେ ଏକ ଅଭାବନୀୟ ପରିସ୍ଥିତି ସୃଷ୍ଟି ହୋଇଥିଲା। ଉକ୍ତ ଗୋବିନ୍ଦପୁର ପ୍ରାଥମିକ ବିଦ୍ୟାଳୟରୁ ଯାହା ମିଳିଲା ସମସ୍ତଙ୍କ ଆଖି ଖୋସି ହେଇପଡିଲା। ପ୍ରାୟ ଦୁଇ କାର୍ଟୁନ ବୋମା, ହାତ ହତିଆର ଓ ଠେଙ୍ଗା ବାଡି। ଏ ସବୁ ପୋଲିସ୍ ଜବତ କରି କୁଜଙ୍ଗ ଥାନାକୁ ନେଇ ଆସିଲା। ବୋମା ଅକାମୀ କରିବା ଦଳ ସେଠାରେ ପହଁଚି ସବୁ ବୋମାକୁ ପାଣିରେ ପକେଇ ଅକାମୀ କଲେ। ବୋମା ଅକାମୀ କରିବା ପ୍ରକ୍ରିୟା ଦୁଇ ଦିନ ଲାଗିଥିଲା। ଘଟଣା ସମସ୍ତଙ୍କୁ ସ୍ତବ୍ଧ କରିଦେଲା। ଏହି ଆକ୍ରମଣ ଘଟଣା ଏକ ସୁଚିନ୍ତିତ ଯୋଜନା ହୋଇଥିଲା। ଅନ୍ୟ କେତେଜଣ ମରିବା ପାଇଁ ନୀଲ ନକ୍ସା ତିଆରି ହୋଇଥିବା ବେଳେ ବିଚରା ଡୁଲା ମଣ୍ଡଳ ବଳି ପଡିଲା ବୋଲି ଚର୍ଚ୍ଚା ହେଉଥିଲା।

ସେଦିନ ରାତିରେ ଗୋବିନ୍ଦପୁର ଉଚ୍ଚ ପ୍ରାଥମିକ ବିଦ୍ୟାଳୟରୁ ଗିରଫ ହୋଇ କୁଜଙ୍ଗ ଥାନାକୁ ଆସିଥିବା ୫୯ ଜଣ ଗ୍ରାମବାସୀଙ୍କୁ ସେଠାରୁ ଅଚାନକ ସ୍ଥାନାନ୍ତର କରାଯାଇ ତିର୍ତୋଲ ଥାନାକୁ ନିଆଗଲା। ତେବେ ରାତି ଅଧରେ ପୋଲିସ୍ ଆଇ.ଜି. ଉକ୍ତ ସାମୟିକଙ୍କୁ ପୁନର୍ବାର ତିର୍ତୋଲ ଯିବାକୁ ଅନୁରୋଧ କଲେ। ସାମୟିକ ଜଣକ

ମଧ୍ୟ ଗ୍ରାମବାସୀଙ୍କ ସହିତ ରାତିରେ ତିର୍ତୋଲ ଥାନାରେ ପହଞ୍ଚିଲେ। ସେଠାରେ ଗିରଫ ପ୍ରକ୍ରିୟା ଆରମ୍ଭ ହୋଇ ଗ୍ରାମବାସୀମାନଙ୍କର ନାମ ଗ୍ରାମ ପିତାଙ୍କ ନାମ ଡାଏରୀରେ ଲେଖାଗଲା। ସେମାନଙ୍କ ମଧ୍ୟରୁ ଜଣେ ଅତ୍ୟନ୍ତ ବୃଦ୍ଧ ଲୋକଙ୍କୁ ନିର୍ଦୋଷରେ ଖଲାସ କରିଦିଆଗଲା। ଅନ୍ୟ ୫୮ ଜଣଙ୍କୁ ସେଇ ରାତିରେ ଗିରଫ କରାଯାଇ ଡୁଲା ମଣ୍ଡଳ ହତ୍ୟା ଅପରାଧରେ ବିଚାର ବିଭାଗୀୟ ଜେଲ୍‌କୁ ପଠେଇ ଦିଆଗଲା। ତେବେ ପୋଲିସ୍‌ର ଗିରଫ ପ୍ରକ୍ରିୟା ନିରପେକ୍ଷତା ପ୍ରମାଣିତ ହେବାକୁ ଉକ୍ତ ସାମ୍ୟାଦିକ ଜଣକ ରାତି ଗୋଟାଏ ପର୍ଯ୍ୟନ୍ତ ପୋଲିସ୍‌କୁ ସାହାଯ୍ୟ କରି ତିର୍ତୋଲ ଥାନାରେ ରହିଲେ ଓ ବିଳମ୍ବିତ ରାତିରେ ଘରକୁ ଫେରିଥିଲେ।

ଏସବୁ ଲତିକା କହୁଥିଲା ଓ ଅନ୍ୟମାନେ ଶୁଣୁ ଥିଲେ।

ନଥ

୧୨ ଅକ୍ଟୋବର ୨୦୦୮

ଅଭୟ କୁମାର ସାହୁ ଗିରଫ :

ପୋଷ୍କୋକୁ ସବୁ ସ୍ତରରେ ବିରୋଧ ହେଇଥିଲେ ମଧ ତାହାର କୌଣସି ପ୍ରଭାବ ପଡ଼ିଲା ନାହିଁ। ଢିଙ୍କିଆ ଚାରିଦେଶର ପ୍ରସ୍ତାବିତ ପୋଷ୍କୋ ଅଂଚଳର ଜମି ଯେହେତୁ ଜଙ୍ଗଲ ଜମି ଓ ଜଙ୍ଗଲ ଜମିରେ କାରଖାନା ନିର୍ମାଣ ବିରୋଧ ହୋଇଆସୁଛି, ତେଣୁ ମାମଲା ସୁପ୍ରିମ୍ କୋର୍ଟରେ ଚାଲିଥିଲା। ତେବେ ଜଙ୍ଗଲ ଜମି ଅନୁମୋଦନ ପାଇବା ସୁପ୍ରିମ୍ କୋର୍ଟରେ ପୋଷ୍କୋ ସଫଳ ହୋଇଥିଲା। କେନ୍ଦ୍ର ସରକାରଙ୍କ ଜଙ୍ଗଲ ବିଭାଗ ମଧ ଅନୁମୋଦନ କରିଥିଲା। ସବୁ ସ୍ତରରେ ପୋଷ୍କୋ କମ୍ପାନୀ ପାଇଁ ଆଇନଗତ ସମସ୍ୟା ହଟୁଥିବା ବେଳେ କେବଳ ପ୍ରସ୍ତାବିତ କାରଖାନା ଅଂଚଳବାସୀଙ୍କର ବିରୋଧ ହିଁ ପୋଷ୍କୋର କାଳ ହୋଇଥିଲା। ଜଙ୍ଗଲ ଜମି ଅନୁମୋଦନ ପରେ ପୋଷ୍କୋ କର୍ତ୍ତୃପକ୍ଷ ଓ ରାଜ୍ୟ ସରକାର ଉସ୍ସାହିତ ହୋଇ ଜିଲ୍ଲା ପ୍ରଶାସନ ମାଧମରେ ଜମି ଅଧିଗ୍ରହଣ ପ୍ରକ୍ରିୟାକୁ ଆଗେଇ ନେବାକୁ ଚେଷ୍ଟା କରିଥିଲେ।

୩୦ ଅଗଷ୍ଟ ୨୦୦୮ରେ ସରକାରଙ୍କ ଜଙ୍ଗଲ ବିଭାଗ ଅଧୀନରେ ଥିବା କୁଜଙ୍ଗ ତହସିଲଦାରଙ୍କ କର୍ମଚାରୀମାନଙ୍କ ସହିତ ମିଳିତ ଭାବେ ପ୍ରଥମେ ଗଡକୁଜଙ୍ଗର ନୋଲିଆସାହି ସ୍ଥିତ ଜଙ୍ଗଲ ଜମିକୁ ମାପଚୁପ କରିବାକୁ ଗ୍ରାମରେ ପ୍ରବେଶ କରିଥିଲେ। ମାତ୍ର ନୋଲିଆସାହିରେ ପ୍ରବଳ ବିରୋଧ ହୋଇଥିଲା। ଶତାଧିକ ମହିଲା ଓ ପୁରୁଷ ଗ୍ରାମବାସୀମାନେ ସେଠାକର ପୋଷ୍କୋ ବିରୋଧୀ ନେତା ବାସୁଦେବ ବେହେରାଙ୍କ ନେତୃତ୍ୱରେ ବିରୋଧ ଆରମ୍ଭ କରିଥିଲେ। ପ୍ରଶାସନିକ ଅଧିକାରୀ, ସରକାରୀ ଜମି ଅଧିଗ୍ରହଣକାରୀ ଓ ସର୍ଭେ ଦଲକୁ ଅଟକ ରଖିଥିଲେ। ଗଡ଼କୁଜଙ୍ଗ ପଂଚାୟତ ପ୍ରବେଶ

OR·02 T
7466

ପଥ ଓ ନୋଳିଆସାହି ଗ୍ରାମ ପ୍ରବେଶ ପଥରେ ଫାଟକ ନିର୍ମାଣ କରାଯାଇ ଗ୍ରାମବାସୀମାନେ ଜଗି ରହିଲେ।

କୌଣସି ପରିସ୍ଥିତିରେ ଜଙ୍ଗଲ ଜମି ମାପଚୁପ ହୋଇପାରିଲା ନାହିଁ। ଫଳରେ ପୋଲିସ୍ ପ୍ରଶାସନ ବାସୁଦେବ ବେହେରା ଓ ନୋଳିଆସାହିର କେତେକ ବ୍ୟକ୍ତିଙ୍କ ନାମରେ ମୋକଦ୍ଦମା ରୁଜୁ କରିଥିଲା। କେବଳ ନୋଳିଆସାହି ନୁହେଁ ସମ୍ପୂର୍ଣ୍ଣ ଗଡ଼କୁଜଙ୍ଗରେ ପୋସ୍କୋକୁ ବିରୋଧ ହୋଇଥିଲା। ଗଡ଼କୁଜଙ୍ଗରେ ସମ୍ପଦ ବାରିକ, ରାଜନ ବେହେରା, ବିଶ୍ବ ପ୍ରଧାନ ଓ ଜୀବନଲାଲ୍ ବେହେରା ପ୍ରମୁଖ ନେତୃତ୍ବ ନେଇଥିବା ବ୍ୟକ୍ତିମାନେ ଗ୍ରାମବାସୀଙ୍କର ନେତୃତ୍ବ ନେଇଥିଲେ। ସେମାନେ ସର୍ବଦା ପ୍ରଶାସନ ଓ ସରକାରଙ୍କ ସହିତ ଯୋଗାଯୋଗରେ ଥିଲେ। ପୋସ୍କୋ କମ୍ପାନୀ ଅଧିକାରୀଙ୍କ ସହିତ ଯୋଗାଯୋଗରେ ଥିଲେ। ହେଲେ ପୋସ୍କୋ କମ୍ପାନୀ ପ୍ରଥମେ ଲୋକଙ୍କ ସମସ୍ୟା ଦୂର କରୁ ଓ ସଠିକ୍ କ୍ଷତି ପୂରଣ ଦେଉ ଏହି ଦାବୀ କରି ସେମାନେ ପୋସ୍କୋକୁ ସର୍ତ୍ତମୂଳକ ସମର୍ଥନ ଦେଉଥିବା ବେଳେ ସେମାନଙ୍କୁ ପୋସ୍କୋ ବିରୋଧୀମାନେ ବିଶ୍ବାସକୁ ନେଉନଥିଲେ। ସେମାନେ ସ୍ଥାନ କାଳ ପାତ୍ର ଓ ଘଟଣାକ୍ରମରେ ପୋସ୍କୋକୁ ବିରୋଧ କରୁଥିଲେ ମଧ୍ୟ, ସେମାନେ ପୋସ୍କୋ ସପକ୍ଷବାଦୀ ବୋଲି ସର୍ବଦା ଚର୍ଚ୍ଚା ହୋଇଥିଲା। ଜଙ୍ଗଲ ଜମି ସର୍ଭେ ଓ ମାପଚୁପ ହେବାରୁ ଗାଁରେ ଅଶାନ୍ତି ବଢ଼ିଥିଲା। ସେପ୍ଟେମ୍ବର ମାସ ୪ ତାରିଖରେ ଜଙ୍ଗଲ ଜମି ସର୍ଭେକୁ ବିରୋଧ କରି ପୋସ୍କୋ ବିରୋଧୀ ଗ୍ରାମବାସୀମାନେ ଏକ ବିଶାଲ ଶୋଭାଯାତ୍ରା କରିଥିଲେ। ଏହି ଶୋଭାଯାତ୍ରାରେ ଲୋକବଳ ଦେଖ ପ୍ରଶାସନ ଆଶ୍ଚର୍ଯ୍ୟ ହୋଇଥିଲା।

ଅଭୟ ସାହୁଙ୍କୁ ଗିରଫ କରିବାକୁ ପ୍ରଶାସନ ତତ୍ପର ହୋଇ ଉଠିଥିଲା। ରାଜ୍ୟ ସରକାର, ପୋସ୍କୋ ଅଧିକାରୀ ଅନୁଭବ କରିଥିଲେ ଯେ, ପୋସ୍କୋ ପ୍ରତିରୋଧ ସଂଗ୍ରାମ ସମିତିର ସଭାପତି ଅଭୟ କୁମାର ସାହୁ ଗିରଫ ନହେବା ପର୍ଯ୍ୟନ୍ତ ଏଠାରେ ପ୍ରକଳ୍ପ ସମ୍ଭବ ନୁହଁ। କୌଣସି ପରିସ୍ଥିତିରେ ସେ ଗିରଫ ହେବା ଆବଶ୍ୟକ। ଗାଁରେ ଯେତେ ପ୍ରକାର ଦଙ୍ଗା, ଗୋଷ୍ଠୀ ସଂଘର୍ଷ ଓ ମାଡ଼ପିଟ ହୋଇଛି, ସବୁ ଘଟଣାରେ ଅଭୟ ସାହୁଙ୍କୁ ଅଭିଯୁକ୍ତ କରାଯାଇ କୁଜଙ୍ଗ ଥାନାରେ କେଶ୍ ରୁଜୁ କରାଯାଇଥିଲା। ସେ ପର୍ଯ୍ୟନ୍ତ ତାଙ୍କ ନାମରେ ୩୬ଟି କେଶ୍ ରୁଜୁ ହୋଇସାରିଥିଲା। ହତ୍ୟା ଅପରାଧ ଅଭିଯୋଗ, ହତ୍ୟା ଉଦ୍ୟମ, ଅପହରଣ, ମାଡ଼ପିଟ ଓ ଗୋଷ୍ଠୀ ସଂଘର୍ଷ ପରି ଅନେକ କେଶ୍‌ରେ ସଂଗୀନ ଦଫା ଲଗାଯାଇ ତାଙ୍କୁ ଗିରଫ ଉଦ୍ୟମ କରାଯାଇଥିଲା। ସେତେବେଳେ ଜଗତ୍‌ସିଂହପୁର ଏସ୍.ପି. ଜିଲ୍ଲାର ସମସ୍ତ ଥାନା ଅଧିକାରୀଙ୍କୁ ନିର୍ଦ୍ଦେଶ ଦେଇଥିଲେ ଯେ, ଅଭୟଙ୍କୁ ଗିରଫ କରିବା ପାଇଁ। ସେହି ସମୟରେ ଅଭୟ ସାହୁ

ଡାଇବେଟିସ୍, ବ୍ଲଡ୍ ପ୍ରେସର ଓ ଅନ୍ୟାନ୍ୟ ରୋଗରେ ପୀଡିତ ଥିବାରୁ କେତେକ ନିର୍ଦ୍ଦିଷ୍ଟ ଡାକ୍ତର ଗାଁକୁ ଆସି ତାଙ୍କୁ ଚିକିତ୍ସା କରୁଥିଲେ। ତାଙ୍କ ଦେହ ବାରମ୍ବାର ଅସୁସ୍ଥ ହେବାରୁ ସେ ପୋଲିସ୍ ଆଖିରେ ଧୂଳିଦେଇ ଗାଁ ବାହାରକୁ ଚାଲିଯାଇଥିଲେ। ସେ ନିଜ ପରିବାର ସହିତ ବିଶାଖାପାଟଣା ଯାଇଥିଲେ ଓ ସେଠାରେ ସେ ଗୋପନରେ ଚିକିତ୍ସିତ ହୋଇଥିଲେ।

୧୨ ଅକ୍ଟୋବର ୨୦୦୮ରେ ଶ୍ରୀ ସାହୁ ଭୁବନେଶ୍ୱରରୁ ଢିଙ୍କିଆ ଫେରୁଥିବା ବେଳେ ଚଣ୍ଡିଖୋଲ–ପାରାଦ୍ୱୀପ ରାସ୍ତାର ଭୁତମୁଣ୍ଡାଇ ଠାରେ ଜଗି ରହିଥିବା ପୋଲିସ୍ ଅଧିକାରୀମାନେ ତାଙ୍କୁ କାବୁ କରିନେଇଥିଲେ। ଅଭୟଙ୍କୁ ଗିରଫ କରିବା ପାଇଁ ଜଗତ୍‌ସିଂହପୁର ଏସ୍.ପି. କୌଶିସ୍ ସୂତ୍ରରୁ ଖବରପାଇ ଜାଲ ବିଛେଇଥିଲେ ଓ କୁଜଙ୍ଗ ପାରାଦ୍ୱୀପ ପୋଲିସ୍ ତାଙ୍କୁ ଭୁତମୁଣ୍ଡାଇ ଠାରେ ଏକ ଘରୋଇ କାରରୁ ଚିହ୍ନଟ କରି ଗିରଫ କରି ନେଇଥିଲେ। ସେଇଦିନ ରାତିରେ ଅଭୟଙ୍କୁ ଏକ ଗୋପନ ସ୍ଥାନରେ ରଖାଯାଇଥିଲା। ପରଦିନ ସକାଳେ ଗଣମାଧ୍ୟମକୁ ଏସ୍.ପି. କହିଥିଲେ ଯେ, ସାହୁଙ୍କ ବିରୋଧରେ ୨୬ଟି ମାମଲା ଥିଲା। ସେ ପୋସ୍କୋ ବିରୋଧୀ ଆନ୍ଦୋଳନରେ ଗତ ତିନି ବର୍ଷ ଧରି ନେତୃତ୍ୱନେଇ ଆସୁଥିଲେ। ତାଙ୍କୁ ଆଇନ ଅନୁଯାୟୀ ଗିରଫ କରାଯାଇଛି ବୋଲି କହିଥିଲେ। ପରଦିନ ୧୩ ତାରିଖରେ ସାହୁଙ୍କୁ କୁଜଙ୍ଗ ଜୁଡିସିଆଲ ମାଜିଷ୍ଟ୍ରେଟ୍ ଫାଷ୍ଟ କ୍ଲାସ୍ କୋର୍ଟରେ ହାଜର କରାଯାଇଥିଲା। ସେଠାରେ ତାଙ୍କ ଜାମିନ ଆବେଦନ ଖାରଜ ହେବାରୁ ତାଙ୍କୁ ପ୍ରଥମେ ଜଗତ୍‌ସିଂହପୁର ସବ୍‌ଜେଲ ଓ ପରେ ଚୌଦ୍ୱାର ଜେଲ୍‌କୁ ସ୍ଥାନାନ୍ତର କରାଯାଇଥିଲା। ଅଭୟ ସାହୁଙ୍କୁ ଗିରଫ କାରଣରୁ ଢିଙ୍କିଆ ଚାରିଦେଶର ବିଭିନ୍ନ ଗ୍ରାମରେ ତୀବ୍ର ଉତ୍ତେଜନା ପ୍ରକାଶ ପାଇଥିଲା। ଆଇନ ଶୃଙ୍ଖଳା ପରିସ୍ଥିତି ବିଗିଡ଼ିବା ଆଶଙ୍କା କରି ପ୍ରାୟ ୮ ପ୍ଲାଟୁନ୍ ପୋଲିସ୍ ଫୋର୍ସ ଗାଁକୁ ଜଗି ରହିଥିଲା। ପ୍ରସ୍ତାବିତ ପୋସ୍କୋ ଅଂଚଳ ସୀମା ବାଲିତୁଠ, ଗଡ଼କୁଜଙ୍ଗ, ନୂଆଗାଁ ଓ ତ୍ରିଲୋଚନପୁର ଠାରେ ବ୍ୟାପକ ପୋଲିସ୍ ଫୋର୍ସ ମୁତୟନ କରାଯାଇ ଗ୍ରାମବାସୀମାନଙ୍କ ଉପରେ ତୀକ୍ଷ୍ଣ ନଜର ରଖାଯାଇଥିଲା।

ଅଭୟ ସାହୁଙ୍କୁ ଗିରଫ କରିବା ପରେ ପୋଲିସ୍ ଢିଙ୍କିଆର ପୋସ୍କୋ ବିରୋଧୀ ଯୁବନେତା ପ୍ରକାଶ ଜେନା ଓ ଅନ୍ୟ ୫ ଜଣଙ୍କୁ ମଧ୍ୟ ଗିରଫ କରି ଜେଲ୍ ପଠାଇଲା। ଏଭଳି ଗିରଫଦାରୀ ଯୋରଦାର ହୋଇଥିଲେ ମଧ୍ୟ ଆନ୍ଦୋଳନ ଉପରେ କୌଣସି ପ୍ରଭାବ ପଡ଼ିନଥିଲା। ଅଭୟ ସାହୁଙ୍କ ଅନୁପସ୍ଥିତିରେ ପରିବେଶବିତ୍ ପ୍ରଫୁଲ୍ଲ ସାମନ୍ତରା ଓ ବିଧାୟକ ନାରାୟଣ ରେଡ୍ଡି ଢିଙ୍କିଆ ବାରମ୍ବାର ଗସ୍ତ କରି ଲୋକଙ୍କୁ ଏକଜୁଟ୍ କରି ସେମାନଙ୍କ ମନୋବଳ ବଢ଼ାଇଥିଲେ। ପୋସ୍କୋ ବିରୋଧୀ ନେତାମାନଙ୍କ ଗିରଫ

ଯୋଗୁ ଗାଁରେ ପ୍ରାଥମିକ ସ୍ତରରେ ହତାଶଭାବ ସୃଷ୍ଟି ହୋଇଥିଲେ ମଧ୍ୟ ଅଳ୍ପ ଦିନରେ ସେ ସବୁ ସଜାଡ଼ି ହୋଇଯାଇଥିଲା। ଗ୍ରାମବାସୀମାନେ କର ବା ମର ପରିସ୍ଥିତିରେ ଯୁଦ୍ଧ ଡାକରା ଦେଇଥିଲେ।

ଅଭୟ ସାହୁ ଗିରଫ ହେବା ପରେ ସମଗ୍ର ଦେଶରେ ବିସ୍ଥାପନ ବିରୋଧୀ ନେତାମାନଙ୍କ ମଧ୍ୟରେ ତୀବ୍ର ପ୍ରତିକ୍ରିୟା ପ୍ରକାଶ ପାଇଥିଲା। ଦିଲ୍ଲୀର ପାର୍ଲାମେଣ୍ଟ ରାସ୍ତାରେ ପୋସ୍କୋ ବିରୋଧୀ ସଂଗଠନ, ପୋସ୍କୋ ପ୍ରତିରୋଧ ସଂଗ୍ରାମ ସମିତି ଓ ବିଭିନ୍ନ ଗଣସଂଗଠନମାନେ ସାହୁଙ୍କୁ ତୁରନ୍ତ ଓଡ଼ିଶା ସରକାର ଖଲାସ କରିବା ଦାବୀରେ ଧାରଣା ଦେଇଥିଲେ। ତାଙ୍କର ଗିରଫଦାରୀ ବେଆଇନି ଓ ଗଣତନ୍ତ୍ର ବିରୋଧୀ ବୋଲି ଦର୍ଶାଇ ପ୍ରଧାନମନ୍ତ୍ରୀ, ରାଷ୍ଟ୍ରପତି ଓ ଅନ୍ୟାନ୍ୟ ଅଧିକାରୀଙ୍କୁ ଦାବୀ ପତ୍ର ପ୍ରଦାନ କରାଯାଇଥିଲା। ଦିଲ୍ଲୀର ମଣ୍ଡିହାଉସ୍ ଠାରେ ଓ ରାଜଧାନୀ ଭୁବନେଶ୍ୱର ଠାରେ ମଧ୍ୟ ଧାରଣା ହୋଇଥିଲା ଓ ପ୍ରତିବାଦର ସ୍ୱର ଉଠିଥିଲା। ଅଭୟ ସାହୁ ଗିରଫ ହେବା ପରେ ସେ ଗୁରୁତର ଅସୁସ୍ଥ ହେଇଯାଇଥିଲେ। ତାଙ୍କୁ ମେଡିକାଲ୍ ଟେଷ୍ଟ କରାଯିବାକୁ ଅଣାଯିବା ବେଳେ ଓ ମେଡିକାଲ ବେଡ଼ରେ ଥାଇ ଚିକିତ୍ସା କରାଯିବା ବେଳେ ତାଙ୍କ ହାତରେ ହ୍ୟାଣ୍ଡକପ୍ ପକାଯିବା ସହିତ ଚେନ୍‌ରେ ବନ୍ଧା ଯାଇଥିଲା। ଜଣେ ଆତଙ୍କବାଦୀଙ୍କୁ ଗିରଫ କରାଯାଇ ଯେପରି ରଖାଯାଇ ବ୍ୟବହାର କରାଯାଏ, ସେପରି ଅଭୟଙ୍କ କ୍ଷେତ୍ରରେ ହୋଇଛି ବୋଲି ସେ ସାମ୍ୱାଦିକମାନଙ୍କୁ କହିଥିଲେ।

ସେତେବେଳକୁ ପୋସ୍କୋ କମ୍ପାନୀ ଜଙ୍ଗଲ ଜମି ଅନୁମତି ପାଇସାରିଥିଲା। ଜାନୁଆରୀ ମାସ ୨୦୦୯ ମସିହାରେ ପୋସ୍କୋକୁ ଓଡ଼ିଶା ଖଣ୍ଡାଧାର ଲୁହାପଥର ଖଣି ଲିଜ୍ ଅନୁମତି ମିଳିବାରୁ କାରଖାନା ଆଶା ଉଜ୍ଜୀବିତ ହୋଇଥିବା ବେଳେ ଗ୍ରାମବାସୀଙ୍କ ଆନ୍ଦୋଳନ ସ୍ଥିତିକୁ ସବୁବେଳେ ଅଢୁଆ କରୁଥିଲା। ବିଭିନ୍ନ ଗଣ୍ଡଗୋଳ ହେତୁ ସ୍ଥଗିତ ରହିଥିବା ଢିଙ୍କିଆ ପଞ୍ଚାୟତ ନିର୍ବାଚନ ଅନୁଷ୍ଠିତ ହୋଇଥିଲା। ପଞ୍ଚାୟତ ନିର୍ବାଚନରେ ପୋସ୍କୋ ବିରୋଧୀମାନେ ଯେପରି ହାରିବେ ସେଥିନେଇ ସମସ୍ତ ପ୍ରସ୍ତୁତିପର୍ବ ଆରମ୍ଭ ହୋଇଥିବା ବେଳେ ସରପଂଚ ପ୍ରାର୍ଥୀ ଭାବେ ସଂଗ୍ରାମ ସମିତିର ସମ୍ପାଦକ ଶିଶିର ମହାପାତ୍ର ଓ ସମିତି ସଦସ୍ୟ ଭାବେ ଯୁବନେତା ପ୍ରକାଶ ଜେନା ପ୍ରାର୍ଥୀ ହୋଇଥିଲେ। ପ୍ରକାଶ ଜେନା ୭ ମାସ ଜେଲ୍ ଯାଇଛନ୍ତି। ନିର୍ବାଚନ ପ୍ରଚାର ଜୋରଦାର ହୋଇଥିଲା। ପ୍ରଶାସନ, ପୋସ୍କୋ ଓ ପୋସ୍କୋ ସପକ୍ଷବାଦୀମାନେ କଳେ ବଳେ କଉଶଳେ ପୋସ୍କୋ ବିରୋଧୀ ଦୁଇ ନେତାଙ୍କୁ ହରେଇବାକୁ ଯୋଜନା କରିଥିବା ବେଳେ ତାହା ବ୍ୟର୍ଥ ହୋଇଥିଲା। ଏହି ସମୟ ମଧ୍ୟରେ ଢିଙ୍କିଆ ପଂଚାୟତରେ ଯେପରି ବିନା ହିଂସାରେ ପଂଚାୟତ ନିର୍ବାଚନ ସୁରୁଖୁରୁରେ ହେଇପାରିବ, ସେଥିନିମନ୍ତେ ଜଗତ୍‌ସିଂହପୁର

ଜିଲ୍ଲାପାଳ ବାରମ୍ବାର ଅଂଚଳ ଗସ୍ତ କରୁଥିଲେ ଓ ଢ଼ିଙ୍କିଆ ଚାରିଦେଶ ଉପରେ ତୀକ୍ଷ୍ଣ ନଜର ରଖିଥିଲେ ।

୫ ମେ, ୨୦୦୯ ମଙ୍ଗଳବାର ପଂଚାୟତ ନିର୍ବାଚନ ଅନୁଷ୍ଠିତ ହୋଇଥିଲା ଓ ପରଦିନ ବୁଧବାର ଫଳ ଘୋଷଣା ହୋଇଥିଲା । ଘୋଷିତ ଫଳାଫଳ ଅନୁଯାୟୀ ସରପଂଚ ଭାବେ ଶିଶିର ମହାପାତ୍ର ଓ ସମିତି ସଭ୍ୟ ଭାବେ ପ୍ରକାଶ ଜେନା ବିଜୟୀ ହୋଇଥିଲେ । ଶିଶିର ମହାପାତ୍ର ପୋସ୍କୋ ପ୍ରତିରୋଧ ସଂଗ୍ରାମ ସମିତିର ସମ୍ପାଦକ ଓ ସେ ପୋସ୍କୋ ପ୍ରକଳ୍ପ ବିରୋଧରେ ସଂଗ୍ରାମ ଚଳାଇଥିଲେ । ସେହିପରି ପୋସ୍କୋ ବିରୋଧୀ ପ୍ରକାଶ ଜେନା ମଧ୍ୟ ୭ ମାସ ଜେଲ ରହି ଫେରିଥିଲେ । ପୋଲିସ୍ ଗ୍ରାମର ୪୫୦ ଆଦୋଳନକାରୀଙ୍କ ନାମରେ ୧୩୬ଟି ମୋକଦ୍ଦମା ରୁଜୁ କରିଛି, ତହିଁ ମଧ୍ୟରେ ଶିଶିର ମହାପାତ୍ର ଓ ପ୍ରକାଶ ଜେନା ଅଭିଯୁକ୍ତ ଅଛନ୍ତି । ଢ଼ିଙ୍କିଆ ଚାରିଦେଶରେ ଛୋଟବଡ଼ ୧୫ ଟି ଗାଁ ଓ ପଡ଼ାର ୨୦ ହଜାରରୁ ଅଧିକ ଲୋକ ପୋସ୍କୋକୁ ବିରୋଧ କରୁଥିବା ବେଳେ ଶିଶିର ଓ ପ୍ରକାଶ ସେମାନଙ୍କ ନେତୃତ୍ୱ ନେଉଥିବାରୁ ତାଙ୍କ ଠାରୁ ପୋସ୍କୋ କୌଣସି ସମର୍ଥନ ପାଇବ, ସେ ଆଶା କ୍ଷୀଣ ହୋଇଗଲା । ପଂଚାୟତ ନିର୍ବାଚନର ଫଳ ପୋସ୍କୋ ଓ ପ୍ରଶାସନକୁ ଶକ୍ତ ଆଘାତ ଦେଇଥିଲା ।

ଢ଼ିଙ୍କିଆ ପଂଚାୟତର ଫଳ ପ୍ରକାଶ ପରେ ସରକାରଙ୍କ ପଂଚାୟତ ରାଜ ନିୟମ ଅନୁଯାୟୀ ସରପଂଚ ପଂଚାୟତର ଗ୍ରାମସଭା ଡକାଇଥିଲେ । ଗ୍ରାମସଭାର ପଂଚାୟତ କାର୍ଯ୍ୟନିର୍ବାହୀ ଅଧିକାରୀ ଉପସ୍ଥିତ ଥିଲେ । ଗ୍ରାମସଭାରେ ଢ଼ିଙ୍କିଆ ପଂଚାୟତର ସମସ୍ତ ଗ୍ରାମବାସୀ ଉପସ୍ଥିତ ଥାଇ ଅଧିବେସନରେ ନିଷ୍ପତ୍ତି ନେଲେ ଯେ, ଜମି ଅଧିଗ୍ରହଣକୁ ବିରୋଧ କରିବେ । ଜଙ୍ଗଲ ଜମିର କିସମ କାଏମ ରହିବ ଓ ପୋସ୍କୋ ବିରୋଧରେ ଆବଶ୍ୟକ ପଦକ୍ଷେପ ନିମନ୍ତେ ଉଲ୍ଲେଖ କରି ଅଧିବେଶନ କପି ପ୍ରସ୍ତୁତ କରାଗଲା । ଯୋଉ ଅଧିବେଶନ ପୁସ୍ତକରେ ସରକାରୀ କାର୍ଯ୍ୟ ନିର୍ବାହୀ ଅଧିକାରୀ ଉପସ୍ଥିତ ଥାଇ ମଧ୍ୟ ସେଥିରେ ସ୍ୱାକ୍ଷର କରିଲେ ନାହିଁ । କିନ୍ତୁ ସରପଂଚ ଓ ସମିତି ସଭ୍ୟ ଉକ୍ତ ଗ୍ରାମସଭା ନିଷ୍ପତିକୁ ସମସ୍ତ ସରକାରୀ ସଂସ୍ଥାକୁ ନିୟମ ଅନୁଯାୟୀ ପ୍ରେରଣ କରିଥିଲେ । ଯାହା ପୋସ୍କୋକୁ ଅଡ଼ୁଆରେ ପକେଇଥିଲା ।

୧୦ ମାସ ୧୦ ଦିନ ଜେଲ୍ ରହଣି ପରେ ପୋସ୍କୋ ବିରୋଧୀ ନେତା ଅଭୟ ସାହୁଙ୍କୁ ଜାମିନ ମିଳିଥିଲା । ମାନ୍ୟବର ଓଡ଼ିଶା ଉଚ୍ଚ ନ୍ୟାୟାଳୟ ସର୍ତ୍ତମୂଳକ ଜାମିନ ପ୍ରଦାନ କରିଥିଲେ । ୨୧ ଅଗଷ୍ଟ ୨୦୦୯ରେ ମୁକୁଳି ଥିଲେ ଅଭୟ ସାହୁ । ଢ଼ିଙ୍କିଆ ଚାରିଦେଶରେ ଆନନ୍ଦ ଖେଳି ଯାଇଥିଲା । ପୁଣି ପୋସ୍କୋ ବିରୋଧୀ ଗ୍ରାମବାସୀଙ୍କ ମନରେ ଉସ୍ଵାହ ଓ ଆନନ୍ଦ ଭରି ଦେଇଥିଲା । ଅଭୟ ସାହୁ ଜେଲରୁ

ଫେରିବା ପରେ ଗାଁରେ ପୁଣି ପ୍ରବେଶ କରିଥିଲେ। ଆୟୋଜନ ହୋଇଥିଲା ଭବ୍ୟ ସମ୍ବର୍ଦ୍ଧନା। ସମଗ୍ର ଦେଶ ଓ ରାଜ୍ୟର ବିଭିନ୍ନ ଗଣ ସଂଗଠନ ବିସ୍ଥାପନ ବିରୋଧୀ ନେତାମାନେ ଛୁଟିଥିଲେ ଡିଙ୍କିଆ। ତିନି ପଂଚାୟତରେ ଶୋଭାଯାତ୍ରାମାନ ଅନୁଷ୍ଠିତ ହୋଇଥିଲା। ପାଟଣା ଠାରେ ବିରାଟ ସମ୍ବର୍ଦ୍ଧନା ସଭା ଅନୁଷ୍ଠିତ ହୋଇଥିଲା। ଅଂଚଳର ମହିଳା ପୁରୁଷ, ଯୁବବର୍ଗ, ଛାତ୍ରଛାତ୍ରୀ ଓ ସାଧାରଣ ଲୋକମାନେ ଦେଶାମୁବୋଧକ ଆନ୍ଦୋଳନର ଗୀତ ଗାଇ ଗାଇ ଅଭୟଙ୍କୁ ଲାଲ୍ ସଲାମ୍ ଜଣାଇଥିଲେ। ଏପରି ଖୁସି ପୋଷ୍କୋ ବିରୋଧରେ ଆନ୍ଦୋଳନକୁ ଆହୁରି ତୀବ୍ର କରି ବିରୋଧର ଦାନା ବାନ୍ଧିଥିଲା।

ଲତିକା ଦୀର୍ଘ ନିଶ୍ଵାସଟିଏ ପକେଇ ପୁଣି କହିଚାଲିଲା।

ଦଶ

୧୫ ମେ ୨୦୧୦
ବାଲିତୁଠରେ ବୋମାମାଡ଼–ଘରପୋଡ଼ି
ପୋଲିସର ଲାଠି ଓ ଗୁଳିମାଡ଼:

କୌଣସି ଗୋଟିଏ ଦିନ ବି ଶାନ୍ତିରେ ନିଶ୍ୱାସ ମାରି ହେଲାନି। ଦୈନିକ କିଛି ନା କିଛି କରିବାକୁ ପଡ଼ିବ। ଆମେ ସ୍ତ୍ରୀ ଲୋକ ଆମର ସ୍ୱାମୀ, ଶାଶୁ, ଶ୍ୱଶୁର, ପିଲାଛୁଆ ସଂସାର ଅଛି। ପିଲାମାନଙ୍କ ଅଳି ଅଛଟ ନେହୁରା ଅଛି। ହେଲେ ସେ ସବୁ କିଛି ଶୁଣାଗଲାନି। ଗାଁରେ ଅଭୟ ସାହୁ ଯାହା କହିବେ ତାହା ମାନିବାକୁ ପଡ଼ିବ। ମା'ଫୁଲଖାଇ ମନ୍ଦିର – ତା ପାଖକୁ ଗୋଟେ ବାଉଁଶ ବୁଦା ଜଙ୍ଗଲିଆ ଜାଗା ଚାରିପଟରେ ଲୋକମାନେ ଜଗିଥିବେ। ନିର୍ଦିଷ୍ଟ ଲୋକମାନେ ତାଙ୍କୁ ଦେଖା କରୁଥିଲେ। କେତେବେଳେ ସାମ୍ୱାଦିକ, ରାଜନେତା ଓ ଅଣଓଡ଼ିଆ ସମାଜସେବୀମାନେ ଦଳ ଦଳ ହେଇ ତାଙ୍କ ପାଖକୁ ଆସୁଥାନ୍ତି।

ଆମ ଗାଁ ଭେଣ୍ଡିଆମାନେ ତାଙ୍କ କଡ଼େକଡ଼େ ଜଗି ରହିଥାଆନ୍ତି। ତାଙ୍କ ନାଁରେ ବିଭିନ୍ନ କଥା ଶୁଣା ଯାଉଥିଲା। କିଏ କହୁଥିଲା ଯେ, ସେ ନିଜର ସ୍ୱାର୍ଥ ସାଧନ ପାଇଁ ଜନ୍ମ ସ୍ଥାନ ଜିରାଇଲୋ ଗାଁ ଛାଡ଼ି ଆସି ଢିଙ୍କିଆରେ ରହୁଛନ୍ତି। ଲୋକଟା ନିଶ୍ଚୟ ଶିକ୍ଷିତ। ସବୁବେଳେ କମ୍ୟୁନିଷ୍ଟ ପାର୍ଟିରେ ମାତିଥାଇଁ। ଏବେ ଆମ ଗାଁର ନେତା। ଆଉ କିଏ କହୁଥିଲା ଯେ, ପୋସ୍କୋ ଏଠି କାରଖାନା ନ କରୁ ବୋଲି ଅନେକ ଦେଶୀ ବିଦେଶୀ କମ୍ପାନୀ ଚାହୁଁଛନ୍ତି। ସେଇ କମ୍ପାନୀମାନେ ଅଭୟ ସାହୁଙ୍କ ଭିତିରିଆ ହାତଗୁଞ୍ଜା ଦେଉଛନ୍ତି। ପୋସ୍କୋ ଏଠୁ ଫେରିଯାଉ ଅନ୍ୟ କମ୍ପାନୀମାନଙ୍କ ଇଚ୍ଛାକୁ ସେ ଟଙ୍କା ନେଇ ପୂରଣ କରିବାକୁ ଚାହୁଁଛନ୍ତି। ବାହାରୁ କେନ୍ଦ୍ରୀୟ କମ୍ୟୁନିଷ୍ଟ ପାର୍ଟି ମାଧ୍ୟମରେ ଅନେକ ବିଦେଶୀ କମ୍ପାନୀର ଲୋକ ଅଭୟ ସାହୁଙ୍କୁ ଅର୍ଥ ଦେଇ ତାଙ୍କୁ ହାତ କରିଛନ୍ତି।

ପୋସ୍କୋ ବିରୋଧୀ ଆନ୍ଦୋଳନ ବିଦେଶୀ ଶକ୍ତିଙ୍କ ଇଙ୍ଗିତରେ ଚାଲୁଛି। ସେ ପାରାଦ୍ୱୀପର ଅନେକ କମ୍ପାନୀକୁ ହାତ କରି ଅର୍ଥ ଯୋଗାଡ଼ କରୁଛନ୍ତି।

ଗାଁରେ ଆନ୍ଦୋଳନ କରିବା ଆଳରେ ବହୁ ଅର୍ଥ ଗ୍ରାମବାସୀଙ୍କ ନାମରେ ଆଣି ତୋଷରପାତ କରୁଛନ୍ତି। କେବଳ ଅର୍ଥ ତୋଷରପାତ ନୁହେଁ ଏମିତିକି ତାଙ୍କ ଚରିତ୍ରକୁ ନେଇ ମଧ୍ୟ ପୋସ୍କୋ ସପକ୍ଷବାଦୀମାନେ ସମାଲୋଚନା କରିଥାନ୍ତି। ହେଲେ ସେ ସବୁ କଥା ଆମେ ଶୁଣୁନା, କାରଣ ଆମେ ଜାଣିଛୁ ଯେ, ପୋସ୍କୋ, ଆମ ଗାଁ ପାଇଁ ଠିକ୍ ନୁହେଁ। ଆମ ଭବିଷ୍ୟତ ପାଇଁ ଶୁଭଙ୍କର ନୁହେଁ। କାରଖାନା ନିର୍ମାଣ ହେଲେ ଆଜିର ଖୁସି କାଲିକି ନଥିବ। ଆମ ଗାଁ ନଷ୍ଟ ହେଇଯିବ। ଆଉ ଯେଉଁମାନେ ସମାଲୋଚନା କରୁଛନ୍ତି, ସେମାନେ କ'ଣ ଅଭୟ ସାହୁ ହେଇପାରିବେ। ଯିଏ ବର୍ଷ ବର୍ଷ ମାସ ମାସ ଧରି ଜେଲ୍ ଯାଇଛନ୍ତି, ଥାନା, କୋର୍ଟ, ଜେଲ୍, କେଶ୍‌କୁ ଭୟ କରନ୍ତିନି। ଯିଏ ଗାଁରେ ଘେରାବନ୍ଦୀରେ ଥାଇ, ପୋଲିସ୍ ଜୁଲମ ସହି ଆମ ଭିଟାମାଟି ପାଇଁ ଲଢୁଛନ୍ତି, ତାଙ୍କୁ କିଏ କ'ଣ କହିଲେ ଆମର କ'ଣ ଅଛି। ଆମକୁ ଗୋଟିଏ କଥା ସ୍ୱୀକାର କରିବାକୁ ହେବ ଯେ, ସେ ଆମ ନେତା। ସେ ଆମ ଗାଁର ମୁଖ୍ୟ। ସେ ଆମ ମାଟିର ପୁଅ ନହେଲେ ବି ସେ ଯାହା ଚାହିଁବେ, ସେଇଆ ହେବ। କାରଣ ସେ ଆଜି ପର୍ଯ୍ୟନ୍ତ ଆମ ପାଇଁ, ଆମ ମାଟିର ମୁକ୍ତି ପାଇଁ ଲଢୁଛନ୍ତି। ଖାଲି କେହି କ'ଣ କହିଦେଲେ ହୋଇଯିବ। ପ୍ରମାଣ ନଥାଇ ତାଙ୍କୁ ଆମେ କେମିତି ଖରାପ କହିବୁଯେ। ଲୋକେ ତ ସଜ ମାଛରେ ପୋକ ପକେଇଦେବେ। ଭଲ କାମ କଲେ ସମାଲୋଚନା କରିବେ। ଖରାପ କାମ କଲେ ସମାଲୋଚନା କରିବେ। ସମାଲୋଚନାକୁ ନଡରି ନିରବଚ୍ଛିନ୍ନ ଭାବେ ସଂଗ୍ରାମର ନେତୃତ୍ୱ ନେଉଥିବା ଲୋକ ଅଭୟ ସାହୁ। ଆମ ପାଇଁ ଥିଲେ ପ୍ରିୟ ମଣିଷ।

ଆମମାନଙ୍କ ତରଫରୁ ପୋସ୍କୋ କମ୍ପାନୀର ଗାଁ ସର୍ଭେ ଓ ପାନ ବରଜ ଭଙ୍ଗାକୁ ବିରୋଧ ଆରମ୍ଭ ହୋଇଯାଇଥିଲା। କୌଣସି ପରିସ୍ଥିତିରେ ଲୋକମାନେ ପ୍ରଶାସନ ଓ ପୋସ୍କୋ ସର୍ଭେ ଦଳକୁ ଗାଁରେ ପୂରେଇ ନଦେବାକୁ ସଙ୍କଳ୍ପ କଲେ। ପ୍ରସ୍ତାବିତ ପୋସ୍କୋ ଅଞ୍ଚଳର ଢିଙ୍କିଆ ଠାରୁ ପୁରୀ ପର୍ଯ୍ୟନ୍ତ ଉପକୂଳରେ ପୋସ୍କୋ ବିରୋଧୀମାନଙ୍କର ୧୨୦ କି.ମି. ବ୍ୟାପୀ ପଦଯାତ୍ରା କରାଯାଇଥିଲା। ଏସବୁ ପରେ ଗ୍ରାମବାସୀମାନେ ସ୍ଥିର କଲେ ଯେ, ବାଲିତୁଠ ଠାରେ ହିଁ ଅନିର୍ଦ୍ଧିଷ୍ଟ କାଳ ପର୍ଯ୍ୟନ୍ତ ଧାରଣା ଆରମ୍ଭ ହେବ। ଦୈନିକ ସକାଳ ୮ଟା ଠାରୁ ସନ୍ଧ୍ୟା ୬ଟା ପର୍ଯ୍ୟନ୍ତ ବାଲିତୁଠ-ନୂଆଗାଁ ରାସ୍ତାକୁ ବାଲିତୁଠ ପୋଲ ନିକଟରେ ପହରା ଦିଆଯିବ। ସାଧାରଣ ଲୋକଙ୍କ ପାଇଁ ଯାତାୟତ ରାସ୍ତା ଖୋଲା ରହିବ। କୌଣସି ସରକାରୀ କର୍ମଚାରୀ କିମ୍ବା ପୋସ୍କୋ କର୍ମଚାରୀଙ୍କୁ

ଗାଁ ଭିତରକୁ ଛଡ଼ାଇବ ନାହିଁ । ବାଲିତୁଠ ରାସ୍ତା ବନ୍ଦ ରହିବାରୁ ଗାଁରେ ଅସ୍ୱାଭାବିକ ସ୍ଥିତି ସୃଷ୍ଟି ହେଲା ।

ଦିନେ ନୁହେଁ, କି ଦି ଦିନ ନୁହେଁ । ଏପରି ବାଘ ଛେଳି ଖେଳ ମାସକ ପର୍ଯ୍ୟନ୍ତ ଚାଲିଲା । ସେପଟେ ଲୋକଙ୍କୁ ଘଉଡ଼େଇବା ପାଇଁ ସରକାର କୌଣସି ପଦକ୍ଷେପ ନେଇ ନଥିଲେ । ପୋସ୍କୋ ପ୍ରକଳ୍ପ ପାଇଁ ପୋସ୍କୋ ବିରୋଧୀ ଡୁଲା ମଣ୍ଡଳର ମୁଣ୍ଡ ଗଡ଼ିବା ପରେ ପୋସ୍କୋ ସପକ୍ଷବାଦୀମାନଙ୍କ ନାହିଁ ନଥିବା କ୍ଷତି ହୋଇଛି । ବେଳକୁ ବେଳ ଘଟଣାକ୍ରମ ନେଇ ରାଜ୍ୟ ସରକାର ସମାଲୋଚିତ ହେଇଛନ୍ତି । ତେଣୁ ସରକାର ଆନ୍ଦୋଳନକାରୀଙ୍କ ଉପରେ ନରମ ମନୋଭାବ ପୋଷଣ କରିଥିଲେ ମଧ୍ୟ ପୋସ୍କୋ ସପକ୍ଷବାଦୀମାନେ ଏପରି ଆନ୍ଦୋଳନକୁ ବରଦାସ୍ତ କରିପାରିଲେ ନାହିଁ । ପୋସ୍କୋ ସପକ୍ଷବାଦୀମାନଙ୍କ ପକ୍ଷରୁ ଗଠନ କରାଯାଇଥିବା ମିଳିତ କ୍ରିୟାନୁଷ୍ଠାନ କମିଟି ଏପରି ରାସ୍ତାରୋକ ଆନ୍ଦୋଳନକୁ ତୀବ୍ର ବିରୋଧ କରିଥିଲା । ମିଳିତ କ୍ରିୟାନୁଷ୍ଠାନ କମିଟି ଓ ଗାଁର ଅନ୍ୟ ସମସ୍ତ ସଂଗଠନ ଏପରି ଆନ୍ଦୋଳନକୁ ସମର୍ଥନ କରିନଥିଲେ । ପ୍ରଶାସନ ପକ୍ଷରୁ ବାଲିତୁଠ ତମ୍ବୁ ହଟାଇବା ସହିତ ଗ୍ରାମବାସୀମାନେ ଗାଁକୁ ଫେରି ଯାଆନ୍ତୁ ବୋଲି ବାରମ୍ବାର ତାଗିଦ କରାଗଲା । ହେଲେ ଲୋକେ ଶୁଣିବାକୁ ନାରାଜ । ଦିନ ଦିନ ବାଲିତୁଠରେ ଧାରଣା ଦେଇ ବସିବା ଓ ଗାଁକୁ ଯିବା ପାଇଁ ପ୍ରଶାସନକୁ ଅଟକେଇବା ଘଟଣା ଜଟିଳ କରିଥିଲା । ବିଭିନ୍ନ ଚାପରେ ପ୍ରଶାସନ ପୋସ୍କୋ ବିରୋଧୀଙ୍କୁ କୌଣସି ପ୍ରକାରେ ବାଲିତୁଠରୁ ହଟାଇବାକୁ ନିଷ୍ପତି ନେଲା ।

ବାଲିତୁଠରେ ଲଗାତାର ଧାରଣା ଚାଲିଥିବା ବେଳେ ପୋଲିସ୍ ତାଙ୍କୁ ଚାରିପଟରୁ ଘେରାଉ କରି ରଖିଥିଲା । କେବଳ ଗୋବିନ୍ଦପୁର ଦେଇ ଢିଙ୍କିଆ ଫେରିପାରିବେ ପୋସ୍କୋ ବିରୋଧୀ ଗ୍ରାମବାସୀ । ଅନ୍ୟ ସବୁପଟରେ ପୋଲିସ୍ ଛାଉଣି ରହିଥାଏ । କମ୍ୟୁନିଷ୍ଟ ଦଳର ଜଗତ୍‌ସିଂହପୁର ଲୋକସଭା ସାଂସଦ ଡକ୍ଟର ବିଭୁ ପ୍ରସାଦ ତରାଇ ଧାରଣାରତ ଗ୍ରାମବାସୀଙ୍କୁ ଭେଟିବା ପାଇଁ ଆସୁଥିବା ବେଳେ ଜିଲ୍ଲା ପୋଲିସ୍ ତାଙ୍କୁ ଗିରଫ କରିନେଇଥିଲେ । ସେହିପରି ପୂର୍ବତନ ବିଧାୟକ ଉମେଶ ଚନ୍ଦ୍ର ସ୍ୱାଇଁଙ୍କୁ ମଧ୍ୟ ପୋଲିସ୍ ନିଜ ହେପାଜତକୁ ନେଇଥିଲା ।

ପରଦିନ ଅର୍ଥାତ୍ ୨୦୧୦ ମସିହା ମେ ମାସ ୧୫ ତାରିଖରେ ପ୍ରସ୍ତାବିତ ପୋସ୍କୋ ଅଂଚଳ ସୀମା ବାଲିତୁଠ ପୋଲ ନିକଟରେ ପ୍ରାୟ ଦୁଇ ହଜାରରୁ ଉର୍ଦ୍ଧ୍ୱ ମହିଳା ଓ ପୁରୁଷ ପାଖାପାଖ ଆଠଶହ ପୋଲିସ୍ ଫୋର୍ସଙ୍କ ମଧ୍ୟରେ ଶନିବାର ଦିନ ଦୁଇଟାରେ ଖଣ୍ଡ ଯୁଦ୍ଧ ହୋଇଥିଲା । ଏହି ଖଣ୍ଡଯୁଦ୍ଧ ଦୀର୍ଘ ଦୁଇ ଘଂଟା ଧରି ଚାଲିଲା । ପୋଲିସ୍ ଫୋର୍ସଙ୍କ ମଧ୍ୟରେ ଜଗତ୍‌ସିଂହପୁର ଏସ୍.ପି. ଓ ଜିଲ୍ଲାପାଳଙ୍କ ସହିତ ବହୁ

ବରିଷ୍ଠ ସରକାରୀ ପଦାଧିକାରୀ ଉପସ୍ଥିତ ଥିଲେ। ବାଲିତୁଠକୁ ପ୍ରାୟ ତିରିଶ ପ୍ଲାଟୁନ୍ ପୋଲିସ୍ ଫୋର୍ସ ଜଗି ରହିଥିଲେ। ପୋଲିସ୍ ଫୋର୍ସ ବିରୋଧୀ ଗ୍ରାମବାସୀଙ୍କ ଉପରକୁ ରବର ଗୁଳିମାଡ଼ କରିବା ସହିତ ଲୁହବୁଜୋ ଗ୍ୟାସ୍ ପ୍ରୟୋଗ କରିଥିଲେ। ପୋଲିସ୍ ଲଗାତର ଭାବେ ଫାଙ୍କା ଗୁଳିଚାଳନା କରୁଥିଲା।

ପୋଷ୍କୋ ବିରୋଧୀ ଗ୍ରାମବାସୀମାନେ ମଧ୍ୟ ପୂର୍ବ ପ୍ରସ୍ତୁତ ହୋଇ ଆସିଥିବା ଲକ୍ଷ୍ୟ କରାଯାଇଥିଲା। ପାଲଟା ଜବାବରେ କେତେକ ପୋଷ୍କୋ ବିରୋଧୀ ଯୁବକ ପୋଲିସ୍ ଫୋର୍ସ ଉପରକୁ ବୋମା ମାଡ଼ ସହିତ ଟେକାପଥର ମାଡ଼ କରିଥିଲେ। ସଂଘର୍ଷରେ ପୋଷ୍କୋ ବିରୋଧୀ ଗ୍ରାମବାସୀ ମୌନାବତୀ ଦାସ, ଶାନ୍ତି ପାତ୍ର, ଉର୍ମିଲା ପରମାଣିକ, ରମେଶ ରାଉତ, ଧ୍ରୁ ଦାସ, ଭରତ ବର୍ଦ୍ଧନ, ନୀରଞ୍ଜନ ବେହେରା ଓ ରଞ୍ଜନ ସ୍ୱାଇଁଙ୍କ ସମେତ ତିରିଶ ଜଣରୁ ଊର୍ଦ୍ଧ୍ୱ ଗୁରୁତର ଆହତ ହୋଇଥିଲେ। ଆହୁରି ମଧ୍ୟ ପ୍ରାୟ ଶହେ ଜଣରୁ ଊର୍ଦ୍ଧ୍ୱ ଗ୍ରାମବାସୀମାନେ ଦଲାଚକଟାରେ ପଡ଼ିଉଠି ଆହତ ହୋଇଥିବା ବେଳେ ପୋଲିସ୍ ଲାଠିମାଡ଼ ଖାଇ ଭୀତତ୍ରସ୍ତ ହୋଇ ପଡ଼ିଥିଲେ। ଏହି ସଂଘର୍ଷ ସମୟରେ ଘଟଣାସ୍ଥଳରେ କୁଜଙ୍ଗ ଥାନାର ଜଣେ ମହିଳା ସବ୍-ଇନିସ୍ପେକ୍ଟର ଅଚେତ ହୋଇ ତଳେ ପଡ଼ିଯାଇଥିଲେ ଓ ତାଙ୍କୁ ସଙ୍ଗେ ସଙ୍ଗେ କୁଜଙ୍ଗ ଡାକ୍ତରଖାନାକୁ ନିଆଯାଇଥିଲା। ଆହତ ଗ୍ରାମବାସୀମାନଙ୍କୁ ଗ୍ରାମବାସୀମାନେ କାନ୍ଧରେ ବୋହି ଗୋବିନ୍ଦପୁର ଓ ଢିଙ୍କିଆକୁ ନେଇ ଯାଇଥିଲେ। ଅନେକ ଗ୍ରାମବାସୀ ରକ୍ତରେ ଜୁଡୁବୁଡୁ ହୋଇ ଥିଲେ ମଧ୍ୟ ସେମାନଙ୍କୁ କୁଜଙ୍ଗ ଡାକ୍ତରଖାନା ନେଲେ ପୋଲିସ୍ ପକ୍ଷରୁ ଗିରଫ ଭୟ ଥିବାରୁ ସେମାନଙ୍କୁ ଗାଁକୁ ଘରୋଇ ଚିକିତ୍ସା ପାଇଁ ନେଇଯାଇଥିଲେ। ପୋଲିସ୍ ଆକ୍ରମଣରେ ସମସ୍ତ ପୋଷ୍କୋ ବିରୋଧୀ ମହିଳା ଓ ପୁରୁଷ ଗ୍ରାମବାସୀ ଛତ୍ରଭଙ୍ଗ ଦେଇ ବାଲିତୁଠ ଲକ୍ଷ୍ମଣ ରେଖା ନିକଟରୁ ନିଜ ଗାଁ ଢିଙ୍କିଆ, ଗୋବିନ୍ଦପୁର, ନୂଆଗାଁ ଓ ଗଡ଼କୁଜଙ୍ଗକୁ ଜୀବନ ବଂଚେଇ ପଳେଇଗଲେ।

ଏହି ଘଟଣା ପରେ ପୋଲିସ୍ ରକ୍ତମୁଖା ହୋଇ ବର୍ବରକାଣ୍ଡ ଘଟେଇଥିଲା। ବିରୋଧୀ ଗ୍ରାମବାସୀ ହଟିଯିବା ପରେ ପୋଲିସ୍ ଫୋର୍ସଙ୍କ ସହାୟତାରେ କେତେକ ପୋଷ୍କୋ ସପକ୍ଷବାଦୀ ସେମାନଙ୍କ ଚାଲ ଘରୟ ଓ ପାଲଟଣା ଶିବିରରେ ନିଆଁ ଲଗେଇ ଦେଇଥିଲେ। ଘଟଣାସ୍ଥଳ ବଜାର ଠାରେ ଥିବା ସାଧାରଣ ନିରୀହ ଲୋକଙ୍କର ଆଠଟି ଦୋକାନ ଘର ଓ ଛଅ ଜଣ ପରିବାରଙ୍କ ଚାଲ ଛପର ବାସଘର ସେହି ନିଆଁରେ ଜଳି ପୋଡ଼ି ଛାରଖାର ହୋଇଯାଇଥିଲା। ସେଠାକାର ବାସିନ୍ଦା ଅଲେଖ ସାହୁ ଓ ନିତ୍ୟାନନ୍ଦ ସାହୁଙ୍କ ଦଶ ବଖରା ଘର ପୋଡ଼ିଯାଇଥିଲା। ରଞ୍ଜନ ସାହୁ, ବିଶ୍ୱ କୁମାର ଖଟୁଆ, ପ୍ରଫୁଲ୍ଲ ମୁଦୁଲି, ଭଞ୍ଜକିଶୋର ମିଶ୍ର ଓ ହେମନ୍ତ ଦଳେଇଙ୍କ ଦୋକାନ ଘର ସଂଘର୍ଷ

ଜନିତ ବୋମା ମାଡ଼ରେ ପୋଡ଼ିଯାଇଥିବାରୁ ବାଲିତୁଠ ବଜାର କମିଟିର ସଭାପତି ସଞ୍ଜୟ କୁମାର ମହାନ୍ତି ସେମାନଙ୍କ କ୍ଷତିପୂରଣ ପାଇଁ ପ୍ରଶାସନକୁ ଜଣାଇବା ସହିତ ଘଟଣାର ନିନ୍ଦା କରିଥିଲେ । ଜଗତ୍‌ସିଂହପୁର ଠାରେ ସାଂସଦ ଡକ୍ଟର ବିଭୁପ୍ରସାଦ ତରାଇ ପୋଲିସ୍ ଦ୍ୱାରା ଅଟକ ଥିବାରୁ ପ୍ରତିବାଦରେ କମ୍ୟୁନିଷ୍ଟ ଦଳ ପକ୍ଷରୁ କୁଜଙ୍ଗ ଥାନା ଘେରାଉ କରିଥିଲେ ଓ କଟକ ପାରାଦ୍ୱୀପ ରାସ୍ତାକୁ ଅବରୋଧ କରି ଧାରଣାରେ ବସିଥିଲେ । କାଲେ ପୋଲିସ୍ ଫୋର୍ସ ଢିଙ୍କିଆକୁ ପଶି ଆସିବ, ଏଇ ଆଶଙ୍କାରେ ହଜାର ହଜାର ଗ୍ରାମବାସୀ ଖୁଲମଖୁଲା ଅସ୍ତ୍ରଶସ୍ତ୍ର ଓ ବୋମା ଧରି ଗାଁ ସୀମାରେ ଜଗି ରହିଥିଲେ । ଘଟଣା ଶନିବାର ଘଟିଥିଲା, ହେଲେ ପୂର୍ବରୁ ମଧ ଶୁକ୍ରବାର ଠାରୁ ପୋଲିସ୍ ଘଟଣା ଘଟାଇବ ବୋଲି କସରତ ଆରମ୍ଭ କରିଦେଇଥିଲା । ବାଲିତୁଠରୁ ପୋସ୍କୋ ବିରୋଧୀଙ୍କୁ ହଟେଇବା ପାଇଁ ପ୍ରାୟ ପଚିଶି ପ୍ଲାଟୁନ୍ ପୋଲିସ୍ ଫୋର୍ସ ମୃତୟନ କରାଯାଇଥିଲା । ପୋଲିସ୍ ଆଇ.ଜି., ଏସ୍.ପି., ଜିଲ୍ଲାପାଳ ଉପସ୍ଥିତ ଥାଇ ଡାକବାଜି ଯନ୍ତ ଯୋଗେ ବାଲିତୁଠ ଓ ଏହାର ଆଖପାଖ ତିନି କିଲୋମିଟର ଦୂରରେ ୧୪୪ ଧାରା ଜାରି କରାଗଲା   ବୋଲି ଘୋଷଣା କରିଥିଲେ । ତେବେ ପୋସ୍କୋ ବିରୋଧୀ ନେତା ଅଭୟ କୁମାର ସାହୁ, ପୂର୍ବତନ ବିଧାୟକ ନାରାୟଣ ରେଡ୍ଡୀ, ସି.ପି.ଆଇ. ନେତା ରାମକୃଷ୍ଣ ପଣ୍ଡା, କମ୍ୟୁନିଷ୍ଟ ପାର୍ଟି ନେତା ଦୋଳ ଗୋବିନ୍ଦ ଦାସ ଓ ନୀଳକଣ୍ଠ ଦାସ ପ୍ରମୁଖ ଗାଁରେ ଉପସ୍ଥିତ ଥାଇ ଗ୍ରାମବାସୀଙ୍କୁ ଉସ୍ତାହିତ କରିବାରୁ ଏପରି ଘଟଣା ଘଟିଥିଲା । ସମଗ୍ର ପୋସ୍କୋ ପ୍ରସ୍ତାବିତ ଅଞ୍ଚଳ ଅଶାନ୍ତ ହୋଇଥିଲା । କୁଜଙ୍ଗ ଠାରେ କଟକ-ପାରାଦ୍ୱୀପ ରାସ୍ତା ଅବରୋଧ ହୋଇ ରହିଥିବାରୁ ଜଗତ୍‌ସିଂହପୁର ଜିଲ୍ଲା ବ୍ୟାପୀ ପ୍ରଭାବ ପଡ଼ିଥିଲା ।

ସେହି ସନ୍ଧ୍ୟାରେ ମୁଖ୍ୟମନ୍ତ୍ରୀ ନବୀନ ପଟ୍ଟନାୟକ ହିଂସାରୁ ଦୂରେଇ ରହିବାକୁ ଗଣାମଧମରେ ଅନୁରୋଧ କରିଥିଲେ । ମୁଖ୍ୟମନ୍ତ୍ରୀ କହିଥିଲେ ଯେ, କେହି ହିଂସାମ୍ୱକ କାର୍ଯ୍ୟ କରିବା ଉଚିତ୍ ନୁହେଁ । ସରକାର ଶାନ୍ତିପୂର୍ଣ୍ଣ ଶିଳ୍ପାୟନ ଚାହାଁନ୍ତି ବୋଲି ମୁଖ୍ୟମନ୍ତ୍ରୀ ମତ ଦେଇଥିଲେ । ଏହି ଗଣଧାରଣା ଉପରେ ପୋଲିସର ବର୍ବର ଆକ୍ରମଣ ଓ ସାଂସଦ ଶ୍ରୀ ତରାଇଙ୍କୁ ରାତି ଅଧୁଆ ଗିରଫ ପ୍ରତିବାଦରେ ଭୁବନେଶ୍ୱର ଠାରେ ମଧ କମ୍ୟୁନିଷ୍ଟ ପାର୍ଟି ପକ୍ଷରୁ ହରତାଲ କରାଯାଇଥିଲା । ଗୁଲି, ଲାଠି, ଗିରଫଦାରୀ ଦ୍ୱାରା ପୋସ୍କୋ ବିରୋଧୀ ଆଦୋଲନକୁ ଦବାଇ ଦିଆଯାଇ ପାରିବ ନାହିଁ ବୋଲି ନେତୃତ୍ୱମାନେ ଦାବୀ କରିଥିଲେ ଓ ଭୁବନେଶ୍ୱର ଡି.ସି.ପି.ଙ୍କ କାର୍ଯ୍ୟାଳୟ ସମ୍ମୁଖରେ ବିକ୍ଷୋଭ ପ୍ରଦର୍ଶନ କରାଯାଇଥିଲା । ନେତା ଦିବାକର ନାୟକ, ପୂର୍ବତନ ସାଂସଦ ଦ୍ୟୁତିକୃଷ୍ଣ ପଣ୍ଡା, ପ୍ରଭାତ ମିଶ୍ର ଓ ସୁର ଜେନା ପ୍ରମୁଖ ବିକ୍ଷୋଭ ପ୍ରଦର୍ଶନ କରିଥିଲେ ।

ଘଟଣାରେ ବିଜେପି ମଧ୍ୟ ଆଗକୁ ଆସିଥିଲା । ବିଜେପିର ଏକ ସଂସଦୀୟ ପ୍ରତିନିଧି ଦଳ ପ୍ରସ୍ତାବିତ ପୋଷ୍କୋ ଅଂଚଳ ଢ଼ିଙ୍କିଆ ଚାରିଦେଶକୁ ଗସ୍ତରେ ଆସିବେ ବୋଲି ଘୋଷଣା ହୋଇଥିଲା । ତେବେ ଘଟଣାର ଦିନକ ପରେ ବିଜେପିର କେନ୍ଦ୍ରୀୟ ଦଳ ସାଂସଦ ବଲବୀର ପୁଞ୍ଜ, ବିଜେପି ରାଜ୍ୟ ସଭାପତି ଜୁଏଲ ଓରାମ, ବିଜେପି ଜାତୀୟ ସାଧାରଣ ସମ୍ପାଦକ ଧର୍ମେନ୍ଦ୍ର ପ୍ରଧାନ, ସାଂସଦ ରୁଦ୍ର ନାରାୟଣ ପାଣିଙ୍କ ସମେତ ବହୁ ତୁଙ୍ଗ ନେତୃତ୍ୱମାନେ ଏକ ସମୟରେ କଳିଙ୍ଗନଗର ଓ କୁଜଙ୍ଗର ଏହି ସଂଘର୍ଷ ପ୍ରଭାବିତ ଅଂଚଳ ଗସ୍ତକରି ପୀଡ଼ିତ ଗ୍ରାମବାସୀଙ୍କ ଦୁଃଖ ବୁଝିଥିଲେ ।

ଘଟଣା ପରଦିନ ପୋଲିସ୍ ଫୋର୍ସର ମାତ୍ରାଧିକ କାର୍ଯ୍ୟାନୁଷ୍ଠାନ ଓ ସାଧାରଣ ଲୋକଙ୍କ କ୍ଷୟକ୍ଷତି ହୋଇଥିବାରୁ ପ୍ରତିବାଦରେ ବାଲିତୁଠ ବଜାର ବନ୍ଦ ଡାକରା ଦେଇଥିଲା ବଜାର ବ୍ୟବସାୟୀ ସଂଘ । ପୋଷ୍କୋ ବିରୋଧୀମାନେ ବାଲିତୁଠରୁ ଛତ୍ରଭଙ୍ଗ ଦେବାରୁ ତୁରନ୍ତ ସେହି ସ୍ଥାନକୁ ପୋଲିସ୍ ନିଜ କବ୍ଜାକୁ ନେଇ ସେଠାରେ ପୋଲିସ୍ କ୍ୟାମ୍ପ କରି ପୋଲିସ୍ ଛାଇ କରିଦେଇଥିଲା । ପୋଲିସ୍ ଘେରାବନ୍ଦୀରେ ସମଗ୍ର ପ୍ରସ୍ତାବିତ ପୋଷ୍କୋ ଅଂଚଳ ରହିଥିଲା । ସେପଟେ ପୋଲିସ୍ ଫୋର୍ସଙ୍କୁ ପୁନଃ ମୁକାବିଲା କରିବାକୁ ତିନି ପଂଚାୟତରେ ରାତିଦିନ ମେଲି ଚାଲିଥିଲା । ଏହି ସମୟରେ ସିପିଆଇ କେନ୍ଦ୍ରୀୟ ନେତା ଏ.ବି. ବର୍ଦ୍ଧନ ମଧ୍ୟ ବାଲିତୁଠ ଆସି ସଭା କରିଥିଲେ । ଏହି ଘଟଣା ସମ୍ପର୍କରେ ପୋଲିସ୍ ବିରୋଧରେ ଜନମତ ତୀବ୍ର ହୋଇଥିଲା । ଦେଶର ପ୍ରଧାନମନ୍ତ୍ରୀ, ମହାମହିମ ରାଷ୍ଟ୍ରପତି ଓ ଗୃହମନ୍ତ୍ରୀଙ୍କୁ ବିଭିନ୍ନ ଗଣ ସଂଗଠନ ପକ୍ଷରୁ ପତ୍ର ଲେଖାଯାଇ ଜଗତ୍‌ସିଂହପୁର ପ୍ରଶାସନ ଓ ଜିଲ୍ଲା ପୋଲିସ୍‌ର ପ୍ରଜା ବିରୋଧୀ ମନୋଭାବ ଜଣାଇଥିଲେ । ଘଟଣାରେ ମାନବିକ ଅଧିକାର କମିଶନର ମଧ୍ୟ ହସ୍ତକ୍ଷେପ କରିଥିଲେ । ଯଦ୍ୱାରା ରାଜ୍ୟ ସରକାରଙ୍କ ଉପରେ ଚାପ ସୃଷ୍ଟି ହୋଇଥିଲା ।

ଇତିମଧ୍ୟରେ ନୂଆଗାଁ ଓ ଗଡ଼କୁଜଙ୍ଗରେ ମିଳିତ କ୍ରିୟାନୁଷ୍ଠାନ କମିଟି ଓ ଭିଟାମାଟି ସୁରକ୍ଷା ମଂଚ ପକ୍ଷରୁ ପୋଷ୍କୋ ସର୍ଭେକୁ ବିରୋଧ କରାଯାଇଥିଲା । ସେଠାର ମଧ୍ୟ ପୋଲିସ୍ ଲାଠି ମାଡ଼ କରିଥିଲା ଓ ୧୨ ଜଣ ଯୁବକ ଗୁରୁତର ଆହତ ହୋଇଥିଲେ । ଘଟଣାକ୍ରମେ ଦିନକୁ ଦିନ ଗାଁରେ ଅଶାନ୍ତି ଲାଗି ରହିଲା । ତେବେ ରାଜ୍ୟ ସରକାର ଓ ପୋଷ୍କୋ ପ୍ରତିରୋଧ ସଂଗ୍ରାମ ସମିତିର ଏକ ସକରାତ୍ମକ ଆଲୋଚନା କରାଯିବାକୁ ପ୍ରସ୍ତାବ ହୋଇଥିଲା । ଏଥିରେ ରାଜ୍ୟ ସରକାର ସହମତି ପ୍ରଦାନ କରିଥିଲେ ଓ ମୁଖ୍ୟମନ୍ତ୍ରୀଙ୍କ ସହ ସିଧା ଆଲୋଚନା ହେବାକୁ ନିଷ୍ପତି ହୋଇଥିଲା । ଲତିକା ଘଟିଥିବା ଘଟଣାକୁ ଗୋଟିଗୋଟି କରି ବଖାଣି ବସୁଥିଲା ।

ଏଗାର

୧୩ ଓ ୧୮ ଜୁନ୍ ୨୦୧୦

ମୁଖ୍ୟମନ୍ତ୍ରୀ ଓ ପୋସ୍କୋ ଅଂଚଳ ଗ୍ରାମବାସୀ ଆଲୋଚନା:

୨୦୧୦ ମସିହା ଜୁନ ମାସ ୧୩ ତାରିଖରେ ଭୁବନେଶ୍ୱରଠାରେ ମୁଖ୍ୟମନ୍ତ୍ରୀଙ୍କ ସହିତ ପୋସ୍କୋ ପ୍ରତିରୋଧ ସଂଗ୍ରାମ ସମିତିର ଆଲୋଚନା ହୋଇଥିଲା। ମୁଖ୍ୟମନ୍ତ୍ରୀ ନବୀନ ପଟ୍ଟନାୟକ ସିଧାସଳଖ ପୋସ୍କୋ ପ୍ରତିରୋଧ ସଂଗ୍ରାମ ସମିତିର ସଭାପତି ଅଭୟ ସାହୁ, ସଂଗ୍ରାମ ସମିତିର ସମର୍ଥକ ଅବନୀ ବରାଲ, ପ୍ରଶାନ୍ତ ପାଇକରାୟ ଓ ପ୍ରକାଶ ଜେନାଙ୍କ ସହିତ ଆଲୋଚନା କରିଥିଲେ। ଭୁବନେଶ୍ୱର ସଚିବାଳୟ ଠାରେ ଆୟୋଜିତ ଏହି ଆଲୋଚନାରେ ସିପିଆଇ ସାଂସଦ ବିଭୁପ୍ରସାଦ ତରାଇ ଓ ବିଧାୟକ ପ୍ରଶାନ୍ତ ମୁଦୁଲି ଯୋଗଦେଇଥିଲେ। ସରକାରଙ୍କ ପ୍ରତିନିଧି ଭାବେ କେନ୍ଦ୍ରାଂଚଳ ଆରଡିସି ପ୍ରଦୀପ ମହାପାତ୍ର, ଜଗତ୍‌ସିଂହପୁର ଜିଲ୍ଲାପାଳ ନାରାୟଣର ଚନ୍ଦ୍ର ଜେନା ଓ ମୁଖ୍ୟମନ୍ତ୍ରୀଙ୍କ ପ୍ରମୁଖ ସଚିବ ବିଜୟ ପଟ୍ଟନାୟକ ପ୍ରମୁଖ ଉପସ୍ଥିତ ଥିଲେ। ଆଲୋଚନାରେ ଗୋଟିଏ କଥା ସ୍ଥିର ହେଲା ଯେ, ମୁଖ୍ୟମନ୍ତ୍ରୀ ନବୀନ ପଟ୍ଟନାୟକ ପ୍ରସ୍ତାବିତ ପୋସ୍କୋ ଅଂଚଳ ଢିଙ୍କିଆ ଚାରିଦେଶର ଲୋକମାନଙ୍କ ପାଖକୁ ଯାଇ ସ୍ଥିତି ବୁଝିବା ସହିତ ଲୋକଙ୍କ ବାସ୍ତବ ସମସ୍ୟା ଅନୁଧାନ କରିବେ। ଯେହେତୁ ଅଳ୍ପଦିନ ମଧ୍ୟରେ ମୁଖ୍ୟମନ୍ତ୍ରୀ ଅଂଚଳ ଗସ୍ତ କରିବେ, ତେଣୁ ପ୍ରସ୍ତାବିତ ପୋସ୍କୋ ଅଂଚଳରେ ସର୍ଭେ ହେବାକୁ ଆଉ ବିରୋଧ ହେବ ନାହିଁ। କୌଣସି ପୋଲିସ୍ ବଳ ନନେଇ ରାଜସ୍ୱ କର୍ମଚାରୀ ଓ ପୋସ୍କୋ କର୍ମଚାରୀ ଜମିମାପ କରି ସର୍ଭେ କରିବାକୁ ସ୍ଥିର ହେଲା। ପ୍ରସ୍ତାବିତ ପୋସ୍କୋ ଅଂଚଳର ଆହୁରି ଅନେକ ସଂଗଠନ ମୁଖ୍ୟମନ୍ତ୍ରୀଙ୍କୁ ଭେଟିବାକୁ ଚାହୁଁଛନ୍ତି, ତେଣୁ ମୁଖ୍ୟମନ୍ତ୍ରୀ ସମସ୍ତ ସଂଗଠନକୁ ଭେଟି ସାରିବା ପରେ ଅଂଚଳ ଗସ୍ତ କରିବେ ଓ ଲୋକଙ୍କୁ ଭେଟିବେ ବୋଲି ସ୍ଥିର ହେଲା। ମୋଟାମୋଟି ଗୋଟିଏ ନିଷ୍କର୍ଷ ବାହାରିଲା ଯେ, ପ୍ରସ୍ତାବିତ

ଅଂଚଳରେ ଏଣିକି ପୋଲିସ୍ ଫୋର୍ସ ନନେଇ ସର୍ଭେ ହେବ। ସମାଧାନର ସୂତ୍ର ବାହାରିବାକୁ ମୁଖ୍ୟମନ୍ତ୍ରୀ ଢିଙ୍କିଆ ଚାରିଦେଶକୁ ଲୋକଙ୍କ ସମସ୍ୟା ବୁଝିବାକୁ ଆସିବେ। ତେବେ ପୋଷ୍କୋ ସ୍ଥାନାନ୍ତର ନେଇ କୌଣସି କଥା ସେଠାରେ ଉଠିପାରିନଥିଲା। ମୁଖ୍ୟମନ୍ତ୍ରୀଙ୍କ ଅଂଚଳ ଗସ୍ତ ପରେ ଓ ମୁଖ୍ୟମନ୍ତ୍ରୀ ଲୋକଙ୍କ ଅସଲ ସମସ୍ୟା ଜାଣିବା ପରେ ଅନ୍ୟାନ୍ୟ ପ୍ରସଙ୍ଗ କଥା ଆଲୋଚନା ହେବ ବୋଲି ନିଷ୍ପତି ହୋଇଥିଲା।

ଅଭୟ ସାହୁ ଭୁବନେଶ୍ୱର ଠାରେ ସାମ୍ବାଦିକମାନଙ୍କୁ ବୈଠକ ଶେଷରେ ରୋକ୍‌ଠୋକ୍ କହିଥିଲେ ଯେ, ପୋଷ୍କୋ ସଂଗ୍ରାମ ସମିତି ପୋଷ୍କୋ ସ୍ଥାନାନ୍ତର ଦାବୀରୁ ତିଳେ ମାତ୍ର ଓହରି ନାହିଁ। ଢିଙ୍କିଆ, ନୂଆଗାଁ ଓ ଗଡ଼କୁଜଙ୍ଗ ପଂଚାୟତର ଗାଁ ଜମିରେ ଅର୍ଥକାରୀ ଫସଲ ଭଣ୍ଡାର ରହିଛି। ବିଲମ୍ବ ହେଲେ ମଧ ଆଜି ମୁଖ୍ୟମନ୍ତ୍ରୀଙ୍କ ସହିତ ସିଧା ଆଲୋଚନା ହୋଇଛି। ଯାହା ଅନୁଭବ ହୁଏ, ମୁଖ୍ୟମନ୍ତ୍ରୀଙ୍କୁ ତାଙ୍କ ଶାସନତନ୍ତ୍ର ଆମ ଅଂଚଳ ସମ୍ପର୍କିତ ପ୍ରକୃତ ତଥ୍ୟ ନଦେଇ ଗୋପନ ରଖୁଛନ୍ତି। ଆଜି ବୈଠକରେ ଆମେ ଅନେକ ତଥ୍ୟ ପ୍ରଦାନ କଲୁ। ତେବେ ମୁଖ୍ୟମନ୍ତ୍ରୀ ମହୋଦୟ ଯେହେତୁ ଅଂଚଳ ଗସ୍ତ କରିବେ, ତେଣୁ ଆମେମାନେ ସର୍ଭେକୁ ସମର୍ଥନ କରିବୁ।

ମୁଖ୍ୟମନ୍ତ୍ରୀ ଅଂଚଳ ଗସ୍ତ କରିବା ପରେ ସେ ନିଶ୍ଚୟ ଅନୁଭବ କରିବେ ଯେ, ପ୍ରସ୍ତାବିତ ପୋଷ୍କୋ ଅଂଚଳରେ ଉର୍ବର ମାଟି ରହିଛି। ଯେଉଁଥିରୁ ଲୋକମାନେ ବହୁବିଧ ଫସଲ ଉତ୍ପାଦନ କରି ଜୀବିକା ନିର୍ବାହ କରନ୍ତି। ପାନ, ଧାନ, ମୀନ, କାଜୁ, କିଆଫୁଲ ଓ ନଡ଼ିଆ ପ୍ରଭୃତି ଅଂଚଳର ଉତ୍ପାଦନର ଉସ୍ସ ଓ ବାରମାସିଆ ଲାଭକାରୀ ଫସଲ ଅଟେ। ପ୍ରସ୍ତାବିତ ଅଂଚଳରୁ ପୋଷ୍କୋ ଯେଉଁ ୪୦୦୪ ଏକର ଜମି ନେବାକୁ ଚାହୁଁଛି, ସେଥିରୁ ୩୦୦୦ ଏକର ହେଉଛି ଜଙ୍ଗଲ ଜମି। ଗ୍ରାମବାସୀମାନେ ଏହି ଜମିକୁ ଦେଶ ସ୍ୱାଧୀନତା ପୂର୍ବରୁ କୁଜଙ୍ଗ ରାଜ୍ୟର ଇଂରେଜ ସମର୍ଥିତ ତତ୍କାଳୀନ ରାଜା ବର୍ଦ୍ଧମାନଙ୍କ ଠାରୁ ପଟ୍ଟା ଗ୍ରହଣ କରି ଦଖଲ କରି ଜୀବିକା ନିର୍ବାହ କରୁଛନ୍ତି। ଏହି କାରଣରୁ ଲୋକମାନେ ପୋଷ୍କୋକୁ ବିରୋଧ କରୁଛନ୍ତି ଓ ମୁଖ୍ୟମନ୍ତ୍ରୀ ଅଂଚଳ ଆସି ନିଜେ ଦେଖିଗଲେ ସମସ୍ତ ସମସ୍ୟା ଦୂର ହୋଇପାରିବ ବୋଲି ଶ୍ରୀ ସାହୁ କହିଥିଲେ।

ମୁଖ୍ୟମନ୍ତ୍ରୀ ନବୀନ ପଟ୍ଟନାୟକ ପ୍ରସ୍ତାବିତ ପୋଷ୍କୋ ଅଂଚଳକୁ ଆସିବେ ବୋଲି ଚର୍ଚ୍ଚା ଆରମ୍ଭ ହୋଇଯାଇଥିଲା ଓ ଗଣମାଧ୍ୟମରେ ଖବର ଶୁଣି ଅଂଚଳ ବାସିନ୍ଦାଙ୍କ ମନରେ ଖୁସିର ଲହରି ଖେଳି ଯାଇଥିଲା। ପୋଷ୍କୋ ସପକ୍ଷବାଦୀ, ପ୍ରଶାସନ ଓ ପୋଷ୍କୋ ସମର୍ଥକମାନେ ଚିନ୍ତିତ ଥିଲେ। ସତରେ ଯଦି ମୁଖ୍ୟମନ୍ତ୍ରୀ ଗାଁକୁ ଆସି ବାସ୍ତବ ସତ ଜାଣନ୍ତି, ତାହେଲେ ସମସ୍ତଙ୍କ ସ୍ୱପ୍ନ ଭାଙ୍ଗି ଯିବନିତ... ବାର ବର୍ଷର ତପସ୍ୟା ଶୁଖୁଆ ଝୋଲରେ ଶେଷ ହେବନିତ। ପୋଷ୍କୋ ଯଦି ଫେରିଯାଏ, ତାହେଲେ ଏତେ ପରିଶ୍ରମ..

ଏତେ କଳି ଝଗଡ଼ା... ସବୁ କ'ଣ ବୃଥା ହେଇଯିବ । ସମଗ୍ର ଅଂଚଳରେ ମିଶ୍ର ପ୍ରତିକ୍ରିୟା ପ୍ରକାଶ ପାଇଥିଲା ।

ମୁଖ୍ୟମନ୍ତ୍ରୀ ପ୍ରସ୍ତାବିତ ପୋସ୍କୋ ଅଂଚଳ ଗସ୍ତ କରିବା ନେଇ ଢିଙ୍କିଆ ଚାରିଦେଶର ପୋସ୍କୋ ସପକ୍ଷବାଦୀମାନେ ସଜାଗ ହୋଇଯାଇଥିଲେ । ଏହି ସମୟ ମଧ୍ୟରେ ଅନ୍ୟାନ୍ୟ ସଂଗଠନ ମିଳିତ କ୍ରିୟାନୁଷ୍ଠାନ କମିଟି ଓ ଭିଟାମାଟି ସୁରକ୍ଷା ସଂଗଠନ ମଧ୍ୟ ମୁଖ୍ୟମନ୍ତ୍ରୀଙ୍କ ଗାଁ ଗସ୍ତକୁ ସ୍ୱାଗତ କରିଥିବା ବେଳେ ଏହା ପୂର୍ବରୁ ସେମାନେ ମଧ୍ୟ ଭୁବନେଶ୍ୱର ଗସ୍ତ କରି ଆଲୋଚନା କରିବାକୁ ସ୍ଥିର କରିଥିଲେ । ବାରମ୍ବାର ଜଗତସିଂହପୁର ଗସ୍ତ କରି ଜିଲ୍ଲାପାଳଙ୍କ ଭେଟି ଆଲୋଚନା ମଧ୍ୟ କରିଥିଲେ । ତେବେ ବିଧାୟକ ତଥା ମନ୍ତ୍ରୀ ଡାକ୍ତର ଦାମୋଦର ରାଉତଙ୍କ ଚାପ ଯୋଗୁ ମୁଖ୍ୟମନ୍ତ୍ରୀ ପୁନର୍ଶ ପୋସ୍କୋ ସପକ୍ଷବାଦୀ ଗ୍ରାମବାସୀଙ୍କ ସହିତ ଆଲୋଚନା କରିବାକୁ ରାଜି ହୋଇଥିଲେ । ୨୦୧୦ ଜୁନ୍ ୧୩ ତାରିଖରେ ପ୍ରଥମ କରି ବିରୋଧୀଙ୍କ ସହିତ ଆଲୋଚନା ପରେ ଜୁନ୍ ୧୮ ତାରିଖରେ ଭୁବନେଶ୍ୱର ଠାରେ ପୋସ୍କୋ ସପକ୍ଷବାଦୀ ଗ୍ରାମବାସୀମାନେ ମୁଖ୍ୟମନ୍ତ୍ରୀଙ୍କ ସହିତ ଆଲୋଚନା କରିଥିଲେ । ଏହି ଆଲୋଚନାରେ ମୁଖ୍ୟମନ୍ତ୍ରୀଙ୍କ ସମେତ ସରକାରଙ୍କର ସଚିବ, ଜିଲ୍ଲାପାଳ ଓ ଅନ୍ୟାନ୍ୟ ଅଧିକାରୀ ରହିଥିଲେ । ମନ୍ତ୍ରୀ ଡାକ୍ତର ଦାମୋଦର ରାଉତ, ବିଧାୟକ ପ୍ରଶାନ୍ତ ମୁଦୁଲି ଓ ସାଂସଦ ଡକ୍ତର ବିଭୁପ୍ରସାଦ ତରାଇ ପ୍ରମୁଖ ନେତୃବୃନ୍ଦ ମାନେ ଉପସ୍ଥିତ ଥିଲେ । ଗତ ଆଲୋଚନାରେ ବିରୋଧୀ ଗ୍ରାମବାସୀମାନେ ଡାକ୍ତର ଦାମୋଦର ରାଉତଙ୍କ ଉପସ୍ଥିତି ଚାହିଁ ନଥିବାରୁ ସେ ଆଲୋଚନାକୁ ଆସିନଥିଲେ ଓ ସପକ୍ଷବାଦୀ ଗ୍ରାମବାସୀଙ୍କ ଆଲୋଚନାରେ ଉପସ୍ଥିତ ରହିଥିଲେ । ମିଳିତ କ୍ରିୟାନୁଷ୍ଠାନ କମିଟି ସଭାପତି ଅନାଦି ଚରଣ ରାଉତ, ତମିଳ ପ୍ରଧାନ, ନିର୍ଭୟ ସାମନ୍ତରାୟ, ରାଜନ ବେହେରା, ବସନ୍ତ ନାୟକ, ଜୀବନଲାଲ ବେହେରା ଓ ଧୀରେନ୍ଦ୍ର ପଲାଇଙ୍କ ସମେତ ଅନ୍ୟମାନେ ମଧ୍ୟ ମୁଖ୍ୟମନ୍ତ୍ରୀଙ୍କ ସହିତ ଆଲୋଚନାରେ ଭାଗ ନେଇଥିଲେ ।

ପୂର୍ବରୁ ପୋସ୍କୋ ବିରୋଧୀମାନେ ଢିଙ୍କିଆ ପଂଚାୟତର ପାଟଣା ଗାଁରୁ ଯେଉଁ ୫୨ ଜଣ ପରିବାରଙ୍କୁ ଗାଁରୁ ତଡ଼ି ଦେଇଛନ୍ତି, ସେମାନେ ଏବେ ପୋସ୍କୋ ଦୟାରେ ପୋସ୍କୋ ପକ୍ଷରୁ ନିର୍ମିତ ଟାନ୍‌ଜିଟ୍ କଲୋନୀରେ ରହୁଥିବାରୁ ପ୍ରଥମେ ସେମାନଙ୍କୁ ଗାଁକୁ ଫେରାଇ ନିଆଯାଉ ବୋଲି ସପକ୍ଷବାଦୀ ଗ୍ରାମବାସୀମାନେ ଦାବୀ ଜଣାଇଥିଲେ । କାରଣ ଏହି ୫୨ ପରିବାରଙ୍କ ଜମିବାଡ଼ି ସେହି ଗାଁରେ ରହିଛି ଓ ସେମାନେ ମଧ୍ୟ ବିସ୍ଥାପିତ ହେବେ, ତେଣୁ ପ୍ରଶାସନ ପୋଲିସ ସହାୟତାରେ ସେମାନେ ଯଥାଶୀଘ୍ର ଗାଁକୁ ଫେରିଯିବା ଜରୁରୀ ବୋଲି ସମସ୍ତେ ମତ ଦେଇଥିଲେ । ଅପରପକ୍ଷରେ ପ୍ରଶାସନ

ପକ୍ଷରୁ ଆଜିର ସ୍ଥିତିରେ ସେମାନେ ଗାଁକୁ ଫେରିନଯିବା ଉଚିତ ବୋଲି କୁହାଯାଇଥିଲା । ପୀଡ଼ିତ ପରିବାର ଏବେ ଗାଁକୁ ଫେରିଲେ ଯେଉଁ ସର୍ଭେ କାମ ସୁରୁଖୁରୁରେ ଚାଲିଛି ତାହା ଅଶାନ୍ତ ହୋଇପଡ଼ିବ । ତେଣୁ ସର୍ଭେ ଶେଷ ହୋଇଗଲା ପରେ ସେମାନଙ୍କ କଥା ଚିନ୍ତା କରାଯିବ ବୋଲି ସରକାର ଅଙ୍ଗୀକାର ବଦ୍ଧ ହୋଇଥିଲେ । ୧୫ ଜଣିଆ ପୋସ୍କୋ ସପକ୍ଷବାଦୀ ଗ୍ରାମବାସୀଙ୍କୁ ମୁଖ୍ୟମନ୍ତ୍ରୀ ନବୀନ ପଟନାୟକ କହିଥିଲେ ଯେ, ପୋସ୍କୋ ପ୍ରକଳ୍ପ ଲାଗି ବିସ୍ଥାପିତ ହୋଇଥିବା ଲୋକଙ୍କୁ ଭଲ ପ୍ୟାକେଜ୍ ପ୍ରଦାନ କରାଯିବ । ଗ୍ରାମବାସୀମାନେ ପୂର୍ବରୁ ସରକାରଙ୍କୁ ପ୍ରଦାନ କରିଥିବା ୨୯ ଦଫା ଦାବୀପତ୍ର ସମ୍ପର୍କରେ ଆଲୋଚନା ଦୋହରାଇଥିଲେ । ପ୍ରାୟ ଏକ ଘଣ୍ଟା ଆଲୋଚନାରେ ପୋସ୍କୋ ସପକ୍ଷବାଦୀ ନେତୃତ୍ୱମାନେ, ଗାଁରେ ପୋସ୍କୋ ବିରୋଧୀମାନେ ଯେଉଁ ଭୟର ବାତାବରଣ ସୃଷ୍ଟି କରିଛନ୍ତି ଓ ଲୋକମାନେ ଆତଙ୍କିତ ଅବସ୍ଥାରେ ଜଣକ ପରେ ଜଣେ ଯେପରି ଭିଟାମାଟି ଛାଡ଼ି ଚାଲିଯାଇଛନ୍ତି, ସେ ସମ୍ପର୍କରେ ସରକାରଙ୍କୁ ଅବଗତ କରାଇଥିଲେ ।

ଆଲୋଚନା ଶେଷ ପରେ ଉଭୟେ ବିରୋଧୀ ଓ ସପକ୍ଷବାଦୀମାନେ ଭିନ୍ନ ଭିନ୍ନ ଆଶା କରିଥିଲେ । ସରକାର ପୋସ୍କୋ ସପକ୍ଷବାଦୀଙ୍କ କଥାରେ ଗୁରୁତ୍ୱ ଦେଇ ୫୨ ପରିବାରକୁ ଗାଁକୁ ଫେରାଇ ଆଣିବେ । ସର୍ଭେ କାର୍ଯ୍ୟ ସହଜରେ ଶେଷ ହେବ ଓ ପ୍ରକଳ୍ପ ପାଇଁ ବାଧା ରହିବ ନାହିଁ ବୋଲି ସପକ୍ଷବାଦୀ ଆଶା କରିଥିଲେ । ପୋସ୍କୋ ବିରୋଧୀ ଗ୍ରାମବାସୀମାନେ ଆଶା କରିଥିଲେ ଯେ, ଏତେ ଘଟଣା ପରେ ମୁଖ୍ୟମନ୍ତ୍ରୀ ନିଜେ ଗାଁକୁ ଆସିବା ପରେ ନିଶ୍ଚୟ ସ୍ଥିତି ବଦଲିଯିବ । ଅନୁଭବୀ ମୁଖ୍ୟମନ୍ତ୍ରୀ ପ୍ରସ୍ତାବିତ ପୋସ୍କୋ ଅଞ୍ଚଳ ଢିଙ୍କିଆ ଚାରିଦେଶର ଶସ୍ୟ ଶ୍ୟାମଲା ଭୂମି ଅନୁଧ୍ୟାନ କରିସାରିବା ପରେ ନିଶ୍ଚୟ ପୋସ୍କୋ ସ୍ଥାନାନ୍ତର ନିଷ୍ପତି ନେବେ ବୋଲି ଆଶା କରିଥିଲେ । ଅପରପକ୍ଷରେ ପ୍ରାୟ ସପ୍ତାହକ ପର୍ଯ୍ୟନ୍ତ ସୁରୁଖୁରୁରେ ବିନା ପୋଲିସ୍ ସହାୟତାରେ ସର୍ଭେ କାର୍ଯ୍ୟ ଓ ମାପଚୁପ ଯୋରଦାର ଚାଲିଲା ।

ଅଚାନକ ପ୍ରସ୍ତାବିତ ପୋସ୍କୋ ଅଞ୍ଚଳରେ ପ୍ରଚାରିତ ହୋଇଗଲା ଯେ, ମୁଖ୍ୟମନ୍ତ୍ରୀ ନବୀନ ପଟନାୟକ ଆଉ ଅଞ୍ଚଳ ଗସ୍ତ କରିବେ ନାହିଁ । ସରକାର ଗ୍ରାମବାସୀଙ୍କୁ ଧୋକା ଦେଲେ । କୌଣସି ପ୍ରକାରେ ପୋସ୍କୋକୁ ସମର୍ଥନ କରି ତଳହାତିଆ ପକେଇଥିବା ସରକାରଙ୍କ ହାତଗଣତି ମୁଷ୍ଟିଆଲମାନେ ମୁଖ୍ୟମନ୍ତ୍ରୀଙ୍କ ଗସ୍ତକୁ ବାତିଲ କରିଦେଇଛନ୍ତି । ମୁଖ୍ୟମନ୍ତ୍ରୀ ମଧ୍ୟ କାଠ କଣ୍ଢେଇ ପରି ନିରବ ହୋଇ, ସେମାନଙ୍କ କଥାରେ ରାଜି ହେଇଯାଇଛନ୍ତି ଯେ, ପ୍ରସ୍ତାବିତ ପୋସ୍କୋ ଅଞ୍ଚଳକୁ ଆଉ ଯିବା ଉଚିତ୍ ହେବନି । ନିଜ ରାଇଜର ପ୍ରଜାମାନଙ୍କ ମଧ୍ୟରେ ଗୋଷ୍ଠୀ ସଂଘର୍ଷ ଚାଲିଛି ।

ଗୋଟିଏ ପରେ ଗୋଟିଏ ମୁଣ୍ଡ ଗଡୁଛି, ଅଂଚଳରୁ ୫୨ ପରିବାର ଗାଁ ଛାଡ଼ିଲେଣି, ଘରପୋଡ଼ି, ବୋମାମାଡ଼ ହେଉଛି। ଗୁଳିକାଣ୍ଡରେ ଶତାଧିକ ଲୋକେ ଆହତ ହୋଇ ଚିକିସିତ ହେଉଛନ୍ତି। ଦଳ ଦଳ ଗ୍ରାମବାସୀ ଜେଲ୍ ଯାଉଛନ୍ତି। ଦଙ୍ଗାରେ କାହାର ହାତ ନାହିଁ ତ କାହାର ପେଟରୁ ଗୁଳି ବାହାରିନି। ଏପରି ଅବସ୍ଥାରେ ଖୋଦ୍ ମୁଖ୍ୟମନ୍ତ୍ରୀ ନବୀନ ପଟନାୟକ ଗାଁକୁ ଆସିଥିଲେ ହୁଏ ତ କଥା କିଛି ଅଲଗା ହୋଇଥାଆନ୍ତା। ମୁଖ୍ୟମନ୍ତ୍ରୀ ନିଜେ ଆସିବେ ବୋଲି ପ୍ରତିଶ୍ରୁତି ଦେଇ ଶେଷରେ ଆସିଲେନି। ସେପଟେ ସର୍ଭେ ଆଲରେ ପୋଲିସ୍ ପ୍ରଶାସନ, ଗାଁକୁ ପଶିବ ବୋଲି ବାଲିତୁଠରେ ପୁଣି ଆସି ପହଂଚି ଯାଇଥିଲେ। ଆଲୋଚନା ପରେ ଏକ ସକରାମ୍ବକ ସ୍ଥିତି ଥିବା ବେଳେ ରାଜ୍ୟ ମୁଖ୍ୟମନ୍ତ୍ରୀଙ୍କ ଗସ୍ତକୁ ନେଇ ଧୋକା ହେବାରୁ ଅଂଚଳରେ ସ୍ଥିତି ପୁଣି ବିଗିଡ଼ିଗଲା। ପୂର୍ବପରି ପ୍ରଶାସନ, ପୋଲିସ୍ ଓ ପୋଷ୍କୋ କର୍ମଚାରୀ ପୋଲିସ୍ ଫୋର୍ସ ନେଇ ଅଂଚଳରେ ପଶିବାକୁ ଉଦ୍ୟମ କରିବାରୁ ଗାଁ ପୁଣି ଅଶାନ୍ତ ହୋଇପଡିଲା। ପାଟଣା ଗାଁ ସର୍ଭେ ଦଳ ପହଂଚିବା ପୂର୍ବରୁ ପୁଣି ଗାଁ ମୁଣ୍ଡରେ ଫାଟକ ଉଠିଲା। ପୁଣି ସ୍ଲୋଗାନ, ସଭା, ଶୋଭାଯାତ୍ର ଯେପରି ପୂର୍ବରୁ ସ୍ଥିତି ଥିଲା ଏବେ ପ୍ରତିଶୋଧ ପରାୟଣ ମନୋଭାବ ନେଇ ଦଙ୍ଗା ଆଶଙ୍କା ବଢ଼ିଗଲା।

ଲତିକା ସେଠୀ ଦୀର୍ଘ ନିଃଶ୍ୱାସଟିଏ ମାରି ପୁଣି କହିଚାଲିଲେ।

ବାର

୨୭ ଅଗଷ୍ଟ ୨୦୧୦
ଢିଙ୍କିଆରେ ମୀନା ଗୁପ୍ତା କମିଟି :

ଜୁନ୍ ୧୭ ତାରିଖରୁ ବିନା ପୋଲିସ୍ ଉପସ୍ଥିତିରେ ୨୩ ତାରିଖ ପର୍ଯ୍ୟନ୍ତ ସର୍ଭେ କାର୍ଯ୍ୟ ଚାଲିଥିଲା। କୁଜଙ୍ଗ ତହସିଲଦାର ବାସୁଦେବ ପ୍ରଧାନଙ୍କ ନେତୃତ୍ୱରେ ଇଉ୍‌କୋ ଓ ପୋଷ୍କୋ କର୍ମଚାରୀମାନେ ଜମି ମାପଚୁପ ସହିତ ସର୍ଭେ କାମ କରିଥିଲେ। ତେବେ ପୁଣି ଅଡୁଆ ପରିସ୍ଥିତି ହେବାରୁ ସର୍ଭେ ବନ୍ଦ ହେଇଗଲା। ଏଥର ମୁଖ୍ୟମନ୍ତ୍ରୀଙ୍କ ଅଂଚଳ ଗସ୍ତ ବାତିଲ ହୋଇଯିବାରୁ ପୁଣି ଯୋଉ କଥାକୁ ସେଇକଥା। ପୋଷ୍କୋ ବିରୋଧୀମାନେ ନିଶ୍ଚିତ ହୋଇଯାଇଥିଲେ ଯେ, ଏଥର ନିଶ୍ଚୟ ବଳପୂର୍ବକ ଜମି ଦଖଲ ହେବ। ପୋଲିସ୍ ଫୋର୍ସ୍ ଗାଁରେ ପ୍ରବେଶ କରିବ। ପୂର୍ବାନୁମାନ ସତ୍ୟରେ ପରିଣତ ହେଲା। ଜୁଲାଇ ୨୭ ତାରିଖ ମଙ୍ଗଳବାର ଜିଲ୍ଲା ପ୍ରଶାସନ ପୋଷ୍କୋ ମୋହରେ ଆଇନକୁ ବେଖାତିର କରି ଜମି ଅଧିଗ୍ରହଣ ଆରମ୍ଭ କରିଥିଲା। ତେବେ ଏଠାରେ ଏଇଥିପାଁ ଆଇନକୁ ବେଖାତିର ବୋଲି କହୁଛି ଯେ, ପୋଷ୍କୋ କମ୍ପାନୀ ଓଡ଼ିଶା ସରକାରଙ୍କ ସହିତ ୨୦୦୫ ମସିହା ଜୁନ୍ ୨୨ ରେ କାରଖାନା କରିବ ବୋଲି ଚୁକ୍ତି ସ୍ୱାକ୍ଷରିତ କରିଥିଲା। ଚୁକ୍ତି ମିଆଦ ଥିଲା ୫ ବର୍ଷ। ଏହି ୫ ବର୍ଷ ମଧ୍ୟରେ ପୋଷ୍କୋ ସମସ୍ତ ଆନୁସଙ୍ଗିକ କାର୍ଯ୍ୟ, ଜମି ଅଧିଗ୍ରହଣ, ପରିବେଶ ଓ ଜଙ୍ଗଲ ମଞ୍ଜୁର ପାଇଁ କାର୍ଯ୍ୟ ଆରମ୍ଭ କରିଥିଲେ ସାନି ଚୁକ୍ତିନାମା ହୋଇ କାର୍ଯ୍ୟ ହେବ।

ଏହି ବିଗତ ୫ ବର୍ଷ ମଧ୍ୟରେ ପୋଷ୍କୋର ଅଗ୍ରଗତି ସମ୍ପୂର୍ଣ୍ଣ ଶୂନ୍ୟ ହୋଇଛି ଓ ୨୦୧୦ ଜୁନ୍ ୨୧ ତାରିଖରେ ପୋଷ୍କୋର ଚୁକ୍ତିପତ୍ର ମିଆଦ ଶେଷ ହୋଇଛି। ଅର୍ଥାତ୍ ଚୁକ୍ତିପତ୍ର ମିଆଦ ଶେଷ ହୋଇଥିବାରୁ ସାନି ଚୁକ୍ତି ନହେବା ପର୍ଯ୍ୟନ୍ତ ପୋଷ୍କୋ ପାଇଁ ଜମି ଅଧିଗ୍ରହଣ ବେଆଇନ ବୋଲି ବୁଦ୍ଧିଜୀବୀମାନେ ମତ ଦେଇଥିଲେ ଓ

ଏଥିନେଇ କେନ୍ଦ୍ର ସରକାରଙ୍କୁ ଗ୍ରାମବାସୀମାନେ ଲିଖିତ ଜଣାଇଥିଲେ ମଧ୍ୟ ସେଥିକୁ ଜିଲ୍ଲା ପ୍ରଶାସନ ନିଘା ନକରି ଆକ୍ରୋଶ ମନୋଭାବ ନେଇ ଜୋର୍ କରି ମଙ୍ଗଳବାର ଜମି ଅଧିଗ୍ରହଣ କରିଥିଲା। ପ୍ରଶାସନ ପୋଲିସ୍ ଫୋର୍ସ ନେଇ ଗଡ଼କୁଜଙ୍ଗର ନୋଳିଆସାହି ସନ୍ନିକଟ ଭୂୟାଁପାଲ ଠାରେ ଲୋକଙ୍କ ପାନ ବରଜ ଭାଙ୍ଗି ଦେଇଥିଲେ। ପ୍ରଶାସନ ଦଳରେ ଉପ-ଜିଲ୍ଲାପାଲ, ପରାଦ୍ୱୀପ ଏ.ଡ଼ି.ଏମ, ଜିଲ୍ଲା ଭୂ-ଅର୍ଜନ ଅଧିକାରୀ, କୁଜଙ୍ଗ ତହସିଲଦାର୍ ଓ ଏରସମା ବି.ଡ଼ି.ଓଙ୍କ ସମେତ ଅନ୍ୟାନ୍ୟ ସହଯୋଗୀମାନେ ବିଭିନ୍ନ ଦଳରେ ବିଭକ୍ତ ହୋଇ ପୋଲିସ୍ ଫୋର୍ସ ନେଇ ପାନବରଜ ଭଙ୍ଗାରୁଜା କରିଥିଲେ।

ଘଟଣାସ୍ଥଳରେ କେତେକ ନିରୀହ ଗ୍ରାମବାସୀମାନେ ସେମାନଙ୍କ ସମ୍ପତ୍ତି ଉଜୁଡ଼ି ଯାଉଥିବାରୁ ସେମାନେ ପ୍ରଶାସନ ଠାରୁ ଉପାୟଶୂନ୍ୟ ହୋଇ କ୍ଷତିପୂରଣ ବାବଦକୁ ଚେକ ମଧ୍ୟ ଗ୍ରହଣ କରିଥିଲେ। ଘଟଣା ଏପରି ହେଲା ଯେ, ପୋସ୍କୋ ବିରୋଧୀମାନେ ପାଲଟା ଆକ୍ରମଣ ପାଇଁ ସଜବାଜ ହୋଇଗଲେ। ଏଥର ପୋଲିସ ପ୍ରଶାସନ ବିରୋଧକାରୀ ପୋସ୍କୋ ବିରୋଧୀଙ୍କୁ ଗାଁରେ ଗୋଡ଼େଇ ଗୋଡ଼େଇ ପିଟିବା ଆରମ୍ଭ କରିଥିଲା। ନୋଳିଆସାହି, ନୂଆଗାଁ ଓ ଗଡ଼କୁଜଙ୍ଗ ଗ୍ରାମରେ ଯେତେ ବିରୋଧ ହେଲେ ମଧ୍ୟ ଜମି ଅଧିଗ୍ରହଣ ଆରମ୍ଭ ହୋଇଯାଇଥିଲା। ଶହ ଶହ ପାନବରଜ ଆଖି ପିଛୁଲାକେ ମାଟିରେ ମିଶିଲା। ଗରିବ-ନିରୀହ ଚାଷୀ ବର୍ଷସାରା ପରିଶ୍ରମ କରି ବର୍ଷକର ଆହାର ଯୋଗାଡ଼ କରିବାକୁ ଥିବା ପାନବରଜ ଓ ଫଳନ୍ତି ଗଛବୃକ୍ଷ ତା ଆଖି ଆଗରେ ଧୂଳିସାତ୍ ହେଇଯାଉଥିବା ଦୃଶ୍ୟ ଅତ୍ୟନ୍ତ ଦୁଃଖଦାୟକ ଓ ହୃଦୟ ବିଦାରକ ହୋଇଥିଲା।

ଜଙ୍ଗଲ କାଟିବା ଓ ପାନବରଜ ଭାଙ୍ଗିବା ଘଟଣାକୁ ନେଇ ଦିଲ୍ଲୀରେ ଯୋରଦାର୍ ପ୍ରତିକ୍ରିୟା ସୃଷ୍ଟି ହୋଇଥିଲା। ଦେଶର ବହୁ ସାମାଜିକ କର୍ମୀ ଓ ବୁଦ୍ଧିଜୀବୀ ଏହି ଘଟଣାକୁ ନିନ୍ଦା କରି ପ୍ରଧାନମନ୍ତ୍ରୀ ମନମୋହନ ସିଂ ଓ ଜଙ୍ଗଲ ମନ୍ତ୍ରୀ ଜୟରାମ ରମେଶଙ୍କୁ ସାକ୍ଷାତ କରି ଲିଖିତ ଜଣାଇଥିଲେ। ଅଚାନକ ଘଟଣାର ପ୍ରଭାବରେ ପ୍ରଭାବିତ ହୋଇ କେନ୍ଦ୍ର ସରକାରଙ୍କ ଓ ଜଙ୍ଗଲ ମନ୍ତ୍ରଣାଳୟ ପକ୍ଷରୁ ନିୟୁକ୍ତ ଏକ ପରିବେଶ ଅନୁଧ୍ୟାନକାରୀ ଦଳ ଗାଁ ଗସ୍ତ କରିଥିଲେ। କମିଟି ଓଡ଼ିଶାର ପ୍ରସ୍ତାବିତ ପୋସ୍କୋ ଅଂଚଲ, ଢିଙ୍କିଆ ଚାରିଦେଶର ଗାଁଗୁଡ଼ିକ ଗସ୍ତକରିଥିଲା ଓ ଗ୍ରାମବାସୀଙ୍କ ମଧ୍ୟରେ ଆଗ୍ରହ ସୃଷ୍ଟି ହୋଇଥିଲା।

ପ୍ରଶାସନ ପୋଲିସ୍ ଫୋର୍ସ ନେଇ ଜମି ଅଧିଗ୍ରହଣ କାର୍ଯ୍ୟ ଜୋରଦାର୍ କରିଥିବା ବେଳେ ଜୁଲାଇ ୨୪ ତାରିଖରେ କେନ୍ଦ୍ରୀୟ ଜଙ୍ଗଲ ଓ ପରିବେଶ ମନ୍ତ୍ରଣାଳୟ ଦ୍ୱାରା ନିୟୁକ୍ତ ଜାତୀୟ ଜଙ୍ଗଲ ଅଧିକାର କମିଟି, ଜଗତସିଂହପୁର ଜିଲ୍ଲା ପ୍ରଶାସନ ସହିତ ପ୍ରାଥମିକ ଆଲୋଚନା କରି ପ୍ରସ୍ତାବିତ ପୋସ୍କୋ ଅଂଚଲକୁ ଆସିଥିଲେ। କମିଟି ମୁଖ୍ୟ

ଆଶୀଷ କୋଠାରୀ, ଅରୂପ ସାଇକିଆ ଓ ଆର ରବି ପ୍ରମୁଖଙ୍କ ସହିତ ଜଗତ୍‌ସିଂହପୁର ଜିଲ୍ଲା ପ୍ରଶାସନ ମଧ୍ୟ ଆସିଥିଲେ । ସେମାନେ ପାଟଣା ଗାଁ ଠାରେ ସାଧାରଣ ଲୋକଙ୍କ ସହିତ ଆଲୋଚନା କରିଥିଲେ । ଢିଙ୍କିଆ ପଂଚାୟତ ସରପଂଚ ଶିଶିର ମହାପାତ୍ରଙ୍କ ସହିତ ପ୍ରାୟ ଦୁଇହଜାର ଲୋକ କମିଟି ସହିତ ଆଲୋଚନା କରିଥିଲେ । ସେମାନେ ସେହି ଜଙ୍ଗଲ ଜମିରେ ପ୍ରାୟ ୩୦ ବର୍ଷରୁ ଊର୍ଦ୍ଧ୍ୱ ହେବ ପିଢ଼ି ପିଢ଼ି ଧରି ପାରମ୍ପରିକ ଭାବେ ବସବାସ କରୁଥିବା ଦର୍ଶାଇଥିଲେ । ୧୯୩୦ ମସିହାରେ ସେଟେଲ୍‌ମେଂଟ ପଟ୍ଟା ପାଇଥିବା କମିଟିକୁ ଦେଖେଇଥିଲେ । ୨୦୦୮ ମସିହା ଓ ୨୦୧୦ ମସିହାରେ ପଲ୍ଲୀସଭା ନିଷ୍ପତ୍ତିରେ ପ୍ରଶାସନର ଚଂଚକତା ଧରାପଡ଼ିବାରୁ ସେଠାରେ ଉପସ୍ଥିତ ପ୍ରଶାସନ ଅଡ଼ୁଆରେ ପଡ଼ିଥିଲେ ଓ ପଲ୍ଲୀସଭା ନିଷ୍ପତ୍ତି ବେଲର କପି କମିଟି ଗ୍ରହଣ କରିଥିଲା ।

୨୦୧୦ ଫେବ୍ରୁଆରୀ ୩, ୪ ଓ ୬ ତାରିଖରେ ପଲ୍ଲୀସଭା ମାଧ୍ୟମରେ ଜଙ୍ଗଲ ଜମିକୁ ଅଣଜଙ୍ଗଲରେ ପରିଣତ କରି ପୋସ୍କୋକୁ ଦିଆଯିବା ପାଇଁ କିସମ ବଦଲେଇବାକୁ କେନ୍ଦ୍ର ଜଙ୍ଗଲ ବିଭାଗ ଓ ରାଜ୍ୟ ସରକାରଙ୍କୁ ନିର୍ଦ୍ଦେଶ ଥାଇ ଏରସମା ବିଡିଓ ୩ ପଂଚାୟତକୁ ପଲ୍ଲୀସଭା କରିବାକୁ ଚିଠି କରିଥିଲେ । ତେବେ ପଲ୍ଲୀସଭା ବସି ଯେତେବେଲେ ଗ୍ରାମବାସୀଙ୍କ ନିଷ୍ପତ୍ତି ପୋସ୍କୋ ବିରୋଧରେ ଗଲା, ପ୍ରଶାସନ ଏହି ସଭାକୁ ଅଚାନକ ବାତିଲ ହେଲା ବୋଲି ଦର୍ଶାଇଥିଲେ । ପୋସ୍କୋ ପାଇଁ ପ୍ରଶାସନ ଗୋଟିଏ ପରେ ଗୋଟିଏ ଲୋକ ବିରୋଧୀ ବେଆଇନ କାମ କରିଥିବା କମିଟି ଜାଣିବାକୁ ପାଇଥିଲା ଓ ଲୋକଙ୍କ ଠାରୁ ସମସ୍ତ କାଗଜାତ, ନଥିପତ୍ର ଗ୍ରହଣ କରିନେଇଥିଲା । ପରେ ଏହି କମିଟି ଗଡ଼କୁଜଙ୍ଗ ପଂଚାୟତର ନୋଲିଆସାହି ଓ ପାଖ ଗାଁଗୁଡ଼ିକରେ କିପରି ପ୍ରଶାସନ ବଲପୂର୍ବକ ପାନ ବରଜ ଭାଙ୍ଗି ଛାରଖାର କରିଛି ତାହା ଆଖିରେ ଦେଖିଥିଲେ । ଏହି ଜାତୀୟ ଜଙ୍ଗଲ ଅଧିକାର କମିଟି ଅଂଚଲରୁ ଫେରିଯାଇ ରାଜଧାନୀ ଭୁବନେଶ୍ୱର ଠାରେ ପୋସ୍କୋ ପାଇଁ ରାଜ୍ୟ ସରକାର ଜମି ଅଧିଗ୍ରହଣ ନିମନ୍ତେ ଗ୍ରହଣ କରୁଥିବା ପଦକ୍ଷେପ ସମ୍ପୂର୍ଣ୍ଣ ବେଆଇନ ବୋଲି କହିଥିଲେ । ସେମାନେ ୩ ଦିନ ମଧ୍ୟରେ କେନ୍ଦ୍ର ସରକାରଙ୍କୁ ଅନ୍ତରୀଣ ରିପୋର୍ଟ ପ୍ରଦାନ କରିବେ ଓ ଏପରି ବେଆଇନ ଭାବେ ଯେଉଁ ଅଫିସରମାନେ ଉଦ୍ଦେଶ୍ୟମୂଲକ ଜମି ଅଧିଗ୍ରହଣ କରୁଛନ୍ତି, ସେମାନେ ଦଣ୍ଡନୀୟ ହେବାର ବ୍ୟବସ୍ଥା ଏହି ଆଇନର ଧାରା ୭ରେ ରଖାଯାଇଛି ବୋଲି ରୋକ୍‌ଠୋକ୍ କହିଥିଲେ ।

ଜାତୀୟ ଜଙ୍ଗଲ ଅଧିକାର କମିଟି କେନ୍ଦ୍ର ସରକାରଙ୍କୁ ରିପୋର୍ଟ ପ୍ରଦାନ ପରେ କେନ୍ଦ୍ର ସରକାରଙ୍କ ଜଙ୍ଗଲ ଓ ପରିବେଶ ମନ୍ତ୍ରଣାଲୟ ପକ୍ଷରୁ ଜଗତ୍‌ସିଂହପୁର ଜିଲ୍ଲାର ପ୍ରସ୍ତାବିତ ପୋସ୍କୋ ଅଂଚଲ ଢିଙ୍କିଆ ଚାରିଦେଶର ସର୍ଭେ ଓ ଜମି ଅଧିଗ୍ରହଣ ବନ୍ଦ

କରିବାକୁ ନୋଟିସ୍ ଜାରି ହୋଇଥିଲା। ଗ୍ରାମବାସୀମାନଙ୍କ ମଧ୍ୟରେ ଖୁସିର ଲହରୀ ଖେଳିଯାଇଥିଲା। ପ୍ରଶାସନର ଅପରେସନ ଟିମ୍‌, ପୋଷ୍କୋ ଓ ଇଡ୍‌କୋ ସର୍ଭେ ଦଳ ସମସ୍ତ ଅତ୍ୟାଧୁନିକ ସର୍ଭେ ଯନ୍ତ୍ରପାତି, ଗଛକଟା ମେସିନ୍ ଧରି ପ୍ରସ୍ତାବିତ ପୋଷ୍କୋ ଅଂଚଳରୁ ହଟି ଆସିଥିଲେ। ଏହି ଘଟଣା ନେଇ ବିଧାନସଭାରେ ମଧ୍ୟ ସରଗରମ ହୋଇଥିଲା। ବିଧାନସଭାରେ କେତେକ ସଦସ୍ୟ କେନ୍ଦ୍ର ଜଙ୍ଗଲ ଓ ପରିବେଶ ମନ୍ତ୍ରୀ ଜୟରାମ ରମେଶଙ୍କୁ କଟୁ ସମାଲୋଚନା କରି ଏହା ଓଡ଼ିଶାର ପ୍ରଗତି ବିରୁଦ୍ଧରେ ଏକ ବଡ଼ ଷଡ଼ଯନ୍ତ୍ର ବୋଲି ଦର୍ଶାଇଥିଲେ। କେନ୍ଦ୍ର ସରକାର ରାଜ୍ୟ ସରକାରଙ୍କୁ ଯେଉଁ ଚିଠି ଲେଖିଥିଲେ, ସେଥିରେ ଘରୋଇ କମ୍ପାନୀ ମୋହରେ ଅନ୍ଧ ହୋଇ ରାଜ୍ୟ ସରକାର ଜନସାଧାରଣଙ୍କ ସ୍ୱାର୍ଥକୁ ପ୍ରତ୍ୟାଖ୍ୟାନ କରି ଓ ଆଇନର ବ୍ୟବସ୍ଥାକୁ ଉଲ୍ଲଙ୍ଘନ କରି କାର୍ଯ୍ୟ କରିଥିବା ପ୍ରମାଣିତ ହୋଇଛି ବୋଲି ଉଲ୍ଲେଖ କରିଥିଲେ। କେନ୍ଦ୍ର ସରକାରଙ୍କୁ ଭୁଲ୍ ତଥ୍ୟ ଦେଇ ବିଭ୍ରାନ୍ତ ସୃଷ୍ଟିକରି ପୋଷ୍କୋ ପାଇଁ ଜଙ୍ଗଲ ଓ ପରିବେଶ ମଞ୍ଜୁରୀ ହାସଲ କରିଥିବା ନେଇ ତଦନ୍ତକାରୀ କମିଟିଙ୍କ ରିପୋର୍ଟ ପ୍ରଦାନ ପରେ ରାଜ୍ୟ ସରକାରଙ୍କ ମିଛ ଧରା ପଡ଼ିଯାଇଥିଲା। ଯଦ୍ଦ୍ୱାରା କେନ୍ଦ୍ର ଜଙ୍ଗଲ ପରିବେଶ ମନ୍ତ୍ରଣାଳୟ ତୀବ୍ର ଅସନ୍ତୋଷ ବ୍ୟକ୍ତ କରି ଗଣ ମାଧ୍ୟମରେ ପ୍ରକାଶ ପାଇଥିଲା। କେନ୍ଦ୍ର ସରକାରଙ୍କ ଏଭଳି ଅନେକ ଆପତ୍ତିଥିବାର ପତ୍ର ରାଜ୍ୟ ସରକାରଙ୍କ ପାଖରେ ପହଂଚିଲା। ଏଭଳି ପତ୍ର ପାଇ ମୁଖ୍ୟମନ୍ତ୍ରୀ ନବୀନ ପଟ୍ଟନାୟକ ଅସନ୍ତୁଷ୍ଟ ହୋଇ ପ୍ରଧାନମନ୍ତ୍ରୀଙ୍କୁ ସ୍ୱଷ୍ଟୀକରଣ ପତ୍ର ଲେଖିଥିଲେ ମଧ୍ୟ କୌଣସି ପ୍ରଭାବ ପଡ଼ିନଥିଲା।

ଅଧିକ ରୋଚକ ତଥ୍ୟ ଏହା ଯେ, ରାଜ୍ୟ ସରକାର କେନ୍ଦ୍ରକୁ ପୂର୍ବରୁ ପ୍ରଦାନ କରିଥିବା ତଥ୍ୟର ଉଲ୍ଲେଖ ଥିଲା ଯେ, ପ୍ରସ୍ତାବିତ ପୋଷ୍କୋ ଅଂଚଳରେ ଜଙ୍ଗଲ ଉପରେ ନିର୍ଭର କରି କେହି ପରିବାର ରହୁନାହାନ୍ତି କିମ୍ବା ତିନି ପୁରୁଷ ଧରି ଜଙ୍ଗଲ ଉପରେ ନିର୍ଭର କରି କେହି ଚଲୁନାହାନ୍ତି। ପଲ୍ଲୀସଭାରେ ଜଙ୍ଗଲ ଜମିକୁ ଅଣଜଙ୍ଗଲ କାର୍ଯ୍ୟରେ ବ୍ୟବହାର ନେଇ ଅଭିଯୋଗ ହୋଇନାହିଁ। ପଲ୍ଲୀସଭା ନେଇ ସଠିକ୍ ତଥ୍ୟ ଦିଆଯାଇଛି। ପାଲଟା କେନ୍ଦ୍ର କମିଟିର ରିପୋର୍ଟରେ ପ୍ରକାଶ ପାଇଥିଲା ଯେ, ଜଙ୍ଗଲ ଉପରେ ନିର୍ଭର କରି ରହୁଥିବା ପରିବାର ସେଠାରେ ଥିବା ପ୍ରମାଣ ମିଳିଛି। ତିନି ପିଢ଼ି ଧରି ସେଠାରେ ଜଙ୍ଗଲ ଉପରେ ନିର୍ଭର କରି ଲୋକେ ରହୁଛନ୍ତି। ବର୍ଦ୍ଧମାନ ଇଷ୍ଟେଟ୍‌ର ରେକର୍ଡ ପତ୍ର ଓ ରେଂଟ ରିସିପ୍ଟ ଲୋକଙ୍କ ପାଖରେ ଅଛି। ଲୋକମାନେ ଜଙ୍ଗଲ ଜମିକୁ ଅଣଜଙ୍ଗଲ କାର୍ଯ୍ୟରେ ବ୍ୟବହାର ଲାଗି ପଲ୍ଲୀସଭାରେ ବିରୋଧ କରିଛନ୍ତି। ଏଭଳି ରାଜ୍ୟ ଓ କେନ୍ଦ୍ରର ଲିଖିତ ପ୍ରଶ୍ନ ଓ ଜବାବ ଗଣମାଧ୍ୟମରେ ପ୍ରଚାର ହେବାରୁ ରାଜ୍ୟ ସରକାରଙ୍କୁ ସମାଲୋଚିତ ହେବାକୁ ପଡ଼ିଥିଲା।

ଅଗଷ୍ଟ ମାସ ୨୭ ତାରିଖରେ ବହୁଚର୍ଚ୍ଚିତ ମୀନା ଗୁପ୍ତା କମିଟି ମଧ୍ୟ ଡିଙ୍ଗିଆରେ ପହଂଚିଥିଲା । ଜାତୀୟ ଜଙ୍ଗଲ ଅଧିକାର କମିଟି, ସାକ୍ସେନା କମିଟି ରିପୋର୍ଟକୁ ଆଧାର କରି ଜଙ୍ଗଲ ଓ ପରିବେଶ ମନ୍ତ୍ରଣାଳୟ ପକ୍ଷରୁ ପୋସ୍କୋ ପାଇଁ ଜମି ଅଧିଗ୍ରହଣକୁ ସ୍ଥଗିତ କରି ଦିଆଯାଇଥିଲା । ଗତ ସପ୍ତାହରେ ରାଜ୍ୟ ମୁଖ୍ୟମନ୍ତ୍ରୀ ନବୀନ ପଟ୍ଟନାୟକ ଅଚାନକ ଦିଲ୍ଲୀ ଗସ୍ତ କରି ଏହି ସଂକ୍ରାନ୍ତରେ ପ୍ରଧାନମନ୍ତ୍ରୀ ଓ ଜଙ୍ଗଲ ବିଭାଗ ମନ୍ତ୍ରୀଙ୍କ ସହ ଆଲୋଚନା କରିବା ପରେ ପ୍ରଧାନମନ୍ତ୍ରୀ ମନମୋହନ ସିଂଙ୍କ ହସ୍ତକ୍ଷେପରେ ପୁନଶ୍ଚ ଏକ ୪ ଜଣିଆ କମିଟି ମୀନା ଗୁପ୍ତାଙ୍କ ନେତୃତ୍ୱରେ ଗଠନ ହୋଇଥିଲା । ଉକ୍ତ କମିଟି ଅଧ୍ୟକ୍ଷା ମୀନା ଗୁପ୍ତା ପୂର୍ବରୁ ଓଡ଼ିଶା ସରକାରଙ୍କ ଅଧୀନରେ ଜଙ୍ଗଲ ଓ ପରିବେଶ ମନ୍ତ୍ରଣାଳୟର ସଚିବ ଭାବରେ କାର୍ଯ୍ୟରତ ଥିଲେ । ତେଣୁ ତାଙ୍କ ନେତୃତ୍ୱରେ କେନ୍ଦ୍ର ସରକାରଙ୍କ ପକ୍ଷରୁ ଗଠନ ହୋଇଥିବା କମିଟି ଓ ବିଶେଷ କରି ପୂର୍ବରୁ ସେ ଓଡ଼ିଶାରେ କାର୍ଯ୍ୟରତ ଥିବାରୁ କମିଟିର ଅନୁଧ୍ୟାନ ନିଶ୍ଚୟ ନିରପେକ୍ଷ ହେବ ବୋଲି ଓଡ଼ିଶା ସରକାର ଆଶା ରଖିଥିଲେ ।

ମୀନା ଗୁପ୍ତାଙ୍କ କମିଟିରେ ଅନ୍ୟ ୩ ଜଣ ସଦସ୍ୟ ହେଲେ ଭି. ସୁରେଶ, ଉର୍ମିଳା ଫଙ୍ଗଲେ ଓ ଦେବେନ୍ଦ୍ର ପାଣ୍ଡେ । ଏହି ୪ ଜଣିଆ କମିଟି ଦିବା ୨ ଘଟିକାରେ ପ୍ରଥମେ ଡିଙ୍ଗିଆ ଗ୍ରାମରେ ପହଂଚିଥିଲେ । ସେଠାରେ ଉପସ୍ଥିତ ଥିବା ହଜାର ହଜାର ମହିଳା ଓ ବୃଦ୍ଧ ବ୍ୟକ୍ତିମାନେ ମୀନା ଗୁପ୍ତାଙ୍କ ପାଦତଳେ ପଡ଼ି ଭୋଭୋ ହୋଇ କାନ୍ଦିଥିଲେ । ସେଠାରେ ମୀନା ଗୁପ୍ତା କମିଟି ସଦସ୍ୟମାନେ ଲୋକଙ୍କ ଭାବାବେଗ ଦେଖି ଭାବପ୍ରବଣ ହୋଇପଡ଼ିଥିଲେ । ପୋସ୍କୋ ପାଇଁ ଆମ ଜୀବନ ଜିବୀକା ସବୁ ଚାଲିଯାଇଛି । ଆମକୁ ରକ୍ଷା କର, ଆମକୁ ରକ୍ଷା କର ଏଭଳି କାନ୍ଦ ବୋବାଲି ମଧ୍ୟରେ ସ୍ଥିତି ଗମ୍ଭୀର ହୋଇଯାଇଥିଲା । ସେଠାରେ କମିଟି ସମସ୍ତ କାଗଜାତ ଦେଖି ଏହି ଅଂଚଳରେ ଜଙ୍ଗଲ କିସମ ଜମିର ରକ୍ଷଣାବେକ୍ଷଣା ସରକାର ୨୦୦୬ ଜଙ୍ଗଲ ଅଧିକାର ନିୟମକୁ ଉଲ୍ଲଙ୍ଘନ କରୁଥିବା ଲୋକଙ୍କ ଠାରୁ ବୁଝିଥିଲେ । ଡିଙ୍ଗିଆରେ ୧୮୮୯ ମସିହାରୁ ଘଂଚ ଜଙ୍ଗଲରେ କପ୍ତେଶ୍ୱର ମହାଦେବଙ୍କ ମନ୍ଦିର ଆମର ପୁରୁଣା ରେକର୍ଡ ଓ ଶ୍ରୀମନ୍ଦିର ମାଦଳା ପାଞ୍ଜିରେ ଏହି ଅଂଚଳରେ ଘୋର ଜଙ୍ଗଲ ଥିବାର ଅନେକ ଐତିହାସିକ ତଥ୍ୟ ସମ୍ବଳିତ ପ୍ରମାଣପତ୍ର କମିଟିକୁ ପ୍ରଦାନ କରାଯାଇଥିଲା । ପାଟଣା ଗାଁର ଗୁଣନିଧି ଗୋଚ୍ଛାୟତ, କରୁଣାକର ସ୍ୱାଇଁ, ଭାସ୍କର ମହାନ୍ତି ଓ ସୁରେଶ ସ୍ୱାଇଁ ପ୍ରମୁଖଙ୍କ ସହିତ ୯୦ ବର୍ଷ ବୟସର ବୃଦ୍ଧବୃଦ୍ଧାମାନେ ସେମାନେ ଏପରି ପରିଣତ ବୟସରେ କିପରି ପାନ ଚାଷ କରି ଜିବୀକା ନିର୍ବାହ କରୁଛନ୍ତି, ତାହା କମିଟିକୁ ଗାଁରେ ବୁଲେଇ ପାନ ବରଜ ଦେଖାଇଥିଲେ ।

ମୀନା ଗୁପ୍ତା କମିଟି ସବୁଠୁ ସ୍ପର୍ଶକାତର ଗାଁ ଢିଙ୍କିଆ ଠାରେ ତଦନ୍ତ ଶେଷ କରି ନୂଆଗାଁ ଓ ଗଡ଼କୁଜଙ୍ଗ ଆସିବା ଅବ୍ୟବହିତ ପୂର୍ବରୁ ଏକ ଅଜବ ଘଟଣା ଘଟିଥିଲା। କମିଟି ଗଡ଼କୁଜଙ୍ଗ ଆସିବା ପୂର୍ବରୁ ଉକ୍ତ ପଂଚାୟତର ପୋଲାଙ୍ଗ ଜଙ୍ଗଲରେ ବସବାସ କରୁଥିବା ୭ଟି ଆଦିବାସୀ ପରିବାରଙ୍କ ପ୍ରାୟ ୩୫ ଜଣ ପରିବାର ସଦସ୍ୟ ହଠାତ୍ ନିଖୋଜ ହୋଇଯାଇଥିଲେ। ସେଠାକାର ଭୋଟର ଲିଷ୍ଟରେ ଆଦିବାସୀଙ୍କ ନାମ ରହିଛି ଓ ୯ ନମ୍ବର ମହିଳା ୱାର୍ଡ ମେମ୍ବର ମାନା ହେମ୍ବ୍ରମ୍ ଅଛନ୍ତି। ସେହି ବସ୍ତିର ନେତୃତ୍ବ ନେଇଥିବା ରାଜେନ୍ଦ୍ର ମୁର୍ମୁ, ମୋହନ ମାଝି, ବାପୁନି ମାଝି ପ୍ରମୁଖ ହଠାତ୍ କେଉଁଆଡେ ସେମାନଙ୍କ ପରିବାରଙ୍କୁ ନେଇ ଚାଲିଯାଇଥିଲେ। ଏଠାରେ କେହି ଆଦିବାସୀ କିମ୍ବା ପାରମ୍ପରିକ ବନବାସୀ ନାହାନ୍ତି ବୋଲି ପ୍ରମାଣ କରିବାକୁ ଓ ତଦନ୍ତକାରୀ କମିଟିଙ୍କ ଆଖିରେ ନପଡ଼ିବ ଯୋଜନା କରି ସପକ୍ଷବାଦୀ ଗ୍ରାମବାସୀମାନେ ପ୍ରଶାସନର ସହାୟତାରେ ସେମାନଙ୍କୁ ଉଠେଇ ନେଇ କୋଉ ଅଜଣା ସ୍ଥାନରେ ରଖିଛନ୍ତି ବୋଲି ଗ୍ରାମବାସୀମାନେ ଅଭିଯୋଗ କରିଥିଲେ। ତଦନ୍ତ ଶେଷକରି ମୀନା ଗୁପ୍ତା କମିଟି ଫେରିଯାଇ ପୁନଶ୍ଚ ଦ୍ବିତୀୟ ବାର ପାଇଁ ପ୍ରସ୍ତାବିତ ପୋସ୍କୋ ଅଂଚଳକୁ ପୁନଃ ଅନୁଧ୍ୟାନ କରିବାକୁ ଆସିଲେ। ଏଥର ସେ ଜଟାଧାର ମୁହାଁଣ ନିକଟ, ପୋସ୍କୋର ନିଜସ୍ବ ବନ୍ଦର କେଉଁଠି ଓ କିପରି ହେବ ଅନୁଧ୍ୟାନ କରିଥିଲେ।

କୈବର୍ତ ନେତା ଶଙ୍ଖନାଦ ବେହେରା, ମୀନା ଗୁପ୍ତା କମିଟିକୁ ଭେଟି ଦାବୀପତ୍ର ଦେଇ କୌଣସି ପରିସ୍ଥିତିରେ ପୋସ୍କୋ ନିଜସ୍ବ ବନ୍ଦର ଜଟାଧାର ମୁହାଁଣରେ ନ କରୁ ବୋଲି ଦର୍ଶାଇଥିଲେ। ପୋସ୍କୋ ନିଜସ୍ବ ବନ୍ଦର କଲେ ୩ଟି କଥା ଗୁରୁତର ସହ କମିଟି ବିଚାର କରୁ ବୋଲି ବହୁ ଦାବୀପତ୍ରରେ ଉଲ୍ଲେଖ ଥିଲା। ପ୍ରଥମ କଥା ହେଲା ସିଆରଜେଡ୍ ଆଇନି ଅନୁଯାୟୀ, ଏଠାରେ ବନ୍ଦର ହେଲେ ଏଠାକାର ଜଙ୍ଗଲ ଓ ବାଲିସ୍ତୁପ ନିଶ୍ଚୟ ଧ୍ବଂସ ହୋଇଯିବ। ଦ୍ବିତୀୟ କଥା ପ୍ରସ୍ତାବିତ ବନ୍ଦର ସନ୍ନିକଟରେ ଏକ ବୃହତ ପାରାଦ୍ବୀପ ଥିବା ବେଳେ ସେଠାରେ ଆଉ ଏକ ବେସରକାରୀ ବନ୍ଦର ନିର୍ମାଣ ହେଲେ ପୁରାତନ ବନ୍ଦରର ଆମଦାନୀ ରପ୍ତାନୀରେ ପ୍ରଭାବ ପଡ଼ି ବନ୍ଦର କ୍ଷତିଗ୍ରସ୍ତ ନିଶ୍ଚୟ ହେବ। ତୃତୀୟ କଥା ପୋସ୍କୋର ନିଜସ୍ବ ବନ୍ଦର ହେଲେ ଜଟାଧାର ମୁହାଁଣ ଉପରେ ନିର୍ଭରଶୀଳ ପ୍ରାୟ ୪୦ ହଜାର ମସ୍ୟଜୀବୀମାନେ ସେମାନଙ୍କ ଜୀବିକା ନିଶ୍ଚୟ ହରେଇବେ। ତେବେ ଏ ସମସ୍ତ କଥା କମିଟି ଅନୁଧ୍ୟାନ କରି ଭୁବନେଶ୍ବର ଫେରିଯାଇଥିଲା। ଭୁବନେଶ୍ବରରେ ବିଭିନ୍ନ ରାଜନେତା ଓ ସରକାରଙ୍କ ପ୍ରତିନିଧିଙ୍କ ସହ କଥା ହେବା ପରେ ଖୁବ୍ ଶୀଘ୍ର ସେ କେନ୍ଦ୍ର ସରକାରଙ୍କୁ ଚୂଡାନ୍ତ ରିପୋର୍ଟ ପ୍ରଦାନ କରିବେ ବୋଲି ସ୍ବଷ୍ଟ କରିଥିଲେ।

ମୋଟାମୋଟି କଥା ହେଲା, ପୂର୍ବର ଜଙ୍ଗଲ ଅଧିକାର କମିଟି ବା ସାକ୍‌ସେନା କମିଟି ରିପୋର୍ଟ ଆଧାରରେ ଜମି ଅଧିଗ୍ରହଣ ସ୍ଥଗିତ ରହିଥିଲା। ରାଜ୍ୟ ସରକାରଙ୍କ ଅନୁରୋଧକ୍ରମେ କେନ୍ଦ୍ର ସରକାର ପୁନର୍ଷ ମୀନା ଗୁପ୍ତା କମିଟି ଗଠନ କରି ସାନି ତଦନ୍ତ କରାଇଥିଲେ। ମୀନା ଗୁପ୍ତା କମିଟିର ରିପୋର୍ଟ ଓ କେନ୍ଦ୍ର ସରକାରଙ୍କ ଭୂମିକାକୁ ସମଗ୍ର ବିଶ୍ୱ ଚାହିଁ ରହିଥିଲା। ଦକ୍ଷିଣ କୋରିଆର ମିତ୍ର ରାଷ୍ଟ୍ରମାନେ ପୋସ୍କୋରେ ପୁଞ୍ଜିନିବେଶ କରିଥିବାରୁ ସେମାନେ ହତାଶ ହେଉଥିଲେ। ତେବେ ମୀନା ଗୁପ୍ତା ରିପୋର୍ଟ ଉପରେ ପୋସ୍କୋର ଭାଗ୍ୟ ଲଟ୍‌କି ଥିବା ମନେ ହେଉଥିଲା।

ଗାଁ ମଝି ଚଉରା ପିଣ୍ଡି ଉପରେ ବସି ନିଜ ମାଟିର କଥା ଶୁଣୁ ଥିବା ମହିଲାମାନଙ୍କ ଆଖିରୁ ନିଦ ହଜି ଯାଇଥିଲା।

ଲତିକା ମନେପକାଇ ପକାଇ ଗୋଟଗୋଟି କରି ସବୁ ଘଟଣା, ଅଘଟଣକୁ ବର୍ଣ୍ଣାଣି ଚାଲିଥିଲା...

ତେର

୩୧ ଜାନୁଆରୀ ୨୦୧୧
ପୋସ୍କୋକୁ ମଞ୍ଜୁରୀ :

ଶେଷକୁ କେନ୍ଦ୍ର ଓ ରାଜ୍ୟ ସରକାର ହାତ ମିଲେଇଲେ । ଭିଟାମାଟି ପାଇଁ ଭୋ ଭୋ ହୋଇ କାନ୍ଦୁଥିବା ଗାଁ ଲୋକଙ୍କ କାନ୍ଦଣା ଫଳପ୍ରଦ ହେଲାନି । ଉଭୟ କେନ୍ଦ୍ର ଓ ରାଜ୍ୟ ସରକାର ଯେଉଁଲି ପରିବେଶ କାନ୍ଦଣା କାନ୍ଦୁଥିଲେ ତାହା ମଧ୍ୟ ମିଛ ବୋଲି ପ୍ରମାଣିତ ହେଲା । ମୀନା ଗୁପ୍ତା କମିଟି, ଜଙ୍ଗଲ ପରାମର୍ଶଦାତା କମିଟି ଓ ସର୍ବୋପରି ବିଶେଷଜ୍ଞ ସମୀକ୍ଷା କମିଟିର ମତ ଗ୍ରହଣ ଯୋଗ୍ୟ ହେଲାନାହିଁ । ପୋସ୍କୋ କାରଖାନା ପାଇଁ ମଞ୍ଜୁରୀ ମିଲିବ କି ନମିଲିବ କଳ୍ପନା ଜଲ୍ପନାର ଅନ୍ତ ହେଲା । ନିଜ ମନ୍ତ୍ରଣାଳୟର କାଚଘରେ ବସିଥିବା କେନ୍ଦ୍ର ଜଙ୍ଗଲ ଓ ପରିବେଶ ମନ୍ତ୍ରୀ ଜୟରାମ ରମେଶ ବୁଝିପାରିଲେନି ଗରିବ-ନିରୀହ ଗାଁର ମଲିମୁଣ୍ଡିଆ ମଣିଷଙ୍କ ଜୀବନ ବେଦନା । ମୋହର ମାରିଦେଲେ ପୋସ୍କୋ କାରଖାନା ମଞ୍ଜୁରୀ ଓ ନିଜସ୍ୱ ବନ୍ଦର ଉପରେ । ମଞ୍ଜୁରୀ ମିଲିବା ନେଇ ପୋସ୍କୋ ଉପରେ ୬୦ଟି ସର୍ତ ଓ ନିୟମ ଲାଗୁ କରାଯାଇଛି । ତେବେ ୨୦୦୫ରୁ ୨୦୧୧ ମଧ୍ୟରେ ପୋସ୍କୋ କମ୍ପାନୀ ଅନେକ ଗଲାବାଟ ଦେଇ ଖସିଯିବାର ସୁଯୋଗ ସୃଷ୍ଟି କରି ଆସିଥିବା ବେଲେ କେନ୍ଦ୍ରର ୬୦ ସର୍ତ ଯେ ତାକୁ ରୋକିପାରିବ ଏହା ହାସ୍ୟାସ୍ପଦ ପରି ଲାଗୁଥିଲା ।

ପୋସ୍କୋ ମଞ୍ଜୁରୀ ପ୍ରାପ୍ତ ହେବା ପରେ ପୋସ୍କୋ ସପକ୍ଷବାଦୀମାନେ ରାଜରାସ୍ତାକୁ ବାହାରି ପଡ଼ିଲେ । ପ୍ରଶାସନ, ପୋସ୍କୋ ଅଧିକାରୀ ଓ ସପକ୍ଷବାଦୀ ଗ୍ରାମବାସୀ ନେତୃବୃନ୍ଦମାନେ ଘନଘନ ବୈଠକ ଆରମ୍ଭ କଲେ । ଅପରପକ୍ଷରେ ଉତ୍ସାହିତ ପ୍ରଶାସନ କାଲ ବିଲମ୍ବ ନକରି ଅଂଚଲରେ ପୋଲିସ୍ ଫୋର୍ସ ନିଶ୍ଚୟ ପୁରାଇବ ବୋଲି ଆକଲନ କରି ପୋସ୍କୋ ବିରୋଧୀ ଗ୍ରାମବାସୀମାନେ ଏକଜୁଟ୍ ହେଲେ । ପାଟଣାହାଟ

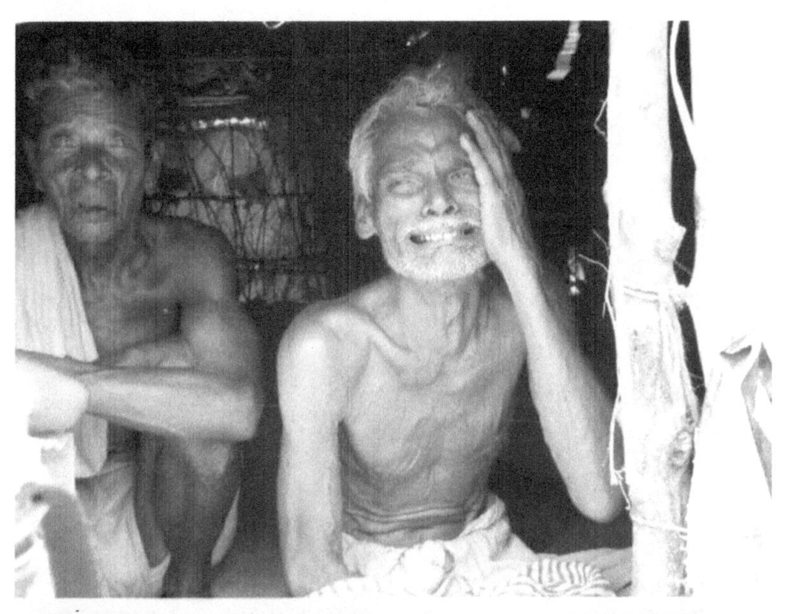

ଠାରେ ସଭା ବସିଲା । ସେପଟେ ଦିଲ୍ଲୀରେ ବିଭିନ୍ନ ଗଣସଂଗଠନମାନେ ବିରୋଧକରି ଧାରଣା ଦେଲେ ଓ ଭୁବନେଶ୍ୱରରେ ମଧ୍ୟ ଅନୁରୂପ ଆନ୍ଦୋଳନ ଚାଲିଲା ।

ଗଣମାଧ୍ୟମରେ କିଏ କେତେ ପ୍ରକାର ମିଶ୍ର ପ୍ରତିକ୍ରିୟା ବ୍ୟାଖ୍ୟାଣ ବସିଲେ । ମୁଖ୍ୟମନ୍ତ୍ରୀ ନବୀନ ପଟ୍ଟନାୟକ ମତ ଦେଲେ ଯେ,– "ପୋସ୍କୋ ପ୍ରକଳ୍ପକୁ ମିଳିଥିବା ସର୍ତ୍ତମୂଳକ ମଞ୍ଜୁରୀ ସ୍ୱାଗତଯୋଗ୍ୟ ।" ଶିକ୍ଷାମନ୍ତ୍ରୀ ରଘୁନାଥ ମହାନ୍ତି କହିଲେ– "ବିଳମ୍ବରେ ହେଲେ ମଧ୍ୟ ପୋସ୍କୋ ପ୍ରକଳ୍ପକୁ ମଞ୍ଜୁରୀ ମିଳିଥିବାରୁ ଓଡ଼ିଶାର ଶିକ୍ଷାୟନ ପାଇଁ ଏହା ଏକ ମାଇଲ୍ ଖୁଣ୍ଟ । ଶିକ୍ଷାୟନରେ ଏହା ଏକ ନୂତନ ଦିଗନ୍ତ ସୃଷ୍ଟି କରିବ ।" ଲୋକଶକ୍ତି ଅଭିଯାନ ରାଜ୍ୟ ସଭାପତି ପ୍ରଫୁଲ୍ଲ ସାମନ୍ତରା କହିଲେ– "କେନ୍ଦ୍ର ପୋସ୍କୋ ପ୍ରକଳ୍ପକୁ ପରିବେଶ ମଞ୍ଜୁରୀ ଦେଇ କର୍ପୋରେଟ୍ ହାଉସ୍ ନିକଟରେ ଆମ୍ ସମର୍ପଣ କରିଛନ୍ତି । କମିଟି ପଠାଇ ତଦନ୍ତ କରିବା ଏକ ଫାର୍ସ ଥିଲା ।" ସିପିଆଇ ନେତା ରାମଚନ୍ଦ୍ର ପଣ୍ଡା କହିଲେ– "ଏହା ଦୁର୍ଭାଗ୍ୟଜନକ ନିଷ୍ପତି" । ସାଂସଦ ଡକ୍ଟର ବିଭୁ ପ୍ରସାଦ ତରାଇ କହିଲେ– "ଲୋକମାନଙ୍କ ଲାଗି ଯାହା ଠିକ୍ ହେବ ତାହା କରାଯିବ" । ମିଳିତ କ୍ରିୟାନୁଷ୍ଠାନ କମିଟି ନେତା ତମିଳ ପ୍ରଧାନ କହିଲେ– "ଜୟରାମ ରମେଶଙ୍କ ପଦକ୍ଷେପକୁ ଆମେ ସ୍ୱାଗତ କରୁଛୁ । ହେଲେ ମିଳିତ କ୍ରିୟାନୁଷ୍ଠାନ କମିଟି ପ୍ରଦାନ କରିଥିବା ୨୯ ଦଫା ଦାବିର ପୁନର୍ବିଚାର କରି ସରକାର ପୋସ୍କୋ ସମ୍ପର୍କରେ ନିଷ୍ପତି ନିଅନ୍ତୁ । ଓଡ଼ିଶା ବେଲାଭୂମି ସୁରକ୍ଷା ସମିତି ସଭାପତି ଜଗନ୍ନାଥ ବସ୍ତିଆ କହିଲେ– "ପୋସ୍କୋ ପ୍ରକଳ୍ପ ପାଇଁ ନୂତନ ବନ୍ଦରକୁ ଅନୁମତି ଦେବା ଆବଶ୍ୟକତା ନଥିଲା । ୧୨ କି.ମି. ମଧ୍ୟରେ ଆଉ ଗୋଟିଏ ବନ୍ଦର ହେଲେ ବେଲାଭୂମି ପ୍ରତି ବିପଦର ଆଶଙ୍କା ରହିଛି । ଉପକୂଳର ଜୈବ ବିବିଧତା ନଷ୍ଟ ହେବାର ସମ୍ଭାବନା ରହିଛି ।"

ହେଲେ ପୋସ୍କୋ ପ୍ରତିରୋଧ ସଂଗ୍ରାମ ସମିତିର ସଭାପତି ଅଭୟ ସାହୁ ଘଟଣାକ୍ରମରେ ସ୍ମିତହାସ୍ୟ ଦେଇ କହିଥିଲେ ଯେ, ସେ ଏହି ନାଟକବାଜି ସମ୍ପର୍କରେ ପ୍ରଥମରୁ ଅବଗତ ଥିଲେ । ଏହି ମଞ୍ଜୁରୀ ଆମ ଆନ୍ଦୋଳନ ଉପରେ କୌଣସି ପ୍ରଭାବ ପକାଇବ ନାହିଁ । ପୋସ୍କୋକୁ ଫେରାଇବାକୁ ଶେଷ ସଂଗ୍ରାମ ଜାରି ରଖିବୁ । ପୋସ୍କୋ ତ ପୂର୍ବରୁ ଅନେକ ମଞ୍ଜୁରୀ ନେଇସାରିଛି । ସମସ୍ତେ ଜାଣିବା ଉଚିତ୍ ଯେ, ୨୨ ଜୁନ୍ ୨୦୦୫ରେ ଦକ୍ଷିଣ କୋରିଆର ପୋହାଙ୍ଗ ଷ୍ଟିଲ୍ କମ୍ପାନୀ (ପୋସ୍କୋ) ଓଡ଼ିଶାର ଜଗତ୍‌ସିଂହପୁର ଜିଲ୍ଲାରେ ୫୧ ହଜାର କୋଟି ଟଙ୍କା ପୁଞ୍ଜି ବିନିଯୋଗ କରି ବାର୍ଷିକ ୧୨ ନିୟୁତ ଟନ କ୍ଷମତା ବିଶିଷ୍ଟ ଇସ୍ପାତ କାରଖାନା କରିବ ବୋଲି ରାଜ୍ୟ ସରକାରଙ୍କ ସହିତ ଚୁକ୍ତି ସ୍ୱାକ୍ଷରିତ କଲାପରେ ୧୪ ସେପ୍ଟେମ୍ବର ୨୦୦୬ରେ ନିଜସ୍ୱ ବନ୍ଦର ଆଉ ପରିବେଶ ମଞ୍ଜୁରୀ ପାଇଁ ଆବେଦନ କରିଥିଲା । ୨୧ ଏପ୍ରିଲ ୨୦୦୭ରେ

ଶକ୍ତି ଓ ଇସ୍ପାତ ପ୍ରକଳ୍ପ ନିମନ୍ତେ ପରିବେଶ ମଞ୍ଜୁରୀ ମଧ ଆବେଦନ କରିଥିଲା। ତେବେ ତତ୍‌କ୍ଷଣାତ୍‌ ପୋସ୍କୋ ବନ୍ଦରକୁ ୧୫ ମେ ୨୦୦୭ରେ ପରିବେଶ ମଞ୍ଜୁରୀ ମିଲିଗଲା। ୧୯ ଜୁଲାଇ ୨୦୦୭ରେ ପ୍ରକଳ୍ପକୁ ପରିବେଶ ମଞ୍ଜୁରୀ ମିଲିଲା। ୨୮ ସେପ୍ଟେମ୍ବର ୨୦୦୮ରେ ପୋସ୍କୋକୁ ଜଙ୍ଗଲ ଜମି କିସମ ପରିବର୍ତନ ପାଇଁ ସ୍ୱୀକୃତି ସଙ୍କେତ ମିଲିଲା। ୨୯ ଡିସେମ୍ବର ୨୦୦୯ରେ କିସମ ପରିବର୍ତନ ଚୂଡ଼ାନ୍ତ ମଞ୍ଜୁରୀ ମିଲିଲା। ଏତେ କମିଟି ଗଠନ ହୋଇ ରିପୋଟ ପ୍ରକାଶ ପାଇଲା ଓ ମୀନା ଗୁପ୍ତା କମିଟିର ୪ ସଦସ୍ୟଙ୍କ ମଧରେ ଫାଟ ସୃଷ୍ଟି ହେଲା। ତେବେ ୩୧ ଜାନୁଆରୀ ୨୦୧୧ରେ ପୋସ୍କୋ ପ୍ରକଳ୍ପକୁ ସର୍ତମୂଳକ ଚୂଡ଼ାନ୍ତ ମଞ୍ଜୁରୀ ପ୍ରଦାନ କରାଗଲା।

ପୋସ୍କୋକୁ ପୂର୍ବରୁ ଯେଉଁ ସବୁ ମଞ୍ଜୁରୀ ମିଲିଛି, ତାହାକୁ ଗ୍ରାମବାସୀମାନେ ଅଣଦେଖା କରି ଆନ୍ଦୋଳନ କର ବା ମର ସ୍ଥିତିରେ ଜାରି ରଖିଛନ୍ତି। ଏବେକା ମଞ୍ଜୁରୀ ପ୍ରଦାନ ପ୍ରଶାସନ ଓ ପୋସ୍କୋ ସପକ୍ଷବାଦୀଙ୍କୁ ଉତ୍ସାହିତ କରିଥାଇପାରେ, ହେଲେ ଆମ୍ଭେମାନେ ଲଢ଼ିବାକୁ ଉତ୍ସାହିତ ହୋଇଛୁ। ରାଜ୍ୟର ମୁଖ୍ୟମନ୍ତ୍ରୀ ଆମକୁ କଥା ଦେଇଥିଲେ ଯେ, ସେ ଅଂଚଲକୁ ଆସି ସ୍ଥିତି ଅନୁଧ୍ୟାନ କରିବେ ଓ ଲୋକଙ୍କ ଦୁଃଖ ବୁଝିବେ। ହେଲେ ସେ କଥା ଦେଇ କଥା ନରଖି ପାଲଟା ମଞ୍ଜୁରୀ ପାଇବାକୁ ଦିଲ୍ଲୀ ଯାଇ ପ୍ରଧାନମନ୍ତ୍ରୀଙ୍କୁ ଚାପ ସୃଷ୍ଟି କଲେ, ତେଣୁ ଆମେ ଏବେ ରାଜ୍ୟ ସରକାରଙ୍କ ଠାରୁ କିଛି ଆଶା ରଖୁନୁ। ଆମେ ଦୀର୍ଘ ବର୍ଷ ହେଲା ଲଢୁଛୁ ଓ ଆଜିଠାରୁ ମଧ ଲଢ଼େଇକୁ ଯୋରଦାର କରିବୁ। ଲଢ଼େଇରେ ଆଗରୁ ମୁଣ୍ଡ ଗଡ଼ିଛି ଓ ଆଗକୁ ମଧ ସେଭଲି ସ୍ଥିତି ହବ ବୋଲି ଆମେ ଜାଣିଛୁ"।

ଅଭୟ ସାହୁଙ୍କ କଥାରୁ ଅନଭୁବ ହେଇଥିଲା ଯେ ଅଂଚଲରେ ଆହୁରି ଅନେକ ଘଟଣା ଘଟିବ ଓ ଅଂଚଲ ଅଶାନ୍ତ ହୋଇରହିବ।

ପୋସ୍କୋ କମ୍ପାନୀ ଇସ୍ପାତ କାରଖାନା ନିର୍ମାଣ ସହିତ ନିଜସ୍ୱ ବନ୍ଦର କରିବାକୁ ମଞ୍ଜୁରୀ ମିଲୁ ମିଲୁ ପୋସ୍କୋ ପ୍ରକଳ୍ପକୁ ପାଣି ଯୋଗାଇ ଦେବାକୁ ମହାନଦୀ ହିଁ ପ୍ରକୃଷ୍ଟ ଉସ୍ସ ବୋଲି ପ୍ରଥମେ ପ୍ରଚାର ହୋଇଥିଲା। ପୋସ୍କୋ ମହାନଦୀରୁ ପାଣି ନେଲେ କଟକ, କେନ୍ଦ୍ରାପଡ଼ା ଓ ଜଗତ୍‌ସିଂହପୁର ଜିଲ୍ଲାବାସୀଙ୍କର ଯେଉଁ କ୍ଷତି ହେବ ତାହାକୁ ନେଇ ୩ ଜିଲ୍ଲାରେ ଆନ୍ଦୋଳନ ଦାନା ବାନ୍ଧିବାରୁ ଏବେ ପ୍ରଶାସନିକ ଅଧିକାରୀମାନେ ଏହି ପ୍ରସ୍ତାବରୁ ଓହରି ଯାଇଥିଲେ। ଏହାର ବିକଳ୍ପ ଭାବେ ଜଗତ୍‌ସିଂହପୁର ଜିଲ୍ଲାର ଅନ୍ୟତମ ଜୀବନରେଖା ହଂସୁଆ ନଦୀରୁ ଜଲ ଯୋଗାଣ ଲାଗି ନିଷ୍ପତି ନିଆଯାଇଥିବା ସୂଚନା ସମଗ୍ର ଅଂଚଲରେ ତିକ୍ତତା ସୃଷ୍ଟି କରିଥିଲା। ହଂସୁଆ ଏକ ଚିରସ୍ରୋତା ନଦୀ ନୁହେଁ। ବେଗୁନିଆପାଟରୁ ବାହାରିଥିବା ଏହା ଏକ ପାଟ ନଳ ବା ସଫେଲ। ଏହା

ଉପରେ ଜଗତ୍‌ସିଂହପୁର ଜିଲ୍ଲାର ୪ଟି ବ୍ଲକ୍‌ ବାସିନ୍ଦା ନିର୍ଭରଶୀଳ । ଯଦି ଏହି ସଫେଇରୁ ପୋଷ୍କୋ ପାଣି ନେବା ଲାଗି ବ୍ୟାରେଜ ନିର୍ମାଣ କରେ, ତାହେଲେ ଜିଲ୍ଲାରେ ଭୟଙ୍କର ଜଳ ସମସ୍ୟା ସୃଷ୍ଟି ହେବା ସହ ଲୋକଙ୍କ ଜୀବିକା ବିପନ୍ନ ହେବ । ହଂସୁଆ ସରକାରୀ ଖାତାରେ ଚିରସ୍ରୋତା ନଦୀର ମାନ୍ୟତା ଏ ପର୍ଯ୍ୟନ୍ତ ପାଇନାହିଁ । ଏହା ଅଦ୍ୟାବଧି ଏକ ସଫେଇ ନାଳି ଓ ନଦୀ ବୋଲି ସମସ୍ତେ ଜାଣନ୍ତି । ପ୍ରତିବର୍ଷ ହଂସୁଆ ସଫେଇ ନିମନ୍ତେ ଜଳସେଚନ ବିଭାଗ ଓ ଡ୍ରେନେଜ କଟିଂ ପକ୍ଷରୁ ଲକ୍ଷ ଲକ୍ଷ ଟଙ୍କା ଖର୍ଚ୍ଚ କରାଯାଇ ଖରାଦିନେ ଖୋଲିବାର ବ୍ୟବସ୍ଥା ହୋଇଥାଏ ।

ବହୁବର୍ଷ ତଳେ ମହାନଦୀର ଏକ ଅଂଶ ବିଶେଷ ଥିଲା ହଂସୁଆ । ନଦୀ ଅତିକ୍ରମ ହୋଇ କଟକ – ପାରାଦ୍ୱୀପ ରାଜ୍ୟ ରାଜପଥ ନିର୍ମାଣ ହେବା ପରେ ସ୍ଥାନୀୟ ଅଂଚଳରୁ ପାଣି ନିଷ୍କାସିତ ହୋଇ କନ୍ଦରପୁର ପାଖାପାଖି ତାଲଦଣ୍ଡା ଅତିକ୍ରମ କରି ଜଗତ୍‌ସିଂହପୁର ଜିଲ୍ଲାରେ ପ୍ରବେଶ କରିଛି । ହଂସୁଆର ସଂଯୋଗ ବିଶେଷକରି ଜିଲ୍ଲାର ରଘୁନାଥପୁର, ତିର୍ତ୍ତୋଲ, ବାଲିକୁଦା ଓ ଏରସମା ବ୍ଲକ୍‌ର ୯୦ ପ୍ରତିଶତ ଚାଷଜମିକୁ ପାଣି ଯୋଗାଣ ସହ ବନ୍ୟା ସମୟରେ ଜଳ ନିଷ୍କାସନ ପାଇଁ ପ୍ରାକୃତିକ ଉପାୟରେ ବ୍ୟବହୃତ ହୋଇଆସୁଛି । ୧୯୯୦ ମସିହା ପରଠାରୁ ଜଳସେଚନ ବିଭାଗ ପକ୍ଷରୁ ଏହାକୁ ରକ୍ଷଣାବେକ୍ଷଣା ଓ ଜଳ ବିତରଣ ନିମନ୍ତେ ସ୍ୱତନ୍ତ୍ର ଭାବେ ଅର୍ଥ ମଞ୍ଜୁର ହୋଇ କାର୍ଯ୍ୟକାରୀ କରାଯାଉଛି । ହଂସୁଆ ସଫେଇ ୪ଟି ବ୍ଲକ୍‌ ବାସିନ୍ଦାଙ୍କ ପାଇଁ ଅମୃତର ଧାରା । ଖରାଦିନେ ଏରସମାର ନଗରୀଠାରେ ନିର୍ମାଣ ହୋଇଥିବା କ୍ରିକ୍‌ ଯୋଗୁ ସେଠାରେ ପର୍ଯ୍ୟାପ୍ତ ପରିମାଣରେ ଜଳକୁ ସଂରକ୍ଷିତ କରି ରଖାଯାଇଥାଏ । ହଜାର ହଜାର ଚାଷୀ ଏହି ଜଳ ଉପରେ ନିର୍ଭର କରି ଡାଲୁଆ ଧାନ ଚାଷ ମଧ କରିଥାନ୍ତି । କେବଳ ହଂସୁଆ ନଦୀ ପାଇଁ ଜଗତ୍‌ସିଂହପୁର ଜିଲ୍ଲାରେ ହିଁ ଡାଲୁଆ ଧାନ ଓ ଖରାଟିଆ ଫସଲ ଉତ୍ପାଦନ କ୍ଷେତ୍ରରେ ରାଜ୍ୟରେ ସ୍ୱତନ୍ତ୍ର ସ୍ଥାନ ବଜାୟ ରଖିଆସିଛି । ବର୍ଷା ଦିନେ ଚାଷକ୍ଷେତ୍ରକୁ ଜଳ ନିଷ୍କାସନ ହୋଇ ଯେତେ ପରିମାଣରେ ପାଣି ହଂସୁଆକୁ ଆସିଲେ ମଧ ଜଟାଧାର ମୁହାଁରେ ଏହି ସ୍ରୋତ ସଂଯୋଗ ହୋଇଥିବାରୁ ସମସ୍ତ ଉଦ୍‌ବୃତ ଜଳ ବଙ୍ଗୋପସାଗରକୁ ହିଁ ନିଷ୍କାସିତ ହୋଇଥାଏ । ଯଦ୍ୱାରା ବର୍ଷାଦିନେ ଧାନ ଚାଷରେ ମଧ ଏହା ବରଦାନ ପାଲଟିଯାଏ ।

ମରୁଡ଼ି ସମୟରେ ଜଳ ଯୋଗାଣ ଓ ବହୁଳ ବୃଷ୍ଟିରେ ଜଳ ନିଷ୍କାସନ ହେଉଥିବାରୁ ହଂସୁଆ ହିଁ ଚାଷୀଙ୍କ ସାହା ଭରସା ହୋଇ ରହିଆସିଛି । ପୋଷ୍କୋ କମ୍ପାନୀ ଯଦ୍ୟପି ଏଥାରୁ ପାଣି ନିଏ, ତାହେଲେ ତାର ବ୍ୟବହାର ପାଇଁ ବହୁଳ ଜଳ ଆବଶ୍ୟକତା ପ୍ରସ୍ତାବିତ ପ୍ରକଳ୍ପ ଅଂଚଳର ସଂଲଗ୍ନ ବାଲିଆମରାରୁ ନଗରୀ ମଧରେ

ହଂସୁଆ ନଦୀରେ ବ୍ୟାରେଜ ନିର୍ମାଣ କରି ଜଳଭଣ୍ଡାର ନିଶ୍ଚୟ ନିର୍ମାଣ କରିବ। ଯାହାକୁ ରାଜ୍ୟ ସରକାର ଓ ପୋସ୍କୋ କମ୍ପାନୀ ମହାନଦୀର ବିକଳ୍ପ ହଂସୁଆ ବୋଲି ବିଚାର କରିଛନ୍ତି। ଏହା ହେଲେ ଆମ୍ବିକି, ଜିରାଇଲୋ, ଗଡ଼ବିଷ୍ଣୁପୁର, ଏରସମା ଓ ପଲ୍ଲୀକଂଟା ଅଂଚଳ ପାଣି ଘେରରେ ରହିବାର ସମ୍ଭାବନା ସୃଷ୍ଟି ହେବ। ଏହି ଅଂଚଳଗୁଡ଼ିକ ଆଜି ନହେଲେ ଆସନ୍ତାକାଲି ଏଭଳି ସମସ୍ୟାରେ ଯଦି ରହିବ ଏଠାକାର ଗ୍ରାମଗୁଡ଼ିକ ଜଳାଭାବ ସମସ୍ୟାରେ ଆପେ ଆପେ ବିସ୍ଥାପିତ ହୋଇଯିବେ। ଏଥିସହିତ ଇଚ୍ଛାଧୀନ ଭାବେ ଜଟାଧାର ମୁହାଁକୁ ପାଣି ନିଷ୍କାସନ ହୋଇନପାରିଲେ ବାଲିକୁଦା, ଏରସମା, ତିର୍ତୋଲ ଓ ରଘୁନାଥପୁର ବ୍ଲକ୍ ସମେତ ଅନେକ ଅଂଚଳର ଚାଷଜମି ଜଳମଗ୍ନ ହୋଇ ଚାଷୀଙ୍କ ଜୀବିକା ବୁଡ଼ିବ। ସମଗ୍ର ଜଗତ୍‌ସିଂହପୁର ଜିଲ୍ଲା ଚାଷୀଭିତ୍ତିକ ଅଂଚଳରେ ଏକ ଅସ୍ୱାଭାବିକ ସ୍ଥିତି ଉପୁଜିବ ବୋଲି ପ୍ରଚାରିତ ହେବାରୁ ଓ ଏହା ଭବିଷ୍ୟତର ବାସ୍ତବ ଚିତ୍ର ହୋଇଥିବାରୁ ପୋସ୍କୋ ବିରୋଧରେ ପ୍ରସ୍ତାବିତ ପ୍ରକଳ୍ପ ୩ ପଂଚାୟତ ସମେତ ସମଗ୍ର ଜଗତ୍‌ସିଂହପୁର ଜିଲ୍ଲାରେ ପ୍ରତିକ୍ରିୟା ସୃଷ୍ଟି ହେବାକୁଲାଗିଲା।

ଇତି ମଧ୍ୟରେ କିଛି ଦିନ ଛକାପଞ୍ଜା ଚାଲିଲା। ପ୍ରସ୍ତାବିତ ପୋସ୍କୋ ଅଂଚଳରେ ସଭା ଶୋଭାଯାତ୍ରା ଚାଲିଛି । ପୋସ୍କୋ ବିରୋଧୀମାନେ ଅନୁଭବ କରିଥିଲେ ଯେ, ରାଜ୍ୟ ସରକାର ଓ କେନ୍ଦ୍ର ସରକାର ଆଉ ସେମାନଙ୍କ ସପକ୍ଷରେ ନାହାନ୍ତି। ଦେଶ ବ୍ୟାପୀ ଗଣ ସଂଗଠନ ଓ ବୁଦ୍ଧିଜୀବୀମାନେ ପୋସ୍କୋ କମ୍ପାନୀର ଭୟାବହତାକୁ ବୁଝିଛନ୍ତି ଓ ଗ୍ରାମବାସୀଙ୍କୁ ମଧ୍ୟ ସମର୍ଥନ ଦେଉଛନ୍ତି। ବାମ ବିଚାରଧାରର ନେତୃତ୍ୱମାନେ ସମର୍ଥନ ଦେଇଛନ୍ତି। ବିଜେପି ନେତୃତ୍ୱ ମଧ୍ୟ ସମର୍ଥନ ଦେଉଛି। ଦେଶର ଅନେକ ଆଗଧାଡ଼ିର ସମାଜସେବିକା ସେବକମାନେ ମଧ୍ୟ ପୋସ୍କୋ ବିରୋଧୀ ଆନ୍ଦୋଲନକୁ ସମର୍ଥନ ଦେଇଛନ୍ତି। ରାଜ୍ୟ ଓ ରାଜ୍ୟ ବାହାରର କେତେକ ଗଣମାଧ୍ୟମ ମଧ୍ୟ ଆନ୍ଦୋଲନକୁ ସମର୍ଥନ ଦେଇ ସତ କଥା ଦେଶବାସୀଙ୍କୁ ଜଣାଉଥିବାରୁ ପୋସ୍କୋ ବିରୋଧୀ ଗ୍ରାମବାସୀମାନେ ଆନ୍ଦୋଲନ କରିବାକୁ ବଳ ମିଳୁଥିବା ସେମାନେ ଖୋଲାଖୋଲି କହୁଥିଲେ। ଆଶ୍ୱାସନା ଓ ସମର୍ଥନକୁ ସମ୍ବଳ କରି ପୋସ୍କୋ ବିରୋଧୀ ଗ୍ରାମବାସୀମାନେ ଲଢ଼େଇ କରିବାକୁ ଝାଂପ ଦେଇଥିଲେ।

ପୋସ୍କୋ ସପକ୍ଷରେ ସରକାର ଆଇନଗତ ବାଜି ମାରିଥିବା ବେଳେ ପୋସ୍କୋ ସପକ୍ଷବାଦୀ ସଂଗଠନ ମିଳିତ କ୍ରିୟାନୁଷ୍ଠାନ କମିଟି ବାରମ୍ବାର ପୋସ୍କୋ ଅଧିକାରୀ ଓ ପ୍ରଶାସନ ସହିତ ଆଲୋଚନା କରୁଥିଲେ। ସର୍ଭେ ଓ ଜମି ଅଧିଗ୍ରହଣ ପୂର୍ବରୁ ପୋସ୍କୋକୁ କ୍ରିୟାନୁଷ୍ଠାନ ପକ୍ଷରୁ ପ୍ରଦାନ କରାଯାଇଥିବା ୨୯ ଦଫା ଦାବୀ ପୂରଣ କରନ୍ତୁ ବୋଲି କୁହାଯାଇଥିଲା। ୨୯ ଦଫା ଦାବୀ ପୂରଣ ନିମନ୍ତେ ଜିଲ୍ଲାପ୍ରଶାସନ, ପୋସ୍କୋ ଓ

ମିଳିତ କ୍ରିୟାନୁଷ୍ଠାନ କମିଟି ପ୍ରମୁଖ ସଦସ୍ୟଙ୍କ ମଧ୍ୟରେ ବାରମ୍ବାର ଆଲୋଚନା ବୈଠକ ହେବା ପରେ ମଧ୍ୟ କୌଣସି ସିଦ୍ଧାନ୍ତରେ କେହି ପହଁଚି ପାରିଲେନି। ମିଳିତ କ୍ରିୟାନୁଷ୍ଠାନ କମିଟି କହିଲା ଯେ, ଆଗେ ଲୋକଙ୍କ ଦାବୀ ପୂରଣ ହେଉ ଓ ପରେ ସର୍ଭେ କରାଯାଉ ହେଲେ ପୋସ୍କୋ ଓ ପ୍ରଶାସନ କହିଲେ ଜମି ସର୍ଭେ ଓ ଅଧିଗ୍ରହଣ ସରୁ ତାପରେ ଦାବୀ କଥା ଆଲୋଚନା ହେବ। ଏଥର ମିଳିତ କ୍ରିୟାନୁଷ୍ଠାନ କମିଟି ଅନୁଭବ କରିଥିଲା ଯେ, ପ୍ରଶାସନ ଏବେ କାହାରି କଥା ଶୁଣିବନି। ପୋସ୍କୋକୁ ଦୁଇଟି ସରକାର ସୁରକ୍ଷା ଦେଉଥିବାରୁ ଜମି ଅଧିଗ୍ରହଣ ହେବ ହିଁ ହେବ। କୌଣସି ପରିସ୍ଥିତିରେ ମିଳିତ କ୍ରିୟାନୁଷ୍ଠାନ କମିଟି ଅଟକେଇବାକୁ ଚାହିଁଲେ କିମ୍ବା ପୋସ୍କୋକୁ ବିରୋଧ କରିବା ଆରମ୍ଭ କରି ବି ଫଳପ୍ରଦ ହେବନି। କ୍ରିୟାନୁଷ୍ଠାନ କମିଟି ହତାଶ ହୋଇଥିଲା ଓ ଗାଁ ଲୋକଙ୍କୁ ଜବାବ ଦେଇପାରିନଥିଲା।

ପୋସ୍କୋ ସପକ୍ଷବାଦୀଙ୍କ ଅବସ୍ଥା ଘୋଡ଼ା ହରିଣ କାହାଣୀ ପରି ଘଟିଗଲା। ଯେମିତି ଘୋଡ଼ାଟିଏ ଗୋଟିଏ ଘାସ ପଡ଼ିଆରେ ଚରୁଥିଲା ଓ ସେଠାରେ ଗୋଟେ ହରିଣ ଆସି ଚରିବାରୁ ସେ ଈର୍ଷାନ୍ବିତ ହୋଇଥିଲା। ତେଣୁ ଘୋଡ଼ାଟି ହରିଣକୁ ହଟେଇବାକୁ ଜଣେ ଶିକାରୀ ପାଖରେ ପହଁଚିଲା। ଶିକାରୀ କହିଲା ଯେ, ହରିଣ ଦ୍ରୁତ ଗତିରେ ଦୌଡ଼ି ପାରିବ, ତାକୁ ମୁଁ ପାଦରେ ଦୌଡ଼ି ଦୌଡ଼ି ହଟେଇ ପାରିବିନି କିମ୍ବା ଶିକାର କରିପାରିବିନି। ତେଣୁ ଘୋଡ଼ାଟି ଶିକାରୀକୁ ନିଜ ଉପରେ ସବାର ହୋଇ ହରିଣକୁ ଜୀବନରୁ ହଟେଇବାକୁ ଅନୁରୋଧ କଲା। ଶିକାରୀ ଖୁସି ହୋଇ ଧନୁର୍ବାଣ ଧରି ଘୋଡ଼ା ପିଠିରେ ବସି ହରିଣକୁ ଗୋଡେଇ ଗୋଡେଇ ରାଷ୍ଟାରୁ ହଟେଇ ଦେଲା। ଏଥର ଶିକାରୀ ଉପରେ ଖୁସି ହୋଇ ଘୋଡାଟି ଶିକାରୀକୁ ନିଜ ପିଠିରୁ ଓହ୍ଲେଇଯିବାକୁ କହିଲା। ହେଲେ ଶିକାରୀ ହସି ହସି କହିଲା ଯେ, ତୋ ପିଠିରେ ବସିଲେ ମୋର ଶିକାର କରିବା ଅତି ସହଜ ହେଇଥିବାରୁ ତୋତେ ମୁଁ ଆଉ ଛାଡ଼ିବି ନାହିଁ। ବିଚରା ଘୋଡ଼ା ସବୁଦିନ ପାଇଁ ସେଇ ଶିକାରୀକୁ ମୁନୀବ ବୋଲି ମାନିନେବାକୁ ବାଧ୍ୟ ହେଲା।

ପୋସ୍କୋ ଘଟଣାକ୍ରମରେ ପୋସ୍କୋ ସପକ୍ଷବାଦୀମାନଙ୍କର ଘୋଡ଼ା ସ୍ଥିତି ହୋଇଥିବା ପୋସ୍କୋ ବିରୋଧୀ ସଭାରେ ଆଲୋଚନା ହୋଇ ହାସ୍ୟରୋଳ ସୃଷ୍ଟି କରିଥିଲା। କାରଣ ଏକଥା ସ୍ବୀକାର କରିବାକୁ ହେବ ଯେ, ଯଦ୍ୟପି ପୋସ୍କୋ ବିପକ୍ଷବାଦୀ ସଂଗଠନ ପୋସ୍କୋ ପ୍ରତିରୋଧ ସଂଗ୍ରାମ ସମିତି ବିରୋଧରେ, ପୋସ୍କୋ ସପକ୍ଷବାଦୀ ସଂଗଠନ ମିଳିତ କ୍ରିୟାନୁଷ୍ଠାନ କମିଟି ଗଠନ ନହେଇ ଗାଁରେ ଗୋଟିଏ ସଂଗଠନ ହୋଇଥାଆନ୍ତ, ତାହେଲେ କେବେଠୁ ପୋସ୍କୋ କାରଖାନା କରିସାରନ୍ତାଣି କିମ୍ବା ବିଦାୟ ନେଇ ସାରନ୍ତାଣି। ପୋସ୍କୋ କମ୍ପାନୀର ଗ୍ରାମବାସୀଙ୍କୁ ବିଭାଜନ ଚକ୍ରାନ୍ତ

ଜୋର କାମ କରିଥିଲା । ଅର୍ଥ ହିଁ ସବୁ ଅନର୍ଥର କାରଣ ସାଜିଥିଲା । ଅହଂକାର ହିଁ ସାମୂହିକ କ୍ଷତି ଘଟାଇଥିଲା । ପୋସ୍କୋ ବିରୋଧୀ ଗ୍ରାମବାସୀମାନେ ପୋସ୍କୋକୁ ପ୍ରଚଣ୍ଡ ବିରୋଧ କରୁଥିଲେ । ହେଲେ ଆରମ୍ଭରୁ ପୋସ୍କୋ ଅଫିସର ଯୋଉ ସପକ୍ଷବାଦୀ ଗ୍ରାମବାସୀଙ୍କୁ ହାତର କଣ୍ଢେଇ କରିଥିଲା ସେମାନଙ୍କୁ ମଧ୍ୟ ଅଣଦେଖା କରି ଜମି ଅଧିଗ୍ରହଣ ଆରମ୍ଭ କରିଦେଲା ।

୨୦୧୧ ମେ ମାସ ୧୮ ତାରିଖ ବୁଧବାରଠାରୁ ପୁନଃ ଜମି ଅଧିଗ୍ରହଣ ଆରମ୍ଭ କରାଗଲା । ମଙ୍ଗଳବାର ମିଳିତ କ୍ରିୟାନୁଷ୍ଠାନ କମିଟି ପ୍ରଥମେ ଦାବୀ ପୂରଣ ନେଇ ପ୍ରଶାସନ ସହିତ ଆଲୋଚନା କରିଥିବା ବେଳେ ତାହାକୁ ଅଗ୍ରାହ୍ୟ କରାଗଲା । ଜଗତ୍‌ସିଂହପୁର ଜିଲ୍ଲାପାଳଙ୍କ ସହିତ ବିସ୍ଥାପିତ ଠାୟଠାନ ଅଧିକାରୀ ସୁରଜିତ୍‌ ଦାସ, ଭୂ-ଅର୍ଜନ ଅଧିକାରୀ ନୃସିଂହ ଚରଣ ସ୍ୱାଇଁ, କୁଜଙ୍ଗ ତହସିଲଦାର ବାସୁଦେବ ପ୍ରଧାନ ଓ ଏରସମା ବି.ଡ଼ି.ଓ ମୁରଲୀଧର ସ୍ୱାଇଁ ପ୍ରମୁଖ ମିଳିତ କ୍ରିୟାନୁଷ୍ଠାନ କମିଟି ସଦସ୍ୟଙ୍କୁ ବୁଝେଇବାକୁ ଚେଷ୍ଟା କଲେ ଯେ, ପୋସ୍କୋ ପାଇଁ ଜମି ଅଧିଗ୍ରହଣ ପରେ ୨୯ ଦଫା ଦାବୀ ଆଲୋଚନା କରାଯିବ ଓ ଏହି ଦାବୀ ନେଇ ଜିଲ୍ଲା ପ୍ରଶାସନ ସରକାରଙ୍କ ମାଧ୍ୟମରେ ପୋସ୍କୋ ଉପରେ ଚାପ ସୃଷ୍ଟି କରିବ । ଜଗତ୍‌ସିଂହପୁର ଏସ୍.ପି. ରୋକ୍‌ଠୋକ୍‌ କହିଥିଲେ ଯେ, ଆଇନ ଅନୁଯାୟୀ ଯାହା ସମ୍ଭବ ହେବ ତାହା ହିଁ କରାଯିବ । ଆଇନ ମଧ୍ୟରେ ସମସ୍ତେ ବନ୍ଦୀ ଓ ସମସ୍ତେ ସମାନ । ଜିଲ୍ଲାରେ ଯାହା କିଛି ହେବ ତାହା ଆଇନ ସଙ୍ଗତ ହେବ । ପୋସ୍କୋ ସପକ୍ଷବାଦୀମାନଙ୍କ ମନୋବଳ ଭାଙ୍ଗି ଯାଇଥିଲା ଓ ସେମାନେ ୨୯ ଦଫା ଦାବୀରେ ଅଟଳ ଥିବା ବେଳେ ସେମାନଙ୍କୁ ଅଣଦେଖା କରାଯାଇ ସରକାରଙ୍କ ନିର୍ଦ୍ଦେଶରେ ଜମି ଅଧିଗ୍ରହଣ ନିମନ୍ତେ ପୋଲିସ ଦଳ ନେଇ ଆବଶ୍ୟକ ପଦକ୍ଷେପ ନିଆଯାଇଥିଲା ।

କୁଜଙ୍ଗ ତହସିଲଦାରଙ୍କ କାର୍ଯ୍ୟାଳୟ ଠାରେ ପ୍ରଶାସନିକ ରୁଦ୍ଧଦ୍ୱାର ବୈଠକ କରାଯାଇଥିଲା । କେହି କିଛି ବୁଝିବା ଆଗରୁ ମଙ୍ଗଳବାର ବିଳମ୍ବିତ ରାତିରେ ଗଡ଼କୁଜଙ୍ଗ ଓ ନୂଆଗାଁ ପଂଚାୟତରେ ପୋଲିସ୍‌ ଛାଉଣି ହୋଇଥିଲା । ଶହ ଶହ ସଂଖ୍ୟାରେ ସଶସ୍ତ୍ର ପୋଲିସ୍‌ ଫୋର୍ସ ଦୁଇ ପଂଚାୟତକୁ ଘେରି ଯାଇଥିଲା । ସକାଳ ୧୧ଟା ସୁଦ୍ଧା ନୂଆଗାଁର ୧୧ଟି ପାନ ବରଜ ବନ୍ଧୁକ ମୁନରେ ଭଙ୍ଗାଯାଇ ପାନ ବରଜ ମାଲିକଙ୍କୁ ସେହିଠାରେ ବାଧ୍ୟତାମୂଳକ କ୍ଷତିପୂରଣ ଚେକ୍‌ ପ୍ରଦାନ କରାଯାଇଥିଲା । ପାନ ବରଜ ଚାଷୀ ଚେକ୍‌ ନେବାକୁ ଭୟରେ ରାଜି ହୋଇଯାଇଥିଲେ । ପାନବରଜୀ ସର୍ବେଶ୍ୱର ବେହେରା ୧ ଲକ୍ଷ ୪୬ ହଜାର, ମହେଶ୍ୱର ବେହେରା ୨ ଲକ୍ଷ ୭ ହଜାର, ଅଜୟ ବେହେରା ୯୬ ହଜାର, ମୋହନ ଚରଣ ନାୟକ ୨ଟି ବରଜ ପାଇଁ ଯଥାକ୍ରମେ ୬୯ ହଜାର

ଓ ୧ ଲକ୍ଷ ୧୫ ହଜାର, ପଦ୍ମଲୋଚନ ମଲିକ ୮୪ ହଜାର, ନଟବର ସ୍ୱାଇଁ ୭୯ ହଜାର ସୁବ୍ରତ ବେହେରୋ ୧ ଲକ୍ଷ ୩ ହଜାର, ଅଜିତ କୁମାର ସାମନ୍ତରାୟ ୪ଲକ୍ଷ ୨୫ ହଜାର ଓ ଲିଲିନା ସ୍ୱାଇଁଙ୍କୁ ୧ ଲକ୍ଷ ୨୩ ହଜାର ଟଙ୍କାର ଚେକ୍ ଜିଲ୍ଲା ପ୍ରଶାସନ ପ୍ରଦାନ କରିଥିଲେ । ଲୋକେ ଚେକ୍ ଗ୍ରହଣ କରିବାରୁ ପୋସ୍କୋକୁ ବଡ ସଫଳତା ମିଳିଥିଲା । ପୋସ୍କୋ ପ୍ରବେଶ ପଥ ବାଲିତୁଠକୁ ପୋଲିସ୍ କବ୍‌ଜାକୁ ନେଇଥିବା ବେଲେ ପୋସ୍କୋ ବିରୋଧୀ ଗ୍ରାମବାସୀ ହଜାର ହଜାର ସଂଖ୍ୟାରେ ପହଂଚି ଶାନ୍ତିପୂର୍ଣ୍ଣ ସମାବେଶ କରିଥିଲେ । ସେଦିନ ସମାବେଶରେ ଗ୍ରାମବାସୀଙ୍କ ନେତୃତ୍ୱ ଅଭୟ ସାହୁ, ସିପିଏମ୍‌ର ନେତା ଜନାର୍ଦ୍ଦନ ପତି, ସିପିଆଇର ଦିବାକର ନାୟକ, ସମାଜବାଦୀ ପାର୍ଟିର ନେତା ରବି ବେହେରା, ଆରଜେଡିର ହେମନ୍ତ ବେହେରା, ଫରୱାର୍ଡ ବ୍ଲକ୍‌ର ସନ୍ତୋଷ ମିତ୍ର, ସିପିଆଇ କେନ୍ଦ୍ରୀୟ ସଂପାଦକ ରାମଚନ୍ଦ୍ର ପଣ୍ଡା ଓ ଏସ୍‌ୟୁସିଆଇର ପ୍ରଦୀପ୍ତ ରାମ ପ୍ରମୁଖ ଯୋଗଦେଇ ପୋସ୍କୋ ବିରୋଧରେ ଗର୍ଜନ କରି ଲୋକଙ୍କୁ ତତାଇଥିଲେ ।

ସେତେବେଳକୁ ନୂଆଁଗାଁ ଓ ଗଡ଼କୁଜଙ୍ଗ ପଂଚାୟତ ମଧକୁ ପୋଲିସ୍ ଫୋର୍ସ ପଶି ସାରିଲେଣି । କେବଳ ସ୍ପର୍ଶକାତର ଢ଼ିଙ୍କିଆ ପଂଚାୟତ ସୀମାରେ ପୋଲିସ ରହିଥାଏ । ନୂଆଁଗାଁ ଓ ଗୋବିନ୍ଦପୁର ସୀମାରେ ପୋଲିସ୍ ଫୋର୍ସ ମୃତୟନ ହୋଇଥିବା ବେଲେ ଢ଼ିଙ୍କିଆର ଅପରପାର୍ଶ୍ୱ ତ୍ରିଲୋଚନପୁର ଛକରେ ପୋଲିସ ଫୋର୍ସ ମୃତୟନ ହୋଇଥାଏ । ବାହାର ଅଂଚଳର କୌଣସି ଲୋକଙ୍କୁ ଢ଼ିଙ୍କିଆ ନଛାଡ଼ିବାକୁ ପ୍ରଶାସନ ମସୁଧା କରିସାରିଥିଲା । ସଂପୂର୍ଣ୍ଣ ଢ଼ିଙ୍କିଆ ପଂଚାୟତ ପୋଲିସ ଘେରାବନ୍ଦୀରେ ରହିଥାଏ । ନୂଆଁଗାଁ ଓ ଗଡ଼କୁଜଙ୍ଗରେ ଗୋଟିଏ ପରେ ଗୋଟିଏ ପାନବରଜ ଭାଙ୍ଗିବାରେ ସର୍ଭେ ଦଳ ସଫଳ ହୋଇଥିଲେ । ନୋଳିଆସାହିରେ ନେତୃତ୍ୱ ନେଉଥିବା ବାସୁଦେବ ବେହେରା ନିଜର ପାନବରଜ ଭାଙ୍ଗିବାକୁ ଆଦୌ ଚାହିଁଲେ ନାହିଁ । ବାସୁଦେବଙ୍କ ପରିବାରରେ ତାଙ୍କ ପୁଅ ଓ ଅନ୍ୟ ସଦସ୍ୟମାନେ ପାନ ବରଜ ଭାଙ୍ଗିବାକୁ ରାଜି ନହେବାରୁ ଘଟଣା ସ୍ଥଳରେ ତାଙ୍କୁ ନିଷ୍ଠୁର ମାଡ଼ ହୋଇଥିଲା । ସେହିପରି ନୋଳିଆସାହିରୁ ୧୭ ଜଣଙ୍କୁ ପୋଲିସ୍ ଉଠେଇ ନେଇଥିଲା । ସେମାନଙ୍କ ମଧରେ ୫ ଜଣ ନାବାଲକ ଥିବାରୁ ପରେ ପୋଲିସ୍ ସେମାନଙ୍କୁ ଛାଡ଼ି ଦେଇଥିଲା । ପୋଲିସ ଫୋର୍ସ ଅତ୍ୟନ୍ତ ଅମାନୁଷିକ ଭାବେ ଅନାବଶ୍ୟକ ସ୍ଥଲେ ଲୋକଙ୍କୁ ହଇରାଣ ହରକତ କରୁଥିଲା । ସକାଲୁ ସଞ୍ଜ ଯାଏ ଗାଁରେ କେବଳ ଦମନଲୀଳା ଆରମ୍ଭ ହୋଇଯାଇଥିଲା । ଯିଏ ବିରୋଧ କରିବ ସେ ଆକ୍ରୋଶର ଶିକାର ହେବ । ପୋସ୍କୋ ବିରୋଧୀ ଢ଼ିଙ୍କିଆ ପଂଚାୟତରେ ଗ୍ରାମବାସୀ ଘେରାବନ୍ଦୀରେ ରହିଥିଲେ ଓ ନୂଆଁଗାଁ, ଗଡ଼କୁଜଙ୍ଗ ପଂଚାୟତର ପୋସ୍କୋ ବିରୋଧୀ ସଂଗଠିତ ହୋଇପାରିଲେ ନାହିଁ ।

ସେତେବେଳେ ସମଗ୍ର ଅଂଚଳରେ ପ୍ରାୟ ୨୫ ପ୍ଲାଟୁନ୍ ପୋଲିସ ଫୋର୍ସ ଥିଲେ । ଆଗକୁ ପୋଲିସ ଓ ପ୍ରଶାସନ ଢ଼ିଙ୍କିଆ ପଶିବା ଯୋଜନା ଥିବାରୁ ସ୍ଥିତି ବିଗିଡ଼ିବା ଆଶଙ୍କାରେ ଆହୁରି ଅଧିକ ପୋଲିସ ଫୋର୍ସ ଆସି କୁଜଙ୍ଗରେ ପହଂଚିଥିଲେ । କୁଜଙ୍ଗର ବ୍ଲକ ସୂଚନା ଭବନ ଓ ଟାଟା କଲ୍ୟାଣ ମଣ୍ଡପ ଲୋକଙ୍କ ପାଇଁ ଉଦ୍ଦିଷ୍ଟ ଥିବା ବେଳେ ତାହାକୁ ପୋଲିସ ଫୋର୍ସ ମାଡ଼ିବସି ରହିଥିଲା । ବଡ଼ଗବପୁର ସ୍କୁଲ, ବାଲିତୁଠ ସ୍କୁଲ ଓ ପ୍ରସ୍ତାବିତ ପୋଷ୍କୋ ଅଂଚଳର ସମସ୍ତ ସ୍କୁଲ କଲେଜରେ ପୋଲିସ ଫୋର୍ସ ରହିଥିଲେ । ଏମିତିକି ଜମି ଅଧିଗ୍ରହଣ କରିବା ସମୟରେ ଅଂଚଳର ବହୁ ସ୍କୁଲରେ ପୋଲିସ ରହୁଥିବାରୁ ପିଲାଙ୍କ ଶିକ୍ଷା ଅଧିକାର ଉଲ୍ଲଂଘନ ହୋଇଥିଲା । ପିଲା ପାଠପଢ଼ା କ୍ଲାସରୁମ୍‌ରେ ପୋଲିସ ଫୋର୍ସଙ୍କ ଲୁଙ୍ଗି, ଗାମୁଛା ଓ ଚଡ଼ି ଶୁଖୁଥିଲା । ପୋଲିସ ଫୋର୍ସ ସ୍କୁଲରେ ବେଆଇନ ମୁତୟନ ହୋଇଥିବାରୁ ଏଥିନେଇ ଲିଖିତ ଅଭିଯୋଗ କେନ୍ଦ୍ର ଓ ରାଜ୍ୟ ସରକାରଙ୍କ ପାଖରେ କରାଯାଇଥିଲା । ମହାମହୀମ ରାଷ୍ଟ୍ରପତିଙ୍କୁ ମଧ ପୋଷ୍କୋ ପ୍ରତିରୋଧ ସଂଗ୍ରାମ ସମିତି ପକ୍ଷରୁ ପତ୍ର ଲେଖା ଯାଇଥିବା କୁହାଯାଇଥିଲା । ପ୍ରସ୍ତାବିତ ପୋଷ୍କୋ ଅଂଚଳର ଅବସ୍ଥା ଧୀରେ ଧୀରେ ବିଗିଡ଼ିବାରେ ଲାଗିଥିଲା ।

ସମସ୍ତ ଘଟଣା ମନେପକେଇ ଲତିକା ସେଠୀ କହି ଚାଲିଥିଲା ଓ ମହିଳାମାନେ ଆଗ୍ରହରେ ଶୁଣୁଥିଲେ । ସମସ୍ତେ ଯେମିତି ଲତିକା କଥାକୁ ପିଇଗଲା ଭଲି ଲାଗୁଥିଲା ।

ଚଉଦ

୧୦ ଜୁନ ୨୦୧୧

ଛାତ୍ରଛାତ୍ରୀ ପୋଲିସ୍ ମୁହାଁମୁହିଁ :

ନୂଆଗାଁ ଓ ଗଡ଼କୁଜଙ୍ଗରେ ଜମି ଅଧିଗ୍ରହଣ ଜୋରଦାର ଚାଲିଥିଲା। ପୋଲିସ୍ ବଳ ଲଗେଇ ଜମି ଅଧିଗ୍ରହଣ ଦ୍ୱାରାନ୍ଦିତ ହୋଇଥିଲା। ପ୍ରଥମେ ଅନୁଧାନ, ତାପରେ ଜମି ମାପ ଓ ଜମି ସର୍ଭେ। ଶେଷରେ ଜମି ଅଧିଗ୍ରହଣ। ଜମି ଅଧିଗ୍ରହଣ ଅର୍ଥାତ୍ ପୋଷ୍କୋ କାରଖାନା ପାଇଁ ଯେଉଁ ୪୦୦୪ ଏକର ଜମି ନେବ, ତା ମଧ୍ୟରେ ବେସରକାରୀ ଓ ଜଙ୍ଗଲ ଜମି ରହିଛି। ଅନ୍ଧାଧୁନିଆ ପାନ ବରଜ ଭଙ୍ଗା ଚାଲିଲା। ଯୋଉଠି ପାନ ବରଜ ଭଙ୍ଗା ଚାଲିଥିଲା, ସେହିଠାରେ ପୋଲିସ୍ ଫୋର୍ସ ପ୍ରଥମେ ଘେରାବନ୍ଦୀ କରୁଥିଲେ ଓ ତାପରେ ପାନ ବରଜ ଭଙ୍ଗା ଯାଉଥିଲା। ଏକଥା ନୁହେଁ ଯେ, ପ୍ରଶାସନ କ୍ଷତିପୂରଣ ଦେଉନଥିଲା। ଯାହା ପାନ ବରଜ ଭଙ୍ଗା ଯାଇଥିଲା, ସେହି ବ୍ୟକ୍ତିକୁ ଚିହ୍ନଟ କରାଯାଇ ଭଙ୍ଗା ପାନ ବରଜ ପାଖରେ ହିଁ କ୍ଷତି ପୂରଣ ଚେକ୍ ପ୍ରଦାନ କରାଯାଉଥିଲା। ଯିଏ ବିରୋଧ କରି ପାନ ବରଜ ପାଖକୁ ନଆସିଲା, ତାର ମାଲିକାନା ନାମ ଉଲ୍ଲେଖ କରାଯାଇ ସମ୍ପୃକ୍ତ ପାନ ବରଜକୁ ବରଜି ଅନୁପସ୍ଥିତରେ ମଧ୍ୟ ଧରାଶାୟୀ କରାଯାଉଥିଲା। ଆଖି ପିଛୁଳାକେ ଶହ ଶହ ପାନ ବରଜ ମାଟିରେ ମିଶି ଯାଉଥିଲା। ପୋଲିସ୍ ପ୍ରଶାସନ ଜମି ଅଧିଗ୍ରହଣକାରୀ ଦଳ ପାଖରେ ମେସିନ, ଟ୍ରାକ୍ଟର ଓ ଅନ୍ୟାନ୍ୟ ଯନ୍ତ୍ରପାତି ମହଜୁତ୍ ରହିଥିଲା।

ଗଡ଼କୁଜଙ୍ଗ ଓ ଢିଙ୍କିଆରେ ପାନବରଜ ଭଙ୍ଗା ଯାଇ ଦୁଇ ପଂଚାୟତ ପ୍ରଶାସନ ଅକ୍ତିଆରକୁ ଆସିଥିଲେ ମଧ୍ୟ ପ୍ରତିବାଦ ବନ୍ଦ ହୋଇନଥିଲା। ଏହା ମଧ୍ୟରେ ପୋଲିସ୍ ପ୍ରଶାସନ ଢିଙ୍କିଆ ପଂଚାୟତକୁ ନଜର ରଖିଥିଲା। ହଠାତ୍ ଢିଙ୍କିଆକୁ ପ୍ରବେଶ ନକରି ଗୋବିନ୍ଦପୁର ଗ୍ରାମର ପାନ ବରଜ ଭାଙ୍ଗିବାକୁ ଉଦ୍ୟମ ହୋଇଥିଲା। ଗୋବିନ୍ଦପୁର–

ଡ୍ରିଙ୍କିଆ ମଧ୍ୟ ସ୍କୁଲ ବାଲିଟିକିରାକୁ ପୋଲିସ୍ ନିଜ ଦଖଲକୁ ନେବାକୁ ଚାହିଁଥିଲା। ପୋଲିସ୍ ପ୍ରଶାସନ ଓ ପୋସ୍କୋ ଅଧିକାରୀଙ୍କ ଗୋପନ ବୈଠକରେ ହିଁ ଗୋବିନ୍ଦପୁର ଗାଁରେ ଜମି ଅଧିଗ୍ରହଣ ନିଷ୍ପତି ନିଆଯାଇଥିବା ପୋସ୍କୋ ବିରୋଧୀମାନେ ପୂର୍ବରୁ ଖବର ପାଇଥିଲେ।

୨୦୧୧ ଜୁନ୍ ୧୦ ତାରିଖ ଶୁକ୍ରବାର ସକାଳ ୧୨ଟା ମଧ୍ୟରେ ଅଚାନକ ଗୋବିନ୍ଦପୁର ସୀମାରେ ବହୁ ସଂଖ୍ୟାରେ ପୋଲିସ ଫୋର୍ସ ବନ୍ଧୁକ ଓ ଲାଠି ଧରି ପହଂଚିଯାଇଥିଲେ। ସେଠାରେ ପୋସ୍କୋ ବିରୋଧୀ ବହୁ ସଂଖ୍ୟାରେ ଗ୍ରାମବାସୀଙ୍କ ପ୍ରସ୍ତୁତି ଦେଖି ପୋଲିସ୍ ପ୍ରଶାସନର ହୋସ୍ ଉଡ଼ିଯାଇଥିଲା। ଗୋବିନ୍ଦପୁର ସୀମାରେ ପ୍ରାୟ ୫୦୦ରୁ ଊର୍ଦ୍ଧ୍ୱ ଶିଶୁ ଓ ଛାତ୍ରଛାତ୍ରୀ ଆନ୍ଦୋଳନ ଆଗରେ ରହିଥିଲେ। ଶିଶୁମାନଙ୍କ ସହିତ ବହୁ ସଂଖ୍ୟାରେ ମହିଳାମାନେ ଥିଲେ। ସେମାନଙ୍କ ପଛକୁ ଆନ୍ଦୋଳନକାରୀ ପୁରୁଷମାନେ ରହିଥିଲେ। ସଶସ୍ତ୍ର ପୋଲିସ୍, ଅର୍ଦ୍ଧ ସାମରିକ ବାହିନୀ ଓ ଶିଶୁ ଛାତ୍ରଛାତ୍ରୀମାନଙ୍କ ମୁହାଁମୁହିଁ ପରିସ୍ଥିତ ବୋଧହୁଏ ଓଡ଼ିଶାରେ ପ୍ରଥମ ଘଟଣା ବୋଲି ଅନୁମାନ କରାଯାଏ। ସେଠାରେ ଦେଶୀ ବିଦେଶୀ ଗଣମାଧ୍ୟମ ପତ୍ରକାରମାନେ ଉପସ୍ଥିତ ଥାଇ ଖବର ସିଧା ପ୍ରସାରଣ ହେଉଥିଲା। ଜିଲ୍ଲା ପ୍ରଶାସନ ଓ ପୋଲିସ୍ କ'ଣ କରିବେ କିଛି ଭାବି ପାରିଲେନି। ଦେଶ ବ୍ୟାପୀ ଏହି ରୋଚକ ଖବର ପ୍ରଚାରିତ ହେଲା। ଗତ ବୁଧବାର ଠାରୁ ପୋସ୍କୋ ବିରୋଧୀ ଗ୍ରାମବାସୀମାନେ ରଣକୌଶଳ ବଦଲେଇ ଶୁକ୍ରବାର ପୋଲିସ୍‌ର ସମ୍ମୁଖୀନ ହୋଇଥିଲେ।

ପାଖ ୪ଟି ଗ୍ରାମରେ କୁନିକୁନି ଶିଶୁ ଓ ପାଠପଢ଼ା ଛାତ୍ରଛାତ୍ରୀମାନେ ସ୍କୁଲ ବନ୍ଦକରି ସ୍କୁଲ ଗଣବେଶରେ ଆନ୍ଦୋଳନରେ ସାମିଲ ହୋଇଥିଲେ। ମଝିରେ ମାତ୍ର୧୦୦ ମିଟର ବ୍ୟବଧାନରେ ବନ୍ଧୁକ, ଲାଠି, ଲୁହବୁହା ଗ୍ୟାସ ସହିତ ପୋଲିସ୍ ଫୋର୍ସ ଥିବା ବେଳେ ଅପରପାର୍ଶ୍ୱରେ ଶିଶୁ ଓ ଛାତ୍ରଛାତ୍ରୀ। ଜଗତ୍‌ସିଂହପୁର ଏସପି ଡାକବାଜି ଯନ୍ତ୍ର ଯୋଗେ ଆନ୍ଦୋଳନକାରୀଙ୍କୁ ଚେତାବନୀ
ଦେଇ କହିଥିଲେ ଯେ, ଛୋଟ ପିଲାଙ୍କୁ ଆନ୍ଦୋଳନରେ ସାମିଲ କରିବା ଆଇନ ଅନୁଯାୟୀ ଏକ ଅପରାଧ। ଏଥ ସହିତ ଆନ୍ଦୋଳନ ସମୟରେ ନିଜ ପାଖରେ ବୋମା ଆଦି ମାରଣାସ୍ତ୍ର ରଖିବା ଆଇନ ବିରୋଧୀ। ତୁରନ୍ତ ଏଠାରୁ ପିଲାମାନଙ୍କୁ ହଟେଇ ନିଆ ନଗଲେ ପୋଲିସ୍ କାର୍ଯ୍ୟାନୁଷ୍ଠାନ ହେବ। ପ୍ରତି ଅଧ ଘଂଟାରେ ଥରେ ପ୍ରଶାସନିକ ଅଧିକାରୀମାନେ ଏପରି ଡାକବାଜି ଯନ୍ତ୍ର ଯୋଗେ ବାରମ୍ବାର ପ୍ରଚାର କରିଥିଲେ ମଧ ପୋସ୍କୋ ବିରୋଧୀ ଆନ୍ଦୋଳନକାରୀ ଗ୍ରାମବାସୀମାନଙ୍କ ଉପରେ କୌଣସି ପ୍ରଭାବ ପଡ଼ିନଥିଲା।

ପାଲ୍ଟା ଜବାବରେ କେତେକ କୁନି କୁନି ପିଲା ଓ ସେମାନଙ୍କ ମଧରେ ବିଶ୍ୱଜିତ୍ ଦାସ ନାମକ ଜଣେ ଛାତ୍ର ପୋଷ୍କୋ ଫେରୁ, ପୋଲିସ ଫେରୁ ନଚେତ ଆମେ ଜୀବନ ଦେବୁ ବୋଲି ସ୍ଲୋଗାନ୍ ଦେଉଥିଲା। ସେ ପିଲାର ପଛେ ପଛେ ପାଲି ଧରି ସଂଖ୍ୟାଧିକ ଶିଶୁ ଛାତ୍ରଛାତ୍ରୀମାନେ ପୋଷ୍କୋ ଫେରୁ ପୋଲିସ ଫେରୁ ବୋଲି ସ୍ଲୋଗାନ ଦେଇଥିଲେ। ଘଟଣା ସ୍ଥଳରେ ଦମକଳ ବାହିନୀ, ଡାକ୍ତର ଓ ଫାର୍ମାସିଷ୍ଟ ଦଳ, ଆମ୍ବୁଲାନ୍ସ ଗାଡ଼ି, ବୋମା ନିଷ୍କ୍ରିୟକାରୀ ଦଳ ସହିତ ପୋଲିସ କାର୍ଯ୍ୟାନୁଷ୍ଠାନ ପାଇଁ ଆବଶ୍ୟକ ଅସ୍ତ୍ରଶସ୍ତ୍ର ପ୍ରଶାସନ ପୂର୍ବ ପ୍ରସ୍ତୁତି ଅନୁଯାୟୀ ପ୍ରଶାସନ ପକ୍ଷରୁ ମହଜୁଦ ରଖାଯାଇଥିଲା। ବିରୋଧୀ ଗ୍ରାମବାସୀଙ୍କୁ ତଡ଼ିବାକୁ ନେଇ ସମସ୍ତ ପ୍ରକିୟା ଶେଷ ହୋଇଥିବା ବେଳେ ଶିଶୁ ଓ ଛାତ୍ରଛାତ୍ରୀଙ୍କ ଉପସ୍ଥିତ ଯୋଜନାକୁ ପଣ୍ଡ କରିଦେଇଥିଲେ। ସେତିକିବେଳେ ଦୁଇ ଜଣ ବୃଦ୍ଧ ପ୍ରଚଣ୍ଡ ଖରାରେ ଅଚେତ ହୋଇଯାଇଥିଲେ। ଲୋକମାନେ ତାଙ୍କ ମଥାରେ ପାଣି ଢ଼ାଳୁଥିବାର ଦେଖାଯାଇଥିଲା। ସେଠାରେ ପ୍ରଶାସନ ପକ୍ଷରୁ ଉପସ୍ଥିତଥିବା ଡାକ୍ତରୀ ଦଳ ସେମାନଙ୍କୁ ଚିକିତ୍ସା କରିବାକୁ ଚାହିଁବାରୁ ଗ୍ରାମବାସୀମାନେ ମନା କରିଦେଇଥିଲେ। ଆମେମାନେ ମାଟିକୁ ମୁକ୍ତି ଦେବାକୁ ମରିବାକୁ ଆସିଛୁ, ଆମର କୌଣସି ସହାୟତା ଅନାବଶ୍ୟକ ବୋଲି କହିଥିଲେ।

ସକାଳ ୧୦ ଘଟିକା ଠାରୁ ଅପରାହ୍ନ ୩ ଘଟିକା ପର୍ଯ୍ୟନ୍ତ ପୂରା ୫ ଘଣ୍ଟା ଛକାପଞ୍ଜା ପରେ ପୋଲିସ ଫୋର୍ସ ସେଠାରୁ ଫେରିବାକୁ ନିର୍ଦ୍ଦେଶ ଆସିଥିଲା। ସେଦିନ ରାତିରେ ଢ଼ିଙ୍କିଆରେ ଗ୍ରାମବାସୀମାନେ ସଭା କରିଥିଲେ ଓ ପ୍ରଶାସନ ମଧ୍ୟ ପରଦିନ ପାଇଁ ପ୍ରସ୍ତୁତି ହୋଇଥିଲା।

ପରଦିନ ମଧ୍ୟ ସେହିପରି ସମାନ ଅବସ୍ଥା ହୋଇଥିଲା। ହେଲେ କ୍ଷୁବ୍ଧ ପ୍ରଶାସନ ଶିଶୁମାନଙ୍କ ପାଖରୁ ହଟିଆସି ନୂଆଗାଁ-ଗୋବିନ୍ଦପୁର ସୀମାରେ କେତେକ ପାନବରଜକୁ ସେମାନଙ୍କ ମାଲିକ ନଥିବା ବେଳେ ଭାଙ୍ଗି ପକେଇଥିଲା। ଏପରି କାର୍ଯ୍ୟ ଜଙ୍ଗଲ ମଝିରେ ଚାଲିଥିବାର ଖବର ପାଇ ସେଠାରେ ଗଣମାଧମ ପ୍ରତିନିଧି ଖୋଜି ଖୋଜି ପହଞ୍ଚିଥିଲେ। ହେଲେ ବାଟରେ ଗଣମାଧମ ପ୍ରତିନିଧିଙ୍କୁ ଅଟକା ଯାଇଥିଲା। ପାରାଦୀପର ଜଣେ ଖବରଦାତା ବିନୟ କୁମାର ରାୟଙ୍କୁ ଦୁର୍ବ୍ୟବହାର କରାଯାଇଥିଲା। ତାଙ୍କୁ ଧମକଚମକ ମଧ୍ୟ ଦିଆଯାଇଥିଲା। କେବଳ ସେତିକି ନୁହେଁ କେତେଜଣ ପୋଷ୍କୋ ସପକ୍ଷବାଦୀ ଯୁବକ କୁଜଙ୍ଗ ଓ ଜଗତ୍‌ସିଂହପୁରର ୪ ଜଣ ସାମ୍ବାଦିକଙ୍କ ଗାଡ଼ିକୁ ରାସ୍ତାରେ ଅଟକେଇ ସେମାନଙ୍କୁ ଦୁର୍ବ୍ୟବହାର ମଧ୍ୟ କରିଥିଲେ। ହେଲେ ସାମ୍ବାଦିକମାନେ ପ୍ରତିକ୍ରିୟାଶୀଳ ହୋଇନଥିଲେ। ସାମ୍ବାଦିକମାନେ ଏହି ଘଟଣା ପଛରେ

ଏରସମା ବିଡିଓଙ୍କ ପ୍ରଚ୍ଛନ୍ନ ହାତ ଥିବା ଦର୍ଶାଇ ଅଭିଯୋଗ ଆସିଥିଲେ। ତେବେ ଜଗତ୍‌ସିଂହପୁର ଜିଲ୍ଲାପାଳ ଏହି ଘଟଣାର ସମାଧାନ କରାଇଥିଲେ।

ଗଣମାଧମକୁ ଦବେଇ ଦିଆଯିବା ଉଦ୍ଦେଶ୍ୟରେ କେତେକ ସାମ୍ବାଦିକଙ୍କ ନାମରେ ଥାନାରେ ମଧ ମିଥ୍ୟା ଅଭିଯୋଗ ହୋଇଥିଲା। ଅପମାନିତ ହୋଇ ସୁଦ୍ଧା ସାମ୍ବାଦିକମାନେ ଜଙ୍ଗଲ ମଧକୁ ଯାଇ ବେଆଇନ ପାନ ବରଜ ଭଙ୍ଗାର ବିକଳ ରୂପ ଦେଖିଥିଲେ। ଗୋବିନ୍ଦପୁର ଗାଁର ଶତୃଘ୍ନ ବେହେରା, ଅତୁଲ୍ୟ ବର୍ଦ୍ଧନ, ବିଜୟ ବର୍ଦ୍ଧନ, ସନ୍ତୁ ଦାସ ଓ ରେବତୀ ବେହେରାଙ୍କ ସହିତ ୨୬ ଜଣ ଗ୍ରାମବାସୀଙ୍କ ପାନ ବରଜ ଜୋର କରି ଭଙ୍ଗା ଯାଇଥିବାରୁ ସେମାନେ ଭଙ୍ଗା ପାନ ବରଜ ପାଖରେ ଭୋ ଭୋ ହୋଇ କାନ୍ଦୁଥିବାର ହୃଦୟ ବିଦାରକ ଦୃଶ୍ୟ ଦେଖିବାକୁ ମିଳିଥିଲା। ପୋଲିସ ସିନା ଢିଙ୍କିଆରେ ପଶି ପାରୁନଥିଲା, ହେଲେ ପାଖାଖ ଗାଁ ଧୂଳିସାତ୍‌ ଅବସ୍ଥାକୁ ଆସି ଯାଇଥିଲା। ଜୋର କରି ଜମି ଅଧିଗ୍ରହଣ ହେଉଥିବା ଦେଶବ୍ୟାପୀ ଚର୍ଚ୍ଚା ହୋଇଥିଲା।

ଜୁନ୍‌ ୧୨ ତାରିଖରେ ଘଟଣାକ୍ରମରେ କେନ୍ଦ୍ର ଜଙ୍ଗଲ ଓ ପରିବେଶ ମନ୍ତ୍ରୀ ଜୟରାମ ରମେଶ କ୍ଷୁବ୍ଧ ହୋଇ ନିଜର ପ୍ରତିକ୍ରିୟା ପ୍ରକାଶ କରିଥିଲେ। ସେ ଗଣମାଧମକୁ କହିଥିଲେ ଯେ, ଅନେକ ଉପାଦାନକୁ ବିଚାର କରି ଏବଂ ବ୍ୟାପକ ମାନସମନ୍ତୁନ ପରେ ପୋସ୍କୋକୁ ପରିବେଶ ମଞ୍ଜୁରୀ ପ୍ରଦାନ କରାଯାଇଥିଲା। ସେହି ମଞ୍ଜୁରୀକୁ ଓଡ଼ିଶା ସରକାର ଜମି ଅଧ ଗ୍ରହଣ କରିବାକୁ ଲାଇସେନ୍ଦ ଭାବେ ବ୍ୟବହାର କରିପାରିବେ ନାହିଁ। ଜୋର ଜବରଦସ୍ତ ଜମି ଅଧିଗ୍ରହଣ ପାଇଁ କେବେହେଲେ ପରିବେଶ ମଞ୍ଜୁରୀ ଦିଆଯାଇନଥିଲା। ପରିବେଶ ମଞ୍ଜୁରୀ ଅର୍ଥ ନୁହେଁ ଏହାକୁ ଆଧାର କରି ବଳପୂର୍ବକ ଜମି ଅଧିଗ୍ରହଣ କରିବା। ଆଲୋଚନା ଓ ଗଣତାନ୍ତ୍ରିକ ଉପାୟରେ ସବୁ ବିବାଦର ସମାଧାନ ସମ୍ଭବ ହୋଇପାରିଥାଆନ୍ତା। ଓଡ଼ିଶା ସରକାର ଆଇନ ଅନୁସାରେ ଏବଂ ଶାନ୍ତିପୂର୍ଣ୍ଣ ଭାବେ ଜମି ଅଧିଗ୍ରହଣ କରିବାକୁ ମୁଁ ଅନୁରୋଧ କରୁଛି ବୋଲି ମନ୍ତ୍ରୀ ଶ୍ରୀ ରମେଶ କହିଥିଲେ।

ପରଦିନ ଜୁନ୍‌ ୧୩ ତାରିଖରେ ବିଜେପିର ପୂର୍ବତନ ରାଷ୍ଟ୍ରୀୟ ସଭାପତି ରାଜନାଥ ସିଂ ମଧ ରାଜ୍ୟ ସରକାରଙ୍କ ଉପରେ ବର୍ଷିଥିଲେ। କମ୍ପାନୀ ପାଇଁ ଜମି ଅଧିଗ୍ରହଣ ବନ୍ଦ କରାଯିବା ସହିତ ପାର୍ଲ୍ୟାମେଣ୍ଟରେ ବିଲ୍‌ ପାସ୍‌ ହେବା ପର୍ଯ୍ୟନ୍ତ ଅପେକ୍ଷା କର ବୋଲି କହିଥିଲେ। ପୋସ୍କୋ ଘଟଣା ସମ୍ପର୍କରେ ତାଙ୍କ ଦଳର ପ୍ରତିନିଧିମାନେ ଘଟଣାସ୍ଥଳକୁ ଯିବେ। ପୋସ୍କୋ ପ୍ରତିରୋଧ ସଂଗ୍ରାମ ସମିତି ପ୍ରତି ସମର୍ଥନ ଦେବେ ବୋଲି ସେ ସ୍ପଷ୍ଟ କହିଥିଲେ। ଦୁଇ ଦଳର ଦୁଇ କେନ୍ଦ୍ରୀୟ ନେତାଙ୍କର ତାଗିଦ ପରେ ମଧ ଓଡ଼ିଶା ସରକାରଙ୍କ ଉପରେ କୌଣସି ପ୍ରଭାବ ପଡ଼ିନଥିଲା ଓ

ଜଗତ୍‌ସିଂହପୁର ଜିଲ୍ଲାପାଳ ରଜ ଅବସରରେ ୫ ଦିନ ଜମି ଅଧ୍ୱଗ୍ରହଣ ବନ୍ଦ କରି ପୁନର୍ଶ୍ଚ ଆରମ୍ଭ କରିଦେଇଥିଲେ।

ଜୁନ୍‌ ୧୮ ତାରିଖରେ ମଧ୍ୟ ସମାନ ସ୍ଥିତି ହୋଇଥିଲା। ପୋସ୍କୋ ବିରୋଧୀ ଗ୍ରାମବାସୀମାନେ ଢ଼ିଙ୍କିଆକୁ ଜଗିରହି ପୂର୍ବବତ୍‌ ବାଲି ଟିକିରା ଉପରେ ବସି ରହିଥିଲେ। ଶିଶୁ ଓ ମହିଳାମାନେ ଆଦୋଲନକାରୀଙ୍କ ମୁଖ୍ୟ ଢ଼ାଲ ପାଲଟିଥିଲେ। ସେଦିନ ମଧ୍ୟ ପୋଲିସ୍‌ ଫୋର୍ସ୍‌ ଗ୍ରାମବାସୀଙ୍କ ମୁକାବିଲା ନକରି ପାରି ଫେରିଯାଇଥିଲେ। ବାଲି ଟିକିରାରେ ସଭା ହୋଇଥିଲା। ଏହି ସଭାରେ ପରିବେଶବିତ୍‌ ପ୍ରଫୁଲ୍ଲ ସାମନ୍ତରା, ବିଧାୟକ ଅରୁଣ ଦେ, ଉତ୍କଳ ପରିଡ଼ା, ପୂର୍ବତନ ବିଧାୟକ ବିଜୟ ନାୟକ, ସିଭିଲ୍‌ ସୋସାଇଟି ସଦସ୍ୟ ଭବାନୀ ପରିଜା, ସାମ୍ବାଦିକ ରବି ଦାସ ପ୍ରମୁଖ ଯୋଗ ଦେଇଥିଲେ। ପାନ ବରଜ ଭାଙ୍ଗିବା ଓ ମିଛ ପାନ ବରଜିଙ୍କ ନାମରେ ଜିଲ୍ଲା ପ୍ରଶାସନ ପୋସ୍କୋ ସପକ୍ଷବାଦୀମାନେ ଅନ୍ୟୂନ ୨ କୋଟି ଟଙ୍କାର ଫଳସ ରିପୋର୍ଟ ପ୍ରସ୍ତୁତ କରି ବାଂଟିକୁଂଟି ନେଇଥିବା ସଭାରେ ଅଭିଯୋଗ କରାଯାଇଥିଲା।

ଜୁନ୍‌ ୧୯ ତାରିଖରେ ବିଶିଷ୍ଟ ସମାଜସେବକ ସାଧୁ ସ୍ୱାମୀ ଅଗ୍ନିବେଶ ପ୍ରସ୍ତାବିତ ପୋସ୍କୋ ଅଂଚଳ ଧାରଣାସ୍ଥଳ ବାଲିଟିକିରାରେ ପହଂଚି ଯିବାରୁ ଅଂଚଳରେ ଗ୍ରାମବାସୀଙ୍କ ମନରେ ଉଷ୍ଣତା ଓ ଉଲ୍ଲାସ ସୃଷ୍ଟି ହୋଇଥିଲା। ସ୍ୱାମୀ ଅଗ୍ନିବେଶ ଗ୍ରାମର ସ୍ଥିତି ଦେଖି ତଟସ୍ଥ ହୋଇଯାଇଥିଲେ। ପ୍ରାୟ ୫୦୦ରୁ ଉର୍ଦ୍ଧ୍ୱ ଶିଶୁ ଓ ଛାତ୍ରଛାତ୍ରୀ ବାଲି ଟିକିରାରେ ବସିଥିଲେ। ପାଖଆଖ ଗାଁର ସବୁ ସ୍କୁଲ ଖାଁ ଖାଁ। ପିଲାମାନେ ସ୍କୁଲ ନଯାଇ ବାଲି ଟିକିରାରେ। ଧାରଣାସ୍ଥଳରେ କଳାପଟା ରହିଛି। ପିଲାମାନେ ସ୍କୁଲ ବ୍ୟାଗ ଧରି ସେହିଠାରେ ହିଁ ପାଠପଢୁଛନ୍ତି। ସ୍ୱାମୀ ଅଗ୍ନିବେଶ ଜାଣିବାକୁ ପାଇଲେ ଯେ, ଆଦୋଲନକାରୀମାନେ ତିନୋଟି ଦଳରେ ବିଭକ୍ତ ହୋଇଛନ୍ତି। ଗଠନ ହୋଇଛି ବାଜି ରାଉତ ବାଲୁଟ ସଂଘ। ପୋସ୍କୋ ପ୍ରଭାବିତ ଅଂଚଳର ସମସ୍ତ ନାବାଳକ, ଶିଶୁ ଓ ସ୍କୁଲ ଛାତ୍ରଛାତ୍ରୀମାନେ ବାଲୁଟ ସଂଘର ସଦସ୍ୟ। ସେଇ ପିଲାମାନଙ୍କ ମଧ୍ୟରୁ ପ୍ରାୟ ୨୦ ଜଣ ଛାତ୍ରଛାତ୍ରୀ ଗୀତ ଗାଇ ଆଦୋଲନର ନେତୃତ୍ୱ ନେଉଛନ୍ତି। ଗଠନ ହୋଇଛି ଦୁର୍ଗା ବାହିନୀ। ମହିଳାମାନେ ଏହି ବାହିନୀରେ ସଶସ୍ତ୍ର ତାଲିମ ନେଉଥିଲେ। ଯେକୌଣସି ପରିସ୍ଥିତିରେ ସମ୍ମୁଖକୁ ରହି ସେମାନେ ଲଢ଼େଇ କରିବେ। ଗାଁର ନିର୍ଦ୍ଦିଷ୍ଟ ଯୁବକମାନଙ୍କୁ ନେଇ ଯୁବ ବାହିନୀ କରାଯାଇଥିଲା। ଏହି ଯୁବ ବାହିନୀରେ ମଧ୍ୟ ଅସ୍ତ୍ରଶସ୍ତ୍ର ଧରି ସଂଗ୍ରାମ କରିବାକୁ କୁହାଯାଇଥିଲା। ଗାଁରେ ଗୋପନରେ ବୋମା ଭିଡ଼ା ଚାଲିଥିଲା। ବାହାରୁ ମାରଣାସ୍ତ୍ର ଅଣା ଯାଇଥିଲା। ସମ୍ପୂର୍ଣ୍ଣ ମୁକାବିଲା ସ୍ଥିତିରେ ଥିଲେ ଗ୍ରାମବାସୀ। ଏହି ସମସ୍ତ ବିରୋଧୀ ସଂଗଠନକୁ ନିୟନ୍ତ୍ରଣ କରୁଥିଲା ପୋସ୍କୋ ପ୍ରତିରୋଧ

ସଂଗ୍ରାମ ସମିତି। ସଂଗ୍ରାମ ସମିତିର ସଭାପତି ଅଭୟ କୁମାର ସାହୁଙ୍କ ନିର୍ଦ୍ଦେଶରେ ସମସ୍ତ ରଣନୀତି ନିର୍ଦ୍ଧାରଣ ହେଉଥିଲା ବୋଲି ସନ୍ଦେହ ପ୍ରକାଶ ପାଇଥିଲା।

ସ୍ୱାମୀ ଅଗ୍ନିବେଶ ଅନ୍ଦୋଳନକାରୀଙ୍କ ସହିତ ଧାରଣା ବସି ରହିଥିଲେ। ପୋଲିସ୍ ଫୋର୍ସ ଗାଁରେ ପଶିବ ବୋଲି ଗୋବିନ୍ଦପୁର ସୀମାରେ ଜଗି ରହିଥିଲା। ସେଦିନ ସ୍ୱାମୀ ଅଗ୍ନିବେଶଙ୍କ କାରଣରୁ ପୋଲିସ୍ କାର୍ଯ୍ୟାନୁଷ୍ଠାନ ସ୍ଥଗିତ ରଖିଥିଲା। ପୋସ୍କୋ ବିରୋଧୀଙ୍କୁ ସମର୍ଥନ କରି ଓ ଶିଶୁମାନେ ଆନ୍ଦୋଳନରେ ସାମିଲ ହୋଇଥିବାରୁ ସ୍ଥିତି ଅନୁଧ୍ୟାନ କରିବାକୁ ରାଜ୍ୟ ଭାଜପାର ଏକ ଦଳ ବାଲିଟିକିରାରେ ମଧ୍ୟ ପହଂଚି ଥିଲେ। ଭାଜପା ନେତା ନୟନ କିଶୋର ମହାନ୍ତି, ସାଂସଦ ରୁଦ୍ର ନାରାୟଣ ପାଣି, ପ୍ରହଲ୍ଲାଦ ଖଣ୍ଡେଲୱାଲ, ସୁକେଶ ଓରାମ୍, ସଞ୍ଜିତା ମହାନ୍ତି, ବିଜୟଲକ୍ଷ୍ମୀ ମିଶ୍ର, ପୂର୍ବତନ ବିଧାୟକ ଜ୍ୟୋତିଷ ଦାସ, ଜଗତ୍‌ସିଂହପୁର ଭାଜପା ଜିଲ୍ଲା ସଭାପତି ଉପେନ୍ଦ୍ର ବିଶ୍ୱାଲ, ମୋହିତ ମହାନ୍ତି, ପ୍ରତାପ ମିଶ୍ର,ଖରୋଦ ପରିଡ଼ା,ଅମିତା ଦାସ, ନିର୍ଲିପ୍ତ ଜେନା , ନୃସିଂହ ସାହୁ ଓ ଗତିକୃଷ୍ଣ ଶତପଥୀ ପ୍ରମୁଖ ପ୍ରଶାସନର ଏପରି ବଳପ୍ରୟୋଗକୁ ବିରୋଧ କରି ଭାଷଣ ଦେଇଥିଲେ।

ପରଦିନ ଜୁନ୍ ୨୦ରେ ନର୍ମଦା ବଂଚାଅ ଆନ୍ଦୋଳନ ନେତ୍ରୀ ମେଧା ପାଟକର ମଧ୍ୟ ଢିଙ୍କିଆର ଆନ୍ଦୋଳନସ୍ଥଳ ବାଲି ଟିକିରାରେ ପହଂଚିଥିଲେ। ମେଧା ପାଟକର ଆସିଥିବାରୁ ଅଂଚଳରେ ଉଷ୍ମତା ପ୍ରକାଶ ପାଇଥିଲା। ଅଚାନକ ପ୍ରଶାସନ ଏପରି ସ୍ଥିତିରେ ରାଜ୍ୟ ବାହାରକୁ ବଳ ପ୍ରୟୋଗ ଖବର ନ‌ଯିବାକୁ ମସୁଧା କରି ଜମି ଅଧିଗ୍ରହଣ ସ୍ଥଗିତ କରିଦେଇଥିଲା। ମେଧା ପାଟକର ଗ୍ରାମବାସୀଙ୍କୁ ସମ୍ବୋଧିତ କରି କହିଥିଲେ ଯେ, ରାଜ୍ୟ ସରକାର ସୀମା ଉଲ୍ଲଂଘନ କରିସାରିଛନ୍ତି। ଜମି ଅଧିଗ୍ରହଣ ପାଇଁ ଏଭଳି ଶକ୍ତି ପ୍ରଦର୍ଶନ ଠିକ୍ ନୁହେଁ। ପୋସ୍କୋକୁ ବିରୋଧ କରିବା ପାଇଁ ଲାଲ୍ ବାହିନୀ ଗଠନ କରାଯିବାର ଆବଶ୍ୟକତା ହୋଇଛି। ବିଶ୍ୱର ଅନେକ ଗଣତାନ୍ତ୍ରିକ ଆନ୍ଦୋଳନ ମୁଁ ଦେଖିଛି, ହେଲେ ପୋସ୍କୋ ବିରୋଧୀ ଆନ୍ଦୋଳନ ଶୀର୍ଷରେ ନିଶ୍ଚୟ ରହିବ ଓ ଇତିହାସ ମନେରଖିବ। ଛଅ ବର୍ଷ ହେଲା ଲୋକଙ୍କ ଧର୍ଯ୍ୟ ଓ ମନୋବଳ ପ୍ରମାଣିତ କରୁଛି ଯେ, ସେମାନେ ମାଟି ମା'କୁ ଜୀବନ ଠାରୁ ଅଧିକ ଭଲ ପାଆନ୍ତି। ଏପରି ମାଟି ମୁକ୍ତିର କଥାକୁ ସମଗ୍ର ଦେଶର ଆନ୍ଦୋଳନକାରୀ ଓ ସମାଜସେବୀମାନେ ହୃଦୟର ସହିତ ସାଧୁବାଦ ଜଣାଉଛନ୍ତି। ଚିରଦିନ ଏହି ଆନ୍ଦୋଳନ ମାଟି ମାକୁ ଭଲ ପାଉଥିବା ଲୋକଙ୍କ ହୃଦୟରେ ରହିବ ବୋଲି କହି ଗ୍ରାମବାସୀଙ୍କ ମନୋବଳ ବଢ଼ାଇଥିଲେ।

ପାଟକର ପୁଣି କହିଥିଲେ ଯେ, ଢିଙ୍କିଆ ଆସିବା ପୂର୍ବରୁ ପୋସ୍କୋ ଡିଜିଏମ୍ ଏସ୍. ଏନ୍. ସିଂ ତାଙ୍କୁ ଫୋନ୍ ଯୋଗେ ଆନ୍ଦୋଳନ ସମ୍ପର୍କରେ ଭୁଲ ତଥ୍ୟ ପ୍ରଦାନ କରିଥିଲେ। ପୋସ୍କୋ ଅଧିକାରୀ ଓ ପ୍ରଶାସନ ଅଲଗା କିଛି କହୁଥିବା ବେଳେ

ବାସ୍ତବତାର ଚିତ୍ର ଅତ୍ୟନ୍ତ ହୃଦୟ ବିଦାରକ। ତେବେ ଏହି ସମ୍ପର୍କରେ ରାଜ୍ୟ ଓ କେନ୍ଦ୍ର ସରକାରଙ୍କୁ ଜମି ଅଧିଗ୍ରହଣ ବନ୍ଦ କରିବାକୁ କହିବି ଓ ଏପରି ନିନ୍ଦନୀୟ କାର୍ଯ୍ୟକୁ ଦେଶବ୍ୟାପୀ ନିନ୍ଦା କରିବା ଆବଶ୍ୟକ। ଏଠାକାର ସ୍ଥିତି ଅଜବ। ବାପା ମା ବିଲ ବାଡିକୁ ନ ଯାଇ ଆନ୍ଦୋଳନ ସ୍ଥଳରେ। ପିଲା ପାଠପଢ଼ିବାକୁ ନ ଯାଇ ଆନ୍ଦୋଳନ ସ୍ଥଳରେ। ଚାରିକାନ୍ତୁ ମଧ୍ୟରେ ରହିଥିବା ବୋହୂ ଏବେ ରାଜରାସ୍ତାରେ। ପୋସ୍କୋ ଏଠୁ ଫେରିବ ହିଁ ଫେରିବ ବୋଲି ମେଧା ପାଟକର ଦୃଢ଼ୋକ୍ତି ପ୍ରକାଶ କରି କହିଥିଲେ। ପାଟକରଙ୍କ ସହିତ ଏକତା ପରିଷଦ ରାଜ୍ୟସଭାପତି ପି.ଭି. ରାଜଗୋପାଲ, ଗାନ୍ଧୀବାଦୀ ନେତା ବନ୍ବାରୀଲାଲ ଶର୍ମା, ଅମର ନାଥଭାଇ ଓ ପରିବେଶବିତ୍ ପ୍ରଫୁଲ୍ଲ ସାମନ୍ତରା ମଧ୍ୟ ଲୋକଙ୍କୁ ଉଦ୍‌ବୋଧନ ଦେଇଥିଲେ।

ପୋସ୍କୋ ଆନ୍ଦୋଳନରେ ହଜାରରୁ ଊର୍ଦ୍ଧ୍ୱ ପିଲାମାନେ ବସି ରହିବା ଓ ସ୍କୁଲ ନ ଯିବା ଘଟଣା ସରକାରଙ୍କ ଚିନ୍ତା ବଢ଼େଇ ଦେଇଥିଲା। ଆନ୍ଦୋଳନରେ ଶିଶୁମାନଙ୍କୁ ସାମିଲ କରାଯାଇଥିବାରୁ ରାଜ୍ୟ ମହିଳା ଓ ଶିଶୁ ବିକାଶ ମନ୍ତ୍ରୀ ତୀବ୍ର ପ୍ରତିକ୍ରିୟା ପ୍ରକାଶ କରି ଶିଶୁଙ୍କୁ ତୁରନ୍ତ ହଟେଇବାକୁ ନିର୍ଦ୍ଦେଶ ଦେଇଥିଲେ। ଜଗତ୍‌ସିଂହପୁର ଜିଲ୍ଲା ସମାଜ ମଙ୍ଗଳ ଅଧିକାରୀ କୁମୁଦିନୀ ସାହୁ ଅଞ୍ଚଳ ଆସି ସ୍ଥିତି ପରଖି ଜିଲ୍ଲାପାଳଙ୍କ ମାଧ୍ୟମରେ ସରକାରଙ୍କୁ ରିପୋର୍ଟ ପ୍ରଦାନ କରିଥିଲେ। ଅପରପକ୍ଷେ ପୋସ୍କୋ ବିରୋଧରେ ଜମି ଅଧିଗ୍ରହଣ ବନ୍ଦ କରିବା ଓ ପୋଲିସ୍ ଅଞ୍ଚଳରୁ ହଟିବା ନେଇ ଦେଶବ୍ୟାପୀ ଆନ୍ଦୋଳନ ହୋଇଥିଲା। ନୂଆଦିଲ୍ଲୀ, ହାଇଦ୍ରାବାଦ ଓ କଲିକତା ଆଦି ସ୍ଥାନରେ ବାମପନ୍ଥୀମାନେ ପୋସ୍କୋ ବିରୋଧୀଙ୍କୁ ଆକ୍ରମଣର ନିନ୍ଦା କରି ଆନ୍ଦୋଳନ କରିଥିଲେ। ନୂଆଦିଲ୍ଲୀର ଯନ୍ତରମନ୍ତରଠାରେ ସିପିଆଇ କେନ୍ଦ୍ରୀୟ ସମ୍ପାଦକ ଏ.ବି. ବର୍ଦ୍ଧନ, ସମ୍ପାଦକ ଡି. ରାଜା ଆନ୍ଦୋଳନର ନେତୃତ୍ୱ ନେଇ ତୁରନ୍ତ ପୋସ୍କୋ କାରଖାନା ମଞ୍ଜୁର କେନ୍ଦ୍ର ସରକାର ବାତିଲ କରନ୍ତୁ ବୋଲି ଦାବୀ କରିଥିଲେ।

ଏପରି ସ୍ଥିତିରେ ରାଜ୍ୟ ସରକାର ସପ୍ତାହକ ପର୍ଯ୍ୟନ୍ତ ଜମି ଅଧିଗ୍ରହଣ ବନ୍ଦ କରିଥିଲେ, କିନ୍ତୁ ଅଞ୍ଚଳରୁ ପୋଲିସ୍ ଫୋର୍ସ ହଟେଇ ନ ଥିଲେ। ସପ୍ତାହକ ପରେ ପୁନର୍ବାର ଜମି ଅଧିଗ୍ରହଣ ପୂର୍ବ ପରି ହୋଇଥିଲା। କିଛି ଦିନ ଅନ୍ତରରେ ଅଞ୍ଚଳରେ ଏକ ପୋସ୍କୋ ବିରୋଧ ସଭା ଆୟୋଜନ କରାଯାଇଥିଲା। ଆୟୋଜିତ ସଭାରେ ବମ୍ବେ ହାଇକୋର୍ଟର ପୂର୍ବତନ ବିଚାରପତି କୋଶଲେ ପାଟିଲ, ସିପିଆଇ କେନ୍ଦ୍ରୀୟ କମିଟି ଡେପୁଟି ଜେନେରାଲ ସେକ୍ରେଟେରୀ ସୁଧାକର ରେଡ୍ଡି, ସିପିଆଇଏମ୍ ପକ୍ଷରୁ ଦୁଷ୍ୟନ୍ତ ଦାସ, ଆରଜେଡି ପକ୍ଷରୁ ହେମନ୍ତ କୁମାର ଓ କଂଗ୍ରେସର ଜୟନ୍ତ ବିଶ୍ୱାଲ ପ୍ରମୁଖ ନୂତନ ନେତୃତ୍ୱମାନେ ବକ୍ତବ୍ୟ ପ୍ରଦାନ କରି ଲୋକଙ୍କ ମନୋବଳ

ବଢ଼େଇଥିଲେ । ଏଥର ପୁଣି ପୋସ୍କୋ ପାଇଁ ପ୍ରଶାସନ ଆହୁରି ଅଧିକ ବଳ ପ୍ରୟୋଗ କରିବାକୁ ଚାହିଁଲା ।

ଜୁନ୍ ୨୭ ତାରିଖରେ ସ୍ଥିତି ସମ୍ପୂର୍ଣ୍ଣ ଅଣାୟତ ହୋଇଥିଲା । ବାଲିଟିକିରାରେ ପୋସ୍କୋ ବିରୋଧୀ ଗ୍ରାମବାସୀ ଓ ପୋଲିସ ମୁହାଁମୁହିଁ ସ୍ଥିତିରେ ରହିଲେ । ପୋଲିସ କୌଣସି ପ୍ରକାରେ ବାଲିଟିକିରାକୁ ନିଜ ଦଖଲକୁ ନେବାକୁ ଚାହୁଁଥିଲା । ସେହିପରି ଗଡ଼-କୁଜଙ୍ଗର ପୋଲାଙ୍ଗ ଠାରେ ମଧ ଗ୍ରାମବାସୀ ଓ ପୋଲିସ ମୁହାଁମୁହିଁ ସ୍ଥିତିରେ ରହିଥିଲେ । ଏକଦା ନୂଆଗାଁରେ ପୋଲିସ ଓ ପ୍ରଶାସନ ନିଜର ହୁକୁମ୍ ଚଲାଇଥିବା ବେଳେ ଏବେ ସବୁ ଗ୍ରାମବାସୀ ପୋସ୍କୋ ବିରୋଧରେ ଏକାଠି ହୋଇଛନ୍ତି । କାରଣ ପ୍ରଶାସନ ସେମାନଙ୍କୁ ଧୋକା ଦେଇଛି । ପୋସ୍କୋ ନୂଆଗାଁ ସୀମାରେ ବିନା ଟେଣ୍ଡରରେ ସମର୍ଥିକଙ୍କୁ ଅଣଦେଖା କରି ବାହାର ଲୋକଙ୍କ ସହାୟତାରେ ପାଟେରୀ ଓ ପୋସ୍କୋ ବିସ୍ଥାପିତ କଲୋନୀ କରିବାକୁ ଯୋଜନା କରିଥିବା ବେଳେ ସମର୍ଥିକ ଗ୍ରାମବାସୀ ଖପା ହୋଇଯାଇଥିଲେ । ତେବେ ନୂଆଁଗାଁ ରାସ୍ତାରେ ଜଗତ୍‌ସିଂହପୁର ଏସ୍.ପି. ଓ ପାରାଦ୍ୱୀପ ଏଡି.ଏମ୍. ଯାଉଥିବା ବେଳେ ଗ୍ରାମବାସୀ ସେମାନଙ୍କୁ କିଛି ସମୟ ପାଇଁ ଅଟକ ରଖିଥିଲେ । ପରେ ସେମାନେ ଆଲୋଚନା କରି ପୋଲାଙ୍ଗ ଯାଇଥିଲେ । ବାଲିଟିକିରା ଧାରଣାସ୍ଥଳରେ ଭାଜପା ରାଜ୍ୟ ସଭାପତି ଜୁଏଲ ଓରାମ ଓ ନୟନ ରଞ୍ଜନ ମହାନ୍ତି ଗ୍ରାମବାସୀଙ୍କ ସହିତ ଧାରଣାରେ ବସିରହିଥିଲେ । କିନ୍ତୁ ପ୍ରଶାସନ ବ୍ୟାପକ ପୋଲିସ ଫୋର୍ସ ନେଇ ଲୋକଙ୍କୁ ହଟେଇବାକୁ ଚୂଡ଼ାନ୍ତ ନିଷ୍ପତି କନେଇଥିଲା । କୌଣସି ପ୍ରକାରେ ସେଇ ଭିଡ଼ ମଧରୁ ପୋସ୍କୋ ବିରୋଧୀ ତୁଙ୍ଗ ନେତାମାନଙ୍କୁ ଉଠେଇ ନେବାକୁ ଚକ୍ରାନ୍ତ କରିଥିଲା ।

ଶିଶୁ, ଛାତ୍ରଛାତ୍ରୀ ଓ ମହିଲା ଯୋଉଠି ଧାରଣାରେ ବସିଛନ୍ତି, ତାର କିଛି ଦୂରରେ ପାନ ବରଜ ଭାଙ୍ଗିବା ସହିତ ମେସିନ ଆଣି ବ୍ୟାପକ ଗଛକଟା ଆରମ୍ଭ କରିଦେଲେ । ଅଣଓଡ଼ିଆ ଗଛ କଟାଳିମାନେ ମେସିନ୍ ଧରି ଅଳ୍ପ ସମୟ ମଧରେ ବ୍ୟାପକ ଜଙ୍ଗଲ ନଷ୍ଟ କରିବାକୁ ଲାଗିଲେ । ସେହି ସମୟରେ ଗ୍ରାମବାସୀମାନେ ପୋଲିସକୁ ଘେରାବନ୍ଦୀ କରିବାକୁ କେତୋଟି ସ୍ଥାନରେ ରାସ୍ତା କାଟି ପକେଇଲେ ଓ ବଡ଼ବଡ଼ ଗଛ ଆଣି ରାସ୍ତା ଅବରୋଧ କରିଲେ । ପୋସ୍କୋ ସପକ୍ଷ ଓ ବିପକ୍ଷବାଦୀମାନେ ଅଲଗା ଅଲଗା ଭାବରେ ପୋଲିସ ଓ ପ୍ରଶାସନକୁ ଘେରଉ କରିବାରୁ ପ୍ରଶାସନ ଆତଙ୍କିତ ହୋଇଥିଲା । ଫଳରେ ସମସ୍ତ ପୋଲିସ ଫୋର୍ସକୁ ଗଡକୁଜଙ୍ଗ ରାସ୍ତା ଦେଇ ବାଲିତୁଠକୁ ଫେରେଇ ନିଆଗଲା । ନିଶ୍ଚୟ କିଛି ବଡ଼ ଧରଣର କାର୍ଯ୍ୟାନୁଷ୍ଠାନ ହୋଇପାରେ ବୋଲି ପୋଲିସ ଫୋର୍ସ ସଜବାଜରୁ ଜଣା ପଡ଼ିଥିଲା । ପୋସ୍କୋ ସପକ୍ଷବାଦୀଙ୍କ ପକ୍ଷରୁ ନୂଆଗାଁ ସମିତି ସଭ୍ୟ

ସମରେନ୍ଦ୍ର ନାୟକ ଓ ଧୀରେନ୍ଦ୍ର ପଲାଇଙ୍କୁ ଏରସମା ବିଡିଓ ମଧ୍ୟସ୍ତତା କରି ପୁନଃ ଆଲୋଚନା ପାଇଁ ଡାକିଥିଲେ। ହେଲେ ଦାବୀ ପୂରଣ ନକରି ଜମି ଅଧିଗ୍ରହଣ କେମିତି ହେବ ବୋଲି ଏହି ଗ୍ରାମର ନେତୃତ୍ୱମାନେ ପ୍ରଶ୍ନ କରିଥିଲେ।

ଜୁନ୍ ୨୮ ତାରିଖରେ ଦୈନିକ ଖବର କାଗଜ "ଧରିତ୍ରୀ" ସମ୍ପାଦକୀୟରେ ସମ୍ପାଦକ ତଥା ସାଂସଦ ତଥାଗତ ଶତପଥୀ "ନିରବତା ପାପ" ଶିରୋନାମାରେ ଏକ ନିବନ୍ଧ ଲେଖିଥିଲେ। ଯାହା ଅତ୍ୟନ୍ତ ମର୍ମସ୍ପର୍ଶୀ ଓ ଉପାଦେୟ ହୋଇଥିଲା। ଏହି ଲେଖାରେ ଉଲ୍ଲେଖ ଥିଲା ଯେ, ଭାରତୀୟ ସମ୍ବିଧାନ ଅନୁଯାୟୀ ନାଗରିକର ଜୀବନ ଓ ସମ୍ପତ୍ତି ଉପରେ ଅଧିକାରକୁ ଦେଶର ବ୍ୟବସ୍ଥା ସର୍ବୋଚ୍ଚ ସମ୍ମାନ ଦେବ। ହେଲେ ଆଜିର ସ୍ଥିତିରେ ତାହା କିପରି କାର୍ଯ୍ୟକାରୀ ହୋଇପାରୁନି ତାହାର କେତୋଟି ଜ୍ୱଳନ୍ତ ଉଦାହରଣ ଲେଖାରେ ପ୍ରକାଶ କରିଥିଲେ। ଲେଖାର ଶେଷ ଗୋଟିଏ ବାକ୍ୟ ଏପରି ଥିଲା ଯେ, ଏବେ ଜଗତ୍‌ସିଂହପୁର ଠାରେ ପୋସ୍କୋ ପାଇଁ ରାଜ୍ୟ ସରକାରର ପୋଲିସ୍ ଜୁଲମ୍ ମାଧ୍ୟମରେ ଜମି ଅଧିଗ୍ରହଣକୁ ବରଦାସ୍ତ କରିଦେଲେ ଆମେ ସମସ୍ତେ ପୂର୍ବଭଳି ଅନୁରୂପ ପାପର ପୁନରାବୃତ୍ତି କରିବସିବା। ଏହି ଲେଖା ମଧ୍ୟରେ ଦେଶର କେତୋଟି ଘଟଣାର ଉଦାହରଣ ଦିଆଯାଇଥିଲା ଓ ସମ୍ବିଧାନରେ ନାଗରିକର ଅଧିକାରକୁ ଗୁରୁତ୍ୱାରୋପ କରି ଏପରି ଇଙ୍ଗିତ କରାଯାଇଥିଲା ଯେ, ସମସ୍ତ ଲେଖା ଯେପରି ଢିଙ୍କିଆ ଚାରିଦେଶରେ ଘଟୁଥିବା ଘଟଣାବଳୀକୁ ଆକ୍ଷେପ କରାଯାଇଥିବା ବୁଝାପଡ଼ୁଥିଲା। ଏହି ଆଲେଖ୍ୟ ପ୍ରକାଶ ଦିନରେ ଲୋକମାନେ ଅଧିକରୁ ଅଧିକ ଉକ୍ତ ଲେଖାକୁ ପଢ଼ିବାକୁ ଆଗ୍ରହ ପ୍ରକାଶ କରିଥିଲେ। ସର୍ବୋପରି ଖବର କାଗଜର ନିରପେକ୍ଷତାକୁ ନେଇ ଆଲୋଚନା ହୋଇଥିଲା। ସେହିପରି ଅନ୍ୟାନ୍ୟ ଖବର କାଗଜରେ ମଧ୍ୟ ଅନୁରୂପ ଲେଖା ପ୍ରକାଶ ହୋଇ ପ୍ରଶାସନକୁ ପୋସ୍କୋ କ୍ଷେତ୍ରରେ ମାତ୍ରାଧିକ କାର୍ଯ୍ୟାନୁଷ୍ଠାନ ନେଇ ସମାଲୋଚନା   କରାଯାଇଥିଲା।

ଲତିକା ସେଠୀଙ୍କ କଥାକୁ ମନେଦେଇ ସମସ୍ତେ ଶୁଣୁଥିଲେ ଓ ସେମାନଙ୍କ ସହ ଘଟିଯାଇଥିବା କଥାକୁ ମନେ ପକାଉଥିଲେ ଉପସ୍ଥିତ ଥିବା ମହିଳାମାନେ।

ପନ୍ଦର

ଜାତୀୟ ଶିଶୁ ସୁରକ୍ଷା ଅଧିକାର କମିଶନ ପ୍ରସ୍ତାବିତ ପୋସ୍କୋ ଅଂଚଳରେ ପହଂଚି ଘଟଣାର ଅନୁଧ୍ୟାନ କରିଥିଲେ। ଶିଶୁମାନେ ପୋଲିସ୍‌ର ବନ୍ଧୁକ ଓ ଲାଠି ସାମ୍ନାରେ ସର୍ବଦା ରହୁଥିବାରୁ ଏହା ଜାତୀୟ ଖବର ପାଲଟିଥିଲା। ଦେଶବ୍ୟାପୀ ମଧ୍ୟ ପ୍ରତିକ୍ରିୟା ସୃଷ୍ଟି ହୋଇଥିଲା। ବଳପୂର୍ବକ ଜମି ଅଧିଗ୍ରହଣକୁ ନେଇ ଜଗତ୍‌ସିଂହପୁର ଜିଲ୍ଲା ପ୍ରଶାସନ ଉପରେ ଲୋକେ କ୍ଷୁବ୍ଧ ହୋଇଥିଲେ। ସେହିପରି ଶିଶୁ, ଛାତ୍ରଛାତ୍ରୀଙ୍କୁ ପୋଲିସ୍‌ ଫୋର୍ସ ସାମ୍ନାରେ ବସେଇ ରକ୍ତାକ୍ତ ସଂଘର୍ଷରେ ସାମିଲ କରେଇବା ଓ ସ୍କୁଲ ବନ୍ଦକରି ସେମାନଙ୍କ ସୁନେଲି ସ୍ୱପ୍ନକୁ ହତ୍ୟା କରିବା ଘଟଣାକୁ ମଧ୍ୟ ବୁଦ୍ଧିଜୀବୀମାନେ ପସନ୍ଦ କରୁନଥିଲେ। ଯେଉଁମାନେ ପୋସ୍କୋକୁ ଘୋର ବିରୋଧ କରି ରାଜ୍ୟ ସରକାରଙ୍କୁ ନିନ୍ଦା ଦେଉଥିଲେ, ସେଇମାନେ ମଧ୍ୟ ପୋସ୍କୋ ବିରୋଧୀ ଗ୍ରାମବାସୀଙ୍କ ଶିଶୁମାନଙ୍କୁ ଢାଲ କରୁଥିବା ଘଟଣାକୁ ନିନ୍ଦା କରିଥିଲେ। ଦେଶର ବିଭିନ୍ନ ରାଜନେତା ଓ ସମାଜସେବୀ ପ୍ରସ୍ତାବିତ ପୋସ୍କୋ ଅଂଚଳକୁ ଆସିବା ସହିତ ରାଜ୍ୟ ବାହାରେ ମଧ୍ୟ ଗଣମାଧ୍ୟମରେ ପୋସ୍କୋ ବିରୋଧୀ ମନ୍ତବ୍ୟ ଦେଉଥିଲେ।

୨୦୧୧ ଜୁଲାଇ ୧୩ ତାରିଖରେ କଂଗ୍ରେସ ସାଧାରଣ ସମ୍ପାଦକ ରାହୁଲ ଗାନ୍ଧୀ ଓଡ଼ିଶାର ବାରିପଦାଠାରେ ଗଣମାଧ୍ୟମକୁ ପୋସ୍କୋ ବିରୋଧରେ ମନ୍ତବ୍ୟ ପ୍ରଦାନ କରିଥିଲେ। ଶ୍ରୀ ଗାନ୍ଧୀ କହିଲେ ଯେ, ଶିଳ୍ପ ବିନା ବିକାଶ ଅସମ୍ଭବ। ଓଡ଼ିଶାରେ ପୋସ୍କୋ ପ୍ରତିଷ୍ଠା ହେଉ। ମୁଁ ପୋସ୍କୋର ବିରୋଧୀ ନୁହେଁ। ମାତ୍ର ଯେଉଁଭଳି ଭାବେ ବଳପୂର୍ବକ ବିସ୍ଥାପନ କରାଯିବାର ପଦକ୍ଷେପ ନିଆଯାଉଛି, ତାହାକୁ ମୁଁ ବିରୋଧ କରୁଛି। ବିସ୍ଥାପିତଙ୍କୁ ଉଚିତ କ୍ଷତିପୂରଣ, ଥଇଥାନ ସୁବିଧା ଯୋଗାଇଦେବା ଜରୁରୀ। ଯଦି ରାଜ୍ୟ ସରକାରଙ୍କ ସହ ମିଶି ପୋସ୍କୋ ଲୋକଙ୍କ ସ୍ୱାର୍ଥ ବିରୋଧରେ ଯାଏ, ତାହେଲେ ତାକୁ କେନ୍ଦ୍ର ସରକାର ବିରୋଧ କରିବ।

ଓଡ଼ିଶା ପ୍ରାକୃତିକ ସମ୍ପଦରେ ସମୃଦ୍ଧ । ମାତ୍ର ରାଜ୍ୟ ସରକାରଙ୍କ ଦୁର୍ବଳ ନେତୃତ୍ୱ ତଥା ସାଧାରଣ ଗରିବ, ଆଦିବାସୀ ଦଳିତ ଜନତାଙ୍କ ଠାରୁ ଦୂରେଇ ଯାଇ ଯେଭଳି ବିକାଶର କଥା କହୁଛନ୍ତି, ସେଥିପାଇଁ ଓଡ଼ିଶା ଆଜି ଗରିବ ହୋଇରହିଛି । ରାହୁଲ ଗାନ୍ଧୀଙ୍କର ଏପରି ମନ୍ତବ୍ୟ ପ୍ରସ୍ତାବିତ ପୋସ୍କୋ ଅଞ୍ଚଳରେ ଜୋରଦାର ଆଲୋଚନା ହୋଇଥିଲା । କେତେକ ଗ୍ରାମବାସୀ ଏହି ମନ୍ତବ୍ୟକୁ ଗୁରୁତ୍ୱ ଦେଉଥିବାବେଳେ ଅନ୍ୟ କେତେକ ଗ୍ରାମବାସୀ ସମାଲୋଚନା ମଧ୍ୟ କରିଥିଲେ । କାରଣ କେନ୍ଦ୍ରରେ ମନମୋହନ ସରକାର ସମ୍ପୂର୍ଣ୍ଣ ଭାବେ ଗାନ୍ଧୀ ପରିବାରର ନିୟନ୍ତ୍ରଣରେ ଥିବାବେଳେ କେନ୍ଦ୍ର ସରକାର ହିଁ ପୋସ୍କୋ କମ୍ପାନୀକୁ ପ୍ରୋତ୍ସାହିତ କରିଛି । ସମସ୍ତ ନୀତିନିୟମକୁ ରାଜ୍ୟ ସରକାର ଓ ପୋସ୍କୋ ଉଲ୍ଲଙ୍ଘନ କରିଥିବା ଦସ୍ତାବିଜ କେନ୍ଦ୍ର ସରକାରଙ୍କ ଜଙ୍ଗଲ ଓ ପରିବେଶ ମନ୍ତ୍ରଣାଳୟରେ ଉପସ୍ଥାପନା କରାଯିବା ପରେ ମଧ୍ୟ କେନ୍ଦ୍ରୀୟ ସାଧାରଣ ସମ୍ପାଦକ ନିଜକୁ ଖୋଲପାରେ ଲୁଚେଇ ଏଭଳି ମନ୍ତବ୍ୟ ଦେବା ରାଜନୈତିକ ଉଦ୍ଦେଶ୍ୟ ପ୍ରଣୋଦିତ ବୋଲି ଗାଁରେ କଥା ହୋଇଥିଲେ ।

ଏହି ସମୟରେ ପୂର୍ବତନ କଂଗ୍ରେସ ବିଧାୟକ ଉମେଶ ସ୍ୱାଇଁ, ରାହୁଲ ଗାନ୍ଧୀଙ୍କୁ ଏକ ପତ୍ର ଲେଖି ପୋସ୍କୋ ପ୍ରସ୍ତାବିତ ଅଞ୍ଚଳ ଢିଙ୍କିଆ ଆସିବାକୁ ଅନୁରୋଧ କରିଥିଲେ । ଶ୍ରୀ ସ୍ୱାଇଁ ଚିଠିରେ ଲେଖିଥିଲେ ଯେ, ପୋସ୍କୋ ପ୍ରକଳ୍ପକୁ ବିରୋଧକରି ଦୁର୍ଦ୍ଦଶାରେ ଥିବା ମହିଳା, ପୁରୁଷ, ପିଲାମାନେ କିଭଳି ସମୟ ଅତିବାହିତ କରୁଛନ୍ତି, ତାହା ଆଖିରେ ଦେଖିଯିବା ଉଚିତ୍ ହେବ । ପୋସ୍କୋ ପ୍ରସ୍ତାବିତ ଅଞ୍ଚଳ ଉର୍ବର ଚାଷଜମି ହୋଇଥିବାରୁ ଏହାର ସୁରକ୍ଷା ମଧ୍ୟ ଜରୁରୀ ହୋଇପଡ଼ିଛି । ରାଜ୍ୟ ସରକାର ଜୋରଜବରଦସ୍ତ ଜମି ଅଧିଗ୍ରହଣ କରିବାକୁ ବସିଛନ୍ତି । ତେଣୁ ରାହୁଲ ଗାନ୍ଧୀ ଏହି ସ୍ଥାନକୁ ଆସି ତାଙ୍କର ସମର୍ଥନ ଦେବାକୁ ଶ୍ରୀ ସ୍ୱାଇଁ ପତ୍ର ଲେଖିଥିବା ଗଣମାଧମରେ ପ୍ରକାଶିତ ହୋଇଥିବାରୁ ତାହା ଗ୍ରାମରେ ଚର୍ଚ୍ଚା ହୋଇଥିଲା ଓ ଶ୍ରୀ ସ୍ୱାଇଁଙ୍କୁ ଗ୍ରାମବାସୀ ଧନ୍ୟବାଦ ଜଣେଇଥିଲେ । ପୋସ୍କୋ ଜମି ଅଧିଗ୍ରହଣ ନେଇ କଟକ ହାଇକୋର୍ଟରେ ମଧ୍ୟ ଏକ ମାମଲା ଦାୟର କରାଯାଇଥିଲା । ହାଇକୋର୍ଟରେ ଗଠିତ ଖଣ୍ଡପୀଠରେ ଉକ୍ତ ମାମଲାର ବିଚାର ମଧ୍ୟ ଚାଲିଥିଲା । କିଛି ଦିନର ବ୍ୟବଧାନରେ ପ୍ରଶାସନ ପୁଣି ସକ୍ରିୟ ହୋଇଥିଲା । ଢିଙ୍କିଆରେ ଶିଶୁମାନେ ଢାଲ ବନିଥିବାରୁ ପ୍ରଶାସନ ମୁହଁ ବୁଲେଇ ନୂଆଗାଁ ଜଙ୍ଗଲ କାଟିବା ସମୟରେ ସେଠାକାର ମହିଳାମାନେ ସଂଗଠିତ ହୋଇ ବିରୋଧ କରିଥିଲେ । ଫଳରେ ଘଟଣାସ୍ଥଳରେ ଉପସ୍ଥିତ ଥିବା ଉଭୟ ମହିଳା ପୋଲିସ୍ ଓ ପୁରୁଷ ପୋଲିସ୍ ଫୋର୍ସ ସେମାନଙ୍କ ଉପରେ ଲାଠି ଚାର୍ଜ କରି ଘଉଡ଼େଇ ଦେବାକୁ ଚେଷ୍ଟା କରିଥିଲେ । ମହିଳାମାନେ ଗଛକଟାଳିଙ୍କ ଠାରୁ ସେମାନଙ୍କ କରତ ଓ ଅନ୍ୟାନ୍ୟ ଗଛକଟା ସରଞ୍ଜାମ

ଛଡେଇ ନେବାକୁ ଉଦ୍ୟମ କରୁଥିବା ବେଳେ ପୋଲିସ୍ ପକ୍ଷରୁ ଜଙ୍ଗଲ ମଝିରେ ସେମାନଙ୍କ ଉପରେ ନିର୍ଘୁମ ଲାଠି ମାଡ଼ କରାଯାଇଥିଲା । ସେହି ସ୍ଥାନରେ କେଲୁଣୀ ମଲିକ, ଇନ୍ଦୁମତି ପଣ୍ଡା, କାନ୍ଦୁରୀ ମଲିକ, ଶ୍ରୀମତୀ ନାୟକ, ହେମଲତା ମଲିକ, କଞ୍ଚନା ଦାସ ଓ ହେମଲତା ଖୁଣ୍ଟିଆଙ୍କ ସମେତ ୧୫ ଜଣରୁ ଊର୍ଦ୍ଧ୍ୱ ମହିଳା ଗୁରୁତର ଆହତ ହୋଇଥିଲେ । ଘଟଣାସ୍ଥଳରେ ଶ୍ରୀମତୀ ସେଠୀ ଗୋଇଠା ଓ ଲାଠିମାଡ଼ରେ ଅଚେତ ହୋଇ ଆମ୍ବଲାନ୍ସରେ ବାଲିଥୁତ ଡାକ୍ତରଖାନାରେ ଚିକିତ୍ସିତ ହୋଇଥିଲେ ।

ଅପରପକ୍ଷରେ ଢିଙ୍କିଆ-ଗୋବିନ୍ଦପୁର ମଧ୍ୟଭାଗ ବାଲି ଟିକିରାରେ ଆଉ ଏକ ନୂଆ ଘଟଣା ଦେଖିବାକୁ ମିଳିଲା । ବାଲି ଟିକିରା ଧାରଣା ସ୍ଥଳରେ ନିୟମଗିରି ବଂଚାଓ ଆନ୍ଦୋଳନର ନେତା ଓ ସେଠାକାର ଆନ୍ଦୋଳନକାରୀ ଆଦିବାସୀ ଡଙ୍ଗରିଆ କନ୍ଧମାନେ ପହଁଚି ପୋସ୍କୋ ବିରୋଧୀ ଗ୍ରାମବାସୀଙ୍କ ସହିତ ରଣହୁଙ୍କାର ଦେଇଥିଲେ । ମଥା କଟି ଯାଉ ପଛେ ମାଟି ଛାଡ଼ିବୁନି ନାରାରେ ଅଂଚଳ କମ୍ପୁଥିଲା । ନିୟମଗିରି ବଂଚାଓ ନେତା ଲିଙ୍ଗରାଜ ଆଜାଦ୍ ଓ କୁମୁଟ ମାଝିଙ୍କ ନେତୃତ୍ୱରେ ଅର୍ଜୁନ କାଣ୍ଠି, ସୁନା ମାଝି ଓ ଶିକାସିନୀ ପ୍ରମୁଖଙ୍କ ସହିତ ପ୍ରାୟ ୬୫ ଜଣ ଡଙ୍ଗରିଆକନ୍ଧ ପାରମ୍ପରିକ ଅସ୍ତ୍ରଶସ୍ତ୍ରରେ ସଜ୍ଜିତ ହୋଇ ଗ୍ରାମବାସୀଙ୍କୁ ଅସ୍ତ୍ର ଚଲେଇବା ଶିଖେଇଥିଲେ । ପୋଲିସ୍‌କୁ କିପରି ପାଲଟା ଆକ୍ରମଣ କରାଯାଇପାରିବ ସେହିପରି ଅନେକ ଆପତିଜନକ କୌଶଳ ଶିଖାଇ ସେମାନଙ୍କ ମନୋବଳ ବଢ଼ାଇବାକୁ ଯାଇ ବାଲିଟିକିରାରେ ନାଚଗୀତ ମଧ୍ୟ କରିଥିଲେ । ଯୋଉଭଳି ଭାବେର ପୋସ୍କୋ କାରଖାନା ପାଇଁ ଜଙ୍ଗଲ କଟାଯାଉଛି, ସେ ଦୃଶ୍ୟ ଛାତି ଥରେଇ ଦେଇଥିଲା । ଢିଙ୍କିଆ ଚାରିଦେଶର ସୀମାରେ ଥିବା ଉପକୂଳ ଜଙ୍ଗଲ କୁଜଙ୍ଗ-ଏରସମା ଓ ପାରାଦୀପ ଅଂଚଳ ପାଇଁ ସୁରକ୍ଷାର ଏକ ବିଶାଳ ସବୁଜ ବାଡ଼ ହୋଇଥିବା ବେଳେ ତାହାକୁ ଯେପରି ଖିନ୍‌ଭିନ୍ କରି କଟାଯାଉଥିଲା, ତାହା ଆଖିରେ ନଦେଖିଲେ କହି ହେବନି । କାରଖାନା ନିର୍ମାଣ ହେଲେ ପରିବେଶ ସନ୍ତୁଳନ ନିମନ୍ତେ ସବୁଜ ବଳୟ ତିଆରି କରାଯାଏ, କିନ୍ତୁ ସବୁଜ ବଳୟ ନଷ୍ଟ କରାଯାଇ କାରଖାନା ନିର୍ମାଣର ପରିକଳ୍ପନା ଅଭୂଦ ଥିଲା । ପୁରାତନ କୁଜଙ୍ଗଗଡ଼ର ଘଂଚ ଜଙ୍ଗଲକୁ ଅନାବଶ୍ୟକ କଟା ଚାଲିଥିଲା ।

ବନବିଭାଗର ଅଧିକାରୀ ସୂଚନା ଦେଇଥିଲେ ଯେ, ପୋସ୍କୋ ପ୍ରକଳ୍ପ ପାଇଁ ଅଂଚଳରୁ ପ୍ରାୟ ୮ ଲକ୍ଷ ଗଛ ବଳି ପଡ଼ିବ । ପୋସ୍କୋର ସାନି ଚୁକ୍ତି ହୋଇନାହିଁ । ଲୋକଙ୍କର ୮୦ ଭାଗ ଜମି ଅଦ୍ୟାବଧି ସରକାରଙ୍କ ହାତକୁ ଆସିନାହିଁ । ରାଜ୍ୟ ଉଚ୍ଚ ନ୍ୟାୟାଳୟରେ ପୋସ୍କୋର ଭବିଷ୍ୟତ ଝୁଲି ରହିଥିବା ବେଳେ ସମସ୍ତେ ଜାଣିଶୁଣି ଆଖି ବନ୍ଦ କରିଦେଇ କେବଳ ଗଛକାଟି ଚାଲିଛନ୍ତି । ଜଙ୍ଗଲ କାଟି ସଫା କରି

ଦେଲେ ଲୋକଙ୍କ ଆସ୍ଥା ଭାଙ୍ଗିଯିବ। ପୋଷ୍କୋର ଆନୁଗତ୍ୟ ପାଇବା ପାଇଁ ସମସ୍ତେ ବ୍ୟଗ୍ର। କେହି ଅଧିକାରୀ ସାହସ କରି ସରକାରଙ୍କୁ ବାସ୍ତବ ଚିତ୍ର ବୁଝେଇ ପାରୁନାହାନ୍ତି। ପାରାଦ୍ୱୀପ ନୋଲିଆସାହି ସୀମାରୁ ଆରମ୍ଭ ହୋଇ ଗଡ଼କୁଜଙ୍ଗର ପୋଲାଙ୍ଗ ଜଙ୍ଗଲ ଶେଷ ପର୍ୟ୍ୟନ୍ତ ୮ କି.ମି. ଲମ୍ୱ ଓ ୩ କି.ମି. ଚଉଡ଼ାବ୍ୟାପୀ ବାଲିପାହାଡ଼ ଉପରେ କେବଳ ଝାଉଁ ଓ କାଜୁ ଗଛ ପରିଲକ୍ଷିତ ହୋଇଥାଏ। ବନ ବିଭାଗ ଆକଲନରେ ୩ ପଞ୍ଚାୟତ ସଂଲଗ୍ନରେ ୨ ଲକ୍ଷ ୯୦ ହଜାର କେବଳ ଝାଉଁ ଗଛ ରହିଛି। କାଜୁ, ପଣସ, ଆମ୍ୱ ଓ ଅନ୍ୟାନ୍ୟ ଫଳନ୍ତି ଅଫଳନ୍ତି ଗଛ ପ୍ରାୟ ୫ ଲକ୍ଷ ରହିଛି। କେବଳ ଝାଉଁ ଗଛର ସରକାରୀ ମୂଲ୍ୟ ୧ କୋଟି ୯୧ ଲକ୍ଷ ହୋଇଥିବା ବେଲେ ଅନ୍ୟାନ୍ୟ ଗଛର ଆନୁମାନିକ ମୂଲ୍ୟ ୩ କୋଟି ଟଙ୍କାରୁ ଅଧିକ ହେବ। ୧୨୫୩/୨୨୫ ହେକ୍ଟର ଜମି ଜଙ୍ଗଲ କିସମ ଥିବା ସରକାରୀ ଖାତାରେ ଦର୍ଶାଯାଇଥିବା ବେଲେ ବାସ୍ତବିକ ପୋଷ୍କୋ ନେବାକୁ ଥିବା ୪୦୦୪ ଏକର ଜମି ମଧ୍ୟରୁ ୪୦୦୦ ଏକର ସମ୍ପୂର୍ଣ୍ଣ ଜଙ୍ଗଲ ଜମି ଅଛି। ୮ କି.ମି. ବ୍ୟାପୀ ଏହି ଜଙ୍ଗଲ ଜମି ଲୋକଙ୍କ ପାଇଁ ବରଦାନ ସଦୃଶ ବୋଲି ପ୍ରମାଣିତ ହୋଇଛି।

ଅପରପକ୍ଷରେ ବଙ୍ଗୋପସାଗର ଓ ନଦୀ ହେତୁ ଏହି ବାଲିପାହାଡ଼ଗୁଡ଼ିକର ଜଳଧାରଣ କ୍ଷମତା ରହିଥାଏ। ଯଦ୍ୱାରା ବର୍ଷା, ଶୀତ ଓ ଖରା ବର୍ଷକ ବାରମାସ ଏହାର ସଂଲଗ୍ନ ଶହ ଶହ ଏକର ଚାଷ ଜମିରେ ପାଣି ଭରପୁର ରହିବାରୁ ଶାରଦ, ବିଆଲି, ଡାଲୁଆ ଧାନ ସହିତ ଅନ୍ୟାନ୍ୟ ପନିପରିବା ଓ ପାନ ଚାଷ ପାଇଁ ଉପଯୋଗୀ କାରଣରୁ ଚାଷ ଲାଭବାନ ହୋଇଥାଏ। ସବୁଠୁ ଗୁରୁତ୍ୱପୂର୍ଣ୍ଣ କଥା ହେଲା ଯେ, ଉପକୂଲରେ ଯେକୌଣସି ସମୟରେ ଲଘୁଚାପ ସୃଷ୍ଟି ହୋଇ ବାତ୍ୟା ଘନୀଭୂତ ହେଲେ ମଧ୍ୟ ଏହି ଜଙ୍ଗଲ ଲୋକଙ୍କ ପାଇଁ ସୁରକ୍ଷା ପାଚେରୀ ହୋଇରହିଥାଏ। ୧୯୯୯ ମହାବାତ୍ୟାରେ ଅଣଜଙ୍ଗଲ ଅଂଚଲ ଏରସମା, ଜିରାଇଲୋ ଓ ଆମ୍ଭିକି ଅଂଚଲକୁ ସମୁଦ୍ର ପାଣି ମାଡ଼ି ଆସି ଧନଜୀବନ କ୍ଷୟକ୍ଷତି କରିଥିବା ବେଲେ କେବଳ ଏହି ୩ ପଞ୍ଚାୟତ ସଂଲଗ୍ନ ଜଙ୍ଗଲ ଓ ବାଲି ପାହାଡ଼ କୁଜଙ୍ଗ, ପାରାଦ୍ୱୀପ, କେନ୍ଦ୍ରାପଡ଼ା ଓ ତିର୍ତ୍ତୋଲ ଅଂଚଲକୁ ସୁରକ୍ଷା ଦେଇଥିବା ମନେ କରାଯାଏ।

ପୋଷ୍କୋ କାରଖାନା କଲେ କେବଳ ଜମି ରହିଥିବା ବାଲି ପାହାଡ଼କୁ କାରଖାନା ଆଲରେ ଖେଲେଇ ଦେଲେ ଅନ୍ୟୂନ ୧୦ କୋଟି ଟଙ୍କା ମୁନାଫା ମିଲିଯିବ। ଏବେ ଇଉକୋ ଠିକାଦାର ଲଗେଇ ଏଠାରୁ ଗଛ କାଟୁଛି। କଥା ଉଠୁଛି, ଯଦି କୌଣସି କାରଣରୁ ପୋଷ୍କୋ ଓହରି ଯାଏ, ତାହେଲେ କଟି ଯାଇଥିବା ଜଙ୍ଗଲ କିପରି ଭରଣା ହୋଇପାରିବ। ପୋଷ୍କୋର ଚୁକ୍ତିପତ୍ର ନବୀକରଣ ହୋଇନି ଓ ଖଣି ଲିଜ୍ ମିଲିନାହିଁ

ଲୋକଙ୍କ ଅଡୁଆ ଛିଡ଼ିନି । ହେଲେ ଗଛ କାଟିବାକୁ ଏପରି ବ୍ୟଗ୍ରତା ପଛରେ ନିଶ୍ଚୟ ରହସ୍ୟ ଲୁଚି ରହିଥିବା ଗାଁରେ ଯୋର୍ ଚର୍ଚ୍ଚା ହୋଇଥିଲା ଓ ଗଛକଟାକୁ ସବୁ ସ୍ତରରେ ବିରୋଧ କରାଯାଇଥିଲା ।

ଜୁଲାଇ ୨୭ ତାରିଖରେ ଦୈନିକ ଖବର କାଗଜ "ଧରିତ୍ରୀ"ରେ ସମ୍ପାଦକ ତଥାଗତ ଶତପଥୀ ପୁନଶ୍ଚ "କାହାକୁ ଛଡ଼ାଯିବ ନାହିଁ" ସମ୍ପାଦକୀୟରେ ଜମି ଅଧିଗ୍ରହଣ ପ୍ରସଙ୍ଗ ଓ କାରଖାନା ପାଇଁ ଉଦ୍ଦିଷ୍ଟ ଜମି ସମ୍ପର୍କରେ ବଳିଷ୍ଠ ଯୁକ୍ତି ଲୋକଙ୍କୁ ଆକର୍ଷିତ କରିଥିଲା । ଶ୍ରୀ ଶତପଥୀ ସମ୍ପାଦକୀୟରେ ଜମି ଅଧିଗ୍ରହଣର ସଂଖ୍ୟା ଓ ଅନେକ ଉଦାହରଣ ଉପସ୍ଥାପନା କରି ନିବନ୍ଧର ଶେଷ ପାରାରେ ଉଲ୍ଲେଖ କରିଛନ୍ତି ଯେ, ଏଠାରେ ଶିଳ୍ପାୟନକୁ ଆମେ ବିରୋଧ କରୁନାହୁଁ । ବଡ଼ କମ୍ପାନୀ ଦେଶରେ ରହିଥିବା ବହୁଳ ପରିମାଣର ପତିତ ଏବଂ ଦଲଦଲିଆ ଜମିକୁ ବ୍ୟବହାର କରି ଶିଳ୍ପ ପ୍ରତିଷ୍ଠା କଲେ ଜମି ଅଧିଗ୍ରହଣ ସମସ୍ୟା ରହିବ ନାହିଁ । ଉର୍ବର ଏବଂ ଦୋଫସଲୀ ଜମିକୁ ଏଥରୁ ମୁକ୍ତ ରଖିବା ଉଚିତ୍ । ଦକ୍ଷିଣ କୋରିଆର ପୋହାଙ୍ଗ ଷ୍ଟିଲ୍ କମ୍ପାନୀ (ପୋସ୍କୋ) ନିଜ ଦେଶରେ ସମୁଦ୍ର ଭିତରେ ପ୍ରକଳ୍ପ ତିଆରି କରିଛି । କିନ୍ତୁ ସେହି ପୋସ୍କୋ କମ୍ପାନୀ ଓଡ଼ିଶାରେ ଲୋକଙ୍କ ଚାଷ ଜମିଗୁଡ଼ିକୁ ଛଡ଼ାଇ ନେବାପାଇଁ ଯେଉଁ ଆଗ୍ରହ ଦେଖାଇଛି, ସେଥିରେ ତାହାର କିଛି ନିର୍ଦ୍ଦିଷ୍ଟ ଚକ୍ରାନ୍ତ ରଖିଥିବା ଜଣାପଡ଼ୁଛି । ଶ୍ରୀ ଶତପଥୀଙ୍କର ସମ୍ପୂର୍ଣ୍ଣ ଆଲେଖ୍ୟ ତଥ୍ୟ ସମ୍ବଳିତ ଓ ସାଧାରଣ ଲୋକଙ୍କ ସ୍ୱାର୍ଥ ପାଇଁ ସେ କଲମ ଚଲେଇଥିବାରୁ ଗ୍ରାମ ସଭାର ଏହି ଲେଖା ପ୍ରସଙ୍ଗରେ ଆଲୋଚନା ହୋଇଥିଲା ଓ ଆନ୍ଦୋଳନ ଶାଣିତ କରିବାକୁ ଉକ୍ତ ଲେଖାଟି ଖୋରାକ ଯୋଗାଇଥିଲା ।

ଏଥ୍ ସହିତ ଗ୍ରାମସଭାରେ ଆଲୋଚନା ହୋଇଥିଲା ଯେ, ଗତ ଜୁଲାଇ ୨୬ ତାରିଖରେ ଗଣ ମାଧ୍ୟମରେ ପ୍ରକାଶିତ ଖବର ଅନୁଯାୟୀ ପୋସ୍କୋ ପ୍ରକଳ୍ପ ନେଇ ଅନିଶ୍ଚିତତା ଲାଗି ରହିଥିବାରୁ ଦକ୍ଷିଣ କୋରିଆ ଉଦ୍‌ବେଗ ପ୍ରକାଶ କରିଛି । ଭାରତ ରାଷ୍ଟ୍ରପତି ପ୍ରତିଭା ଦେବୀ ସିଂ ପାଟିଲ ସିଓଲ୍ ଗସ୍ତରେ ଥିବା ବେଳେ ଦକ୍ଷିଣ କୋରିଆ ରାଷ୍ଟ୍ରପତି ଲି ମ୍ୟୁଙ୍ଗ ବାକ୍ ଏହି ପ୍ରସଙ୍ଗରେ ଭାରତ ରାଷ୍ଟ୍ରପତିଙ୍କୁ ଅବଗତ କରାଇଥିଲେ । ଭାରତ ସରକାର ସହଯୋଗ କଲେ ପୋସ୍କୋ ପ୍ରକଳ୍ପ ଶୀଘ୍ର ହୋଇପାରିବ ଓ କୋରିଆ କମ୍ପାନୀ ସେଠାରେ ରାସ୍ତାଘାଟ ନିର୍ମାଣ, ବିଦ୍ୟୁତ୍ ଶକ୍ତି ଓ କାରଖାନା ନିର୍ମାଣ ଦିଗରେ ପଦକ୍ଷେପ ନେଇପାରିବ । ତେବେ ଦୁଇ ଦେଶର ମୁଖ୍ୟଙ୍କ ଆଲୋଚନାରେ ଢିଙ୍କିଆ ଅଞ୍ଚଳ ସ୍ଥାନ ପାଇଥିବାରୁ ଲୋକମାନେ କେବଳ ପରିଣାମକୁ ଅପେକ୍ଷା କରିଥିଲେ । ପୋସ୍କୋର ଚୁକ୍ତିପତ୍ର ମିଆଦ ଶେଷ ହୋଇଛି ଓ ସାନି ଚୁକ୍ତି ପାଇଁ ଆଇନଗତ ବାଧା ରହିଛି । କେବଳ ଚୁକ୍ତି ନୁହେଁ ପୋସ୍କୋ ପାଇଁ ଅନ୍ୟ କେତେକ ଆଇନଗତ ସମସ୍ୟା

ଥିବା ବେଳେ ପ୍ରଶାସନ କିନ୍ତୁ ସେକଥା ଚିନ୍ତା ନକରି କେବଳ ଗଛ କାଟିବା ଓ ଜମି ଅଧିଗ୍ରହଣକୁ ଗୁରୁତ୍ୱ ଦେଉଥିଲା ।

୨୦୧୧ ନଭେମ୍ବର ୨୫ ତାରିଖରେ ପୁଣି ଥରେ ପୋସ୍କୋ ପ୍ରତିରୋଧ ସଂଗ୍ରାମ ସମିତିର ସଭାପତି ଅଭୟ କୁମାର ସାହୁଙ୍କୁ ପୋଲିସ୍ ଗିରଫ କରିଥିଲା । ଶୁକ୍ରବାର ରାତି ୭ଟା ୪୦ମିନିଟ୍ ସମୟରେ ଶ୍ରୀ ସାହୁ ଗୋପନରେ ଭୁବନେଶ୍ୱରରୁ ଢ଼ିଙ୍କିଆ ଫେରୁଥିବା ବେଳେ ଜଗତ୍‍ସିଂହପୁର ଜିଲ୍ଲା ତିର୍ତୋଲ ଥାନା ଅନ୍ତର୍ଗତ ନୂଆପୋଖରୀ ଛକରେ ପାରାଦ୍ୱୀପ, କୁଜଙ୍ଗ, ତିର୍ତୋଲ ଓ ଲକ ଥାନା ପୋଲିସ୍ ମିଳିତ ଉଦ୍ୟମରେ ତାଙ୍କ ଗାଡ଼ିକୁ ଠାବ କରାଯାଇଥିଲା । ପାରାଦ୍ୱୀପ ଥାନା ଇନ୍‍ସ୍‍ପେକ୍‍ଟର ଅନିଲ କୁମାର ମିଶ୍ର, ଲକ୍ ଥାନା ଇନ୍‍ସ୍‍ପେକ୍‍ଟର ଜ୍ୟୋତିରଞ୍ଜନ ସାମନ୍ତରାୟ, ତିର୍ତୋଲ ଥାନା ଇନ୍‍ସ୍‍ପେକ୍‍ଟର ଦେବଦତ କର, କୁଜଙ୍ଗ ଥାନା ଇନ୍‍ସ୍‍ପେକ୍‍ଟର ଗୁପ୍ତେଶ୍ୱର ଭୋଇ ଓ ପାରାଦ୍ୱୀପ ଏସ୍.ଡ଼ି.ପି.ଓ. ଶାନ୍ତନୁ କୁମାର ଦାଶ ମିଳିତ ଭାବେ ଏକ ବିଶେଷ ସୂତ୍ରରୁ ଖବର ପାଇ ସାହୁଙ୍କୁ ଗିରଫ କରିଥିଲେ । ଏହି ଗିରଫ ଖବର ପ୍ରଚାରିତ ହୋଇଯିବାରୁ ପ୍ରସ୍ତାବିତ ପୋସ୍କୋ ଅଞ୍ଚଳ ଗ୍ରାମବାସୀଙ୍କ ମଧ୍ୟରେ ଉତ୍ତେଜନା ପ୍ରକାଶ ପାଇଥିଲା । ସେହି ଅଞ୍ଚଳକୁ ପୋଲିସ୍ ଫୋର୍ସ ଘେରି ରହିଥିଲା । ବ୍ୟାପକ ପୋଲିସ୍ ଫୋର୍ସ ସହାୟତାରେ ଅଭୟ ସାହୁଙ୍କୁ କୁଜଙ୍ଗ ପ୍ରଥମ ଶ୍ରେଣୀ ବିଚାର ବିଭାଗୀୟ ମାଜିଷ୍ଟେଟ୍ଙ୍କ କୋର୍ଟରେ ହାଜର କରାଯାଇଥିଲା । ତାଙ୍କ ଜାମିନ ଆବେଦନ ଖାରଜ ହେବାରୁ ତାଙ୍କୁ ୧୪ ଦିନ ପାଇଁ ବିଚାର ବିଭାଗୀୟ କାରାଗାରକୁ ପଠେଇ ଦିଆଯାଇଥିଲା ।

ରାତି ପାହି ପାହି ଆସୁଥିବାବେଳେ ଲତିକାଙ୍କ କହିବା ଶେଷ ହେଇନଥିଲା । ସମସ୍ତେ କାନ ଡେରି ଶୁଣୁଥିଲେ ।

ଷୋହଳ

୧୪ ଡିସେମ୍ବର ୨୦୧୧
ଦଙ୍ଗାରେ ଦୁର୍ଯ୍ୟୋଧନ ସ୍ୱାଇଁ ମୃତ :

ପୋସ୍କୋ ପ୍ରତିରୋଧ ସଂଗ୍ରାମ ସମିତିର ସଭାପତିଙ୍କୁ ଗିରଫ କରାଯାଇ କଟକ ଚୌଦ୍ୱାର ଜେଲରେ ରଖାଯାଇଥିଲା। ଢିଙ୍କିଆ ଚାରିଦେଶରେ ପୋସ୍କୋ ବିରୋଧୀମାନେ ଭୟଭୀତ ଅବସ୍ଥାରେ ରହିଥିଲେ। କାରଣ ସଦାସର୍ବଦା ନେତୃତ୍ୱ ହିଁ ବାଟ ଦେଖାଇଥାଏ। ଗ୍ରାମବାସୀମାନେ ଏକଜୁଟ ଅଛନ୍ତି। ଲଢ଼େଇ ପାଇଁ ସମସ୍ତେ ସଂଗଠିତ। ଯେତେ ମୁଣ୍ଡ ଗଡୁଛି ଗଡୁ, ପଛକୁ ଫେରିବାର ପ୍ରଶ୍ନ ଉଠୁନି। ଗ୍ରାମବାସୀମାନଙ୍କର ଏଇ ଦୁର୍ଦଶା ସମୟରେ ପରିବେଶବିତ୍ ପ୍ରଫୁଲ୍ଲ ସାମନ୍ତରା ଭୁବନେଶ୍ୱରରୁ ଅଧିକାଂଶ ସମୟ ଢିଙ୍କିଆ ଆସୁଥିଲେ ଓ ଗ୍ରାମବାସୀଙ୍କୁ ଏକାଠି ରହିବାକୁ ସର୍ବଦା ପ୍ରେରଣା ଦେଉଥିଲେ। ଛତ୍ରପୁର ପୂର୍ବତନ ସିପିଆଇ ବିଧାୟକ ନାରାୟଣ ରେଡ୍ଡୀ ମଧ୍ୟ ବାରମ୍ବାର ଢିଙ୍କିଆ ଆସୁଥିଲେ। ଗ୍ରାମବାସୀମାନେ ଓ ଆନ୍ଦୋଳନକୁ ନିୟନ୍ତ୍ରଣ କରୁଥିବା ବାମନେତାମାନଙ୍କ ବିଚାର ବିମର୍ଶ ପରେ ନାରାୟଣ ରେଡ୍ଡୀ ଅସ୍ଥାୟୀ ଭାବେ ଏହି ସଂଗଠନର ଥାଟ ସମ୍ଭାଳିବେ ବୋଲି ନିଷ୍ପତ୍ତି ହେଲା। ନାରାୟଣ ରେଡ୍ଡୀ ଅନ୍ୟ ପ୍ରକାର ଲୋକ ବୋଲି ଗାଁରେ ଚର୍ଚ୍ଚା ହୋଇଥିଲା। ସିଧା ଜବାବ୍ ଦେବେ। ପଛକୁ ହଟିବାର ମଣିଷ ସିଏ ନୁହଁନ୍ତି। ମାତ୍ର ଦୁଇଦିନ ହେବ ଦାଇତ୍ୱ ଗ୍ରହଣ କରୁ କରୁ ନାରାୟଣ ରେଡ୍ଡୀଙ୍କ ପାଇଁ ଏକ ଆହ୍ୱାନ ଆସିଥିଲା।

ଗତ ମାସକ ତଳେ ଢିଙ୍କିଆ ଚାରିଦେଶକୁ ପାରାଦ୍ୱୀପରୁ ସଂଯୋଗ କରାଯାଇ ପୋସ୍କୋ କୋଷ୍ଟାଲ ରୋଡ ନିର୍ମାଣ ହେବ ବୋଲି ଇଡ୍କୋ ନିଷ୍ପତ୍ତି କରିଥିବା ବେଳେ ତାହାକୁ ଗ୍ରାମବାସୀମାନେ ବିରୋଧ କରୁଥିବାରୁ ନିର୍ମାଣ କାର୍ଯ୍ୟ ହୋଇପାରୁନଥିଲା। ଏହି ପୋସ୍କୋ କୋଷ୍ଟାଲ ରୋଡ ଢିଙ୍କିଆ ଗାଁ ପଛକୁ ଲାଗି ଯିବାର ଯୋଜନା ଥିବାରୁ

ଢିଙ୍କିଆ ଗ୍ରାମବାସୀମାନେ ବିରୋଧ କରୁଥିଲେ। ପାରାଦ୍ୱୀପ ପରିବହନ ନାମକ ଏକ ନିର୍ମାଣକାରୀ ସଂସ୍ଥା ଏହି କାମକୁ ଠିକା ନେଇଥିବା ଗାଁରେ ଆଲୋଚନା ହୋଇଥିଲା। ପୋଷ୍କୋ କମ୍ପାନୀର ଅତି ନିକଟତମ ଅରିଦମ ସାର୍ଖେଲ (ବାପି) ନାମକ ଜଣେ ବ୍ୟକ୍ତି ଏହି ପୋଷ୍କୋ କୋଷ୍ଟାଲ ରୋଡକୁ ନିର୍ମାଣ କରିବେ ବୋଲି ଚର୍ଚ୍ଚା ହୋଇଥିଲା। ଇଉକୋ ଆନୁଷ୍ଠାନିକ ଭାବେ ଟେଣ୍ଡର ନକରି ମୌଖିକ ଭାବେ ବାପି ସାର୍ଖେଲଙ୍କୁ କାମ କରିବାକୁ ସୁଯୋଗ ଦେଇଥିଲେ। ନିର୍ମାଣକାରୀ ସଂସ୍ଥା ରାସ୍ତାକାମ ନିର୍ମାଣ କରିବାକୁ ପୂର୍ବରୁ ଦୁଇଥର ଉଦ୍ୟମ କରିବାରୁ ପୋଷ୍କୋ ବିରୋଧୀ ଗ୍ରାମବାସୀମାନେ ବିରୋଧ କରିଥିଲେ ଓ ଗଣ୍ଡଗୋଳର ସୂତ୍ରପାତ ହୋଇଥିଲା। ପ୍ରଶାସନ ପାଇଁ ବଡ ସୁଯୋଗ ହେଲା ଯେ, ଏହି ସମୟରେ ପୋଷ୍କୋ ବିରୋଧୀ ମୁଖିଆ ଅଭୟ ସାହୁ ଗିରଫ ହୋଇ ଜେଲ୍‌ରେ ଅଛନ୍ତି। ପୋଲିସ୍ ଫୋର୍ସ ଗୋବିନ୍ଦପୁର, ନୂଆଗାଁ ଓ ଗଡ଼କୁଜଙ୍ଗ ତିନି ସ୍ଥାନରେ ବିଭାଜିତ ହୋଇ ବଳ ପୂର୍ବକ ଜମି ଅଧିଗ୍ରହଣ କରୁଛନ୍ତି। ଏବେ ଗ୍ରାମବାସୀମାନଙ୍କ ମନୋବଳ ତୁଟି ଥିବାରୁ ଏଭଳି ସୁଯୋଗର ହାତଛଡ଼ା କରିବାକୁ ଠିକା ସଂସ୍ଥା ଚାହିଁ ନଥିଲା।

୧୪ ଡିସେମ୍ବର, ୨୦୧୧ ବୁଧବାର ଦିନ ବିଧାନ ସଭା ଚାଲିଥାଏ। ବିଧାନସଭା ଚାଲିଥିବା ବେଳେ ପ୍ରଶାସନ ଓ ପୋଲିସ୍ ଏତେ ନିଷ୍ଠୁର ହୋଇ ବଳପୂର୍ବକ କିଛି ଘଟଣା ଘଟାଇବ ନାହିଁ ବୋଲି ସମସ୍ତଙ୍କର ଧାରଣା ଥାଏ। ହେଲେ ସେଦିନ କିଛି ଅଲଗା ଘଟଣା ଘଟିଲା। ପ୍ରସ୍ତାବିତ ପୋଷ୍କୋ ଅଞ୍ଚଲର ୩ଟି ସ୍ଥାନରେ ଧାରଣା ଓ କଡ଼ା ପ୍ରହରା ଚାଲିଥାଏ। ଠିକାଦାରୀ ସଂସ୍ଥାର ଉଦେଶ୍ୟକୁ ବୁଝିପାରି ଢିଙ୍କିଆ ଗାଁର ପ୍ରାୟ ୨ ହଜାରରୁ ଉର୍ଦ୍ଧ୍ୱ ମହିଳା ପୁରୁଷ ଗ୍ରାମବାସୀ ପ୍ରସ୍ତାବିତ ପୋଷ୍କୋ କୋଷ୍ଟାଲ୍ ରୋଡକୁ ବିରୋଧ କରି ଢିଙ୍କିଆ ଗ୍ରାମ ପଞ୍ଚପଟ ବୋଷ୍ଲାିସ୍ ପାଖରେ ଧାରଣାରେ ବସିଥାନ୍ତି। ସେଇ ସମୟରେ ନିର୍ମାଣକାରୀ ସଂସ୍ଥାର କର୍ମଚାରୀମାନେ କାମ କରିବାକୁ ଆସିବାରୁ ସଂଘର୍ଷର ସୂତ୍ରପାତ ହୋଇଥିଲା। ଉଭୟ ପକ୍ଷ ମାଡ଼ପିଟ, ହାତାହାତି ଓ ଠେଙ୍ଗାବାଡ଼ିରେ ପିଟାପିଟି ପରେ କେତେଜଣ ରକ୍ତାକ୍ତ ହୋଇଥିଲେ। ଅଚାନକ ସଂଘର୍ଷ ମଝିରେ ବୋମାମାଡ଼ ହୋଇଥିଲା। ପରେ ଉଭୟ ପକ୍ଷରୁ ଉଭୟଙ୍କ ଉପରେ ଲାଗ ଲାଗ ବୋମାମାଡ଼ ହୋଇଥିଲା। ଉଭୟପକ୍ଷ ପୂର୍ବରୁ ସଂଘର୍ଷ ପାଇଁ ପ୍ରସ୍ତୁତି ହୋଇଥିବା ସ୍ପଷ୍ଟ ହୋଇଯାଇଥିଲା। ହଠାତ୍ ଠିକା ସଂସ୍ଥାକୁ ସମର୍ଥନ କରି କେତେକ ଅସାମାଜିକ ଯୁବକଙ୍କ ପକ୍ଷରୁ ଗ୍ରାମବାସୀଙ୍କ ଉପରକୁ ଓ ଗ୍ରାମବାସୀଙ୍କ ପକ୍ଷରୁ ସେମାନଙ୍କ ଉପରକୁ ପ୍ରାୟ ୨୦ରୁ ଉର୍ଦ୍ଧ୍ୱ ବୋମା ମାଡ଼ ହୋଇଥିଲା।

ଘଟଣାସ୍ଥଳରେ ନିର୍ମାଣକାରୀ ସଂସ୍ଥାର ସହଯୋଗୀ ଦୁର୍ଯ୍ୟୋଧନ ସ୍ୱାଇଁ ନାମକ

ଜଣେ ବ୍ୟକ୍ତିଙ୍କର କ୍ଷତବିକ୍ଷତ ଶରୀର ସେଠାରେ ପଡ଼ିଥିବା ଲୋକେ ଦେଖିବାକୁ ପାଇଲେ। ଦୁର୍ଯ୍ୟୋଧନଙ୍କ ଘର କୁଜଙ୍ଗ ବଜାର ସନ୍ନିକଟ ସମାଗୋଲ ଗ୍ରାମରେ। ଦୁର୍ଯ୍ୟୋଧନଙ୍କୁ ପାରାଦ୍ୱୀପ ବିଜୁ ମେମୋରିଆଲ୍ ହସ୍ପିଟାଲ୍‌କୁ ନିଆଯାଇଥିଲା ଓ ଘଟଣାସ୍ଥଳରେ ହିଁ ତାଙ୍କର ମୃତ୍ୟୁ ହୋଇଥିବା ଜଣାପଡ଼ିଥିଲା। ଗ୍ରାମବାସୀମାନଙ୍କ ମଧ୍ୟରୁ ପ୍ରାୟ ୧୫ ଜଣ ଆହତ ହୋଇଥିଲେ। ସେମାନଙ୍କ ମଧ୍ୟରୁ ଶାନ୍ତି ସେଠୀ, ଶାନ୍ତି ଦାସ, ସନାତନ ଦାସ, ଚରଣ ଦାସ ଓ ମୁନା ନାମକ ଜଣେ ବ୍ୟକ୍ତି ଗୁରୁତର ହୋଇଥିଲେ ମଧ୍ୟ ସମସ୍ତେ ଗାଁକୁ ପଳେଇ ଆସି ଘରୋଇ ଚିକିସ୍ଥା ହୋଇଛନ୍ତି। ସେମାନେ କାଲେ ଗିରଫହେଇଯିବେ ସେଇ ଡରରେ ଗାଁକୁ ପଳେଇ ଆସି ଘରୋଇ ଡାକ୍ତରଙ୍କୁ ଡାକି ଚିକିସ୍ଥା ହୋଇଥିଲେ।

ଘଟଣା ପରେ ସେହି ସ୍ଥାନରେ ପୋଲିସ୍ ଫୋର୍ସ ଛାଇ ହୋଇଯିବାରୁ ସମସ୍ତେ ପଳେଇ ଯାଇଥିଲେ। ସନ୍ଧ୍ୟାରେ ମୃତ ଦୁର୍ଯ୍ୟୋଧନଙ୍କ ଭାଇ ଯୁଧିଷ୍ଠିର ସ୍ୱାଇଁ କୁଜଙ୍ଗ ଥାନାରେ ଏତଲା ଦେଇଥିଲେ। ଏତଲାରେ ସିପିଆଇ ନେତା ତଥା ଦୁଇଦିନ ତଳେ ଗ୍ରାମବାସୀଙ୍କ ନେତୃତ୍ୱ ନେଇଥିବା ନାରାୟଣ ରେଡ୍ଡୀ, କଂଗ୍ରେସ ନେତା ଜୟନ୍ତ ବିଶ୍ୱାଲ ଓ ସଂଗ୍ରାମ ସମିତି ସମ୍ପାଦକ ଶିଶିର ମହାପାତ୍ରଙ୍କ ସହିତ ଅନ୍ୟ କେତେଜଣ ପୋସ୍କୋ ବିରୋଧୀଙ୍କ ନାମ ଉଲ୍ଲେଖ ଥିଲା। ବୁଧବାର ଘଟଣାରେ ଏହି ପ୍ରସ୍ତାବିତ ପୋସ୍କୋ ଅଂଚଳ ବାହାର ବ୍ୟକ୍ତିଙ୍କୁ ମିଶେଇ ପୋସ୍କୋ ଆନ୍ଦୋଲନ ୭ ବର୍ଷ ଇତିହାସରେ ୨ ଜଣଙ୍କ ମୃତ୍ୟୁ ହୋଇଥିଲା। ଶତାଧିକ ଲୋକେ ପଙ୍ଗୁ ହୋଇସାରିଲେଣି। ଆଜିର ଦିନରେ ପୋସ୍କୋ ସହିତ ରାଜ୍ୟ ସରକାରଙ୍କ ଚୁକ୍ତି ନବୀକରଣ ହୋଇନାହିଁ। ପୋସ୍କୋକୁ ଖଣି ଓ ପାଣି ମଞ୍ଜୁରୀ ମିଳିନାହିଁ। ପୋସ୍କୋ ନେଇ ପୁନର୍ବାସ ଠଇଠାନ, ପାରିପାର୍ଶ୍ୱିକ ଉନ୍ନୟନ ପରାମର୍ଶଦାତା (ଆରପିଡିଏସି) ବୈଠକ ଏଯାବତ୍ ସରକାରୀ ସ୍ତରରେ ବସିପାରୁନି। ହେଲେ ପୋସ୍କୋ ମୋହଗ୍ରସ୍ତ ମଙ୍ଗୁଆଲମାନେ ଗୋଟିଏ ପରେ ଗୋଟିଏ ଘଟଣା ଘଟିବାକୁ ସୁଯୋଗ ସୃଷ୍ଟି କରୁଥିବାରୁ ଏପରି ପଦକ୍ଷେପ ଗୋଟିଏ ଗଣତନ୍ତ୍ର ରାଷ୍ଟ ପାଇଁ ବିପଦଜନକ ବୋଲି ଚର୍ଚ୍ଚା ଚାଲିଥିଲା।

ବୁଧବାର ଏପରି ଘଟଣା ଘଟିବା ପରେ ଗୁରୁବାର ବିଧାନସଭାରେ ପୋସ୍କୋ ୫ଡ ସୃଷ୍ଟି ହୋଇଥିଲା। ଇଉକୋ କୋଉଠୁ ଅର୍ଥ ଆଣି ରାସ୍ତା ନିର୍ମାଣ କାର୍ଯ୍ୟ କରୁଛି ନେଇ ପ୍ରଶ୍ନ ହୋଇଥିଲା। ଇଉକୋ କାର୍ଯ୍ୟର ନୀତିନୀୟମ ରହିଛି, ହେଲେ ବିନା ଟେଣ୍ଡରେ ଏକ ଘରୋଇ ସଂସ୍ଥାକୁ ଯାହାର ମୁଖ୍ୟ ବାପି ସାର୍ଥେଲ ତାଙ୍କୁ କିପରି କାମ ଦିଆଯାଇଛି ଓ ଏପରି ନିଷ୍ପତି କିଏ ନେଇଛି ବୋଲି ପ୍ରଶ୍ନ ଉଠିଥିଲା। ଡାକ୍ତର ଦାମୋଦର ରାଉତ ଓ ଜଗତ୍‌ସିଂହପୁର ବିଧାୟକ ବିଷ୍ଣୁ ଦାସ ଅଧିକ ଉଦ୍‌ବେଗ ପ୍ରକାଶ କରିଥିଲେ।

ସେମାନେ କହିଥିଲେ ଯେ, ଇଣ୍ଡ୍‌କୋ ଅଧ୍ୟକ୍ଷ ପ୍ରିୟବ୍ରତ ପଟ୍ଟନାୟକ ଯାହା କହିବେ ସେହି ଅନୁଯାୟୀ କ'ଣ ସବୁ ହେବ। ଇଣ୍ଡ୍‌କୋ ୮୫ କୋଟି ଟଙ୍କାର କାମ ବାପି ସାର୍ଖେଲଙ୍କୁ ଦେଇଛି। ଡାକ୍ତର ଦାମୋଦର ରାଉତ ଆକ୍ରମଣ ଢଙ୍ଗରେ ଅଧିକ ପ୍ରତିକ୍ରିୟାଶୀଳ ହୋଇ କହିଥିଲେ ଯେ, ବାପି ସାର୍ଖେଲଙ୍କ ଠିକାଦାର ସଂସ୍ଥା ଗୁଣ୍ଡାବାହିନୀ ନେଇ କାମ କରିବାକୁ ଯାଇଥିଲା ଓ ସ୍ଥାନୀୟ ଗ୍ରାମବାସୀମାନେ ପ୍ରତିବାଦ କରିବାରୁ ସଂଘର୍ଷ ଘଟିଥିଲା। ଉକ୍ତ ଠିକାଦାର କାହା ଛତ୍ରଛାୟା ତଳେ କାମ କରୁଛି। ଥାଇଲ୍ୟାଣ୍ଡରୁ ଗନ୍‌ମ୍ୟାନ୍ ଓ ମଶଲ୍‌ମ୍ୟାନ୍ ଅଣାଯାଉଛି। ସମ୍ପୃକ୍ତ ଠିକାଦାରଙ୍କ ସହ ମାରଣାସ୍ତ ଧରି ଗୁଣ୍ଡାମାନେ ବ୍ଲାକ୍ କ୍ୟାଟ୍ ପରି ଯାଉଛନ୍ତି। ବିରୋଧୀ ଦଳ ନେତା ଭୂପିନ୍ଦର ସିଂ, ମୁଖ୍ୟ ସଚେତକ ପ୍ରସାଦ ହରିଚନ୍ଦନ ଓ ସଭ୍ୟ ସନ୍ତୋଷ ସିଂହ ସାଲୁଜା ପ୍ରମୁଖ ବାପି ସାର୍ଖେଲଙ୍କୁ ଆକ୍ଷେପ କରି ବାପିଙ୍କର ସରକାରୀ କଳ ଓ ପୋଲିସ୍ ଲିଙ୍କ ନେଇ ଅନେକ ସ୍ପର୍ଶକାତର ମନ୍ତବ୍ୟ ବିଧାନସଭାରେ ଦେଇଥିଲେ। ବିଧାନ ସଭାରେ ଏପରି ଝଡ଼ ହେବାରୁ ଇଣ୍ଡ୍‌କୋ ଅଧ୍ୟକ୍ଷ ଓ ପରିଚାଳନା ନିର୍ଦ୍ଦେଶକ ପଦବୀରୁ ପ୍ରିୟବ୍ରତ ପଟ୍ଟନାୟକଙ୍କୁ ସରକାର ହଟେଇ ଦେଇଥିଲେ। ତେବେ ଲଗାତାର ଭାବେ ଠିକା ସଂସ୍ଥା ମୁଖ୍ୟ ବାପି ସାର୍ଖେଲଙ୍କୁ ଗିରଫ ଦାବୀ ହୋଇଥିଲା। ଏତେ ବଡ଼ ହିଂସା ପାଇଁ ରାଜ୍ୟ ସରକାରଙ୍କୁ ଦାୟୀ କରିଥିଲେ ବିରୋଧୀ। ସିବିଆଇ କିମ୍ବା ବିଚାର ବିଭାଗୀୟ ତଦନ୍ତ କରାଯାଉ ବୋଲି ଦାବୀ ହୋଇଥିଲା। ପୋଷ୍କୋ ତାତି ଲଗାତାର ଭାବେ ବିଧାନ ସଭାରେ ବଢ଼ିବାରୁ ଏପଟେ ପ୍ରଶାସନ ଜମି ଅଧିଗ୍ରହଣ ସାମୟିକ ଭାବେ ବନ୍ଦ ରଖିଥିଲା, ହେଲେ ଅଂଚଳରୁ ପୋଲିସ୍ ହଟି ନଥିଲା।

ବାପି ସାର୍ଖେଲଙ୍କୁ ଗିରଫ କରାଯିବାକୁ ବିଧାନସଭାରେ ଉଭୟ ଶାସକ ଓ ବିରୋଧୀ ଦଳ ଏକାଠି ହୋଇ ତୁମ୍ଭି ତୋଫାନୀ କରିବାରୁ ଓ ଜିଲ୍ଲା ପୋଲିସ୍ ଜାଣିଶୁଣି ଗିରଫ କରୁନି ବୋଲି ଅଭିଯୋଗ ହେବାରୁ ଘଟଣା ଭିନ୍ନ ମୋଡ଼ ନେଇଥିଲା। ପୋଲିସ୍ ବାପିଙ୍କୁ ଗିରଫ କରିବାକୁ କଟକ, ଭୁବନେଶ୍ୱର ଓ ପାରାଦୀପରେ ଲଗାତାର ଚଢ଼ାଉ କରିଥିଲେ ମଧ ବିଫଳ ହୋଇଥିଲେ। ପୋଲିସ୍ ରାଜ୍ୟର ବିଭିନ୍ନ ସ୍ଥାନରେ ବାପିଙ୍କୁ ତଲାସୀ କରିଥିଲା। ପୋଲିସ୍ ଟିମ୍ ତାଙ୍କ ମୋବାଇଲ୍ ଓ ତାଙ୍କ ସହଯୋଗୀଙ୍କ ମୋବାଇଲ ଟ୍ରାକିଂ କରିଥିଲା। ମୋବାଇଲ ଟ୍ରାକିଂରୁ ବାପି ଛତିଶଗଡ଼ରେ ରହିଥିବା ସୂଚନା ମିଳିଥିଲା। ପୋଲିସର ଏକ ଉଚ୍ଚ ସ୍ତରୀୟ ଦଳ ରାୟପୁରର ଏକ ହୋଟେଲରେ ବାପି ସାର୍ଖେଲ ରହୁଥିବା ସୂଚନା ପାଇ ଚଢ଼ାଉ କରି ଡିସେମ୍ବର ୨୩ ତାରିଖରେ ତାଙ୍କୁ ଗିରଫ କରିଥିଲେ। କୁଜଙ୍ଗ ଥାନା ନିକଟରେ ପ୍ରାୟ ୨୦୦୦ ମହିଳା ଓ ପୁରୁଷ ସମର୍ଥକ ତାଙ୍କୁ ରାତି ୧୦ଟା ପର୍ଯ୍ୟନ୍ତ ଅପେକ୍ଷା କରି ରହିଥିବାରୁ ଉତ୍ତେଜନା ସୃଷ୍ଟି ହୋଇଥିଲା।

କଡ଼ା ସୁରକ୍ଷା ବଳୟରେ ବାପିଙ୍କୁ କୁଜଙ୍ଗ କୋର୍ଟରେ ହାଜର କରାଯାଇଥିଲା। ତାଙ୍କ ଜାମିନ ନାମଞ୍ଜୁର ହେବାରୁ ତାଙ୍କୁ ସ୍ଥାନୀୟ କୁଜଙ୍ଗର ସମାଗୋଲ ବିଚାରାଧୀନ ଜେଲକୁ ରାତି ୧୨ଟାରେ ପଠେଇ ଦିଆଯାଇଥିଲା। ଏଥୁ ସହିତ ଦଙ୍ଗା ଘଟଣା ଦିନ କଂଗ୍ରେସ ନେତା ଜୟନ୍ତ ବିଶ୍ୱାଲ ଢ଼ିଙ୍କିଆରେ ଉପସ୍ଥିତ ଥିବା କାରଣରୁ ତାଙ୍କୁ ମଧ୍ୟ ପୋଲିସ ଗିରଫ କରିଥିଲା। ସେଇଦିନ ମଧ୍ୟରାତ୍ରିରେ ପୋସ୍କୋ ବିରୋଧୀଙ୍କ ଅନ୍ୟତମ ମଙ୍ଗୁଆଲ ନାରାୟଣ ରେଡ୍ଡ଼ିଙ୍କୁ ମଧ୍ୟ ଗିରଫ କରାଯାଇଥିଲା। ଶ୍ରୀ ରେଡ୍ଡ଼ି ଢ଼ିଙ୍କିଆରୁ ଏରସମା ଦେଇ ଭୁବନେଶ୍ୱର ଯାଉଥିବା ବାଟରେ ପୋଲିସ୍ ହାତରେ ଧରାପଡ଼ିଥିଲେ। ତାଙ୍କୁ ମଧ୍ୟ ସମାଗୋଲ ଜେଲକୁ ପଠେଇ ଦିଆଯାଇଥିଲା। ପୋସ୍କୋ ସପକ୍ଷବାଦୀ ନେତା ଓ ବାପି ସାର୍ଖେଲ, ପୋସ୍କୋ ବିରୋଧୀ ନେତା ନାରାୟଣ ରେଡ୍ଡ଼ି ଓ ଜୟନ୍ତ ବିଶ୍ୱାଲ ଗୋଟିଏ ସ୍ଥାନରେ ବନ୍ଦୀ ଗୃହରେ ରହିବାରୁ ସେମାନଙ୍କ ମଧ୍ୟରେ କ୍ରମଶଃ ଭାଇଚାରା ସୃଷ୍ଟି ହୋଇଥିବା ଗ୍ରାମରେ ଚର୍ଚ୍ଚା ଚାଲିଥିଲା।

ପ୍ରଧାନମନ୍ତ୍ରୀ ମନମୋହନ ସିଂ ଜାତୀୟ ବିଜ୍ଞାନ କଂଗ୍ରେସରେ ଯୋଗ ଦେବାକୁ ୨ ଜାନୁଆରୀ ୨୦୧୨ରେ ଓଡ଼ିଶା ଆସୁଥିବାର ଅବ୍ୟବହିତ ପୂର୍ବରୁ ପୋସ୍କୋ ପ୍ରକଳ୍ପ ଉପରେ କେନ୍ଦ୍ର ସରକାର ରିପୋର୍ଟ ମାଗିଥିଲେ। ରାଜ୍ୟ ସରକାରଙ୍କ ପକ୍ଷରୁ କେନ୍ଦ୍ରକୁ ମଧ୍ୟ ରିପୋର୍ଟ ପ୍ରଦାନ କରାଯାଇଥିଲା। ପୋସ୍କୋ ପ୍ରକଳ୍ପ ପାଇଁ ଆବଶ୍ୟକ ଥିବା ୪୦୦୪ ଏକର ଜମି ମଧ୍ୟରୁ ୨୦୦୦ ଏକର ଜମି ଏବେ ସୁଦ୍ଧା ଅଧିଗ୍ରହଣ କରାଯାଇ ସାରିଛି। ଅବଶିଷ୍ଟ ସରକାରୀ ଜମି ବେଆଇନ ଭାବେ କେତେକ ଗ୍ରାମବାସୀଙ୍କ ଦ୍ୱାରା ଜବରଦଖଲ ହୋଇରହିଛି। ବିସ୍ଥାପିତଙ୍କ ପାଇଁ ଉତ୍ତମ ଥଇଥାନ ପ୍ୟାକେଜ୍ ପ୍ରସ୍ତୁତ କରାଯାଇଛି। କିନ୍ତୁ ପ୍ରକଳ୍ପ ପାଇଁ ଆବଶ୍ୟକ କଂଚାମାଲ୍ ଯୋଗାଇ ଦେବା ନେଇ ବ୍ୟବସ୍ଥା ହୋଇପାରିନାହିଁ। କାରଣ କମ୍ପାନୀକୁ ସୁନ୍ଦରଗଡ଼ ଜିଲ୍ଲାର ଖଣ୍ଡାଧାର ଲୁହାପଥର ଖଣିର ଲାଇସେନ୍ସ ପ୍ରଦାନ ଲାଗି ସରକାରଙ୍କ ପକ୍ଷରୁ ନିଆଯାଇଥିବା ପଦକ୍ଷେପ ଏବେ କୋର୍ଟରେ ବିଚାରାଧୀନ ରହିଛି। କୋର୍ଟ ଯୋଗୁ ଏହା ଉପରେ ବିଶେଷ ପଦକ୍ଷେପ ନିଆଯାଇ ପାରିନାହିଁ ବୋଲି ପୋସ୍କୋ ସପକ୍ଷରେ ରାଜ୍ୟ ସରକାର ଏପରି ରିପୋର୍ଟ ଦର୍ଶାଇ କେନ୍ଦ୍ର ସରକାରଙ୍କୁ ପ୍ରଦାନ କରିଥିବା ଢ଼ିଙ୍କିଆ ଗ୍ରାମ ସଭାରେ ଆଲୋଚନା ହୋଇଥିଲା।

ଆଗକୁ ତ୍ରିସ୍ତରୀୟ ପଂଚାୟତ ନିର୍ବାଚନ ଥିବାରୁ ସରକାରୀ ବିଜ୍ଞପ୍ତି ଜାରି ହୋଇଥିଲା। ତେବେ ଢ଼ିଙ୍କିଆ ପଂଚାୟତରେ ଅଶାନ୍ତି ଲାଗି ରହିଥିବାରୁ ସେଠାରେ ପଂଚାୟତ ନିର୍ବାଚନ ଗ୍ରାମର ସ୍ଥିତି ନେଇ ଏବେ କରାଯିବ ନାହିଁ ବୋଲି ରାଜ୍ୟ ନିର୍ବାଚନ କମିଶନ ଘୋଷଣା କରିଥିଲେ। ନିର୍ବାଚନ କମିଶନରଙ୍କ ଏହି ନିଷ୍ପତିକୁ

ବିରୋଧ କରାଯାଇଥିଲା । କାରଣ ପଂଚାୟତ ନିର୍ବାଚନ ହେଲେ ପୂର୍ବଥର ପରି ମଧ୍ୟ ଏଠାରେ ପୋସ୍କୋ ବିରୋଧୀ ପ୍ରାର୍ଥୀମାନେ ନିଶ୍ଚୟ ଜିତାପଟ ମାରିବେ । ଏହି ଜିତାପଟ ପୋସ୍କୋ ଓ ସରକାରଙ୍କୁ ଅଡୁଆରେ ପକେଇବା ସମ୍ଭାବନା ଥିବାରୁ ଡିଙ୍କିଆ ପଂଚାୟତ ନିର୍ବାଚନ ନକରେଇବାକୁ ଏହା ସରକାରଙ୍କର ଏକ ଚକ୍ରାନ୍ତ ବୋଲି ଗ୍ରାମବାସୀମାନେ ଅନୁଭବ କରିଥିଲେ ।

ଅପରପକ୍ଷରେ ପୋସ୍କୋ କୋସ୍ତାଲ୍ ରୋଡ୍ ନିର୍ମାଣ ଦଙ୍ଗାରେ ଅଘଟଣ ଘଟିବା ପରେ ପ୍ରଶାସନ ପକ୍ଷରୁ ପ୍ରସ୍ତାବିତ ପ୍ରକଳ୍ପ ଅଂଚଳକୁ କୌଣସି ପୋସ୍କୋ କର୍ମଚାରୀ କିମ୍ବା ବିଦେଶୀ ନାଗରିକ ନଯିବାକୁ ପୋସ୍କୋକୁ ତାଗିଦ କରାଯାଇଥିଲା । ଅଂଚଳ ଅଶାନ୍ତ ଅଛି ବୋଲି କୁଜଙ୍ଗ ଥାନା ପକ୍ଷରୁ ଏକ ପତ୍ର ପୋସ୍କୋ ଅଧିକାରୀଙ୍କୁ ପ୍ରଦାନ କରାଯାଇଥିଲା । ଏହା ପରେ ମଧ୍ୟ ପୋସ୍କୋ ସିଡିଏମ୍ଙ୍କ ପ୍ରସ୍ତାବିତ ପ୍ରକଳ୍ପ ଅଂଚଳ ଗସ୍ତ ସରକାରଙ୍କ ମୁଣ୍ଡ ବ୍ୟଥାର କାରଣ ହୋଇଥିଲା । କୁଜଙ୍ଗ ପୋଲିସ୍ ଡିସେମ୍ବର ୧୬ ତାରିଖରେ ଅଂଚଳରେ ଆଇନ ଶୃଙ୍ଖଳା ବିଗୁଡୁ ଥିବାରୁ ଅଂଚଳ ଗସ୍ତ ନକରିବାକୁ ପୋସ୍କୋକୁ ଚିଠିକରି ଦୋଷ ଛେଡେଇ ଥିବା ବେଳେ ଡିସେମ୍ବର ୨୬ ତାରିଖରେ ପୋସ୍କୋ ଇଣ୍ଡିଆର ସିଏମଡି ୟୁଙ୍ଗ୍ ଓ୍ବାନ୍ ୟୁନ୍ ପ୍ରକଳ୍ପ ଅଂଚଳ ଗସ୍ତ କରିବା ସହିତ ନୂଆଗାଁ ପୋସ୍କୋ କଂଟେନର କାର୍ଯ୍ୟାଳୟରେ ରାତ୍ରିଯାପନ କରିଥିବା ଖବର ପାଇ କୁଜଙ୍ଗ ପୋଲିସ୍ ପୁନଶ୍ଚ ପୋସ୍କୋକୁ ପତ୍ର ଲେଖି ତାଗିଦ କରିଥିଲେ । ନିୟମ ଦୃଷ୍ଟିରୁ କୌଣସି ବିଦେଶୀ ନାଗରିକ ଯେକୌଣସି ଜିଲ୍ଲାକୁ ଯିବେ ସେଠାରେ ଜିଲ୍ଲା ପ୍ରଶାସନ ସହ ଜିଲ୍ଲା ଏସପିଙ୍କ କାର୍ଯ୍ୟାଳୟରେ ପୂର୍ଣ୍ଣାଙ୍ଗ ତଥ୍ୟ ପ୍ରଦାନ କରିବେ । ହେଲେ ପୋସ୍କୋ ସିଏମଡି ଦକ୍ଷିଣ କୋରିଆର ନାଗରିକ ଓ ସେ କୌଣସି ଗସ୍ତ ସମ୍ପର୍କରେ ପୋଲିସ୍ଙ୍କୁ ନଜଣେଇ କେମିତି ନିର୍ଭୟରେ ପ୍ରସ୍ତାବିତ ପୋସ୍କୋ ଅଂଚଳକୁ ଏପରି ପରିସ୍ଥିତିରେ ଯାଇଥିଲେ, ତାହା ସମସ୍ତଙ୍କୁ ଆଶ୍ଚର୍ଯ୍ୟ କରିଥିଲା । ଏହା ପୋସ୍କୋ, ପ୍ରଶାସନ ଓ ପୋଲିସର ଏକ ଯୋଜନାବଦ୍ଧ ଷଡ଼ଯନ୍ତ୍ର ବୋଲି ଜଣାପଡ଼ିଥିଲା । କାରଣ ସମସ୍ତ ଘଟଣା ପଛର ନାୟକ ଥିଲେ ପୋସ୍କୋ ଇଣ୍ଡିଆର ଡିଜିଏମ୍ ଏସ୍.ଏନ୍. ସିଂ । ଶ୍ରୀ ସିଂ ପୋସ୍କୋ, ପୋଲିସ୍, ପ୍ରଶାସନ ଓ ପୋସ୍କୋ ସପକ୍ଷବାଦୀଙ୍କ ସହିତ ସମନ୍ବୟ ରକ୍ଷା କରି ସମ୍ପର୍କ ବାନ୍ଧୁଥିଲୋ । ପୋସ୍କୋ ସପକ୍ଷବାଦୀ ଗ୍ରାମବାସୀ ସୃଷ୍ଟି କରିବାରେ ଏହି ଅଣଓଡ଼ିଆ କମ୍ପାନୀ ଅଧିକାରୀଙ୍କର ଭୂମିକା ଅଧିକ ଥିଲା ବୋଲି ସମସ୍ତେ ଜାଣନ୍ତି ।

ରାତି ପାହି ଆସୁଥିଲେ ମଧ୍ୟ ଲତିକାଙ୍କ କଥା ଶେଷ ହୋଇନଥିଲା ।

ସତର

ପାଟଣା ବୋମା ବିସ୍ଫୋରଣରେ ୩ ମୃତ :

ରାଜ୍ୟ ଓ କେନ୍ଦ୍ର ସରକାର ପୋସ୍କୋ କମ୍ପାନୀ ପାଇଁ ଅହେତୁକ ସମର୍ଥନ ଦେଇ ଆସୁଥିବା ପରିଲକ୍ଷିତ ହୋଇଥିଲା । ୨୦୦୦ ଏକର ଜମି ବଳପୂର୍ବକ ଅଧ୍ୱଗ୍ରହଣ ପରେ ଗୋବିନ୍ଦପୁରର ଆହୁରି ୧୦୦ ଏକର ଜମିକୁ କୌଣସି ପ୍ରକାରେ ଅଧ୍ୱଗ୍ରହଣ ପାଇଁ ଉଦ୍ୟମ ଆରମ୍ଭ ହୋଇଯାଇଥିଲା । ବାଲିଟିକିରା ଆନ୍ଦୋଳନରେ ଶିଶୁ ଓ ଛାତ୍ରଛାତ୍ରୀ ବସି ରହିଥିବାରୁ ଜାତୀୟ ଶିଶୁ ସୁରକ୍ଷା ଅଧ୍ୱକାର କମିଶନରଙ୍କ ଏକ ଦଳ ଡକ୍ଟର ଯୋଗେଶ ଦୁବେଙ୍କ ନେତୃତ୍ୱରେ ଢ଼ିଙ୍କିଆ ଆସି ଅନୁଧ୍ୟାନ କରି ଜିଲ୍ଲା ପ୍ରଶାସନକୁ ତାଗିଦ୍ କରିଥିଲେ । ଫଳରେ ପ୍ରଥମେ ସମସ୍ତ ସ୍କୁଲରୁ ପୋଲିସ୍କୁ ହଟେଇ ନିଆଯିବାକୁ ରାଜ୍ୟ ସରକାର ନିଷ୍ପତି ନେଇଥିଲେ ମଧ୍ୟ ତାହା କାର୍ଯ୍ୟକାରୀ ହୋଇନଥିଲା ।

ରାଜ୍ୟ ସରକାର ନିଯୁକ୍ତି ଦେଇଥିବା ନୂତନ ଇଉକୋ ସିଏମ୍ଡି ବିଶାଳ ଦେବ ମଧ୍ୟ ଅଂଚଳ ବୁଲି ଅନୁଧ୍ୟାନ କରିଥିଲେ । ଇଉକୋ ଅଫିସରଙ୍କ ଜମି ଅଧ୍ୱଗ୍ରହଣ ବେଳେ ମାତ୍ରାଧ୍ୱିକ କାର୍ଯ୍ୟାନୁଷ୍ଠାନ ଗ୍ରାମବାସୀଙ୍କ ବିରୋଧରେ କରିଥିବା ଅଭିଯୋଗ ଗ୍ରାମବାସୀମାନେ ଇଉକୋ ସିଏମ୍ଡିଙ୍କ ନିକଟରେ କରିଥିଲେ । ତଦନ୍ତ ଓ ଅନୁଧ୍ୟାନ ପାଇଁ ଯେଉଁ ଅଧ୍ୱକାରୀମାନେ ଗାଁକୁ ଆସନ୍ତି, କାଲେ କିଛି ସୁଫଳ ମିଳିଯିବ ବୋଲି ଆଶାପୋଷଣ କରି ଗ୍ରାମବାସୀମାନେ ଆଗ୍ରହ ପ୍ରକାଶ କରି ପୁଙ୍ଖାନୁପୁଙ୍ଖ ଅଭିଯୋଗ କରିଥାଆନ୍ତି । ମାତ୍ର ତାହାର କୌଣସି ମାନେ ହିଁ ନଥାଏ । ସବୁକିଛି କେବଳ କଥାରେ କଥାରେ ରହିଯାଏ । ଇଉକୋ ସିଏମ୍ଡି ବିଶାଳ ଦେବଙ୍କ ସହିତ ଜଗତ୍ସିଂହପୁର ଜିଲ୍ଲାପାଳ ଓ ଏସପି ମଧ୍ୟ ଗାଁ ଗସ୍ତ କରିଥିଲେ ।

ଗ୍ରାମରେ ଶାନ୍ତି ବଜାୟ ରଖିବାକୁ ବାହାନା କରି ପୋଲିସ୍ କ୍ୟାମ୍ପ ଗୋଟିଏ

ପରେ ଗୋଟିଏ କରାଯାଇଥିଲା। ସେତେବେଳକୁ ଗ୍ରାମବାସୀଙ୍କ ନାମରେ ୨୩୬ ମୋକଦ୍ଦମା ରୁଜୁ ହୋଇସାରିଥିଲା। ପୋସ୍କୋ ପ୍ରତିରୋଧ ସଂଗ୍ରାମ ସମିତିର ସମ୍ପାଦକ ଶିଶିର ମହାପାତ୍ର ମଧ୍ୟ ଗିରଫ ହୋଇ ସାରିଥିଲେ। ଗାଁରେ କେବଳ ଗିରଫ ହେବାର ଭୟ ଓ ଆଶଙ୍କା ଲାଗି ରହିଥିଲା। ଲୋକମାନେ ଗାଁ ଭିତରେ ଏକ ପ୍ରକାର ଅଘୋଷିତ ବନ୍ଦୀ ଜୀବନ ବିତେଇଥିଲେ। ସେମାନଙ୍କ ଜୀବନ ଜୀବିକାର କୌଣସି ମାନେ ହିଁ ନଥିଲା। ଫଳରେ ଗ୍ରାମବାସୀମାନେ ମାନସିକ ଭାରସାମ୍ୟ ହରେଇ ବସିଥିଲେ। ଘର ସଉଦା ଆଣିବାକୁ ବଜାରକୁ ଯାଇପାରୁନାହାନ୍ତି। ନିଜ ଜମିରୁ ଉତ୍ପାଦିତ ଶସ୍ୟ ବଜାରରେ ବିକ୍ରି କରିବାକୁ ନେଇ ଯାଇପାରୁନାହାନ୍ତି। ବିବାହ ଯୋଗ୍ୟା ଝିଅ ଓ ପୁଅମାନଙ୍କ ବାହାଘର ମଧ୍ୟ ସମସ୍ୟା ହୋଇ ସାରିଲାଣି। ବନ୍ଧୁବାନ୍ଧବ ଘରକୁ ଯାନି ଯାତ୍ରାରେ ଯିବା ପାଇଁ କାହାର କୁ ନାହିଁ। ମାନସିକ ଚାପ କାରଣରୁ ଢିଙ୍କିଆ, ପାଟଣା ଓ ଗୋବିନ୍ଦପୁରର ଛୋଟ ପିଲା, ମହିଳା ପୁରୁଷ ଓ ବୟସ୍କଙ୍କ ସ୍ୱାସ୍ଥ୍ୟ ଅବସ୍ଥା ବିଗିଡ଼ି ଗଲାଣି। ସ୍ୱାସ୍ଥ୍ୟ ପରୀକ୍ଷା ପାଇଁ ଡାକ୍ତରଖାନା ଯାଇପାରୁ ନାହାନ୍ତି ଓ ଯିଏ ସାହସ କରିଗଲା, ସିଏ ଗିରଫ ହେଉଛନ୍ତି।

ଚିନି, କିରୋସିନି, ଚାଉଳ ଓ ଗହମ ଆଦି ରାସନ ସାମଗ୍ରୀ ସରକାରୀ କଳକୁ ବିରୋଧ କାରଣରୁ ଠିକ୍ ଭାବେ ମିଳି ପାରୁନାହିଁ। ପାଟଣା ଗାଁର ଜେନାମଣୀ କଟକିଆ ଓ ଗୋବିନ୍ଦପୁରର ଶାନ୍ତି ବାରିକଙ୍କୁ ବିଧବା ଭତା ମିଳିନି। ଗୋବିନ୍ଦପୁରର ଯୋଗୀ ପାତ୍ର, ପ୍ରଭାକର ସ୍ୱାଇଁ, ରାମଚନ୍ଦ୍ର ବର୍ଦ୍ଧନ ଓ ଘନଶ୍ୟାମ ବର୍ଦ୍ଧନଙ୍କ ପରି ଯୋଗ୍ୟ ହିତାଧିକାରୀଙ୍କୁ ବାର୍ଦ୍ଧକ୍ୟ ଭତା ମିଳୁନି। ଛୋଟ ପିଲାମାନେ ଯେହେତୁ ଆନ୍ଦୋଳନରେ ସାମିଲ ହୋଇଛନ୍ତି, ଶିକ୍ଷାଦାନ ବ୍ୟାହତ ହୋଇଛି ଓ ପୋଲିସ୍ ଫୋର୍ସ ସ୍କୁଲ ଛାଡିନି। ଗାଁ ବାହାରେ ସ୍କୁଲ ଓ କଲେଜରେ ପଢୁଥିବା ଛାତ୍ରଛାତ୍ରୀମାନେ ଭୟରେ ଗାଁକୁ ଆସୁନାହାନ୍ତି କିମ୍ବା ଗାଁ ବାହାରକୁ ଯାଇପାରୁ ନାହାନ୍ତି। ଗ୍ରାମବାସୀଙ୍କ ନାମରେ ୨୩୬ ମାମଲା ରୁଜୁ ହୋଇଛି ଓ ଗ୍ରାମବାସୀଙ୍କ ମୁରବୀ ଅଭୟ ସାହୁଙ୍କ ନାମରେ ୫୬ ମୋକଦ୍ଦମା ରୁଜୁ ହୋଇଛି। ସମଗ୍ର ପକଙ୍କ ଅଞ୍ଚଳରୁ ପ୍ରାୟ ୨୦୦୦ ଗ୍ରାମବାସୀ ମୋକଦ୍ଦମାରେ ଛନ୍ଦି ହୋଇଗଲେଣି। ପ୍ରାୟ ୩୦ରୁ ଉର୍ଦ୍ଧ୍ୱ ଗ୍ରାମବାସୀ ଜେଲ ଜୀବନ ବିତାଉଛନ୍ତି।

ପୋସ୍କୋ ବିରୋଧୀ ଗ୍ରାମବାସୀମାନେ ଅସହାୟ ଓ ହତାଶ ମଧ୍ୟରେ ଗତି କରୁଥିବା ବେଳେ ୨୦୧୩ ମସିହା ମାର୍ଚ୍ଚ ମାସ ୨ ତାରିଖରେ ପୁଣି ଏକ ବଡ଼ ଧରଣର ଅଘଟଣ ଘଟିଥିଲା। ପାଟଣା ଗାଁ ଠାରେ ବୋମା ବିସ୍ଫୋରଣ ଘଟି ପୁଣି ୩ ଜଣ ମୃତ୍ୟୁବରଣ କରିଲେ। ଶନିବାର ରାତି ୯ଟା ବେଳେ ଏହି ଅଘଟଣ ଘଟିଛି।

ବୋମା ବିସ୍ଫୋରଣ ଘଟଣା ଘଟିବା ବେଳେ ଗାଁରେ ଲାଗଲାଗ ପ୍ରଚଣ୍ଡ ଶବ୍ଦ ଶୁଭିଥିଲା ଓ ଲୋକମାନେ ଆତଙ୍କିତ ହୋଇପଡ଼ିଥିଲେ । ଏହି ଅଘଟଣ ପାଟଣା ଗାଁର ଦୃଢ଼ ପୋସ୍କୋ ବିରୋଧୀ ସୁର ଦାସଙ୍କ ଘର ପଛପାଖ ପୋଖରୀ ହୁଡ଼ାଠାରେ ଘଟିଥିଲା । ସେତେବେଳେ ଜମିଅଧିଗ୍ରହଣ ସାମୟିକ ବନ୍ଦ ଥିବାବେଳେ ଗାଁ ମୁଣ୍ଡରେ କିନ୍ତୁ ପୋଲିସ୍ ଶିବିର ରହିଥିଲା । ବୋମା ବିସ୍ଫୋରଣ ଶବ୍ଦ ଶୁଣି ମଧ୍ୟ ଘଟଣାସ୍ଥଳକୁ ପୋଲିସ୍ ବହୁ ବିଳମ୍ବରେ ପହଁଚିଥିଲା । ଗ୍ରାମବାସୀମାନେ ଦେଖିଲେ ଯେ, ଗୋବିନ୍ଦପୁର ଗ୍ରାମର ୩ ଜଣ ଯୁବକ ନରହରି ସାହୁ, ମାନସ ଜେନା ଓ ତରୁଣ ମଣ୍ଡଳଙ୍କ ଶରୀର ଘଟଣାସ୍ଥଳରେ ଖଣ୍ଡବିଖଣ୍ଡିତ ହୋଇପଡ଼ିଛି । ଅନ୍ୟ ଜଣେ ଯୁବକ ନଚ୍ଛି ମଣ୍ଡଳ ଗୁରୁତର ଆହତ ହୋଇ ଛଟପଟ ହେଉଛି । ଏହି ଘଟଣାରେ ନଚ୍ଛି ମଣ୍ଡଳ ବାଂଚି ଯାଇଥିବା ବେଳେ ଅନ୍ୟ ତିନିଜଣ ଯୁବକ ମୃତ୍ୟୁବରଣ କରିଥିଲେ । ସେତେବେଳକୁ ଅଭୟ ସାହୁ ଜେଲରୁ ମୁକୁଳି ସାରିଥିଲେ । ଶ୍ରୀ ସାହୁ ଏହି ଘଟଣାରେ ପୋସ୍କୋ ସପକ୍ଷବାଦୀଙ୍କୁ ଦାୟୀ କରିଥିଲେ । ସେ ପାଟଣା ଠାରେ ସୁର ଦାସଙ୍କ ଘରେ ରହୁଥିବାରୁ ତାଙ୍କୁ ଜୀବନରେ ମାରିଦେବାକୁ ବୋମା ମାଡ଼ କରାଯାଇଥିଲା ଓ ଯେଉଁମାନେ ମୃତ୍ୟୁବରଣ କଲେ, ସେମାନେ ବାଡ଼ିପଟ ଘରେ ଶୋଇଥିବାରୁ ବୋମାମାଡ଼ର ଶିକାର ହୋଇଥିଲେ । କିନ୍ତୁ ମିଳିତ କ୍ରିୟାନୁଷ୍ଠାନ କମିଟି ନେତା ତମିଲ ପ୍ରଧାନ ଓଲଟା କଥା କହିଥିଲେ । ପୋସ୍କୋ ବିରୋଧୀମାନେ ପାଟଣାଠାରେ ବୋମା ଭିଡ଼ୁଥିଲେ । ବୋମା ଭିଡ଼ିବା ବେଳେ ଅସାବଧାନତା କାରଣରୁ ଅଘଟଣ ଘଟିଛି ଓ ୩ ଜଣ ଯୁବକଙ୍କ ପ୍ରାଣହାନୀ ହୋଇଥିବା ଶ୍ରୀ ପ୍ରଧାନ କହିଥିଲେ ।

ଘଟଣା କିନ୍ତୁ ଭିନ୍ନ ଥିବାର ଅନୁଭବ ହୋଇଥିଲା । ବିଭିନ୍ନ ଗଣ ସଂଗଠନ ପକ୍ଷରୁ ଆଦିବାସୀ ନେତା ଓ ବାହାର ଅଂଚଳର ବହୁ ଅଜଣା ଲୋକେ ଢ଼ିଙ୍କିଆ ଆସୁଥିଲେ । ସେମାନେ ବିଭିନ୍ନ ମାରଣାସ୍ତ୍ର ଧରି ପୋଲିସ୍ ସହ ଲଢ଼ିବାକୁ ଗ୍ରାମବାସୀଙ୍କୁ ପ୍ରଶିକ୍ଷଣ ଦେଉଥିଲେ । ଯେଉ ବୋମା ବିସ୍ଫୋରଣ ହୋଇଛି, ତାହା ଅତ୍ୟନ୍ତ ଶକ୍ତିଶାଳୀ ବୋମା । ଅନୁସନ୍ଧାନରୁ ଜଣାଗଲା ବୋମାରେ ବ୍ୟବହୃତ ନାଲି ପାଉଡର କେବଳ ମାଓବାଦୀମାନେ ବ୍ୟବହାର କରିଥାଆନ୍ତି । ଏଭଳି ବୋମା ଭିଡ଼ା ପାଉଡର ପୋସ୍କୋ ବିରୋଧୀଙ୍କ ପାଖରେ ସମ୍ପୂର୍ଣ୍ଣ ଯୋଜନାବଦ୍ଧ ଭାବରେ ପହଁଚା ଯାଇଥିଲା । ବୋମା ଭିଡ଼ିବା ବେଳେ ଉକ୍ତ ଚାରିଜଣ ସେଠାରେ ଥିଲେ । କୌଣସି ପ୍ରକାରେ ଅସାବଧାନତା ବଶତଃ ବୋମା ତଳେ ପଡ଼ିଯାଇ ବିସ୍ଫୋରଣ ଘଟିଥିଲା ଓ ଯାହାର ପରିଣତିରେ ତିନିଟି ମୁଣ୍ଡ ଗଡ଼ିଲା । ତେବେ ଏପରି ତଥ୍ୟ ଗୋବିନ୍ଦପୁର ଗ୍ରାମର କେତେକ ପୋସ୍କୋ ସପକ୍ଷବାଦୀ ନେତା ସହିତ ମିଳିତ କ୍ରିୟାନୁଷ୍ଠାନ କମିଟି ପକ୍ଷରୁ ସ୍ପଷ୍ଟ ଭାବେ କୁହାଯାଇଥିଲା ।

ବିସ୍ଫୋରଣସ୍ଥଳରେ ଜିଲ୍ଲାପାଳ ଓ ଏସ୍‌ପି. ପହଞ୍ଚି ଅନୁଧାନ କରିଥିଲେ। ପ୍ରଶାସନ ପକ୍ଷରୁ ଶବ ବ୍ୟବଚ୍ଛେଦ କରାଯାଇ ଗ୍ରାମବାସୀଙ୍କୁ ଶବ ହସ୍ତାନ୍ତର କରାଯାଇଥିଲା। ଜିଲ୍ଲା ଏସ୍‌ପିଙ୍କ ସହିତ ଆସିଥିବା ପୋଲିସ୍ ଫୋର୍ସ ଓ ବୋମା ନିଷ୍କ୍ରିୟକାରୀ ଦଳ ଅଘଟଣ ଘଟିଥିବା ବୋମା ବିସ୍ଫୋରଣ ସ୍ଥଳରୁ ଗନ ପାଉଡର, ସଲଫରସ୍, ବ୍ଲେଡ ଓ ଟିଫିନ୍ ବୋମାର କେତେକ ସରଞ୍ଜାମ ଜବତ କରିଥିଲେ। ବୋମା ବିସ୍ଫୋରଣ ଘଟଣାରେ ପୋସ୍କୋ ବିରୋଧୀ ଗ୍ରାମବାସୀମାନେ ଆତଙ୍କିତ ଅବସ୍ଥାରେ ରହିଥିଲେ। ପୋଲିସ୍ ଦୃଢ କାର୍ଯ୍ୟାନୁଷ୍ଠାନ ଗ୍ରହଣ କରିବ ବୋଲି ଘୋଷଣା କରିଥିଲା। ଏପରି ସୁଯୋଗରେ ଗ୍ରାମବାସୀଙ୍କୁ ଗିରଫ କରାଯାଇପାରିବ ଓ ଗୋବିନ୍ଦପୁର ଗାଁରୁ ୭୦୦ ଏକର ଜମି ମଧ୍ୟ ଅଧିଗ୍ରହଣ କରିହେବ ବୋଲି ନୀଳ-ନକ୍ସା ପ୍ରସ୍ତୁତ କରିଥିଲା ଜିଲ୍ଲା ପ୍ରଶାସନ। ମାର୍ଚ୍ଚ ୨ରେ ବୋମା ବିସ୍ଫୋରଣ ଘଟଣା ଘଟିବାର ପରିଦିନ ଅଂଚଳ ଅଶାନ୍ତ ଥାଇ ମଧ୍ୟ ୩ ତାରିଖରେ ଜମି ଅଧିଗ୍ରହଣ ଆରମ୍ଭ ହୋଇଥିଲା। ଗ୍ରାମବାସୀମାନେ ମେଲି ହୋଇ ପୋସ୍କୋ ବିରୋଧରେ ସଭା କରିବାକୁ ଯୋଜନା କରୁଥିବା ବେଳେ ପାଟଣା ହାଟଥାରେ ପ୍ରଶାସନ ପକ୍ଷରୁ ୧୪୪ ଧାରା ଜାରି କରାଯାଇଥିଲା। ଏହା ପରେ ମଧ୍ୟ ଗ୍ରାମବାସୀମାନେ ୧୪୪ ଧାରା ଭାଙ୍ଗି ଏକାଠି ହୋଇଥିଲେ। ପୂର୍ବରୁ ଦୁଲା ମଣ୍ଡଳ ନାମକ ଯୁବକ ବୋମା ବିସ୍ଫୋରଣରେ ମୃତ୍ୟୁବରଣ କରିଥିଲା ଓ ଗ୍ରାମବାସୀ ତାହାର ଏକ ସ୍ମୃତି ସ୍ତମ୍ଭ ଗାଁ ମଝିରେ ନିର୍ମାଣ କରିଥିଲେ। ସେହି ସ୍ଥାନରେ ଉକ୍ତ ୩ ଜଣଙ୍କ ଶବକୁ ଦାହ କରାଯାଇଥିଲା। ଗାଁରେ ଏକ ଶୋକାକୁଳ ପରିସ୍ଥିତି ଘଟିଥିଲା। ଏଯାବତ ପୋସ୍କୋ ଘଟଣାକ୍ରମରେ ଅଂଚଳରୁ ୫ ଜଣଙ୍କ ମୁଣ୍ଡ ଗଡ଼ିଯାଇଥିଲା।

ଢିଙ୍କିଆ ପଂଚାୟତର ସମସ୍ତ ଗ୍ରାମବାସୀ ଏକାଠି ହୋଇଥିଲେ। ପରଦିନ ପ୍ରଶାସନ ଗୋବିନ୍ଦପୁର ସୀମାରେ ପାନବରଜ ଭାଙ୍ଗିବା ଆରମ୍ଭ କରି ଦେଇଥିଲା। ଗୋବିନ୍ଦପୁର, ପାଟଣା ଓ ଢିଙ୍କିଆରେ ପର୍ଯ୍ୟାପ୍ତ ପରିମାଣରେ ବୋମା ରହିଛି ଓ ଅନ୍ୟାନ୍ୟ ମାରଣାସ୍ତ୍ର ରହିଛି। ପୋଲିସ୍ ସେ ସବୁ ଜବତ କରିବାକୁ ଗାଁରେ ପଶିବ ବୋଲି ପ୍ରଚାର ହୋଇଯିବାରୁ ସବୁ ଗ୍ରାମବାସୀ କାମଧଧା ଛାଡ଼ି ମେଲି ବାନ୍ଧିଥିଲେ। ପୋଲିସ୍ ଫୋର୍ସ ଗୋବିନ୍ଦପୁରର ବାଲିଟିକିରାକୁ ଯାଇପାରୁ ନଥିଲା। ଢିଙ୍କିଆ ଗାଁ ଓ ଗୋବିନ୍ଦପୁରରେ ଗାଁକୁ ଛାଡି ସେତେବେଳେ ସମଗ୍ର ପୋସ୍କୋ ଅଂଚଳ ପୋଲିସ୍ କବ୍ଜାକୁ ଯାଇ ସାରିଲାଣି। ଅଘଟଣର ପରଦିନ ସକାଳୁ ସକାଳୁ ଗୋବିନ୍ଦପୁର ସୀମା ଜଙ୍ଗଲରେ ପାନ ବରଜ ଭଙ୍ଗା ଚାଲିଲା। ସେଠାକୁ ଯିଏ ଗଲା ନିଷ୍ଠୁକ ମାଡ଼ ଖାଇଲା। ପୋଲିସ ଫୋର୍ସ ଉଗ୍ରରୂପ ଧାରଣ କରିଥିଲା। ସରକାରଙ୍କର ଭିତରି ନିର୍ଦ୍ଦେଶ ଥିବାରୁ ଓ ପୋସ୍କୋ ପାଇଁ

ଜମି ଅଧ୍ୱଗ୍ରହଣର ଚୂଡ଼ାନ୍ତ ସମୟ ହୋଇଥିବାରୁ ଯେକୌଣସି ପରିସ୍ଥିତିର ମୁକାବିଲା କରି ଜମି ଅଧ୍ୱଗ୍ରହଣ କରାଯିବାକୁ ଯୋଜନା ପ୍ରସ୍ତୁତ ହୋଇଥିଲା। ସନ୍ଧ୍ୟା ପର୍ଯ୍ୟନ୍ତ ପୋଲିସ୍ ଫୋର୍ସ, ପ୍ରଶାସନ ଅଧିକାରୀ ଓ ପୋସ୍କୋ କର୍ମଚାରୀ ପାନ ବରଜ ଭାଙ୍ଗି, ଜଙ୍ଗଲରୁ ମେସିନ୍ ଯୋଗେ ଗଛ କାଟି ଆଗକୁ ଆଗକୁ ବଢ଼ି ଚାଲିଥାଆନ୍ତି। ତେବେ ବିରୋଧଭାବ କମିବା ବଦଳରେ ପୁଣି ବଢ଼ିବାକୁ ଲାଗିଲା। ସମଗ୍ର ଢିଙ୍କିଆ ପଂଚାୟତ ଅଶାନ୍ତ ହୋଇ ପଡ଼ିଥିଲା।

ଲତିକା କଥା ଶେଷ ହୋଇ ଆସୁଥିବା ବେଲେ ସିନ୍ଦୁରା ଫାଟୁଥିଲା।

ଅଠର

ଢିଙ୍କିଆ ଗାଁ ମଝି ସାହିର ଚଉରା ଉପରେ ବସି ଗପି ଗପି ରାତି ପୁହାଇ ଦେଲେ ମହିଳା ମାନେ। ଶାନ୍ତି ଦାସ, ନୟନା ଦାସ, ଦୌପଦୀ ଦାସ, ଲତିକା ସେଠୀ ଓ ତନୁ ଦାସଙ୍କ ସହିତ ବହୁ ମହିଳା ରାତିସାରା ଢିଙ୍କିଆ-ଗୋବିନ୍ଦପୁର ଗାଁର ମଝିମୁଣ୍ଡରେ ନିର୍ମାଣ ହୋଇଥିବା ବାଉଁଶ ଫାଟକକୁ ଜଗି ରହିଥିଲେ। କେବଳ ଢିଙ୍କିଆ ନୁହେଁ, ଏମିତି ତିନୋଟି ଛକ ସ୍ଥାନରେ ମହିଳାମାନେ ଜଗି ରହିଥିଲେ। ଗାଁ ଭିତରକୁ କାଲେ ପୋଲିସ୍ ପଶି ଆସିବ ଏଇ ଗୋଟିଏ ଆଶଙ୍କା ଓ ଭୟ ମନ ଭିତରେ। ଲତିକା ସେଠୀ ଅଧିକ ମନେ ରଖିପାରୁଥିବା ଓ କହି ପାରୁଥିବା ଶିକ୍ଷିତା ମହିଳା। ୨୦୦୫ ମସିହାରୁ ଯେବେଠୁ ପୋସ୍କୋ କମ୍ପାନୀ ଢିଙ୍କିଆ ଚାରିଦେଶ ମାଟିରେ ପାଦ ପକେଇଲା, ସେବେଠୁ ଯାହା ଯାହା ମୁଖ୍ୟ ଘଟଣା ଘଟିଛି, ସେସବୁ ଗୋଟିଏ ଗୋଟିଏ ମନେପକେଇ କଥା ଆଗକୁ ନେଉଥିଲା। ୨୦୦୫ ମସିହାରୁ ୨୦୧୩ ମସିହା ୮ ବର୍ଷ ମଧ୍ୟରେ ଅଂଚଳରୁ ୫ଟି ମୁଣ୍ଡ ଗଡ଼ିସାରିଲାଣି। କିଏ କେତେ ପଙ୍ଗୁ ହୋଇ ଘରେ ପଡ଼ିଛନ୍ତି। କେଇ ଜଣଙ୍କ ଗୋଡ଼ରୁ ଗୁଳି ବାହାରିନି। କେତେକଙ୍କ ବୋମାମାଡ଼ ଘା' ଶୁଖିନି। କେତେକ ଜେଲରେ ସଢୁଛନ୍ତି। ଆଉ କେତେକ ଜେଲରୁ ମୁକୁଲିଲେଣି।

ପୋସ୍କୋ କମ୍ପାନୀର ଜିଦି ଢିଙ୍କିଆ ନବୁ, ଆମର ଜିଦି ଆମେ ମାଟି ଛାଡ଼ିବୁନି।

ନୟନା କହିଲା, "ସିନ୍ଦୁରା ଫାଟିଲାଣି। ଦନେଇ ନନା ମା ଫୁଲଖାଇ ମନ୍ଦିରର ଘଣ୍ଟି ବଜେଇଲେଣି। ଉଠ ଏଥର ଘରକୁ ଯିବା, ଗାଧୁଆ ପାଧୁଆ ହବକି ନାଇଁ, କଣ ଟିକେ ପାଟିରେ ପୁରେଇଦେଇ ପୁଣି ଠେଙ୍ଗା ବାଡ଼ି ଧରି ଲଢ଼େଇ ମଇଦାନକୁ ଆସିବା। ଭଲା ମରଣ ହେଇଯାଆନ୍ତା ଆମର। ଗାଁରୁ ତ ପାଂଚୁଟା ମଲେଣି। କଣ ଗୋଟା ହେଇଯାଆନ୍ତା ଆମେ ସମସ୍ତେ ମରିଯାଆନ୍ତୁ। ଆଉ ଏ ଦୁଃଖ ଦେଖିଆକୁ ରହିନଥାନ୍ତୁ।"

ତନୁ ଦାସ କହିଲା, "ହଁ ଲୋ, ନାନୀ। ସେ ପୋସ୍କୋ କମ୍ପାନୀ ଆମ ମାଟି ଛଡେଇ

ନବ । ଆମେ ଆଉ ପାନ ବରଜ ଦେଖ୍‌ବୁନି । ଆମ୍ବ, ପଣସ, ନଡ଼ିଆ, ପିଜୁଳି ଗଛ ବାରିରୁ ଚାଲିଯିବ । ବର୍ଷକୁ ବର୍ଷ ଆଉ ଧାନ ଆସିବନି କି ଆମର ଆଉ ଅମାର ମରେଇ ରହିବନି । ହଳ, ବଳଦ, ଲଙ୍ଗଳ ଆଉ ରହିବନି । ବାଡ଼ି, ବଗିଚା ଥିବ ଯେ, ସଜନା ଫଳିବ, ଜହ୍ନି କାକୁଡ଼ି, ଭେଣ୍ଡି ଛିଣ୍ଡେଇ ଆଣି ପୋଡ଼ି ଦେଇ ସୋରିଷ ତେଲ କଂଚା ଲଙ୍କା ମଇଦେଇ ପଖାଳ ଖାଇବା କି ବାରିରୁ ଶାଗ ବିକିବା ଆଉ ପୋଖରୀରୁ ଜାଲ ପକେଇ ଚୁନା ମାଛ ଦିଟା ଧରି ଆଣି ଖାଇପାରିବା ।"

ଶାନ୍ତି ଦାସ କହିଲା, "ବାଲି ଟିକିରା, ଜଙ୍ଗଲ, ନଈ ସିନା ନଥିବ ହେଲେ ଯୁଆଡ଼େ ଅନେଇବ ସିଆଡ଼େ କେବଳ ସହର ବଜାର, କଂକ୍ରିଂଟ-କୋଠା ମାଳ ମାଳ, ଗାଁ ଆଉ ରହିବନି, ଏଣିକି ଏସବୁ ସହର ପାଲଟିଯିବ ।"

ଲତିକା ସେଠୀ ଆଖି ଲୁହ ପୋଛି କହିଲା – "ନାଇଁଲୋ ନାନୀ, ସେ ସହର, କୋଠା, ଗାଡ଼ି ଘୋଡ଼ା ଆମର ଜମା ଦରକାର ନାହିଁ । ଜମିଜମା ପରକୁ ଦେଇ ଆମେ ପୁଲାଏ ଟଙ୍କା ପାଇବା । ସେଇ ଟଙ୍କା କଣ ଆମକୁ ଶାନ୍ତି ଦେଇପାରିବ । ଏବେ ଗାଁରେ ଛଅରତୁ ଅଛି । ଏବେ ଗାଁକୁ ମଳୟ ଆସୁଛି । ଆମ୍ବ ଗଛରେ କୋଇଲି ଗୀତ ଗାଉଛି । ହଳଦୀ ବସନ୍ତ ଏ ଡାଳରୁ ସେ ଡାଳ ଖେଳୁଛନ୍ତି । ସକାଳ ହେଲେ କାଉ ରାବୁଛି । ହଳିଆ ହଳ ନେଇଯାଉଛି । ବିଲକୁ ଚାହିଁଲେ ସୁନା ଫସଲ ଲହରୀ ଭାଙ୍ଗୁଛି । ସଞ୍ଜ ହେଲେ ମନ୍ଦିରରୁ ଘଂଟ ଘଂଟା ଶଙ୍ଖ ଶୁଭୁଛି । ଗାଈଆଳ ପୁଅ ଗାଈ ଗୋଠରୁ ଫେରୁଛି । ନଈରେ ନଉକା ବାହୁଛି ନାଉରୀ ଭାଇ । ମାଛ ମାରୁଛି, ଗୁଜୁରାଣ ମେଂଟାଉଛି । ପାନବରଜରେ ପାନ ନଛା ହଉଛି । ଆମ ଗାଁ ପାନ କେତେ କୁଆଡ଼େ ରାଇଜକୁ ଯାଇଛି । ଆମ ଗାଁର ଅତର କେତେ ରାଇଜକୁ ଯାଉଛି । ଆମ ଗାଁର କାଜୁ, ପନିପରିବା କେତେ କୁଆଡ଼େ ଯାଉଛି । ଏସବୁ ଆଉ ଆଗକୁ ଥିବ ନା ନାନୀ... ଏ କାରଖାନା ହେଲେ ମଣିଷ ପେଷି ହେଇଯିବ । ଗାଁ ର ବାସନା ହଜିଯିବ । ବଂଚିବାର ସୁଆଦ ମରିଯିବ । ବଂଚିବା କଷ୍ଟ ହେଇଯିବ । ଟଙ୍କା ମିଳିବ, କୋଠା ମିଳିବ, ଗାଡ଼ି ମିଳିବ, ଶାନ୍ତି ମିଳିବନି । ସୁଖ କେବଳ ଟଙ୍କା ପଇସାରେ ମପାଯିବ ।"

ଦୌପଦୀ ଦାସ କହିଲା– "ମୁଁ ଏଇ ପାଂଚ ଛଅ ବରଷ ହେଲା ଢିଙ୍କିଆକୁ ବୋହୂ ହେଇ ଆଇଚି । ଗାଁ ପାଖକୁ ଲାଗିଛି ତୈଳ ବିଶୋଧନାଗାର କାରଖାନା । ଦିନରାତି ବିକଟାଳ ଶବ୍ଦ ଶୁଭୁଛି । ତାଛଡ଼ା ମଝିରେ ମଝିରେ କି ଗନ୍ଧ ହେଉଛି କେଜାଣି ଆଖି କାନ ନାକ କ'ଣ ହେଇଯାଉଛି । ଖବର କାଗଜରେ ବାହାରିଥିଲା ଯେ, ପାରାଦ୍ୱୀପ-କୁଜଙ୍ଗ ଅଂଚଳରେ ପରିବେଶ ପ୍ରଦୂଷଣ ହେଇଗଲାଣି । ହେଲେ ଏଇ ପୋଷ୍ଟୋ ଯଦି ଆସିଲା, ତାହେଲେ ଆମ ଅବସ୍ଥା କ'ଣ ହେବ"।

ଶାନ୍ତି ଦାସ କହିଲା- "ହବ କଣ, ଆମେ ମରିଆ। ଏବେ ତ ଏଇ ନିଆଁଜଳା କମ୍ପାନୀ କାରଖାନା ପାଇଁ ଲୋକେ ମରିଯାଉଛନ୍ତି। କାହା ପାଟିରେ ଘା ହେଇ ପେଟରେ ଘା ହେଇ କ୍ୟାନ୍ସର। କାହା ଛାତି କଣ ହେଇଯାଉଛି ଯେ, ଏକାଥରେ ପଡ଼ୁପଡ଼ୁ ସଫା। ଚମ ରୋଗରେ ଦେହହାତ ଏବେଠୁ କୁଣ୍ଡେଇ ହଉଚି। ପୋଖ୍ଡ଼ା ହଉ.. ସମସ୍ତେ ମିଶିକି ମରିଆ। ଜୀବନ ଯେମିତି ଝୁଣି ହୋଇଯିବ।"

ଦୌପଦୀ ଦାସ ଡରି ଡରି କହିଲା- "ସକାଳ ହେଲାଣି, ହେଲେ ଆଜି ତ…!!!

ଶାନ୍ତି ଦାସ କହିଲା- "ଆଜି କ'ଣ ହେବ। କାଲି ରାତିରେ ପରା ମିଣିପେ ସବୁ ଫାଇନାଲ କଲେ ଯେ, ରାତି ପାହି ସକାଳ ହେଲେ ପୋଲିସ୍ ଆଉ କମ୍ପାନୀ ଲୋକଙ୍କ ଆଗେରେ ଲୁଗା ଖୋଲି ଲଙ୍ଗଳା ହେଇ ଠିଆ ହବା। ଆଉ ଆମର କଣ ବାକି ଅଛି ଯେ, ନଙ୍ଗଳା ହେଇଗଲେ ଇଜ୍ଜତଟା ଚାଲିଯିବ।"

ତନୁ ଦାସ କହିଲା- "ନାନୀ, ଇଲୋ କାନ୍ତୁ ବାଡ଼ର ବି କାନ ଅଛି। କଥାଟା କାହିଁକି ଆମକୁ ଭଲ ଲାଗୁନି। ଇଲୋ ବୋପାଲୋ ମା, ଏକଥା ଯଦି କିଏ ଶୁଣିଦବ କି ଆମେ ରାତି ଫଇସଲାକୁ ନାରାଜ, ଆଉ ପୁଣି ଟୁପୁରୁଟାପୁରୁ ହଉଛୁ, ପୁଣି ଜୋରିମାନ ଦେବାକୁ ହବ। ଇଏ କଣ ଠିକ୍ କଥା। ଆମେ ତ ଠେଙ୍ଗା ବାଡ଼ି ଧରୁଛୁ। ପନିକି ଧରୁଛୁ। ଆମେ ମାରିବୁ ନଇଲେ ମରିବୁ। ହେଲେ ନଙ୍ଗଳା କାହିଁକି ହବୁ।"

ଶାନ୍ତି ଦାସ ଚିଲେଇ ଦେଲା- "ରୁପ୍ ରୁପ୍… ସେକଥା ଉଠାନା। ତୁଷ୍ଟ ଖୋଲିବୁତ ତୋ ଗିରସ୍ତ ଆସି ଫୁଲଖାଇ ମନ୍ଦିର ଆଗରେ ଆଣ୍ଠେଇବ, ଜୋରିମାନା ଗଣିବ। ଯା ହଉଚି ଭଲ ହଉଚି। ଆମର ଦୁର୍ଗା ବାହିନୀର ମା'ମାନେ ଏଣିକି ଲଢ଼େଇ କରିବେ। ଶୁଣିନୁ ପୁରାଣର ମହିଷା ମର୍ଦ୍ଦିନୀ ଗପ। ମହିଷାସୁରକୁ କେହି ପାରିଲେନି। ତାପାଖରେ ସବୁ ଅସ୍ତ୍ରଶସ୍ତ୍ର ତୁଚ୍ଛ ହେଇଗଲା। ଶେଷରେ ମା ଦୁର୍ଗା ବାହାରିଲେ, ତାଙ୍କୁ ଦେବତାମାନେ ମିଲିମିଶି କେତେ ଅସ୍ତ୍ରଶସ୍ତ୍ର ଦେଇଥିଲେ। ହେଲେ ମା' ଦୁର୍ଗା ଜାଣିଲେ ଏସବୁ ବେକାର। ମହିମାସୁର ଏହି ଅସ୍ତ୍ରଶସ୍ତ୍ରରେ ମରିବନି। ତେଣୁ ମା' ଦୁର୍ଗାଙ୍କୁ ଉଲଗ୍ନ ହେବାକୁ ପଡ଼ିଲା। ମହିଷାସୁର ଦୁର୍ଗାଙ୍କର ଏପରି ଖୋଲା ଦେହର ରୂପ ଦେଖ୍ ଦୁର୍ବଲ ହୋଇଗଲା। ଏଇ ସୁଯୋଗରେ ମା ଦୁର୍ଗା ମହିଷାସୁରକୁ ବଧ କରିପାରିଲେ। ସେମିତି ଢିଙ୍କିଆରେ ହେଇଚି। ଆମେ ମହିଲା ପୁରୁଷ ମିଶି ଆଦୋଳନ କଲୁ। ୮ ବର୍ଷ ହେଲା ଖାଇବା ନାହିଁ, ପିଇବା ନାହିଁ, ଗାଁ ଜଗି ବସିଛୁ। ସରକାର ଶୁଣୁନି। ପୋଲିସ୍ ସାଙ୍ଗରେ ପିଟାପିଟି ହେଲୁ। ସେ ଆମକୁ ମାଇଲେ ଆମେ ତାଙ୍କୁ ମାଇଲୁ। ଆମର କେତେ ମୁଣ୍ଡ ଗଡ଼ି ସାରିଲାଣି। ପୁଣି ଶେଷକୁ ଆମ ପିଲାଛୁଆଙ୍କୁ ସ୍କୁଲ ନପଠେଇ ମୁର୍ଖ କରି ଆଣି ବାଲି ଟିକିରାରେ

ବସେଇଛୁ। ଦେବତାଙ୍କର ଯେମିତି ସବୁ ଅସ୍ତ୍ର ଫେଲ୍, ସେମିତି ପୋଷ୍କୋ ପ୍ରତିରୋଧ ସଂଗ୍ରାମ ସମିତିର ସବୁ ଅସ୍ତ୍ର ଫେଲ୍"।

ଏବେ ଶେଷ ଅସ୍ତ୍ର ଆମ ପିନ୍ଧାଲୁଗା। ଆମ ଉଲଗ୍ନ ଦେହ। ନିଉରୁଣା ପ୍ରତିବାଦ।

ହଉ... ହଉ... ଏଥର ଶାନ୍ତି ଦାସ ଭୋ ଭୋ ହେଇ କାନ୍ଦିପକେଇଲା।

ନାକ ସୁଁ ସୁଁ କରି କହିଲା ହଉ ଯଦି ଆମ ଦେହ ବଦଲରେ ଆମ ଭିଟାମାଟି ମୁକ୍ତି ପାଇବ, ତାହେଲେ ଏ ଦେହଟା କୋଉ କାମରେ ଲାଗିବ"।

ଯାହା ମା' ଫୁଲଖାଇ ଠାକୁରାଣୀଙ୍କ ଇଚ୍ଛା। କାଲି ରାତିରେ ତ ନିଷ୍ଟି ହେଇଯାଇଛି। ଆମେ କଣ କରିପାରିବା"।

⌐ ବର୍ଷରେ ଢିଙ୍କିଆ ଚାରିଦେଶରେ ଆମେ ସବୁ ଯେତେ ମହିଲା ହାଣ୍ଡିଶାଳ ଛାଡ଼ି ଗାଁ ଦାଣ୍ଡରେ ଜଗୁଆଲି ସାଜିଛେ। ଆମ ସ୍ୱାମୀ, ବାପା, ମା, ଶାଶୁ, ଶ୍ୱଶୁର ପିଲାଛୁଆର ସଂସାର ଗୋଟେ କେମିତି କେମିତି ଚାଲିଛି। ଜଙ୍ଗଲକୁ ଗଲେ ପୋଲିସ୍ ପାଖରୁ ଗୋଇଠା, ଲାଠି, ଗୁଳି ମିଳୁଛି।

ପ୍ରତି ସମୟରେ ଆମେ ବଂଚିକି ମରୁଛୁ। କଣ ଆମର ଇଜ୍ଜତ ଅଛି। କିଏ ଆମକୁ ବୁଝି ପାରୁଛି। ନା, ସରକାର ବୁଝୁଛି ନା ପୋଷ୍କୋ ବୁଝୁଛି, ନା ଆମ ମିଣିପେମାନେ ଆମକୁ ବୁଝୁଛନ୍ତି। କାନ୍ଦୁଥିଲା ଶାନ୍ତି ଦାସ... ଦୌପଦୀ ଦାସ ଉଠିଆସି ଶାନ୍ତିକୁ କୋଳେଇ ନେଇ ତା' ଆଖିରୁ ଲୁଗାକାନିରେ ଲୁହ ପୋଛିଦେଲା।

ନାନୀ, ଦୁର୍ଗା ବାହିନୀରେ କୋଉମାନେ ଅଛନ୍ତି। ପଚାରିଲା ଦୌପଦୀ।

ଶାନ୍ତି କହିଲା – "ସମସ୍ତେ ଅଛନ୍ତି। କେବଳ କୋଠରି ବୁଢ଼ୀ ଆଉ ପିଲାଙ୍କୁ ଛାଡ଼ିଲେ ସମସ୍ତେ ଦୁର୍ଗା ବାହିନୀରେ ଅଛନ୍ତି। ଆମେ ଯୋଉ କାମ କରିବୁ, ତୋତେ ସେଇ କାମ କରିବାକୁ ପଡ଼ିବ।"

ଚମକି ପଡ଼ିଲା ଦୌପଦୀ ଦାସ!!

ମାତ୍ର ଛଅ ବର୍ଷର ବୋହୂ ସିଏ। ଦୀନା ଦାସର ହାତଧରି ଢିଙ୍କିଆ ଗାଁକୁ ଆସିବା ପରେ କୋଳରେ ଶିଶୁ ପୁତ୍ରଟିଏ। କି ଆନ୍ଦୋଳନ ହେଲା କେଜାଣି ଦିନରାତି କଲବଲ ହେବାକୁ ପଡ଼ୁଛି। ଦୀନା ଦାସ ବିଲବାଡ଼ି କାମଛାଡ଼ି ଆନ୍ଦୋଳନରେ ମାତିଛି। ଗାଁରେ ଘଂଟ ବଜଉଛି। ସଭା ଡାକୁଛି। ସଭାରେ ଗୀତ ଗାଉଛି। ଏସବୁ ଅସହ୍ୟ ହୋଇପଡ଼ିଲାଣି। ତାପରେ ବି ଦୌପଦୀକୁ ମହିଲାଙ୍କ ସାଙ୍ଗରେ ଆସିବାକୁ ପଡ଼ୁଛି। ଫାଟକ ପାଖରେ ଜଗିବାକୁ ପଡ଼ୁଛି। ଦୌପଦୀ ଏକା ନୁହେଁ, ଦୌପଦୀ ବୟସର ଅନେକ ମହିଲା ଆନ୍ଦୋଳନରେ ସାମିଲ ହୋଇଛନ୍ତି।

ତା ବୋଲି... ଛି...ଛି...

ଦୌପଦୀ କିଛି ନକହି ମଝିସାହି ଚଉରା ପାଖରୁ ନିରବରେ ଘରକୁ ଚାଲିଗଲା । ଶାନ୍ତି ଦାସ ଅନୁଭବ କରୁଥିଲା ଯେ, ଏଭଳି ନିଷ୍ପତ୍ତିରେ ଦୌପଦୀର ମନ ଭାଙ୍ଗିଯାଇଛି । ଛଅ ବର୍ଷର ଯୁଆନ ବୋହୂଟା ।

କେମିତି ଏମିତି କରିପାରିବ ?

ସକାଳ ହେବାରୁ ଗାଁରେ ଘଣ୍ଟ ବାଜିଲା । ଦୀନା ଦାସର ସ୍ତ୍ରୀ ଘରେ ପହଁଚିଛି କି ନାହିଁ ଦୀନା ଘଣ୍ଟ ଧରି ଗାଁରେ ବାଡ଼େଇ ବାଡ଼େଇ ଚାଲିଲା । ଦୀନା କହୁଥିଲା "ଶୁଣ, ଶୁଣ, ଶୁଣ, ଢିଙ୍କିଆ ଗୋବିନ୍ଦପୁରର ସମସ୍ତ ପୁରୁଷ ଲୋକ, ଶିଶୁ, ସ୍କୁଲପିଲା ବାଲି ଟିକିରାରେ ସକାଳ ୧୦ଟା ସୁଦ୍ଧା ପହଁଚିବେ । ଗାଁ ଦୁର୍ଗା ବାହିନୀର ସମସ୍ତ ମହିଳାମାନେ ଗୋବିନ୍ଦପୁର ସୀମା ଜଙ୍ଗଲ ନିକଟରେ ପହଁଚିବେ । ଗତକାଲି ରାତିର ନିଷ୍ପତ୍ତିକୁ କାର୍ଯ୍ୟକାରୀ କରିବାକୁ ହେବ । ପୋଲିସ୍ ଫୋର୍ସ ଆସିବା ପୂର୍ବରୁ ନିଜ ନିଜର ସ୍ଥାନକୁ ସମସ୍ତେ ଚାଲିଯିବାକୁ ଜଣେଇ ଦିଆଯାଉଛି । ଶୁଣ, ଶୁଣ, ଶୁଣ....

ମଝି ଚଉରାରୁ ସମସ୍ତେ ମହିଳାମାନେ ଚାଲିଯାଇଥିଲେ ।

ପୋସ୍କୋ ପ୍ରତିରୋଧ ସଂଗ୍ରାମ ସମିତିର ଫାଟକ ପାଖରେ ଏଥର ଗାଁର ଯୁବକମାନେ ପାଲି ଅନୁଯାୟୀ ଜଗିବସିବେ । ସମସ୍ତେ ବାଲି ଟିକିରାକୁ ଯିବେ । ପୋସ୍କୋ ପାଇଁ ଜମି ଅଧିଗ୍ରହଣ ଲଢ଼େଇ ଚୂଡ଼ାନ୍ତରେ ପହଁଚିଛି । କର ବା ମର ପରିସ୍ଥିତିକୁ ସମସ୍ତେ ଆପଣେଇଛନ୍ତି । ଯାହା ବି ହେଉ ଯେମିତି ବି ହେଉ ଜମି ଅଧିଗ୍ରହଣକୁ ରୋକିବାକୁ ହବ ।

ସକାଳୁ ସକାଳୁ ଦୌପଦୀ ଘରେ ପହଁଚିବା ପରେ ଦେଖିଲା ବେଲକୁ ତା ସ୍ୱାମୀ ଦୀନା ଦାସ ମୁନାକୁ ଗାଧୋଇ ଦଉଛି । ଅବୁଝା ମୁନା ମା'କୁ ଖୋଜି ଖୋଜି କାନ୍ଦୁଛି, କିନ୍ତୁ ଦୀନା ଦାସ ବଡ଼ ସ୍ନେହରେ ପୁଅକୁ ଗାଧୋଇ ଦେଇ ପ୍ୟାଣ୍ଟ ଶାର୍ଟ ପିନ୍ଧେଇ ଦେଇ ଛତୁଆ ଗୋଲେଇ ପିଆଇଦେଲା । ଦୌପଦୀ ଘରେ ପହଁଚି ନିଜର ସକାଳ ପାଇଟି କରିବାକୁ ଲାଗିଲା । ଘର ଓଲେଇ ଦେଇ ଅଗଣାକୁ ଝାଡ଼ୁଧରି ବାହାରିଗଲା । ଘରବାରି ସବୁ ସଫା କରିଦେଇ କୂଅ ପାଖକୁ ଗାଧେଇ ଚାଲିଗଲା । ପନ୍ଦର ମିନିଟ କି କୋଡ଼ିଏ ମିନିଟ ଭିତରେ ଗାଧୋଇବା କାମ ସାରି ଚଉରା ମୂଲେ ତୁଳସୀ ଗଛରେ ପାଣି ଦେଇ ଚାଲିଆ ଭିତରେ ଥିବା ଠାକୁରଙ୍କୁ ମୁଣ୍ଠିଆ ମାରି ମୁନାକୁ କୋଲକୁ ନେଇଗଲା ।

ମଝି ଚଉରା ପାଖରେ କାଲି ରାତିଟା କଟେଇ ଦେଲୁନା, କହିଲା ଦୀନା ଦାସ ।

"ମୁଁ ତ ଏକା ନଥିଲି । ଗାଁର ସବୁ ସ୍ତ୍ରୀ ଲୋକଥିଲେ । ମୋରି ପରି ପଡ଼ିଶା ଘର

ଚାରିଛଅ ଜଣ ନୂଆବୋହୂ ବି ଥିଲେ । ତା ଛଡ଼ା ଶାନ୍ତି ନାନୀ ଥିଲେ ତ...କିଛି ଅସୁବିଧା ନାହିଁ । ଲତିକା ନାନୀ ରାତିସାରା ଗପ କହିଲେ – ନିଦ କୋଉଠୁ ଆସିବ । ଭିତାମାଟି ପାଇଁ ଲଢ଼େଇ ଆଠବର୍ଷର କାହାଣୀ ଶୁଣିଲି । ଢ଼ିଙ୍କିଆ ଗାଁରେ ଅଧିକ ପାଠ ପଢ଼ିଥିବା ଶିକ୍ଷିତା ମହିଳା ଲତିକା ନାନୀ । ଦେଖ୍ଲେ ସେମିତି ଲାଗନ୍ତିନି । ଗାଁ ଗାଉଁଲି ସ୍ତ୍ରୀ ଲୋକଟିଏ ବୋଲି ସମସ୍ତେ କହିବେ । ହେଲେ ନିଜର ଅନୁଭୁତିର ଅନେକ କଥା ସେ ମନେରଖ୍ଛନ୍ତି । ମୋଟାମୋଟି ସବୁ ମନେ ପକାଇ କହିଲେ”– କହିଲା ଦୌପଦୀ ଦାସ ।

“ଶେଷ ପରିଣତି ତ ମା ଫୁଲଖାଇଙ୍କ ହାତରେ” –କହିଲା ଦୀନା ଦାସ

“ତମ ନେତା ଅଭୟ ସାହୁଙ୍କର ପିଲାଛୁଆ ସଂସାର ଅଛି ନା”

“ହଁ ଅଛି”

“ଆଜି କ’ଣ ପୋଲିସ୍ ଫୋର୍ସଙ୍କ ସହିତ ଲଢ଼େଇ କରିବାକୁ ସବୁ ମହିଳା ଯିବେ” ।

“ହଁ ଯିବେ”

ତମ ନେତା ଅଭୟ ସାହୁଙ୍କ ପରିବାରର କୌଣସି ସଦସ୍ୟା କଣ ଦୁର୍ଗା ବାହିନୀର ସଦସ୍ୟ ଅଛନ୍ତି ?

ଚମକି ପଡ଼ିଲା ଦୀନା ଦାସ । ପାଠୋଇ ସ୍ତ୍ରୀ ତାର ଦୌପଦୀ । ସେ ଯେଉଁ ପ୍ରଶ୍ନ ପଚାରୁଛି,ତାର ଉତ୍ତର କଣ ହେଇପାରେ । ଗୋଟିଏ ନୀତି, ନିୟମ ଉପରେ କାହାର ହାତ ଅଛି । ମୁଁ ସିନା ମୂର୍ଖ, ପାଠ ପଢ଼ିନି । ଗୋଟିଏ ଘଟଣାକ୍ରମରେ ସିନା ଦୌପଦୀ ମୋର ସାତ ଜନମ ପାଇଁ ହାତ ଧରିଛି । ହେଲେ ପାଠୋଇ ସ୍ତ୍ରୀ ମୋର ଯୋଉ ପ୍ରଶ୍ନ କରୁଛି, ମୁଁ ମୂର୍ଖ ହେଲେ ବି ମନେମନେ ଗର୍ବ ଅନୁଭବ କରୁଛି । ଦୀନା କେବଳ ଏକ ଅସହାୟ ଓ ଆତଙ୍କିତ ଚାହାଣିରେ ଦୌପଦୀକୁ ଚାହିଁ ରହିଥିଲା ।

ଦୌପଦୀ ମୁନାକୁ ପାଉଡର ଲଗେଇ ଦେଇ ଭଲ କରି ତା ମୁଣ୍ଡ ବାଲ କୁଣ୍ଠେଇ ଦେଲା । କଳା ଟିପାଟିଏ ମଥାରେ ଲଗେଇଦେଲା । ମୁନାକୁ ବାପାଙ୍କ ପାଖରେ ବସେଇ ଦେଇ ଆସନ ପାରିଦେଲେ । ପଖାଳ ଭାତରୁ ସିଝା ଆଳୁ କାଢ଼ି ଚୋପା ଛଡେଇ ସୋରିଷ ତେଲ କଂଚାଲଙ୍କା ଲୁଣ ପକେଇ ଚକଟି ଦେଲା । ପଖାଳ କଂସାଏ ବାଢ଼ି ଦେଇ ଆଳୁ ଚକଟା ଥୋଇ ଦେବାରୁ ଦୀନା ଆସନରେ ବସିପଡ଼ିଲା । ଗାଡ଼ୁଆରେ ଦହି ଥିଲା । ବସାଦହି ଅଧ ତାଟିଆ,ପଖାଳରେ ପକେଇ ଦେବାରୁ ଦୀନା ଗୋଲେଇ ପୋଲେଇ ଗୁଣ୍ଠାଟିଏ ପାଟିକୁ ନେଇ ତୁ ଖାଉନୁ ବୋଲି ଦୌପଦୀକୁ କହିଲା । ଦୌପଦୀ ମଧ୍ୟ ପଖାଳ କଂସା ଧରି ବସିଲା । ପଖାଳ ଖାଇବାକୁ ମୁନା ଜିଦି କଲାରୁ ଦୌପଦୀ ତା ପାଟିରେ ଗୁଣ୍ଠାଟିଏ ଦେଇ ପୁଣି ପଚାରି ବସିଲା ।

"ଆଜି ଆନ୍ଦୋଳନ ପରେ ଆଉ କିଛି ବାକି ରହିବ"

"ନା, ନା ,ଆଜି ଯୋଉ ଆନ୍ଦୋଳନ ହେବ ତାକୁ ନେଇ ଗାଁରେ ସମସ୍ତ ଫୁସୁଫୁସୁ ହଉଛନ୍ତି। ତୋର ଯିବା ଦରକାର ନାହିଁ। ମୁଁ ତ ରହିବି,ତୁ କାଇଁ ଯିବୁ," କହିଲା ଦୀନା।

"ହଁ ତମେ ତ ଆଠବର୍ଷ ହେଲା ପୋଷ୍କୋ ବିରୋଧୀ ଆନ୍ଦୋଳନରେ ସାମିଲ ହେଇ ଲଢ଼େଇ କରୁଛ, ଆଜି ବି ଲଢ଼ିବାକୁ ଯିବ। ହେଲେ ଦୁର୍ଗା ବାହିନୀର ସଦସ୍ୟା ଭାବରେ ମୁଁ ଯଦି ଘର କୋଣରେ ଆଜି ଲୁଚି ରହିବି, କାଲି ସକାଳେ ତମକୁ ସମସ୍ତେ ଆଙ୍ଗୁଠି ଦେଖେଇବେ" କହିଲା ଦୌପଦୀ।

"ଦେଖେଇଲେ ଦେଖାନ୍ତୁ। ଅତି ବେଶିରେ କଣ କରିବେ। ହଜାର ଟଙ୍କା ଜୋରିମାନା କରିବେ। ତୁ ନଗଲୁ ବୋଲି ତୋତେ ତ କେହି ପଚାରିବେନି। ମୋତେ ପଚାରିବେ। ଯଦି ସଭାପତି ଆମର ବେଶୀ ବିଗିଡ଼ି ଯିବେ ତା ହେଲେ ମୋତେ ସଭାରେ ଆଣ୍ଡେଇବାକୁ କହିବେ। ଗାଲିଦେବେ। ଏଇଆ.. ସେତକ ଦଣ୍ଡ ନେବାକୁ ମୁଁ ପ୍ରସ୍ତୁତ। ତୁ କିନ୍ତୁ ଆଜି ଯିବୁନି। ମୁନା ଦେହରୁ ଜରଟା ସିନାକମିଯାଇଛି, ହେଲେ ଦେହଟା ତାର ଆଉଟୁ ପାଉଟ୍ ହେଉଛି। ତାକୁ କୋଉ ପଡ଼ିଶା ଘରେ ଛାଡ଼ିକି ଆନ୍ଦୋଳନକୁ ଯିବା ଦରକାର ନାହିଁ। ପଖାଳ କଂସା ପାଖରେ ବସି ଦୀନା ଏକା ନିଶ୍ୱାସରେ କହି ପକେଇଲା। ଆଉ ଆନ୍ଦୋଳନକୁ ନଯିବାକୁ ତାଗିଦ୍‍ କରିଲା।"

ଦୌପଦୀ ଦାସ ଛଳ ଛଳ ଆଖିରେ ତାର ସରଳ ନିଷ୍ପଟ ସ୍ୱାମୀ ଦୀନା ଦାସକୁ କ୍ଷଣିକେ ଚାହିଁ ରହିଲା। ଏ ଭାଷା ତ ଗୋଟିଏ ସ୍ୱାମୀର ନିଶ୍ଚୟ ହୋଇପାରେ। କୋଉ ସ୍ୱାମୀ ଚାହିଁବ ଯେ ତା ସ୍ତ୍ରୀ ଦୁର୍ଗା ସାଜି ପରପୁରୁଷ ଆଗରେ ଉଲଗ୍ନ ହେଇ ଠିଆହେଉ।

ଦୀନା ଦାସ.. ସ୍ୱାମୀ ଧର୍ମ ପାଳନ କରିଛି..

ହେଲେ ଦୌପଦୀ କେମିତି ଯେ ସ୍ତ୍ରୀ ଧର୍ମ ପାଳନ କରିବ ନାହିଁ।

କୋଉ ସ୍ତ୍ରୀଟା ଚାହିଁବ ଯେ ଗୋଟିଏ ନିର୍ମମ ନିୟମକୁ ଅଣଦେଖା କରିଦେଲେ ସ୍ୱାମୀ ଯଦି କଠୋର ଦଣ୍ଡ ପାଇବ, ଗାଁରେ ଆଣ୍ଡେଇବ...

ଦୌପଦୀ କାଇଁ କାଇଁ କାନ୍ଦି ଉଠିଲା ଓ ଦୀନା ଦାସ ପଖାଳ କଂସା ପାଖରୁ ଉଠିଯାଇ, ସୁଆଗ କରି ଦୌପଦୀକୁ କୋଳେଇ ନେଲା....

ଉଣେଶାଇଶି

୭ ମାର୍ଚ ୨୦୧୩

ଉଲଗ୍ନ ପ୍ରତିବାଦ :

୨୦୧୩ ମସିହା ମାର୍ଚ ମାସ ୭ ତାରିଖ । ବିଶ୍ୱ ମହିଳା ଦିବସ ପାଳନର ଠିକ୍ ପୂର୍ବଦିନ । ପ୍ରସ୍ତାବିତ ପୋସ୍କୋ ଅଞ୍ଚଳ ପାଇଁ ଏକ ଅଶୁଭ ଦିନ ଥିଲା । ପୋଲିସ ଫୋର୍ସ, ପ୍ରଶାସନ ଓ ପୋସ୍କୋ ସମର୍ଥକମାନେ ଜମି ଅଧିଗ୍ରହଣ ନିମନ୍ତେ ସବୁ ସ୍ତରକୁ ଖସି ଯାଇଥିଲେ । ଆଜି ପର୍ଯ୍ୟନ୍ତ ଅଞ୍ଚଳରୁ ୫ ଟି ମୁଣ୍ଡ ଗଡ଼ି ସାରିବା ପରେ ମଧ ରାଜ୍ୟ ସରକାର ଜମି ଅଧିଗ୍ରହଣକୁ ତ୍ୱରାନ୍ତିତ କରିଥିଲେ ଓ ଆଉ ଯେମିତି ପୂର୍ବ ପରି ଅଘଟଣ ନଘଟେ ସେଥିପ୍ରତି ପ୍ରଶାସନକୁ ନିର୍ଦ୍ଦେଶ ଦେଇଥିଲେ । କାରଣ ପୂର୍ବ ଘଟଣାକ୍ରମରେ କେନ୍ଦ୍ର ସରକାର କ୍ଷୁବ୍ଧ ହୋଇଥିଲେ । ହାଇକୋର୍ଟ ମଧ ହସ୍ତକ୍ଷେପ କରି ସାରିଲେଣି । ନ୍ୟାସନାଲ୍ ଗ୍ରୀନ୍ ଟ୍ରିବ୍ୟୁନାଲରେ ମଧ ପରିବେଶ ମଞ୍ଜୁର ବାତିଲ ପାଇଁ ମୋକଦମା ଦାୟର ହୋଇସାରିଲାଣି । ଏପରିସ୍ତଲେ ଜଟିଳ ପରିସ୍ଥିତି ନଘଟୁ ବୋଲି ସରକାର ଚାହୁଁଥିବା ବେଳେ ପୋସ୍କୋ, ପ୍ରଶାସନ ଓ ସମର୍ଥକମାନେ ଦମ୍ ଲଗେଇ ଜମି ଅଧିଗ୍ରହଣ ଶେଷ କରିବାକୁ ଚାହୁଁଥିଲେ ।

ରାଜ୍ୟ ସରକାର ଯେଉଁ ୨୦୦୦ ଏକର ଜମି ଅଧିଗ୍ରହଣ କରିସାରିଲେଣି ବୋଲି ଘୋଷଣା କରିଛନ୍ତି, ତାହା ସତ୍ୟ ନୁହେଁ ବୋଲି ପୋସ୍କୋ ବିରୋଧୀମାନେ ସମାଲୋଚନା କରିଥିଲେ । ତେବେ ଏକଥା ସ୍ୱୀକାର କରିବାକୁ ହେବ ଯେ, ନୂଆଗାଁ ଓ ଗଡକୁଜଙ୍ଗ ଏକପ୍ରକାର ପୋସ୍କୋ ଅଧୀନକୁ ଆସିଥିବା ମନେହୁଏ । ଢିଙ୍କିଆ ପଞ୍ଚାୟତ ଆଜି ବି ଅଭେଦ୍ୟ ଦୁର୍ଗ ହୋଇରହିଛି । ବିନା ଢିଙ୍କିଆ ପଞ୍ଚାୟତ ଜମିରେ ପୋସ୍କୋ କାରଖାନା ନିର୍ମାଣ ସମ୍ଭବ ନୁହେଁ । ତେଣୁ ପ୍ରଶାସନ ଯେତେ ବଳ ପ୍ରୟୋଗ କରିଲେ ସୁଦ୍ଧା, ଶିଶୁ, ଛାତ୍ରଛାତ୍ରୀ ଓ ମହିଳାମାନେ ଆନ୍ଦୋଳନର ଆଗକୁ ଆସୁଥିବାରୁ

ମହିଳାଙ୍କ ଉଲଗ୍ନ ପ୍ରତିବାଦ

ପୋଲିସର ନିର୍ଯ୍ୟକ ମାଡ଼, ୨୦ ଗ୍ରାମବାସୀ ଆହତ

ପୋସ୍କୋକୁ ବିରୋଧ

ପୋସ୍କୋ ପ୍ରତିବାଦରେ ସମ୍ପ୍ରତି ସମ୍ବିତ ପୂର୍ବତଟବିନ୍ଦୀ ଗ୍ରାମବାସୀଙ୍କ ଉଲଗ୍ନ ପ୍ରତିବାଦ ଦୃଶ୍ୟ ।

ଜମି ଅଧିଗ୍ରହଣ ହୋଇପାରୁ ନାହିଁ । କାଁ ଭାଁ ଜଙ୍ଗଲ ଜମିରୁ ପାନ ବରଜ ଭାଙ୍ଗି ପ୍ରଶାସନ ଛୁ ମାରୁଛି ।

ସେଦିନ ଥାଏ ଗୁରୁବାର । ପ୍ରଶାସନ ବ୍ୟବସ୍ଥା ତିନି ଭାଗରେ ବିଭକ୍ତ ହୋଇଯାଇଥିଲେ । ସେମାନଙ୍କର ରଣକୌଶଳ ଥିଲା ଅଲଗା । ନୂଆଗାଁ-ଗଡ଼କୁଜଙ୍ଗରେ ଜମି ଅଧିଗ୍ରହଣ ଓ ଜଙ୍ଗଲ କାଟିବା ପାଇଁ ଦଲ ଦଲ ହୋଇ ବିଭାଜିତ ହୋଇଯାଇଥିଲେ । ଦୁଇଟି ଦଲ ଢ଼ିଙ୍କିଆ ପଞ୍ଚାୟତରେ ପଶିଥିଲେ । ଗୋଟିଏ ଦଲ ଗୋବିନ୍ଦପୁର-ଢ଼ିଙ୍କିଆ ଗାଁର ମଧ୍ୟସ୍ଥଲ ବାଲି ଟିକିରା ପାଖକୁ ଆଗେଇଥିଲେ । ବାଲିଟିକିରା ଉପରେ ସମସ୍ତଙ୍କ ନଜର । ଯଦ୍ୟପି ବାଲିଟିକିରା ଉପରୁ ଗ୍ରାମବାସୀଙ୍କୁ ହଟେଇ ଦିଆଯିବ, ତାହେଲେ ପୋସ୍କୋ ବିରୋଧୀ ଆନ୍ଦୋଲନ ବିଫଲ ହେଇଯିବ । ଜମି ଅଧିଗ୍ରହଣ ମଧ୍ୟ ସମାପ୍ତ ହେଇଯିବ । ବାଲିଟିକିରା ପାଖକୁ ପୋଲିସ ଫୋର୍ସ ବ୍ୟାପକ ସଂଖ୍ୟାରେ ଯାଇଥିଲେ । ପ୍ରଶାସନର ରଣକୌଶଳ ଥିଲା ଅଲଗା । ବାଲିଟିକିରା ପାଖରେ ଜଗତ୍‍ସିଂହପୁର ଏସ୍.ପି. ଓ ଜିଲ୍ଲାପାଲଙ୍କ ସହିତ ଅନ୍ୟାନ୍ୟ ପ୍ରଶାସନ ଓ ପୋଲିସ ଅଧିକାରୀ ଉପସ୍ଥିତ ଥିଲେ । ବ୍ୟାପକ ପୋଲିସ ଫୋର୍ସ ସହିତ ଜିଲ୍ଲା ପ୍ରଶାସନ ବାଲି ଟିକିରା ପାଖକୁ ଆଗେଇବା ଘଟଣାକୁ ପୋସ୍କୋ ବିରୋଧୀ ଗ୍ରାମବାସୀମାନେ ସମ୍ମୁଖ ଲଢ଼େଇ ନିଶ୍ଚୟ ବୋଲି ଧରିନେଇଥିଲେ ।

ପୂର୍ବରୁ ପ୍ରଶାସନ ଓ ପୋଲିସ୍ ଫୋର୍ସ ସହିତ ଅନେକଥର ଲଢ଼େଇ ହେଇଛି । ହେଲେ ଏତେ ସଂଖ୍ୟକ ଫୋର୍ସ ପ୍ରଥମ ଥର ପାଇଁ ବାଲି ଟିକିରା ପାଖକୁ ଆସିବା କିଛି ନୂଆ ଅଘଟଣ ଘଟିପାରେ ବୋଲି ପୋସ୍କୋ ବିରୋଧୀ ଗ୍ରାମବାସୀମାନେ ଆଶଙ୍କା କରିଥିଲେ । କିନ୍ତୁ ଏହା କେବଲ ଭ୍ରମ ଥିଲା । ଅସଲ କଥା ହେଲା ପ୍ରଶାସନ ଗୋବିନ୍ଦପୁର ସୀମାରେ ଥିବା ଜଙ୍ଗଲ ମଧ୍ୟରେ ଗ୍ରାମବାସୀମାନଙ୍କ ଦ୍ୱାରା ଯେଉଁ ଶହ ଶହ ପାନ ବରଜ ଅଛି, ତାହାକୁ ଆଜି କୌଣସି ପ୍ରକାରେ ଭାଙ୍ଗି ଛାରଖାର କରିବେ ଓ ପାଖ ଜଙ୍ଗଲ ନିଶ୍ଚିହ୍ନ କରିବେ । ଏହି ପାନ ବରଜ ଭଙ୍ଗାଯିବା ପରେ ପୋସ୍କୋ ବିରୋଧୀ ଗ୍ରାମବାସୀଙ୍କର ଅଂଟା ଭାଙ୍ଗିଯିବ ଓ ସେମାନେ ଆର୍ଥିକ ଦୁର୍ବଲ ହୋଇଯିବେ । ଯାହା ପୋସ୍କୋ ବିରୋଧୀ ଆନ୍ଦୋଲନକୁ ନିଶ୍ଚୟ ପ୍ରଭାବିତ କରିବ ।

ଜମି ଅଧିଗ୍ରହଣକରୀ ଦଲ ବାଲି ଟିକିରାରେ ପୋସ୍କୋ ବିରୋଧୀ ଗ୍ରାମବାସୀଙ୍କୁ ଭ୍ରମିତ କରି ସେଠି ସଂଗଠିତ କରି ରଖିପାରିଥିଲା । ପୋସ୍କୋ ବିରୋଧୀ ଗ୍ରାମବାସୀଙ୍କ ପୂର୍ବ ରାତିର ଯୋଜନା ଅନୁଯାୟୀ ବାଲି ଟିକିରାରେ ପୋସ୍କୋ ପ୍ରତିରୋଧ ସଂଗ୍ରାମ ସମିତି ଦୁର୍ଗା ବାହିନୀର ମହିଲାମାନେ ଆଜି ଉଲଗ୍ନ ପ୍ରତିବାଦ କରିବେ ବୋଲି ନିଶ୍ଚିତ ନେଇଥିଲେ । ଏପରି ଉଲଗ୍ନ ପ୍ରତିବାଦ ପୂର୍ବରୁ ଆମ ଦେଶର ମଣିପୁରରେ ମହିଲାମାନେ

ଆଫସପଥା ଆଇନ ଆର୍ମଡ ଫୋର୍ସ (ସ୍ପେଶିଆଲ ପାୱାର) ଆକ୍ତର ପ୍ରତିବାଦରେ ଯେଭଳି ଉଲଗ୍ନ ହୋଇ ବିକ୍ଷୋଭ କରିଥିଲେ, ସେହିଭଳି ଡ଼ିଙ୍କିଆରେ ପୋଲିସ ଫୋର୍ସ ପ୍ରବେଶ ଓ ଜମି ଅଧିଗ୍ରହଣକୁ ବିରୋଧ କରି ଦୁର୍ଗା ବାହିନୀ ମହିଳାମାନେ ଉଲଗ୍ନ ପ୍ରତିବାଦ କରିବେ ବୋଲି ଚରମ ନିଷ୍ପତି କରି ପୋଲିସ ଜୁଲୁମକୁ ଅପେକ୍ଷା କରି ରହିଥିଲେ।

ଦୀନା ଦାସ ବାରଣ କରିବା ପରେ ମଧ ନୂଆ ଭୁଆସୁଣି ଦୌପଦୀ ଦାସ ବାଲି ଟିକିରା ଆନ୍ଦୋଳନରେ ହାଜିରା ପକେଇଥିଲା। ପୁଅ ମୁନାକୁ ପଡ଼ିଶା ଘରେ ଛାଡ଼ିଦେଇ ଆସିଛି ମାଟି ମାକୁ ମୁକ୍ତ କରିବାକୁ। ସ୍ୱାମୀ ଦୀନା ଦାସ ପୁରୁଷମାନଙ୍କ ଗହଣରେ ପୋଷ୍କୋ ବିରୋଧରେ ଗର୍ଜନ କରୁଛି। ହେଲେ ମନ ତାର ଯାଇ ଦୌପଦୀ ପାଖରେ। ସକାଳେ ଦୌପଦୀର କେଇଟା ସାଧାରଣ ପ୍ରଶ୍ନ ତାକୁ ତୀର ଭଳି ବିନ୍ଧି ଦେଇଥିଲା। ସେ ବା ପ୍ରଶ୍ନର କି ଉତ୍ତର ଦେଇପାରିବ।

କେତେକର ମଣିଷଟିଏ ସେ।

ବିଲବାରି ମାଟି କାମରେ ସେ ମାଟି ହୋଇଯାଇଛି।

ଏଇ ଛଅ ବର୍ଷ ହେଲା ବାହାଘର ହୋଇଛି। ସେତେବେଳକୁ ପୋଷ୍କୋ ଆନ୍ଦୋଳନ ଆରମ୍ଭ ହୋଇଯାଇଥିଲା। କୁଜଙ୍ଗର ସମ୍ପର୍କୀୟ ମଉସା ଆସି ହଠାତ୍ ଖବର ଦେଲେ ଯେ, କଟକରେ ବାହାଘର ଲାଗିଛି। ଝିଅଟି ସୁନ୍ଦରୀ ଓ କଲେଜ ପଢ଼ୁଆ। ନିଜକୁ ବିଶ୍ୱାସ କରି ପାରିନଥିଲା ଦୀନା ଦାସ। କାରଣ ତାର ପାଠପଢ଼ା ଗାଁ ସ୍କୁଲ ପର୍ଯ୍ୟନ୍ତ। କାମ ବୋଇଲେ ବିଲବାଡ଼ି କାମ। ନିଜର ଅଛ ଜମି। ନିଜ ଜମିରେ ଫସଲ ଫଳେଇବା ସହିତ ଭାଗ ଚାଷରେ ଭଲ ଦିପଇସା ରୋଜଗାର କରେ। ତାଛଡ଼ା ପାନ ବରଜ ଗୋଟିଏ ଅଛି। ବର୍ଷ ସାରା ହାତକୁ କାମ ଅଛି। କିଛି ନହେଲେ ପେଟ କେବେ ଅପୋଷା ରହିବ ନାହିଁ। ଦୌପଦୀର ବାପା ମା କେମିତି ଯେ, ଏତେ ପାଠ ପଢ଼ିଥିବା ଶିକ୍ଷିତା ଝିଅକୁ ଦୀନା ହାତରେ ଟେକି ଦେବେ ବିଶ୍ୱାସ କରି ପାରୁନଥିଲା। ହେଲେ ରାଜଯୋଟକ। ସବୁ ମା ଫୁଲଖାଇଙ୍କ ମହିମା, ମୁଁ ଶୁଣିଲି ଯେ, ଦୌପଦୀର ଆଉଗୋଟେ କୋଉଠି ବାହାଘର ଲାଗିଥିଲା। ହେଲେ ଅଚାନକ ବାହାଘର ଭାଙ୍ଗିଯିବାରୁ କୌଣସି ପ୍ରକାରେ ଝିଅକୁ ହାତକୁ ଦିହାତ କରିଦେବା ଉଚିତ ମନେକରି ଶେଷରେ ମୋତେ ବିବାହ ଦେବାକୁ ନିଷ୍ପତି କଲେ।

ଦୀନା ଆରମ୍ଭରୁ ଅନୁଭବ କରିଛି ଯେ, ଦୌପଦୀ ସହରୀ ଝିଅ। କୌଣସି ନା କୌଣସି କାରଣରୁ ଅନିଚ୍ଛା ସତ୍ତ୍ୱେ ମୋର ସ୍ତ୍ରୀ ହୋଇଛି। ସେ ଭାବିଥିଲା ଯେ, ସହରୀ ପାଠପଢ଼ା ଝିଅଟି ଡ଼ିଙ୍କିଆରେ ଚଳିପାରିବନି। ଏ ଗାଁ ମାଟି ପାଣିପବନ ସବୁ ବାରି ବାରି ଲାଗିବ। ଏଠିକାର ସାଇପଡ଼ିଶାରେ ସେ ମିଶି ପାରିବ ନାହିଁ। ହେଲେ ଦୀନାର

ସବୁ ଆକଳନ ବୃଥା ହେଲା । ଦୌପଦୀର କୌଣସି ସହରୀ ଢଙ୍ଗର ଛାପା ସେ ଦେଖିବାକୁ ପାଇଲାନି । ସର୍ବଦା ଚୁପଚାପ୍ ଗୁମ୍‌ସୁମ୍ ରହି ଗାଁ ମାଟିରେ ମୋ ସହିତ ମାଟି ହେଇଗଲା । ଢିଙ୍କିଆର ଜଙ୍ଗଲ, ବାଲିଟିକିରା, ନଦୀ ନାଳ ଆଉ ଶସ୍ୟଶ୍ୟାମଳା ମାଟିର ବାସ୍ନାରେ ସେ ମୋହିତ ହୋଇଗଲା ।

ଦୌପଦୀ ଠାରୁ ସେ ସବୁ ପାଇଛି । ହେଲେ ତାକୁ କିଛି ଦେଇ ପାରିନି ବୋଲି ଦୀନା ଦାସ ଭାବେ । ଯେମିତି ସତରେ କିଛି କିଛି ଦୌପଦୀର ଉଣା ହେଇରହିଛି ବୋଲି ଦୀନା ଦାସ ଭାବିବସିଲେ ମଧ କେବେ ପଚାରିନି । ହେଲେ ଆଜି ଏମିତି ଗୋଟେ ଯୋଗ ଯେ, ସେ ଯାହା ଭାବି ନଥିଲା ତାହା ମଥାରେ ଆସିପଡ଼ିଲା ।

ଜଣେ ପୁରୁଷ ଯାହା ଚାହେଁନି, ଯାହା ଘଟିଲେ ମନରେ ବିଦ୍ରୋହ ସୃଷ୍ଟି ହେବ । ସ୍ତ୍ରୀର କବଚ ତା ସ୍ୱାମୀ । ସ୍ତ୍ରୀର ସମ୍ମାନ, ସ୍ତ୍ରୀର ସ୍ୱାଭିମାନ ସବୁ ତା ସ୍ୱାମୀ ହାତରେ । ଯେଉ ସ୍ୱାମୀର ସମ୍ପର୍କ ପଥର ପରି ଗଢ଼ିଉଠେ ନିଜ ସ୍ତ୍ରୀର ଶରୀରକୁ ପାଇ । ଯେଉ ସ୍ୱାମୀ ତା ସ୍ତ୍ରୀର ଶରୀରକୁ ଏକା ନିଜର ବୋଲି ଭାବେ । ଗୋଟିଏ ବାରହାତର ଶାଢ଼ୀ ଭିତରେ ଲୁଚି ରହିଥିବା ସରଳ, ନିଷ୍କପଟ, ପବିତ୍ର ଶରୀରଟିଏ ଏକା ତା ସ୍ୱାମୀର । ହେଲେ କେମିତି ଯେ ସିଏ ଉଲଗ୍ନ ହେଇପାରିବ । ଅନ୍ୟ ପାଖରେ ସେ କେମିତି ନିବସ୍ତ୍ର ହୋଇପାରିବ ।

ପ୍ରଚଣ୍ଡ ପ୍ରତିକ୍ରିୟା ଦୀନା ଦାସର...

ସେଥିପାଇଁ ସେ ଦୌପଦୀକୁ ରୋକ୍‌ଠୋକ୍ ମନା କରିଦେଇଥିଲା ଯେ, ତୁ କେବେ ବି ମୁନାକୁ ପଢ଼ିଶା ଘରେ ଏକ ଛାଡ଼ିଦେଇ ବାଲିଟିକିରା ଆନ୍ଦୋଲନକୁ ଆସିବୁନି ବୋଲି । ଦୀନା ଦାସ ସବୁ ପରିସ୍ଥିତିକୁ ସାମ୍ନା କରିବ ବୋଲି ପ୍ରତିଶ୍ରୁତି ଦେଇଥିଲା । ସେ ଗୋଟିଏ କଥାରେ ଅଟଳ ଥିଲା ଯେ, ତା ସ୍ତ୍ରୀ ବାଲିଟିକିରାକୁ କେବେ ଆସିବ ନାହିଁ । ହେଲେ ଦୀନାର ସ୍ତ୍ରୀ ଦୌପଦୀର ବିଚାର ଥିଲା ଅଲଗା । ସେ ନିଜର ସମ୍ମାନ, ନିଜର ସ୍ୱାଭିମାନ ଓ ନିଜର ଜିଦି ବଦଲରେ ସ୍ୱାମୀର ସମ୍ମାନ ରକ୍ଷା କରିବାକୁ ଚାହିଁଥିଲା । ନିଜର ଅମର୍ଯ୍ୟାଦା ବଦଲରେ ସ୍ୱାମୀର ମର୍ଯ୍ୟାଦା ଚାହିଁଥିଲା । ଶରୀରରେ କ୍ଷଣକ ପାଇଁ ଅମର୍ଯ୍ୟାଦା ହେବ, ଅନ୍ୟର ପାପ, ଲୋଲୁପ ଦୃଷ୍ଟିରେ କ୍ଷଣକ ପାଇଁ ପବିତ୍ରତା ହରେଇବ । ହେଲେ ନିୟମ ଉଲ୍ଲଙ୍ଘନ କରି ଯଦି ସ୍ୱାମୀ ତାର ଦଣ୍ଡିତ ହୁଏ, ତାହେଲେ ସେ ନିଜକୁ କ୍ଷମା କରିପାରିବନି ।

ଗୋଟିଏ ଦୌପଦୀ ପତିଙ୍କ ପ୍ରତିଜ୍ଞାରେ ପେଶି ହେଇଯାଇଥିଲା । କପଟ ପାଶାର ପରାଭବ ପତିମାନଙ୍କ ସହିତ ତାଙ୍କୁ ହିଁ ଭୋଗିବାକୁ ପଡିଥିଲା । କି ଭୁଲ୍ ଥିଲା ତାଙ୍କର । କାହିଁକି କେଶ ମୁକୁଲା କରି ଜିଙ୍ଘବାକୁ ପଡ଼ିଲା । ଇଚ୍ଛା ବିରୁଦ୍ଧରେ ବସ୍ତ୍ର

ହରଣକୁ ସ୍ୱାମୀମାନେ ରୋକି ପାରିନଥିଲେ। ଗୋଟିଏ ପଶାକାଠିର ଶିକୁଳି ତାଙ୍କ ସ୍ୱାମୀମାନଙ୍କ ହାତ ଗୋଡ଼ ବାନ୍ଧି ଦେଇପାରିଥିଲା।

ହେଲେ ଆଜି....   ଗୋଟିଏ ସାର୍ବଜନିତ ଅପବିତ୍ର ନିୟମକୁ ପାଳନ କରିନପାରିଲେ, ସ୍ୱାମୀ ଦଣ୍ଡିତ ହେବେ। ଜୋରିମାନ ଦେବେ। ଶାନ୍ତି ନାନୀ କହୁଥିଲା ଯେ, ଗାଁ ସଭାରେ ଆଣ୍ଠେଇବାକୁ ପଡ଼ିବ। ନା.. ନା.. ଏମିତି ହେବାକୁ ଦେବିନି। ମୋର କ୍ଷଣିକର ଭୁଲ୍। ମୋର କ୍ଷଣିକର ନଗ୍ନ ଶରୀର ପ୍ରଦର୍ଶନ ଯଦି ଗାଁର ଗୋଟିଏ ପ୍ରଣୀତ ନିୟମର ସମ୍ମାନ ବୋଲି ବିବେଚନା ହେଇଛି। ମୋ ସ୍ୱାମୀର ଆତ୍ମ ସମ୍ମାନ ରକ୍ଷା ହୋଇପାରୁଛି, ମୋ ସ୍ୱାମୀ ଦଣ୍ଡମୁକ୍ତ ହୋଇପାରୁଛନ୍ତି, ତାହେଲେ ଅନ୍ୟ ମହିଲାମାନଙ୍କ ପରି ମୁଁ ଦୁର୍ଗା ହେଇପାରିବନି କାହିଁକି..

ବାଲିଟିକିରାରେ ଦୀନା ଦାସ ଦେଖିଲା ଯେ ଦୌପଦୀ ମହିଲା ମାନଙ୍କ ମଝିରେ ଠିଆ ହେଇଛି। ଦୀନା ଦାସର ଆଖି ଫେରିଲାନି। ଅସହାୟ ହେଇପଡ଼ିଲା। ପାଟି ଖୋଲିବାକୁ ଜୁ ପାଇଲା ନାହିଁ। ରକ୍ତ ଚାଉଳ ଚୋବେଇ ହଉଥିଲେ ମଧ୍ୟ ନିୟମର ଲକ୍ଷ୍ମଣରେଖାକୁ ଟପି ପାରିଲାନି। ଦୌପଦୀର ଆଖି ଥରେ ଦୀନା ଦାସ ଉପରେ ପଡ଼ିଛି। ତାପରେ ତଳ ମୁହାଁ ରହିଛି। ବେଳେବେଳେ କଣେଇ କଣେଇ ଚାହିଁବା ବେଳେ ଜାଣିଛି ଯେ, ଦୀନା ଦାସର ଆଖି ଫେରୁନି। ଦୁଇ ଜଣଙ୍କ ଆଖି ମଝରେ ଯେମିତି ଦୂରତା କ୍ରମଶଃ କମିକମି ଆସୁଥିଲା। ପରସ୍ପର ପରସ୍ପରକୁ ପାଖରେ ଅନୁଭବ କରୁଥିଲେ।

ଅଚାନକ ବାଲିଟିକିରାକୁ ଖବର ଆସିଲା ଯେ, ପୋଲିସ୍ ଫୋର୍ସ ନେଇ ପ୍ରଶାସନ ଗୋବିନ୍ଦପୁର ଜଙ୍ଗଲରେ ପଶିଛି। ପାନ ବରଜ ଭାଙ୍ଗିବା ଆରମ୍ଭ କରିଦେଇଛି। କାଳ ବିଲମ୍ବ ନକରି ଶତାଧିକ ଦୁର୍ଗା ବାହିନୀ ମହିଲା ବାଲିଟିକିରା ଛାଡ଼ି ସେଠିକି ଧାଇଁଲେ। ସେମାନଙ୍କ ସହିତ ଦୌପଦୀ ବି ଧାଇଁଲା। ଢିଙ୍କିଆ ଗାଁର ମାଟି ପାଇଁ ଲଢ଼ିବ। ମାଟି ପାଇଁ ଜୀବନ ଦେବ। ପୋଷ୍କୋ ହଟାଅ, ପୋଲିସ ଫେରାଅ, ସ୍ଲୋଗାନ୍ ଦେଇ ମହିଲାମାନେ ଗୋବିନ୍ଦପୁର ଜଙ୍ଗଲ ରାସ୍ତାରେ ପୋଲିସ୍ ଫୋର୍ସର ମୁହାଁମୁହିଁ ହୋଇଥିଲେ। ପୂର୍ବ ପ୍ରସ୍ତୁତି ଅନୁଯାୟୀ ପୋଲିସ୍ ଫୋର୍ସ ସେମାନଙ୍କୁ ଅଟକେଇବାକୁ ଚେଷ୍ଟା କରିଥିଲା। ସମସ୍ତେ ଦେଖିଲେ ଯେ, ଆଜି ନୂଆ ପୋଲିସ୍ ଫୋର୍ସ ଅଣାଯାଇଛି ଗ୍ରାମବାସୀଙ୍କୁ ଦମନ କରିବାକୁ। ସବୁ ପୋଲିସ୍ ଫୋର୍ସ ଅଚିହ୍ନା ଅଚିହ୍ନା। କେତେକଙ୍କ ହାତରେ ଲାଠି, କେତେକଙ୍କ ହାତରେ ବନ୍ଦୁକ।

ପୋଲିସ୍ ଫୋର୍ସଙ୍କ ସହିତ ହାତାହାତି ହେଇଗଲା। ରକ୍ତମୁଖା ପୋଲିସ୍ ଏଥର ଆଖି ବୁଜି ଲାଠିଚାର୍ଜ କରିଥିଲେ। ନିରସ୍ତ ଅସହାୟା କେତେକ ମହିଲା ପୋଲିସ୍

ଫୋର୍ସଙ୍କ ସମ୍ମୁଖରେ ଉଲଗ୍ନ ହୋଇପଡ଼ିଥିଲେ। ଉଲଗ୍ନ ହୋଇ ପୋଷ୍ଟୋ ଫେରିଯାଅ,ପୋଲିସ ଫେରିଯାଅ ସ୍ଲୋଗାନ୍ ଦେଇଥିଲେ।

ଇସ୍ କି ବିଭତ୍ସ ଦୃଶ୍ୟ !

କେବଳ ଓଡ଼ିଶା ନୁହେଁ ଭାରତ ପାଇଁ ଆଉ ଏକ ଲଜ୍ୟା !

ମାଟି ମୁକ୍ତି ପାଇଁ ଇଏ ଆଉ ଏକ ନୂଆ କାହାଣୀ !

ସେଦିନ ମା ଦୁର୍ଗାଙ୍କ ଉଲଗ୍ନ ଶରୀର ଦେଖି ମହିଷାସୁର ଦୁର୍ବଳ ହୋଇପଡିଥିଲା। ଅସ୍ତ୍ରତ୍ୟାଗ କରି ବିମୋହିତ ହେବାରୁ ପରାଜୟ ବରଣ କରି ମୃତ୍ୟୁ ଆପଣେଇ ନେଇଥିଲା।

ହେଲେ ଆଜି... ମହିଷାସୁରମାନେ ଅନେକ ମହିଳାଙ୍କ ନିବସ୍ତ୍ର କୋମଳ ଶରୀର ଉପରେ ଆଖିବୁଜା ଲାଠିମାଡ଼ କଲେ। ଅନେକ ମହିଳା ଘଟଣା ସ୍ଥଳରେ ପୋଲିସ ଲାଠି ପାହାର ଖାଇ ଚେତା ହରେଇଲେ। କାହାର ଅଂଟା ଭାଙ୍ଗିଛି ତ, କାହାର ଆଣ୍ଠୁ ଭାଙ୍ଗିଛି ।

ରାତି ପାହିଲେ ଶୁକ୍ରବାର ଆନ୍ତର୍ଜାତୀୟ ମହିଳା ଦିବସ। ମହିଳାମାନେ ସମଗ୍ର ଦେଶ ଓ ଦେଶ ବାହାରେ ସମ୍ମାନ ପାଇବେ। ହେଲେ ଆନ୍ତର୍ଜାତୀୟ ମହିଳା ଦିବସର ଗୋଟିଏ ଦିନ ପୂର୍ବରୁ ଲକ୍ଷ୍ମୀବାର ଗୁରୁବାର ଦିନ ମହିଳାମାନେ ମାଟି ମାକୁ ରକ୍ଷା କରିବାକୁ ଯାଇ ନିଜେ ଅପମାନିତ ହୋଇଛନ୍ତି। ସେମାନଙ୍କ ଜୀବନର ସବୁଠୁ ମୂଲ୍ୟବାନ ସାମାଜିକ ସମ୍ମାନକୁ ଧୂଳିସାତ୍ କରି ସାର୍ବଜନୀନ ଉଲଗ୍ନ ହୋଇ ପ୍ରତିବାଦ କରୁଛନ୍ତି। ଚବିଶ ଘଂଟା ପରେ ରାଜ୍ୟ ସରକାର, ପ୍ରଶାସନ, ସରକାରୀ କଳ ଓ ବେସରକାରୀ କ୍ଷେତ୍ରରେ ମହିଳାମାନଙ୍କୁ ସମ୍ମାନ ଦେଇ ମହିଳା ଦିବସ ପାଳନ କରିବାକୁ ଯିବା ଅବ୍ୟବହିତ ପୂର୍ବରୁ ମହିଳାଙ୍କୁ ଚରମ ଅପମାନ...

ଗୋଟିଏ ସ୍ୱାଧୀନ ଗଣତନ୍ତ୍ର ଦେଶରେ ଏହା ଏକ କଳଙ୍କିତ ଅଧ୍ୟାୟ।

ଲାଠିମାଡ଼ରେ ରୀନା ମଲିକ, ସୁଷମା ଦାସ, ପାର୍ବତୀ ବେହେରା, ହେମଲତା ସାମନ୍ତରାୟ, ଛଇଲା ଦାସ, ନଭ ଦାସ ଓ ଶାନ୍ତି ସେଠୀଙ୍କ ସହିତ ବହୁ ମହିଳା ଗୁରୁତର ଆହତ ହୋଇଥିଲେ। ଆହତ ମହିଳାଙ୍କୁ ପୋଲିସ ଉଠେଇ ନେଇଯିବା ବେଳେ ସେମାନଙ୍କୁ ଗ୍ରାମବାସୀମାନେ ପୋଲିସ ପାଖରୁ ଛଡ଼େଇ ଆଣି ଗାଁକୁ ନେଇଆସିଲେ। କାରଣ ଯିଏ ଡାକ୍ତରଖାନା ଯିବ, ସିଏ ସିଆଡେ ଜେଲ୍ ଯିବାର ଭୟ ରହିଥିଲା।

ପୋଲିସ ଆକ୍ରମଣର ଶିକାର ହୋଇଥିଲା ଦୌପଦୀ ଦାସ। କିଆବୁଦା ମୂଳ ରାସ୍ତାକଡ଼ରେ ପଡ଼ିଯାଇଥିବା ସମୟରେ ଜଣେ ପୋଲିସ ଜବାନ ଦୌପଦୀକୁ ଉଠେଇବାକୁ ଚେଷ୍ଟା କରୁଥିଲା। ଉକ୍ତ ଯୁବକଙ୍କୁ ଦେଖି ଦୌପଦୀ ଚମକି ପଡ଼ିଲେ। ପାଦ ତଳର ମାଟି ଖସି ଯାଇଥିଲା।

ଦୀପକ ତମେ!!

ଦୌପଦୀ ତମେ!!

ଦୀପକ ମହାପାତ୍ର ଥିଲେ ଓଡ଼ିଶା ବିଶେଷ ସଶସ୍ତ୍ର ପୋଲିସ୍‌ର ଜଣେ ଜବାନ। ସେ ଦୌପଦୀର ପରିଚିତ। ଆଉ ଦୌପଦୀ ସେତେବେଳକୁ କ୍ଷେମକୁଶଳେ ନିଜର ପିନ୍ଧା ବସନକୁ ସଜାଡ଼ି ନେଇଥିଲା।

"ଆସ ମୁଁ ତମକୁ ମେଡ଼ିକାଲ ନେଇଯିବି"। କହିଲେ ଦୀପକ।

"ତମେ ଏବେ ଆଉ କାହାର ନିୟନ୍ତ୍ରଣରେ କାମ କରୁଛ, ଆଉ ମୁଁ ବି ଏବେ ଆଉ କାହାର ଅଧୀନରେ ଏଠିକି ଆସିଛି। ମୁଁ ତମ ସହିତ ମେଡ଼ିକାଲ ଯାଇପାରିବିନି। ଏଇ ଟିକକ ସମୟ ତମେ ମୋ ପାଖରେ ଠିଆ ହେଇ କଥା କହୁଛ, ହଜାର ଆଖି ତମକୁ ଆଉ ମୋତେ ଦେଖୁଛନ୍ତି। ମୋତେ ଯିବାକୁ ଦିଅ" କହିଲା ଦୌପଦୀ।

"ହେଲେ ମୁଁ ତମକୁ ଏମିତି, ଏଇ ଅବସ୍ଥାରେ ଛାଡ଼ି ପାରିବିନି"

ଦୀପକର ଏଇ ପଦେ କଥାରେ ଦୌପଦୀ ଦେହରେ ନିଆଁ ଲାଗିଯାଇଥିଲା। ଲାଜରେ ଥରୁଥିଲା ଦୌପଦୀ। ଅସଜଡ଼ା ପିନ୍ଧା ବସ୍ତ୍ରକୁ ଜାବୁଡ଼ି ଧରିଛି। କ'ଣ କ'ଣ ତା ସହିତ ଘଟିଯାଉଛି। ଏ ଶରୀର କାହାର...? ଦୀନା ଦାସର ନା ଢିଙ୍କିଆ ଗାଁ ମାଟିର।

ଦୀପକ ମହାପାତ୍ର... ଆଖିରୁ ଝରି ପଡୁଥିଲା ଲୁହ... ଶରୀର କଷ୍ଟ ଥାଇ ଲଜ୍ୟା ଓ ଅନୁଶୋଚନାରେ କାଁ କାଁ ହୋଇ ଦୌପଦୀ କାନ୍ଦୁଥିବା ବେଳେ ଦଳେ ମହିଳା ଦୌଡ଼ି ଆସି ଜବାନ୍ ଦୀପକକୁ ଧକ୍କା ଦେଇ ଦୌପଦୀକୁ ଚାରିପଟୁ ଘେରିଯାଇ ଗାଁକୁ ନେଇ ଆସିଲେ।

ଜବାନ ଜଣକଙ୍କର କଣ୍ଠ ବାଷ୍ପରୁଦ୍ଧ ... ସେ କେବଳ ଦୌପଦୀଙ୍କର ଯିବା ବାଟକୁ ଚାହିଁଥିଲେ। ସେପଟେ ନିର୍ଦ୍ଦେଶ ଆସିଲା ଯେ ଫୋର୍ସ ପୁଣି ଶିବିରକୁ ଫେରିଯିବ।

କୋଡ଼ିଏ

ଦୀପକ ମହାପାତ୍ର !

ଓଡ଼ିଶା ବିଶେଷ ସଶସ୍ତ୍ର ପୋଲିସ୍ ବାହିନୀର ଜଣେ ଯବାନ। ଚାକିରି କରିବା ପରଠାରୁ ବିଭିନ୍ନ ସ୍ଥାନରେ ଜରୁରୀ କାଳୀନ ଭାବେ ଆଇନ ଶୃଙ୍ଖଳା ରକ୍ଷା କରିବାକୁ ଯାଇଛନ୍ତି। ଜଗତ୍‌ସିଂହପୁର ଜିଲ୍ଲାର ପ୍ରସ୍ତାବିତ ପୋସ୍କୋ ଅଞ୍ଚଳରେ ଦୈନିକ ଉତ୍ତେଜନା ଲାଗି ରହିଥିବାରୁ ଓ ଜମି ଅଧିଗ୍ରହଣ ନେଇ ସର୍ବଦା ଅଞ୍ଚଳ ଅଶାନ୍ତ ରହୁଥିବାର ଖବର ସେ ଶୁଣିଥିଲେ। ଏଇ ପନ୍ଦର ଦିନ ହେଲା ଜଗତ୍‌ସିଂହପୁର ଜିଲ୍ଲା ହେଡ୍ କ୍ୱାର୍ଟର୍ସକୁ ଜରୁରୀକାଳୀନ ଆସିଛନ୍ତି। ସେ ଏକା ନୁହେଁ ପ୍ରାୟ ୫୦୦ରୁ ଅଧିକ ଫୋର୍ସ ଏକକାଳୀନ ମଗାଯାଇଥିଲା। ଜଗତ୍‌ସିଂହପୁରରୁ ଏଇ ଛଅଦିନ ହେବ କୁଜଙ୍ଗରେ ପୋଲିସ୍ କ୍ୟାମ୍ପରେ ଥିଲେ। ପରେ ବାଲିତୁଠ ପୋଲିସ୍ ଶିବିରରେ ଦୁଇ ଦିନ ରହି ପ୍ରସ୍ତାବିତ ପୋସ୍କୋ ଅଞ୍ଚଳ ଗୋବିନ୍ଦପୁର ସୀମାରେ ପହଞ୍ଚିଛନ୍ତି। ତିନୋଟି ପୋଲିସ୍ ଫୋର୍ସ ଶିବିର ରହିଛି।

ବୁଧବାର ରାତିରେ ଖବର ପହଞ୍ଚିଲା ଯେ, ଗୁରୁବାର ସକାଳେ ଢିଙ୍କିଆ ଗାଁ ଜମି ଅଧିଗ୍ରହଣ କରାଯିବ। ଗ୍ରାମବାସୀମାନଙ୍କ ବିରୋଧ ଜୋରଦାର୍ ରହିଛି। ତାଛଡ଼ା ଗ୍ରାମବାସୀମାନେ ଆଉ ପୂର୍ବ ପରି ସାଧାରଣ ଜୀବନ ଯାପନ କରୁନାହାନ୍ତି। ସେମାନଙ୍କ ପାଖକୁ ବିପୁଳ ପରିମାଣରେ ଅସ୍ତ୍ରଶସ୍ତ୍ର ଆସୁଛି। ମାଓବାଦୀମାନେ ଯେଉଁ ବିସ୍ଫୋରକ ଦ୍ରବ୍ୟ ବ୍ୟବହାର କରୁଛନ୍ତି, ସେଭଳି ବୋମା ତିଆରି ଦ୍ରବ୍ୟ ଢିଙ୍କିଆ ଗାଁରୁ ବାରବାର ପୋଲିସ୍ ଦ୍ୱାରା ଜବତ ହେଲାଣି। ପୋସ୍କୋ ବିରୋଧୀ ପୁରୁଷ ଗ୍ରାମବାସୀମାନଙ୍କ ମଧ୍ୟରୁ କେତେକ ଯୁବକ ଏଭଳି ଅସ୍ତ୍ରଶସ୍ତ୍ର ଧରିବା ଓ ବୋମା ଆଦି ରଖ୍ ଆବଶ୍ୟକ ସ୍ଥଳେ ପୋଲିସକୁ ଆକ୍ରମଣ କରିବା ଦାୟିତ୍ୱ ନେଇଛନ୍ତି। ସେମାନଙ୍କୁ ଛାଡ଼ି ମହିଳା ଓ ଶିଶୁମାନେ ମଧ୍ୟ ଆନ୍ଦୋଳନର ଅଗ୍ରଭାଗରେ ଅଛନ୍ତି।

ପୋସ୍କୋ ପ୍ରତିରୋଧ ସଂଗ୍ରାମ ସମିତି
POSCO PRATIRODH SANGRAM SAMITI

ସବୁକୁ ଲକ୍ଷକରି ଗୁରୁବାର ଅପରେସନକୁ ସଫଳ ରୂପାୟନ କରାଯିବ ଓ ଯେକୌଣସି ସ୍ଥିତିରେ ଗୋବିନ୍ଦପୁର ଜଙ୍ଗଲ ଜମି ଅଧିଗ୍ରହଣ ସହିତ ଢିଙ୍କିଆ ଓ ବାଲିଟିକିରାକୁ ଦଖଲ ନିଆଯିବ । ତେବେ ଏସବୁ ଜଣେ ଜବାନ୍ ପାଇଁ ସ୍ୱାଭାବିକ ଥିବା ବେଳେ ଅଚାନକ ଏମିତି ସ୍ଥିତିରେ ଦୌପଦୀ ସହିତ ଭେଟ ହେବାକୁ ନେଇ ସବୁ ଅଡୁଆ ଅଡୁଆ ଲାଗୁଛି ।

ଜୀବନର ଏମିତି ଏକ ମୋଡ଼ରେ ଦୌପଦୀ ସହିତ ଦେଖା ହେବ ବୋଲି କେବେ ଭାବିନଥିଲି । ଏମିତି ଏକ ଘଟଣାକ୍ରମେ ଏତେ ବଡ଼ ଅଘଟଣ ଘଟିଯିବ ବୋଲି କିଏ ଜାଣିଥିଲା । ଦୀର୍ଘ ଛଅ ବର୍ଷ ପରେ ଏମିତି ଏକ ଅବୋଧ ଦୁର୍ଭେଦ୍ୟ ଛକରେ ମୁଁ ଠିଆ ହେଇଛି ଦିଗ ନିର୍ଣ୍ଣୟ କରିପାରୁନି ।

ଯାହାକୁ ମୁଁ ବିବସ୍ତ ଓ ଭୀତତ୍ରସ୍ତ ଅବସ୍ଥାରେ ପାଇଲି ସେ ଦୌପଦୀ ତ!!!

ମଧ୍ୟରାତ୍ରିର ସବୁ ଜବାନ ଶିବିରରେ ଶୋଇ ଯାଇଥିଲେ ହେଲେ ଦୀପକଙ୍କ ଆଖିରେ ନିଦ ନାହିଁ । ଦୌପଦୀ ସହିତ ସମ୍ପର୍କର ସୁତାଖିଅକ କେମିତି ଅଡୁଆ ତଡୁଆ ହେଇଯାଇଛି । ଯୋଉ ଅଡୁଆ ସୁତାର ଗଣ୍ଠିରୁ ମୁଁ ସିନା ଖସି ଯାଇଥିଲି, ହେଲେ ଦୌପଦୀ ଖସିଯାଇ ବି ପୁଣି ଗୁଡେଇ ହେଇଯାଇଛି । ଦୀପଦ କଡ଼ ଲେଉଟେଇ ଶୋଇବାକୁ ଚାହିଁଲେ.. ହେଲେ ନିଦ ଲାଗୁନଥିଲା । ସେଇ ପୁରୁଣା ଦିନର ସ୍ମୃତି ଗୋଟି ଗୋଟି ହେଇ ଆଖି ଆଗରେ ନାଚି ଉଠୁଥିଲା । ନା.. ସେ ସବୁ ତ ମୁଁ ଭୁଲି ଯାଇଛି, ସବୁ ସମ୍ପର୍କ, ସବୁ ନିବିଡ଼ତାର ବ୍ୟବଧାନକୁ ଆପ‍ଣେଇ ନେଇଛି । ଏମିତି କେମିତି ହେଲା, ଥରେ ନୁହେଁ ହଜାରେ ଥର ମୋ ମନରେ ପ୍ରଶ୍ନ ଉଙ୍କି ମାରିଥିଲେ ମଧ୍ୟ ମୁଁ ଉତ୍ତର ଖୋଜି ପାଇନି ।

ବେଶୀ ଦିନର କଥା ନୁହେଁ । ବୋଧହୁଏ ସାତ ଆଠ ବର୍ଷ ତଳେ ପୁରୀ ନୀଳସାଗର ବେଳାଭୂମିରେ ଦୌପଦୀଙ୍କ ସହିତ ସମ୍ପର୍କ ଯୋଡ଼ି ହେଇଥିଲା । ଦୌପଦୀର ଆଖିରେ ମୁଁ ଅନେକ କଥା ପଢ଼ି ପାରିଥିଲି । ମୋ ଆଖିକୁ ସେ ସେମିତି ସୁନ୍ଦରୀ ପରୀଟିଏ ପରି ଲାଗିଥିଲା ଠିକ୍ ସେମିତି ହୃଦୟଟା ତାର କୋମଳ ବୋଲି ଅନୁଭବ କରିଥିଲି । ପ୍ରଥମ ଦେଖାରେ କାହିଁକି କେମିତି ମନ ବୁଝିଲାନି ପାଖକୁ ଯାଇ ପଚାରୁ ପଚାରୁ ପଚାରିଦେଲି ।

"ତମେ କ'ଣ ପୁରୀ ଝିଅ"!

"ନା-ନା, ମୁଁ କଟକ"

"ମୁଁ ବି, କଟକ" ।

"ସେଇଠୁ କ'ଣ ହେଲା, ମୋ ପାଖରେ କିଛି କଥା ଥିଲା କି" ।

"ନା – କଥା କିଛି ନାହିଁ। କୋଉଠି ଦେଖିଛିତ ପଚାରିଦେଲି। ମୋତେ ତମେ ଚିହ୍ନା ଚିହ୍ନା ଲାଗିଲ"। କହିଲା ଦୀପକ।

"ମୁଁ ରେଭେନ୍ସା କଲେଜରେ ଆର୍ଟସ ପଢୁଛି। ଏଇ ସାଙ୍ଗମାନଙ୍କ ସହିତ ପୁରୀ ଶ୍ରୀଜଗନ୍ନାଥଙ୍କ ଦର୍ଶନ ପାଇଁ ଆସିଥିଲି। ଏବେ ବେଳାଭୂମିରେ କିଛି ସମୟ ବିତେଇ ଆନନ୍ଦ ବଜାରରେ ପ୍ରସାଦ ଖାଇ କଟକ ପଳେଇବୁ। ସନ୍ଧ୍ୟା ପୂର୍ବରୁ ତ ହଷ୍ଟେଲରେ ପହଁଚିବାକୁ ପଡ଼ିବ।" କହିଲା ଦୌପଦୀ।

"ମୁଁ ପାଠପଢ଼ା ସାରି ଜବ୍ ଖୋଜୁଛି। ଆଉ ବାପା ମାଙ୍କ ଅର୍ଥ ବରବାଦ୍ କରିବାକୁ ଚାହୁଁନି। ଏଣିକି ନିଜ ଗୋଡ଼ରେ ନିଜେ ଠିଆ ହେବାକୁ ଚେଷ୍ଟା କରୁଛି। ଏମିତିରେ ମୁଁ ବି ସାଙ୍ଗମାନଙ୍କ ସହିତ ପୁରୀ ଆସିଥିଲି"। କହିଲା ଦୀପକ।

କ୍ଷଣକରେ ଆମ ଦୁହିଁଙ୍କ ମଧରେ ସମ୍ପର୍କର ସେତୁ ଗଢ଼ିଉଠିଥିଲା। ହେଲେ ମୋର ଯେତିକି ଭାବାବେଗ ବଢ଼ି ବଢ଼ି ଚାଲିଥିଲା, ସେପରି ଦୌପଦୀ ପାଖରେ ମୁଁ ଅନୁଭବ କରିପାରୁ ନଥିଲି। ସେ ମୋତେ ପ୍ରଥମ ଦେଖାରେ ଅଣଦେଖା କରୁଥିବାର ଜାଣି ମଧ ବାଧ ବାଧକତାରେ ତାଉ ଫୋନ୍ ନମ୍ବର ଆଣିଥିଲି। ପୁରୀରୁ ଆମେ ସମସ୍ତେ ସାଙ୍ଗମାନେ କଟକ ଫେରି ଆସିବା ପରେ ଦୁଇ ଦିନ ଛାଡ଼ି ଗୋଟିଏ ସନ୍ଧ୍ୟାରେ ମୁଁ ତାକୁ ଫୋନ୍ କଲି। ଯଦି ସେ ଫୋନ୍ ଉଠାଏ, ତାହେଲେ ମୁଁ କ'ଣ କହିବି ତାହା ବି ଚିନ୍ତା କରିପାରିଲିନି। ମୁଁ ଦୁଇଥର ସେ ଦେଇଥିବା ନମ୍ବରରେ ଫୋନ୍ କଲେ ମଧ ଫୋନ୍ କେବଳ ରିଙ୍ଗ୍ ହେଇହେଇ ରହିଥିଲା। ସେ ମୋ ଫୋନ୍ ଉଠେଇ ନଥିଲା।

ସପ୍ତାହକ ମଧରେ ମୁଁ ବହୁବାର ଫୋନ୍ କଲ କରିବା ପରେ ସେ ଥରେ ଫୋନ୍ ରିସିଭ୍ କରି କିଏ ବୋଲି ପଚାରିଥିଲା। ମୁଁ ଦୀପକ କହିବାରୁ ସେ ସରି ବୋଲି କହିଥିଲା। ତେବେ କଲେଜରେ ଅନେକ ସାଙ୍ଗମାନେ ଏମିତିରେ ଫୋନ୍ କରି ବିରକ୍ତି କରୁଥିବାରୁ ସେ ଫୋନ୍ ଉଠେଇ ନଥିଲା ବୋଲି ସଫେଇ ଦେଇଥିଲା। ମୋ ଫୋନ୍ ଟ୍ୱ କଲରେ ଜାଣି ପାରୁଥିବ କହିବାରୁ ନିରବ ରହିଥିଲା। ମୋଟା ମୋଟି ମୁଁ ଜାଣି ନେଇଥିଲି ଯେ, ମୋ କଲ ଜାଣି ମଧ ସେ ଉଠେଇ ନଥିଲା। ଅର୍ଥାତ୍ ସେମିତି କିଛି ସମ୍ପର୍କରେ ସେ ଅଧିକ ସମ୍ପର୍କିତ ହେନାକୁ ଚାହୁଁ ନାହିଁ ବୋଲି ମୁଁ ଅନୁଭବ କରିଥିଲି। ଦୁଇ ସପ୍ତାହ ମୁଁ ନିରବତା ଅବଲମ୍ବନ କରି ପୁଣି ଥରେ ସନ୍ଧ୍ୟାରେ ଫୋନ୍ କରିଥିଲି ଓ ସେ ଫୋନ୍ ରିସିଭ୍ କରି ମୋ ସହିତ ସ୍ୱାଭାବିକ ଭାବେ କଥା ହୋଇଥିଲା।

ମୁଁ ଦେଖା କରିବାକୁ ଚାହିଁବାରୁ ସେ ପ୍ରଥମେ ପାଠପଢ଼ା ବୋଝ କାରଣରୁ ଦେଖା ହେବା ସମ୍ଭବ ନୁହେଁ ବୋଲି କହିଥିଲା ଓ ପରେ ସନ୍ଧ୍ୟାରେ ରାଜି ହୋଇଥିଲା। ଥରେ ନୁହେଁ ଲାଗ୍ ଲାଗ୍ ଏମିତି ଆମେ ପରସ୍ପର କଥା ହେଲୁ ଦେଖା ବି ହେଲୁ।

ଦୌପଦୀ ସହିତ ମୋର ବନ୍ଧୁତା ବଢ଼ିଯାଇଥିଲା। ନିବିଡତା ବଢ଼ିଥିଲା। ଦିନେ କଥା ନହେଲେ ଦିନଟି ଭଲ ଲାଗୁନଥିଲା।

ମୁଁ ପୋଲିସ୍ ଫୋର୍ସର ଜଣେ ଜବାନ ଭାବରେ ନିଯୁକ୍ତି ପାଇବା ପରେ ଖୁସିରେ ଫାଟି ପଡ଼ିଥିଲା ଦୌପଦୀ। କଟକ ଚଣ୍ଡୀ ମନ୍ଦିରରେ ମୁଁ ତାକୁ ବିବାହ ପ୍ରସ୍ତାବ ଦେଇଥିଲି। ପ୍ରଥମେ ସମ୍ପର୍କ, ତାପରେ ଭଲ ବନ୍ଧୁ ଓ ମୁଁ ସରକାରୀ ଚାକିରି ପାଇବା ପରେ ତା ସହିତ ସାତ ଜନମ ବାନ୍ଧ ହେବାକୁ ଚାହିଁଲି। ହେଲେ ସେଦିନ ଦୌପଦୀ ଆଖିରୁ ଲୁହ ଝରିପଡ଼ିଥିଲା। ସେ ଆମ ଭିତରେ ଭଲ ବନ୍ଧୁତା ଚାହୁଁଥିବା କହିଥିଲା ଓ ବିବାହ ବନ୍ଧନରେ ବାନ୍ଧି ହେବାକୁ ରୋକ୍ ଠୋକ୍ ମନା କରିଦେଇଥିଲା। ଏଭଳି ପରିସ୍ଥିତି ହେବ ବୋଲି ମୁଁ କେବେ ଭାବି ପାରିନଥିଲି। ବିବାହ ପ୍ରସ୍ତାବ ଦେଇ ମୁଁ କଣ ଭୁଲ୍ କରିଛି। ଦୌପଦୀ ରୂପବତୀ, ଗୁଣବତୀ, ବ୍ୟବହାରରେ ଅତ୍ୟନ୍ତ ମାପିଚୁପି ଶାଳିନତା ରଖି କଥା କୁହେ। ତାହେଲେ ମୋର ବିବାହ ପ୍ରସ୍ତାବ ଦେବା କଣ ଭୁଲ୍ ହେଲା। ଦୌପଦୀ କଣ ମୋତେ ପସନ୍ଦ କରେନି ନା ମୁଁ ତା ଆଖିରେ ଅଯୋଗ୍ୟ।

ସେଦିନ ଦୌପଦୀ କୌଣସି ଉତ୍ତର ନଦେଇ ଚାଲି ଯାଇଥିଲା। ମୁଁ ବିବାହ ପ୍ରସ୍ତାବ ନଦେଇଥିଲେ ଓ ମୋ ମନରେ ଲୁଚି ରହିଥିବା ଅସଲ କଥାଟିଏ ନକହିଥିଲେ ବୋଧହୁଏ ସେ ମୋ ସହିତ କଟକ ଚଣ୍ଡୀ ମନ୍ଦିରରେ ଆଉ କିଛି ସମୟ ରହିପାରିଥାଆନ୍ତା। ହେଲେ ମୋ ଭଲ ପାଇବାର ଅଭିବ୍ୟକ୍ତି ତାକୁ ଅଚାନକ ମୋ ପାଖରୁ ଦୂରେଇ ଯିବାକୁ ସୁଯୋଗ ସୃଷ୍ଟି କରିଥିଲା। ସେ ଚାଲିଯିବା ପରେ ମୁଁ ଏକା ହୋଇଯାଇଥିଲି। ମନ ମରିଯାଇଥିଲା। ମୋ ମନରେ ଥିବା ଭଲ ପାଇବାକୁ ସେ କାହିଁକି ଗ୍ରହଣ କରିପାରିଲାନି ମୁଁ ବୁଝି ପାରିଲିନି।

ସେଇଦିନ ରାତିରେ ଦୌପଦୀ ପାଖରୁ ଫୋନ୍ କଲଟିଏ ଆସିବାରୁ ମୁଁ କାଲବିଲମ୍ବ ନକରି ଫୋନ୍ ଉଠେଇଥିଲି। ହେଲେ ସେ ଯାହା କହିଲା ତାହା ଶୁଣି ମୋ ପାଦ ତଲର ମାଟି ଖସିଗଲା। ଦୌପଦୀ କହିଥିଲା ଯେ, ସେ ଜଣେ ହରିଜନ ଘରର ଝିଅ। ଯିଏ ଅସ୍ପୃଶ୍ୟ, ତାଛଡ଼ା ତମେ ତ ବ୍ରାହ୍ମଣ ଘରର ପୁଅ। ତମ ମୋ ଭିତରେ ବିବାହ ସମ୍ପର୍କ ସମ୍ଭବ ନୁହେଁ। ରହିବ ତ, କେବଳ ବନ୍ଧୁତାର ସମ୍ପର୍କ ରହିବ। ପରିବାରର ସ୍ୱୀକୃତି ନମିଳିଲେ ବିବାହ ସମ୍ପର୍କ ସମ୍ଭବ ହେବନି। ମୁଁ ଭଲ ଭାବେ ଜାଣେ ଯେ, ଆମ ଦୁଇ ପରିବାର ପ୍ରତିକୂଲ ପଥର ଯାତ୍ରୀ। ତେବେ ଏପରି ସମ୍ପର୍କ ବାନ୍ଧିବା ପିଲାଖେଲ ନୁହେଁ ତ। ସେତେବେଲେ ମୁଁ ଅନୁଭବ କଲି ଯେ, ବାସ୍ତବରେ ଦୌପଦୀ ମଧ ମୋତେ ଭଲ ପାଏ। ହେଲେ ମୋ ପରିବାରର ସହମତି ମିଳିଲେ ବୋଧ ହୁଏ ଦୌପଦୀ ମୋର ଆପଣାର ହୋଇପାରିବ।

ହେଲେ ମୋ ପରିବାର ଏହି ଜାତିଭିତିକ ସମ୍ପର୍କକୁ ସ୍ୱୀକାର କରିବାକୁ ରାଜି ହୋଇନଥିଲେ । ମୋ ବାପା ବୋଉ ଦାଦା ଖୁଡ଼ୀ ସମସ୍ତେ ମୋତେ ତିରସ୍କାର କରିଥିଲେ । ଏହି କଥା ବିଳମ୍ବିତ ରାତିରେ ମୁଁ ଦୌପଦୀକୁ ଜଣେଇ ଦେଇଥିଲି । ମୋ ପରିବାର ମୋତେ ସାଥ ନଦେଲେ ମଧ ମୁଁ ଜାତିବାଦ ଭୁଲି ଦୌପଦୀକୁ ନିଶ୍ଚୟ ଆପଣାର କରିବି ବୋଲି କଥା ଦେଇଥିଲି । ତାହା ହିଁ ଥିଲା ମୋର ଶେଷ ଫୋନ୍ କଲ । ତାପରେ ଦୌପଦୀ ଚରମ ନିଷ୍ପତି ନେଇ କଟକରୁ ପାଠପଢ଼ା ଅଧାକରି ଗାଁକୁ ଚାଲିଯାଇଥିଲା ।

ଆମ ସମ୍ପର୍କରେ ଘଟିଥିଲା ଏକ ବିରାଟ ପୂର୍ଣ୍ଣଚ୍ଛେଦ ।

ଦୀପକ ମହାପାତ୍ରଙ୍କ ଛାତିର ସ୍ପନ୍ଦନ ବଢ଼ିବାରେ ଲାଗିଥିଲା । ଅସମାହିତ ପ୍ରଶ୍ନରେ ସେ ଛନ୍ଦି ହୋଇ ଯାଇଥିଲେ । ସାତ ବର୍ଷ ତଳର ସତ ସମ୍ପର୍କକୁ ସେ ଝୁରି ହେଉଥିଲେ । ଦୌପଦୀ ମନରୁ ହୃଦୟରୁ ଓ ଜୀବନରୁ ସାତବର୍ଷ ପାଇଁ ହଜି ଯାଇଥିବା ବେଳେ ଅଚାନକ ଗୋଟିଏ ଜଙ୍ଗଲ ଭିତରେ ମୁଁ ତାକୁ ଖୋଜି ପାଇଛି । ସେ ନିମିଷକରେ ମୋ ପାଇଁ ସାଜିଥିଲା ଦୁର୍ଗା ଆଉ ମୁଁ ତା ଆଖିରେ ଥିଲି ଜଣେ ମହିଷାସୁର । ମୁଁ ଜାଣିଥିଲି ଯେ, ଦୌପଦୀର ମୋ ପ୍ରତି ଭଲପାଇବା ଥିଲା । ମୁଁ ପାଦେ ଆଗକୁ ଯାଇ ସମ୍ପର୍କକୁ ନୂଆ ରୂପ ଦେବାକୁ ଯାଉଥିବା ବେଳେ ସେ ଜାତିବାଦର ସ୍ୱର ଉଠେଇ ଦୂରେଇ ଯାଇଥିଲା ।

ତା କଥାରେ ସତ ଥିଲା । ବାସ୍ତବିକ ମୋ ପ୍ରସ୍ତାବର ପ୍ରତିରୋଧ କରିଥିଲେ ମୋ ପରିବାର । ପରିବାରର ଜାତିବାଦ ଆଉ ମୋ ଜିଦିର ମଝି ଛକରେ ଦୌପଦୀ ଛିଡ଼ା ହୋଇପାରିନଥିଲା । ସେ ମୋ ଠାରୁ ସବୁଦିନ ପାଇଁ ଦୂରେଇ ଯାଇଥିଲା । ମୁଁ ଦୌପଦୀକୁ ଭଲ ପାଇଥିଲି, ହେଲେ ଦୌପଦୀ ମୋତେ ଭଲ ପାଇନି ବୋଲି କହିପାରିବିନି । ତା ହୃଦୟରେ କୌଣସି ଏକ ଛୋଟିଆ ସ୍ଥାନରେ ମୁଁ ଜାଗା ନିଶ୍ଚୟ ନେଇଥିଲି । କିନ୍ତୁ ତାହା ଅସ୍ତିତ୍ୱହୀନ । ଦୌପଦୀ ଗାଁକୁ ଫେରିଯାଇଛି, ବାହା ହେଇଯାଇଛି, ଆଉ କାହାର ସ୍ତ୍ରୀ ହେଇଯାଇଛି, ହାତରେ ଶଙ୍ଖା, ମଥାରେ ସିନ୍ଦୂର ନାଇଛି ।

ହେଲେ ମୁଁ... ମୁଁ ....

ଦୀପକ ମହାପାତ୍ର... ବାସ୍ତବତା ଠାରୁ ଅନେକ ଦୂରରେ...

ଯାହାଠାରୁ ସାମାନ୍ୟ ସାନ୍ନିଧ ପାଇବାକୁ ମୁଁ ଦିନ ଦିନ ରାତି ଭାବନାରେ ବୁଡ଼ି ରହିଥିଲି । ଯିଏ ମୋ ପାଇଁ ଥିଲା କୁହୁକଟିଏ । ଯିଏ ମୋ ସ୍ୱପ୍ନର ମୋ ସ୍ମୃତିର ମୋ ସମ୍ଭାବନାର ଉସ୍ସ ଥିଲା । ସିଏ ଚାଲିଯିବା ପରେ ଚଲାବାଟକୁ ମୁଁ ଚାହିଁ ରହିଥିଲି । ହେଲେ ଆଜି ବିଧ୍ୱର ଏକ ବିରାଟ ବିଡମ୍ବନା ମାତ୍ର । ଜଙ୍ଗଲ ମଝିରେ କୋଲାହଲରେ,

କିଲିକିଲା ନାଦରେ ଯେବେ ସେ ମୋତେ ସାମ୍ନା କଲା, ମୋଠୁ ନିର୍ଯ୍ୟାତନା ପାଇଲା, ମୋଠୁ ଆଘାତ ପାଇଲା। ମୁଁ ପ୍ରେମିକ ନୁହେଁ, ବନ୍ଧୁ ନୁହେଁ, ମୁଁ ସମ୍ପର୍କର ନାୟକ ନୁହେଁ, ମୁଁ ଯବାନ ଦୀପକ ମହାପାତ୍ର। ସେ ଦୌପଦୀ ଦାସ ନୁହେଁ, ସେ ମାଟି ମୁକ୍ତିର ନାୟିକା। ମୁଁ ନିମିଷକେ ଅନ୍ୟର ଇଙ୍ଗିତରେ ଜଳ୍ଲାଦ ସାଜିଥିଲି। ମୋ ଲାଠି ପ୍ରୟୋଗ ନିରୀହା ଦୌପଦୀକୁ ଲହୁଲୁହାଣ କରିଥିଲା।

ମୁଁ ଜାଣିଥିଲି ଦୌପଦୀ ଆଉ କାହାର ହାତ ଧରି ସଂସାର କରିଛି। ତା ସ୍ୱାମୀ ମୂଲ ଲାଗୁଥିବ କି ଶହେ କୋଟି ଟଙ୍କାର ମାଲିକ ସାଜିଥିବ ତାହା ଜାଣେନା। ହେଲେ ମୋ ଜୀବନ

ଜଳଛବିର ଅପୂର୍ଣ୍ଣତା ପାଇଁ ମୁଁ ଜୀବନ ତମାମ ଅବିବାହିତ ରହିବି ବୋଲି ନିଷ୍ଟି କରିନେଇଛି।

ମୋ ଭୀଷ୍ମ ଶପଥ ଦୌପଦୀର ବିଚ୍ଛେଦରେ ନୁହେଁ ବରଂ ଏକ ଘୃଣ୍ୟ ଜାତିବାଦର ବିରୋଧରେ ଉଦ୍ଦିଷ୍ଟ ଥିଲା। ରହିବ ମଧ। ଦୌପଦୀ ଆଉ କେବେ ଦେଖା ହେବ ତାହା ଭାବିପାରୁନି। ନାଁ ପଚାରି ଘର ପଚାରି ଢିଙ୍କିଆ ଗାଁରେ ଖୋଜି ବୁଲନ୍ତି, ସେଥିପାଇଁ ଜୁ ଜୁଟେଇ ପାରୁନି। ପ୍ରଥମ ଦେଖା କୋମଲ ଶୀତଲ। ଦ୍ୱିତୀୟ ଦେଖାରେ ବିଚ୍ଛେଦ... ଆଉ ତୃତୀୟ ଦେଖାରେ ରକ୍ତପାତ। ଜାଣେନି ଏ ପ୍ରଥମ ପୁରୁଷର ଚତୁର୍ଥ ଦେଖା ଶେଷ ଦେଖାରେ ଶେଷ ହେବ କି ?

ଦୀର୍ଘ ନିଶ୍ୱାସ ମାରି ଦୀପକ ଶୋଇବାକୁ ଚେଷ୍ଟା କରୁଥିଲା।

ଦୌପଦୀ ମାଡ଼ ଖାଇଛି। ପିଠି ଓ ଅଁଟାରେ ଲାଲ୍ ଲାଲ୍ ଦାଗ ପଡ଼ିଛି। ରାଗରେ ଗର ଗର ହେଉଥିଲା ଦୀନା ଦାସ। ଘରର ଚାରିକାନ୍ତୁ ଭିତରେ ପୋଷ୍କୋ ବିରୋଧୀ ନେତାମାନଙ୍କୁ ଗାଲି ଦେଇ ଚାଲିଥିଲା। ହେଲେ ଦୌପଦୀ ମନରେ ନଥିଲା ପ୍ରତିକ୍ରିୟା। ସେ ମାଡ଼ ଖାଇ ରକ୍ତାକ୍ତ ହେଉ ପଛେ ତା ସ୍ୱାମୀର ସମ୍ମାନହାନୀ ହେବାକୁ ଦେଇନି। ତା ସ୍ୱାମୀ ଦୀନା ଦାସ ଆଉ ଦୋଷୀ ସାବ୍ୟସ୍ତ ହେବନି। କେହି ତା ଆଡ଼କୁ ଅଙ୍ଗୁଲି ନିର୍ଦ୍ଦେଶ କରିବେନି।

ଦୀନା ଦାସ ନାକରୁ ଗରମ ନିଶ୍ୱାସ ବାହାରୁଥିଲା। ସେ ଦୌପଦୀର କଷ୍ଟ ସହି ପାରୁନଥିଲା। ଏତେ ବାରଣ ପରେ ବି ଦୌପଦୀ କାହିଁକି ଗାଁ ମହିଲାଙ୍କ ସହିତ ଆନ୍ଦୋଲନରେ ସାମିଲ ହେଲା ବୋଲି ଚିତ୍କାର କରୁଥିଲା। ହେଲେ ଦୌପଦୀର ଦୁର୍ଦ୍ଦଶା ପାଇଁ ଦୌପଦୀ ଦାୟୀ ନୁହେଁ.. ଦାୟୀ ସେ ନିଜେ, ଦାୟୀ ପୋଷ୍କୋ ବିରୋଧୀ ଆନ୍ଦୋଲନ ପରି ଏକ କପଟ ପଶାର ଖେଲ। ଦୀନା ଦାସ ଅପାଠୁଆ ହେଲେ ମଧ ସ୍ଥିତିକୁ ବୁଝିପାରିଥିଲା।

ଦୌପଦୀ ଆଗରେ ନାଚି ଯାଉଥିଲା। ଦୀପକ ମହାପାତ୍ରର ଅନୁତପ୍ତ ଅନୁଶୋଚନାପୂର୍ଣ୍ଣ ଆଖି ଦୁଇଟି। ଶୁଭୁଥିଲା ସେଇ ପଦିଏ କଥା, "ହେଲେ ମୁଁ ତମକୁ ଏମିତି, ଏଇ ଅବସ୍ଥାରେ ଛାଡ଼ି ପାରିବିନି"। ଦୌପଦୀ ଆଖ୍ଯରୁ ଦି ଧାରେ ଲୁହ ଝରିପଡ଼ିଲା। ହଁ ଦୀପକ, ମୁଁ ଜାଣିଛି, ଆଜି ବି ତମେ ମତେ ଛାଡ଼ିପାରିନ। ଆଜିବି ତମେ ଆଉ କୋଉ ଦୌପଦୀକୁ ଚାହିଁନ। ଆଜି ବି ତମେ ଏ ସମାଜର ଏକ ବିରାଟ ଜାତିବାଦକୁ ଛି କରିଦେଇ ପ୍ରତିବାଦର ସ୍ୱର ଉଠେଇ ଭୀଷ୍ମ ପ୍ରତିଜ୍ଞାରେ ଅଟଳ ରହିଛ। ତମେ ସିନା ମତେ ଖୋଜି ପାଇନ, ହେଲେ ମୁଁ ତମକୁ ଖୋଜିଛି, ଆଉ ପାଇଛି ମଧ। ମୋ ସ୍ୱାମୀ ଦୀନା ଦାସର ଅନୁଭବରେ ତମେ ଅଛ। ତମେ ଅଛ..

ଦୌପଦୀ ଦିଧାରେ ଲୁହ ଝାରିଦେଇ ଦୀନା ଦାସର କୋଳରେ ଏକ ନୂଆ ଅନୁଭବରେ ଦୁଇ ଆଖି ମୁଦି ଦେଇଥିଲା।

ଏକୋଇଶି

ପୋସ୍କୋ ବିରୋଧୀ ଗ୍ରାମବାସୀମାନେ ପୋସ୍କୋକୁ ବିରୋଧ କରିବା ପାଇଁ ସବୁ ପ୍ରକାର ରଣକୌଶଳ ଅବଲମ୍ବନ କରିଥିଲେ । ପ୍ରଥମେ ସାଧାରଣ ଭାବେ ବିରୋଧ ଓ ପରେ ଗଣତାନ୍ତ୍ରିକ ପଦ୍ଧତିରେ ବିରୋଧ ହୋଇଥିଲା । କୌଣସି ସୁଫଳ ନମିଳିବାରୁ ଓ ଲଗାତାର ଭାବେ ପ୍ରଶାସନ ବଳପୂର୍ବକ ଜମି ଅଧିଗ୍ରହଣ ନିଷ୍ପତ୍ତି କରିବାରୁ ଗ୍ରାମବାସୀମାନେ ମଧ୍ୟ ପାଲଟା ହିଂସାରେ ଜବାବ୍ ଦେଇଥିଲେ । ଆରମ୍ଭରୁ ଅଶାନ୍ତ ପରିସ୍ଥିତିରେ ପୋଲିସ୍ ଓ ପ୍ରଶାସନକୁ ରାସ୍ତା ଅଧରେ ହେଉ କିମ୍ବା ଜଙ୍ଗଲ ମଝିରେ ହେଉ ବହୁବାର ଗ୍ରାମବାସୀମାନେ ଅଟକ ରଖିଥିଲେ । ଏମିତିକି ପୋସ୍କୋ କମ୍ପାନୀର ବିଦେଶୀ ଦକ୍ଷିଣ କୋରିଆର ଇଞ୍ଜିନିୟର ଓ କର୍ମଚାରୀମାନଙ୍କୁ ମଧ୍ୟ ଗ୍ରାମବାସୀମାନେ ବାରମ୍ବାର ଅଟକ ରଖିଥିଲେ । ପୋଲିସ୍ ପ୍ରଥମେ ଗ୍ରାମବାସୀଙ୍କୁ ଡରେଇଛି ଓ ଆନ୍ଦୋଲନରୁ ହଟିଯିବାକୁ ଚେତାବନୀ ଦେଇଛି । ହେଲେ ଏହା ଫଳପ୍ରଦ ହୋଇନଥିଲା । ଘଟଣାକ୍ରମରେ ଗ୍ରାମବାସୀମାନେ ମହିଳାମାନଙ୍କୁ ଅସ୍ତ୍ର କରି ପୋଲିସ୍ ଫୋର୍ସକୁ ଅଟକେଇଛନ୍ତି । ଶେଷରେ ଶିଶୁ ଛାତ୍ରଛାତ୍ରୀଙ୍କୁ ପୋଲିସ୍ ଫୋର୍ସର ବନ୍ଧୁକ ମୁନ ଆଗରେ ରଖି ଲଢ଼େଇ କରିବା ଘଟଣାରେ ପୋଲିସ୍ ଫୋର୍ସକୁ ଅଟକେଇ ରଖିବାରେ ସଫଳ ହେଇଛନ୍ତି ।

ଏପରି ଏକ ଅଜବ ନିଷ୍ପତ୍ତି ରାଜ୍ୟ, ଦେଶ ଓ ବିଦେଶରେ ଚର୍ଚ୍ଚା ପାଲଟିଲା । ମହିଳାମାନେ ଦୁର୍ଗା ବାହିନୀ ଗଠନକରି ପୋସ୍କୋ ବିରୋଧରେ ଉଲଗ୍ନ ପ୍ରତିବାଦ କରିବା ଘଟଣା ଏକ ରୁଗ୍ଣ ମାନସିକତା ବୋଲି କୁହାକୁହି ହୋଇଥିଲେ । ପୋସ୍କୋ ବିରୋଧୀ ଗ୍ରାମବାସୀଙ୍କ ନେତୃତ୍ୱମାନେ ଏହାକୁ ଚରମ ନିଷ୍ପତ୍ତି ବୋଲି ଘୋଷଣା କରିଥିବାବେଳେ ସାଧାରଣରେ ବୁଦ୍ଧିଜୀବୀମାନେ ସହଜରେ ଗ୍ରହଣ କରିପାରି ନାହାନ୍ତି । ଏହି କାରଣରୁ ପୋସ୍କୋ ବିରୋଧୀ ଗ୍ରାମବାସୀଙ୍କ ମଧ୍ୟରେ ମତାନ୍ତର ମଧ୍ୟ ସୃଷ୍ଟି ହୋଇଛି ।

କାରଣ ବିରୋଧ ଯାହା ବିରୁଦ୍ଧରେ ହେଉ, ମୁଖ୍ୟତଃ ନିଜର ମା ଭଉଣୀଙ୍କୁ ମୂଲ୍ୟ ଦେବାକୁ ପଡ଼ିଲା ।

ଆରମ୍ଭରୁ ପୋସ୍କୋ ବିରୋଧୀ ଗ୍ରାମବାସୀମାନେ ସ୍ଥିତିକୁ ଅନୁଧ୍ୟାନ କରିବା ବେଳେ ସେତେବେଳର ଜିଲ୍ଲାପାଳ ଡଃ ଅରବିନ୍ଦ ପାଢ଼ୀ ଓ ଏସ୍.ପି. ଯଶୋବନ୍ତ ଜେଠୁଆଙ୍କ ସମେତ ଅନେକ ସରକାରୀ ଅଫିସର ଲୋକଙ୍କ ଆସ୍ଥାଭାଜନ ହୋଇପାରିଥିଲେ । ସେମାନେ ପ୍ରାଥମିକ ସମୟରେ ଲୋକଙ୍କ ସହିତ ଆଲୋଚନା କରି ପ୍ରକଳ୍ପ ସମ୍ପର୍କରେ ସଚେତନତା କରେଇଥିଲେ । ପୋସ୍କୋ ଚୁକ୍ତିର ଆରମ୍ଭ ସମୟରେ ଏକଦା ଜିଲ୍ଲାପାଳ ଡକ୍ଟର ଅରବିନ୍ଦ ପାଢ଼ି ପ୍ରସ୍ତାବିତ ପୋସ୍କୋ ଅଞ୍ଚଳକୁ ଯିବା ବାଟରେ ବାଲି ଯୋଗୁ ତାଙ୍କ ସରକାରୀ ଗାଡ଼ି ଆଗକୁ ଯାଇ ନପାରିବାରୁ ସେ କୁଜଙ୍ଗ ଓ ଜଗତ୍‌ସିଂହପୁରର କେତେକ ଗଣମାଧ୍ୟମ ପ୍ରତିନିଧିଙ୍କ ସହିତ ପ୍ରାୟ ଚାରି କିଲୋମିଟର ରାସ୍ତା ଚାଲି ଚାଲି ଯାଇଥିଲେ । ଗୋବିନ୍ଦପୁର ଓ ପାଟଣା ଗ୍ରାମରେ ତାଙ୍କୁ ଗ୍ରାମବାସୀମାନେ ଗଛରୁ ପଇଡ଼ କାଟି ପଇଡ଼ ପାଣି ପିଇବାକୁ ଦେଇଥିଲେ । ତେବେ ଜିଲ୍ଲାପାଳ ଡକ୍ଟର ଶ୍ରୀ ପାଢ଼ିଙ୍କ ବଦଲି ଲୋକଙ୍କୁ ଆଘାତ ଦେଇଥିଲା । ଲୋକମାନେ ବିଶ୍ୱାସ କରିଥିଲେ ଯେ, ତତ୍‌କାଳୀନ ଜିଲ୍ଲା ପ୍ରଶାସନ ନିଶ୍ଚୟ ସଠିକ୍ ନିଷ୍ପତି ନେବ ।

ତେବେ ଅନ୍ୟ ଜିଲ୍ଲାପାଳ ଓ ଏସ୍‌ପି ମାନେ ଯେ, କେବଳ ଆକ୍ରମଣାତ୍ମକ ପଦକ୍ଷେପ ନେଇଛନ୍ତି ତାହା ନୁହେଁ, ସେମାନେ ମଧ୍ୟ ଚାହିଁଛନ୍ତି ଯେ, ଲୋକମାନେ ବୁଝନ୍ତୁ । ଆଲୋଚନା ପାଇଁ ଆଗେଇ ଆସନ୍ତୁ । ହେଲେ ଯିଏ ବୁଝିଲେ ଓ ଅଞ୍ଚଳର ବିକାଶ ଘଟୁ ବୋଲି ଚାହିଁଲେ ସେମାନେ ପୋସ୍କୋ ସପକ୍ଷବାଦୀ ହୋଇ ପ୍ରଶାସନ ସହିତ ରହିଲେ । ଯିଏ ବୁଝିଲେନି ଓ ଗୋଟିଏ କଥା ପୋସ୍କୋ ହଟୁ ବୋଲି ନିଷ୍ପତିରେ ଅଟଳ ରହିଲେ, ସେମାନେ ପୋସ୍କୋ ବିରୋଧୀ ହୋଇଗଲେ । ଅଞ୍ଚଳରେ ଚର୍ଚ୍ଚା ହେଲା ଓ ଅନେକ ସଭା ସମିତିରେ ଆଲୋଚନା ଚାଲିଲା ଯେ, ପୋସ୍କୋ ବିରୋଧୀ ଆନ୍ଦୋଳନକୁ ଉଜ୍ଜୀବିତ ରଖିବାକୁ ପର୍ଯ୍ୟାପ୍ତ ପରିମାଣରେ ହାତ ଖର୍ଚ୍ଚ ବିଦେଶରୁ ଆସୁଛି । ଅନେକ ସ୍ୱେଚ୍ଛାସେବୀ ସଂଗଠନମାନେ ଢିଙ୍କିଆ ଆସି ପୋସ୍କୋ ବିରୋଧୀ ନେତା ଅଭୟ ସାହୁଙ୍କୁ ଆନ୍ଦୋଳନ ପାଇଁ ଅର୍ଥ ରାଶି ପ୍ରଦାନ କରୁଛନ୍ତି । ଅର୍ଥ କୋଉଠୁ ଆସୁଥିଲା ସେ କଥା ସ୍ପଷ୍ଟ କରିନଥିଲେ ମଧ୍ୟ ଏହା ସତ ଯେ, ଆନ୍ଦୋଳନ ଚଲେଇବା ନିମନ୍ତେ ଅର୍ଥ ଯୋଗେଇ ଦିଆଯାଉଥିଲା ।

ପୋସ୍କୋ ବିରୋଧୀଙ୍କ ନାମରେ ଶହ ଶହ ସଂଖ୍ୟାରେ ମୋକଦ୍ଦମା ରୁଜୁ ହେବା, ପୋସ୍କୋ ପ୍ରକଳ୍ପକୁ ବିରୋଧ କରି ୫ ଜଣଙ୍କ ମୁଣ୍ଡ ଗଡ଼ିବା ଆଦି ଘଟଣାରୁ ପୋସ୍କୋ ବିରୋଧୀ ଗ୍ରାମବାସୀ ଓ ପ୍ରଶାସନ ମଧ୍ୟରେ ଯେଉଁ ଦୂରତା ସୃଷ୍ଟି ହେଲା

ତାହାର ପ୍ରତିଫଳନ ଏବେ ହୋଇଛି । ପୋସ୍କୋ ବିରୋଧୀ ମହିଳାଙ୍କ ଉଲଗ୍ନ ପ୍ରତିବାଦ ପରେ ଆଉ ଜିଲ୍ଲା ପ୍ରଶାସନ ଓ ପୋଲିସ୍ କିଛି ଶୁଣିବାକୁ ପ୍ରସ୍ତୁତ ନଥିଲେ । କେବଳ ଗ୍ରାମବାସୀଙ୍କୁ ମାଡ଼ ମାରି ଲାଠି ଓ ବନ୍ଧୁକ ମୁନରେ ଘଉଡ଼େଇ ଜଙ୍ଗଲରୁ ଗଛ କାଟିଲେ । ପାନ ବରଜ ଭାଙ୍ଗିଲେ ଓ ଜମି ଅଧିଗ୍ରହଣକୁ ଯୋରଦାର କରିଥିଲେ । କିଛି ଦିନ ଅନ୍ତରରେ କେବଳ ସ୍ପର୍ଶକାତର ଗ୍ରାମ ଢ଼ିଙ୍କିଆକୁ ଛାଡ଼ି ପୋସ୍କୋ ପାଇଁ ୨୧୦୦ ଏକର ସରକାରୀ ଜମି ଅଧିଗ୍ରହଣ ହୋଇଥିବା ସରକାର ଘୋଷଣା କରିଥିଲେ । ଏହି ୨୧୦୦ ଏକର ଜମିରେ ପୋସ୍କୋ ପ୍ରକଳ୍ପ ଆରମ୍ଭ କରିବା ପରେ ଅବଶିଷ୍ଟ ଜମି ଅଧିଗ୍ରହଣ କରାଯାଇ ପୋସ୍କୋକୁ ଆଗକୁ ୪୦୦୪ ଏକର ଜମି ସମ୍ପୂର୍ଣ୍ଣ ପ୍ରଦାନ କରାଯିବା ନେଇ ଆଲୋଚନା ହୋଇଥିଲା । ଅପରପକ୍ଷରେ ଆନ୍ଦୋଳନ ଆହୁରି ତୀବ୍ର କରିବାକୁ ପୋସ୍କୋ ବିରୋଧୀ ଗ୍ରାମବାସୀମାନେ ସଜବାଜ ହୋଇଥିଲେ ଓ ପ୍ରଶାସନ ମଧ୍ୟ ଜମି ଅଧିଗ୍ରହଣକୁ ଆହୁରି ଜୋରଦାର କରିବ ବୋଲି ନିଷ୍ପତି ନେଇଥିଲା ।

ଏହି ଘଡ଼ିସନ୍ଧି ସମୟରେ ପୁଣି ପୋସ୍କୋ ବିରୋଧୀ ଗ୍ରାମବାସୀଙ୍କୁ ଶକ୍ତ ଧକ୍କା ଲାଗିଲା । ମେ ମାସ ୧୩ ତାରିଖ ୨୦୧୩ ଶନିବାର ଦିନ ଜିଲ୍ଲା ପୋଲିସ୍ ପୋସ୍କୋ ପ୍ରତିରୋଧ ସଂଗ୍ରାମ ସମିତିର ସଭାପତି ଅଭୟ ସାହୁଙ୍କୁ ୩ୟ ଥର ପାଇଁ ଭୁବନେଶ୍ୱର ବିମାନ ବନ୍ଦରରୁ ଗିରଫ କରିଥିଲା । ଅଭୟ ସାହୁ କେରଳର ଏକ ସଭାରେ ଯୋଗଦେବା ପାଇଁ ବିମାନ ଯୋଗେ ଯିବାକୁ ଗୋପନରେ ବିମାନ ବନ୍ଦର ଆସିଥିବା ବେଳେ କୌଣସି ସୂତ୍ରରୁ ଖବର ପାଇଁ ପୋଲିସ୍ ପ୍ରସ୍ତୁତ ହୋଇ ଅଭୟଙ୍କୁ ଗିରଫ କରିନେଇ କୁଜଙ୍ଗ ସମାଗୋଳ ଜେଲରେ ରଖିଥିଲା । ପୂର୍ବରୁ ପାଟଣା ଗାଁରେ ଯେଉଁ ବୋମା ବିସ୍ଫୋରଣ ଘଟି ୩ ଜଣଙ୍କ ମୃତ୍ୟୁ ହୋଇଥିଲା, ସେଇ ମାମଲାରେ ତାଙ୍କୁ ଅଭିଯୁକ୍ତ କରାଯାଇ ଗିରଫ କରାଯାଇଥିଲା ।

ଏହାପରେ ମଧ୍ୟ ଅଭୟଙ୍କ ଦମ୍ଭ ଭାଙ୍ଗି ନଥିଲା । ସେ କହିଥିଲେ ଯେ, ଦୀର୍ଘ ୮ ବର୍ଷ ହେବ ଗ୍ରାମବାସୀମାନେ ବନ୍ଦୀ ଜୀବନ ବିତଉଛନ୍ତି ଓ ମୋତେ ବନ୍ଦୀକରି ଜେଲରେ ରଖିବାରେ କ'ଣ ଫରକ ଅଛି । ମୋ ଅନୁପସ୍ଥିତିରେ ମଧ୍ୟ ଗ୍ରାମବାସୀମାନେ ଆନ୍ଦୋଳନ ଚଲାଇବାର କଳା ଶିଖି ସାରିଛନ୍ତି । ପୂର୍ବରୁ ଅଭୟଙ୍କୁ ୨୦୦୮ ଅକ୍ଟୋବର ୧୨ ତାରିଖରେ ଗିରଫ କରାଯାଇ ୧୦ ମାସ ୧୦ଦିନ ଜେଲରେ ରଖାଯାଇଥିଲା । ଜେଲରୁ ଜାମିନ୍‌ରେ ମୁକୁଳିବା ପରେ ୨ୟ ଥର ୨୦୧୧ ନଭେମ୍ବର ୨୫ରେ ଗିରଫ କରାଯାଇଥିଲା ଓ ସେ ୪ ମାସ ୯ ଦିନ ଜେଲରେ ରହି ସର୍ତ୍ତମୂଳକ ଜାମିନ ପାଇ ଢ଼ିଙ୍କିଆ ଫେରି ଆନ୍ଦୋଳନ ଚଲାଇଥିଲେ । ତେବେ ଅଭୟଙ୍କୁ ୩ୟ ଥର ଗିରଫ

ଅତ୍ୟନ୍ତ ଜଟିଳ ସମସ୍ୟା ଗ୍ରାମବାସୀଙ୍କ ପାଇଁ ହୋଇପାରେ ବୋଲି ସମସ୍ତେ ଭାବି ନେଇଥିଲେ।

ଲଗାତର ଗୋଟିଏ ସପ୍ତାହ ଜମି ଅଧିଗ୍ରହଣକାରୀ ଦଳ ପୋଲିସ୍ ଫୋର୍ସ ନେଇ ପାନ ବରଜ ଭାଙ୍ଗିବାକୁ ଲାଗିଥିଲେ। ବାସ୍ତବିକ ଢିଙ୍କିଆ ଗ୍ରାମ ପ୍ରଶାସନ ନିମନ୍ତେ ଅଭେଦ୍ୟ ଦୁର୍ଗ ପାଲଟିଥିବା ବେଳେ ଢିଙ୍କିଆ ଗ୍ରାମକୁ ବାଦ୍ ଦେଇ ଜମି ଅଧିଗ୍ରହଣ ଚାଲିଥିଲା। ଗୋବିନ୍ଦପୁର ଏକ ସ୍ୱର୍ଣ୍ଣକାତର ଓ ପୋସ୍କୋ ବିରୋଧୀ ଗ୍ରାମ ହୋଇଥିବା ବେଳେ ପ୍ରଶାସନ ପୋଲିସ୍ ନେଇ ଲୋକଙ୍କୁ ମାଡ଼ମାରି ଜମି ଅଧିଗ୍ରହଣ କରିଥିଲା। ଗୋବିନ୍ଦପୁରର ମାଧବ ବର୍ଦ୍ଧନ, ଅଭିରାମ ସ୍ୱାଇଁ ଓ ଖିର ସାହୁଙ୍କ ସମେତ ପ୍ରାୟ ୫୦ ଜଣଙ୍କ ପାନ ବରଜ ପ୍ରଥମ ଦଫାରେ ଭଙ୍ଗାଯାଇଥିଲା। ଏହାପରେ ପ୍ରଶାସନ ପଛକୁ ଫେରିନଥିଲା। ଅନେକ ଲୋକ ମାଡ଼ଖାଇ ଗାଁ ଛାଡ଼ି ପଳେଇ ଯାଇଥିଲେ। ପୋଲିସ୍ କୋକୁଆ ଭୟ ସୃଷ୍ଟି କରେଇଥିଲା।

ଜୁଲାଇ ମାସ ୪ ତାରିଖ ୨୦୧୩ରେ ପୋସ୍କୋ ପାଇଁ ବର୍ତ୍ତମାନ ସ୍ଥିତିରେ ଜମି ଅଧିଗ୍ରହଣ ସ୍ଥଗିତ କରାଗଲା ବୋଲି ପ୍ରଶାସନ ଘୋଷଣା କରିଥିଲା। ଜିଲ୍ଲା ପ୍ରଶାସନ ମାଡ଼ ମାରି ବଳପୂର୍ବକ ଗ୍ରାମବାସୀଙ୍କ ଜମି ଅଧିଗ୍ରହଣ କରୁଥିବାରୁ ଦେଶବ୍ୟାପୀ ଆଲୋଡ଼ନ ସୃଷ୍ଟି ହୋଇଥିଲା। ବିଭିନ୍ନ କାରଣରୁ ଅଚାନକ ଜମି ଅଧିଗ୍ରହଣ ସ୍ଥାନରେ ଖବରଦାତାଙ୍କୁ ସୂଚନା ଦେଇ ଅତିରିକ୍ତ ଜିଲ୍ଲାପାଳ ସୁରଜିତ୍ ଦାସ କହିଥିଲେ ଯେ, ଆଜିସୁଦ୍ଧା ଜଗତ୍‌ସିଂହପୁର ଜିଲ୍ଲା ପ୍ରଶାସନ ମୋଟ ୨୭୦୦ ଏକର ଜମି ଅଧିଗ୍ରହଣ କରିସାରିଛି। ପ୍ରଥମେ ପ୍ରଶାସନ ୨୦୦୦ ଏକର ଜମି ଆଇନ ଅନୁଯାୟୀ ଅଧିଗ୍ରହଣ କରିଥିଲା ଓ ଆଜି ୪ ତାରିଖ ସୁଦ୍ଧା ୭୦୦ ଏକର ଅଧିଗ୍ରହଣ କରାଯାଇଛି। ଆଜି ୭୦୦ ଏକର ଜମି ବାବଦକୁ ହିତାଧିକାରୀ ଜମି ମାଲିକଙ୍କୁ ୬ କୋଟି ୧୭ ଲକ୍ଷ ଟଙ୍କା ପ୍ରଦାନ କରାଯାଇଛି। ଏଥନେଇ ୪୮୮ ପାନ ବରଜ ଭଙ୍ଗା ଯାଇଛି। ପୂର୍ବରୁ ଯେଉଁ ୨୦୦୦ ଏକର ଜମି ଅଧିଗ୍ରହଣ ହୋଇଥିଲା, ତହିଁ ମଧରୁ ୬୧୫ ପାନବରଜ ଭଙ୍ଗା ଯାଇଥିଲା ଓ କ୍ଷତି ପୂରଣ ବାବଦକୁ ୯ କୋଟି ୫୦ ଲକ୍ଷଟଙ୍କା ପ୍ରଦାନ କରାଯାଇସାରିଛି। ଏହାପରେ ପୁଣି ଜମି ଅଧିଗ୍ରହଣ କରାଯିବ। ତେବେ ଆଜିଠାରୁ ସାମୟିକ ଭାବେ ଜମି ଅଧିଗ୍ରହଣ ବନ୍ଦ କରାଯାଇ ୨୭୦୦ ଏକର ଜମିର ସୀମା ନିର୍ଦ୍ଧରଣ କରାଯିବ।

ସରକାରୀ ଅଧିକାରୀଙ୍କ ଏପରି ଘୋଷଣା ବିଭିନ୍ନ ଆଶଙ୍କା ସୃଷ୍ଟି କରିଥିଲା। ସୀମା ନିର୍ଦ୍ଧାରଣ ଅର୍ଥ ଏବେ ପାଚେରୀ ନିର୍ମାଣ କାମ ଆରମ୍ଭ କରାଯିବ। ପାଚେରୀ ନିର୍ମାଣ କରାଗଲେ ଲୋକଙ୍କ ଜମି ସବୁଦିନ ପାଇଁ ହାତରୁ ଯିବ ବୋଲି ଜଣାପଡ଼ିବାରୁ ଅଂଚଳରେ ଆହୁରି ଉତ୍ତେଜନା ସୃଷ୍ଟି ହେଲା।

ଏହାପରେ ପ୍ରାଥମିକ ସ୍ତରରେ ନୋଳିଆ ସାହି - ନୂଆଗାଁ ସୀମାରେ ପ୍ରଶାସନ ପକ୍ଷରୁ ପାଚେରୀ ନିର୍ମାଣ କାର୍ଯ୍ୟ କରିବାକୁ ନିଅଁ ଖୋଲା ଆରମ୍ଭ କରାଗଲା। ବାହାର ଅଂଚଳରୁ ଠିକାଦାର ଆସି ହାତ ଖୋଲି ଖର୍ଚ୍ଚ କରାଯାଇ ଯୁଦ୍ଧକାଳୀନ ଭିତ୍ତିରେ ପାଚେରୀ ନିର୍ମାଣ କାର୍ଯ୍ୟ ଆଗେଇ ନେବାକୁ ପ୍ରଶାସନ, ପୋଲିସ୍ ଓ ପୋସ୍କୋ ଅଧିକାରୀ ଉଦ୍ୟମ ଆରମ୍ଭ କରିଦେଲେ। ପ୍ରଥମ ପର୍ଯ୍ୟାୟରେ ନିଅଁ ଖୋଲା ଚାଲିଥିବା ବେଳେ ସେଠାକାର ଉତ୍ୟକ୍ତ ଗ୍ରାମବାସୀମାନେ ନିଅଁ ଖୋଲା ବନ୍ଦ କରି ଦେଇଥିଲେ। ଶତାଧିକ ଗ୍ରାମବାସୀ ନିଅଁ ଖୋଲା ମାଟିକୁ ପୋତି ଦେଇ ଠିକାଦାରଙ୍କ ମେସିନ୍‌କୁ ଭଙ୍ଗାରୁଜା କରିଥିଲେ। ଗ୍ରାମବାସୀଙ୍କୁ ଡରେଇବାକୁ ଠିକାଦାର ଗ୍ରାମବାସୀଙ୍କ ନାମରେ ଥାନାରେ ଏତଲା ପ୍ରଦାନ କରିଥିଲେ।

ଏହାପୂର୍ବରୁ ନ୍ୟାସନାଲ ଗ୍ରୀନ୍ ଟ୍ରିବ୍ୟୁନାଲ କେନ୍ଦ୍ର ସରକାରର ପୋସ୍କୋ ଇସ୍ପାତ କାରଖାନା ପାଇଁ ଦେଇଥିବା ପରିବେଶ ମଞ୍ଜୁରୀ ଉପରେ ସ୍ଥଗିତାଦେଶ କରିଥିଲେ ମଧ୍ୟ ପ୍ରଶାସନ କେବଳ ଜମି ଅଧିଗ୍ରହଣ କାର୍ଯ୍ୟ ଓ ଗଛକଟା କାର୍ଯ୍ୟ ବନ୍ଦକରି ପୋସ୍କୋ ପାଇଁ ପାଚେରୀ ନିର୍ମାଣରେ ଆଗେଇବାକୁ ଯୋରଦାର ପଦକ୍ଷେପ ନେଇଥିଲେ। ବର୍ତ୍ତମାନ ସ୍ଥିତିରେ ପୋସ୍କୋ ବିରୋଧୀ ଗ୍ରାମବାସୀମାନଙ୍କ ବ୍ୟତିରେକ ପୋସ୍କୋକୁ ସମର୍ଥନ କରୁଥିବା ଗ୍ରାମବାସୀମାନେ ମଧ୍ୟ ପାଚେରୀ ନିର୍ମାଣକୁ ଘୋର ବିରୋଧ ଆରମ୍ଭ କରିଦେଇଥିଲେ। ଗ୍ରାମବାସୀମାନେ ନିଅଁ ଖୋଲା ଯାଉଥିବା ସ୍ଥାନରେ ଧାରଣାରେ ବସିରହିଲେ। ଯଦ୍ଵାରା ପ୍ରଶାସନର କାର୍ଯ୍ୟ ବାଧାପ୍ରାପ୍ତ ହୋଇଥିଲା।

କଠୋର ପୋସ୍କୋ ବିରୋଧୀ ଗ୍ରାମବାସୀମାନେ ଗୋଟିଏ କଥା ଅଦୌ ହଜମ କରିପାରୁନଥିଲେ। ଅଂଚଳରେ ଚର୍ଚ୍ଚା ଚାଲିଥିଲା ଯେ, ପୋସ୍କୋ କେବଳ ଓଡ଼ିଶା ନୁହେଁ କର୍ଣ୍ଣାଟକ ସରକାରଙ୍କ ସହ ଚୁକ୍ତି ସ୍ଵାକ୍ଷରିତ କରିଥିଲା ଯେ, ସେଠାରେ ସେ ୬ ନିୟୁତ ଟନ୍ କ୍ଷମତା ବିଶିଷ୍ଟ କାରଖାନା କରିବ ବୋଲି। କମ୍ପାନୀ ୩୦ହଜାର କୋଟି ଟଙ୍କା ଖର୍ଚ୍ଚ କରିବ ବୋଲି ଆକଳନ କରି ପ୍ରସ୍ତାବ ରଖିଥିଲା। କର୍ଣ୍ଣାଟକର ଗଉଡ ଜିଲ୍ଲାରେ ପ୍ରାୟ ୩୪୦୦ ଏକର ଜମି ଆବଶ୍ୟକତା ଦୃଷ୍ଟିରୁ ଜମି ଅଧିଗ୍ରହଣ ପ୍ରକ୍ରିୟା ଆରମ୍ଭ ମଧ୍ୟ କରିଥିଲା। ହେଲେ ସେଠାରେ ସ୍ଥାନୀୟ ବାସିନ୍ଦା ଯୋରଦାର ବିରୋଧ କରିଥିଲେ। ବିରୋଧ ଏପରି ଯୋରଦାର ହେଲା ଯେ, ପୋସ୍କୋ ଜମିଅଧିଗ୍ରହଣ ପାଇଁ ପ୍ରଦାନ କରିଥିବା ୬୦ କୋଟି ଟଙ୍କା ଫେରସ୍ତ ଆଣି କାରଖାନା ନିର୍ମାଣ ନିଷ୍ପତିରୁ ଓହରି ଆସିଲା।

ଜଗତ୍‌ସିଂହପୁର ଜିଲ୍ଲାର କୁଜଙ୍ଗ ସଂଲଗ୍ନ ଢିଙ୍କିଆ ଚାରିଦେଶର ଜମିକୁ କୌଣସି ସ୍ଥିତିରେ ପୋସ୍କୋ ନଛାଡ଼ି ବଳପୂର୍ବକ କାରଖାନା କରିବାକୁ ଜିଦି କରୁଥିବା ରହସ୍ୟ

ବୁଝା ପଡୁନଥିଲା। ତାଛଡ଼ା କର୍ଣ୍ଣାଟକରେ ଓ କେନ୍ଦ୍ରରେ ଏକା ରାଜନୈତିକ ଦଳର ସରକାର ଥିବା ବେଳେ ପୋସ୍କୋ ସେଠାରେ ହାମୁଡ଼େଇ ହେଇପଡ଼ିଲା। ହେଲେ ଏଠି ସରକାର ଅଲଗା ଅଲଗା। ଏଠାରେ ଗ୍ରାମବାସୀ ଜମି ଛାଡ଼ିବାକୁ ରାଜି ନାହାନ୍ତି। ୫ ଜଣ ଲୋକ ବିରୋଧ କରି ପ୍ରାଣ ହରେଇ ସାରିଲେଣି। ଶହ ଶହ ଲୋକ ବୋମା ମାଡ, ଗୁଳି ମାଡରେ ପଙ୍ଗୁ ହୋଇଗଲେଣି। କିନ୍ତୁ ପୋସ୍କୋର ଜିଦି ମୁଁ ଏଠି କାରଖାନା କରିବି। ସରକାରଙ୍କ ଜିଦି ପୋସ୍କୋ ଫେରି ନଯାଉ।

ଅପରପକ୍ଷରେ ଓଡ଼ିଶା ହାଇକୋର୍ଟ ପୋସ୍କୋ ପ୍ରସଙ୍ଗରେ ବିଚାର ପାଇଁ ଆବେଦନ ଗ୍ରହଣ କରିଛନ୍ତି। ଦିଲ୍ଲୀସ୍ଥିତ ନ୍ୟାସ୍ନାଲ ଗ୍ରୀନ୍ ଟ୍ରିବ୍ୟୁନାଲ କେନ୍ଦ୍ର ସରକାରଙ୍କ ପୋସ୍କୋ ପାଇଁ ମଞ୍ଜୁରୀ ସୁପାରିଶ ଉପରେ ସ୍ଥଗିତାଦେଶ ଦେଇସାରିଛନ୍ତି। କୌଣସି ପରିସ୍ଥିତିରେ ପ୍ରଶାସନ ଓ ପୋସ୍କୋ ପ୍ରସ୍ତାବିତ ପ୍ରକଳ୍ପ ଅଂଚଳରେ ଗଛ କାଟି ପାରିବ ନାହିଁ ବୋଲି ମଧ୍ୟ ସ୍ଥଗିତାଦେଶ ହୋଇଛି। ଏହା ପରେ ମଧ୍ୟ ଓଡ଼ିଶା ସରକାର ଓ ପୋସ୍କୋ କମ୍ପାନୀ ଲୋକଙ୍କ ଜମି ଛଡେଇ ନେଇ କାରଖାନା ନିର୍ମାଣ କରିବାକୁ ଚାହୁଁଥିବାରୁ ଏକ ସୁସ୍ଥ ଗଣତନ୍ତ୍ରର ଗତି କୁଆଡେ ଯାଉଛି ବୁଝାପଡୁନଥିଲା।

ଏହି ସମୟରେ ପ୍ରସ୍ତାବିତ ପୋସ୍କୋ ଅଂଚଳରେ ଆଉ ଏକ ଘଟଣା ଘଟିଲା। ପୋସ୍କୋ ପାଇଁ ଗଛ କଟାର ଭୟଙ୍କର ପରିଣତି ଲୋକମାନେ ଓ ପ୍ରଶାସନ ହାଡ଼େ ହାଡ଼େ ଅନୁଭବ କରିଥିଲା। ପୋସ୍କୋ ପାଇଁ ସମୁଦ୍ରକୂଳରୁ ହେନ୍ତାଳ ଜଙ୍ଗଲ ଧ୍ୱଂସ କରିବା ଓ ଲକ୍ଷାଧିକ ଝାଉଁ ଗଛ କାଟିବାର ପ୍ରଭାବ ଏଠାକାର ସମୁଦ୍ରକୂଳ ଗାଁ ନୋଳିଆସାହି, ନୂଆଗାଁ, ପୋଲାଙ୍ଗ ଓ ଗଡ଼କୁଜଙ୍ଗରେ ସିଧାସଳଖ ପଡ଼ିଥିଲା। ବଙ୍ଗୋପସାଗରରେ ପୂର୍ଣ୍ଣିମା ଜୁଆର ଜଟାଧାର ନଦୀରେ ଭୋରୁ ଭୋରୁ ପ୍ରବାହିତ ହେବାରୁ ସବୁଠି ବନ୍ଧବାଡ଼ ଭାଙ୍ଗି ଯାଇଥିଲା। ଯଦ୍ଦାରା ଗ୍ରାମବାସୀଙ୍କ ଆନୁମାନିକ ୫୦୦ ଏକର ଚାଷ ଜମିରେ ଲୁଣାପାଣି ମାଡ଼ିଯାଇ ବ୍ୟାପକ କ୍ଷୟକ୍ଷତି ହୋଇଥିଲା। ଏପରି ସ୍ଥିତି କେବଳ ଜଙ୍ଗଲ ହଂଶାଯାଇଥିବାରୁ ହେଲା ବୋଲି ସମସ୍ତେ ଅନୁଭବ କରିଥିଲେ। ଏହି ଘଟଣା ଯୋଗୁ ଗ୍ରାମବାସୀମାନେ ପୋସ୍କୋ ପ୍ରଶାସନ ଠାରୁ କ୍ଷତି ପୂରଣ ଦାବୀ କରିଥିଲେ ଓ ପ୍ରଶାସନ ମୁହଁ ଛପା ଦେଇଥିଲା।

ସେତେବେଳେ ସବୁଠୁ ଦୁଃଖରେ ଓ କଷ୍ଟରେ ଥିଲେ ପ୍ରସ୍ତାବିତ ପୋସ୍କୋ ଅଂଚଳର ପାତଣା ଗାଁ ଛାଡ଼ି ପୋସ୍କୋ ବିସ୍ଥାପିତ କଲୋନୀରେ କାଳାତିପାତ କରୁଥିବା ୫୬ ପରିବାର। ସେମାନଙ୍କ ପାଇଁ ପ୍ରଶାସନର ଘୋଷଣା ହାଲୁକ ଶୁଖାଇ ଦେଇଥିଲା। ୪୦୦୪ ଏକର ଜମି ମଧରୁ ପ୍ରଶାସନ ୨୭୦୦ ଏକର ଜମିକୁ ପୋସ୍କୋକୁ ହସ୍ତାନ୍ତର କରାଯାଇ କାରଖାନା ନିର୍ମାଣ ଆରମ୍ଭ ହେବ ଓ ପରେ ଆବଶ୍ୟକ ଜମି ଅଧିଗ୍ରହଣ

କରାଯିବ ବୋଲି ପ୍ରଶାସନ ପକ୍ଷରୁ କୁହାଯାଇଥିଲା। ୨୭୦୦ ଏକର ଜମି ମଧରୁ ପାଟଣା ଗାଁର ଜମି ଆଦୌ ନଥିଲା। ପାଟଣା ଗାଁରୁ ଜମି ଅଧିଗ୍ରହଣ କରାଯିବ ଓ ୫୬ ପରିବାର ପୋଲିସ ସହାୟତାରେ ଗାଁକୁ ଆସିବେ ବୋଲି ଆଲୋଚନା ହୋଇଥିବା ବେଳେ ଆଇନ ଶୃଙ୍ଖଳାକୁ ଆଖି ଆଗରେ ରଖି ସରକାର ୫୬ ପରିବାରଙ୍କୁ ଟାଙ୍କ ନିଜ ଭିଟାମାଟି ଗାଁ ପାଟଣା ଆଣି ପାରିଲେ ନାହିଁ। ୫୬ ପରିବାରର ପ୍ରାୟ ୨୫୦ରୁ ଊର୍ଦ୍ଧ୍ୱ ସଦସ୍ୟମାନେ ଗାଁ ବାହାରେ ପୋସ୍କୋ କ୍ୟାମ୍ପରେ ହତସନ୍ତ ହୋଇଥିଲେ। ପୋସ୍କୋକୁ ସମର୍ଥନ କରି ବରବାଦ ହେଇଯାଇଥିଲେ।

ପାଟଣା ଗାଁରୁ ସେମାନଙ୍କ ଜମି ସରକାର ଆଣି ନପାରିବାରୁ ସେମାନେ ପୋସ୍କୋ କମ୍ପାନୀ ପାଇଁ ଆଉ ବିସ୍ଥାପିତ ହୋଇ ରହିଲେ ନାହିଁ। ୨୭୦୦ ଏକର ଜମି ମଧରେ ସେମାନଙ୍କ ଜମି ନଥିବାରୁ ସେମାନେ କ୍ଷତିପୂରଣ ପାଇଲେ ନାହିଁ ଓ ସେମାନେ ଆଜିର ସ୍ଥିତିରେ ପୋସ୍କୋର ବିସ୍ଥାପିତ ହୋଇ ନପାରିବାରୁ ପୋସ୍କୋ ସେମାନଙ୍କୁ ଆସ୍ତେ ଆସ୍ତେ ସବୁ କ୍ଷେତ୍ରରେ ଅଣଦେଖା କରିବାକୁ ଆରମ୍ଭ କରିଥିଲା। ସେମାନେ ପୋସ୍କୋକୁ ସମର୍ଥନ କରି ସପକ୍ଷବାଦୀର ନିନ୍ଦା ନେଇ ସରକାରୀ କଳର ମନ୍ତ୍ରଣାରେ ଗାଁ ଛାଡ଼ିଲେ। ପୋସ୍କୋ ପ୍ରତିରୋଧ ସଂଗ୍ରାମ ସମିତି ସହିତ ସାଲିସ୍ କରିନପାରିବା କାରଣରୁ ବିଭିନ୍ନ ଗଣ୍ଡଗୋଳ, ମାଡ଼ପିଟ ଓ ମରଣାନ୍ତକ ଆକ୍ରମଣର ଶିକାର ହୋଇ ପୋସ୍କୋ ମୋହରେ ଗାଁ ଛାଡ଼ିଲେ। ହେଲେ ଏଭଳି ପରିସ୍ଥିତିରେ ସେମାନେ ଏବେ କାହାର ହେଇ ପାରୁନାହାନ୍ତି। ପୋସ୍କୋ ନିର୍ମିତ ବଡ଼ଗବପୁର ଠାରେ ପୋସ୍କୋ କଲୋନୀରେ ସେମାନେ ପୋସ୍କୋର ଦୟାରେ ରହୁଛନ୍ତି। ୨୭୦୦ ଏକର ଜମି ଅଧିଗ୍ରହଣ ପରେ ସେମାନେ ପୋସ୍କୋର ବିସ୍ଥାପିତ ପରିବାର ହେଲେନି। ପ୍ରଶାସନ ଅସହଯୋଗ କରିଲା। ଗାଁକୁ ଫେରିଯିବାକୁ ଖୋଦ୍ ରାଜ୍ୟ ମୁଖ୍ୟମନ୍ତ୍ରୀଙ୍କୁ ଗୁହାରୀ ହେଲା ପରେ ମଧ ଏବେ ଗାଁକୁ ନଯିବାକୁ ପରାମର୍ଶ ଦିଆଗଲା। ସେପଟେ ଗାଁ ଭାଇମାନେ ମଧ ନିଜର ହେଲେନି। ଏମିତି ଗୋଟେ ଦୋଛକିରେ ୫୬ ପରିବାର ଠିଆ ହୋଇ କେବଳ ଆଖିଲୁହ ଢ଼ାଳି ସମୟକୁ ଅପେକ୍ଷା କରିଥିଲେ।

ଅପରପକ୍ଷରେ ପୋସ୍କୋ ପାଇଁ ଦିନକୁ ଦିନ ସମସ୍ୟା ବଢ଼ି ଚାଲିଥିଲା। ପୋସ୍କୋ ବିରୋଧୀ ନେତା ଅଭୟ ସାହୁଙ୍କୁ ବିଭିନ୍ନ ମୋକଦ୍ଦମାରେ ଛନ୍ଦି ୩ୟ ଥର ପାଇଁ ଜେଲ ପଠାଇଥିଲେ ମଧ ନ୍ୟାୟାଳୟରୁ ସେ ଜାମିନରେ ଆସିପାରିଥିଲେ। ତେବେ ଅଭୟ ବାରମ୍ବାର ଜେଲ ଯିବାପରେ ମଧ ପୋସ୍କୋ ଆନ୍ଦୋଳନ ସେହି ସମୟରେ ଦବି ନଯାଇ ଆହୁରି ଉଗ୍ର ହୋଇଥିଲା।

ପୋସ୍କୋର ଖଣି ସମସ୍ୟା ସମାଧାନ ହୋଇପାରିଲା ନାହିଁ। କେନ୍ଦ୍ର ଜଙ୍ଗଲ

ମଞ୍ଜୁରୀ ଓ କାରଖାନା ମଞ୍ଜୁରୀ ଉପରେ ନ୍ୟାସନାଲ୍ ଗ୍ରୀନ୍ ଟ୍ରିବ୍ୟୁନାଲ୍ ଅଙ୍କୁଶ ଲଗାଇ ସାରିଥିଲା। ସେପଟେ ଓଡ଼ିଶା ହାଇକୋର୍ଟରେ ପୋସ୍କୋ ସମ୍ପର୍କିତ ମାମଲା ଚାଲିଥିଲା। ପୋସ୍କୋ ପ୍ରତ୍ୟାହାର ଦାବୀରେ ପ୍ରସ୍ତାବିତ ପୋସ୍କୋ ଅଞ୍ଚଳର ୫ ହଜାର ଲୋକଙ୍କ ଦସ୍ତଖତ ସମ୍ବଳିତ ଏକ ଦାବୀପତ୍ର ଭାରତର ରାଷ୍ଟ୍ରପତି ଓ ଦକ୍ଷିଣ କୋରିଆର ବିରୋଧୀ ଦଳ ନେତ୍ରୀଙ୍କ ଉଦ୍ଦେଶ୍ୟରେ ଡାକ ଯୋଗେ ପଠାଯାଇଥିଲା। ଢିଙ୍କିଆରୁ ପୋସ୍କୋ ପ୍ରତିରୋଧ ସଂଗ୍ରାମ ସମିତି ସମ୍ପାଦକ ଶିଶିର ମହାପାତ୍ର, ସମିତି ମୁଖପାତ୍ର ପ୍ରଶାନ୍ତ ପାଇକରାୟ, ଆଗଧାଡ଼ିର ଯୁବ ନେତୃତ୍ୱ ଦେବେନ୍ଦ୍ର ସ୍ୱାଇଁ, ମନୋରମା ଖଟୁଆ, ପ୍ରକାଶ ଜେନା, ବାସୁଦେବ ଖଣ୍ଡୁଆଲ, ଦୁର୍ଯ୍ୟୋଧନ ପ୍ରଧାନ, ନିତ୍ୟାନନ୍ଦ ସ୍ୱାଇଁ, ପାଟଣା ଗାଁରୁ କୈଳାସ ମହାନ୍ତି, ଧ୍ରୁବ ସ୍ୱାଇଁ, ଯୋଗୀ ଦଲାଇ, ଗୋବିନ୍ଦପୁରରୁ ଧର୍ମେନ୍ଦ୍ର ମହାନ୍ତି, ରଞ୍ଜନ ବେହେରା, ଟୁନା ବରାଳ, ଟୁକୁନା ପଶାୟତ, ନୂଆଗାଁରୁ ରମେଶ ମନ୍ତ୍ରୀ, ଧନୁ ଦାସ, ନୋଳିଆସାହିରୁ ବାସୁଦେବ ବେହେରା, ଭୀମ ବେହେରା, ଅଞ୍ଜନା ବେହେରା, ଗଡ଼କୁଜଙ୍ଗରୁ ସୁଧୀର ପରିଜା, ଉଦ୍ଧବ ଭୋଇ ଓ ପ୍ରଭାସ ଗୋଚ୍ଛାୟତଙ୍କ ଦସ୍ତଖତ ସହିତ ପ୍ରାୟ ୫ ହଜାର ଗ୍ରାମବାସୀ ଦସ୍ତଖତ କରି ପତ୍ର ପଠେଇଥିଲେ।

ପତ୍ରରେ ଲେଖାଥିଲା ଯେ, ଗ୍ରାମବାସୀଙ୍କ ଉପରେ ଅକଥନୀୟ ଅତ୍ୟାଚାର କରାଯାଇ, ମାଡ଼ମାରି, ବିଭିନ୍ନ କେଶ୍‌ରେ ଫସାଯାଇ ୨୭୦୦ ଏକର ଜମି ଅଧିଗ୍ରହଣ କରାଯାଇଛି। ଗାଁରେ ସର୍ବଦା ପୋଲିସ୍‌ ଫ୍ଲାଗ୍‌ ମାର୍ଚ୍ଚ କରୁଛି ଓ ଆଜିକୁ ଦୀର୍ଘ ବର୍ଷ ହେଲା ଗ୍ରାମବାସୀମାନେ ଚାରିପଟରୁ ଘେରଉ ହୋଇ ବନ୍ଦୀଭାବେ ଜୀବନ ବିତାଉଛନ୍ତି।

ପୋସ୍କୋ ବିରୋଧରେ ୫ ହଜାର ଲୋକଙ୍କ ହସ୍ତଖତ ଥାଇ ଏଭଳି ପତ୍ର ପଠାଯିବା ନେଇ ବିଭିନ୍ନ ସ୍ତରରେ ଚର୍ଚ୍ଚା ହୋଇଥିଲା। ଏହାପୂର୍ବରୁ ମଧ୍ୟ ପୋସ୍କୋକୁ ଜାତିସଂଘ ୫ଟକା ଲାଗିଥିଲା। ଜାତିସଂଘର ସ୍ୱାଧୀନ ମାନବ ଅଧିକାର ବିଶେଷଜ୍ଞମାନେ ରିପୋର୍ଟ ପ୍ରକାଶ କରିଥିଲେ ଯେ, ଓଡ଼ିଶାର ଜଗତ୍‌ସିଂହପୁର ଜିଲ୍ଲାର ଏହି ପ୍ରକଳ୍ପ ଦ୍ୱାରା ପ୍ରକୃତରେ ୨୨ ହଜାର ଲୋକ ବିସ୍ଥାପିତ ହେବେ। ହଜାର ହଜାର ସଂଖ୍ୟାରେ ଲୋକମାନେ କୌଳିକ ବୃତ୍ତି ହରେଇବେ ଓ ସେମାନଙ୍କର ଜିବୀକା ପ୍ରଭାବିତ ହେବ। ଏପରି ଅନେକ ସ୍ପର୍ଶକାତର ବିଷୟ ଉପସ୍ଥାପନା କରାଯାଇ ଜାତିସଂଘ ପକ୍ଷରୁ ଓଡ଼ିଶା ପ୍ରକଳ୍ପ ତୁରନ୍ତ ବନ୍ଦ କର ବୋଲି କହିଥିବା ଗ୍ରାମବାସୀମାନେ ଜାଣିପାରି ଆଶ୍ୱସ୍ତ ହେଇଥିଲେ।

ପୋସ୍କୋ ଆନ୍ଦୋଳନର ଚୂଡ଼ାନ୍ତ ପର୍ଯ୍ୟାୟରେ ସମସ୍ତେ ସଦିହାନ ଥିଲେ। ପୋସ୍କୋ ଚକ୍ରବ୍ୟୂହ ମଧ୍ୟରେ ଫସି ରହିଥିଲା। ପ୍ରକଳ୍ପ ହେବା ପାଇଁ ଆବଶ୍ୟକ ଆଇନଗତ କାଗଜାତ ସହିତ ଖଣି, ପାଣି, ଜମି ସବୁ ଲଟକି ରହିଥିଲା। ରାଜ୍ୟ ସରକାର ମଧ୍ୟ

ବାରମ୍ବାର ସମାଲୋଚନାର ଶିକାର ହେଉଥିଲେ। କେନ୍ଦ୍ର ସରକାରଙ୍କର ପୋଷ୍କୋ କ୍ଷେତ୍ରରେ ଆନ୍ତରିକତା ଥାଇ ମଧ୍ୟ ସ୍ୱଚ୍ଛ ଚିତ୍ର ମିଳୁନଥିଲା। ଅପରପକ୍ଷରେ ପୋଷ୍କୋ ବିରୋଧୀ ଗ୍ରାମବାସୀମାନେ ଏତେ ବଡ଼ ଲମ୍ବା ଆନ୍ଦୋଳନ ଚଳେଇ ସର୍ବସ୍ୱ ତ୍ୟାଗ କରିସାରି ତଥାପି ଥକି ପଡ଼ିନଥିଲେ। ପୋଷ୍କୋ ସପକ୍ଷବାଦୀମାନେ କହିପାରୁନଥିଲେ କି ସହିପାରୁନଥିଲେ। ଗାଁକୁ ଛାଡ଼ି ପୋଷ୍କୋ ଶରଣରେ ଥିବା ପାଟଣା ଗାଁର ୫୨ ପରିବାର ହାହତାଶରେ ଅତ୍ୟନ୍ତ କଷ୍ଟ ଜୀବନ ବିତଉଥିଲେ। ଗାଁ ଗୁଡ଼ିକ ସର୍ବଦା ଅଶାନ୍ତ ରହୁଥିଲା। ଏମିତିରେ ଏମିତିରେ ସମସ୍ତେ ସମସ୍ତଙ୍କୁ ପ୍ରତିଟି ମୁହୂର୍ତ୍ତରେ ଡରୁଥିଲେ। ଲାଗୁଥିଲା ସତେ ଯେମିତି ଗାଁରେ ଗୋଟିଏ ସତ ସତିକା କୋକୁଆ ପଶିଆସିଛି। ନିଜ ଛାଇକି ଦେଖି ଛେପ ଢୋକୁଥିଲେ ସମସ୍ତେ।

ବାଇଶି

୧୬ ଫେବ୍ରୁଆରୀ ୨୦୧୪
ପୋଷ୍କୋ ଅଫିସ୍ ଜିଲ୍ଲା- ପାଟେରୀ ଭାଙ୍ଗିଲା :

ଅଧିକାଂଶ ପୋଷ୍କୋ ସପକ୍ଷବାଦୀ ଗ୍ରାମବାସୀମାନେ ନୂଆଗାଁ ଓ ଗଡ଼କୁଜଙ୍ଗ ପଂଚାୟତରେ ପୋଷ୍କୋକୁ ବିରୋଧ କରି ପୋଷ୍କୋର ପାଟେରୀ ଖୋଲାକୁ ବିରୋଧ କରିଥିଲେ। ଢିଙ୍କିଆ ପଂଚାୟତର ୭୦୦ ଏକର ଜମି ଅଧିଗ୍ରହଣ ହେବା ପରେ ପ୍ରଶାସନ ପକ୍ଷରୁ ଏବେକା ସ୍ଥିତିକ ପାଇଁ ଆଉ ଢିଙ୍କିଆ ପଂଚାୟତରେ ଜମି ଅଧିଗ୍ରହଣ ହେବ ନାହିଁ ବୋଲି ଘୋଷଣା କରିଥିବାରୁ ଆପାତତଃ ଢିଙ୍କିଆ ପଂଚାୟତରେ ଉତ୍ତେଜନା କମିଥିଲା। ହେଲେ ପୋଷ୍କୋ ଓ ପ୍ରଶାସନ କେତେବେଲେ ଯେ ପୁନଶ୍ଚ ଜମି ଅଧିଗ୍ରହଣ କରିବାକୁ ନଆସିବେ, ତାହା କହି ହେବନି ବୋଲି ଗ୍ରାମବାସୀ ହାଡ଼େ ହାଡ଼େ ଅନୁଭବ କରି ସଜାଗ ରହିଥିଲେ। ପଂଚାୟତକୁ ପୋଲିସ୍ ଓ ପ୍ରଶାସନ ପ୍ରବେଶ ନକରିବାକୁ ଦିନ ରାତି ପାଲିକରି ଜଗୁଆଲି ନିଯୁକ୍ତ କରାଯାଇଥିଲା। ପୋଲିସ୍ ଫୋର୍ସ କ୍ୟାମ୍ପ ବାଲିତୁଠରେ ରହିଥିଲା। ବାଲିତୁଠକୁ ପୋଲିସ୍ ଫୋର୍ସ ଦୈନିକ ଢିଙ୍କିଆ ସୀମାକୁ ଯାଉଥିଲେ ଓ ଗଡ଼କୁଜଙ୍ଗ, ନୂଆଗାଁରେ ଅବାଧ ପ୍ରବେଶ ଥିଲା। ସେଠାରେ ପୋଷ୍କୋ ସପକ୍ଷବାଦୀମାନେ ସେତେବେଲକୁ ପୋଷ୍କୋର ହାତ ଛାଡ଼ି ଦେଇଥିବାରୁ ପୋଷ୍କୋ ପାଟେରୀ ନିର୍ମାଣରେ ଅଡୁଆ ହୋଇଥିଲା।

ଅଭୟସାହୁ ଜାମିନରେ ତୃତୀୟ ଥର ପାଇଁ ଜେଲରୁ ମୁକୁଲିବା ଦିନଠୁ ଢିଙ୍କିଆକୁ ଅବାଧ ପ୍ରବେଶ କରି ପାରୁଥିଲେ। ଅଭୟ ସାହୁ ସବୁ ମୋକଦ୍ଦମାରେ ଜାମିନ ପାଇଥିଲେ ଓ ମୋକଦ୍ଦମା କୁଜଙ୍ଗ, ଜଗତ୍‌ସିଂହପୁର କୋର୍ଟରେ ଚାଲୁଥିଲା। ସେତେବେଲେ ଅଭୟ ସାହୁ ଶ୍ରମିକ ନେତା ପ୍ରକାଶ ତ୍ରିପାଠୀଙ୍କ ସହ ହାତ ମିଲାଇ ପାରାଦୀପ କୁଜଙ୍ଗର ଚାଷୀ ଆନ୍ଦୋଲନରେ ମଧ୍ୟ ଖାସ ଦେଇ ସରକାରଙ୍କ ନିଦ ହଜେଇ ଦେଇଥିଲେ। କୁଜଙ୍ଗ

SAY NO TO
POSCO
Posco Pratirodha
Sangram Samiti

JCB

ଚାଷୀ ସମାବେଶରେ ସରକାରଙ୍କୁ କଡ଼ା ସମାଲୋଚନା କରିବାରୁ କିଛି ଦିନ ଅନ୍ତରରେ ମନ୍ତ୍ରୀ ଡାକ୍ତର ଦାମୋଦର ରାଉତ କୁଜଙ୍ଗରେ ମଧ୍ୟ ସଭା କରିଥିଲେ। ସଭାରେ ଅଭୟ ସାହୁଙ୍କୁ ଡାକ୍ତର ରାଉତ ଏପରି ଅପଶବ୍ଦ ପ୍ରୟୋଗ କରିଥିଲେ ଯେ, ସିପିଆଇ ପକ୍ଷରୁ ଦାମଙ୍କ ନାମରେ ମାନହାନି ମୋକଦ୍ଦମା କରିବାକୁ ଧମକ ଦିଆଯାଇଥିଲା। ସେତେବେଳକୁ ଅଭୟ ସାହୁ ସିପିଆଇର ଜାତୀୟ ପରିଷଦ ସଦସ୍ୟ ଭାବରେ ନିର୍ବାଚିତ ହୋଇଥିଲେ। ଅବଶ୍ୟ ଏହାପୂର୍ବରୁ କୁଜଙ୍ଗ ଠାରେ ମନ୍ତ୍ରୀ ଡାକ୍ତର ଦାମୋଦର ରାଉତଙ୍କ ସଭାରେ ଅଣ୍ଟାମାଡ ହୋଇଥିବାରୁ ସେ ଅତ୍ୟନ୍ତ କ୍ଷୁବ୍ଧ ହୋଇଥିଲେ। ଏହା ପୂର୍ବରୁ ପୋସ୍କୋ ସପକ୍ଷବାଦୀ ଗ୍ରାମବାସୀମାନେ ରାଜ୍ୟର ଅନ୍ୟତମ କ୍ଷମତା କେନ୍ଦ୍ର ପ୍ୟାରୀ ମୋହନ ମହାପାତ୍ରଙ୍କୁ ଭେଟି ଆଲୋଚନା ମଧ୍ୟ କରିଥିଲେ ବୋଲି ଅଂଚଳରେ ଚର୍ଚ୍ଚା ଜୋର୍ ଧରିଥିଲା।

ପୋସ୍କୋ ପାଚେରୀ ନିର୍ମାଣ କରିବା ପୂର୍ବରୁ ପ୍ରଶାସନ ଓ ଗ୍ରାମବାସୀଙ୍କ ବୈଠକ ବସିନାହିଁ। ପୋସ୍କୋ କର୍ମଚାରୀ ଓ ଅଧିକାରୀ କୌଣସି ଗ୍ରାମବାସୀଙ୍କ ସହିତ ମଧ୍ୟ ଆଲୋଚନା କରିନଥିବାରୁ ନୂଆଗାଁ ଓ ଗଡକୁଜଙ୍ଗ ଅଶାନ୍ତ ହୋଇପଡ଼ିଥିଲା। ଯେଉଁମାନଙ୍କୁ ପୋସ୍କୋ ସପକ୍ଷବାଦୀ କୁହାଯାଉଥିଲା, ସେମାନେ ସମସ୍ତେ ଧାରଣାରେ ବସିରହିଲେ। ଧାରଣା ପ୍ରାୟ ୧୫ ଦିନ ଚାଲିଥିଲା। ଗ୍ରାମବାସୀଙ୍କ ସହିତ ପ୍ରଶାସନିକ ଆଲୋଚନା ହେବାକୁ ପ୍ରସ୍ତାବ ଥିବା ବେଳେ ଆଲୋଚନା ହୋଇପାରିଲା ନାହିଁ। ପ୍ରଶାସନ ମନେକରି ନେଇଥିଲା ଯେ, କୌଣସି ଆଲୋଚନା କିମ୍ବା ବିସ୍ଥାପନ ଥଇଥାନ ଓ କ୍ଷତି ପୂରଣ ନିମନ୍ତେ ସିଦ୍ଧାନ୍ତ ନକରି ପାଚେରୀ ନିର୍ମାଣ କାମ ଶେଷ କରିଦେବ। ପାଖାପାଖି ୧୭୦ ମିଟର ପାଚେରୀ ନିର୍ମାଣ ମଧ୍ୟ ହୋଇଥିଲା।

ତେବେ ୨୦୧୪ ମସିହା ଫେବୃଆରୀ ମାସ ୧୬ ତାରିଖରେ ଏହି ମନମୁଖୀ ପାଚେରୀ ନିର୍ମାଣ ପୋସ୍କୋ ପାଇଁ ମହଙ୍ଗା ପଡ଼ିଲା। ଶେଷରେ ଗ୍ରାମବାସୀମାନେ ପୋସ୍କୋର ନିଦ ହଜେଇ ଦେଲେ। ସେତେବେଳକୁ ପାଖାପାଖି ୧୦ ବର୍ଷ ହେଲା ପୋସ୍କୋ ପ୍ରତି ଥିବା ମିଛସତ ସମ୍ପର୍କରେ ପୂର୍ଣ୍ଣଚ୍ଛେଦ ପଡ଼ିଥିଲା। ୧୬ ତାରିଖ ସୋମବାର ଦିନ ୨ ହଜାରରୁ ଉର୍ଦ୍ଧ୍ୱ ଗ୍ରାମବାସୀ ମେଳିବାନ୍ଧି ପୋସ୍କୋ ପାଇଁ ନିର୍ମାଣ କରାଯାଇଥିବା ଆରମ୍ଭ ୧୭୦ ମିଟର ପାଚେରୀକୁ ଭାଙ୍ଗି ମାଟିରେ ମିଶେଇ ଦେଇଥିଲେ। ପୋସ୍କୋ ନୂଆଗାଁ ଓ ଗଡ଼କୁଜଙ୍ଗ ଜଙ୍ଗଲ ସୀମାରେ ଏକ କଂଟେନର ଅଫିସ୍ ଖୋଲି ସେଉଠୁ ଅପରେଟିଙ୍ଗ୍ କରୁଥିଲା। ପୋସ୍କୋ ଜେନେରାଲ ମ୍ୟାନେଜର ଏସ୍ଏନ୍ ସିଂ ସର୍ବଦା ସେଇ ଅଫିସରେ ବସୁଥିଲେ ଓ ସେଠାକୁ ଲଗାତର ଜିଲ୍ଲା ପ୍ରଶାସନ, ପୋଲିସ ଫୋର୍ସ ଆସୁଥିଲେ।

ଉତ୍‌କ୍ତ ଗ୍ରାମବାସୀମାନେ ୧୭୦ ମିଟର ପାଚେରୀକୁ ଧୂଳିସାତ୍‌ କରିବା ପରେ ରକ୍ତମୁଖା ହୋଇପଡ଼ିଥିଲେ। ଏଇ ସମୟରେ ପୋସ୍କୋ କଂଟେନର ଅଫିସରେ ନିଆଁ ଲାଗିଯାଇଥିଲା। ପୋସ୍କୋ କଂଟେନର ଅଫିସ୍‌ ଜାଳି ପୋଡ଼ି ପାଉଁଶ ହୋଇଗଲା। ପାଖରେ ଥିବା ଆଉ ଦୁଇଟି ପୋସ୍କୋ ଅଫିସରେ ବ୍ୟାପକ ଭଙ୍ଗାରୁଜା ମଧ୍ୟ ହୋଇଥିଲା। ଅଫିସରେ ଥିବା କମ୍ପ୍ୟୁଟର, ଟେବୁଲ, ଚେୟାର, କେତେକ ଗୁରୁତ୍ୱପୂର୍ଣ୍ଣ କାଗଜପତ୍ର ସହିତ କେତେକ ମେସିନ୍‌ ମଧ୍ୟ ପୋଡ଼ି ଛାରଖାର ହୋଇଯାଇଥିଲା। ପୋସ୍କୋର ପ୍ରାୟ ଏକ କୋଟିରୁ ଊର୍ଦ୍ଧ୍ୱ ଟଙ୍କାର ଆସବାବପତ୍ର ନଷ୍ଟ ହୋଇଯାଇଥିଲା। ସେତେବେଳକୁ ପ୍ରସ୍ତାବିତ ପୋସ୍କୋ ଅଂଚଳର ୩ଟି ପଂଚାୟତ କୁଜଙ୍ଗ ଥାନାରୁ ଯାଇ ପାରାଦ୍ୱୀପ ତେଲ ବିଶୋଧାନାଗାର ସଂଲଗ୍ନ ନୂଆ ଥାନା ଅଭୟଚାନ୍ଦପୁର ଥାନାରେ ମିଶ୍ରଣ ହୋଇଯାଇଥାଏ। ଘଟଣା ପୂର୍ବାହ୍ନ ୧୧ ଘଟିକାରେ ଘଟିଥିଲା ଓ ଅଭୟଚାନ୍ଦପୁର ଥାନା ପୋଲିସ୍‌ ଖବର ପାଇ ଦଳବଳ ସହିତ ପହଂଚି ଥିଲେ ବି ଘଟଣାସ୍ଥଳକୁ ଯିବାକୁ ସାହସ ଜୁଟେଇ ପାରିନଥିଲେ। ଘଟଣା ଘଟିବାର ମାତ୍ର ୧ ଘଂଟା ମଧ୍ୟରେ ପୋସ୍କୋର ସର୍ବନାଶ ହୋଇଯାଇଥିଲା।

ପୋସ୍କୋ ପ୍ରତିରୋଧ ସଂଗ୍ରାମ ସମିତି ସମର୍ଥିତ ଗ୍ରାମବାସୀ ଅନେକ ଦୁଃସାହସିକ ଅଘଟଣ ପୂର୍ବରୁ ଘଟାଇଥିବା ବେଳେ ପ୍ରଥମ କରି ନୂଆଗାଁ, ଗଡକୁଜଙ୍ଗ ଅଂଚଳର ସାଧାରଣ ଗ୍ରାମବାସୀମାନେ ଏପରି ଅଘଟଣ ଘଟାଇଥିବାରୁ ଲୋକଙ୍କ ଆକ୍ରୋଶ ପ୍ରଶାସନ ଓ ପୋସ୍କୋକୁ ବୁଝିବାକୁ ବାକିନଥିଲା। ତେବେ ସନ୍ଧ୍ୟା ପର୍ଯ୍ୟନ୍ତ ଗ୍ରାମରେ ଉତେଜନା ଲାଗିରହିଲା। ପୂର୍ବରୁ ଏହି ଅଂଚଳକୁ ପୋଲିସ୍‌ ପ୍ରଶାସନର ଅବାଧ ପ୍ରବେଶ ଥିବା ବେଳେ ଏପରି ଅଘଟଣ ଘଟିବା ପରଠାରୁ ପୋଲିସ୍‌ ଫୋର୍ସ ଗାଁ ଭିତରକୁ ଯିବାକୁ ପଛଘୁଂଚା ଦେଇଥିଲା। ତେବେ ସେଇ ଦିନ ସନ୍ଧ୍ୟାରେ ପ୍ରଥମ କରି ନୂଆଗାଁ ପ୍ରବେଶ ପଥରେ ଗ୍ରାମବାସୀମାନେ ଏକ ଫାଟକ ନିର୍ମାଣ କରିଥିଲେ ଓ ସେଠାରେ ଢିଙ୍କିଆ ପରି ଜଗୁଆଳି ବ୍ୟବସ୍ଥା କରାଗଲା।

ଏହି ଅଘଟଣ ପରେ ପ୍ରାୟ ୩ ଦିନ ବିତିଯିବାରୁ ପ୍ରଶାସନ ଓ ପୋସ୍କୋ ପକ୍ଷରୁ ଗ୍ରାମବାସୀମାନଙ୍କ ସହିତ ଆଲୋଚନା କରିବାକୁ ପ୍ରସ୍ତାବ ଦିଆଯାଇଥିଲା। ହେଲେ ଗ୍ରାମବାସୀମାନେ ରୋକ୍‌ ଠୋକ୍‌ ମନା କରି ଦେଇଥିଲେ। ସେମାନେ କହିଥିଲେ ଯେ, ଏହା ପୂର୍ବରୁ ଭୁବନେଶ୍ୱର ଠାରେ ଉଭୟ ପୋସ୍କୋ ସପକ୍ଷବାଦୀ ଓ ପୋସ୍କୋ ବିପକ୍ଷବାଦୀ ଆଲୋଚନା କରିଥିଲେ। ମୁଖ୍ୟମନ୍ତ୍ରୀ ଅଂଚଳକୁ ଆସିବେ ବୋଲି ନିଷ୍ଟି ହୋଇଥିବା ବେଳେ ପୋସ୍କୋର ମଙ୍ଗୁଆଲମାନେ ମୁଖ୍ୟମନ୍ତ୍ରୀଙ୍କ ଅଂଚଳଗସ୍ତ କାର୍ଯ୍ୟକ୍ରମ କରେଇ ଦେଲେନି। ପ୍ରଶାସନ, ପୋଲିସ ଓ ପୋସ୍କୋ ଅଧିକାରୀଙ୍କ ଧାରଣା ଯେ,

ପୋସ୍କୋ ପ୍ରତିରୋଧ ସଂଗ୍ରାମ ସମିତି ସମର୍ଥିତ ଗ୍ରାମବାସୀମାନେ ଅଘଟଣ ଘଟାଇପାରନ୍ତି । ପୋସ୍କୋକୁ ବିଭିନ୍ନ ସର୍ତ୍ତମୂଳକ ସମର୍ଥନ ଦେଇ ଆମ୍ଭେମାନେ ପୋସ୍କୋ ସପକ୍ଷବାଦୀ ପାଲଟି ଯାଇଥିଲୁ । ଯାହାର ପରିଣାମ ଆମେ ଏବେ ଭୋଗୁଛୁ । ଆମ ଦାବୀ ପୂରଣ ନକରି, କୌଣସି ଆଲୋଚନା ନକରି ବଳପ୍ରୟୋଗରେ ପୋସ୍କୋ କାରଖାନା ନିର୍ମାଣ ଅସମ୍ଭବ । ପ୍ରଶାସନ ଓ ପୋସ୍କୋ ସହିତ କୌଣସି ଆଲୋଚନା ହେବନି । ବରଂ ମୁଖ୍ୟମନ୍ତ୍ରୀଙ୍କ ସହିତ ଆଲୋଚନା ହେଲେ ଆମେ ସ୍ୱାଗତ କରିବୁ । ନୂଆଗାଁ ଓ ଗଡ଼କୁଜଙ୍ଗ ଗ୍ରାମବାସୀଙ୍କ ଏପରି ପ୍ରତିକ୍ରିୟା ପ୍ରଶାସନ ଓ ପୋସ୍କୋକୁ ହତାଶ କରିଥିଲା । ତେବେ ଘଟଣାକୁନେଇ ପୋସ୍କୋ ଅଧିକାରୀ ଅଭୟଚାନ୍ଦପୁର ଥାନାରେ ଏତଲା ଦେବାରୁ ସଂଲଗ୍ନ ଗ୍ରାମଗୁଡ଼ିକ ଅଧିକ ଅଶାନ୍ତ ହୋଇଥିଲା ।

ଏହା ପରଠାରୁ ସବୁ ଛକାପଞ୍ଜରେ ଚାଲିଲା ଓ ଅଂଚଳରେ ପୋସ୍କୋ କାର୍ଯ୍ୟ ଠପ୍ ହୋଇରହିଥିଲା । ୨୦୧୪ ମସିହା ଜୁନ୍ ୨୨ ତାରିଖରେ ପୋସ୍କୋ ବିରୋଧୀ ଗ୍ରାମବାସୀ କଳାଦିବସ ପାଳିଥିଲେ । କାରଣ ୨୦୦୫ ଜୁନ୍ ୨୨ରେ ରାଜ୍ୟ ସରକାର ଓ ପୋସ୍କୋ ମଧ୍ୟରେ ଚୁକ୍ତିପତ୍ର ସ୍ୱାକ୍ଷରିତ ହୋଇଥିଲା । ୨୦୧୫ ଜୁନ୍ ୨୨ ତାରିଖକୁ ପୋସ୍କୋ ଚୁକ୍ତିକୁ ୧୦ ବର୍ଷ ହୋଇଥିଲା ଓ ଆନ୍ଦୋଲନର ବୟସ ମଧ୍ୟ ୧୦ ବର୍ଷ ହୋଇଥିଲା । ଏହି ୧୦ ବର୍ଷ ମଧ୍ୟରେ ପୋସ୍କୋ କାରଖାନା ପ୍ରତିଷ୍ଠା ବଦଳରେ ଏକ ଭୀଷଣ ଗଣଆନ୍ଦୋଲନକୁ ଜନ୍ମ ଦେଇଥିଲା ।

୨୦୧୬ ମସିହା ବେଳକୁ ପୋସ୍କୋ କାରଖାନା ଆଶା କ୍ରମଶଃ କ୍ଷୀଣ ହେବାରେ ଲାଗିଥିଲା । କାରଣ ତତ୍କାଳୀନ କେନ୍ଦ୍ରର କଂଗ୍ରେସ ନେତୃତ୍ୱାଧୀନ ୟୁପିଏ ସରକାର ପୋସ୍କୋକୁ ପୂରା ଦମ୍‌ରେ ସହଯୋଗ କରୁଥିବା ବେଳେ କେନ୍ଦ୍ର ସରକାର ବଦଳି ଯିବା ପରେ ପୋସ୍କୋ କାରଖାନା ପ୍ରସ୍ତାବ ମୂଳରୁ ଦାସେ ଗାଥ ପରି ଘଟଣା ଘଟିଲା । ନୂଆ ବି.ଜେ.ପି.ମେଂଟ ସରକାର ସବୁର ଛାନ୍‌ଭିନ୍ କରିଥିଲେ । ୨୦୧୬ ମସିହା ବେଳକୁ ପୋସ୍କୋ ଆଶା କ୍ଷୀଣ ହୋଇଥିଲେ ମଧ୍ୟ ପୋସ୍କୋ ଓ ରାଜ୍ୟ ସରକାର ଆଶା ଛାଡ଼ିନଥିଲେ । ସେତେବେଳକୁ ଅଂଚଳର ପ୍ରାକୃତିକ ସବୁଜ ବଳୟ ନବେ ଭାଗ ଧ୍ୱଂସ ହୋଇଯାଇଥିଲା । ଗ୍ରାମବାସୀମାନେ ବିଭିନ୍ନ ସଙ୍ଗୀନ ମୋକଦ୍ଦମାରେ ଛନ୍ଦି ହୋଇପଡ଼ିଥିଲେ । ଗ୍ରାମବାସୀଙ୍କ ବହୁ ଫସଲୀ ଜମି ଚାଷ ହୋଇନପାରି ପଡ଼ିଆ ପଡ଼ିଥିଲା । ଅଂଚଳବାସୀଙ୍କ ଅଂଟା ଭାଙ୍ଗିଯାଇଥିଲା । ଗଛକଟା ଓ ପରିବେଶ ଧ୍ୱଂସ କାରଣରୁ ପୋସ୍କୋ ବିରୋଧରେ ଗ୍ରୀନ୍ ଟ୍ରିବ୍ୟୁନାଲରେ ମୋକଦ୍ଦମା ବିଚାର ନହୋଇ ସେମିତି ଝୁଲି ରହିଥିଲା । ଯଦ୍ୱାରା ପୋସ୍କୋ ଓ ରାଜ୍ୟ ସରକାର କାରଖାନା ଅଗ୍ରଗତି ନେଇ ହାତ ବାନ୍ଧି ଦେଇଥିଲେ ।

ପୋସ୍କୋ ପାଇଁ ନିଜସ୍ୱ ବନ୍ଦର ଓ ଏସ୍‌ଇଜେଡ୍‌ ମଞ୍ଜୁର ନିହାତି ଆବଶ୍ୟକ ଥିଲା। ତେବେ ଦେଶର ସୁରକ୍ଷା ଦୃଷ୍ଟିରୁ ଏପରି ଅନୁମତି ପାଇଁ ପ୍ରଶ୍ନ ଉଠିଥିଲା। ନୂଆ କେନ୍ଦ୍ରସରକାର ଆସିବା ପରେ ପୋସ୍କୋକୁ ତା ଇଚ୍ଛା ଅନୁଯାୟୀ ଆଉ ଖଣି ଲିଜ୍‌ ମିଳିବା ସମ୍ଭବ ନୁହେଁ ବୋଲି ଆକଳନ କରାଯାଇଥିଲା।

ମୋଟାମୋଟି କହିବାକୁ ଗଲେ ପୋସ୍କୋ ଯେପରି ଭାବେ କାରଖାନା ନିର୍ମାଣ ଆଳରେ ଓଡ଼ିଶା ପ୍ରଦେଶରୁ ଖଣି ଲୁଟିବା ଯୋଜନା କରିଥିଲେ। ତାହା ପଣ୍ଡ ହେବା ଭଳି ମନେହେଲା। ଅପରପକ୍ଷରେ ୨୦୧୬-୧୭ ମସିହା ବେଳକୁ ଆନ୍ତର୍ଜାତିକ ବଜାରରେ ଲୁହାଦରର ପ୍ରଭାବ କାରଣରୁ ପୋସ୍କୋ ଆପେ ଆପେ ହଟିଯିବ ବୋଲି ଅନେକ ବିଶେଷଜ୍ଞ ଯୁକ୍ତି ବାଢ଼ିଥିଲେ।

ପୋସ୍କୋ ଆନ୍ଦୋଳନ ଇତିହାସର ବୟସ ଏବେ ୧୨ ବର୍ଷ ଚାଲିଲା। ଅଂଚଳ କିପରି ସୁଧୁରିବ, ଭାଇଚାରା କିପରି ଫେରିବ, ଗ୍ରାମରୁ ବିତାଡ଼ିତ ୫୨ ପରିବାର ଗ୍ରାମକୁ ଫେରି ପୁନଶ୍ଚ କିପରି ଅଂଟା ସଳଖିବେ ଓ ପ୍ରସ୍ତାବିତ ପୋସ୍କୋ ଅଂଚଳରୁ ହଜି ଯାଇଥିବା ସବୁଜିମା କିପରି ସଜାଡ଼ି ହେବ ଏଇ ଚିନ୍ତା ସମସ୍ତଙ୍କର ଥିଲା ବେଳେ ପୋସ୍କୋର କିନ୍ତୁ ଲାଲ ଗଡ଼ିବା ଶେଷ ହୋଇନଥିଲା। ତଥାପି ରାଜ୍ୟ ସରକାର ଓ ପ୍ରଶାସନ ପୋସ୍କୋ କାରଖାନା ନିର୍ମାଣ ନେଇ ଆଶା ଛାଡ଼ିନଥିଲେ।

ବାଲିତୁଠ ଠାରେ ପୋଲିସ୍‌ କ୍ୟାମ୍ପ ରହିଥିଲା। ସେଠାରେ ମଧ ଓଡ଼ିଶା ବିଶେଷ ସଶସ୍ତ୍ର ପୋଲିସ୍‌ ରହୁଥିଲେ। କୁଜଙ୍ଗ-ତ୍ରିଲୋଚନପୁର ରାସ୍ତା ଛକରେ ମଧ ଢିଙ୍କିଆ ପ୍ରବେଶ ରାସ୍ତାରେ ପୋଲିସ୍‌ ଫୋର୍ସ ମୁତୟନ କରାଯାଇଥିଲା। ଅଂଚଳରୁ ପୋଲିସ୍‌ ହଟୁ ପ୍ରଥମେ, ତାପରେ କୌଣସି ଆଲୋଚନା ହେବ ଓ ପୋସ୍କୋ ଯେପରି ମନମାନି କରି ବଳପ୍ରୟୋଗ କରି ପାଚେରୀ ନିର୍ମାଣ କରିବାକୁ ଉଦ୍ୟମ କରୁଛି, ଏଥିନେଇ ମୁଖ୍ୟମନ୍ତ୍ରୀ ହସ୍ତକ୍ଷେପ କରନ୍ତୁ ବୋଲି ଗ୍ରାମବାସୀମାନେ ଦାବୀ କରିଥିଲେ। ତେବେ ଅଂଚଳ ସୀମାରୁ ପୋଲିସ୍‌ ଫୋର୍ସକୁ ଫେରେଇ ନିଆଯିବାକୁ ସରକାରଙ୍କ ପକ୍ଷରୁ ପ୍ରକ୍ରିୟା ଆରମ୍ଭ କରାଯାଇଥିଲା। ପାଖାପାଖି ଯେଉଁ ସ୍କୁଲରେ ପୋଲିସ୍‌ ଫୋର୍ସ ରହୁଥିଲେ, ସେମାନେ ମଧ ସେଠାରୁ ହଟିଯିବା ଆରମ୍ଭ କରିଥିଲେ। ସେତେବେଳେ ସରକାରଙ୍କ ପକ୍ଷରୁ ସ୍କୁଲମାନଙ୍କରୁ ପୋଲିସ୍‌ ତୁରନ୍ତ ହଟେଇ ଦିଆଯିବାକୁ ନିଷ୍ପତି ହୋଇଥିଲା। ପୋଲିସ୍‌ ଫୋର୍ସ ଯବାନମାନେ ଅଂଚଳରୁ ଅନେକଥର ଅପସରି ଯିବା ପରେ ପୁଣି ଆଇନଶୃଙ୍ଖଳା ବିଗିଡ଼ିବା ସ୍ଥିତି ହେଲେ ଅଂଚଳ ସୀମାକୁ ଫେରୁଥିବା ଲକ୍ଷ୍ୟ କରାଯାଇଥିଲା।

ପୋଲିସ୍‌ ଫୋର୍ସ ଯବାନ ଦୀପକ ମହାପାତ୍ର ବାଲିତୁଠ ରହଣି କ୍ୟାମ୍ପରୁ

ଅନେକଥର ପ୍ରସ୍ତାବିତ ପୋଷ୍କୋ ଅଂଚଳକୁ ଗଲାବେଲେ ଆନ୍ଦୋଲନକାରୀ ମହିଲାମାନଙ୍କ ମଧ୍ୟରେ ଦୌପଦୀକୁ ଖୋଜିଥାଏ। ହେଲେ ସେଇ ଦିନ ଥରେ ଦେଖା ହେଇଛି, ପୁଣି ଏକ ଲଜ୍ୟାଜନକ ଘଟଣାକ୍ରମରେ। ଢ଼ିଙ୍କିଆ ସୀମାକୁ ଯାଇଛି, ଖୋଜିବାକୁ ଚେଷ୍ଟା କରିଛି, ହେଲେ ଦେଖା ଦେବା ସମ୍ଭବ ହେଇନି।

ଦୌପଦୀର ସାକ୍ଷାତ ଏକ ଯାଦୁପରି ଥିଲା। ଦୌପଦୀର ଠିକଣା ଖୋଜିବାକୁ ଚେଷ୍ଟାକରି ବିଫଲ ହୋଇଥିଲେ। ଦୌପଦୀ ଢ଼ିଙ୍କିଆ ଚାରିଦେଶର କେଉଁ ଗ୍ରାମ ଓ କେଉଁ ପରିବାରର ବୋହୂ ହୋଇଛି, ତାହା ମଧ୍ୟ ଜାଣିବା ମୁଷ୍କିଲ। ସାହସ ଜୁଟେଇ ଦୀପକ ଥରେ ନୁହେଁ ଅନେକ ଥର ସାଦା ପୋଷାକରେ ଢ଼ିଙ୍କିଆ ଗାଁକୁ ପଶିବାକୁ ଚେଷ୍ଟା କରିଛି। ହେଲେ ଢ଼ିଙ୍କିଆ ଗାଁ ମୁଣ୍ଡରେ ଗ୍ରାମବାସୀମାନଙ୍କ କଡ଼ା ପ୍ରହରା ଓ ଯଦ୍ୟପି ସଦେହ କରି କେହି ତାଙ୍କୁ ଜାଣି ପାରନ୍ତି ଯେ ସେ ଜବାନ ବୋଲି, ତାହେଲେ ସ୍ଥିତି ବିଗିଡ଼ିଯିବ। କାରଣ ସେତେବେଲେ ଅନେକ ଥର ଗ୍ରାମବାସୀମାନେ ଗାଁ ମଧ୍ୟରେ ପୋଲିସ୍ ଅଧିକାରୀ, ପୋଲିସ୍ ଫୋର୍ସ ଓ ପ୍ରଶାସନ ଅଧିକାରୀଙ୍କୁ ଅଟକ ରଖିଛନ୍ତି। ଏପରି ସ୍ଥଲେ ଦୌପଦୀକୁ ଦେଖା କରିବା କେମିତି ସମ୍ଭବ ହେବ।

ଦୀପକ ମହାପାତ୍ରଙ୍କ ଦୌପଦୀ ସହିତ ଦେଖା ହେବା ଅତ୍ୟନ୍ତ ଯନ୍ତ୍ରଣାଦାୟକ ଥିଲା। ଏହା ତାଙ୍କ ଜୀବନରେ ଶେଷ ଦେଖା ହୋଇପାରେ ବୋଲି ସେ ଧରି ନେଇଥିଲେ। ଜୀବନର ଘଡ଼ିସନ୍ଧି ସମୟରେ ସେ ଏପରି ଏକ ନିଷ୍ପତି ନେଇଥିଲେ ଯେ, ଯାହା ତାଙ୍କୁ ଜୀବନର ଲମ୍ୱ ରାସ୍ତାରେ ଅସହାୟ ପରି ଲାଗିବ। ଭଲପାଇବାର ଏକ ଅଜବ ସମ୍ପର୍କ ଭିତରେ ସେ ନିଜକୁ ହଜେଇ ଦେଇଥିଲେ। କୌଣସି ଏକ ପରିସ୍ଥିତିରେ ଦୌପଦୀ ତାଙ୍କ ଜୀବନକୁ ଫେରିଆସିବେ ବୋଲି ଆଶା ବାନ୍ଧିଥିବା ବେଲେ ତାହା ବ୍ୟର୍ଥ ହୋଇଥିବା ପରି ମନେହେଲା। ସେଦିନର ଦୌପଦୀ ଆଉ ସେଦିନ ଏକ ଘଟଣାକ୍ରମରେ ଦେଖା ହୋଇଥିବା ଦୌପଦୀ ମଧ୍ୟରେ ଅନେକ ଫରକ ଥିଲା।

ଦୀପକ ପୋଲିସ୍ ଭ୍ୟାନରେ ବସି ଭୁବନେଶ୍ୱର ଫେରିଯାଉଥିବା ବେଲେ ପ୍ରସ୍ତାବିତ ପୋଷ୍କୋ ଅଂଚଲର ବଣଲତା ଓ ସବୁଜିମା ଶସ୍ୟଶ୍ୟାମଲା ମାଟିକୁ ଅନେଇ ଦିଧାର ଲୁହ ଗଡ଼େଇ ଦେଇଥିଲେ। ସତରେ ଏପରି ଏକ ସବୁଜ ବନାନୀକୁ ନଷ୍ଟ କରି କାରଖାନାର ସ୍ୱପ୍ନ ଯଦ୍ୟପି ସରକାର ଦେଖ ନଥାନ୍ତେ, ତାହେଲେ ଗ୍ରାମବାସୀମାନେ ଚରମ ନିଷ୍ପତି ନେଇ ଏପରି ଅଭିନବ ଆନ୍ଦୋଲନ କରିନଥାନ୍ତେ। ଆଇନ ଶୃଙ୍ଖଲା ବିଗିଡ଼ି ନଥିଲେ ସେ କେବେ ଢ଼ିଙ୍କିଆ ଆସିନଥାନ୍ତେ। ଉଲଗ୍ନ ପ୍ରତିବାଦ ପରି ଏକ ଜଘନ୍ୟ ନିଷ୍ପତି ଦୁର୍ଗା ବାହିନୀ ନେଇନଥିଲେ ସେ କେବେ ହେଲେ ଜୀବନରେ ଆଉ

ଦୌପଦୀ ସହିତ ଦେଖା ହୋଇନଥାନ୍ତେ କିମ୍ବା ଜୀବନର ଶ୍ରେଷ୍ଠ ସତ୍ୟକୁ ବୁଝିପାରିନଥାନ୍ତେ ।

ବାଲିତୁଠରୁ–କୁଜଙ୍ଗ ଏଗାର କିଲୋମିଟର ରାସ୍ତାରେ ଦୀପକ ମହାପାତ୍ର କେବଳ ଚଳନ୍ତା ଭ୍ୟାନର ପଛପଟରେ ଦୌଡୁଥିବା ବିଲବାରି ଓ ଗଛପତ୍ର ଦେଖୁଥିଲେ । କୁଜଙ୍ଗରେ ପହଂଚି କଟକ–ପାରାଦ୍ୱୀପ ରାସ୍ତାରେ ଭ୍ୟାନ୍ ଚାଲିବା ପରେ ସେ ଅଧିକରୁ ଅଧିକ ଅଧୀର ଓ ଭାବପ୍ରବଣ ହୋଇପଡୁଥିଲେ । ଗୋଟିଏ ଅବାସ୍ତବ ସମ୍ପର୍କରୁ କେମିତିଏ ଫେରି ପାରିବେ ନିଜକୁ ନିଜେ ପ୍ରଶ୍ନ କରୁଥିଲେ ।

ଚାରିକାନ୍ତ ଭିତରେ ଦୌପଦୀ ମଧ୍ୟ ଦୀପକକୁ ଅନେକ ଥର ମନେପକେଇଛି । ଆଉ ଥରେ ଦୀପକକୁ ଦେଖିବାକୁ ଇଚ୍ଛା ହୋଇଛି । ମନର କଥା କାହାକୁ କହିବ, ନା ସ୍ୱାମୀ ଦୀନା ଦାସକୁ ନା ପଡୋଶୀମାନଙ୍କୁ । ପାଖରେ ମୋବାଇଲଟିଏ ଥିଲେ ମଧ୍ୟ ସମ୍ପର୍କ କରିବାକୁ ଦୀପକର ନମ୍ବର ନଥିଲା । ଗାଁରେ ଡାକଘର ଥିଲେ ମଧ୍ୟ ଚିଠି ଦେବାକୁ ଠିକଣା ଜଣାନଥିଲା । ଦୀପକଙ୍କର ଶେଷକଥା ଥିଲା, "ହେଲେ ମୁଁ ତମକୁ ଏମିତି ଏଇ ଅବସ୍ଥାରେ ଛାଡ଼ିପାରିବିନି ।"

ଛାଡ଼ିବାକୁ ତ ହେବ । ମୋ ମଥାର ସିନ୍ଦୁର, ମୋ ପରିବାର, ମୋ ଗାଁ ସବୁଜ ବନାନୀ ଆଉ ମୋ ମାଟିର ମୋହ ଆଉ କିଛି ବ୍ୟକ୍ତକରୁଛି ।

କଲେଜରେ ପାଠପଢ଼ା ବେଳେ ଯେଉଁ ଘଟଣା ଘଟିଥିଲା, ଯେଉଁ ମିଛସତର ସମ୍ପର୍କ ଦୂରରେ ଦୂରରେ ରହି ସୃଷ୍ଟି ହୋଇଥିଲା, ମୁଁ ଚାହିଁଥିଲେ ତାହାକୁ ବାସ୍ତବ ଚିତ୍ର ଦେଇ ପାରିଥାଆନ୍ତି । ହେଲେ ମୁଁ ଅନୁଭବ କରିଛି, ଆଜି ବି ଜାତିବାଦ, ଛୁଆଁ ଅଛୁଆଁର ଏକ ଅସତ୍ୟ ଆବରଣ ସମାଜ ଉପରୁ ହଟିନି । ଯୁଗର ପରିବର୍ତନ ଘଟିଲେ ମଧ୍ୟ ମାନସିକତାର ପରିବର୍ତନ ଘଟିନି । ତେବେ ଦୀପକଙ୍କର ଜୀବନକୁ ସେ କଲୁଷିତ କରିବାକୁ ନଚାହିଁ ଦୂରେଇ ଯାଇଥିଲେ । ସେ ଜାଣିନଥିଲେ ଯେ, ଏବେ ବି ଦୀପକ ତାଙ୍କୁ ଅପେକ୍ଷା କରିଛନ୍ତି ।

ଅସତ୍ୟ ଭୀଷ୍ମ ପ୍ରତିଜ୍ଞା ତାଙ୍କ ଜୀବନକୁ ଅନ୍ଧକାରଚ୍ଛନ୍ନ କରିଛି । ହେଲେ ମୁଁ କ'ଣ କରିପାରିବି, ମୁଁ ବିବଶ, ମୁଁ ଅସହାୟ, ମୁଁ ଲକ୍ଷ୍ମଣରେଖା ଟପି ପାରିବିନି । ଏହା ମୋ ଜୀବନର ଏକ ଅମିଂମାସିତ ପ୍ରଶ୍ନ, ଏକ ସମୟର ଚକ୍ରବ୍ୟୁହ.. ଦୌପଦୀ ଦୈନିକ ସନ୍ଧ୍ୟାରେ ଢିଙ୍କିଆ ଗାଁ ମୁଣ୍ଡକୁ ଯାଏ । ବାଲିତୁଠ ପୋଲିସ୍ କ୍ୟାମ୍ପ ଆଡ଼କୁ ନଜର ପକେଇଦିଏ.. ହେଲେ.. ସବୁର ପୂର୍ଣ୍ଣଚ୍ଛେଦ ପଡ଼ିଛି ।

ଦୌପଦୀକୁ ତା ସ୍ୱାମୀ ଦୀନା ଦାସ ଖୁସିରେ ଗଦ୍ ଗଦ୍ ହୋଇ ପୋଲିସ୍ ଫୋର୍ସ୍ ବାଲିତୁଠରୁ ଫେରି ଯାଇଛି ବୋଲି କହିଥିଲେ । ସ୍ୱାମୀଙ୍କ ସରଳ, ସୁନ୍ଦର

ମୁଖର ପ୍ରତିବିମ୍ଵ ଖୁସିରେ ଫାଟି ପଡୁଥିବା ବେଳେ ଏପରି ଏକ ଅସମାହିତ ଖବର ତାଙ୍କୁ ବ୍ୟଥିତ କରିଥିଲା। ଦୀନା ଦାସଙ୍କ ଖୁସିରେ ସେ ଆଖିରୁ ଦିଟୋପା ଲୁହ ଗଡ଼େଇଦେଲେ। ଅବୋଧ ସରଳ ନିଷ୍କପଟ ଦୀନା ଦାସ ସ୍ନେହରେ ଦୌପଦୀକୁ ପାଖକୁ ଟାଣିନେଲେ।

ସେତେବେଳେ ଘରର ଚାରିକାନ୍ତ ଭିତରେ ଅନ୍ଧାର ରାଜୁତି କରୁଥିଲା।

ତେଇଶି

୧୮ ମାର୍ଚ୍ଚ ୨୦୧୭

ପୋସ୍କୋ ପୂର୍ଣ୍ଣଚ୍ଛେଦ – ମାଟି ମୁକ୍ତି :

ପୋସ୍କୋ ବିରୋଧୀ ଆନ୍ଦୋଲନର ୧୨ ବର୍ଷ ପରେ ଶେଷରେ ଦକ୍ଷିଣ କୋରିଆର ପୋହାଙ୍ଗ ଷ୍ଟିଲ୍ କମ୍ପାନୀ ପୋସ୍କୋ ସବୁଦିଗରୁ ହତାଶ ହୋଇ ଫେରିଯିବାକୁ କଠୋର ନିଷ୍ପତି ନେଇଥିଲା। ଜଗତ୍‌ସିଂହପୁର ଜିଲ୍ଲାର ପାରାଦ୍ୱୀପ-କୁଜଙ୍ଗରେ ବହୁ ପ୍ରତୀକ୍ଷିତ ପ୍ରସ୍ତାବିତ ବୃହତ ଇସ୍ପାତ ପ୍ରକଳ୍ପ ପ୍ରତିଷ୍ଠାର ଆଶା ଧୂଳିସାତ୍‌ ହୋଇଥିଲା। ରାଜ୍ୟ ସରକାର ଲୋକଙ୍କୁ ମାଡ଼ମାରି ବେଆଇନ୍‌ ଭାବେ ଅଧିଗ୍ରହଣ କରିଥିବା ୨୭୦୦ ଏକର ଜମିକୁ ପୋସ୍କୋକୁ ଯୋଗାଇ ଦେଇଥିଲା। ଉକ୍ତ ଜମିକୁ ରାଜ୍ୟ ସରକାର ଫେରେଇ ନେବାକୁ ପୋସ୍କୋ ଇଣ୍ଡିଆ ଚିଠି ଲେଖିଥିବା ଗଣମାଧ୍ୟମରେ ପ୍ରଚାର ହୋଇଥିଲା। ପୋସ୍କୋ କମ୍ପାନୀକୁ ସମସ୍ତ ଦିଗରୁ ଛାଟ ବାଜିଥିବାରୁ ଦୀର୍ଘ ୧୨ ବର୍ଷ ପ୍ରତିକ୍ଷାର ଅନ୍ତ ଘଟାଇ ଆଉ କାରଖାନା ନିର୍ମାଣ ସମ୍ଭବ ନୁହେଁ ବୋଲି ପୋସ୍କୋ ରାଜ୍ୟ ସରକାରଙ୍କୁ ପ୍ରଦାନ କରିଥିବା ଚିଠିରେ ଉଲ୍ଲେଖ କରିଥିଲା।

ଶିକ୍ଷାମନ୍ତ୍ରୀ ଦେବୀ ପ୍ରସାଦ ମିଶ୍ର ମଧ୍ୟ ପୋସ୍କୋଠାରୁ ଏପରି ନକରାମ୍‌ ଚିଠି ମିଳିଥିବା ସ୍ୱୀକାର କରିଥିଲେ। ଜମି ଅଧିଗ୍ରହଣ, ଜଙ୍ଗଲଜମି କିସମ ପରିବର୍ତ୍ତନ ଓ ଅନ୍ୟାନ୍ୟ ଖର୍ଚ୍ଚ ବାବଦକୁ ରାଜ୍ୟ ସରକାର ୮୨ କୋଟି ଟଙ୍କା ପୋସ୍କୋ, ସରକାରଙ୍କ ତହବିଲରେ ବିଧିବଦ୍ଧ ପଇଠ କରୁ ବୋଲି ଚିଠି ପ୍ରଦାନ କରିବାରୁ, ପାଲଟା ଏହି ଅଧିଗ୍ରହଣ ଜମି ଆମର ଆବଶ୍ୟକତା ନାହିଁ ଓ ଏଥି ନିମନ୍ତେ ଆମେ ଟଙ୍କା ଦେବୁ ନାହିଁ ବୋଲି ଚିଠିରେ ସ୍ପଷ୍ଟ କରିଥିଲା ପୋସ୍କୋ।

ପ୍ରାଥମିକ ଅବସ୍ଥାରେ ରାଜ୍ୟ ସରକାର ୧୭୦୦ ଏକର ଜମି ପୋସ୍କୋକୁ ହସ୍ତାନ୍ତର କରିଥିଲେ ଓ ଅବଶିଷ୍ଟ ଅଧିଗ୍ରହଣ ହୋଇଥିବା ୧୦୦୦ ଏକର ଜମି

ପୋସ୍କୋକୁ ହସ୍ତାନ୍ତର କରିବା ପ୍ରକ୍ରିୟା ଆରମ୍ଭ କରିଥିଲେ। ହେଲେ ପୋସ୍କୋ ପକ୍ଷରୁ ଅଚାନକ ଏପରି ଝଟକା ରାଜ୍ୟ, ଦେଶ ଓ ଦେଶ ବାହାରେ ଭୂକମ୍ପ ସୃଷ୍ଟି କରିଥିଲା। ପୋସ୍କୋ ଏପରି କଠୋର ନିଷ୍ପତ୍ତି ନେଇସାରି ନିଜର ଭୁବନେଶ୍ୱର ପୋସ୍କୋ ଇଣ୍ଡିଆ କାର୍ଯ୍ୟାଳୟ, କୁଜଙ୍ଗ-ପାରାଦ୍ୱୀପର ପୋସ୍କୋ ଜନ ସମ୍ପର୍କ କାର୍ଯ୍ୟାଳୟ ବନ୍ଦ କରି ଦେଇଥିଲା। ପୋସ୍କୋ ଇଣ୍ଡିଆରେ ନିଯୁକ୍ତି ପାଇଥିବା ଭାରତୀୟ କର୍ମଚାରୀଙ୍କୁ ଅଲଗା ରାସ୍ତା ଦେଖେଇ ଦେଇଥିଲା ଓ ଦକ୍ଷିଣ କୋରିଆରୁ ଆସିଥିବା ସମସ୍ତ ବିଦେଶୀ ନାଗରିକ କର୍ମଚାରୀ ଓ ଅଧିକାରୀମାନେ ନିଜ ଦେଶକୁ ଫେରିଯିବା ପାଇଁ ପ୍ରକ୍ରିୟା ଆରମ୍ଭ ହୋଇଯାଇଥିଲା।

ଏହି ଘଟଣା ପୂର୍ବରୁ ଢିଙ୍କିଆର ୫୨ ପରିବାର ପୋସ୍କୋଠାରୁ ନିରାଶ ହୋଇ ପୋସ୍କୋ ବିରୋଧୀ ଗ୍ରାମବାସୀମାନଙ୍କ ସହିତ ହାତ ମିଳେଇଥିଲେ। ଦୀର୍ଘ ବର୍ଷର ପୋସ୍କୋ, ପ୍ରଶାସନ ସହିତ ଯେଉଁ ସମ୍ପର୍କ ଗଢ଼ିଉଠିଥିଲା, ତାହା କାରଖାନା ଆଶା ଧୂଳିସାତ୍ ହେବାରୁ ସମ୍ପର୍କରେ ଫାଟ ସୃଷ୍ଟିହୋଇଥିଲା। ପାଟଣା ଗାଁର ଚନ୍ଦନ ମହାନ୍ତିଙ୍କ ନେତୃତ୍ୱରେ ଗ୍ରାମବାସୀମାନେ ଗାଁକୁ ଫେରିଥିଲେ। ହେଲେ ସେତେବେଳକୁ ସେମାନଙ୍କ ଘର ସବୁ ମାଟିରେ ମିଶି ଯାଇଥିଲା। ସେମାନେ ଗାଁରେ ଭାଇଚାରା ସୃଷ୍ଟି କରିଥିଲେ ଓ ନିଜେ ନିଜ ଗୋଡ଼ରେ ଠିଆ ହେଇ ଏକ ସୁନ୍ଦର ଜୀବନ ଗଢ଼ିବାକୁ ପ୍ରସ୍ତୁତ ହେଲେ। ସେମାନଙ୍କ ମନ ମରିଯାଇଥିଲା ଓ ସେଇ ଅଭୁଲା ଅକୁହା ଯନ୍ତ୍ରଣାର ଦିନଗୁଡ଼ିକ ଭୁଲିଯାଇ ପୁଣି ଥରେ ଗ୍ରାମବାସୀମାନଙ୍କ ସହିତ ନୂଆ ସମ୍ପର୍କ ଗଢ଼ିଥିଲେ। ଲାଗୁଥିଲା ତିକ୍ତତା ସରିଯାଇଛି ଓ ଏହା ବଦଳରେ ସେମାନେ ଅନେକ କିଛି ହରେଇ ବସିଛନ୍ତି।

୨୦୦୮ ମସିହାରେ ବୋମାମାଡ଼ରେ ଦୁଲା ମଣ୍ଡଳ ନାମକ ଜଣେ ପୋସ୍କୋ ବିରୋଧୀ ଆନ୍ଦୋଳନ ପାଇଁ ବଲି ପଡ଼ିଲେ। ୨୦୧୧ ମସିହାରେ କୁଜଙ୍ଗର ଦୁର୍ଯ୍ୟୋଧନ ସ୍ୱାଇଁ ପୋସ୍କୋ ବିରୋଧୀ ଦଙ୍ଗାରେ ମୃତ୍ୟୁବରଣ କରିଥିଲେ। ୨୦୧୨ ମସିହାରେ ଗୋବିନ୍ଦପୁର ଗ୍ରାମର ପାଟଣା ଗାଁ ଠାରେ ବୋମା ବିସ୍ଫୋରଣରେ ତରୁଣ ମଣ୍ଡଳ, ମାନସ ଜେନା ଓ ନରହରି ସାହୁଙ୍କ ମୃତ୍ୟୁ ଘଟିଥିଲା। ଅଞ୍ଚଳରୁ ୫ ଜଣଙ୍କ ମୃତ୍ୟୁ ହୋଇଥିବାବେଳେ ଶତାଧିକ ଲୋକେ ପଙ୍ଗୁ ଭାବରେ ଜୀବନଯାପନ କରୁଥିଲେ। ଗାଁର ଛୋଟ ଛୋଟ ପିଲାମାନେ ପାଠଛାଡ଼ି ଓ ମହିଳାମାନେ ହାଣ୍ଡିଶାଳ ଛାଡ଼ି ଆନ୍ଦୋଳନରେ ସାମିଲ ହୋଇଥିଲେ।

ପୋସ୍କୋ ଆନ୍ଦୋଳନ ୧୨ ବର୍ଷ ଇତିହାସରେ ଜଙ୍ଗଲ ନଷ୍ଟ ହେବା ସହିତ ଅଞ୍ଚଳରୁ ସବୁଜିମା ଲୋପ ପାଇଥିଲା। ପୋସ୍କୋ ପ୍ରସ୍ତାବିତ ପ୍ରକଳ୍ପ ଅଞ୍ଚଳରୁ ପ୍ରାୟ ୮ ଲକ୍ଷ ଗଛ କାଟିଦେଇଥିଲା। ଅଞ୍ଚଳର ସର୍ବାଧିକ କ୍ଷତି ୨୦୧୨-୧୩ ମସିହାରେ

ହୋଇଥିଲା। ଗଛ କାଟି ଜଙ୍ଗଲ ଉଜାଡ଼ିବାକୁ ରାଜ୍ୟ କିମ୍ବା କେନ୍ଦ୍ର ସରକାରଙ୍କର କୌଣସି ଲିଖିତ ନିର୍ଦ୍ଦେଶନାମା ନଥିଲା ଓ ପରିବେଶ ଜଙ୍ଗଲ ମନ୍ତ୍ରଣାଳୟ ପକ୍ଷରୁ ଗଛ କାଟିବାକୁ କୌଣସି ଅନୁମତି ପ୍ରଦାନ କରାନଯାଇଥିବା ବେଳେ ପୋସ୍କୋ ମୋହଗ୍ରସ୍ତ ପ୍ରଶାସନ ବେପରୁଆ ଭାବେ ଗ୍ରାମାଂଚଳ ଜଙ୍ଗଲରୁ ପ୍ରାୟ ୮ ଲକ୍ଷ ଗଛ କାଟି ପରିବେଶ ନଷ୍ଟ କରିଦେଇଥିଲେ।

ଦକ୍ଷିଣ କୋରିଆ ପୋସ୍କୋ କମ୍ପାନୀ ଇସ୍ପାତ ପ୍ରକଳ୍ପ ନିମନ୍ତେ ଭାରତରେ ୫୧ ହଜାର କୋଟି ଟଙ୍କା ଖର୍ଚ୍ଚ ଅଟକଳ କରିଥିବାରୁ ଏହା ଦେଶର ସବୁଠୁ ବଡ଼ ଅର୍ଥ ନିବେଶ ପ୍ରସ୍ତାବ ବୋଲି କୁହାଯାଇଥିବା ବେଳେ, ସେହିପରି ଓଡ଼ିଶାର ଜଗତ୍‌ସିଂହପୁର ଜିଲ୍ଲା ଅନ୍ତର୍ଗତ କୁଜଙ୍ଗ ପାରାଦ୍ୱୀପ ସୀମାରେ ଢିଙ୍କିଆ ଚାରିଦେଶରେ ପୋସ୍କୋ ବିରୋଧରେ ଯେଉଁ ଲମ୍ବା ସମୟ ୧୨ ବର୍ଷ ହେଲା ଦୁର୍ବାର ଆନ୍ଦୋଳନ ଚାଲିଥିଲା, ତାହା ଦେଶର ସବୁଠୁ ବଡ ଓ ଲମ୍ବା ସମୟର ଆନ୍ଦୋଳନ ବୋଲି ମଧ ସାମାଜିକକର୍ମୀ ଓ ଗଣ ଆନ୍ଦୋଳନର ନେତୃତ୍ୱମାନେ ଆଲୋଚନା କରିଥିଲେ। ଅବଶ୍ୟ ଏହା ସତ ଯେ, ପୋସ୍କୋ ପ୍ରକଳ୍ପ ବଡ ପୁଞ୍ଜି ବିନିଯୋଗ କରୁଥିବାରୁ ଏହା ଓଡ଼ିଶା ପାଇଁ ଆବଶ୍ୟକତା ଥିବା ବେଳେ ପୋସ୍କୋର ମନମାନି ଓ କରାଖାନା ପାଇଁ ଉଦ୍ଦିଷ୍ଟ ଚିହ୍ନିତ ସ୍ଥାନ ବିରୋଧାମ୍ନକ ସ୍ଥିତି ସୃଷ୍ଟି କରିଥିଲା।

ପୋସ୍କୋ ଫେରିଗଲା।

ସରକାରଙ୍କୁ ଅନେକ ନିନ୍ଦା ଓ ସମାଲୋଚନା ଦେଶବ୍ୟାପୀ ଶୁଣିବାକୁ ପଡ଼ିଥିଲା। କେନ୍ଦ୍ର ସରକାର ୧୨ ବର୍ଷ ମଧ୍ୟରେ ମୀନା ଗୁପ୍ତା କମିଟି, ସାକ୍‌ସେନା କମିଟି, ଶିଶୁ ସୁରକ୍ଷା ଅଧିକାର କମିଶନର ଓ ମହିଳା କମିଶନରଙ୍କ ଅଭିଜ୍ଞ ଦଳକୁ ବାରମ୍ବାର ପ୍ରସ୍ତାବିତ ପୋସ୍କୋ ଅଂଚଳକୁ ପଠାଇ ତଦନ୍ତ କରାଇଥିଲେ। ସମସ୍ତ କମିଟି ଓ କମିଶନର ପୋସ୍କୋ ବିରୋଧରେ ହିଁ ରିପୋର୍ଟ ପ୍ରଦାନ କରିଥିଲେ। ଜାତୀୟ ଗ୍ରୀନ୍‌ ଟ୍ରିବ୍ୟୁନାଲ, ଓଡ଼ିଶା ହାଇକୋର୍ଟ ଓ ସୁପ୍ରିମ୍‌ କୋର୍ଟରେ ମଧ ପୋସ୍କୋ ବିରୋଧରେ ମୋକଦମା ଦାୟର କରାଯାଇଥିଲା। ଏହା ସହିତ ପ୍ରସ୍ତାବିତ ପୋସ୍କୋ ଅଂଚଳ ଗ୍ରାମବାସୀମାନେ ନିଜର ସମୟ, ଅର୍ଥ ଓ ଜୀବନ ବିନିମୟରେ କୌଣସି ମୂଲ୍ୟ ଦେବାକୁ ପ୍ରସ୍ତୁତ ହୋଇ ପୋସ୍କୋ ବିରୋଧୀ ଆନ୍ଦୋଳନକୁ ୧୨ ବର୍ଷକାଳ ତେଜି ରଖିଥିଲେ। ଶେଷରେ ପୋଲିସ୍‌ ଫୋର୍ସର ମୁକାବିଲା କରିନପାରି ଅସହାୟ ମହିଳା ଗ୍ରାମବାସୀମାନେ ଦୁର୍ଗା ବାହିନୀ ନାମରେ ପୋସ୍କୋ ବିରୋଧରେ ଉଲଗ୍ନ ପ୍ରତିବାଦ କରିଥିଲେ। ଯାହା ବିଶ୍ୱବ୍ୟାପୀ ଓଡ଼ିଶା ସରକାରଙ୍କ ପାଇଁ ନିନ୍ଦା ବାଜଣା ବାଜିଥିଲା।

ଶେଷରେ ଗ୍ରାମବାସୀମାନଙ୍କ ବିଜୟ ହୋଇଥିଲା।

ପ୍ରସ୍ତାବିତ ପୋସ୍କୋ ଅଂଚଳ ଗ୍ରାମବାସୀମାନେ ପ୍ରାୟ ୧୫ ହଜାରରୁ ଉର୍ଦ୍ଧ୍ୱ ପାନ ବରଜ ହରେଇଥିଲେ। ୧୨ ବର୍ଷ ମଧ୍ୟରେ ପୋଲିସ ଫୋର୍ସକୁ ଜଗି ଜଗି ସେମାନଙ୍କର ଧାନ ଫସଲ ଉକୁଡ଼ି ଯାଇ ବିଲ ପଡିଆ ପଡ଼ିଥିଲା। ଗାଁ ରାସ୍ତାଘାଟ ଓ ପାରିପାର୍ଶ୍ୱିକ ଅବସ୍ଥାର କୌଣସି ଉନ୍ନତି ହୋଇପାରିନଥିଲା। ସରକାରୀ ଅନୁଦାନ ଅଂଚଳରେ ଖର୍ଚ୍ଚ ହୋଇପାରିନଥିଲା। ସବୁଥିରୁ ବଂଚିତ ଗ୍ରାମବାସୀମାନେ ଶେଷରେ ପୋସ୍କୋକୁ ଫେରେଇ ଦେଇଥିବାରୁ ସେମାନଙ୍କ ଆଖିରୁ ଯେଉଁ ତତଲା ଲୁହ ନିଗିଡ଼ିଥିଲା, ତାହା ଅବର୍ଣ୍ଣନୀୟ। ଗ୍ରାମର ସମସ୍ତ ସ୍ୱଚ୍ଛଳ ପରିବାର, ମଧ୍ୟବର୍ଗ ପରିବାର ଓ ଗରିବ ପରିବାର ସମସ୍ତଙ୍କର ଆର୍ଥିକ ମାନଦଣ୍ଡ ଭୁଷୁଡ଼ିପଡ଼ିଥିଲା।

୨୦୧୭ ମସିହା ମାର୍ଚ୍ଚ ମାସ ୧୮ ତାରିଖରେ ପ୍ରସ୍ତାବିତ ପୋସ୍କୋ ଅଂଚଳର ଅଧିବାସୀ ହସଲୁହରେ ପୋସ୍କୋ ଫେରିବା ଦିନକୁ ବିଜୟ ଉସ୍ତବ ପାଳିଥିଲେ। ପୋସ୍କୋ ସମଗ୍ର ଢିଙ୍କିଆ ଚାରିଦେଶରେ ଏକତାର ମହାମନ୍ତ୍ର ଫୁଙ୍କି ଦେଇ ନିଜ ଦେଶ ଦକ୍ଷିଣ କୋରିଆ ଫେରିଯାଇଥିଲା। ପୋସ୍କୋ ବିରୋଧରେ ଗ୍ରାମବାସୀଙ୍କ ବିଜୟ ଓ ଦୀର୍ଘ ୧୨ ବର୍ଷର ଆନ୍ଦୋଳନ, ଭାରତବର୍ଷର ଏକ ସଂଘର୍ଷମୟ ଇତିହାସରେ ଆଉ ଏକ ନୂଆ ଫର୍ଦ୍ଦ ଯୋଡ଼ି ହୋଇଯାଇଥିଲା। ଗ୍ରାମବାସୀଙ୍କ ଦୃଢ଼ ଆମ୍ବିଶ୍ୱାସ, ମନୋବଳ ଓ ଏକତା ସମ୍ମୁଖରେ ପୋଲିସର ଗୁଲି, ଗୁଣ୍ଡାଙ୍କ ବୋମା ଓ ସଶସ୍ତ୍ର ପୋଲିସ୍ ବାହିନୀର ଲାଠିମାଡ଼ ଯେମିତି ଫିଙ୍କା ପଡ଼ିଯାଇଥିଲା।

ବିଜୟ ଦିବସରେ ଗାଁ ଉଚ୍ଛୁଲି ପଡ଼ଲା ଓ ପୋସ୍କୋ ପାଇଁ ଜୀବନ ହରେଇଥିବା ପରିବାର, ପୋସ୍କୋ ପାଇଁ ଅକର୍ମଣ୍ୟ ପଙ୍ଗୁ ହୋଇଥିବା ଗ୍ରାମବାସୀଙ୍କ ଓଠରେ ହସ କୁରୁଳି ଉଠିଥିଲା। ଢିଙ୍କିଆ, ଗୋବିନ୍ଦପୁର, ଗଡ଼କୁଜଙ୍ଗ, ନୂଆଗାଁ, ନୋଳିଆସାହି, ପୋଲାଙ୍ଗ, ତ୍ରିଲୋଚନପୁର ଓ ମାହାଳ ଗ୍ରାମ ଉସ୍ତବ ମୁଖରିତ ହୋଇପଡ଼ିଲା। ପରସ୍ପର ପଛକଥା ଭୁଲି ଉଭୟେ ପୋସ୍କୋ ବିରୋଧୀ ଓ କିଛିଦିନ ସପକ୍ଷବାଦୀ ପାଲଟିଥିବା ଗ୍ରାମବାସୀମାନେ ଭାଇଚାରା ବଜାୟ ରଖିବାକୁ ମିଠା ଖୁଆଖୋଇ ହେଲେ। ଏତେବଡ଼ ଖୁସିରେ ଢିଙ୍କିଆରେ ଆମ୍ଗ୍ଲାନୀ ଓ ଖୁସିର ମାହୋଲରେ ମହିଲାମାନେ, ବୁଢ଼ାବୁଢ଼ୀ ଓ ୧୨ ବର୍ଷ ହେଲା ଗାଁର ଜଣୁଆଲି ସାଲିଥିବା ମଣିଷମାନେ କାନ୍ଦି କାନ୍ଦି ଗଡ଼ିଯାଉଥିଲେ ଓ ହସିହସି କୋଳାକୋଳି ହେଉଥିଲେ।

ଗାଁରେ ଏକ ଖୁସିର ଲହରୀ ବହିଯାଇଥିଲା।

ପୋସ୍କୋ ଫେରିବା ପରେ ପୋସ୍କୋ ପ୍ରତିରୋଧ ସଂଗ୍ରାମ ସମିତି ପକ୍ଷରୁ ପ୍ରତିକ୍ରିୟା ପ୍ରକାଶ ପାଇଥିଲା। ପୋସ୍କୋ ପ୍ରତିରୋଧ ସଂଗ୍ରାମ ସମିତିର ସଭାପତି ଅଭୟ କୁମାର ସାହୁ, ପୋସ୍କୋ ପ୍ରତିରୋଧ ସଂଗ୍ରାମ ସମିତି ମୁଖପାତ୍ର ପ୍ରଶାନ୍ତ ପାଇକରାୟ,

ବିଶିଷ୍ଟ ପରିବେଶବିତ୍ ତଥା ୧୨ ବର୍ଷ ହେଲା ପୋସ୍କୋ ବିରୋଧୀ ଆନ୍ଦୋଲନରେ ଜଡ଼ିତ ଥିବା ସମାଜସେବକ ପ୍ରଫୁଲ୍ଲ ସାମନ୍ତରା, ଗାନ୍ଧିବାଦୀ ନେତା ଶୈଲଜ ରବି, ଡକ୍ଟର ବିଶ୍ୱଜିତ, ବରିଷ୍ଠ ସାମ୍ୟାଦିକ ରବି ଦାସ ସିପିଆଇ ନେତା ରାମକୃଷ୍ଣ ପଣ୍ଡା ଓ ଦିବାକର ନାୟକ ପ୍ରମୁଖ ସରକାର ଅଧିଗ୍ରହଣ କରିଥିବା ୨୭୦୦ ଏକର ଜମିକୁ ଗ୍ରାମବାସୀଙ୍କୁ ଫେରେଇ ଦିଆଯାଉ ବୋଲି ରାଜ୍ୟ ସରକାରଙ୍କ ନିକଟରେ ଦାବୀ ଜଣେଇଥିଲେ ।

ସଂଗ୍ରାମ ସମିତି ନେତା ଅଭୟ ସାହୁ କହିଥିଲେ ଯେ, ଗ୍ରାମବାସୀଙ୍କୁ ଗୁଲି ଓ ଲାଠିମାଡ଼ କରି ଯେଉଁ ୨୭୦୦ ଏକର ଜମି ସରକାର ପୋସ୍କୋ ପାଇଁ ଦଖଲ କରିଥିଲେ, ତାହାକୁ ଗ୍ରାମବାସୀ ପୁନଶ୍ଚ ଦଖଲକୁ ନେବେ । ସେ ଜଙ୍ଗଲ ଜମି ପିଢ଼ିପିଢ଼ି ଧରି ଗ୍ରାମବାସୀମାନଙ୍କ ଜୀବନ ଜିବିକା ଥିଲା ଓ ରହିବ । ସରକାର ଉକ୍ତ ଜମିକୁ ଲ୍ୟାଣ୍ଡ ବ୍ୟାଙ୍କୁ ଦେବାକୁ ଚାହୁଁଥିବା ବେଳେ ଏହି ନିଷ୍ପତି ବିରୋଧରେ ପୁଣି ଥରେ ଦୁର୍ବାର ଜନ ଆନ୍ଦୋଲନ ୧୨ ବର୍ଷ ପରେ ମଧ୍ୟ ମୁଣ୍ଡ ଟେକିବ । ମାତ୍ର ୨୪ ଘଂଟା ହେଲା ୧୨ ବର୍ଷ ପରେ ଶାନ୍ତ ପଡ଼ିଥିବା ଗାଁଗୁଡିକ ପୁଣିଥରେ ଅଶାନ୍ତ ହେବ । ୧୨ ବର୍ଷ ଧରି ପୋସ୍କୋକୁ ବିରୋଧ କରି ୫ ଜଣଙ୍କ ମୁଣ୍ଡ ଗଡ଼ିଛି । ଶତାଧିକ ଭିନ୍ନକ୍ଷମ ହୋଇଛନ୍ତି । ୩ ହଜାର ଗ୍ରାମବାସୀଙ୍କ ନାମରେ ୧ ହଜାରରୁ ଉର୍ଦ୍ଧ୍ୱ ମାମଲା ରୁଜୁ ହୋଇଛି ଓ ଶତାଧିକ ଲୋକଙ୍କୁ ପୋଲିସ୍ ଗିରଫ କରି ଜେଲ୍ ମଧ୍ୟ ପଠାଇଛନ୍ତି । ୧୨ ବର୍ଷ ହେଲା ମହିଲାମାନେ ହାଣ୍ଡିଶାଳ ଛାଡ଼ି ଠେଙ୍ଗାଧରି ଗାଁକୁ ଜଗି ରହିଲେ । ସେମାନଙ୍କ ଆର୍ଥିକ ଓ ସାମାଜିକ ସ୍ଥିତି ଭୁଷୁଡ଼ି ପଡ଼ିଛି । ଏ ପରିସ୍ଥିତିରେ ସରକାର ଗ୍ରାମବାସୀଙ୍କ ଜମି ଫେରାଇ ଦେବା ସହିତ ଗ୍ରାମବାସୀମାନଙ୍କ ନାମରେ ରୁଜୁ କରାଯାଇଥିବା ମିଥ୍ୟା ମୋକଦ୍ଦମାଗୁଡ଼ିକୁ ପ୍ରତ୍ୟାହାର କରନ୍ତୁ ।”

ସଂଗ୍ରାମ ସମିତିର ସମ୍ପାଦକ ଶିଶିର ମହାପାତ୍ର, ଦେବେନ୍ଦ୍ର ସ୍ୱାଇଁ ଓ ନାରୀନେତ୍ରୀ ମନୋରମା ଖଟୁଆ ମଧ୍ୟ ଗଣମାଧମରେ ଗ୍ରାମବାସୀଙ୍କ ଜମି ସରକାର ଫେରେଇ ଦିଅନ୍ତୁ ବୋଲି କହିଥିଲେ ।

ମିଳିତ କ୍ରିୟାନୁଷ୍ଠାନ କମିଟିର ମୁଖ୍ୟଆଙ୍କ ମଧରୁ ଅନାଦି ରାଉତ, ତମିଲ ପ୍ରଧାନ, ନିର୍ଭୟ ସାମନ୍ତରାୟ, ସମରେନ୍ଦ୍ର ନାୟକ, ଭିଟାମାଟି ସୁରକ୍ଷା ମଂଚର ନେତା ଭାସ୍କର ସ୍ୱାଇଁ ମଧ୍ୟ ପୋସ୍କୋ ଫେରିଯିବା ନେଇ ରାଜ୍ୟ ସରକାରଙ୍କୁ ଦାୟୀ କରି ମିଶ୍ର ପ୍ରତିକ୍ରିୟା ପ୍ରକାଶ କରିଥିଲେ । ତେବେ ଗାଁରେ ଭାଇଚାରା ଫେରିବା ଓ ଶାନ୍ତି ବଜାୟ ରଖିବାକୁ ଏହି ନେତୃତ୍ୱମାନେ ଅନୁରୋଧ କରିଥିଲେ ।

କେତେକ ଶିକ୍ଷିତ ଗ୍ରାମବାସୀମାନେ ସରକାର ପଶ୍ଚିମବଙ୍ଗର ସିଙ୍ଗୁର ଘଟଣାରେ

କଲିକତା ହାଇକୋର୍ଟଙ୍କ ରାୟକୁ ଉଦାହରଣ ଦେଇଥିଲେ । ଆଇନ ଅନୁଯାୟୀ କାରଖାନା ନିର୍ମାଣ ହୋଇ ନପାରିଲେ, ସେ ଅଧିଗୃହୀତ ଜମି ସରକାରଙ୍କ ଲ୍ୟାଣ୍ଡ ବ୍ୟାଙ୍କ ନୁହେଁ ଗ୍ରାମବାସୀଙ୍କ ପାଖକୁ ଫେରିବା ଆବଶ୍ୟକ ବୋଲି ଦର୍ଶାଇଥିଲେ । ସରକାରଙ୍କ ୨୦୦୮ ମସିହା ଜମି ଅଧିଗ୍ରହଣ ନିୟମ ଅନୁଯାୟୀ ଅଣ ଆଦିବାସୀମାନେ ମଧ୍ୟ ଜଙ୍ଗଲ ଜମିର ପଟ୍ଟା ପାଇପାରିବେ । ଯଦି ଅଣ ଆଦିବାସୀମାନେ ପିଢ଼ି ପିଢ଼ି ଧରି ତଥା ୭୫ ବର୍ଷରୁ ଊର୍ଦ୍ଧ୍ୱ ହେବ ଜଙ୍ଗଲ ଜମିରେ ବସବାସ କରି ଜୀବିକା ନିର୍ବାହ କରୁଥିବେ, ତେବେ ଉକ୍ତ ଜମିର ସତ୍ତ୍ୱାଧିକାର ସେମାନଙ୍କ ସପକ୍ଷରେ ଯିବ ।

ପ୍ରସ୍ତାବିତ ପୋସ୍କୋ ଅଂଚଳରେ ସେପରି ଜମି ଥିବାରୁ ରାଜ୍ୟ ସରକାର ଏହାକୁ ଏଡ଼େଇଯାଇଛନ୍ତି । ବିଭିନ୍ନ ପ୍ରକାର ଚାପରେ ରାଜସ୍ୱ ନିରୀକ୍ଷକ ଓ ରାଜସ୍ୱ ଅଧିକାରୀମାନେ ଏହି ଜଙ୍ଗଲ ଜମିରେ ଲୋକମାନେ ନିର୍ଭରଶୀଳ ନୁହଁନ୍ତି ଓ ବସବାସ କରନ୍ତି ନାହିଁ ବୋଲି ମିଥ୍ୟା ରିପୋର୍ଟ ପ୍ରସ୍ତୁତ କରିଥିଲେ ।

ଏପରି ଅଭିଯୋଗ କରି ଗ୍ରାମବାସୀମାନ ଜମି ଫେରିପାଇବାକୁ ଦାବୀ କରିଥିଲେ । ବାରମ୍ବାର ଏପରି ଦାବୀ ଉଠିବାରୁ ରାଜ୍ୟ ଶିକ୍ଷ ମନ୍ତ୍ରୀ ଦେବୀ ପ୍ରସାଦ ମିଶ୍ର ଗଣମାଧ୍ୟମରେ କହିଥିଲେ ଯେ, ଅଧିଗୃହୀତ ଜମି ଗ୍ରାମବାସୀଙ୍କର ନୁହେଁ, ସେ ସବୁ ସରକାରୀ ଜମି ଓ ସରକାରଙ୍କର । ୨୭୦୦ ଏକର ଅଧିଗୃହୀତ ଜମି ବାଦେ ୫୦୦ ଏକର ଘରୋଇ ଜମି ଅଧିଗ୍ରହଣ କରିବାକୁ ନିଷ୍ପତି ହୋଇଥିବା ବେଲେ ଉକ୍ତ ଜମି ଅଧିଗ୍ରହଣ କରାଯାଇନାହିଁ । ଯାହା ଅଧିଗ୍ରହଣ କରାଯାଇଛି, ସେ ସବୁ ସରକାରୀ ଜମି ଓ ସରକାରୀ ଜମି ପୂର୍ବରୁ ଗ୍ରାମବାସୀଙ୍କର ନଥିବାରୁ ସେ ଜମିକୁ ଫେରାଇବାର ପ୍ରଶ୍ନ ଉଠୁନାହିଁ ବୋଲି କହିବା ସହିତ ଅଧିଗୃହୀତ ଜମି ସରକାରଙ୍କ ଲ୍ୟାଣ୍ଡ ବ୍ୟାଙ୍କୁ ଯିବ ବୋଲି ପାଲଟା ମନ୍ତବ୍ୟ ଦେବାରୁ ସଂଲଗ୍ନ ବିଭିନ୍ନ ଗ୍ରାମରେ ଅଶାନ୍ତି ବଢ଼ିଥିଲା । ଗ୍ରାମବାସୀମାନେ ସମସ୍ତ ସରକାରୀ ଆକଟ ପରେ ମଧ୍ୟ ପଡ଼ିଯାଇଥିବା ପାନ ବରଜକୁ ଉଠେଇ ପୁଣି ଥରେ ନିଜ ଅକ୍ତିଆରକୁ ନେବେ ବୋଲି ରୋକ୍ ଠୋକ୍ ଘୋଷଣା କରିଥିଲେ ।

ପୋସ୍କୋ ଫେରିଯିବାର ଖୁସି ମନେଇଥିଲେ ଗ୍ରାମବାସୀମାନେ ।

ପ୍ରତି ଘରେ ଘରେ ମିଠା ଖୁଆଖୋଇ ଚାଲିଥିଲା । ପୋସ୍କୋ ଫେରିଯିବା ଘଟଣାର ସପ୍ତାହକ ମଧ୍ୟରେ ପ୍ରସ୍ତାବିତ ପୋସ୍କୋ ଅଂଚଲ ଗୋବିନ୍ଦପୁର-ଢ଼ିଙ୍କିଆ ବାଲିଟିକିରା ସଂଲଗ୍ନ ଜଙ୍ଗଲ, ପୋଲାଙ୍ଗ, ନୂଆଗାଁ ଓ ଗଡ଼କୁଜଙ୍ଗର ଗ୍ରାମବାସୀମାନେ ସରକାର ଅଧିଗ୍ରହଣ କରିଥିବା ଓ ଚିହ୍ନିତ ହୋଇଥିବା ଜମିରେ ଯେଉଁ ପାନ ବରଜ ସବୁ ଭୂଇଁରେ ଲୋଟିଥିଲା ତାହାକୁ ଉଠାଇଥିଲେ । ଶହ ଶହ ସଂଖ୍ୟାରେ ପାନବରଜ ପୁନଃ ନିର୍ମାଣ

କରାଯିବାରୁ ପ୍ରଶାସନ ସ୍ତୁବ୍ଧ ହୋଇଥିଲା। ଏଥିନେଇ ଜିଲ୍ଲା ପ୍ରଶାସନ ପକ୍ଷରୁ କୁଜଙ୍ଗ ତହସିଲଦାରଙ୍କୁ ସରକାରୀ ଅଧିଗ୍ରହଣ ଜମିକୁ ସୁରକ୍ଷା ରଖାଯିବାକୁ କଡ଼ା ନିର୍ଦ୍ଦେଶ ଦିଆଯାଇଥିଲା।

କୁଜଙ୍ଗ ତହସିଲଦାରଙ୍କ ସହିତ ରାଜସ୍ୱ ନିରୀକ୍ଷକ ଓ ଅନ୍ୟ କେତେକ ପ୍ରଶାସନିକ ଅଧିକାରୀ ପୁଣି ଥରେ ପ୍ରସ୍ତାବିତ ପୋସ୍କୋ ଅଂଚଳକୁ ଆସି ଅଧିଗ୍ରହଣ ହୋଇଥିବା ଜମି ସବୁକୁ ନିରୀକ୍ଷଣ କରିଥିଲେ। ଯେଉଁମାନଙ୍କ ପାନ ବରଜ ଭାଙ୍ଗା ଯାଇଥିଲା ଓ ଯେଉଁମାନେ ପୁଣି ଥରେ ସେମାନଙ୍କ ପାନ ବରଜକୁ ଉଠେଇ ଠିଆ କରି ପାନ ଗଛ ଲଗେଇଛନ୍ତି, ସେମାନଙ୍କୁ ପ୍ରଶାସନ ଚିହ୍ନଟ କରି କେତେକ ଗ୍ରାମବାସୀଙ୍କ ନାମରେ ପୁନଶ୍ଚ ମୋକଦମା ରୁଜୁ କରାଯାଇଥିଲା। ହେଲେ ଗ୍ରାମବାସୀଙ୍କ ପକ୍ଷରୁ କୌଣସି ପ୍ରତିକ୍ରିୟା ପ୍ରକାଶ ପାଇନଥିଲା ଓ ସେମାନେ ଜମି ଜବରଦଖଲ କରି ଚାଷ କରିଥିଲେ। ପରେ ପ୍ରଶାସନ ସମସ୍ତ ଜମିକୁ ଚିହ୍ନଟ କରି ସେଠାରେ ନାଲି ପତାକା ଉଡ଼େଇ ଏହା ସରକାରୀ ଜମି ବୋଲି ଘୋଷଣା କରିଥିଲେ।

୧୨ ବର୍ଷ ହେଲା ପ୍ରସ୍ତାବିତ ପୋସ୍କୋ ଅଂଚଳର ସବୁଠୁ ସ୍ପର୍ଶକାତର ଢିଙ୍କିଆ ଗାଁରେ ଗ୍ରାମବାସୀଙ୍କ ବିଶ୍ୱାସଭାଜନ ହୋଇ ଆସ୍ଥା ଜମେଇଥିବା ପୋସ୍କୋ ପ୍ରତିରୋଧ ସଂଗ୍ରାମ ସମିତିର ସଭାପତି ଅଭୟ କୁମାର ସାହୁ ପୋସ୍କୋ ଫେରି ଯିବା ପରେ ଗାଁ ଛାଡ଼ିଥିଲେ।

ବାଲିତୁଠରୁ ପୋଲିସ୍ ଫୋର୍ସ ଫେରିଥିଲା। ପାଟଣା ଗାଁ ଛାଡ଼ିଥିବା ୫୨ ପରିବାର ଗାଁକୁ ଫେରିଥିଲେ। ମିଳିତ କ୍ରିୟାନୁଷ୍ଠାନ କମିଟି, ଭିଟାମାଟି ସୁରକ୍ଷା ମଂଚ, ସାନଗାଇପାଲି ଓ ବଡ ଗାଇପାଲି ସଂଗଠନମାନେ ପୋସ୍କୋ ଫେରିବା ନେଇ ପ୍ରଶାସନକୁ ଦୋଷ ଦେଇ ନିରବି ଯିବା ସହିତ ଗାଁରେ ଭାଇଚାରା ଫେରିବା ନେଇ ସମସ୍ତ ପ୍ରକ୍ରିୟା ଆରମ୍ଭ କରିଦେଇଥିଲେ। ପୋସ୍କୋ ବିରୋଧରେ ଦିଲ୍ଲୀ ଓ ଭୁବନେଶ୍ୱରରେ ଯେଉଁ ଜାତୀୟ ଓ ଆନ୍ତର୍ଜାତୀୟ ସାମାଜିକ କର୍ମୀମାନେ ଓ ବିଭିନ୍ନ ଗଣ ସଂଗଠନର ନେତୃତ୍ୱମାନେ ପ୍ରସ୍ତାବିତ ପୋସ୍କୋ ଅଂଚଳକୁ ବାରମ୍ବାର ଗସ୍ତ କରି ଗ୍ରାମବାସୀଙ୍କୁ ଉସ୍କାଉଥିଲେ, ପୋସ୍କୋ ଫେରିଯିବା ପରେ ସେମାନେ ଗ୍ରାମବାସୀଙ୍କୁ ବଧେଇ ଜଣେଇଥିଲେ।

ଭିଟାମାଟିର ମୁକ୍ତି ପାଇଁ ଦୁର୍ଗା ସାଜି, ସଂଗ୍ରାମରେ କ୍ଷତାକ୍ତ ହୋଇଥିବା ମାନିନୀ ଦୌପଦୀ ଓ ମାଟି ଛଡ଼େଇ ନେବାକୁ ଆସିଥିବା ଟଅଁରା ହୃଦୟର ମଣିଷ ଜବାନ ଦୀପକଙ୍କ ମଧ୍ୟରେ ନିଗୂଢ଼ ଦୂରତା ସୃଷ୍ଟି ହୋଇଥିଲା। ଉଭୟେ ଯେପରି ନିଜନିଜର ଇଲାକାକୁ ଆବୋରି ନେବାକୁ ଚେଷ୍ଟା କରିଥିଲେ। ପୋସ୍କୋ ଫେରିଯିବା ପରେ

ଆଖିରୁ ଲୁହ ଶୁଖିନଥିଲା ଓ ଗୁମୁରି ଗୁମୁରି ଘର କୋଣରେ କାନ୍ଦୁଥିଲେ ସେଇମାନେ, ଯୋଉମାନେ ମାଟି ମୁକ୍ତି ପାଇଁ ବେହିସାବୀ ମହିଷାସୁରମାନଙ୍କୁ ପରାସ୍ତ କରିବାକୁ ସାଜିଥିଲେ ନିବସ୍ତ ଦୁର୍ଗା। ୫କ୍ମାରି ଡେଇଁପଡ଼ିଥିଲେ ବି ଭାବିବାକୁ ଲାଜଲାଗୁଥିଲା।

ଏଭଳି ଘଟଣା ଜୀବନ ଇତିହାସରେ ଥିଲା ଅକଳ୍ପନୀୟ। ନାରୀ ଇତିହାସ ପାଇଁ ଅବର୍ଣ୍ଣନୀୟ। ତଥାପି ଏହା ଜୀବନ ଜୀବିକା ପାଇଁ ସ୍ୱାକ୍ଷର ଟାଣିଥିଲା। ଢିଙ୍କିଆ ମାଟିରେ ଜୀବନଯାପନ ହୋଇଥିଲା କ୍ରମଶଃ ସ୍ୱାଭାବିକ। ବଂଚିବା ପାଇଁ ଅଂଟା ଭିଡ଼ିଥିବା ଲୋକମାନଙ୍କ ଫିକାମନରେ ରଙ୍ଗ ଉକୁଟିଥିଲା।

ଏବେ ପୋସ୍କୋ ବଦଲରେ ଆଉ କିଏ ମାଟି ଉପରେ ଆଖି ପକେଇଥିବା ଗ୍ରାମବାସୀ ଅନୁଭବ କଲେଣି। ଇତିହାସର କଳଙ୍କିତ ଅଧ୍ୟାୟ ପୁନରାବୃତି ହେବନି ତ। ପୁଣିଥରେ ମାଟି ମୁକ୍ତି ପାଇଁ ମାଟିର ମଣିଷମାନେ ଅନିଃଶ୍ୱାସୀ ହେବେନି ତ। ସମୟ ହିଁ ଜବାବ୍ ଦେବ ।

BLACK EAGLE BOOKS

www.blackeaglebooks.org
info@blackeaglebooks.org

Black Eagle Books, an independent publisher, was founded as a nonprofit organization in April, 2019. It is our mission to connect and engage the Indian diaspora and the world at large with the best of works of world literature published on a collaborative platform, with special emphasis on foregrounding Contemporary Classics and New Writing.

www.ingramcontent.com/pod-product-compliance
Lightning Source LLC
Chambersburg PA
CBHW050326110726
47899CB00007B/2383